山野中独特的气味儿，

总能最先引起我的冲动，

精神的愉悦让我如入梦境般感到美妙，

于是我情不自禁地激动起来，

这种感觉在我的人生长河中实属不多见。

……

似乎身上的每一块肌肉都在蓬蓬勃勃地跳动，

身上的每条血管都在荡起波涛……

—— 摘自《长白山三记》之秋山记

吉林省作家协会 编

问脉山水

——生态吉林散文选

慢慢地
越过生态
抵达散文

上

时代文艺出版社
SHIDAI WENYI CHUBANSHE

图书在版编目（CIP）数据

问脉山水：生态吉林散文选 / 吉林省作家协会编.
-- 长春：时代文艺出版社，2024.3
　ISBN 978-7-5387-7231-9

　Ⅰ.①问… Ⅱ.①吉… Ⅲ.①散文集－中国－当代
Ⅳ.①I267

中国国家版本馆CIP数据核字(2023)第158261号

问脉山水：生态吉林散文选
WENMAISHANSHUI：SHENGTAI JILIN SANWENXUAN
吉林省作家协会　编

出 品 人：吴　刚
责任编辑：陆　风
摄　　影：宗玉柱　李德福　孟绍东
装帧设计：张　帆　孙　利
排版制作：隋淑凤

出版发行：时代文艺出版社
地　　址：长春市福祉大路5788号　龙腾国际大厦A座15层　（130118）
电　　话：0431-81629751（总编办）　　0431-81629758（发行部）
官方微博：weibo.com/tlapress
开　　本：880mm×1230mm　1/32
字　　数：450千字
印　　张：22.5
印　　刷：吉林省吉广国际广告股份有限公司
版　　次：2024年3月第1版
印　　次：2024年3月第1次印刷
定　　价：98.00元

图书如有印装错误　请寄回印厂调换

Contents 目录

上

① 野阔峰峦秀

长白山三记（陈晓雷）/ 004

叶子的故事（赵连伟）/ 016

那些花儿（格致）/ 025

百年梨园（张彬彬）/ 034

滨江那一座公园（王永彪）/ 041

长白沥墨（钱万成）/ 047

到白山去（赵培光）/ 051

红松子，长白山的文化标签（李雪菲）/ 063

虎牙吊坠（李谦）/ 072

野生缘（徐文）/ 082

林的清幽，水的暖意（袁恒雷）/ 091

岭城焕彩暗香来（康德华）/ 097

浅山笔记（曹利君）/ 102

情绕大森林（尹善普）/ 113

山水情怀（迟建边）/ 124

山水长白（易玲）/ 132

我是长白山中的一棵树（程伯承）/ 141

吾城有林（赵桂香）/ 147

向西，向西（迟东晶）/ 152

小砬子沟记（赵春江）/ 160

幸甚，朱雀山（吴耀辉）/ 165

一座城，一条江，一个人（胡燕）/ 170

悠悠饮马河（孟晓冬）/ 176

在那梨花盛开的地方（赵庆跃）/ 189

② 云横水域宽

东江（小白）/ 200

村外有条河叫南河（薄景昕）/ 209

东拉河的幸福密码（宋雨薇）/ 214

东辽河，在大地的脉管奔流（王德林）/ 225

河畔声声（王玉欣）/234

鹤归嫩江湾（周云戈）/241

健体养心的"净月神秀"（马犇）/250

卡伦湖风韵（梁冬梅）/257

林间湖泊（刘秀玲）/261

鹿鸣湖的回响（孙艳波）/267

梦幻向海（杜波）/274

蓦然回首（张志宽）/290

飘然如带的母亲河（高剑维）/295

圣水湖畔（李万彬）/300

水润春城（张吉萍）/309

松花江畔的雕像（刘鸿鸣）/319

苇海明珠莫莫格（吴宝吉）/328

邂逅青年渠（高宏宇）/333

杨柳青青水岸新（周延辉）/340

致敬母亲河（朱晓东）/347

下

❸ 地 灵 生 万 物

风吹草动（王怀宇）/ 360

向海的鸟（谢华英）/ 373

插在咖啡杯里的黄花（王齐君）/ 379

大地的乳汁（任玉梅）/ 386

中华秋沙鸭的生命第一跳（陈凤华）/ 391

走进大布苏（孙正连）/ 400

高粱红满天（高俊香）/ 412

公园，城市的心情（曾红雨）/ 420

瓜秋气场（徐新林）/ 428

锦绣海棠（郭光辉）/ 436

可想绿岸迎春还……（李彤君）/ 443

蝲蛄豆腐（宋亚楠）/ 449

路过木其河（徐颎）/ 455

满语里的春天（纪洪平）/ 461

梅花印（无界）/466

南尖头村二题（修瑞）/471

去看稻子（宋虹）/479

如诗如画入梦来（于柏秋）/489

万物，皆是我们的血亲（络烟儿）/496

我和鸟儿们（夏鲁平）/503

夏天的信（于德北）/511

心中的那片绿水青山（迟久阳）/524

玉米是一篇大赋（苏巧兰）/530

驻村时光（颜雪）/537

走，到乡间去（曹景常）/544

❹ 冰雪壮奇观

冰雪之"炉"（任林举）/556

江城如画里（桑永海）/564

暴风雪（杨逸）/573

北方有佳人（李潮蕴）/584

冰雪素描（景凤鸣）/ 589

查干湖冬捕（张顺富）/ 595

东珠的翅膀（吕凤君）/ 601

冬日乡村（王莉）/ 608

寂寞的湖泊（杨树）/ 612

二合的炊烟（徐淑莹）/ 624

嫩江西岸的生态变迁（冰夫）/ 629

谁不爱飞雪（张藩）/ 638

天下澡雪长白山（冯堤）/ 644

我家住在大布苏（荆山客）/ 654

我家住在南湖边（王里）/ 659

我们的家园（宋曙春）/ 664

西辽河畔三辈人（张赤）/ 673

雪如银（尚书华）/ 680

以冰雪的名义（赵梦卓）/ 687

在无声的雪落处苏醒（王宇）/ 693

跋 总而言之（赵培光）/ 699

1

野阔峰峦秀

长白山三记

陈晓雷

秋 山 记

出延吉市约二十分钟，车队经过著名的苹果梨产地龙井市。

右侧是平缓的山坡，棕红色的苹果梨树布满山坡，一眼望去没有边际。树边路边，农民们用纸箱装满的苹果梨成堆成垛，都在等待路人选购，看来今年是苹果梨的丰收年。这里的苹果梨闻名全国，水分大，又脆又甜，这种水果的甜美与此地的独特环境有关系。听说大连也产苹果梨，但和长白山的相比，味道却差得多。

从地图上看，我们今天的行程要通过长白山腹地。汽车开过龙井市不久，低矮的朝鲜族民房渐少，朝鲜族村落亦由多渐少，眼前的林木茂密起来，脚下变成了沙石路。车队过了一个叫八家子的小村，林区的气氛渐浓渐深，有运载着大圆木的汽车经过。由于刚刚下过雨，路面潮湿，无尘土飞扬。

车窗外，扑面而来的空气很清凉。眼前的椴树、柞树、桦树、松树密集起来，色彩呈黑、白、黄、绿，大树下常有一株株小树，叶子全是红色，像开在大森林里的鲜花，看一眼亦有一丝喜爱充盈心间。

从地图上知道，我们现在应该在长白山的英额岭和南岗山之间，这里是实实在在的林区了。东北的林区我已多年未涉足，但因自己从小在林区长大，一进入大山的森林里就有种超乎寻常的亲切感，这是我的同车人体会不到的。童年的许多趣事、欢乐和这大森林有割舍不断的联系，这是我与大山的天然缘分，山林的魅力将影响我的一生，且绵长不绝。

山野中独特的气味儿，总能最先引起我的冲动，精神的愉悦让我如入梦境般感到美妙，于是我情不自禁地激动起来，这种感觉在我的人生长河中实属不多见。这种发自心灵的、带有强烈情绪化的冲击，让我不能自已，细想想，只有青年时期我对爱情的渴望，才有过这样不顾一切的冲动，这种热烈、新奇、甜蜜、按捺不住的感觉，像身上瞬间充足了电，似乎身上的每一块肌肉都在蓬蓬勃勃地跳动，身上的每条血管都在荡起波涛……

眼前清澈的溪水，尽管听不到它的声音，可那亮亮的影子终让我在自己的感觉中产生了清脆的音响。大森林渐深渐幽，路边不时出现运载大圆木的汽车和圆木堆，尽管大多数树木已变金发黄，甚至于开始逐渐变得干枯，可我仍看到了树下一片片绿蓬蓬的小树和青苔。秋天是不能扼杀生命的，生命只能在秋天变得更顽强……我对大自然的认识，有了种人生况味的升华。

不知不觉中，我们的车队已经攀上高山之巅，眼前是莽莽苍苍的森林，鸭绿江映着乌云刚刚散尽的蓝天，就是一幅"金染长白山"的水彩画，于是我想到了版画家笔下的艺术作品《金风》和《岳桦夕照》，眼前是诗画难分的景致和秋色。于是我又想起了写《林中水滴》的俄罗斯著名散文作家普列什文，他写森林的文章，没有一篇是孤立写景的，一个作家若总是寄情山水而冷落人生和社会，终将踏上文人的末路。

我还想到了俄国作家屠格涅夫，他留给世界的那本既是散文又是小说的《猎人日记》，第一次震撼我的就是他描写森林的文字。尽管我的童年是在山林里度过的，但真正从精神上认知森林、理解森林，却都是从这位大师写森林的文字中得到启示的……大森林高深莫测，大森林极富色彩变幻，大森林充满生机，人类靠近大山和森林，才能葆有生机活力，人类在大森林的护佑下就会越发灵秀。

汽车走过长白山，黑土地和大森林无声地承载着我们，感觉中，我有如在乘坐巨舟航行，又如在海洋中游泳……山峦起起伏伏，命运升升降降，这样的旅行有一种哲学的启示。

我很久没有这样直面大山了，很久没有直面大森林了，在大自然面前，我感到自己渺小的同时，还首次感到自己灵魂深处蓄满鲜活的张力……

红 叶 记

这是一个热烈而又极富诗意的名字：红叶谷。

未进红叶谷之前，我犹如初恋的小伙子内心涌动着速睹伊人的急切感。我想那山谷一定神秘而秀美，那森林一定挺拔而苍翠，那秋阳映着红叶一定格外艳丽、耀眼……

本该相约朗朗秋日，9月26日这天却事与愿违，我们的旅行汽车刚下庆岭，就下起了蒙蒙细雨，吃罢午饭，没人到宾馆午休，大家都急着要去山谷里看红叶，雨雾伴游，雨意绵绵。

我们撑着伞前行，脚下的石板路干干净净，峡谷里的空气湿漉漉，眼前的奇石、秀林、溪水组成一道迷人的风景线，其方圆五十公里，平缓的山坡、陡峭的崖壁，峰谷相连，山回路转，形成了庆岭起伏的音符。

浪漫的枫树、沉稳的柞树、诗意的桦树、挺拔的松树、平凡的杨树、雅致的水曲柳等十几种林木共生于此，高低不等，参差错落，看上去每棵树都像神采奕奕的艺术家，它们或藏身谷底，或立足岭巅，呈现着动感极强的舞蹈之韵律，白桦树是姑娘之舞，红枫树是少妇之舞，黑柞树是男子汉之舞，不管是单人舞、双人舞，还是男女共舞、集体群舞，所有舞者的姿态都向游人传递着一个相同的信息：唯独庆岭的肥沃，才能把这方山林养育得如此秀美，唯独庆岭的秋天，才能滋润红叶谷的缤纷灿烂……红叶谷美在自然。

陪伴着山谷间的小路，一条蜿蜒的小溪，像一缕银丝带，曲曲弯弯，波光闪闪。欢畅流淌的溪水，发出银铃般清脆的声音，好像竖琴弹奏出的乐章，悦耳、清纯，让人陶醉。我看到满谷的溪水，早被满山的红叶映染得五彩缤纷，连秋天的庆岭也兴奋得神采飞扬，特别在秋雨蒙蒙中，红叶早已主动跃出丛林，像朝霞装点山林，像姑娘的红纱巾俏挂树梢，像耀眼的星光点燃了幽静的山谷，峡谷漫步的游人情不自禁被带进了绮丽的梦幻境界，此刻游人的心正同山谷的韵律相契合，若是有情两相知……

我正沉迷地走着，忽然被松树上欢快跳动的一只大松鼠吸引，它拖着硕大的尾巴，在树枝间轻盈跳跃着，我发现这个小精灵不是在玩耍，它在树间奔跑，嘴里叼着一根细细的干树枝，在那大松树的顶部安有它的家，原来它在修整自己的家园，准备迎接严冬的到来，怪不得它有使不完的劲儿和抑制不住的好心情呢！这乖巧的小动物，流连于庆岭，沉醉于红叶谷，也许它心中早就知道，为了明天美好的生活，不管谁都应该以乐观的心态对待艰辛的劳动……

金秋时节，红叶谷是一幅色彩斑斓的油画，我们和游人都是这画卷的一抹色彩，庆岭是体魄健壮的男子汉，水草丰沛，林木葱茏，山势俊秀，韵味无穷。

在我的眼中，如果庆岭是一个健壮兄长，红叶谷就是哥哥臂膀呵护下的小妹妹，如果松花湖是庆岭俊秀的母亲，红叶谷就是待嫁的女儿，如今她作为新娘的面纱尚未撩开，但她的神韵已传到了山外，其隐蔽、神秘、幽深和秀美，正吸引着我们去探寻，去揣摩，去遐想。

此刻，只要我们来到这里，便会与大自然相交融，眼前的山水感悟顿生灵气，只要我们来到红叶谷，山川吸纳人气会增辉，就连冰冷的石头里也将跃动起奔腾的生命，雨中红叶谷美在神韵无穷……

临　巅　记

6月上旬，我刚从云南西双版纳的热带雨林里回来，还未来得及思考那片浓浓的绿色，一转身我又走入长白山的莽林中，尽管这转身并不"华丽"，然而这次行走于长白山群峦中，却把我以前的长白山记忆化整为零，打碎重构了，于是这座曾经多次登临的高山，这片我曾数次融入的大野之绿，再次与我有了鱼儿畅游于水的深度融合，这登山的点点滴滴，遂在我眼里连成线、连成片，在我的心里铸成坚挺的"点"，这"点"像冬日的炉火，像黎明的星辰，像心海鼓满风的白帆，我被簇拥着驶入这苍远浓绿的山海中。

一边行走，一边穿越，我的心灵随着这满山的翠绿，被浸染得暖意融融。我的遐思，随着蜿蜒的山脉，延伸得很长很远，不知不觉中，我的心悟和神思同时酵化，我发现自己过去对这片土地和山野的认知，仅流于表象，仅识于表层，仅定格在"看山是山"的原点上。

现在想来，早些年那种多观赏、少感悟的行走登临，既浪费了时间，又浪费了体力，所谓收获似乎都未关联到最为关键的点，我尚不知道体验与融入的关系，更不知道领悟山与人的妙处……这次长白之旅，让我灵感顿开：原来感知自然之美，是需要融入人生的，是需要思想参与的，是需要认知和拓展的，这就是人与山并行互感的物我升华，即借临山之机，提升自我人生品质。

当我再次走进这座绵延不绝的长白山，我仿佛与北方旷达、丰姿多彩的山区四季屡屡碰撞、多方触摸，这种在半天中仿佛走过全年四季的反常规现象，由我和一群作家朋友亲身体验，从西坡登临长白山，连乘车加步行，不足三小时，由炎夏一步跳出，在猝不及防间，又一步沉入酷冬，这跨越的"连环季"，不仅让我们身体感应失衡，也让我的精神受到挑战。在途中，我没有时间思考，只有投入地感受，长白山难得或缺的隐形动感因素，像流星、像闪电、像河面月光，要靠自己回想，要靠自己发掘，要靠对灵感瞬间的捕捉，往复回旋，对比遴选，我方能在心里还原那种快捷迅逝的发现之美，中国东北部第一高山雪峰的雄壮，海拔两千多米高山托举一池圣水的神奇，万千细流穿越丛林峡谷，汇聚成三条大江的豪迈……

我们的登顶行程可形象地概括为"以四极对应四季"。

登长白过四季，踏上第一极——走平原。东北平原的田畴，豆苗铺地，玉米盈尺，杨柳遮阴，满目绽绿，望不尽的旷野，拥揽着苍莽的山峦，回眸远方的地平线，似乎都向它投来温馨、敬畏的目光。

登长白过四季，踏上第二极——上苔地。山野中，绿渐淡、地渐黄，阳坡已融雪流痕，阴坡仍残雪固守，缓坡圆润的黑褐色山体，与片片圆形积雪对比强烈，那圆套圆的黑白曲线，看上去很像西方现代派的绘画作品。山岗上亭亭玉立的白桦，刚刚吐出翠绿的嫩芽儿，让我联想到俄罗斯大画家列维坦笔下的那些力美超拔的白桦。偶尔，还能看见松树、冷杉、柞树下面的琥珀杜鹃，翘着浅黄、淡粉的脸庞，迎着阳光微笑，它们有意拉着春风的裙摆，让它慢些走过，让自己享受沐浴，让春意于这里多多流连。

登长白过四季，踏上第三极——上山肩。这里大片的紫松墨柏肃穆挺立。一丛丛的岳桦林，像紧贴山体的内衣，在山坳里拥裹着坚挺的山腰，在山脊风口前匍地而卧，用顽强的枝干护佑着险些被狂风掠走的泥土……从低角度往上看，这些兵阵般的岳桦林，坚韧刚毅、生机勃然，像泰戈尔的诗，形容它们伸向天空粗细不等的枝，是"长在天空的根"。岳桦吸纳空中最洁净的养分，抵御高海拔最酷烈的风，代价是牺牲苗条的身姿，以变形甚至畸形的惨烈，创造属于自己的立身之美，进而赢得坚强的生存权利。岳桦知道自身被扭曲是不情愿的，而保持自身洁白却是自愿坚守的，时刻保持从未失色的标准，是自己顽强的信念。当弯下腰时，发现自己与土地接近了，与根下残雪相融了。岳桦知道，巧用自身优势，借以向肥沃的土地倾诉衷肠，向湿润的白雪表达恋情，向醒来的山川坦陈锐气，遂而愿意与松、柏、杉、柞相唱和，躲避匆忙赶来的春风，渴望畅饮满山朝露。

在这寒暖对接的山肩上，最悲壮的"换季"大戏正在上演，护冬与争春无情厮杀，目的是确定自己的方向，不管山上山下，还是天上地下，这满山的森林、遍野的植物都在努力着，探索着自我的生存空间，以立求存、以小拓大，大到一望无际，远达海角天涯……这簇拥人类行走的长白山，传递着照亮心灵的信号：坚守磨砺，是自然与人类安身立命的法则，坚持下去，岁月的刀剑会钝折，亦会退却。

登长白过四季，踏上第四极——临巅悟池。我站在山巅之上，我看到山峰侧翼，所有的树、草、花、丛皆被蓝白色的冬之火焰吞噬，山脉雪紫相间，天池银蓝冰盖。我眼前映现着幽思远古的大荒山，十六座高峰各显峭奇，兀立中粗犷畅达，清冷中饱蓄雄壮，沉寂中力拔超群，冰雪中一派泰然……此刻，我眼前矗立的即中国大地长白山脉第一高峰——白云峰，它拥揽着冬眠中世界海拔最高的火山湖——天池，俯瞰这片银蓝色的冰湖，它像与太阳辉映对话的明镜，银光闪耀，颇具磁性感应力，我感到一缕丝丝升腾的暖气流正从心间流过……我在长白之巅的夏日，在火山岩石的丛围中，在风刀刺骨的寒冷中，在高山冰雪的冲袭中，体验着没有植物、没有绿色、没有飞鸟、没有苍鹰的极限高冷，我的身体险些成为老山神放飞的风筝……我周围林立的那些高傲沉默的山脉，在一条条、一片片、一圈圈白雪的装扮下，俨然京戏台上的故事，似四郎探母、打渔杀家、像霸王别姬、单刀赴会……精彩纷呈，活灵活现。这里的山脉会演戏，这里的石头会唱歌。

6月的山巅，春与雪共融。我见到，在离主峰不足百米的雪坡下，贴着白雪山体裂开的缝隙下面，一溪亮亮的雪水，正轻轻流淌着，听似没声息，看似灵动激越，它匆匆地奔向坡下银蓝如盖的天池……我顿然悟到，这淙淙汇流的小溪——就是松花江、鸭绿江、图们江三条大江的源头，它们从小到大，从雪溪到江河，一路千万里，不知不觉中，就把东北山川大地灌溉养育，悄无声息中，就把东北众多民族孕育成熟……长白山巅与人类共舞。

这白莽莽的群山，密藏着一个永恒的课题，它似圣洁的绿宝库、学养丰厚的哲学大师……人类世代为之求索，以期生生不息、福祉丰盈。

叶子的故事

赵连伟

金 丝 叶

在这片山坡上发现了棵软枣猕猴桃树，有的树叶绿中微微泛黄，有的已变成金黄色。在观察叶子时，我惊喜地发现了软枣子，只是它们都挂在高枝上，我便捡了根长木棍，握住它的一头，用力向上举，去够那高枝上的软枣子，先后捅下来十多颗。拾起一颗，顾不上擦拭干净便放进了嘴里，牙齿一口没入丰沛饱满的果肉中，那香甜的快感如电流迅速通遍全身。

不远处还有棵软枣猕猴桃树，近革质金黄色的叶子，随着柔软的长长的枝条垂落下来，摇曳妩媚。周教授说这棵很有代表性，我不知道他是否联想到了美女的披肩长发，还是单纯就喜欢这金黄色的树叶。

在软枣猕猴桃树旁边，有棵独立的花楷槭，一身红叶，分外耀眼。此时，它让我联想到了在槭树科家族里，并不全都是随大溜儿的，青楷槭、小楷槭和梣叶槭就是另类，它们不爱红装爱黄装，秋天的叶子都是金黄的，小楷槭的叶子偶尔也有红色的。

就在几天前，我和周教授、马教授去老梁子山考察，在翻过顶峰再往下的乱石窖区域，有棵青楷槭满树金黄的叶子在微风中摆动，在它的旁边是棵花楷槭，挂着紫红色的叶子。抬头仰望，红黄两种叶子的上面是蓝天和白云，这种天然纯净的色彩搭配，让见到此景的人的心境又纯然了好几分。

绿色，是与人类的眼睛最亲近的色彩，而红色和黄色是人的视觉神经最敏感的色彩，而那一抹金黄尤其耀眼。

长白山区最令人震撼的黄色海洋是由落叶松方阵编织起来的。国庆假期的最后一天，我和周教授到和龙市林业局的泉水河湿地考察，湿地周边是大面积的落叶松林，而落叶松的针叶由褐色变成金黄色后，由于降温等综合气候因素，仅能维持一周左右，就将很快落光。与此同时，气温骤降后，长白山主峰会降雪。周教授选了这个晴天的早晨，登上有七八层楼高的瞭望塔。瞭望塔顶部有个两米见方的瞭望室，瞭望室的室外四周还有一圈钢架围栏，围栏和瞭望室之间约有一米左右的间距，环绕着瞭望室。这一圈是视野最开阔的区域，无疑也是检阅落叶松方阵的最佳位置。放眼望去，蓝蓝的天空，金黄色的树海，树海中耸立着犹如冰山一样巍峨的长白山主峰。主峰上还飘着一层轻纱般柔和的薄雾，一会儿消失，一会儿又回来了，虚幻缥缈，但雾没那么多耐心，只留给你四十分钟左右的时间，之后，雾就淡得几乎看不见了。尽管周教授有些恐高，可眼前的美景令他兴奋不已，他选好位置，准备着相机，脸上露出美滋滋的笑容。他将这些美景一并收入取景框中。

而这天在湿地景区的木栈道上，秋风一吹，我既闻到了落叶松松脂的香味，又真切地看到了松针坠落扯出的一条条金丝线，恰若蒙蒙细雨，轻轻落在我的头发上、鼻梁上和衣服上。我调动自己的末梢神经，感受它们的重量。此时的耳朵变得异常灵敏，我听到了如银针落地般沙沙的声音，极其细微幽邈。眼前的木栈道上，金丝缤纷，美妙至极。

在高山草场北侧的草地边缘地带，有棵高大的胡桃楸，从根部就分出三个大树杈，形成漂亮的伞形树冠，绿叶有些泛黄，它的叶子过几天将会染成金黄。周教授从树上面掰下一截树枝，再掰下树枝上的羽状复叶，让我欣赏那叶痕处是一个很生动的小猴脸的模样。

看到眼前的胡桃楸，我立刻联想起小时候随大人到山里捡核桃。进山，在林下捡核桃，再运到家，按说体力活这时候几乎干完了，然而核桃身穿的那一层绿衣却如刺猬的一身密刺，很难对付。当年把核桃运到家，和大人一起开始用锤子砸那层青色的果皮，果皮里的浆汁一旦溅到衣服上，很快就会形成一个个黑褐色的污渍。手自然也会接触到那果皮，很快就被染成黑褐色，感觉如染色剂，好久也洗不掉。新鲜核桃皮中含有鞣质、没食子酸，这两种物质在空气中会被氧化成黑色的物质。后来生活条件好了，山里人也摸索出了经验，戴上皮手套，将捡回的核桃堆放在一起，用湿草等物盖上，浇些水，经过一个星期后果皮即腐烂，与果核分离，这时用水反复冲洗，捞出果核晒干，就能砸核取仁食用了。胡桃楸全身都是宝，其木材是重要的建筑、军工材料。它与水曲柳、黄檗，被誉为东北木材中的三宝。东北有个民俗，喜欢在过节的时候扭秧歌、踩高跷，而胡桃楸正是被选做高跷的木材之一，因为它特别坚韧不易折断。核桃仁富含蛋白质、人体必需的氨基酸和多种矿物元素，营养十分丰富。核桃、松子和榛子，是山里人最喜爱的三种坚果。胡桃楸的树皮、根皮、叶、外果皮、青果均可入药。早在李时珍的《本草纲目》中，就有关于青龙衣具有止痛作用的记载，青龙衣就是胡桃楸未成熟果实的外果皮。现代医学研究证明，胡桃楸未成熟的果实即青果，具有抗癌作用。山里人知道胡桃楸的老果皮及树皮有毒，投在河的上游能毒死鱼。据此，科学家们想到用它来灭害虫，正在研究开发生物农药。

在我记忆里最有趣的，是小时候每当春天树木返浆时，树木的形成层开始活跃，木质部和韧皮部有个短暂的脱离期，老百姓管这种现象叫离骨了。山里孩子们除了用柳条做柳哨，也用胡桃楸的枝条做木哨吹着玩儿。选取一段光溜笔直的有成年人小手指粗的胡桃楸枝条，先把细的一端切断切整齐，然后选在九厘米左右的位置，用小刀小心地绕着树皮横向割一圈，将树皮割断，尽可能不要割进木质部，然后以树皮割断的位置为界，两手分握两端，向相反方向边拧边搋，那九厘米长的完整的树皮筒就拧下来了。将那没皮的木质部的两头，各横切下两厘米长的似两个瓶塞一样的小木段，分别按初始的位置再塞进树皮筒里。其中的一个塞子在塞之前要竖着稍稍切一点儿边，好用这个位置做吹气孔。两个塞子塞好后，在树皮筒挨近吹气木塞的内侧空心的位置，再将树皮筒切割出有半个手指甲大小的半圆形斜向的切口，使树皮筒有了音孔，吹气孔和这个音孔对正朝上，这样，木哨就能吹响了。春天的山村里，孩子们吹出的柳哨声、木哨声，配合着刚归来燕子的呢喃声，河道里坚冰融化，河水打通身体的淤滞畅快的流淌声，水塘里沉寂了一冬正在试唱求偶的阵阵蛙声，共同协奏出一曲纵情欢快的春的乐章。也有会吹笛子的，会用胡桃楸枝条做个长一些的木哨，在树皮筒上多做几个音孔，吹出笛子般的曲调。

这些经历，仿佛是胡桃楸留在我记忆深处另外的色彩。此时，胡桃楸的几种色彩交织着在我眼前浮现，这是一种无比美好的享受。

刺楸落叶一圈白

站在这棵胡桃楸身旁，向高山草场西侧山坡望去，刚好能看见在林草交界地带，一片由槭树、杉松、旱柳等组成的红、绿、褐色混杂树丛的身后，有棵三四米高的伞形树，它的树叶是紫色的。这是棵稠李，稠李树叶的颜色到了秋天是最深的。

我想起以前秋天到长白山里赏秋叶，心思都用在寻找最鲜艳的红叶上，偶尔会见到一团比那些红叶色彩更深的紫色叶子，虽不如那些红叶们艳丽夺目，却也在大脑的色彩存储库里留下了深刻的印记。

这些年，人们越来越重视城市绿化，引进了不少新树种，其中有种叫紫叶稠李的树，曾引起我的关注，它的叶子从春天发芽，一直到秋天落叶，始终是紫色的。看来它叶子里的紫色素不甘寂寞，以致紫色素的激情冲淡了叶绿素的光辉。

去年夏天，坐景区观光车在长白山西坡游览，透过车窗，每隔一会儿就会看见路旁有一种树，树冠很茂密，树叶多是白色发亮。我脑子里带着疑问，在车上不停地搜寻、抓拍这种树。后来，周教授给我解释说，它们是狗枣猕猴桃或葛枣猕猴桃的雄株。春天时，它们的叶子是绿的。入夏后，有的叶尖出现了白色，有的叶子一大半变成白色，每片叶子白与绿的版图面积随性不等，也有的依然全部是绿色。随着秋天的临近，它们的叶子会变成浅粉色，然后变成粉色，到最后就变成粉紫色了。从春天发芽到秋天落叶，它的色彩一直在不停地变化。其实，东北槭的树叶也挺奇特，春天刚长出嫩叶时，是嫩绿中稍带淡淡的紫红，后来又渐渐变绿了，等到秋天下霜又变红了。

　　刺楸这种木材木质坚硬，木纹很细，又有椭圆形图案，将木材的材质与木纹的优点集于一身，而且还有香脂气味外溢。若将刺楸木箱放在屋内，不仅光滑亮丽，而且能放出异香，真是难得的上等好木料，可与红豆杉媲美。木料虽好，可因刺楸数量稀少，比较难找。聪明的长白山里人，发现了刺楸生长的秘密。每年秋季下霜后，阔叶树的树叶大都由绿变黄，秋风一过便开始纷纷落下，十来天工夫，大森林便换了模样，阔叶树只剩下高大粗壮的树干挺拔屹立着，唯有那些青松翠柏依然是树冠碧绿。而刺楸落叶时与其他树叶不同，它的叶子全是白色的，落得非常均匀，围着刺楸树根部洒了一圈，好似下了层白霜，这是树木独有的葬礼。秋后进山找刺楸，不必东张西望，只要看到地上的一圈白叶，便是刺楸无疑。由此，山里人总结出长白山区的又一怪——刺楸落叶一圈白。

这些长白山里极少见的另类的叶色，只能算是秋天五彩山林的小配角，但却如那些另类的超现实主义艺术作品一样，总是让人过目难忘。在大自然的盛宴里，独特稀少的，同样不能缺席。

那些花儿

格 致

桃花：木本爱情

买桃树苗的时候，我脑子里出现的是桃花，没有出现桃子。这说明我栽种桃树是审美需要。桃花是我的目的，至于桃花后面出现的桃子，那是审美向实用的延伸部分，我没期待，也不关心。我甚至不愿意看到桃花后面出现桃子。我不愿意美丽惊人的桃花竟然不是目的，不是终极，而是一个过渡，一个中间环节。我在院里挖坑，栽下树苗并浇水，我的每一个动作都和实用功利没有关系。我的每一个动作，都在为与桃花相遇铺设道路。

　　大部分桃树在东北三省是无法栽种的，主要是因为寒冬。雪线拦住了桃树，但拦不住桃子被运送过来。我有桃子吃，却看不到桃花。春天四处遇到的大多是杏花和李子花，而桃花在空泛的歌词中、王母娘娘的后花园，还有武陵渔人的一次梦游里。杏花、李子花是人间市井，桃花通向仙境。我的身边没有桃花，我的视野里看不见桃花，我在杏花李子花的市井里深陷，我需要桃花来搭救我，使我脚踩人间，头颅略略升高那么一点儿。

　　没有桃花，我的生活还不够完美，也就不够幸福。但转机在三年前出现了。那天我在乌拉大集看到卖果树苗的小贩，我的院子里需要栽种果树。院子里只种菜、种草本花，看着缺乏立体感、缺景致。当我买了海棠树、梨树、李子树后，卖树苗的人说了句：我这还有桃树。我立刻问了一个关键性问题：桃树在这里能过冬吗？他说这个是耐寒品种，能过冬。我决定相信他。我要尝试，万一能过冬呢？那不是补上了我窗外的遗憾了吗？那不是有人搭救了吗？我立刻买了两棵桃树苗，并做记号防止和其他树苗混淆。树苗都没长叶，所有的树苗都差不多，无法分辨。回来一棵栽在西厢房东窗前，一棵栽在西厢房的北窗外。我竟然把两棵树分开栽。最初的想法是把桃花播撒在我的院子更多的地方。一棵照亮我的东窗，一棵照亮我的北窗。三年后，我才知道我做错了。

　　桃树活不活要第二年的春天才见分晓。结果我栽的两棵桃树，在第二年的春风细雨里都长出了桃树细长的叶子——我的桃树度过了它生命的第一个寒冬，它考试合格了。接下来它将所向无敌。第二年只长叶子，长枝条，不开花。开花最早要第三年。那么我的桃树开花，还要等待。这是自然规律，着急也不行。

　　第三年的春天，就是 2020 年。此时我位于栽种桃树第三年的夏天，我是回过头在总结。植物是有自己的生物钟的。第三年的春天，桃树果然开花了，花蕾也是细长的。当我发现那是花蕾而不是叶子的芽苞时，我感到这个春天得救了。这个春天和以前的所有春天都不同了。这棵开花的桃树，位于我的东窗，东窗开满了桃花。它从今年开始，以一个成熟健全的姿态，参与院子里气场的建设，成为左右院子格调的重要成分。我每天都查看花蕾的成长，把旁边杏树的侧枝剪掉，为桃花的开放腾出空间。杏树也三年了，树长得很大，有桃树两倍大，却不开花，表现得比桃树还矜持。我为桃花忙了一大气，忽然想起了我的另一棵桃树，忙赶过去查看。它的位置在西厢房的北侧，树的西侧和北侧只有铁栅栏围墙。西北风很厉害。这棵树明显长得小。看看叶子长出来了，却没有孕育出花蕾。这两棵树买来时是一样大小的。我看了看西侧空旷的原野，没有建筑为这棵桃树挡风，冬天这里更冷。这棵桃树能度过冬天，已经用了它所有的力气，到了春天，已经没有余力孕育花朵了。那几片叶子，是它的呼吸。至此我才后悔没把它栽在西厢房的前面，这样房子可以给它挡住寒风。我想到秋天把它移栽一下，移栽到已经开花了的桃树旁边。这样想好了之后，给它把根部的草除掉，就继续关注那棵开花的桃树去了。

大概一周之后，桃花开了——粉色，比杏花大许多，颜色也更深。我的院子终于有桃花了！杏花李子花颜色浅淡，轻烟一样。我需要桃花的深色，帮我稳住心率。我给桃花拍照片，发给朋友看，发给家人看。我把我的喜悦分了许多份出去，但我满怀的喜悦仍然不见减少。但乐极生悲啊，福兮祸所伏，就在我觉得生活如此美好的时候，我去查看另一棵桃树。我发现它在春天长出的几片叶子，竟然都不见了，这棵桃树竟然在春天死了！它是熬过了两个寒冬的，在春天长出了叶子的，却在另一棵桃树开花的时节，慢慢枯萎，离开了人间。主要的是离开了我，离开了这个院子。我已经想好，秋天就把它移栽到房子的前面来，下一个冬天它再也不用对抗寒风了。身边有伙伴相伴，长冬也是容易过的，但是它却没坚持到秋天。那么，这棵树就不是冻死的，是别的更复杂的原因，让它丧失了继续活着的力气。它感到被轻视和被遗忘了吗？我后悔不该把它栽种在那么恶劣的环境里，后悔我要在秋天移栽它的想法只是存在我的心里，我没有说出，没有对那棵桃树说出。我如果站在它的身边，告诉它，等到了秋天，就把它移到房子的前面去，和它的伙伴在一起。下一个寒冬，有房子遮挡西北风，就不会冷了，这棵桃树是不是就会怀着希望，继续活下去？卖树苗的人说这是耐寒品种。小贩是没撒谎的，它确实熬过了两个寒冬。除了耐寒，它对其他打击的承受力却是弱的。或者寒冷加上孤独，是它无法克服的。小贩没有说它能耐孤寂。

我只有一棵桃树了。看来美好的事物，一个人不能占太多。我有一棵桃树就该满足了，想多一点儿都不能。如果你多了，你会做错一系列事情，然后失去。那剩下的，才是你应该有的数量。死去的那棵，转世应该还是桃树。它去另一个人那里，被小心呵护，有房子或围墙为它遮挡冷风，或者那里根本就没有寒冬，是个四季如春的地方。关键是新主人每天都看看它，长叶了没有？开花了没有？关键是它身边的伙伴，大家一块儿长大，一块儿开花，互相赠送花粉。

如果第一年就死了，我不会难过，那是因为它承受不住寒冬。它挺过了两个寒冬，在第三年的春天突然死去，这里边的原因令我自责。是我做错了，不然它现在将和它的另一个伙伴一同开花——"月夜一帘幽梦，春风十里柔情"。也许这两棵树是姐妹或夫妻，在苗圃里，它们就长在一起。当被我买走时，又幸运地没有分离，但没想到被我栽在两个互相看不见的位置。它们不知道都被移栽到了一个院子里，以为天涯海角，再不能相见。我每日自责，特别难过。一个月后，上天给了我一点儿安慰。那棵窗前的桃树，花谢了后，结出了果实。现在，在那些叶子的保护下，小桃子在安静地成长，有拇指大小了。

每一个小桃子都是一粒种子，那棵死去的桃树，可以选择一颗种子来投生啊！可我怎么知道哪一只桃子是它变的呢？

杏花：侧枝的悲伤

住进这个院子第二年的春天，我从姐姐家移栽了十几棵大李子树、几棵杏树。这些树可不是小树苗，在姐姐家已经生长了两年。移栽得很成功，基本都活了。本该开花，但因为移栽重创了树木，都只长出了树叶。它们的根被切断，得慢慢把根上的伤养好。受这么大的伤哪还能开花呢？长出叶子是为了呼吸，而开花是为了繁殖。繁殖需要更多力气，那得是无伤无痛才能做到的事情。等下一年它们就能开花结果了。但是意外还是出现了，导致这些艰难活过来的果树，哪棵也没能开花，甚至连叶子也被劫掠。

秋天的时候，我和樱儿去乌拉大集准备买些豆子——红豆绿豆黄豆黑豆。还没走到卖豆子那里，我们先看到了一对小山羊。小羊很小，刚刚断奶，叫声奶声奶气。我一看就迈不动步了。我蹲下摸小羊，小羊咩咩咩地叫着——它们这是管我叫妈呢，我母爱泛滥成灾。小羊瘦得皮包骨头。显然卖羊的人不肯给小羊吃好一点。这里的农民都是很穷的。其中一只小羊长了个黑脑袋，另一只小羊脑门长一个顺时针的旋儿。两只五百块钱。我们不买豆子了，买了豆饼和玉米，我们要把这两只小羊喂胖胖的，让它们过上幸福的生活。

山羊长大之后，除了长胖，还长了能耐，能从羊圈里跳出来。等我发现的时候，它们已经把我的果树叶子吃光了。那些移栽成活的果树，本来就没长几片叶子，哪够羊嘴的席卷，几乎都吃光了。羊第二次从圈里跳出来，没有树叶了，它俩就啃树皮。吃树皮是对树木的杀戮行为。树活着，一靠树根，二靠树皮。树皮是树的血管，这下子果树都死了。羊养到一岁的时候，我找来镇子里清真寺的阿訇，请求让羊往生，不然院子里将寸草不生，不能种菜，不能种树。阿訇让我们把羊送到寺里，得在那里才能往生，不能在别的地方。

羊属畜牧业，蔬菜属农业。农业和畜牧业在一个小院子里还是发生了重大冲突。我必须二选一。我得选择农业啊，人们已经依赖农业好几千年了。我原想把羊养成宠物，这样羊可以在农业环境里找到生存理由。怎奈那羊并不按照我的想法生长，最终长成和我的农业环境对立的样子。

第二年的春天，院子里没有羊了，又成了植物的天下。我栽种了很多菜苗：茄子、辣椒、西红柿、豆角、秋葵、芹菜……等到大集准备再买些果树苗栽上。只种蔬菜，院子里没有立体感，没有阴影，不好看。而且果树开花一开就是一树，场面壮观宏伟。

一天我给西红柿打侧枝，意外发现去年被羊啃死的杏树，从根部发出了三条侧枝新芽。叶子带着红尖，偷偷地在草丛里长出来了。那样子小心翼翼地。我大喜，虽然是从主干上长出的侧枝，但树根没死，养育这几支新枝会快速长大。我立刻清除了周围的杂草，给新枝以生长空间和充足的阳光。让它们大大方方地生长，告诉它们不要害怕，羊已经往生了，再没有谁来啃树皮了。

一年，长到半人高，再一年，长到一人高。等把那棵桃树栽在它身边的时候，杏树有一人高，两岁了。等到今年桃树开花，杏树就是五岁了。看到桃树开花，我光顾着喜悦了。等桃花谢了，结出了好几十个毛桃，我安心地等着了。我的内心安静、稳定，不焦虑、不着急。一棵开花结果的桃树，稳定住了这个院子里的气场，连同我也一同被稳定住了。可是有一天，我忽然意识到，杏树为什么不开花？它长得比桃树大一倍，年岁也比桃树大两岁。就算不结果，它总该开花吧？

这些侧枝，被主干告知，外面有羊，要小心。也许它们目睹了羊啃食主干的残忍过程，它们被吓到了。它们拼命长高，长很多叶子，很多分支。从下面看，它们不是一条主干，而是两条。这两条主干长了不到30厘米，就又分支，成为四

条主干。它们长出这么多主干，是为了对付羊的。它们不知
道羊往生了。它们也不相信羊往生了。它们的一切生存策略
都是按照有羊存在周围而制定的，包括推迟开花，长出很多
侧枝。对于这棵曾遭遇重创的杏树，开花繁育不是第一位的，
活下去，对抗住羊，才是第一位的。它的注意力都在险恶的
生存环境上，性成熟被推迟。它的全部精力用在生存、防御。
开花再说吧。死过一次了，能活着就很好了。开花结果，那
太奢侈了，我没那么好命，那得天下太平，天下没羊。

我期待这棵杏树能在安稳的生存环境里，慢慢清醒过来。
看见身边的桃树，在做开花结果的事情，认识到羊真的往生
了，可以开花了；世界和平了，没有危险了。

我要给杏树多一些时间，我期待明年。我不着急，愿意
这样等着。

百年梨园

张彬彬

当黄色的冰凌花、黄色的迎春花、粉色的桃花、白色的杏花接踵谢幕，终于等来了梨花。她缓缓地行、姗姗地来，这也是一种谦恭的境界吧，俏也不争春啊。

白云悠悠，山路弯弯，行进在莲花山的丘陵地带，简直是在天然的大花园里兜风。

忽然大家眼前一亮，一片白雪覆盖的山峦在前方铺开画卷。啊，哪里是白雪呀，这是"千树万树梨花开"。一树树，通透雪白，一簇簇，仙姿楚楚，一朵朵，劲头正盛。

这是雪藏在深闺中的梨园，早些年外界对她几乎一无所知。近几年沉睡的莲花山摇身一变成为国家级生态旅游度假区，处在这片度假区腹地的百年梨园就像神秘的女郎，掀开了那层薄薄的面纱，她那脱俗的清丽美貌，俘获了每一个游客的芳心。

其实梨树并不是罕见的树种，她已经有两千多年的栽培史，大江南北到处都散居着她的家族成员，读着古代文人墨客咏叹梨花的诗句，就知道她落户在哪里都是情种，备受人们发自内心的青睐和喜爱：苏州的唐伯虎"雨打梨花深闭门，忘了青春，误了青春"；西安的杜牧"砌下梨花一堆雪，明年谁此凭阑干"；四川的苏轼"梨花淡白柳深青，柳絮飞时花满城。惆怅东栏一株雪，人生看得几清明"；山西的元好问"梨花如静女，寂寞出春暮"；山东的王融"芳春照流雪，深夕映繁星"。这些优美诗句来自大江南北，字中句中皆幻化出梨花仙子的倩影。

然而，百年梨园绽放的梨花与普通的梨花不一样。她不是稚气的孩童，不是风韵犹存的半老徐娘，也不是耄耋级别的奶奶，凡此种种，只能称为她的后代子孙。存在了十年二十年的梨园常见，存在了百年的梨园不多见，更何况这个百年梨园不止一百年，而是一百三十年。这里的两千多棵梨树，长老级的高龄老树就有四百多棵，所以这里的气场与别处都不一样呢。

很多老树根部并不粗壮，离地两三尺处突然鼓出大肚疙瘩，很快，又倏地瘦下去，变成几根细树枝向上向周围伸展。

老树的表皮斑驳粗糙，造型千姿百态，有的已经被雷电摧折了筋骨，有的已经枝条触地，有的已经扭曲变形，有的树身布满穿心洞，有的像经历了地壳变迁一家几口人紧抱在一起，有的瞪着一双老眼，仰望着日月星辰……然而，它们仍初心不改，顽强地擎起枝叉，擎起一树树璀璨的花朵，花蕾洁白如雪，花瓣幽香阵阵，在天地间拓展，让生命的美色透出无限的张力。

怎么会长成这么独特的模样呢？是因为它们阅尽沧桑、饱经风霜？权威人士说，闯关东的古氏家族带来的山东梨树苗，为了抗击北方的寒冷，与当地土著的树木嫁接，树木接茬儿的地方便留下疤痕，于是长出疙瘩树节，成为一道奇特的风景线。

啊，这是生命在关东大地呱呱坠地的啼哭，这是生命迁移落脚在白山黑水刻下的胎记，这种与生俱来的倔强，散发着一种精神的光芒，就像闯关东的大汉吧？

是的，这里的老梨树不单纯是鸟儿谈情说爱、一展歌喉的场所，也不单纯是游客欣赏流连的一道风景，更是独特的闯关东的文化遗存。当你走进百年梨园，迎接你的就是镌刻着一个凄美爱情故事的巨幅书简。

相传，清朝光绪年间，一古姓男人携族人"闯关东"至此。因父母年事已高，只得留妻子在老家照看，相约父母百年后，以梨园为记，到梨花盛开的地方团聚。

古夫来到这片山峦起伏、遍地泉眼的地方，顿被吸引，在此种植嫁接了大片梨树，盖起四合院，建起炮楼，开起油坊，成为远近闻名的"古家油坊"。数年后，古妻为先人送终后，携长子古振芳历尽艰辛找到梨园，与丈夫团圆。

花开花落，逝者如斯。梨园悄悄地翻过了一百三十年的日历，有兵荒马乱年代的沉重记忆，有新中国成立后收归集体所有的繁荣发展，也有分产到户、经营不善的扼腕叹息……近年，伴随着长春莲花山开发建设的隆隆脚步，沉睡百年的梨园被唤醒了，这里打造集旅游、休闲、度假于一身的文旅小镇，与世隔绝的梨花仙子神采奕奕地走出深闺，其清丽纯净的靓影，令世人惊叹。

徜徉在仿古亭下的千年古泉，走进那幢当年古氏家族源起的大草房，抚摸着那截百年古木上雕刻的"古家油坊"四个大字，怎能不感慨万千。这里是一首中华民族移民的史诗，是当年闯关东的历史回音，是先辈们绝境中求生存的精神领地。

百年梨园，穿越古今，记载着先民的足迹，印证着先民的勤劳与智慧。它们的生命逾百年而不朽，花朵仍然是洁白的，像纯情的少女；也是厚重的，像资深的哲人。

百年，这个跨度很有价值。百岁老树，永葆素淡雅致的风采，用灿如雪、白如云的花瓣犒劳众生，给这个斑斓浮躁的大千世界吹来一股清新之风。百岁老树，始终绽放着少女般清纯的笑靥，营造着一个个至纯至洁的梦。百岁老树，还有一片冰心，那微微颤动的花瓣，"千朵万朵压枝低"，这种骨子里的圣洁丽质，让每一个与其亲密接触的人都变得清纯而静好。

人活九十被称为仙，这些一百三十岁的老树，自然称得上仙风道骨了。当山林被春风唤醒，树枝上鼓出一个个芽苞，一朵朵梨花喷薄而出。那不是老树如雪的白发，而是少女的美丽梦幻。从山顶向下俯瞰，就像站在黄山的顶峰，一树树梨花像一片片白色的云海，匍匐在脚下，如腾云驾雾一般。当人们把镜头对准繁茂的树冠，洁白的梨花被蔚蓝的天空衬托着，纤尘不染。山腰上，有一棵几人合抱粗的老树，无数根祈福的红布条随风飘动，那是人们对生命的顶礼膜拜。

花人相映，交相生辉。走进这里的人无不进入忘我境界，梨花能让你张扬地笑出声来，梨花能让你纵情地舞起来。一波波穿着唐装的姑娘小伙，叽叽喳喳地摆着姿势；一群群扭秧歌的村姑村夫，在梨花掩映的绿地上扭得动人；几乎每个游客都拿着手机或者"长枪短炮"，对着梨花不停地拍照，手腕酸了都停不下来……

我对这里有一种浓得化不开的情愫。通常人们对梨树的喜爱一年只有两次，一次是开花，一次是结果。而我对百年梨园的喜爱是全息的，是每时每刻的，因为她异样的躯干渲染一种悲壮、苍凉的气氛，她的脊梁渗透着民族精神、坚韧的品性和令人震撼的美，任何季节，无论花开花落，只要徜徉其间，都会令你百读不厌、遐想无限。

不知怎么，年年来梨园，就像修行一样，心灵被净化了，灵魂被洗涤了，身心变得洁净明亮了。联想到年过花甲的自己，不敢说读懂了百年老梨树，但真的感到与其心心相通了。人活的就是个状态，就是个精气神，就应该像这老梨树的样子，只要活着，一颗心就应该是年轻的，可以淡泊素雅，可以不施粉黛，但要开出与众不同的花朵，要有浅浅的暗香浮动，要给这世界留下遐思和美丽。

滨江那一座公园

王永彪

时隔几个月，我终于走进了滨江公园——长白朝鲜族自治县这座小城里最受居民欢迎的依江而建的生态公园。

前所未有地静，前所未有地白，前所未有地雅。我怕扰了它，却又忍不住，还是踏着木台阶慢慢而下。

我途经公路至此，路上仅过了几辆车。在这样一个特殊时段，如此偏僻之处，难得见行人，哪里奇怪？

木台阶上的积雪被偶尔踏访的脚踹得变了形，它们也就委屈着，又承载了我的脚。

湖心亭在右手位置，完全忘了职责，唯有"湖心亭"三个字还醒着。我往日去过，坐在椅子上，观水、观花、观内心。

取此亭名者，必得张岱之意。一个时代，一种境遇，唯有亭与雪还在，斯人、斯情，哪里还有踪迹？

我没有过去，让它保持安宁吧。如果飞鸟肯于歇脚，估计它不会嫌弃的，定会任其歇下翅膀，或干脆邀空中之飞灵于此酣睡一夜。

一个被谁遗弃的长椅靠在台阶右侧墙边，往日的温暖隐约还能感知。类似的长椅原本安放在临江位置，背倚着移植的绿化带，供人小坐漫谈。

于此暂存，不知它委屈否？期待异日，它仍可于某处稳稳地安置，再承接休憩的需求。

人工湖完全被雪遮没了，若非晓得此处是湖，哪会有此判断？一双大脚愣是踏碎了雪，撕开一个口子，似乎要到湖里开创什么大业。可惜，他行至中央位置又折回来，好像恍悟了什么似的。

这湖，夏秋季节是野鸭的天堂，它们自由地舞蹈、追逐；也是孩童的天堂，他们幸福地探寻、分享。人与自然和谐共处，完全是在悄无声息间发生的。

到了冬季，野鸭换了地方休憩，喜欢运动的大人孩子到此滑冰、玩儿冰壶，途经的也驻足观看，乐趣着实不少。当下的静，也是休养的方式吧。

湖边的茅草亭还在，蘑菇一般站立着，仍有往日的气势，只是少了躺椅，令人生了遗憾。

我也曾在躺椅上歇息，沐浴在日光之中，安享清风抚慰。躺椅何在？问哪一个呢？必定随着滔滔洪水去了远方，再也不肯复还。

江畔的扶栏已经尽无，其下的铁丝笼还在，银闪闪的，一边靠着雪，一边靠着水。如果不是具备自然泄洪的能力，估计它也难以存留。

站于此处，望着冰封的江面，我的心似乎也去了远方。远方作为一个词，于我已经孤独地存在许久了。

两位女士自后跟上来，我往边侧靠了一下，免得彼此生了忧虑。她们极快地过去，我也就安心地站着，任江风掀动我扣紧的棉服帽子。

估计是我站得久了，一只水鸭子再也藏不住，扑棱一声飞起来，往对岸去了。我靠近看看，仅有浮起的冰，并无可吃的东西。石缝里的几株枯草，倒显出一些生机。

既然已经出来，又十分安全，我索性走上吊桥。往日，有些顽劣地走上此桥，会故意晃动吊桥，引发剧烈的震颤，与同行的笑过也就好了。

这场洪水对吊桥冲击不大，似乎也就缺了一块很窄的木板，其他的依然安好，铁索与立桩使之保全吧！

吊桥左侧的亭子还安好，毫发无损。热闹时，好多人于此饮酒小聚，未来依然可以的。

我继续向前走，不是为了看风景，实在是需要走一走。

一只鸟掠过冰面，好像要劫掠些什么，也许它有些收获，我却什么也看不见，也许它和我一样，仅是飞飞而已。

江边的树拦住了一些杂七杂八的东西，有的缠住树干，有的挂在枝上，好在它们不张扬，低眉顺眼的，完全是一副驯服的样子。

若不能人为清理，估计得若干年才能被自然的力量带走。这杂七杂八的，鼠定然喜欢，它们可以给自己的子嗣絮窝的。定是它们的足迹，雪上许多小印痕，延至大墙位置又折回来。也有些大的足迹，应该是江中的其他生灵，到了夜晚时分出来漫游。

午后的光线依然很强，我转过身，目光聚焦在高树附近的矮灌木上，大多倒了，贴着岸安睡。这一睡，估计再无机会萌生。在它们枯倒的位置，未来必会水草葱茂，也许还会生出树来，至于品种，得看哪个有缘了。

沿着台阶，我登上高处的看台，向对面望去，那边的植被损伤得更厉害，许多扑倒在地面上，只等着江水泛滥时可以被带走，不再有当下的尴尬情状。

最盼的，还是我们建的互市。若果能如描述的那般，我定会趁闲暇去看热闹的。那个时候，滨江公园如能修复，估计也会热闹起来，迎接南来北往的人们。

我没有走回头路，顺着公路边侧的人行通道往回走。站在高处，我才发现，去年移植的树都不见了，巍然而立的尽是于此生长了几十年的根深叶茂的大树，它们有力量继续护佑这一方水土。

相信春风唤醒大地时，这里必定还是生机勃勃的万千景象。

想到这里，我的脚下竟然生出了全新的力量。

长白沥墨

钱万成

一

　　长白山是一座神奇的山。它就像一座印象派大师刀下的立体雕塑，让你永远也读不懂，永远也读不完。画家看到的是风景，诗人悟出的是哲理，坚韧者读到刚毅，懦弱者增添勇气。只要你来到这里，就会感到仿佛置身于太虚幻境，叹天地造化之奇伟，感宇宙灵性之精微。人与自然融为一体，血脉成溪，魂魄飘游，若云若雾，弥漫成一种永恒。

二

人有殊才，其志乃大，山无险路，何言景奇？登长白，路在勇者脚下，险绝处处奇景佳。山下鲜花山上雪，四季集于一山，没有勇气和毅力谁也无法领略她，攀险径，过密林，看不到天空时，倍觉阳光可贵，登上绝顶，始知山比人低。在虎跳石上站上一站，你也会顿生虎虎生气，在卧虎峰前留个镜头，会有一种力量一生都鼓舞着你。不登长白，不知山本来和水一样孕满灵气，不辟蹊径，不知真正的风景并不在别人的画册里。读一处佳景亦如读一部奇书，只有用心领会，才能悟出它的真意。走万里路读万卷书，登一座山便是一次精读。

三

长白山有树数十种，唯美人松最为珍奇。美人者鸟中凤凰，花中牡丹，树若此，怎能不让人痴迷？树身高直，冠盖娉婷，玉立半云，落落大方。何得美名？传说不一，有言其宗为一彪悍男子者，善骑射，精琴棋，一日与仙人对弈，输掉一只手臂，弃于山崖，生根如是，挺立至今。传云，凡风雨之夜，树下可闻琴棋之音；亦有言其宗为一刚烈少女者，因爱而归山林，站在山崖上数年而变，成为树中之神，不畏严寒，不惧风雨，不移其志，情有独钟。传说虽不可信，但人心向善，物稀为奇，读之可鉴。

四

长白有瀑，飞流数百尺，其貌如纱飘飘展展，其声如雷轰轰隆隆。远瞻如飞龙凌空，近观似一柱竖立。立其下便会感叹人生如那飞流逝水，突来陡落，一荡三叠，碰壁而回，绕石而过，其下不知路之所向，不知道之多远，一路流将下去，不知何日而终。至此，顿生几分悲凉，幸好瀑下不远便有潭清清澈澈，看水流来，看水流去，又引出几多遐想。想人生如此亦算轰轰烈烈，如无此陡落，困于某处变成死水岂不更悲哀？一生劲动，尽管曲曲折折坎坎坷坷，能为人送些许清爽，能保持一生清白，沧桑人世亦不算白来。

五

读天池有如禅语，读不懂天池等于白来一趟长白山。天池之水清冽甘甜，却不肯与鱼虾为伴，晨洗彤阳，夜浴星月，非圣洁之物不可沾它半点灵光。白云悠悠只可充为过客，黄鹤光顾亦不敢忘乡。它只属于传说中的东方圣祖，只属于那条虚无缥缈的龙。近有传云，池中有怪，牛头狗脸其说不一。但据我推想，传说只不过是一种臆造。俗人不识禅机，却妄想用俗人的眼睛洞穿它的神秘，于是就用那种俗不可耐的伎俩制造出所谓的"谜"。天池就是天池，天池没有生命才是天池之奇。其实，有无之间并没有绝对的界限，就像踏山未见山，涉水不见水，山在水中立，水在山上流，置身于物外，物乃在心中一样，如是而已。没有生命它却孕育无限生命，它下发为江，浩浩千里，两岸生灵吮水而生，千秋万代，谁敢说不是她的儿女？

到白山去

赵培光

一

6月，不到白山去，又能去哪里呢？尤其是我。

白山白，白成什么模样，望一眼海拔2691米的长白山主峰便了然于心。

因为有山，人们习惯了登攀和临转；因为有水，人们习惯了逆水和顺流。生生不息，代代递接。

据悉，早在新石器时代，位于吉林东南边地的白山就有人类活动了。薪火相传，不妨把目光从远古拉回到现实，白山人倚仗着丰饶的"立体资源宝库",其生长历程、生产方式、生活内容、生命意识都伴随着绿色绵长和绿意汹涌。而当下的白山,下辖临江一市、浑江江源二区、抚松长白靖宇三县,拥有17505平方千米土地和90余万人口,有汉族、朝鲜族、蒙古族、回族、壮族等37个民族。这,是我能够说清的数字。其实,白山是个谜。谜面是山,或者是水,谜目是山水的通道,而谜底深藏在白山人的心中。白山人喜欢沉默,沉默地笑,那张底牌在心中浮游,且闪耀。

闪耀在我眼前的呢,却是一片绿。莹莹的,碧碧的,无异于身边的树木,或此或彼。

曾经,作为白山形象的评审委员,我在芸芸作品之中,毅然选取了"在白山行走,为绿色停留"的宣传语。我知道,我有足够的理由。

到白山去。到平畴沃野、江宽河长、峦叠岭峭、草茂花盛的白山去!我迷恋这样的白山,视白山为放浪形骸的理想国。哪怕,纯属于我自作多情。

白山的私藏,说厚也厚,何止一座长白山?何止一条鸭绿江?当然,说薄也薄,无非一白一绿,无非一静一动。

既是一种精神——白就白到山顶,也是一种情怀——绿就绿到水底。

山顶与水底之间,白山绿梦,葳蕤无际,所谓向未来要希望,所谓向希望要未来。

当我走进这里的山水，这里的山水也在走进我。恍兮惚兮，如同庄周与蝴蝶。

在江水的流动中，我看到了一个亮丽的白山；在参花的绽放中，我看到了一个摇曳的白山；在英雄的气概中，我看到了一个倔强的白山；在百姓的笑意中，我看到了一个温存的白山……

那么，请覆盖我吧，让我变成一个快活的孩子。

二

不说长白山，不说。不说白山的最高、最壮、最奇、最美。

无语的长白山教会了无语的我。

有山必有石，有水必有石。

石是山水的魂。

一花一世界。不，一石一世界。幸好，江源给了我一个进入的角度。

石者，松花也。

追根溯源，松花石的生成有8.5亿年的历史。实际上，它是由于海相运动过程中淤泥留在海底，又经过冲撞、挤压、沉积，最后形成之。其中，主要的成分是方解石、石英、云母、黏土和少量的金属矿物质。

而在东南边地，首先开启人们心智的是砚，名曰松花砚。

石，只是一种材料，所谓原石。手艺人从原石的打磨中"揪"出了砚，外达中通，直逼肇庆的端、婺源的歙，康乾二帝视为"大清国宝"。于是乎，优者为贡，余下散落民间。终于封禁，待山令解除，已逾三百春秋。20 世纪 80 年代初，经多方努力，松花砚重放异彩。

奇石睡在原石里。

逐渐地，有"识"之士自觉地加入有"石"之士，队伍日益壮大，奇石频出，呈现泛漫景象。

而资源与品种突出的江源，理所当然地成为"中国松花石之乡"。在宏大的以松花石文化为主题的中国松花石博物馆里，展示着数以千计乃至万计的艺术品，灯光和背景的映衬下，绿衣天姿、紫袍玉带、黄金裹玉、木纹、虎皮纹、核桃纹，令人目不暇接，驻足流连。似锦缎，似云霞，似奔马，似睡蝶，似一帆风顺，似人生几何……真的是要多奇妙有多奇妙！要多神灵有多神灵！

十分开眼，开心智。

我是沉醉过的，每一次沉醉都是新感觉。

石，就是石，混沌、粗犷、豪放。何须向玉讨巧，譬如精微、细腻、圆融，赖以雕琢。

松花石，尤其自得。

目前流传的一种说法是：江源人由于生活在中国松花石主产地，觅石、赏石、爱石，由来已久。现代的江源人仍然保留着尊敬石头、崇拜石头的民风。许多人把造型神奇、质润色美的松花石当作"镇宅、避邪、纳福、呈祥"之物。

石不能言，赏家有赏家的趣味，藏家有藏家的道义。

奇石成全了不少商人，也满足了不少文人。我认识一个半商半文的友人，藏着苏东坡和鲁迅等一系列大人物的真迹，很有些样子。见到真品的时候，我都傻了。傻了，他也不肯搭理我，自顾自地得意。

三

临江，临江，临近江水。江水是绿色的，而记忆却是红色的——红色百年。

1927 年的春天，日本帝国主义侵占了朝鲜半岛，又觊觎中国，用尽各种手段，非要在与朝鲜一江之隔的临江设立日本驻安东领事馆帽儿山（即临江）分馆，为其在东边道的殖民统治安置据点。山雨欲来，临江的十万人民血脉偾张，同仇敌忾，与侵略者展开了顽强的斗争。斗争持续了两年，同时得到了全东北乃至全国人民的八方支援，致使日方的设领阴谋最终破产。这场艰苦卓绝的斗争，历史上认定：是"九·一八"事变前东北边疆反战的号角，亦即当年"反日运动的转折点"。

另一个转折点，便是解放战争中的"四保临江"。

时间定格在 1946 年的冬天。12 月 11 日至 14 日，围绕着主力部队是留在南满坚持斗争还是撤到北满保存力量的大问题，时任南满军区司令员的萧劲光和政治委员陈云组织召开了军区师参以上干部参加的"七道江会议"。会上，群情激昂，各抒己见，争执时断时续，陈云最后结论："我们不走了。一个纵队也不走，都留在南满，当孙悟空，大闹天宫，在长白山上打红旗……"次年 1 月 5 日，保卫临江打响了第一战。接着，第二战，第三战，第四战，直到把国民党十万兵力打得落花流水、全线崩溃。四保临江，无疑为加速东北和全国的解放奠定了基础。

历史，燃烧着这片土地上的血与火。

几十年后的临江，这片红色土地正在积极地前所未有地实施着绿色转型，已呈大好局面。

花山镇老三队村乃临江的一个细部，尽管我是蜻蜓点水，却也水光潋滟。于潋滟的柔波里，挂着醒目的招牌：彪哥煎饼。简单四个字，凝缩着不简单的意味。匆匆奔过去，深入屋内，一片妇女的笑脸及笑声。递过来刚刚刮出的煎饼，让我品尝，果然又薄又脆又香。嘻哈之间，脑袋出幻觉了，自己竟然一身军束，不由得唱道："送给咱亲人解呀放军，哎咳哎咳哟……"

四

长白朝鲜族自治县境内，排列二十四道沟，沟沟藏着精华。

十五道沟是典型，堪称代表。

所谓："南有九寨沟，北有十五道沟。"

不是吗？一进入景区，完全换了个人。先是打着伞的，伞外细雨霏霏。走着走着，伞也不知哪儿去了，沿着蜿蜒的小路前行。更贪婪的是耳目，听惯了市声、看惯了市容的耳目，在这里忽然变得聪明，耳之聪，目之明。

一幅幅的山水画卷，一处处的艺术灵光，千柱峰、石柱崖、母子瀑、九霄天梯、密林栈道……

我是在梦里游荡吗？游游荡荡。不，眼前是，纵横的山，交错的水，山山水水皆生动，完全进入到美学范畴了，完全升华到哲学意味了。不，山水即美学，即哲学。我尤其倾心于"天书成册"。石柱整整齐齐，如书书拥挤。哦，我终于找到了阅读白山的一个入口，并由此展开我无限的情思。

辛弃疾显然比我更痴缠，"我看青山多妩媚，料青山见我应如是"。

是？还是不是？

在山水这幅画卷里，人呢？不过一粒红尘！

沉沉的十五道沟，霏霏细雨，做着轻轻的好梦，一如望天鹅……

五

人生，接近花甲，到底想要什么呢？

若能清俭内心，一切兴许安宁。

步入清清爽爽、松松软软、逍逍遥遥的孤顶子村，方才得知，它竟然就是传说中的锦江木屋村。村，从古到今，一直袭用，诗情画意贯注。五言句屡见不鲜："暖风医病草，甘雨洗荒村。""舟船如野渡，篱落似江村。"七言句更加俯拾皆是："借问酒家何处有，牧童遥指杏花村。""山重水复疑无路，柳暗花明又一村。"

毋庸讳言，烦扰半生余，逐渐地，我的骨子里越发向往古代的那种散漫、散淡、散仙的无目的生活。

不容易，看似低调，实则奢华。

从五十岁开始，我想明白了许多。该抓住的，我要拼命抓住；该放弃的，我要尽量放弃。人只活一生，知天命的年龄，还在玩儿万花筒的把戏，没意思了。什么是有用？什么是无用？萦绕于怀而且未曾实现的一件事是去乡下教学。实际上，作为离开十年的知青，我在1987年回访舒兰县平安公社永和大队时，便萌生了晚年去那里教书的念头。说不清的一些原因吧，再也没有踏进我的第二故乡，尽管去乡下教学的梦想时常闪烁。而眼下，我已经望得见曾经模糊的退休线，宛如我已经望得见曾经模糊的地平线一样。的确，我辛劳过了，我苦恼过了，为生计，为名誉，数十年里，几乎废掉了血肉的我、核心的我。

不是去做陶渊明"晨兴理荒秽，带月荷锄归"。不是去做白居易"远芳侵古道，晴翠接荒城"。

而是去做一个义工，教育的义工。

这个义工将在安适、恬静、充盈的背景下施行。

的确，这里是一个可以让人放低身价和傲慢的所在，低到山野、低到村庄、低到生命的基因与基调。质感的生长历程、生产方式、生活内容、生死意识伴随着绿色绵长、绿色汹涌，一切都在时间之下，一切都将化为恒永的岁月。

同为中国最美的古村落，我前年去了远在天边的白哈巴。在主人毡房里，我一连喝了三杯奶茶，深深感染着牧民的真情。暗忖，村里需要我吗？需要的话，就把讲台安放在西北第一村，我愿意跟图瓦人共度日月。现在呢，我又来到近在眼前的孤顶子。新建的木屋（木刻楞），一座座，一排排，完全是老旧的模样，套话叫修旧如旧，文物级。正是吃午饭的时候，东家豆腐，西家豆浆，串过两三家，就半饱了。试探着问村民，租一间木屋多少钱？她说好些的要四百，差些的要二三百。她肯定当作游客住宿了，回答我的是一天的价格。

怎么跟她说呢？

很想告诉她，我要长年居住下来，租间普通民房，趁我的思维、心智、手脚还都算好，在孤顶子弄个辅导站，经常性地给孩子们补习一些基础教育课程：数、语、外。

做个——纯简的人。

我的意思是纯简：纯粹，简约。

这个当口，手机忽然接收到一条微信：山月不知心里事，水风空落眼前花。我是不是没戏了？

六

我遇见英雄了！不错，我遇见的仍然是英雄的雕像。

他叫杨靖宇。

对，他叫马尚德。崇尚的尚，品德的德。

雕像矗立在英雄殉国的密林里，即杨靖宇倒下的地方，浩气冲天。旁边，伴着一棵挺拔的沙松，以象征的名义唤作常青树。天空朗阔，林海苍茫，只为衬托一个英雄，仿佛。

默默地鞠躬。一……二……三……

请允许我郑重截取一段英雄简介："杨靖宇（1905—1940），原名马尚德，字骥生，汉族，河南确山县人，中国共产党优秀党员，无产阶级革命家、军事家、著名抗日民族英雄，鄂豫皖苏区及红军的创始人之一，东北抗日联军的主要创建者和领导者之一。1932年，受党中央委托到东北组织抗日联军，历任抗日联军总指挥、政委等职。率领东北军民与日寇血战于白山黑水之间。他在冰天雪地、弹尽粮绝的危急情况下，最后孤身一人与大量日寇周旋战斗几昼夜后壮烈牺牲。"

时年，35 岁。

仰望着曾叱咤风云的英雄的雕像，久久追思。蓦地，我的脑海浮现出另外一位将军，他是比杨靖宇大 11 岁的叶挺。皖南事变中，被国民党关押在重庆狱中，百般威逼利诱，叶将军以《囚歌》明志："我希望有一天／地下的烈火／将我这活棺材一齐烧掉／我应该在烈火与热血中得到永生！"

杨将军和叶将军永生。不死，不苟且。

6 年之后，英雄洒血的濛江易名靖宇，以示纪念。

后代，后代的后代，一代一代的靖宇人，凝心聚力，奋发图强，不辜负先烈。

七

到白山去。到白山的临江、浑江、江源、抚松、长白、靖宇去。

去那里濯濯足，去那里洗洗心。

白山是一部大书。每一个章节，每一个页码，乃至每一个标点符号，都令人赏心悦目，令人生发爱恋。尽管，我还清醒着。在广袤、丰饶的白山，我充其量是一片云，一片过客般的云。

而有时，我会恍惚，会感觉白山在我的呼吸之间，云一样飘起又落下、落下又飘起。

其实，我会经常性地把白山想象成一片海。在绿色的海洋里，花朵的心思才掩饰不住呢，也无须掩饰。就那么放肆地红给你看、蓝给你看、橙给你看、黄给你看、粉给你看、紫给你看……盛装演出似的，合谋着一个又一个争奇斗艳的季节。

2300余种植物中，无花族极少。有花的植物，漫山遍野地跃动着，跃动着，纷纷"花"给你看，无垠的花海……

我在白山花香四溢的山水画卷里，看到起伏了，看到跌宕了，看到平平仄仄了。

耳边，忽然响起那一首流传至今的古歌——

如果你找到的比我好，那就忘掉我；如果你找到的不如我，那就记住我。

白山啊，如此明快，而又如此透亮！

红松子，长白山的文化标签

李雪菲

　　宇宙浩瀚，乾坤有序。大地，仰日月之光，吸天地之灵气而孕万千物种。红松，经数亿年更迭演化而来，簇拥成冰雪北国苍苍莽莽无边无际的针叶林海。松籽，也叫松子，虽附生于松，却不逊于母，从被认识开始，便披一身王者的光辉被推崇、被拥戴，被赋予"仙人之食"的荣耀。

　　松子，不过就是一粒种子，但却不是一粒普通的种子。野生红松树五十年才会开花结籽，两年成熟。随便一棵红松的树龄都可能百岁甚至千岁。红松子，生长在伸向蓝天白云的千年树梢之上，藏在绿色菠萝般的松塔里，汲足了古松之精华、日月之能量，纳满了天地之灵气，沉甸甸，粒粒如金，神奇似丹。

从远古走来的神物

红松子也称海松子。

李时珍在《本草纲目·木—松》中说："松子多海东来……"

红松树是国家一级濒危物种。广袤的长白山脉拥有由国际A级自然保护区组成的保存完好的原始森林，这里的红松资源是中国最大的红松母树林原始群落，为人类提供着丰富而珍贵的红松子。有关红松子的记载，最早见于汉代的《汉武内传》。素有食用松子可以"延年益寿""齿落更生，发落数出"之说。《本草经疏》中载："松子味甘补血，血气充足，则五脏自润，发黑不饥。故能延年，轻身不老。"《本草纲目》《名医别录》《海药本草》等多部医书中对松子的"久服轻身，延年不老"之功效都有详尽的阐述。

关于松子的神奇传说，比起那些医典的记载更让人心驰神往。

晋代著名的医学家葛洪在《抱朴子》载：秦末，刘邦、项羽攻入咸阳，战乱中，宫女们逃进深山。在山里老人指点下，以松果和松针为食，结果个个面色红润，冬不怕冻，夏不怕热。传说，这些宫女都活了三百多岁，而且秀发乌黑，至两百多年后的汉成帝时，有人还见到她们活着，跳坑跃涧，毫无老态。

在古代《列仙传》和《神仙传》两部神话中，关于食用松子治病延年的故事则更多。其中，尧帝因无暇服用仙人偓佺送给他的松子而错过寿至两百岁的故事最令人遗憾。古之历代帝王求长生不老，炼丹修道，但终未能遂愿，只好将延年益寿的希望寄托在小小的红松子身上。

巍巍的长白山，因被清王朝誉为满族文化"龙兴盛地"而推行"封禁政策"长达120余年。虽如此，但皇上的早晚膳却一日也少不得长白山的松子。乾隆帝创新的"三清茶"，就是以雪水将梅花、佛手和松仁同煮，并以此宴饮君臣。红松子，探索山野间的神秘精灵，在仙人僧道和皇家贵族的簇拥下，从远古款款走来，从从容容，高贵却不娇嗔，朴素却光芒万丈……

采塔，一部悲壮的史诗

"风落收松子，天寒割蜜房。"

9月，松子的采塔季。浩瀚如海的长白山，到处是山珍，但最挣钱的还是采松塔。

人类食用松子或从原始社会开始，但直到今天采塔仍沿用着最原始的方法——人工爬树。野生红松树株高多在三十米以上，直径一米多，两个人合抱都合不拢。红松的树干直，没有什么抓手，采塔人想用双手抱住树干往上攀是不可能的。脚扎子，是从古用到今的爬树工具。爬树时脚扎子扎在树皮里向上用力，但脚扎子也有打滑的时候。

红松树，遮天蔽日。站在树下，看不到树上任何情况。每一棵树都充满诱惑，也充满危险。树顶虽然枝丫多，但同样不安全。松塔长在树尖上，树高风大，人很容易被风摇落。现代人尝试过用机械，训练过猴子，近几年又兴起用氢气球。前两者皆不合适，氢气球似乎安全且好用些，但气球飞走的事故几乎年年都有发生，因此，穿脚扎子直接爬树仍是采塔的主要方式。

清朝时期，皇室因年年向长白山地区征纳红松子入宫，曾出现过大片伐木取塔的现象，造成"多百里内伐松木且尽，非裹粮行数日不可得"的境况。清政府严令："以后无论旗民采捕松子、蜂蜜，务须设法上树，由枝取下，不准乱行伐树，从此一体严禁。"这一禁令有效地保护了长白山原始森林。

古代把打塔人叫塔子帮，在深山老林里采塔必须团队作业。清朝的采塔组织有三种，分别是塔坦、牛录和打牲乌拉府。现代人也是团队采塔。从古到今，采塔人虽多是身轻敏捷的年轻人，但坠树、蛇袭、蜂蜇等都威胁着采塔人的生命。窜树，是采塔人从一棵树直接跳到另一棵树，危险最大，但总有人试。国有红松林的松子早已实行承包制，包山人给雇用的打塔人购买保险，出了事有保险公司负责赔偿。但对于采塔人来说，他们的命只能靠自己牢牢地抓住一根结实的树枝和脚上那副扎在树皮里的脚扎子。

"树上钱串子，地上坟圈子"，说的就是打塔人的辛酸境遇。

进山有规矩，打塔要敬山神，这是北方女真族传下来的习俗。山把头选一棵有灵性的大树摆上供品，磕头跪拜，以祈求山神护佑平安，进山多少人，出山多少人。搭戗子，是进山后要做的最重要的事。戗子，自古就这个叫法，指上山伐木、挖参、采松塔等临时居住的窝棚。打塔季一般要二十多天，戗子就是山里的家。窝风向阳，前坡后岗，坡下有泉的地方才算是搭戗子的风水宝地。

野生红松树是前一年6月开花，第二年9月果实成熟。自然形成了"三年一小收，五年一大收"的规律。在丰年里，手把好的采塔人在一个打塔季能挣四万多块钱，普通的年份里也能挣两万多。因此，每年的打塔季也会吸引一些南方的山客，他们大多来自贵州、湖南、湖北、云南等山区。他们以家庭为小的单位，再组成一个大的组织，山里人管他们叫"爬猴子"。叫他们"爬猴子"没有贬义，是说这些外乡人活儿干得利落。因为各地松塔的成熟时间略有差别，这些受欢迎的外乡人有组织地一路向北，依次是辽宁、吉林、黑龙江。

无论是本地人还是外乡客，采塔，必须遵循老祖宗传下来的山规：松塔不要打尽，留下一些给山里的小动物们冬天吃。

一捧松子在手，让人心生感恩与敬畏。感恩天地的馈赠，敬畏用生命采塔的山民。对于红松子，人们不敢糟蹋半粒。糟蹋，仿佛是对天地和生命的不敬。

松子的世界贸易

"世界松子看中国，中国松子看梅河。"

梅河，全称梅河口，吉林省的一个省管县级市，是"亚洲最大的树生果仁加工集散地"。每年全国各地及俄罗斯、朝鲜、蒙古、巴基斯坦、哈萨克斯坦等周边国家，将约占全球70%的松子原料都汇集到梅河口，经这里加工成松子仁销往世界各地。

很多人不解，凭什么不产松子的梅河口竟是中国松子的加工集散地呢？

红松子的贸易史要从20世纪70年代末的梅河口说起。梅河口是当时北方地区的交通枢纽，吉林省多个二级调拨设在这里，中国红松子加工产业的源端——吉林省梅河口土产农业生产资料采购供应站（简称梅河口土产站）就是其中之一。70年代，日本是当时中国最大的贸易合作伙伴，从中国大量进口蕨菜、薇菜等土特产，后来尝试少量进口红松子仁。采松子难，从松子里取松仁儿也难。一粒小小的松子仁从又硬又厚的外壳里取出来，且保证娇嫩的白仁不破损，达到出口日本的标准，这在当时不是件简单容易的事。小锤一落，用力轻了硬壳不开，重了，里面的松子仁就碎了，而且还有扒籽、烘干、脱红衣、按要求选籽、挑籽等一系列工序。当时，只有梅河口土产站经过摸索和尝试取得了成功。

松子最初的加工方式是在家里砸。当时砸一袋松子的收入相当于一个人的工资。民巷、胡同，到处都能听到"咔、咔"的压松子的声音，梅河口从此进入了家家以砸松子为副业的时代。

松子仁很快就风靡了欧美市场，梅河口的松子加工厂亦如雨后春笋。松子破壳机研制成功后，工厂开始大批招工，并一直处于用工荒的局面。这种用工荒的局面直到智能化松子破壳机、色选机的出现才结束。当年，梅河口松子业的繁荣可以用如日中天来形容，订购松子仁的外贸客商和卖松子的山民从各地汇集到这里，自然形成了中国松子的贸易中心，当年梅河口也成了商贾云集的淘金之地。后来，梅河口人走遍了各类松子产地，开发了雪松子、云南松子、华山松子、偃松子、米松子等的出口业务。中国的松子出口产业，也变成了以红松子为主导，附以其他品类的市场格局。漂洋过海的红松子就这样成就了吉林省的特色经济产业。

红松树，一伫千年，阅尽沧海桑田，倾其千年精华于一粒籽中。从古代的仙人之食、王朝贡品到世界的餐桌，红松子，就像漂在华夏长河里的一枚历史标签，荣光闪耀。但它绝不是为皇族而生、为谄媚贵胄而来，而是没有分别地为需要它的众生而来，松鼠、山雀、星鸦和各色的人们。但，如果让它自己选择，或许，它更想回到滋养它的大地的怀抱之中……

虎牙吊坠

李 谦

  我溯珲春河上行时，结识了一个世居此地的山民老周。老周年轻时是个好猎手，如今的主业是种药材，农闲时倒腾山货。老周说，在他们屯，他是见世面最多的人。

  老周把我让进屋，脱鞋上炕，从炕柜里捧出一个木盒子。打开盒盖，一条银链子祖露出来，链子下挂着一颗暗黄色的吊坠。

  吊坠大概五六厘米长，管状，末端尖而微弯，颜色暗黄，泊在老周掌纹粗糙的大手里，像古船里躺着的一只老螺。

  这是一片中老年男性喜戴兽牙吊坠的地域，兽牙基本都是自己的猎获物。

吊坠的拥有者或是希望得到大型猛兽武力值的加持佑护，或为纪念从前驰骋山林的时光，或单纯是想炫耀、证明什么。

我之前见过的吊坠材质大多为野猪的牙，眼前的，显然不是。何况，它是被山民从炕柜里捧出来的，并没有吊在哪个颈下。以野猪牙之廉之易得，没必要如此珍视。

我心里一凛，条件反射般地想起了我长期的关注对象——山林之王。

这是一颗虎牙吧？我脱口而出，却对自己的眼力并无把握。

老周迅速抬头，眼神充满了惊奇。

"没看出来呀，你个城里人，还认得这！"他惊叹道。

他不知道，为了书写东北虎，我已经在"虎吧"泡了好几年，连贴吧名都叫个霸气的"东北虎妞"。

我刻意保持着对虎这个物种的狂热迷恋，并大肆宣扬。此举有助于我保持创作的动力与活力。在对虎的体貌气质、传闻掌故、基因流向……稍有所知后，我甚至敢于在外行面前以小半个虎专家自居，敢于在有关虎的任何话题上夸夸其谈，像得到了它的代言人授权似的。可是，这就能证明我和它有关系还很密切吗？我至今也只是在红外相机下、幸运市民们的镜头里一次次遥拜它们罢了，和世上绝大多数人并无二致。在面对他人热切地追问"你写了这么多老虎，一共见过几次野生东北虎"时，总难免尴尬和下意识地掩饰。

　　掩饰是为了不被人发觉，我的所知其实比他们强不到哪去。这样就可以避免我文字作品的生活质感被打折，我以为。

　　我和野生东北虎最近距离的接触，是在珲春市自然保护区管理局的展览厅里，如果那也算是接触的话。

　　我偎在一大一小两个东北虎标本旁合影，深情地近乎贪婪地撸着标本的被毛，一遍遍体会从指尖传递到心头的触感，同时调动自己的所知所得，在脑海里拼凑整合出一帧帧清晰的画面：大虎一身独一无二的王之华服，拖着带有等比例环状黑纹的巨尾，穿行在长白山区的林海雪原，身后跟着它亦步亦趋的幼崽；阳光下，大虎小虎一遍遍舔舐着舌头能够抵达处的被毛，反复清洁自己的身体；大虎发现敌情，它抬起硕大的虎头，瞪大黄澄澄的虎眼，张开血盆虎口，从虎喉深处爆发出狂风暴雨般的怒吼……

　　更多生动的画面胎死于同行人的催促声中，思绪回归到眼前的现实。因为失去了气血的滋养，标本的被毛即便货真价实，却枯涩暗淡，失去了生命赋予它的润泽明亮。它死鱼样的眼睛当然不是真的，它薄片状的大红舌头更假，连依偎在它腹下的那只可爱的幼虎也跟它毫无关系——幼虎是一场跨国盗猎犯罪行为的牺牲品，被解救时已然失去了生命体征。把它和大虎组合成对，只是为了更具观赏性并提醒人们引以为戒。

　　因"东北虎乡"闻名于世的珲春市，已经成了全球"虎粉"的"朝拜"地之一。

而此刻，老周的掌心里，躺着的是一枚虎牙，确切地说，是一颗雄性东北虎的犬齿。根据虎牙出现的时空以及老周的身份，它属于一只野生东北虎的可能性更大些。因为，老周的父、祖，都是远近闻名的狩猎高手，父亲更是创下过率团队猎杀三只东北虎的赫赫战绩。在长白山地区某制药厂年收购东北虎最高达三四十只的年代，他老人家顶着"打虎英雄"的名头，"笑傲"长白群峰。

果然，老周说，这是在他家后山猎获的，一只个头奇大的雄虎的牙。

"从前，在我们周边，是有老虎的。"他强调说。

"我能摸摸它吗?"我轻声问。

他应声把虎牙递到我的手里。

一股凉意沉沉地袭来，我悚然而惊。把它放至眼前细看，牙体并不很平滑，呈现出玉质的温润。托住牙根的是一条银质的龙，雕工精细，龙身盘旋两圈，正好能包裹住棕色的牙根——不知道有多少动物的魂魄吊在这上面，才凝结成这令人微微心惊的重色。

我小心地托着这颗虎牙，根据自己少得可怜的经验，推断与其配套的身架、毛、趾爪、尾巴……

后山，后山，我在心里反复默念这两个字时，一件前事跳了出来。

我跟着珲春市动物保护协会的年轻会长去养牛大户家走访时，那个纯朴的中年户主神情郑重，放低声音说，后山，住着一个大爪子。

他回过头瞄了瞄后窗，就急忙回过头来，那样子，就好像怕被谁看见他这动作似的。

后窗之外，是一座大山。

大爪子？

那是我第一次听到东北虎的这个称谓——大爪子。

长白山文化空灵神秘，博大雄浑，每一个自然村屯都有形成自己独特民俗的基础条件，连各区域供奉的山神爷原型都迥然有别。有的供奉挖参人之祖——山东人孙良；有的供奉老虎；有的供奉大树；更大格局的，供奉大山。

当然，共性的规矩更多。比如，进了山，嘴巴就得有个"把门儿的"，有些事物的名字，不能说，因为说啥有啥。你叨咕"蛇"，蛇很快就会来你脚下报到；你说"可别麻达山（迷路）啊"，真的不久就会麻达山了……给老虎起各种别名，也来源于此。

我知道的老虎的别名就有：大家伙、大爪子、山神爷、猪倌儿等。

敢情在自个儿家里也得遵守山规。

大爪子，这是老虎的别名里最俚俗、最憨萌也最贴切的称谓了吧。虎的四肢粗大，虎亚种里体型最大的东北虎尤甚，形体如猫大的东北虎幼崽，面、鼻略长，腿脚即初具气象，入手时满满一握。

我判断老虎亚种的经验之一就是看腿爪。东北虎，是名副其实的大爪子。

怕我不信似的，女主人补充说，大爪子在咱后山待的时候多，也走，在周边转转。走了，回来了，屯里人都知道。

是怎么知道的呢？根据它的吼声吗？我问，声音不由自主也压得低低的。

夫妻俩一起摇头说，吼不吼的都一样，反正就是知道。比如这几天，它就在。

我肃然起身，透过后窗遥望，那塞满了一窗的翠色，哪一蓬的下面藏着那只大爪子呢……

后山常驻一只大爪子，村里人都知道，人就躲着、敬着后山了，养牛的不去，放马的不去，狗更不去。后山树上的果、水里的鱼、林下的菜、地上的花，也就由着性子自开自谢，自生自灭。

偶尔山风不那么硬的夜里，能听到隐隐的虎啸熊吼传来，第二天早起，人们见面就说，昨夜老虎和狗熊又打架了。然后议论一番谁输谁赢，兴致上来还带点儿赌物。这赌约自然没结局，结局当然也不重要。长白山钟灵毓秀，每一个河汉儿、每一道沟坎儿都储藏着满满的故事，能被人类用眼睛和耳朵记录下来的，又能有多少呢？

有老猎手看到过这只大爪子的脚印，或于便于雄视的岗梁，或于覆盖积雪的冰河，一个个硕大的梅花状足印触目惊心。

人们叹息着说，这大爪子，真不愧叫大爪子啊。

有大爪子驻守，山就更具神性和灵性，人对山就更多一份敬慕、畏惧。人们采山菜、抬人参、打松塔，都不敢耍单帮儿，人多胆气才壮。可有时走着走着，会突然浑身寒毛直竖，上下牙忍不住咯咯打架，身后老林子里的风声唰啦唰啦卷来寒气——这是大爪子就在附近，恼火被人扰了清净，用尾巴横扫灌木长草，发声驱赶人们呢，这时候得赶紧跑路，有多快跑多快。而有时候，人的身上刚抖几抖，心立刻跌回到胸腔里头，不慌不躁了，那是大爪子心情不错，愿意倒避着人，藏躲起来，让自己的气息还没有形成慑人的"场"就随风散了。

一切，全凭它们高兴，因为它们是大爪子。

被大爪子的气息封印住的地方，狗叫得没那么凶，牛马家畜安安静静。夜里小孩子作人哭闹，大人吓唬一句：大爪子来了！小孩子也立刻把哭声憋了回去，没一会儿就睡着了……

总之，后山常驻一只大爪子，这里的林木更幽深了，天籁更空灵了。如果有城里客人来屯，山民们就会用一种神秘辽远的语气，小声说：在咱们屯的后山，住着一只大爪子……

没人看见过那只大爪子，它活在每一个山民的心里。

返程经过后山时，我仰头凝视那山，真是附近最高且植被最茂盛的一座山啊。

要不要叫停车子，在山脚转转呢？深深地吐纳几回合，呼吸它呼吸过的空气，完成和它的"相拥"？

正是下午两点多钟，按照老虎的生物钟，这会儿它一定躲在某个隐秘地带，呼呼大睡。

全神贯注开车的会长正色制止了我的异想天开，绝对不行！

车子箭一样蹿了出去。我痴痴地凝望，直到后山被我们甩到身后，被一重重的山峦覆盖……

眼前这颗虎牙也来自后山，也属于一只体貌雄伟的大爪子。

它倒下时的最后一声怒吼，包含了多少愤怒和不甘？

它落生这欧亚大陆东缘的高寒地带，带着大自然赋予它顶级掠食者的使命，每一只大爪子的一生，都是战斗的一生，无一例外。争夺活下来的机会，要斗得过兄弟姐妹们；成年之前，要斗得过猛禽猛兽；被母亲赶出家门后，要斗得过拥有"领土"的同类……

而它最大的天敌是人，这个在它的基因里打下深深烙印的物种。它雄踞地球两百万年而生生不息，却在工业文明兴起之后的两三百年之内濒临灭绝。它不愿跟人照面，它不主动侵犯人，它为了躲开人，不得不一再出让自己的领地，向山的深处迁徙，再深，更深。可人迹无所不在，它只能忍耐着人声的喧嚣，屈居于一座座后山，最终还是不得不献出自己的犬齿，用它王者的神力和神性加持其上，使之具有护身符的作用，佑护仇人及他的儿孙。

这颗虎牙成为吊坠时，在这片土地上的中原地区，在虎的原乡，已经很难在野外发现虎踪了。至今日，华南虎野外灭绝已成为我们不敢、不愿、不忍却不得不面对的事实。

幸好，在多年以后，住在另一座后山的又一只大爪子能够安然活着了。幸好，在这片吉山吉水吉地，还剩下一片狭长地域，林木蓊郁，水草丰茂，有蹄类密布。土地的主人们放弃跑山，圈牛在家，"还"山于虎，让大爪子在东北虎豹自然保护区里肆意徜徉、繁衍生息。

眼前这位拥有一个珍贵的虎牙吊坠的老周，刚还在说，他进山时看到猎套，会解下来一撸到底，撸成一个死疙瘩，挂在树杈上，以警示下套人。

也许，一座座"后山"恢复原有的老秃顶子、卧虎山、屏风山……的正名时候，已为期不远。

我把吊坠小心地交还给老周，他小心地把它放在木盒子里，锁好。

"这么稀罕的东西，白放着，不可惜吗？还是想留给儿子、孙子们戴？可真是个稀罕的东西呀。"我试探地问。据我所知，象牙雕不经常保养，会开裂，会"笑"。虎牙不知道是不是这样。

"不，我不会戴它。也不会让我儿子孙子戴。"

老周摇头说，小心地把盒子放回炕柜里。

野 生 缘

徐 文

老 鹰

那是几十年前的一个春节前，我的一个朋友给我打电话，说过春节要送我一个特殊的好礼物，是他在山上用夹子夹住的一只野老鹰，而且还是活的。

我下班回到家中，妻子告诉我，刚才朋友送来了一个编织袋，我妻子说朋友告诉她，袋子里装了一只活鸡，是送给我们家过年吃的。因为我们家的年货都是由我采买置办、收拾妥当的，妻子是从来不碰的。

我进了厨房，把朋友送来的编织袋打开，拎着袋子底部，把东西倒在厨房的水泥地上，一只硕大的老鹰就斜着躺在地上了。它的一条腿被夹伤了，有血，看来很严重。它拼命地扑腾了几下，想要站起来飞走，但此时的它也只能在地上打磨磨，根本站不起来。它拼力挣扎一气儿无果后，突然回头看向我。我们四目相对的时候，我惊呆了！那是一双又大又圆的眼睛，眼睛里充满了惊恐，似乎还有哀怨和愤恨。我的心震颤了。我第一次和野生动物的眼睛对视，而且第一次感受到这只老鹰的眼睛里充满了灵性，那双眼睛在说话，直到几十年后的今天，我都无法忘记。这只老鹰用它那双有神会说话的眼睛和我对视了很久。我看着眼前受伤的老鹰，心中突然涌起一股热血，直冲脑门。

我慌忙把妻子喊来，妻子一看，立马说，这是一只有年头的老鹰了，你朋友送的不是鸡吗？

我和妻子决定，我们要救它。但我们不知怎么救。于是妻子给林业部门和电视台分别打了电话。电视台来录了像，当天晚上，电视新闻播报了。可是，我们等了两天，没有任何人来收救。这期间，我们给老鹰的腿上了药，又进行了包扎。妻子买来鸡肉，喂老鹰，又给它饮水。我们找了一个大大的纸箱，把老鹰放进去，给吃给喝，给它的腿勤消毒、勤换药。

老鹰毕竟是野生动物，一开始，我们给它换药治疗腿伤，它很不配合，它一直处于惊恐状态，甚至多次用它那锋利的尖爪抓伤了妻子的手腕，但没有伤过我。

那年春节期间，在我们的精心照料下，老鹰的伤腿逐渐好了起来，食量也越来越大。我们一家人虽然很辛苦，但都毫无怨言。

随着老鹰的渐渐康复，它已经不能只在我们给它准备的那个大纸箱子里安稳养伤了，它时常会冲出纸箱子，在我们的屋子里飞两圈。在我们把它抓回纸箱子里的时候，常常被它抓伤。奇怪的是，每次被抓伤的都是我妻子。

天渐渐暖了，春天来了。掐指一算，这只老鹰已经在我们家住了快两个月了。它的腿伤彻底好了，我们家已经无法为它提供飞翔的空间了。

于是，在一个晴朗的天气里，我们打开了门，我把它抱到了院子里，对它说：你的伤已经彻底好了，放你回到大自然，去过你自由飞翔的好日子吧！

老鹰似乎听懂了我的话，又用那双有灵有神的眼睛看看我，然后在我没注意的情况下，突然从我的怀里腾空而起。这一次，它飞起的时候，抓伤了我的手臂，而且流血了。我感觉到了疼痛，但不知为什么，我没有一点儿怨怪的意思，反而觉得，这只老鹰是让我记住它。

我们一家人站在院子里，看到这只老鹰竟然在我们家院子的上空盘旋了两圈，才振翅高飞而去。

刺　猬

县城中间有一条河流穿过，河堤两岸做了亮化工程。为了活跃县城的市场经济，也为百姓生活提供便利，政府在一侧宽阔的河堤上开辟了早市。早市上人很多，不仅聚集了大量的小商小贩，周边的农民也都起早来早市出售他们在田里或者在山上获得的物产。

有一天，我和朋友军子又去早市上闲逛。早市上很挤，有叫卖的，有讲价的，有偶遇唠嗑的，整个早市彰显着嘈杂与繁华。我们俩正盲目地走着，突然，走在我们前面的一个小女孩儿拽着她妈妈的手哭了起来，一边哭一边说："……妈妈妈妈，我求求你了，你就答应我去把那两只刺猬买来吧，然后让舅舅去上山放了……那个阿姨说了，那两只刺猬，是娘儿俩，就像咱们娘儿俩一样……"妈妈并没有停下来，而是不管不顾地继续往前走，那个小女孩儿的哭声大了起来："妈妈，求求你了，求求你了……"妈妈还是一直往前走，并且边走边大声训斥小女孩儿说："买什么买，妈妈没那么多钱！"这时，我朋友军子拉住女孩儿问："小朋友，不哭，告诉我卖刺猬的在哪儿？"小女孩儿愣了一下，用手一指说："在那边……"然后又很认真严肃地说："叔叔你可要答应我，你去买了那刺猬娘儿俩，不能吃了它们，一定要放回山里去，它们那么可怜，呜呜……"我忙向小女孩儿保证："放心放心，我们两个大男人说话算数，我们一定去救下你说的那刺猬娘儿俩，跟你拉钩！"小女孩儿看我认真的样子，破涕为笑了，并伸出手指跟我拉钩，还看着我的眼睛说："拉钩上吊，一百年不许变！"

按照小女孩儿所指的方向，我们找到了卖刺猬的小贩。小贩的柳条筐里蜷缩着一大一小两只刺猬。问了小贩价钱，小贩要价很高。我们问小贩，根据什么说它们是娘儿俩？小贩不屑地告诉我们，那个大刺猬，是雌性，小刺猬也是雌性，据抓刺猬的人说，抓到它们的时候，是在一个洞里，它们就是一个妈妈一个女儿啊。

我听了小贩的话，心里突然莫名地难受，那种难受说不清楚，潜意识里想，我一定要买下这娘儿俩，把它们放回山里去。

朋友军子这时已经开始跟小贩讨价还价了，最后，我和军子把兜里所有的钱都掏出来了，离跟小贩最后讲定的价钱还差五元钱。小贩说，我们现在给她的价钱，她就挣五元钱，如果这五元钱不给的话，她就一分钱没挣，白忙活了。

我说，我们买这刺猬娘儿俩，不是吃的，刚才有个小女孩儿哭着求她妈妈买这刺猬，然后让她舅舅去放了，她妈妈没钱买，我们答应了那个小女孩儿，买了也是去放了的。

那个小贩听我这么说，看我一脸的真诚，不像是撒谎，刚才也看到我和军子把所有的衣兜翻了一遍，实在拿不出更多钱了，就低下头，低声说："既然你们是买了放掉，那我也积点德吧，拿走吧。"

我和军子拿到刺猬娘儿俩，研究了一下，最佳方案就是放得越远越好。我们俩各自骑上自行车，往县城北边的一个大山沟里去。

山沟里的路实在无法骑自行车了，我们又把自行车锁上，走了很远，最后爬到一座山坡上，觉得安全了，才把那刺猬娘儿俩放下。

刺猬这种动物，只要受到外界的威胁，或者有一点儿刺激，有点儿声音，它们都会蜷缩成球形，把刺张开，把头部和腹部那柔软的部分包藏起来，以保护自己。所以，在危险的时候，它们是不会展开身体的。

当我和军子抹着脸上的汗水，再看草地上的两只刺猬时，它们竟然没有走，而是一起伸出头来看向我们。停顿了一会儿，这刺猬娘儿俩，似乎对我们俩点了点头，然后才展开球体，迅速爬动而去。

蝲蛄

我的家乡有一条河，叫蝲蛄河。这条河，是家乡流域内最大的一条河。从家乡的最北端发源，流到家乡的南部，纵贯家乡南北，也是家乡的母亲河。有十几万人口——包括县城——都是吃这条河的水。如今这条河被冠为家乡县城的水源地。

长白山区里的很多山川，都是以地形或者物产命名的，当然也有很多是由满语音译过来的名字。但是，即使是满语，当初给这些山川河流冠名的时候，很多也都是以物产命名的。

蝲蛄河就比较好懂了，就是这条河里盛产大量的蝲蛄。可以毫不夸张地说，我们这些在蝲蛄河边长大的孩子，很多都是吃蝲蛄长大的。

记得小时候，蝲蛄河两岸都是茂密高大的红柳树，还有杨树等各种树木，那时的河堤都是天然的，那些茁壮的大树和茂密的蒿草，把河岸固定得牢不可破。所以，发洪水的时候，即便河水漫过了堤岸，待洪水退去后，河堤依然是坚固的。

那时的蝲蛄河，水很深，有的河段，水流湍急，水又深又清澈，是我们大家的天然浴缸。水浅的地方，能够清晰地看见各种鱼在水里游，可以看见蝲蛄在水底慢悠悠地爬。

那时，蝲蛄河里的蝲蛄多到什么程度，现在说来，很多人都不会相信。我们闭上眼睛，左手掀开水里的任意一块石头，右手向掀开的石头下面随意一抓，手里就是一大把蝲蛄，还有一些蝲蛄慌忙逃掉了。我们都喜欢抓蝲蛄，不仅是因为蝲蛄多，还因为抓蝲蛄比较简单。蝲蛄在岸上爬行，动作慢，在水中也很慢，所以我们这些小孩儿，就欺负蝲蛄吧。抓那些鱼和蛤蟆，用抓蝲蛄的方法就不灵了。

蝲蛄也很美味，我们抓了蝲蛄，回家有时用白水加盐煮了吃，有时也用柴火烧了吃。那时的人不会变着花样去吃，虽然那时的肚子里没有多少油水，但都不会暴饮暴食。

蝲蛄河岸边茂密的植被、清澈静深的流水、随意在岸边就能看见的各种鱼儿和众多的蝲蛄，在我记忆中，过去有十几年的光景了。

后来，蝲蛄河两岸的树陆续不见了，岸边都被开垦成了水田。再后来，蝲蛄河发源地所在的乡镇为了发展林业经济，成立了很多木材加工厂，蝲蛄河发源地的树木越来越少。于是，蝲蛄河里的水也少了。蝲蛄河又经历了几场浩劫，那就是有人从上游往河里撒药，据说是专药鱼的。这种药是绝户药，上游撒药，整个蝲蛄河里的生物都会被灭绝。再加上河岸两边田地里的农药和化肥，等等，一点点地将蝲蛄河侵蚀，昔日那健康的蝲蛄河就不见了。

如今，人们意识到了生态和环境的重要性，对蝲蛄河进行了保护。蝲蛄河两岸修起了景观带，用钢筋水泥和大理石修筑了漂亮的堤坝。我们怕蝲蛄河洪水泛滥，所以花重金来治理蝲蛄河。然而，蝲蛄河里那瘦弱潺潺的水流，好像已经无法对强大的我们造成威胁了。

每每看到如今蝲蛄河里的瘦水，就能唤起我的记忆。现在蝲蛄河里的鱼和蛤蟆不多了，而蝲蛄几乎是绝种了，原因就是，蝲蛄的生存对水质和环境的要求很高。在国家对生态保护的重视下，随着大自然良好生态的逐渐恢复，在水中慢悠悠爬行、憨态可掬的蝲蛄，它们会重新回来的。

林的清幽，水的暖意

袁恒雷

公路在山林间蜿蜒向前，坐在车里，望向前方，两旁的树林嗖嗖地向身后甩去。夏是一罐碧绿的油漆，泼向了这片广袤的林海。

我将车停在一处山底角落里，确认这里是大山允许我自由行动的地方。面前的这片森林，幽深旷远，看上去很像是一幅刚涂完色彩的光线和谐的油画：那一行行挺立的是阳光照耀下的白桦林，有风拂过它们的枝叶时，就仿佛鸟儿们拍动它们的翅膀。沿着林间路向前走着，路旁的草丛里，是从头到脚做好各种保护措施的采山菜的人。这些人并不一定是本地的农人，大多数是来自城里的喜欢野游的客人。他们返归山林的兴奋劲儿令本土乡人侧目，于是，仲春时节的山菜，常常让这些三五成群的城里人采去了大半。

草丛里，人们已经踩出了道印，足见人类与这片森林联系得紧密，但也证明大家并不随意乱走——毕竟去荆棘杂草丛生处会有未知的陌生感与危险性，走已经走出的路足够安全。穿过这片幽深的密林，面前是一片郁郁葱葱的椴树，这里干净明澈得足以让人惊喜——树林宛如刚出嫁的新娘，梳妆一新，头上盖着明艳的红盖头。眼前的每样景物都在太阳底下跳动出可爱的光芒，即便是一片细小的草叶子，也托起了属于它的那份光与热。漂浮到脸上的树荫，也不像是森林枝蔓丛生的投影，而是树身上自然生长着的光的枝丫，光与大气衍生出的繁花——一整片旷野形式的花团锦簇。

我陶醉在这样迷离多变的北国森林里，那感觉如同孩提时我们的小手调皮地伸入母亲浓密的发丝中，这阳光与森林交织成的发丝叫人温暖顿生，撩拨得人心头痒痒的，充满无数欲语还休的柔情蜜意。我找了片青青的草地仰躺下来，双手垫着脑袋看着天空，头顶上那一排排一行行的树梢顶着蓝天白云，形成了各种变幻多姿的斑斓图案。我在想，这定是森林的精灵预先为我准备的，它们好客地在我的头顶上用阳光和空气编织成了一大块色彩绚丽的苏绣图案。我忽而又想闭起眼，不敢相信这份突然而至的视觉盛宴——转眼又悄悄地睁开了。那碧绿的蓝何其彻底，犹如那些静影沉璧的湖泊飘在了空中，那些如梦似幻的云朵是蒸腾起来的水汽。森林与草地释放的负氧离子按摩着我的体内体外，湿漉漉的，清凉凉的，我如同躺在一席水面微动的潭水里。

就在这时，我果真隐隐地听到不远处的森林传来汩汩的低响，似一种轻微难辨的风声，我猜测那定是一口新涌的山泉了。我翻了一个身，把耳朵埋进草丛里，沉淀在夏风拂过的叶面上，可这样一来，那叮咚的泉水声更是尽情地逗弄我的鼓膜，撩拨得我再也躺不住了。那种敲击声由远及近，叮咚有致，仿佛就是从远处流过我身体的下面，是不是我就躺在一片地下水上呢？

我立刻爬了起来，向那水流潺潺的微风方向一路走去，仿佛追寻着空气中的一个精灵，而那河流的精灵在我眼前就像繁花丛中一只翩飞的蝴蝶，忽上忽下，不疾不徐，我是非要将那泉水声找到才好。几分钟后，叮咚的流水声音出现了，我蹲下身来，伸手去试水，清凉传遍全身！掬起一捧来，那滑到嘴里的感觉，甜丝丝的，咽下去，通体舒泰——瞬间让暑意全消。

天然的矿泉是森林给予我的另一份厚礼。我沿着这片溪流继续往下走，水面渐渐地扩大了，最终从小溪延展出一条大河——几条小溪汇到了一处，河面足够开阔起来。现在还不是盛夏，水量因而不是最大，岸边有细微沙粒铺陈的小沙滩，踩在上面，既不是凹进去一大块，也没有渗出很多水。

在河流中段处，有几块大小不一的石头凸显出来，踩在上面便可以轻松地走到对岸。

随着上游水、泉水、溪水进一步地汇集，河流在落差处形成规模更大的犹如小瀑布般的撞击，石头缝隙的角角落落也有了鱼虾摆尾的场景，各色漂亮光滑的鹅卵石也错落有致地呈现在河床各处。而河流越向下走，水面越趋于平缓，河流与山石依偎着前行，上面的花花叶叶偶尔飘落下来，飞鸟在枝叶间婉转鸣叫，叫声也一同落到了水面，顺流而下。我感觉像是置身于19世纪欧洲风景画家的画作中，不禁感到眼前这一片清幽的森林也是时间所不能够统领的永恒的大自然。而这样的塞外图景同样有感动人心的壮美：延绵伸展的河床、清澈如画的水流、童谣般的空气，还有那虫鸣兽动、飞鸟鱼禽。

水呈现一种异常纯净的碧绿色，在它格外沉静的面容里，我仿佛仍可以看见水流晶莹剔透的韵律与音色，就像场面宏伟的管弦乐队中的一块三角铁，也许只需轻轻地一击，也可以传出极富穿透力的敏锐乐音。阳光日渐浓烈，晒在石头上，很快，那上面便呈现出灼人的暖。恰巧，我的衣裤都有水溅湿的地方，脱下来放在上面晾晒最为合适。而一处并不烫人的平板石头可以坐下来等着衣裤晾干，坐在这样一块石头上，仿佛坐在了一座岛屿上。旁边就是清澈见底的河床，这片河床中间的卵石很大，有的高高隆起在水面，有那软软的苔藓附着着。水流至此更趋平缓，经过了上游的恣意撒欢儿，河水已经收敛了心绪，如同人至中年，少了活泼跳动，多了大方细腻。整个水流的过程，真的是一篇华美的乐章，平缓处是轻柔婉转的抒情，汹涌处是激情四射的华彩。偶有风吹掉的树叶落在水面上，就如一叶叶扁舟在游弋，更显现出水流的节奏了。

河床的内侧有时会有山林滚落的枯树，它们的枝干形成自然的栅栏式的"堤坝"，河水在篱墙下缓缓地流过，发出好听的叮咚声，原来这才是最初把我吸引到这的原因。越向下游走，河面越显得平稳安详了，河两边是数不清的苇草，偶有几株杨树与柳树点缀，再往下，是片开阔的人工湖——一座小型水库，阳光洒在被风吹起的湖面，那涟漪跳动出碎银的光芒，周围的湿气浓重了许多。即便是盛夏时节，走在河边，仍觉得周身舒爽。

我继续向前走着，水面在沿着山峦的走势处拐了个弯，顿时显得宽广曲折了好多。山上的树木与硕大的水面一映照，端的是水碧山青了啊！前面是一个大水湾，距离我只有几米远，天空看上去也似乎与我亲近了许多。这一瞬间，我感觉河流正对我笑逐颜开，那随风飘下的花叶是风儿努嘴儿吹落的欢笑。平整的河面，多像儿时看过的露天电影幕啊，我不过是坐在平整石面的一番沉思，就想到了三十年前，和乡亲们来这条母亲河嬉戏的场景。他们还会像我这样偶尔来到河水边吗？会从流动的河水中打捞往日的欢声笑语吗？

我欣喜于这片森林碧水时隔多年依然接纳了我的到访，让我带来的周身暑气在她的身边无处躲藏。就看吧，这一带的森林因丰沛的水汽滋养，而显得格外葱郁，每一棵树的树叶都是那么水盈盈的动人——吹弹可破似的。树身笔直，与其说是站着，不如说是温暖惬意地躺在阳光与空气的怀抱里——仿佛眯着眼午睡呢！这里的树木最丰硕的该是核桃树和枣树了，它们身上已结满了一串串果实，有许多甚至泛出诱人的金黄色。我抬着头，咂着嘴，幻想着吃到核桃仁和枣子时的甜香迷醉。

森林与河流从来都是慷慨的，靠山吃山靠水吃水。森林为人们送来山菜粮食，送来花香果树，送来飞鸟昆虫，送来夏日清凉，送来冬日柴火。河流为人们送来鱼虾蝲蛄，送来灌溉水源，送来鹅卵美石，送来夏日沐浴，送来冬日冰湖。人们得到大山与河流的庇佑，得到它们多年毫不吝啬的滋养，人们自然对山水是感恩的。山如父，水如母。人们多年来如同保护自己眼睛一样保护着这片山水。所以，即便三十年过去了，这片山青翠依旧，这片水秀美依旧。我相信，山与水都是有灵性的，无论是旷远幽深，还是暖意醉人，每当我们走近它们，它们都会接纳我们的归来，就如寻到了最初的守望与最终的归属。

岭城焕彩暗香来

康德华

　　牵挂，是游子对故乡难以割舍的情愫，犹如盛开在冰天雪地的寒梅，以一抹余红换来春满人间。

　　比如我，作为土生土长、说话满嘴苞米碴味儿的公主岭人，18岁告别家乡投身军旅，一直游走在第二故乡，因离家太久，即使回来也是匆匆过客，故乡停留在记忆中，驻守在梦境里。

　　"家乡风貌不仅发生巨大变化，文化内涵也日益深厚，公主岭也有了自己的'市树'。"告别军营第二年，一个大雪纷飞的冬日，偶在春城与家乡文友相聚小酌。席间文友提议，以"暗香浮动月黄昏"这一咏梅诗句分韵赋诗，以应雪景，盛赞家乡。我举手响应,但也不解,问:"在我印象中公主岭没有梅花,只有葱花,咏梅颂乡是不是过于牵强?"疑问引得众友一阵哄笑。有人告诉我:"家乡公主岭早已有了'市树',名曰'雪地寒梅'。说起它,来历可不小,是公主岭本土培育出的抗寒梅花树,造型美观便于种植,有着梅花香自苦寒来的铮铮傲骨,彰显公主岭人无畏顽强、凌霜傲雪的坚韧品格。"

酒酣情热文思涌,雪天咏梅赋新诗。通过咏梅我得知,"市树"赋予公主岭精神底色,也彰显了公主岭犹如梅花一样传春报喜、奋勇当先、自强不息的精神品质。正是在雪地寒梅精神的激励下,公主岭这片横卧在东辽河畔的热土,前进的脚步越来越快,风光也越来越美。

在对家乡的"市树"进行一番赞叹后,文友约我春暖花开时回岭城一游,感悟发展变迁。

于是,忙碌之余,总是站在窗前,期盼着春暖花开时的公主岭之行。

这一天终于来到。转过年7月的一个周末,我终于实现回故土一游的心愿。本以为文友拉我到市区领略小城故事,哪想硬生生地将我抓到乡野田间,在刘房子镇双青湖畔停下脚步。

此时的双青湖迎来荷花盛开期,碧水红荷点染成诗如画,宛若仙境,美轮美奂。百日草、千屈菜、翠菊竞相绽放,汇成一片花的海洋，不少游客在花海中拥抱美景，释放压力。

除了观荷花，赏花海，双青湖景区最受欢迎的打卡地当属新引进的梅花鹿。梅花鹿非常有灵性，它和游客零距离接触，亲密互动，拍照合影，其乐融融。

最令人啧啧称奇的是，从黔北引进的非物质文化遗产——赤水河竹滑水上漂表演。只见表演者双脚踏在一根楠竹上，在湖面上自如滑漂，表演乘风破浪、倒退、转身、绕弯、换竿等水上漂绝技，令游客大饱眼福。

"精彩是精彩，可惜公主岭地处东北，没有地理优势啊，等到冬天就嗨不起来了。"我心头不免产生一丝隐忧。"你这就有些思想落伍了，对家乡了解得不够啊。"文友笑着说，"这么些年咱公主岭人的观念变了。就拿这双青湖来说，早就突破了'单季游'的局限，发展成全年生财的'四季游'喽。如今，夏游双青湖，畅游花海，泛舟湖上，让人流连忘返。冬季同样是魅力无限，天然的湖面形成冰场，打造了形式多样的滑雪设施，省内外游客闻名而来，可热闹呢。"

"真没想到，小小的双青湖，成为流金淌银的生态宝地哩，就是不知道，双青湖模式能不能得到普及和推广?"我爱操心的毛病又犯了。

"啥叫能不能啊，公主岭早就普及生态游了。在青山绿水间，遍地都是生态红利。"

"是吗? 如果真如你所说，那就好了。"

"可不是吗！"

伴随着文友的娓娓讲述，一幅生态公主岭的美丽画卷在我眼前渐次展开……

早在五年前，公主岭市就已经着手打造绿色之城了。特别是近两年来，聚焦建设长春市"双碳"示范城和"先行样板区"目标，认真践行"绿水青山就是金山银山"理念，深入推进环境污染防治，积极探索低消耗、少排放、能循环、可持续的绿色低碳发展模式，持续深入打好蓝天、碧水、净土保卫战，打造环境友好、和谐共生的绿色之城。

在"十四五"催征号角的激励下，公主岭已完成4个辽河流域工程（项目），包括公主岭市生态廊道建设项目蛋白桑试验段种植工程、公主岭市二龙山水库水源地涵养林建设工程、公主岭市东辽河一级支流河口湿地项目（二期）和公主岭市六乡镇污水收集处理项目。2022年，东辽河流域退耕区域内共流转土地3120.69公顷，建设生态渠道、净化塘、过滤透水坝等，区域形成40公顷的支流流入东辽河大型河口湿地，推动退耕还林还湿还草，提升水土保持生态和水源涵养功能，打造东辽河生态运动带。

同时，公主岭还着手建设水源涵养林，加强绿化美化和景观设施建设，涉及大岭、范家屯和响水三个乡镇，扩大了绿色开敞空间，打造新凯河城市景观带。此外，公主岭还逐步加强对二龙山水库、卡伦水库、平洋水库、杨大城子水库和毛城子水库等水源地的保护和建设，严控水污染，保障水安全。

一项项举措、一串串数字，折射出家乡说不尽的美，也令那些在外漂泊的游子，透过"市树"领略到暗香浮动无尽之美入心田的气韵。

故乡是系在"市树"上的风铃，风儿吹来，叮叮当当唤儿归……

浅山笔记

曹利君

从城市西北望向东南，长春净月这片山林要算被抬高的地平线。

不仅仅因为山势被抬高，而且黛色山势与低垂云雾相连的边缘，呈现出的颜色下深上浅，没有了视觉上一马平川的快感，却也宛若海洋幻境，一忽儿波涛汹涌，一忽儿林涛起伏。

是山是海，蔚为壮观。

如再探究，这山这海已经凝固了亿万斯年。

若再驱前，那观潭山极似人雄起而光润的眉骨，那浩瀚的林涛和下面一泓波光粼粼的净月潭水，就是毛嘟嘟的眼睫毛和明亮深邃的目光了。

也有人会说这眼睛不是眼睛，它只是大自然镶嵌在这里的一块珠宝。

事实确实如此。

不过，作为净月潭水源地，用长春本地人带着泥土温度的大实话告诉世界，这里便是城市的"第一水缸"。从 1936 年到 1962 年间，整座城市的生产和生活用水绝大部分取自这里。虽然后来被距离此处不远的新立城水库所取代，但直到今天净月潭仍然是这座城市不可动摇的备用水源地。

如果说东北区域有大长白山的概念，别看这里的山峰海拔不高，却仍然要算长白山余脉。

拓展一下想象力，这个净月山，就是举世闻名的长白山顺势而为，滚落到这里的一块石头。这里的潭水，是不是也像长白山这位慈祥的老人舀出来的一瓢水？与长白山的峰顶天池遥相呼应，大放天地同辉之彩。大珠小珠落玉盘一般激越铿锵，与排山倒海的林涛汇集，在时光隧道里长久地回响，叩击着世人的心弦。

在这样一片宏大背景之下，矗立在观潭山上的那座碧松净月塔楼，更像是岁月脚步匆忙，而遗失在这里的一把钥匙。

遥看林海，叩问苍茫，从历史的雄浑中，有这样一个人正在走来。

似乎边走边翻开书卷，让我们看到他曾经工工整整地写下的留言——

山不在高，有仙则名。水不在深，有龙则灵。

此时此刻，登临观潭山上的这座碧松净月塔楼，我们又一次拜读感叹的，正是出自这位唐代文学家、哲学家刘禹锡之手的《陋室铭》。在他辞世 1180 年后的今天，仍散发着不朽的魅力和思想的光芒，可谓真知灼见，一眼千年！

作为见证，净月山和净月潭，自 20 世纪 30 年代开始，先后经历外敌入侵的屈辱和民族救亡图存的奋起抗争，以及旧与新两个时代的建设，到 2011 年正式进入国家 5A 旅游景区之列，已经成为长春这座城市递给世界的一张别样名片——

净月潭国家森林公园位于吉林省东部长白山地向西部科尔沁草原的过渡地带，以上百平方公里人工林海环抱一潭秀水，无不印证着刘禹锡这位大师关于山水自然的哲学考量，山因潭名，水得山势，山水一体，相得益彰。

长春，古称喜都、茶啊冲，现当代被誉为"北国春城"的国家历史文化名城，碧松净月塔楼是城市地标建筑之一。世界各地慕名而来的观光客，如果揣摩出塔楼碧松之外，还有"钥匙"的形状和寓意，才是真正不虚此行。

只有手持金钥，才算有幸可以开启山门，步步为营，屏息凝神，得见大师所言的仙风与龙骨。

丁家沟是净月山下一个住有几十户人家的自然屯落。

手持金钥开启山门，无论如何都绕不过这个不大起眼的屯落。

和丁家沟一样，早在80多年前，净月山地一带分布着许多大大小小的自然屯落。据文字记载，有大腰站、小腰站、腰站后山、张家店、范家店和花家油坊等。其中，大腰站和小腰站是自20世纪90年代开始撤县建区的双阳到长春的必经之地。这一带为此开设了很多大车店，供往来的车马客商和行人打尖歇息。

这样人群熙攘、车水马龙的繁华景象之所以消失，皆因净月潭水库的出现。

原来伪满洲国成立后，长春作为"新京"，曾经提出一个可供50万人口规模的城市供水设计，库区选址最后落定在现今的净月潭。而在当年净月这里有水无"潭"。所谓水，是山谷里有一条小河，当地人称小河沿子河，也叫小河台河。后来拦河筑坝蓄水成功，前面提到的这些自然屯落就"沉"到潭底了。如果今日潜水入潭，这些曾经的屯落、大车店和车道，也许还会有迹可循。

一个疑问是：这些库区移民都去了哪里，命运如何，他们的后人现在何方?

丁家沟作为自然屯落之所以能够幸存，皆因其地理位置在净月山的另一侧，这里算是山外潭外了。换句话说，是一山之隔挡住了蓄积的潭水，"成就"了它。

从净月大街与潭秀路交会处，驱车行至吉林省林业科学研究院实验基地这里，柏油大路变成了一条简易的烂泥马路。

丁家沟就在这条道路的尽头。

落叶缤纷时节，满山的柞树松树用阔叶和针叶铺得一地金黄，反衬这个叫丁家沟的小屯落越发萧索和破破烂烂。这里正在按照城市规划进行有史以来最为彻底的拆迁，原有住户或异地安居或货币安置，总之，要退耕还林，拆屋还山。也许用不了多久，这个屯落也要被抹去了。

仅在导航地图上留有"丁家沟"这么一个地名，可以供未来的历史学家和社会学家，包括一切有情怀有闲情的散客游人，据此还原一处曾经的存在，发现与此有关的故事，就那么抚今追昔地挥就文字，或者触目伤感，自在狂拍，泛滥一下所谓的幽情?

走近丁家沟，另一个特殊的原因，是屯落里还存有 3 处日本平房。

伪满洲国建立后，日本帝国主义为了实现其永久占领的狂妄野心，开始大兴土木，在长春这个被称为"新京"的地方留下了很多日式建筑。比如，位于卫星路的新京建国大学，现今的长春大学；位于红旗街的株式会社满洲映画协会，简称"满映"，现为长影旧址博物馆；位于牡丹园一角的神武殿，现今是吉林大学鸣放宫；位于新民大街两侧的伪满治安部（军事部）、司法部、经济部、交通部、兴农部、文教部、外交部和民生部，统称为伪满"八大部"，现被辟为"历史文化街区"，等等，无一不成为凝固的日本帝国主义侵华罪证。至于散落市区内外的，像丁家沟这样的房屋更是不计其数。这类建筑有一些后来毁于战火和动乱。

丁家沟的日本房虽然还在，但是，年久失修，空空荡荡，早已无人居住。

小雪过后，天气应该越来越冷了，净月山地一带居然下了场不大不小的雨。丁家沟这条烂泥路，坑坑洼洼的，又积起雨水。屯落里很多房屋已经拆除了门窗和房盖，可用的木料堆在路边。一辆蓝色柴油车"突突突"地开进来拉拆卸下来的木料，惊动了趴在柴垛旁两只毛色脏兮兮的黄狗，冲陌生人狂吠了一通，自觉无趣后呜咽了两声，重新回到柴垛那里耷拉下沉重的眼皮。

屯落里看不见有人走动。

倒是从沟口那边过来一辆电瓶车，骑车的女子一身皮衣皮裤，和这里的环境实在不搭，却毫无疑问是身披夕阳从城里回家。丁家沟里老住户们搬走了，却有女子这样的外来户住了进来。房租不贵，每个月二三百块。租房不仅居住，这房屋也可用来做短视频开直播。

尽管说不清这屯落的历史和日本房来历，却大概其地说这日本房种种看点，吸引好奇者快来看，来晚了恐怕这几间日本房就要被拆了。

日本房与屯落里的一般民居最大的不同是，房屋起脊高，举架高，门口高，窗口窄而长，外墙挂面是那种水泥沙子"扒拉灰"。虽历年久"老眉咔哧眼"，而墙灰却未脱落。房顶铁皮上又盖着石棉瓦，门口挂着一把生锈的铁锁。

这房子应该有主，日本人不可能了，中国人姓甚名谁？据说日本人战败撤走后，当地就有中国人住进来，住过几茬人呢。

一个巨大的疑问无法解答——

当年这些日本人为什么住在这里？

说带有屯垦性质，妄想子子孙孙地常住下去。

说净月潭筑坝，住在这里，只是为了监督中国苦力们施工。

说住在这里养狐狸，做皮货生意。

说法太多，莫衷一是。

只有神秘而不无阴森的人去屋空的房舍，以及这房前屋后年复一年的草木枯荣。

　　同样通往净月山和净月潭偏西北方向，潭秀路到丁家沟这里便是尽头。而森杨路却有无穷奥妙似的，一直到二环路那里做了个简洁明快地交会，突然向正北绕了一个漂亮的大弯儿后才掉头南下，终于玩儿嗨了，在后小河子附近停了下来。前面依然有路，只是暂未命名。未来属不属于森杨路，这得看其造化。

　　说森杨路，很像说人。

　　这条路有个漂亮的花活儿，也是挺惹人眼的小确幸。

　　在入口不远处，就遇见了玫瑰谷北区、玫瑰谷南区和玫瑰谷 2 期。人无外号不发。森杨路有了"玫瑰谷"这样的别名，自此越叫越火。

　　玫瑰谷这个名字是户外运动爱好者们给起的，已经叫了很多年了。

　　与国外和国内其他城市的玫瑰谷风景区不同，在长春这座城市，玫瑰谷就是森杨路里面的一个住宅区。长春人若提说玫瑰谷有两个意思，一是那小区住着自家亲戚，一是指森杨路。

　　只不过路跟人一样，外号被叫多了，渐渐地，真姓实名离被淡忘就不远了。

　　原因很简单，风靡时尚的户外运动把玫瑰谷唱响了，也把森杨路涂抹上一种别样的色彩。

　　这条路上两侧排列开去的花园小区，咂摸名字味道，都那么有嚼头而意蕴不俗，且一个比一个强势，有净月五号公馆、丽江蓝湾、世外桃源、华盛净月壹号、美印溪谷、华业·龙玺别墅，怎么偏偏叫玫瑰谷中了头彩呢？

远远地，从高空看过去，这一带顺着净月山地建筑的房屋五花八门，流光溢彩，宛如关不住的春色。看着看着，便疑似一种流动和奔腾。像要汇入大江大海般的雄浑豪迈，却在一条叫净月大街的横道那里齐刷刷地截流遁地，顷刻之间化为乌有。

今天是周末，来自城里的人们，在轻轨客车净月潭公园站广场集合。

猎猎群旗，狂浪音响，各群群主号令"出发"，几乎所有的群都朝着玫瑰谷方向奔涌过去，与大美净月完成一种亲近、一种交流和契合。

登临大架子山，听涛呼啸，满目丘陵，层峦叠嶂，草木茂盛，潭深水秀。

这不是文人造句，山人海侃。数据显示，净月大大小小山峰 119 座，且有 86 座山岭自北向南延伸至潭边。植物区系横跨长白山、内蒙古和华北，森林覆盖率 96% 以上，让长春人引以为傲的，净月被誉为"亚洲第一大人工林海"。

这是什么概念呢，如果把景区人工种植的树木，比方说，樟子松、落叶松、红松、油松、赤松、云杉、冷杉等连根拔去，那么，这里就是一片秃山荒岭了。

为了涵养水源，防止水土流失，从 20 世纪 30 年代净月潭水库建成之日起，就开展人工造林活动。到 1949 年前整个区域造林 1500 万平方米。新中国成立后，造林活动大规模展开，从 1950 年到 1988 年共造林 4439.6 万平方米，不但净化了水质，而且随着时间的推移，恍若原始生态样貌一般，把一潭形似弯月的碧水环绕其中，名副其实地成为长春这座城市的生态绿核和都市氧吧。

五湖四海的观光客慕名而来。自自然然地，长春本地的人们更是近水楼台，一到双休日、节假日，或举家或搭伴或组团或跟群来这里玩山环潭。

于是，有了"条条大路通罗马"一般的进山路径，有了景区与非景区之分。不消说，走玫瑰谷，要算"野路子"。

崎岖山路一条条，宛若游龙般伸向山林深处。山间也有铺着沙石的大车道，虽有车辙，但路面坚硬，这是林场用来运送树苗或枯木的专用道，也是防火通道。

非景区徒步，翻山越岭，你追我赶，大汗淋漓，前呼后应，聚的是人气，玩儿的是脚力，消耗的是脂肪。"大美净月"除了湖光山色的风景美自然美外，讲究的是徒步瘦身健身之美。上山搞团建，下山后聚餐，在形式与要义之中，更掺杂了一种远离城市喧嚣无不令人心神往之的野趣儿。

月亮湾够温婉，青松岭有故事，张二麻岭纯泥土，松迎客够反转。

啥叫反转呢，安徽黄山有驰名中外的迎客松，吉林长春这里再叫迎客松就有拾人牙慧之嫌了。焦裕禄同志说得好，吃别人嚼过的馍没味道。

号称"文化城"的长春，在此处就动了一下手指头，挪一个字，把"迎客松"变成了"松迎客"。主谓宾标准语法排序，且修辞也是地地道道，拟人化了。

净月水库大坝旁，有座名叫"放水塔"的圆形小楼。塔里面有当年控制着为市区供水阀门的机械设备，如今仍在继续使用。

朝晖夕阴，"放水塔"这座标志性景观和观潭山上的碧松净月塔楼一样，带给人无限的想象和感慨——

如果刘禹锡活到现在登临于此，不知道"山不在高……水不在深……"这样的美文，又要多几篇呢！

李大钊先生曾经把"绝无人迹处，空山响流泉"，视为"是自然的美，是美的自然"。星移斗转，移步净月，是不是可以这样理解自然与文化，才是美之要义呢？

而净月这样独特大美，对于当下"站在望海楼上新的一层"的人们来说，怎么能够仅仅止步于修身养性和蓄志怡情呢？

情绕大森林

尹善普

在全国三十几个省份里面，省的名字里面带"林"字的只有吉林省。按照汉字的意思，吉林是吉祥的大森林，是吉利的大森林。是这片绿油油的大森林养育了几千万吉林人。多少年来，一代又一代的吉林儿女在这片沃土上生生不息。可以想象如果没有这片大森林，吉林省甚至是整个东北就会面临生态危机。

我没有去考证这片大森林，在吉林大地上生长了几百年、几千年还是几万年。只知道从长白山下来的涓涓流水，经过大森林的梳理，分别流向了松花江、鸭绿江和图们江，这片大森林和长白山成为三江之源。

"我的家在东北松花江上啊，那里有森林煤矿，还有那满山遍野的大豆高粱……"

"雄赳赳气昂昂，跨过鸭绿江……"

图们江支流的海兰江两岸是鱼米之乡，她时时吟唱着"海兰江畔稻花香……"

这些耳熟能详的歌曲，这一切的一切都源于吉林的这片大森林。

大森林是人类的摇篮。人类从大森林里走来，又义无反顾地去经营着大森林，人类的生存依然依赖着大森林。

大森林是宝库。吉林省的野生动物有4900多种，其中国家一级保护野生动物有36种。野生植物有4000多种，其中国家一二级野生保护植物有40多种。这些野生动物、野生植物大多生存或生长在大森林里。天上飞的，水里游的，地下埋的，更是数不胜数。这些野生动物和野生植物都是人类最好的朋友，没有它们，人类不可能存活。你可能会说，有些野生动物就是害虫，我是真的不喜欢它们。其实，在平衡的生物界就没有益虫害虫之说，存在就是合理的。物竞天择，适者生存。癞蛤蟆也就是蟾蜍在大森林里是常见的小动物，好多人都不喜欢它。许多人不知道的是，它每天能吃掉50至200只害虫。

全国重点普查的中草药有360多种，在吉林省的大森林里就有130多种。人参、西洋参、鹿茸、贝母、党参、细辛、五味子、天麻、林蛙油等都是中药材中的珍品。

大森林是钱库。人类从大森林里索取了无数宝藏，但这些宝藏并不是取之不尽、用之不竭的。

大森林是碳库。吉林的大森林是巨大的无形资产，总碳储量达到16亿吨，森林生态服务功能的总价值达到近6000亿元。这是老天爷对吉林大地的厚爱，也是对吉林2300多万人民的偏爱。科学发展到今天，有些价值是能够算出来的，而大森林对大自然的付出特别是对人类的厚爱是无法用数字计算出来的。

大森林是屏障。吉林省自从有了这片大森林，少有大旱，少有大涝，少有大风，少有地震，少有洪水暴发，这都是大森林的恩赐。大森林的兄弟——"三北工程"防风固沙护林带，像一道道屏障，手挽手，肩并肩，结束了吉林西部"三刮四种"的历史，使粮食增产15%以上。还是大森林的兄弟，村屯防护林、江河防护林、公路铁路防护林、城市防护林，层层叠叠的防护林网，编织着吉林儿女美好的梦想。

你可能会说，吉林的大森林有什么了不起？全国的大森林多的是。错了，大错特错了。吉林的大森林和别的地方就是不一样。吉林的大森林大多生长在长白山区和张广才岭。特殊的泉水，特殊的气候，特殊的地理环境，滋养和哺育了与众不同的大森林。制作地板的工匠都知道，柞木也叫蒙古栎，是做地板最好的原料之一。长白山的柞木木纹细，密度大，硬度好，韧性强，没有黑线。别的地方即便也是东北的柞木都不行。即便不是太内行的，一眼也能看出来。长白山林区的木材做家具、做地板、盖房子，做啥都行，几乎是万能的木材。木材有了DNA以后，吉林的木材就更加珍贵和吃香了。

沧海桑田，岁月苍茫。远的不说，几千年来，人类经历过多少战争，多少次水灾，多少次火灾，多少次地震和火山爆发，大的事件能数得过来，小的事情就无从谈起了。在吉林的大森林里，几千年的古树，硬是神奇地存活下来。在珲春林区生长着几株树龄2900多年的红豆杉，它的童年是我们的周朝。人类在它们面前显得那么稚嫩，那么微不足道，我经常发出"今人不见古时树，今树曾经伴古人"的感叹。它，不仅存活了下来，而且枝繁叶茂，日夜守卫在祖国的东北边疆，遥望着日本海，眺望着海参崴。在汪清，在和龙，在敦化，生长3000年的红豆杉比比皆是。每次见到它们，我都要情不自禁地、泪流满面地、不顾一切地去拥抱它们，亲吻着它们。我曾痴痴地想，古树若是一架录像机或收音机该多好啊，让我们详细看看战乱的场面，记录和目睹中国人几千年的苦难。千百年的大事小情，一览无余，历历在目。有媒体曾经报道过，有一个村子多年以来，没有人得过感冒，也没有人得过癌症。人们感到身体不舒服的时候，捡点古树落下的叶子熬水喝，不出两天就好了。有人说是银杏树，更多的人说是红豆杉。不管什么古树叶子，能治疗和预防什么样的疾病，还需要科学去论证。

许多事实证明，古人对大森林的热爱并不比今天的人们差多少，甚至更胜一筹。在吉林省的德惠市，有几片多达几百株的古梨树群，树龄都在 300 年以上。传说是一个财主家嫁姑娘，把一些梨树苗当作嫁妆给了姑娘。姑娘带过来的树苗，都是嫁接好了的，至今还能够看到嫁接的痕迹。母本特别细，子本比母本粗一倍还要多。有的母本是当地品种，子本则是外来品种。令人惊奇的是，300 年前的古人就知道同株不授粉的原理，在很小的范围内有多达七八个或十几个品种。我们知道，假如同株授粉，结的果子会逐年退化，最终导致母本死亡，不可能存活 300 多年，更不会生长得茂盛。

树木嫁接的历史在中国较长，可以追溯到周秦时期，距今已有 2300 多年历史。许多专家认为，树木嫁接技术是由中国传向世界。梨树嫁接后成活 300 多年，在吉林、在东北是比较罕见的。

大自然的选择是最合理的。吉林的大森林是大自然选了又选的最佳组合体。吉林的大森林大多是针阔混交林、复层林、多层林，从山上到山下形成梯次结构。这样选择的结果是：少病害，少虫害，少倒伏。不像有些省份、有些地区纯林多、片林多，导致病害多、虫害多，演替的周期短。新中国成立初期我们学习苏联，林木采伐之后重新植树造林，什么树木值钱就栽种什么树苗，导致了纯林多、片林多，结果受到大自然的惩罚。说得通俗一点，树木和动物以及人类一样，生存需要五彩缤纷的世界。单一了，独尊了，鹤立鸡群了，都要受到大自然的惩罚。木秀于林，风必摧之。

如果说，大森林只满足了人类对木材的需要、生态的需要，那真是太小看它了。可以不夸张地说，如果没有大森林就没有人类。大森林像个魔幻的世界，每时每刻都呈现出无穷无尽的变化。

春天的大森林。吉林的春天特别是长白山的春天，还沉睡在皑皑的白雪之中。齐腰深雪中有一层硬硬的盖子，如果踩上去，一不留神有可能陷得很深很深。在大森林的寒雪中，冰凌花已经嗅到了春天的气息，黄色的花儿竞相开放，不与大森林争高下，只为大自然添光彩。"三九四九冰上走，五九六九沿河看柳，七九河开，八九燕来，九九加一九，耕牛遍地走。"大自然在民间的俗语中渐渐醒来，大森林里的山野菜有的翠绿，有的青白，有的淡黄，让人垂涎欲滴。柳蒿芽、山芹菜、马齿苋、蕨菜、广东菜，林林总总的山野菜有几十种甚至上百种，你数也数不清，采也采不完，挖也挖不尽。山野菜是大森林的伴生植物，是近亲。大森林为山野菜遮阴避阳，山野菜为大森林提供各种养分。

夏天的大森林。大森林是鸟儿的天堂。五颜六色的鸟儿，奔向田野，飞上蓝天。啄木鸟敲击的声音不绝于耳，它是树的医生，把树上的害虫吃掉。棒槌鸟在哪里鸣叫，野山参就会在哪里出现。还有许多数不清的鸟儿，叫不出名字的鸟儿，像万箭一样射了出去，像乱弹一样飞了回来，大森林是它们长久的窝。中华秋沙鸭是第三纪冰川末期遗留下来的古老物种，是国家一级重点保护野生动物，素有鸟中"大熊猫"之称。它在树上筑巢，水里生活。长白山大森林是它们永恒的家。大森林里还有它们许许多多的朋友，彩蝶飞舞，蜂拥而至，蜂游蝶舞的场面随处可见。

秋天的大森林。大森林每时每刻都是美丽的，要说最美的季节那就是秋天。春华秋实，硕果累累，有数不清的野果成熟了。软枣子、狗枣子、猕猴桃、山葡萄、树莓、蓝莓、山核桃、托盘儿、天天……大森林里的果啊，你说也说不全，摘也摘不尽，吃也吃不完。大森林的红叶，是人们永远的神往。不仅仅是红叶，赤橙黄绿青蓝紫的叶子都有，五彩缤纷，五颜六色，色彩斑斓。它们天天在变化，一天一个样子。那时候你要走进大森林，躺在青青的草地上，仰望高高的蓝天，雪白雪白的云彩，千年的古树为你遮风蔽日，一棵棵像剑一样的白桦树，刺向大地，穿透蓝天。你想哭，你想笑，你想美，想成仙，随你吧。

冬天的大森林。第一场雪往往覆盖不了整个大森林，阳坡的雪很快被融化掉，它荡涤了森林里的一切尘埃。第二场雪就不一样了，白雪像无边无际的大被面，把大森林里的小树、小草、小沟、小坎紧紧地罩住。苍茫的大地上，大山里

只有粗粗大大的树木。忘了，最重要的还没有说，森林里偶
尔有几行野兽的脚印。东北虎、东北豹、野狼在雪地里行走，
尽管再艰辛，一般不会走重复路，只要认准了前进的方向，
不管面前有没有路都要奋不顾身、勇往直前，一直到达理想
的彼岸。野生动物和人一样，有好多野兽是懒惰的。人类走
别人的路，顶多没有大的发展。野生动物顺着别人的脚印走，
不用费力气，最后的结果往往是丢了性命。野猪、黑熊、傻
狍子基本就是这个特点。山上本来没有路，野兽走多了就有
了路，这样的路往往是死路。有经验的猎人，在野兽总走的
路上随便下几个套子，不经意就可以套住野猪、黑熊、狍子、
野兔。这其中最傻的是狍子，有人打了一枪，狍子还要回头
看看是不是真的打了自己，兴许打的是别人，等听到第二枪
响的时候，跑的机会都没有了。说到这里你可能会想，这么
容易，人人都可以上山去套几只野兽或者打猎了。对不起，
说的是过去的事儿。如今，这些野生动物都受到法律保护。

吉林的雾凇是一大奇观。雾凇，不是冰，也不是雪，是
挂在大树上的霜，晶莹剔透，婀娜多姿。有人说吉林的雾凇
和桂林的山水、云南的石林、长江的三峡，一同被称为中国
四大自然奇观。我不敢苟同这种观点，吉林的雾凇就是吉林
的雾凇，它是奇观中的奇观，世上独一无二。用不着跑出几
千里地去攀富结贵，美是自然存在的，不是和谁比出来的。
吉林弄不出桂林山水，桂林再好也弄不出吉林的雾凇。

吉林大森林的雪弥足珍贵，其他北方省份都没有这个优势。长白山下的雪是粉雪。

世界上有三大粉雪基地，一个是欧洲的阿尔卑斯山脉，一个是北美的落基山脉，再一个就是吉林的长白山。粉雪是滑雪者最喜爱的雪。粉雪就是凝固核还没有充分冰冻变大就落到地面上的雪颗粒，雪的核心是冰晶，冰晶外面吸附着细小而密实的雪绒花，雪形成颗粒状，根据颗粒的大小可以分为细粉雪、粗粉雪。细粉雪捧在手里，像捧着白色的面粉，雪可以从手指缝滑落下来，粉雪因此而得名。在粉雪上滑雪，摔倒后顶多砸一个雪坑，不会摔疼。滑粉雪的时候，你会感觉到脚下的雪像丝绸一样柔软顺滑，整个人顺着雪地起伏而上下腾落，有飞翔一样的感觉。

吉林的大森林，是大自然和老祖宗对吉林人民美好的馈赠。多少年来，人们走出大森林，奔向祖国各地。经过几十年打拼之后，又从祖国四面八方，奋不顾身地奔向了大森林。这是一片神奇的大森林、神秘的大森林、令人向往的大森林。

山 水 情 怀

迟建边

　　人之于山水，总是有着千丝万缕的情愫，这情愫说不清道不明，但就是在你心中的某个地方，挥之不去。说来，自小在长白山中长大，对山水已是司空见惯，提不起多大兴趣，而且这些年趁外出学习或开会之机，各地的山水也看过不少，比如江南的小桥流水，东岳泰山的雄浑伟岸，一眼望不到头的太湖的烟波浩渺，还有置身千山怀抱之中耳边响起的古刹钟声……每次在领略这美景的时候，心中充满兴奋的同时，隐隐地有一些怅惘和失落，因为眼前的山水即便再好，我也只不过是个过客，顶多是"到此一游"而已。等再回到家乡时，看到家乡那熟悉的山和水，不由自主地叹道：看山观水，还是家乡的好啊!

之所以有如此感叹，是因为我的身后有长白山。长白山的天池，犹如一幅画，静静地铺在那里，美得令人不敢出声，生怕不经意间的一个喘息，会惊醒了她。长白山的锦江大峡谷，不管不顾地就那么纵横在两山之间，壮丽而威武。长白山的瀑布，虽没有飞流直下三千尺，但那是来自天池的水，从高处倾泻而下，再弯弯曲曲向北流去，由淙淙细流，最后浩浩荡荡成了松花江。长白山的美人松，亭亭玉立，宛如少女，迷倒了多少南来北往的游客。只有亲眼看见了长白山的大美，方知走过的山山水水都不如家乡的长白山。至今还记得小时写作文时，开头总是很自豪地写道：我的家在长白山脚下……没错，这么多年来，无论身在何处，只要有人提到长白山，或是脑海中闪现过长白山，我心中就倍感亲切。长白山的品格和绿水的柔韧，已根深蒂固地融入灵魂深处。

长白山是独一无二的。长白山中的山山水水，更是多姿多彩百媚千娇。仁义砬子的水天一色，享有北赤壁美誉的望天鹅，素有"东北小江南"之称的龙山湖，这些远近闻名的山水早已成为各地游客喜爱的长白山网红打卡地，但与之相比，我更钟情的，还是蜗居在鸭绿江畔的临江山水。

初识临江的山水，还是当年在一所师范学校当老师时，与学生们一起去过的珍珠门。当时，一听到这个名，我就兴奋不已，乃至一路上翻来覆去在想的，是珍珠门到底是一个什么样的门？等到了地方后，想见的"珍珠门"没见到，映入眼帘的景色却是赏心悦目。一条小溪蜿蜿蜒蜒从山脚淌过。沿小溪上行，不远处，就见两山半腰之间有个用碎石砌起的高高平台。从山上流下来的溪水，在这里似飞流一般垂直跌落，乍一看，犹如一块白色的幕布挂在山间。当时，想得最多的，就是李白的那首"飞流直下三千尺"的绝妙诗句，但眼前的这飞流，又真没有"三千尺"那种气派，而且无论怎么想，也无法把庐山瀑布与眼前这小瀑布有机地联系起来。后来，就索性不再联了。美景在此，想那么多做什么？不过，当看到小瀑布落地溅起的水珠后，突发奇想，这一颗又一颗晶莹的水珠，多像那价值连城的珍珠啊，莫非珍珠门这么诗意的名字由此而来？由此延展开来，脑海里忽然跃出两个字：灵性！

没错，好的山水真的是有灵性的，这灵性春风化雨，给人以滋润，也可千变万化、气象万千。事实上，临江的山水正因了这灵性才有了婀娜多姿、千姿百态，只有你想不到的，没有你看不到的。之后的多年，曾多次来到临江，对临江的山水在认识上，也经历了由片面到全面这样一个全过程。在临江，若想看大山的险峻，那就沿着从前的老路，走一遭长尾巴岗，人在车上，车在崎岖的路中，往左看去，是倒抽一口冷气的悬崖，往右瞅来，是陡峭的山体，一眼望不到山顶，行走在这样的路上，提心吊胆是常态；想看大山的乖巧，那就站在江心岛上遥望一下猫耳山，那形象逼真的猫耳朵，会让人浮想联翩妙趣横生；若想看大山的安逸，不用走太远的路，只要走到猫耳山的半山腰中，向东望去，卧虎山的神韵就会活灵活现。试想一下，老虎本是凶猛的野兽，吃饱喝足了卧在那里，歇息也好，养性也好，无论如何遐想，心中都很祥和与温馨；若想看大山的另类与别致，那就去溪谷吧。在高高的山顶，忽然就闪出一块偌大的平地，绿草茵茵，犹如一块巨大的绿毯均匀地铺在那儿，何况还有悠闲的老牛在蓝天白云下慢条斯理地嚼着嫩草，真就觉得此景只应草原有，不该躲在长白大山中。那么，如果想看水的话，在临江，暂且不说那从沟沟岔岔流淌的小溪小河，只说那绿波荡漾的鸭绿江，无论你站在哪个角度看，都是风情万种、妙不可言。站在江边，聆听着水声，望着对岸的异国风光，偶见水中的木排顺流而下，思绪会伸展得很远，很远……

青山绿水，让生活在这里的临江人由内到外都洋溢着一种独有的自豪感。在临江，你会听到好多人在说，曾经风靡全国的电影《五朵金花》《神秘的旅伴》《林海雪原》《景颇姑娘》《智取华山》里的好多镜头都是在他们这里拍的。事实也的确如此。细细数来，有据可查的，真的有二十多部电影是在临江这里取的景。如果不说，没人能想象得到，影片中那美轮美奂的南国秀丽风光，竟然都是在临江拍摄的，而且到了以假乱真的地步。这至少可以说明，临江的山水之美，不仅名副其实，而且已被世人所知。也正应了那句"家有梧桐树，自有凤来栖"的老话，一直以来，好多外来的游客纷至沓来，游山玩水间，喜爱上了临江。前些年，几个喜欢摄影的人随便走到一个小村，错落有致的山峦，白雪皑皑的田野，整洁的村落，善良纯朴的村民，让他们流连忘返兴奋不已，最后，在这里建起了摄影基地，拍摄出了一幅幅带有浓郁东北乡土气息的摄影作品，尤其是用镜头呈现出来的冬季景色，不仅一展千里冰封、万里雪飘的北国风光，而且不经意间就打造出了一个旅游胜地——松岭雪村！只有当地人知道，在临江，类似松岭雪村这样的地方，比比皆是，随便去一个村子，都会有别样的发现，景色绝对不会比松岭雪村差。

一方水土养一方人。在熟识了临江山水的灵性与秀美之后，心动的已不再是这里的风光独好，而是这山水背后蕴含的至真至善的美好情怀。得益于青山绿水的滋润，生活在临江这方水土的人们，纯朴善良，明大义，有担当。当年拒日设领，是临江人的家国情怀；"四保临江"时的送子参军、勇于支前，是临江人的奉献与担当；如今，满怀豪情迈向新征程中的临江人正以习近平新时代中国特色社会主义思想为指引，全面贯彻落实党的二十大精神，牢牢把握白山市建设践行"两山"理念试验区重大战略契机，在中国式现代化进程中奋力谱写临江高质量发展的新篇章。

临江人是有情怀的。这情怀，往大里说，是先天下之忧而忧，后天下之乐而乐，往小里说，就是寻常日子中的那种人心向善、大爱无疆。好多年前，在临江听过这样一件事，一辆满载乘客的大客车在开往长白时，行驶到长尾巴岗处，客车突然在路上来来回回摇摆起来，吓得车内乘客连连失声惊叫。眼瞅着客车就要驶出路面掉下悬崖时，长长的刹车声，让客车稳稳地停在了悬崖边上。后来，有人说，当时，车轱辘只要再往前多行驶一点儿，整个客车就得车毁人亡，万劫不复。惊魂未定的乘客跑下车后，看到此情此景，无不深感后怕。待到稍微安定下来后，转过头来再看司机，只见司机头耷在胸前，两手死死地把着方向盘，脚踩着刹车，身子一动不动。乘客们赶紧跑过去，有懂点儿医的人上前看了看，然后对大家说："没气了。"原来，这个司机在驾驶客车中，心脏病突发，许是想到了全车乘客的安危，在生命的最后一刻，他死死地踩住了刹车，即使自己的心脏已经停止了跳动，踩在刹车上的脚也没有松开，这才使全车乘客转危为安。这个司机姓胡，土生土长的临江人。过后想一想，胡师傅在心脏病突发时，能那么坚定地死死踩住刹车，只能说明在生命垂危时，他想得更多的，不是自己，而是一车的乘客。无疑，这样的人，一定是有情怀的人。

有情怀的人，在临江可谓比比皆是。在他们之中，有勇拦列车避免重大事故发生的"最美农妇"，有倾力助学的"最美好人"，还有在鸭绿江发大水时，不顾个人安危冒险登上孤岛，奋力救助异国百姓的见义勇为的英雄……因为他们，因为他们的情怀，让临江的青山绿水有了诗意，有了让人向往和回味的境界。

青山不尽，绿水悠悠。细思量，这向往而回味的境界，应该就是在心中的某个地方挥之不去的情愫吧？

山水长白

易　玲

　　8月，吉林大地上，长春如一泓绿色的湖泊，高速路如一条绿色夹道的河流，长白山则是一片绿色的汪洋。从长春到长白山，盎然绿意沿长长高速一路流淌，越来越奔腾壮大，如湖泽江河奔向无边大海。

　　山不来看我，我自去看山。长白山，中华十大名山之一，国家首批 5A 级旅游景区，中国东北乃至整个东北亚地区的重要生态屏障。翻开吉林省地图，东部区域都属于长白山区。1960 年，长白山自然保护区建立，截至目前，保护区内的森林覆盖率超过了 95%，目之所及，尽是绿色，无边无际。染透这一绿色底色的，是长白山自然保护区 62 年来坚持不懈的生态保护。

一

长白山是树的海洋，从山脚到山巅，垂直集中了从温带到寒带的植被缩影。

8月，是长白山一年之中最生机勃勃、色彩斑斓的时节。海拔1100米以下的针阔混交林带，到处都被绿色覆盖，绿的藤萝，绿的苔藓，绿的草，绿的树。但绿色只是主色，还有银亮的瀑布、雪白的浪花；还有粉的紫的蓝的花，红的黄的青的果；还有红松、黄檗、白檀、紫椴、黑桦……纷杂错落、形色各异的树木覆盖着整个山区，空气里满溢植物的清爽芬芳。由于这里植物种类繁多，野生动物也多，虎、鹿、林蛙、细鳞鱼等都生长在这里。

海拔1100米至1800米是针叶林带，那一行行、一列列数不胜数的红松、云杉、落叶松等针叶树，树高林密，四季常青，像威武整饬、气吞万里的兵团。而地面倒木以及站着的树木上，伴生着厚厚的苔藓，吸引着紫貂、棕熊等常年以这里为林中餐桌。

海拔1800米至2000米之间，是岳桦林带。岳桦林位于长白山火山锥体下部，这里地面坡度陡峻，气温低寒，雨量丰沛，风力强大，土层很薄，所以岳桦林木稀疏，根系发达，

133

矮曲丛生，匍匐生长，钢铁一样坚硬的枝条旁逸斜出，不屈不挠地挑战着贫瘠与高寒。每年七八月间，这里的凉爽吸引着马鹿、黑熊、野猪、狍子等在此躲避酷暑。

海拔 2000 米以上，是高山苔原带，山坡上几乎看不到树木了，都是茫茫戈壁，粗犷岩石。这里风力强劲，几乎天天降雨，形成了广阔的地毯式的苔原植被。地上大片散落丛生着两种小野花，一种是浅黄色的，一种是紫红色的，听说是金莲花和鸢尾花。它们挨挨挤挤，重重叠叠，贴地而生，铺展如茵，茎高都不及 10 厘米。它们在风中招摇起舞，向游人点头致意，看似柔弱的嫩茎，看似纤薄的花瓣，却能抵御高寒劲峭的山风，让人心生怜爱又肃然起敬。这里是高山鼠兔、部分鸟类的栖息地。

二

长白山以世界海拔最高的火山湖泊和世界落差最大的火山湖瀑布闻名遐迩。天池在长白山主峰白云峰上。白云峰上全是土黄色的砂石，也有一些灰黑色的大石块，贴地有稀疏的小黄花。耳畔山风猎猎，颊边冷风割面。这里天气变幻莫测，太阳大多数时候藏在云层之后，极偶尔漏下一点儿阳光。眼前风起云涌，时明时暗，浓雾流淌漫漶，聚散不定。站在通往天池的栈道中央向上看，山巅的天池隐藏在云层浓雾中，缥缥缈缈，一步步台阶像是天梯通往仙庭。

　　终于靠近天池了，太阳突然探出头，浓雾散去。池周峭壁百丈，群峰环抱。那些山峰有的叫天豁，有的叫铁壁，真是峰如其名，十分形象。天劈成的豁口，铁灰色的直壁，如此陡峭，如此突兀，如此粗粝，如此奇崛，让人不由敬畏造物之神。放眼四顾，脚下的山峰之外，近前有一些山崖灰岩裸露，壁立如削，像乐谱中的休止符，戛然而止；远处的许多山坡延展无边，如主题曲的袅袅余韵，延宕不绝。

　　天池仿佛一位传说中的绝代佳人，她羞涩又神秘，时而露出娇颜，叫人由衷赞叹；时而隐身不见，让你抱憾而返。能不能得见其仙貌，全看她的心情，全靠机缘。

　　天池的水极蓝，与其说她像一泓水，莫如说她像一角幽蓝天空，像一汪深邃宁静的深蓝眼眸，像一颗嵌在火山口"戒指托"上的湛蓝宝石。天池水极美，美得似一块蓝水晶，似一匹蓝丝绸，似一面蓝琉璃镜。天池水极静，静得仿佛连时空都静止了、凝固了，静得仿佛把人们的惊叹都定格了、静音了。

　　几分钟后，浓雾又如山如嶂一般飘移过来，一寸寸遮住了这一泊蓝，眼前白茫茫一片，天池仿佛完全消失了。

　　从白云峰下山，没有树木的遮挡，可以一览无余地俯瞰群山美景。只见天空蓝莹莹的，云朵白亮亮的，阳光从云缝里金色瀑布般倾泻而下，缕缕金线清晰可见，绿叶滴翠的起伏丘峦承接着金光，光区中央的草木仿佛铺展成了一张巨大的金毯。金毯之上，金光之下，光柱万千，仿佛那里天门洞开，天地之间打开了金色通道。翠绿、浓绿乃至靛蓝的莽莽群山连绵起伏，铺展至蓝天尽头，宛如仙女织就的巨幅锦绣，又似神匠画成的巨幅丹青。

三

长白山瀑布是松花江、图们江、鸭绿江三江之源，水利万物，泽被众生。长白山的自然生命，得益于山的供养、山的庇护，也得益于水的滋润、水的恩赐。

喝过白桦树汁，去看长白山瀑布。看瀑布也有长长的木栈道，比看天池的木栈道长得多，窄得多，也陡峭得多，曲折得多。瀑布积水形成一条白浪湍急的溪涧，沿着溪涧逆流而上，近水处如雷鸣震耳。木栈道与溪涧左右相夹的一大片，如打翻了黄色、绿色的颜料桶，色彩自然流动，随意交融，斑斓绮丽，是温泉的领地。正值盛夏，温泉口看不见袅袅的热气，但伸手一探，颇为烫手。

为保护水源，瀑布只可远观，不能近前。千米之外，只见一道虽不宽阔但很有力量的激流一泻而下，接近地面的一段浪花飞溅，如雨似霰，如雾似烟，阳光照耀之下，呈现一道七彩光晕。

天池、瀑布、温泉之外，绿渊潭也美得别具一格。绿渊潭似一块硕大的帝王绿翡翠，绿得正，绿得浓，尽显高贵端庄。潭边三道小小瀑布垂落，潺潺流淌，清秀绝伦，与高山岳桦、旷古巨石互相映衬，美不胜收，恰似人间仙境。

长白山的水千姿百态，各有性情，天池幽深，瀑布喧豗，溪涧喧哗，河流奔腾，温泉汩汩，潭水静碧，泉眼幽咽，泉水叮咚……不同形式的水日夜奔流，流出了风景，流出了生命，也流出了生态，流出了历史。

长白山不只是中国东北乃至东北亚地区天然的生态屏障，也是北方各族人民栖息繁衍的文化圣山和心灵圣地。聚龙火山石林所在的峡谷里，伴着溪水清澈地流淌，不时出现一块木指示牌，"佛多妈妈""飞虎洞""母亲泉""格格泉""顺治峰""蛇柱峰"……可以想见，这每一块木牌背后，都有一个引人入胜的民族历史或传说故事。除了充满传说的木指示牌，这里还有青苔爬满双层屋顶的山神庙，有门口挂着兽皮的猎人小屋。斜晖脉脉中，仿佛能看见这座森林的悠悠前世，看见先民的传奇经历。

四

长白山，群山连绵，江河蜿蜒。当你走近这里的山水，这里的山水也会走进你的心里。在长白山里深呼吸，草木的润泽气、花果的甜馥气、鸟兽的微膻气、温泉的硫黄气、溪涧的润泽气、泥土的腐殖气、岩石的矿物气、负氧离子的清爽气……这些森林中复杂而独特的气息，经过太阳光的激发，从头顶倾泻下来，从地下钻涌出来，从风中吹送而来，从四周漫溢过来，深吸一口，唯有沉醉。

长白山，是深山，是净土。一道道山岭、一棵棵树木吸纳了喧闹，一道道飞瀑、一泓泓清泉洗涤了尘嚣。在这里，树比人多得多，它们已经在这里站立了千百年，甚至千万年，它们笑看风云，迎接雨露，再多的尘息，再大的喧哗，都能被它们吸纳，吞吐，消解。新的一天，长白山依然带着清冷出尘的气质，卓然挺立，用它的静谧和出尘、壮美和神奇、空灵和浩荡、巍峨和缥缈，召唤人们不远千里万里，前来朝拜。

长白山，广袤丰饶的山，神秘莫测的山。悠久的原始森林，奇异的火山地貌，幽蓝的高山湖泊，磅礴的飞流瀑布，粗犷的断崖山石，珍稀的动物植物……被誉为世界少有的"物种基因库"和"自然博物馆"。

长白山，地球的亿万年通史，大自然的皇皇巨著。一座山峰是一个章节，一片树林是一个页码，一棵古树是一行史诗，一丛野花是一个词语，一串蹄印是一个省略号，一朵蘑菇是一个句点。每一个章节，每一个页码，乃至每一个标点符号，都令人击节赞叹，品读不尽。

　　来长白山吧，在纯净中荡涤呼吸，在苍莽中体验穿越，在葱郁中激活生命力。来长白山吧，来用流泉和鸟鸣洗耳，用翠峰和绿叶养眼，用花香和负氧清心。来长白山吧，来感受时空的浩瀚与悠远、物种的丰富与更迭、生命的坚韧与辉煌。

我是长白山中的一棵树

程伯承

　　我本是长白山中的一棵树，这是在我走出森林之后才意识到的。

　　20岁之前的我，在人民公社当社员。那时，生产大队给每个生产小队都划分了山场。山场，也就是给每家每户划出的打烧柴的林地。每年冬天落了雪，人们都要拖着小爬犁去打柴。山场距离村子大都七八公里，拉着小爬犁来回怎么也得三个多小时。秋收打完了场到正月十五之前这两三个月，一是各家取暖烧柴的需求量增大，再就是要准备好来年一年的烧柴。所以家家户户从老人到十几岁的孩子都要动员起来，甩开膀子打烧柴。每天下午两三点时，那河面的冰道上就会出现一条长长的装满烧柴的小爬犁队伍。那拉爬犁的抻着脖子用力，嘴里大口喘着粗气，头顶的汗水遇冷变成了雾气。虽然步步负重，又累又饿，但离村头的炊烟、离家中那温暖的土炕越来越近。人们心中的共同目标就是冰雪融化之前房头怎么也得抓起个柴火垛来。

那时候人们还没有保护生态环境这一概念，所以上了山挑柞树之类抗烧的硬杂木先砍。硬杂木砍得剩不多了，便不分树种，只要是能烧的就砍回家。最后砍刺棘子，打树根，称之为打"疙瘩头"。疙瘩头热炕，还能掏出大块火炭装火盆。打柴的路上，搭讪最多的一句就是：你家的柴火垛见长呀！俺家的烧柴不多了，都快吃生米了。

那年月，谁家姑娘找婆家先是要看柴垛，柴垛又大堆得又利索的一定是正经过日子人家，是要加分的。

每年的春天公社也提倡植树造林，各生产队都是有造林任务的。但年年造林不见林，造林之后管护跟不上，林地放了牛。所以年年栽树年年光，统计起栽下树苗的面积都可以把整个村子的地界覆盖多层了。有一天，我心潮涌动，写了一封题为《栽树要成林》的读者来信，也许编辑认为有普遍意义，便发表在了《红色社员报》上。我们那个小山村第一次有人写的文字变成了铅字，产生了轰动效应，乡里乡亲看我的眼神似乎也不一样了。寻根溯源，那封读者来信也许是我文字生涯的起点。

后来，我参加工作，到了长白山中的一个林场，成为一名伐木工。

那可是森林的海洋，爬上山顶，朝远处一望，山那边还是大山，森林那边还是森林。一阵阵山风在树的梢头掠过，起伏的山峦犹如巨浪涌动的大海，间或还会看见，几只山鹰在灰色的天空中翱翔……

在农村砍柴，遭遇的都是灌木丛，触碰的都是小棵子，认识的树种也只是有限的几种。走进森林真是大开眼界：笔直的水曲柳，粗壮的核桃楸，挺拔白皙的小叶杨，穿着皮袄的黄菠萝。那有着婀娜身姿的紫椴，那冷峻深邃的红松，那不动声色隐藏在树林中的黄榆，那秋冬两季都会燃烧的白桦。还有"女儿木""灯台子""半拉子""拧劲子""红心柳"等等。那极为稀有的"刺楸""红豆杉""瓜子榆"，不知在哪个山坡上你就会撞上一片……几年下来，我和它们都混熟了，这些树木像我的亲人，像我的朋友，会呼吸，有情感，有个性，还有色彩。有时站在一棵心仪的树下，久久地对视，会从心底里涌出赞叹，如此的环境下它们竟能出落得这样秀美！

有山外来人，便戏称自己是"老木把"。对大山的一切口若悬河，如数家珍。春天，你随便走进哪一条山谷，山芹菜、猴腿儿、刺五加、山胡萝卜秧都让你手提肩扛。被城里人称为山珍的刺嫩芽，那是我们的家常菜。

森林中最常见的野果子是野生猕猴桃。赶上"收山"的年景，无论新藤还是老藤都果实累累。尤其是经过一场秋霜之后的野生猕猴桃，你摘一颗塞进嘴里，那口感，胜过蜜糖。

乍看上去，这森林是个郁郁葱葱的世界，可细细品，每棵树的命运各自不同。谁也不知在哪一个夜晚，是哪一阵狂风，会把生命的种子带向何方。落进峡谷里的，缺少阳光的抚慰，反而生命力更加旺盛，性格更加执着，长得更加蓬蓬勃勃，更加茁壮挺拔；落在山巅上的，拥有太多的雨露阳光，但常常长不成栋梁。也有矮矮的灌木，心中从没什么宏图伟愿，它们知道自己没人关注，但还是随风轻歌曼舞，给这个世界增添一片绿意，一块阴凉。

一望无际的林海，就是一个生机勃勃的世界：来到泉边饮水的梅花鹿，在山里红树下拱食的山猪，掠夺山蜂蜜被野蜂追剿的棕熊，在一旁看风景的野花，某一个早晨占领了倒木的元蘑，鸣啭着从这片树林飞向那片树林的山雀儿……森林为我们创造出的世界绚丽多彩。

冬季的森林，白雪皑皑，有的沟谷甚至白雪齐腰。我们常常在零下二三十度的严寒之中作业。中饭就是捆在腰里的玉米饼子。中午要找一些干树杈子，拢起个火堆烤饼子。桦树皮是引火神器，撕一捧桦树皮塞到干柴之中，触上一根火柴，顿时一个噼啪作响的火堆就诞生了。吃饼子时常有一种叫"蓝大胆"的鸟儿飞前飞后，工友们知道它们是饿极了，就不时掰下点儿饼子与它们分吃。有时西北风会心不在焉地打起尖利的口哨，那冒烟似的雪片顿时就模糊了你的视线。但是，多大的雪都不会让你恐惧，反而是一种心灵的净化，会让你联想到很多。有时还会联想到东北抗联如何在这冰天雪地里抵御日寇，这茫茫的长白林海是如何协助他们打击豺狼……

走进森林，还有一种发现会搅动你心底的波澜：那是一棵棵倒下并腐烂了的高大的红松，它们原本可以去做梁，可以去做桅，但机遇没有垂青于它们，它们最终也没有走出深山。这些红松腐烂之后，当年那灌满油脂的树杈就会凝成"明板"。工友们走近会把它立起来，靠在另一棵树上。这就是传说中的松明子，继而成为烛照人间的火！

春绿秋黄，那些年让我们自豪的是，每年都有近万立方米木材从我们的林场走出大山，运往祖国各地，变成擎起屋脊的梁，变成挑起征帆的桅，变成了挡风的门、学习的桌、休息的床……

多年后我也走出了森林，也许我是最后的伐木人。此后不久，国家下达了天然林禁伐令，我的工友们也放下了板斧、油锯，很快完成了角色转换，成为育林人、护林人，成为生态文明的守护者。

我虽然离开了森林，但我的家仍在长白山下。我们喝的是长白山流出的乳汁，那乳汁是从长白山丛林的每一条叶脉上流下来的水滴。我们吃的则是长白山林海那万千条溪流汇成江河浇灌的土地生长出的稻谷。

今天，我比什么时候都怀念长白山中的那些树，怀念那蓬蓬勃勃的森林。在森林里没有想到，其实，自己也是一棵树。从过去到今天我都是长白山中的一棵树。我为自己能生长在长白山中而自豪！

森林和人类也是一种"命运共同体"。

吾城有林

赵桂香

"绿油油的稻田迅速向后倒去,这绿色仿佛一直铺展到天际;过去的半个多小时,一望无际的绿色连绵不断,始终是窗外的主景观。行驶在地理书中的松嫩平原上,切身体会到她的广阔与平坦,脑海里不时浮现的却是家乡的山水草木。还没到达,我就开始想家了……"

这是三十年前,我在前往大学报到的绿皮火车上写下的日记。我家乡地处山区,我习惯并迷恋那里起伏错落的线条节奏、四季变换的山光水色。

"大城市里到处都是楼房,花草树木很少,光秃秃灰蒙蒙的。"车窗外一马平川的无尽绿色加上往日听到村里走南闯北人们这样描述他们的见识，我对即将抵达进而开始大学生活的长春，那座地处平原的城市越发忐忑并充满期待。

学校的新生接站车拐上大路，我长出一口气——高大挺拔的树木，沿着又宽又直的大路延伸到视线尽头，它们形成的线条和色块，让我找到了家乡山林的感觉。

"这是斯大林大街，听说它是中国第二长的街，第一长的是北京长安街……"我听见身后有家长在说。三年后，这条带给长春荣耀，带给新来乍到者安心的马路，更名为人民大街。

接站车驶离大路后，陆续在几个停靠站卸下新生。我惊喜地发现，沿路树木葱茏；马路大学的校舍大多坐落在花草树木之间。

我的宿舍楼同样被杨柳包围。

我喜欢从三楼宽大走廊尽头的窗户望出去，目光在楼与树、人与花间游走。有一天，我照例下望的目光中，捕捉到挺拔白杨树阵间同样挺拔英武的戎装青年，"爱情"自此出现。

大学与军营分处城市两端，我们需要骑着自行车穿越城市才能相见。沿路随处可见的大树草地、石桌木亭，都可以接纳我们歇脚赏玩，有了自然草木和爱情幸福加持，清水加面包也很香甜。我最喜欢的暮春时节，杏花如雨丁香如雾的胜景中，不止一次怀疑自己究竟是在天上还是人间；严冬里虽然地冻天寒，因为有冰湖雪野可以尽兴奔跑撒欢，也很满足、很开心、很温暖。

自行车载着我们探寻城市周边，净月潭、莲花山、卡伦湖、新立城、大顶子山，清可见底的水，连绵不断的山，水中鱼游蛙鸣，山间春华秋实，松涛时近时远……

我大学毕业了，我们决定留在长春工作生活，因为爱情，也因为这里的山水草木让我们安心甚至迷恋。

我对住所周围草木绿化的执念很容易实现。新婚后赁居的平房虽然破败不堪，但是小院里的樱桃树花叶繁茂，果实又红又甜。那里后来整体改造为楼房林立的住宅小区，我旧地重游，看到小区的绿化景观可圈可点，人们在树下花间游走闲坐、愉快交谈。

那时我们已经搬进自己购置的新居。小区里砖石垒就，花坛里的三棵大榆树是我们决定买房的关键要素之一。"这三棵树有些年头了，为了保留它们，设计师、工程师和施工队可没少下功夫。"在这座城市里，为保留树木所做的妥协和让步随处可见，比如，原本笔直的马路上突然就被水泥或方砖切去一角或者半圈，里面一般会有一株有资本和资格的珍贵的树，兀自生长，随风摇摆。

年幼的女儿给两大一小的榆树分别取名树爸爸、树妈妈和树宝宝，一家人俯瞰满树榆钱以及树下烧烤、跳绳的往事，每次回想，都暖意融融。

后来换房到一个以绿化见长的小区，天气和心情都刚刚好的午后，我会携了书并茶壶坐垫，拣枝繁叶茂的林间坐定。有一回，听见舒缓的音乐和隐约的人声，那是听得见却看不见的不远处，邻居在做森林瑜伽；又一回，一朵花飘落在我正读的《约翰·克利斯朵夫》书页之间，我猜它也想读，静夜里克利斯朵夫与安多纳德在各自火车上对望的场景，于是，我小心翼翼地合拢书页，帮它慢慢变成一朵干花并永远留在那里。

母亲随我们进城定居之初，常会被乡下亲戚追问：城里是不是没草没树，满城汽车尾气臭气熏天？

母亲总会马上回说：这里不光到处都是花草树木，而且有很多公园，公园里空气好、风景好，尽可以运动游玩。

今天去长春公园看郁金香了；下个星期牡丹园的牡丹就开得好了；牡丹园旁边的杏花村杏花最有名，头半个月才去过……春天里，母亲看花的日程总是排得很满。

让母亲流连忘返的看花所在，后来陆续增加了梨花园、百花园、伊通河风光带以及雨后春笋般兴建的一片又一片花海。

有一天，母亲兴奋地跟我说：其实不用专程跑去看花了，家门口的马路和街边空地到处都是花呢。

母亲对我随后向她转述的"口袋公园"说法啧啧称赞：到处都是公园，真像装在口袋里一样，随手就能掏出来，抬脚就能走过去，看景、散步、游玩，多方便！

关于长春的公园园林绿化景观，很容易就能收集到令人眼前一亮的信息数据——

长春市已建成公园近200个，公园绿地服务半径覆盖率84.05%，城区绿地率37.17%……数据抽象，但在全国乃至亚洲都排在前列的位次，却让我热衷于记住它们以向外地朋友推介长春森林之都、公园之城、园林城市的标签，并收获艳羡赞叹。不过这做法也有幸福的烦恼，那就是建设一直在进行，数据随时在更新。

我的女儿选择到万里之外求学，也一直保持写日记的习惯，并不时跟我分享一些片段。有一天，她这样写道——

昨晚梦见回家了，去南湖划船，水真清、天真蓝，音乐喷泉真好看；庙香山滑雪场，有个穿红色滑雪服的身影帅到刺眼；有轨电车在金黄的落叶间穿行，美得像童话一般……我知道我这是想家了。

我的家乡中国东北吉林，青山常在绿水长流，秀色可餐，能够捧出22度的舒适夏天；家乡的冬天千里冰封万里雪飘，一望无垠银装素裹的美景，可以观赏，可以畅玩，几乎可以帮助人们实现对浪漫美好的全部想象和心愿……

向西，向西

迟东晶

向海鹤舞

　　"鹤乡"向海位于吉林省白城市通榆县境，在科尔沁草原中部，是国家级自然保护区。它以完好的自然景观、原始的生态环境、多样的湿地生物而闻名。多年前读过一篇关于"向海鹤乡"的文章，去向海看鹤，便成了我的一大心愿。

　　我来向海，本来是想看放鹤的。放鹤的时间是午后两点，我们的车近三点才到，游赏者已经看完放鹤往回走了。心中有点儿小失落，但很快这点儿小失落就被向海水天一碧的壮美景象和呦呦鹤鸣给遣散了。

我们跟着诗人葛筱强，沿着木栈道往养鹤的饲养场走去。一丛丛树叶浓绿的黄榆树散布在小山坡上，被高与肩齐的蒿草簇拥着，虬枝横柯，旁逸交错，像一个个身姿苍劲的舞者。沿路发现草丛中有一只闲逛的鹤，我惊喜地跟拍，它竟隐到黄榆丛后面去了，和我们玩儿起了捉迷藏，真是个害羞的家伙。同来的朋友说："鹤是仙，能随便让你拍嘛。"我多么想到近处好好看看它呀，虽然以前在动植物公园的铁笼子里也看见过，但都不如眼前的这只有灵气，这可是"鹤乡"的鹤啊。

绕过一排房舍，我们看到了鹤。它们护在铁栅栏网里，栅栏上挂着"鹤在繁殖期脾气暴躁勿靠近"的字样。隔着栅栏，我看见了丹顶的鹤，大长腿，细颈，高个儿，头顶上的丹顶红不是羽毛，竟然是一片红色的小肉突。我们正说着，一只鹤像听懂了我们的话，大大方方地靠过来，低下头，给我们看它的红顶。我好想去摸摸它，可是看见它那十几厘米的长喙，我害怕了。旁边饲养员大叔说鹤嘴很厉害，曾经发怒把一个人的手掌给戳穿。我更不敢碰它了。距离是用来维持和谐与美的，太近的距离，对任何生命都是一种僭越。

在一条小径上，我们与一只悠然散步的鹤相遇，它不急不慌交换着双脚，抬足，落脚，脖颈高挺，简直就是一个芭蕾公主，那旁若无人的气质，仿佛完全习惯了与人同行的样子。葛老师走在前面，像是同鹤一起散步，步调都那么一致，引逗我们跟着拍。我的脑海里蹦出一个词——遛鹤。当然，鹤是不能遛的，它可以是爱物，但不是宠物。我们靠得近了，鹤也表现出了一份热情，它用嘴轻啄我的两位同伴，吓得他们急躲。饲养员说鹤不是啄人，它是在讨吃的。他从口袋里掏出玉米粒，把鹤引到观鹤台上。那里还有一只鹤，看到有吃的，也聚过来。两只鹤，吃东西都那么优雅，啄起一粒米，抬头看看天，一俯一仰，像在告诉观者舞蹈就要开始了。

我们围着鹤，各种拍照。两只鹤也用它们独有的脖颈语言交流着。忽然，就在我眼前，一只鹤张开翅膀，向另一只鹤抖动羽毛，另一只鹤也微张翅膀抖动几下回应，仿佛两个舞林高手在斗舞，然后它们彼此相对，一起昂首、仰脖，长喙指向天空。我以为它们要歌唱，急忙打开手机录像功能等着。可它们只是仰了仰头，并没有发声。真是心有灵犀一点通啊，不必发声，彼此都懂。先起舞的那只鹤回颈用长喙梳了几下尾部的羽毛，然后向着另一只鹤缓缓地跪了下去，翅膀再次张开，像舞者舒展的双臂，脖颈前伸做了一个波浪，优雅得像个绅士。我们被这一幕惊艳到了。饲养员大叔也说他喂这么多年鹤，这情景也是第一次见到。

失之东隅，收之桑榆。我们错过了放鹤，却邂逅一场鹤舞。人生本就是一份遗憾，一场惊喜。向海湿地，自然生态，鹤的天堂。

墨宝之园

墨宝园是通榆县城里的一个文化园林。"墨宝"一定与书法有关，真想知道都是哪些人的墨宝。

清晨，天空飘着丝丝细雨。通榆的小街被雨洗得鲜亮通透，空气清爽，一扫酷夏的炎热，让人兴致格外地好。

墨宝园的正门是典型的中式建筑，朱漆、雄伟、飞檐的大门上，"墨宝园"三个镏金大字格外醒目。走进墨宝园，满眼碧绿，古柳参天，苍翠蓊郁，石壁重重，灰墙黑底，福禄寿禧，百字千姿，王羲之《兰亭集序》石刻，章篆与行书相映成趣。这浓浓的文化氛围，绝不逊长春的"现代诗公园"，与之堪称文化园林双璧。

甬路两边树石相映，名家书法石刻散落各处，与廊亭斗拱组成一幅幅和谐的画。青石板路的一侧有一排人物雕塑，是历朝历代的书法名家，柳公权、欧阳询等名家都在其列。

公园的后墙上修一牌楼的造型，上书"唐风宋韵"。以此为界，东西各有宋词一百首和唐诗一百首石刻。我们按顺时针方向环绕一周，欣赏这些碑题石刻。石刻上的诗词都是耳熟能详的名篇，篆楷行草风格各异。一座座书法石壁，一方方雕刻作品，让人目不暇接。因为时间匆忙，有的草书字体狂纵，来不及一幅幅细看，只从前几个字辨认出是什么诗词就匆匆走过。

这个墨宝园我真是太喜欢了！草木葳蕤，闲适雅静，抬眼即诗，举目皆画，每一转身都会有惊喜。林间空地上，零星地有几个人在晨练，打太极拳，练太极剑，舒缓沉劲的招式，与周围高耸峻拔的松树很配，静中有动，动外是静。这么好的环境，太适合养生了。

绿荫掩映，小径绕园，每隔一段距离就有一尊十二生肖石雕。我看到了马、猴、牛。有的人为了找自己的属相，追着石雕跑。我也想找找自己的属相石雕，又觉得寻觅不如巧遇，世间许多事都从巧字得，于是寻找作罢，期待巧遇。

最终我也没巧遇到龙的石雕，却在一片茂树环绕中遇到一方很高的石刻，上刻浑润雄劲的七个大字：让文化照亮未来。这是通榆县委原书记崔征亲题。这句话道出了人类的心声。记得刚参加工作时学习国外的教育案例，我几乎不记得叙事内容了，只记得案例中的一个小学生在完成实践探索作业后，给文化下的一个定义："文化是由人创造出来供人类享用的一切。"事物总是相对的，文化也有两面性。而能把未来照亮的一定是积极的、正能量的、能推动人类社会进步的文化。过去我们发展文化而破坏了生态，现在二者和谐发展，才是这个时代最重要的课题。

在疏枝翠叶间，一组青石彩绘格外亮眼，都是民俗年画，画中人笙歌曼舞，栩栩如生，仿佛歌声就在耳侧萦绕。年画勾起许多人少时记忆。我对《哪吒闹海》那幅画印象尤深，小时候我还趴在炕头画过这幅画呢。时代的印记，最撩人心。

墨宝园，诗词碑刻，草木匠心，毓秀清雅，引人流连。嫩江腹地，生态白城，八道河系滋养，一山余脉繁荣，生态与人文共美。

泥林印象

我真的面向大布苏，站在了泥林之畔，我把附着在每个神经元上的从文字中获取的数字密码统统抹去，在大脑的灰质层空出一片区域，重新装上对泥林的记忆。

这是以潜蚀地质地貌景观——泥林为主的地质公园。为了保护泥林原始地貌，还原自然生态的本真，原来铺装的供游客观赏通行的木栈道全都拆掉了。泥林地貌一日一变，每一次相见都是绝版。我们踩着草根走过去。早晨刚刚下过雨，裸露着的泥地又黏又滑，脚一落上，就有细细的黏泥粘在鞋跟上。我蹲下身，用手抠一块泥土，攥在手心里，这土太细腻了，饥荒之年是不是可以拿来包饺子吃啊？

放眼望去，满目苍黄，这是一片怎样的千沟万壑啊！

远远的，在视线内出现一幅零星碧草遮护着的浅绛色的中国山水画，我仔细辨认它是什么皴法，再去判断是哪种浅绛颜料点出的颜色。我知道这不是画，造物两万年刀笔的杰作，人为的技法又岂能相比！

浅褐色的泥面清晰地印刻着土与水缠斗过的证据，像一幅幅河道水系图，所有的流向都指向不远处的沟谷。当俯下的目光与"黄土喀斯特"的肌肤相接，脑海里所有沉睡的成语倏地唤醒：千姿百态、千变万化、形态各异、鬼斧神工……恍惚间，我觉得我站在了一个大盆景跟前：沟壑交错，泥柱林立，古堡森森，垛口相连，桂林的奇山异水、云南的原始石林、北京的栖霞溶洞……这一定是把世间所有的山山水水都浓缩在了这片地面之下。我蹲下身子，想找一个落脚点下到沟谷中，看看是不是也能"明灭可见，犬牙差互"，可我终究没舍得落下脚，我不忍心这一脚的贪婪，踩破它两万年的安静。

我伫立在泥林之岸，放飞目光，让它掠过峰丛峦林，代我抚一抚嶙峋的山脊，搂抱一下浑圆直立的土柱，绕过凸起的孤峰，触碰"石芽"的尖角，在沉落的土洞里寻找一丝远古的痕迹……远处，大布苏湖上蒸出的水汽把空气折叠成一片神秘的浅灰蓝色，几只飞鸟从中穿过，没有虫歌，没有鹤鸣，轻曳的草叶像是在幽幽地讲述泥林的前世与今生。这一片古老的土地，雨剥风刮，暗流潜蚀，千万年的忍耐而成今天的绝美。我们站在它的岸畔慨叹，忽然感觉自己就是这细泥下的一粒尘埃，也会在时间的长河里沉淀成未来不可知的神奇。

　　泥林公园里有一座泥林博物馆，馆里陈列着巨大的披毛犀化石。它们度过冰河时代，是最晚灭绝的史前犀。这两只完整的披毛犀化石，一雌一雄，讲解员说雌雄披毛犀最大的区别就是鼻腔里的一块骨头，雌犀的鼻腔骨头不闭合，只有半块，这是考古的首次发现。我绕着化石看了一圈，除了鼻腔骨我真看不出雌雄有什么区别，只能想象那十九对肋骨护围着的庞大肚腹，这么大食量的草食动物就曾在这片土地上繁衍生息，足以说明这里曾是水草肥美、资源丰沛的动物天堂。自然总是爱耍小心机，把密码藏起来，无论过去多么久远，都会被人破译。这也正是它吸引人的魅力。

　　另一间展室里陈列着猛犸象的化石。那个动画片里驮着松鼠穿越冰河的猛犸象，如今只用一副巨硕的骨骼讲述远古的传说。我想攀住它弯曲的长牙爬上它宽硕的脊背，不知它古老的身骨是否愿意承受今天的文明？还有那自由翱翔天际的两百多种鸟类，又是恐龙一族的哪支余脉？听讲解员说，在同一个考古坑里发现了二十三副动物化石，"狼牙泥林奇妙地，犀象驼虎为一家"，至今成谜。

　　"风可以吹起一张白纸，却无法吹走一只蝴蝶，因为生命的力量在于不顺从。"在这片奇谲壮美的土地上，生命用它的桀骜诠释自然的定律，延续不朽的传奇。

小碴子沟记

赵春江

小碴子沟在哪？这话，在省城问，人家以为你说的是外语，在通化市问，会有百分之九十八的人不知道，剩下的百分之二，一多半会说在通化市往集安市去的路上，可能只有百分之零点五的人能说出我今天要说的小碴子沟在通化县东来乡河北村五组。

小碴子沟有多小呢？这么跟你说吧，这里至今不通手机信号，外加两个字"任何"，不论是移动联通还是电信。老百姓与外界联系，只能靠座机。

这小碴子沟，也真够小的了，仿佛与文明世界隔点儿什么。小碴子沟为什么没有手机信号呢？据说一是人口少体量太小了，现在的商业运营都讲求效益和回报，这是无可厚非的。二是小砬子沟被大山环抱，远近的信号射不进来，如果要通信号，就得要搭建几个铁塔，成本都无法回收。

其实，小砬子沟与文明世界相距不远，离通化市直线距离不到二十公里，而且有南中北三条道路相通。

道路不绝，而人烟稀少，是小砬子沟的不幸吗？非也。

恰恰因为小砬子沟的小，却成就了它安居一隅的宁静。在与文明世界喧嚣无比灯红酒绿只有半个小时车程的距离内，能有这么一处几乎被人遗忘的世外桃源，真是个奇迹。

据说，几年前，有一位风水大师无意间经过这里，惊呼：此地乃金葫芦风水呀！

什么是金葫芦风水呢？

小砬子沟南、西、北三面，群山环抱，奇峰耸立。西山根下，林木裂石，清水潺潺，应了古人那句"一丛小溪山中至，便有清泉石上流"的诗。由此，一条小溪由西向东，围绕在家家户户的房前屋后，约十公里，流入小罗圈河。

这就是金葫芦风水的由来，三面环山一面出口，底大口小，此为金葫芦状是也。

这条小溪，好像还是一条无名溪，暂且就叫小砬子沟溪吧。溪水常年不断，不盈不涸，证明它的源头是泉水涌出。溪水是小砬子沟百姓的生命线，至少可以上溯到一百多年前，清冽甘甜的溪水，就是百姓的饮用水，至今，虽然村里有了自来水，溪水依然可以直饮。

小碇子沟溪汇入的小罗圈河，是浑江上游的支流，与往东十余公里的大罗圈河，构成了历史上有名的罗圈河谷流域。

小碇子沟村东，有石人山一峰，上有两尊独立巨石，如两人相对守望，石人山因此得名。这是一条古道，也是历来兵家必争之地。山下有一口古井，抗战期间，这口古井一直由三名日本兵轮流把守，古井附近有村民一户，主人与守兵有来往，还获赠一双皮鞋和子弹壳一盒。新中国成立后，这位主人还常常与村民讲起并拿出获赠之物。这位主人于20世纪七八十年代逝世，遗物及家人亦不知所往。遗憾的是，这位主人没有留下只言片字，与其交往的村民也都早已谢世，至于这口古井为什么由日本兵把守了十余年，已经成为历史之谜。有后人推测，这里距离日本人占领的重要的七道沟铁矿不远，可能在一个地下水线上，令日本人在此做出了布防。

解放战争时期，这里是国共"拉锯之地"，四保临江的前沿战场之一。村中北侧的桦树顶子上边，驻扎有国民党的一个炮兵连队，一天阵地发生了自爆，有一位连长被就地杀害，传说他是我军的"特务"，制造了毁炮。

与桦树顶子对峙的是石人山，解放军的前哨，一个风雨交加的夜晚，解放军在东来一带开会，国民党军队悄悄地偷袭过来，石人山上的两名哨兵发现后，鸣枪示警，一位战士当场壮烈牺牲，另一位战士跑回报信，大队人马迅速撤离，才避免了一场灾难的发生。

时间到了 2017 年，通化县委县政府以文化招商，邀请赵春江在通化县设立摄影工作室，助力乡村旅游。几乎踏查了通化县的山山水水，村村落落，最后选定小砬子沟。彼时，赵春江不晓得这里历史人文底蕴厚重。他首先看中的是这里的生态环境，距闹市之近，居山水之谧。其次是这里人口不多，只有十六七户人家，分三处聚落，又错落有致，鳞次栉比，高声相闻，邻里相望，低语私密。还有一点，尤为重要，经过短暂的三两次接触，就发现这里民风古朴，依旧保存着日出而作日落而息的传统农耕文明风俗。

赵春江想，努力不一定有收获，但不努力一定没有收获。

赵春江的理想，就是要以自己的镜头、自己的笔，宣传小砬子沟，让山村像山村，让这里成为摄影家、艺术家、旅行者的驿站和向往之地。

幸甚，朱雀山

吴耀辉

　　我和大多数人一样有着喜欢山水的情怀。山水怡情养性，尽管达不到这种境界，起码也愿意游山玩水，或者不无显摆地说哪哪座山、哪哪条水我也去过了。是啊，即便去过了，又留下多少值得记忆和回眸的呢？

　　今年盛夏在吉林市，我停留了一个上午的时间。应本地好友相邀，一行五人前往朱雀山踏游。朱雀山是吉林市四大名山之首，位于市区南十公里，距松花湖风景区仅两公里，系长白山山脉。主峰寻梦峰海拔 817 米，山脚断壁上有吉林省重点保护文物阿什哈达摩崖石刻。

　　曾经隐约听人说过朱雀山，好像还有些什么故事，但印象已模糊。人生很多事大抵如此，没有亲身经历或者体验，印象总没那么深刻，随着岁月尘埃也就慢慢淡出了记忆。这不，机缘巧合踏游了朱雀山，确切地说，是"到此一游"，或者说，我来过了。

早饭后，好友开车来接大家。一路上有说有笑，主人也不时给大家介绍吉林市，介绍松花湖，介绍她所认知的朱雀山。不觉中，车子已驶过景区广场大牌坊，开到山脚下的停车场。

一下车大家便放松了许多，尽管烈日炎炎，我们还是迫不及待地拥抱了大自然。沿着林间小路，一行人缓步在大自然的恩泽之中，每一棵小草都精神了许多，似乎在欢迎远道而来的我们；每一片树叶似乎都在争先恐后地向我们讲述着相见的喜悦。一条蛇形的小溪在林间欢快地穿梭，循着淙淙溪流声，来到一处积水相对较深的低洼处，伸出双手，捧起沁沁清凉。好不惬意！

不觉中来到山脚下，时间已接近 10 点，因时间有限，大家不准备爬山，而我一心想登顶，且自以为体力很好，要"一览众山小"。于是同伴们自由活动，我必须在一个小时内下山，一起返程。

说走就走，带上手机和一瓶矿泉水，轻装健步奔向入山口。毕竟第一次来，没有做任何登山准备，顺手拍下了入山口附近的指示板，也没有记住景点和曲曲折折的线路，凭着感觉一口气登上木栈道，朝着山顶兴冲冲迈进。

起初一段路程树荫浓密，空气清凉，加之心气十足，并不感觉累，登山速度较快，不时还四处观望，新奇感满满。攀登一会儿，有小飞虫不时亲吻脸颊，身体有了沉重和汗涔涔的感觉。索性放慢了脚步，登山人稀稀拉拉的，或许都躲在家里避暑吧。胡思乱想间，一个岔路口让我犹豫了，往左还是往右呢？打开手机翻看了下景区指示板，没有明显标记，也不顾及什么景点了，目标登顶。于是，我顺着较宽较平整的山路走了过去。树木慢慢稀疏，阳光一大把一大把地抛了过来，小飞虫一直追着我，不离不弃的样子很令人生烦，手稍一挥动慢了，眼睛就会被侵袭叮咬，睁不开。

感觉过了半山腰，小飞虫才淡出视线，前面不时有登山者被自己赶超过去，阳光干脆倾泻了下来，汗流浃背的我不时喘着粗气，喝口水，擦把汗，又加快了步伐。一路登山，起初是木栈道，后又有沙土路、石阶、石碴子，险峻的地方还有铁索扶手，景区不同的路段，因地制宜分布着各种设施，我想都是为带给登山者不同的体验和感受吧。主路旁侧分出去的景点，时间原因无法观赏了，留给下一次，留个念想。向上，向上，径自向上，在石碴子中的攀爬，是我这次登山印象最深刻的。额头流淌下来的汗珠子，不时浸入眼睛，那种难受的感觉，不能言语，用手臂一抹一抹地擦拭，也没多大作用。一瓶水，过半山腰就剩不多了，眼睛睁不开，没办法也只好将那可怜而珍贵的一点儿水倒在手心里，去清洗眼睛里的汗液。我的惨样儿，刚好被旁边一白衣女孩儿看到，她走过来问了下，顺手递给我一叠餐巾纸，我讪讪地说："匆忙登山也没做啥准备，谢谢你。"

爬过石砬子，在阴凉处歇息了两分钟，然后下了个山头，又径直向另一个山头的峰顶攀登过去。可以说，这最后一段路是一口气爬上去的，穿过石壁侧面，一节节登着只能容下一个人的铁梯子，绕过一块巨石后，豁然开朗。

登顶了，终于登顶了！抬头，天空湛蓝湛蓝的，更远处才能看到白云飘浮的样子。放眼望过去，群山起伏，不远处一湾江水银带蜿蜒。我知道，那是美丽的松花江。顺着江水望过去，一座大坝锁住了视线。哦，那边就是东北赫赫有名的丰满水电站，那边就是著名的松花湖风景区，那边散落的就是吉林市周边的村舍、景点、建筑物……

在寻梦峰顶，我用手机拍了些照片，其他游客也帮我拍了照，把自己的身影留在了朱雀山顶。在山顶没待上五分钟，我就匆匆忙忙，沿着另一条小道下山了。还好，赶在约好的时间返程了。

朱雀山，我来过了！

是啊，我确实来过朱雀山，也登顶了，那又如何呢？自己没有足够的知识储备，没有更为丰富的人生阅历，加之这次匆匆忙忙的，没有静下来欣赏朱雀山的与众不同，没有走进它的故事和传说，没有很好地享受登山的过程和乐趣，甚至没有时间驻足好好看看朱雀山的模样，触摸下它的前世和今生。其实，人这一辈子更多时候不就是这样的吗，匆匆忙忙地赶路，然后回头望望，我来过了。幸甚，朱雀山。

一座城，一条江，一个人

胡 燕

一 座 城

我喜欢爬到山上，喘息着回望静卧在鸭绿江边的小城。

远望它像旁观者，高楼林立，思路清晰，热闹中有清冷；近之则喧嚣纷扰；再近之，与己，与他人，与这方水土，就有了牵扯，舍不得，离不得，困于情，又乱于心，所谓"城内的想出去，城外的却想进来"，多了些许无奈，不由人不伤感、沉醉。

在日益快捷的生活节奏下，打造文明、整洁的人居环境，是对一座城市市容的客观要求。在城市建设和规划方面，市政每年是投入了大量财力物力人力的。大街上随处可见的位置标识、警示符号、护栏护板，公园，人行道，以及道路两边的树木都在统一规划整治范围之内。绿化带里的矮丛、绿植，每过一段时间就要被修剪一次，使整座城市看起来有人工修葺后的清爽、整洁、有序。基础设施搭配人工园林湖泊，无疑有画龙点睛之神效。倡导城市文化主题与自然山水景观巧妙结合，彰显生态文明建设与个体命运休戚相关的共生体系。

一个人择城而居，循江而行。生于斯长于斯，成于斯败于斯，江水有情亦无情，风风雨雨，恩恩怨怨。心心念念牵挂于斯，是这一生都解不开的谜。城中烟火明明灭灭，人潮汹涌中，各色人生兀自起起伏伏。

一　条　江

美丽的城市往往与江河湖海有密切的关联。因为水能使一座城市更妖娆、更灵动。

在我的小城，若说还有什么地方没有被人类活动过多影响，数来算去，也就剩这一条江了。和省内其他几条江一样，均来自母腹长白山天池。一路汇聚小河小溪，穿山越岭奔波而来，年年岁岁，不断壮大着力量，给沿江栖居的人们以滋润，以灌溉，丰饶且富庶着。

　　我对水有天然的亲近感，不止因为水的流动性令人舒畅，或许也跟多年前一个研究周易的朋友根据八字推算出我的"命"中缺水，多少也有点儿关系。从小喜水的我，看到大水就头晕，经历过那种暴雨过后涨水的河，河面上只有窄窄几根独木桥，走上去颤颤巍巍，摇摇欲坠，一颗心像悬在嗓子眼儿，行至桥中段直觉天旋地转，陷入绝境的恐惧，使我连大喊大叫的勇气都没有了，非得有大人过来紧紧牵住胳膊帮我走出绝境才行。喜水却又敬而远之，以致长大后每到一处景区都要首问有没有湖或者河，若只有干巴巴的山我指定不会欣然前往的。

　　与水相伴成为我生活和工作的首选条件。所幸我的居所和工作单位都紧邻江河，抬首就能见到，且走上几百步就能抵达，这使我身心都有被水充盈的润泽感。最惬意的莫过一路沿江走着去上班了。即使有车也挡不住行走江边的欲望，且日日年年，寒来暑往，无怨无悔，累并快乐着。远看那宽阔江面上水鸟低回，野鸭成群戏水流连，江水浩浩汤汤蜿蜒而去，直觉天地悠悠，心旷神怡，即使有萦绕心头的烦恼也一扫而光，美哉妙哉，何乐而不往？

　　岁月的烟雨沧桑一眼望不到尽头，波纹浪涌渐行渐远，留下两岸青山悠悠，黄了绿绿了黄的草木，年复一年循环往复，枯败着，荣盛着。尘世中人又何尝不循道如此呢。

　　然而，岁月静好折射的也有挫败和变化莫测的另一面。

在漫长岁月中，这条江难免遭受磨难。洪水，在某些特定的瞬间变成罪恶的邪魔，给人类制造一个满目疮痍的世界后逃之夭夭，留下累累伤痕待疗愈待平复。于是每次灾后，修复工作成为当务之急。清理淤泥、腐殖物、垃圾，修补损坏的基础设施，拓宽河道，加高加固堤坝。数月后，一道又长又宽的江坝逶逶迤迤，向远方延伸，浩渺烟波中，仿佛与西湖白堤相媲美……在时间的沉淀和见证下，又焕然一新了。

一 个 人

那年十七岁的我，孤身一人来到这座城市求学。在江边租住下来，那时候的江和小岛尚在未开发状态。天刚蒙蒙亮，依稀听见江边平房居民区雄鸡报晓的鸣唱，还隐约看见闻鸡起舞的晨练老人，在江心岛小树林里的空地间气运丹田，力拔山河，伴随鸟儿的婉转歌唱以及江水平缓的合奏，使尚在梦境边缘徘徊的城市和迷蒙的清晨立即明亮生动起来。

逐渐散去的晨雾中，总会出现几个少男少女，手持课本沿江坝路边行边背诵英语单词。单薄的身形，稚气未脱的青涩面孔，被晨雾打湿的发丝一缕缕垂落下来，柔软得让人心疼。当我刚刚熟练地把"I'm lost（我迷路了）"念出口，一道熟悉的身影从身侧一跃而过。矫健的步伐，坚毅的目光，昂扬的神态，让我一下子就捕捉到他就是班长海。从那时候起，三十年过去了，据我所知他几乎没有间断过晨跑习惯，仿佛雷打不动！海是从什么时候注意到我的不得而知，我就知道每当代数课上，遇到我搞不懂的数学题时，他就像心有灵犀似的马上转过头来给我讲解（我们前后座），肩膀上那块醒目的长方形灰蓝色补丁立即跃入眼帘，这使我不由得羞红了脸。

劳动课上，他主动从我手中把装垃圾的蛇皮袋接过去，就好像那是他自己的事。有一次学校组织沿江环城越野比赛，我在前面跑，他跟在身后两步远，边跑边喊"加油！"给我助威，路上还不时递给我救命的矿泉水……记得有一次夏天上劳动课，我们班集体去江心岛拔草。那时候江心岛东侧杂草丛生，一片荒芜。为了响应市里号召，每到劳动课学校就安排我们去拔草。我们班四十多个男女生在班长海的带领下，嘻嘻哈哈很快就聚集在小树林外的一片荒草地，三下五除二将草薅得差不多了，举着沾满泥的双手跑到江边去洗，当我刚弯下腰准备掬水，海走过来，在我身边蹲下。他说："把手伸出来，我帮你洗。"不远处同学们都在水边嬉戏打闹，我羞红了脸，忸怩着正不知如何是好，海竟不由分说，把我双手拽过去，捧起水就开始冲洗，一遍一遍，直到彻底干净。

记忆中，再也没有过比那样一双修长红润的手指更令人难忘的了。

许多年过去，只要我回首那段年轻往事，总是绕不过海肩膀上那块灰蓝色的补丁，一双红润的手，一句充满能量的

"加油!",一瓶矿泉水。它们使我永不能释怀,像一道结痂的伤疤,覆盖在青涩纯真的年代,使我每每都禁不住热泪盈眶……

滔滔鸭绿江水怎能忘记经过它身边的每一笔葱绿的回忆呢?像时光之蕊,怀抱一颗贞洁脆弱之心,在时光老人的呵护下,在岁月的风霜雨雪磨砺下,瓣瓣蕊香零零落落,在澎湃中闪闪发光,在耀目的细浪中翻腾,直至随波远逝。即使有再多的留恋与不舍,都阻挡不了它们离去的决心。时光一去不复返,唯留下一颗潮湿怅然之心依然孤独前行。

一座城,一条江,一个人,如此在岁月中纠缠,蹉跎着,你中有我,我中亦有你,注定了要牵绊一生。

悠悠饮马河

孟晓冬

人类的文明，启于对水的敬畏和塑造。

人类文明的第一缕曙光，几乎都是从水边冉冉升起的。于是，无论我们走到哪里，生命中都磨灭不了关于某一条河，或某一条江的印记。我骨子里淙淙流淌的那条河叫——饮马河。

源头至上

饮马河起源于磐石市呼兰岭，但它真正的源头在石头口门，从高耸的大坝到松花江入口，它像一个充满血性和智慧的东北汉子，途经了九十九道弯，汇聚六条大的支流，引领数千眼清泉，一路高歌猛进。

饮马河是汉语的称谓，清代称之为伊勒门河或驿马河，"饮马"是满语"伊勒门"之音转，意为"阎王"。如今，两岸河堤间近千米的宽阔河道，足可证明当年浊流翻滚，阎王咆哮时的洪荒之威。

1958年7月27日，治理饮马河水利工程——石头口门水库工程开工。

时任九台县委书记刘景贤挂帅，抽调110名干部，成立石头口门水库工程处，会同从全县抽调的5000名民工，浩浩荡荡开进饮马河西岸的老山头和杏花山麓，在4万多平方米的河滩上开始了与"阎王"的较量。

那是一段激情燃烧的岁月。没有住房，大家自己动手，搭起45栋简易的草棚；没有柴烧，利用空班时间上山打柴。为了保证建筑材料和生活用品的运输，工程处派出2200名工人，仅用三天时间就修出一条十多里的交通线。10月下旬，河水已结冰。工人们踏冰下水，与严寒抢时间，昼夜三班不停。

最关键的一项工程是护砌泄洪，长春市委连夜召开常委会，全市总动员——其他水利工程立即停工，所有人员全部调往石头口门，从德惠市抽调5000人，从各大机关、厂矿、企业抽调近万人。饮马河两岸滩地搭满帐篷，连营数里，整个工地人欢马腾，一派繁忙景象。

经过三年建设，五年改建，到 1965 年 10 月，工程全部完工。石头口门水库枢纽工程属二级水工建筑，200 年一遇洪水设计，1000 年一遇洪水校核，水库控制流域面积 4944 平方公里，占饮马河总流域面积的 60%。工程总量 1344604 立方米，其中，土方 1094159 立方米，石方 196890 立方米，混凝土 40275 立方米，浆砌 14281 立方米，用工 2763529 个，总投资 2038 万元。可蓄水 32800 万立方米，防洪库容 18200 万立方米，灌溉库容 14800 万立方米，死库容 3400 万立方米，可灌溉水田 2 万公顷、旱田 4 万公顷。

这些数字让人心生敬意，因为，每个数字都浸透着建设者们为了追求美好生活而流下的斑斑汗渍和心中的希冀。

从此，大河上下，波平浪静、沃野千里，一片祥和安宁的景象。随着时代发展，石头口门水库成为长春市最重要的水源地，浩浩清流为城市繁荣输送源源不竭的动力，恩泽数百万人民的生活。

野 鹤 飞 渡

这是一个关于动物的奇迹，发生在石头口门水库建设期间。

一直不敢相信它是真的。

随着水库大坝不断隆起，下游河道日渐干涸。一只只乌龟蜷缩在龟裂、干硬的土地上奄奄一息。忽然，一只野鹤翩跹而至，用它细长的喙叼起一只乌龟向上游飞去，飞越大坝，将乌龟放到水中。随后，更多的野鹤飞来，纷纷叼起乌龟，将它们转移到上游的水中。乌龟得救了，在水中欢快地游动，野鹤们在水面上盘旋，此起彼伏地鸣叫一阵后，才向南方飞去。

一场动物传奇为我的家乡注入了爱的温暖。当时，我的父亲在石头口门水库战地报道组，他和他的同事们亲眼看见了这神奇的一幕。父亲每每讲起这个故事，都心生敬畏，激动不已。

明代皇宫里有一种风水摆件，叫龟鹤延年，寓意长寿吉祥，造型就是一只昂首向上的丹顶鹤站在龟背上。每看到这种摆件，我就会想起父亲讲的故事，难道动物真的那么神奇？

二十多年后，我在电视台担任编导，主持采访书法家荒山先生。荒山先生曾是我父亲在石头口门战地报道组时的同事。他也向我讲起这个故事，而且和我父亲讲的一模一样！

我终于在心里接受了这神奇。或许，古人早就注意到了龟与鹤之间神奇的联系，所以才有龟鹤延年的造型。中国古人是善于观察自然的，无论古老的八卦还是最初的文字，都源于自然与生灵，进而形成了特有的天人合一思想。

小庙高耸

饮马河在正史中的记载，我只追溯到《明史》——永乐十五年，置亦迷河卫。多年前某个深夜，我读《陈浏集（外十六种）》发现，书后附了罗振玉长子罗福成从日本藏家处抄回的女真文与汉文对照的三封书信，分别是《海西亦迷河尾都督赛哈书信》《海西亦迷河卫指挥使教化书信》《亦迷河卫指挥李卜赤书信》。这或许是故乡最早的档案资料了。

兴奋之余未免有些遗憾——难道一条奔流不息的大河，可寻觅的历史只有区区六百年？答案显然是否定的。饮马河文明神秘的眼睛一定躲在某个不为人知的地方注视着我们。

1995 年春，石头口门水库下游，一个低矮的丘陵上传出喜讯：经过考古发掘，一座完整的古村落遗址呈现在世人面前。这就是轰动考古界的腰岭子遗址。

腰岭子遗址距今 6500 至 7000 年，是目前吉林省发现的最早古村落，被誉为"吉林第一村"。更令人惊喜的是，在村落中央，人们还发现了目前全国唯一一座新石器时代半地穴式大房址。考古学家推测，这极可能是整个部落举行宗教活动的圣地——小庙高耸！

香火缭绕、角号嘶喑、巫神起蹈、扬尘萧萧，形成饮马河千年咆哮的最初"基音"！

挖铜沟，位于饮马河村。民间俗语"先有挖铜沟，后有下九台"。下九台原本是个不太出名的集镇，因长吉铁路而兴，渐成为今天的长春市九台区，而挖铜沟的兴盛远在下九台之前。如今，村中老人回想起当年集市盛况，仍心潮澎湃。一条百年老街，两排店铺，男女老幼往来其间，那是真正的摩肩接踵。可惜挖铜沟被一场突如其来的大火所毁，整条老街被烧掉三分之二。幸免于受损的店主们拿出所存钱财、货物，统统分给了受灾者，成了挖铜沟大集最后的绝唱。

自挖铜沟沿河而下三十余里，饮马河一条支流的岸边，矗立一座气势恢宏的张家大院。那是大儒张雅南的祖居。张家极重视教育，出资创办私塾，传授国学，开始要求族中适龄子弟必须读书，后来免费接收乡邻子弟，变为义塾。学生越来越多，张家又出资进行扩建，新学堂横跨支流两岸。从这所学堂先后走出了著名地质学家张莘夫、新中国第一对"夫妇大使"——凌青和夫人张联、"五院院士"著名物理学家张立纲等一大批杰出人物。边台文脉自此日渐繁盛。

从杨诚一、杨灏生父子进士，到"吉林三杰"的成多禄、徐鼐霖，再到阎魁、吴瀚涛、王沂暖、纪鹏、袁惠民、杨子忱、林少华、牛连和……在饮马河畔琅琅的读书声中，边台文脉默默传承至今。

冰 层 之 下

蒙古族作家格日勒其木格·黑鹤有一本书《冰层之下》，讲述了"我"和猎犬阿样在原始森林里迷路后，无意中掉到了冰冻的湖面之下。在冰层之下，"我"与阿样遇见了不同的野生动物，经历了不一样的探险。

真正的精彩，往往隐藏在看似平淡无奇的冰层之下，家乡的饮马河也是如此。

石头口门水库以下，河道左岸，有一段特殊的河堤，不称"堤"，而叫"台"——饮马河台。

说到饮马河台，就不能不提及"柳条边"。清王朝于1638年修筑柳条边，历皇太极、顺治、康熙三朝，最终完工于1697年。柳条边头朝西，呈人字形走向，外掘边壕，引水灌之，垒土成堤，插柳结绳，形成全长1300余公里的绿色"柳篱笆"，设21座边门，300余座边台，将清王朝"祖宗肇迹兴亡之所"的辽河、松花江流域及长白山地区保护起来。

按修建时间先后，柳条边分为老边和新边。新边东端起于舒兰亮甲山，谓之头台，法特边门设二台，除五台位于德惠外，从三台到九台都在九台域内。柳条边对九台影响之大，恐怕是沿途任何一座城市都无法比拟的，九台之名就源于新边第九座边台，如今，仍流传着一首《边台歌》："头台亮甲山，二台把门关，三台半拉山，四台上河湾，五台兴花涌，六台新发园，七台城子街，八台苇子沟，九台饮马河，人造柳条边。"

古人以九为极数，"九台"之后，复称头台、二台……新边自"九台"抵达饮马河，遂以大河为边壕，以河堤为台，于是，便有了饮马河台，再往前为腰站村二台屯，柳条边就这样从东北到西南，横贯九台全境，名扬全世界。

有学者形容柳条边文化与长白山文化之间的关系为"推开柳条边文化的门，才能窥见长白山文化的魂"。柳条边并非军事设施，虽号称"绿色长城"，却与长城有着本质区别。它也不具备强悍的封禁功能，实际上，在投入使用后不久，就已破绽百出。乾隆曾有诗云："我来策马循边东，高可逾越疏可通，麋鹿来往外时获，其设还与不设同。"

既然设与不设差不多，那它又是如何发挥封禁之效呢？"周防节制存古风，结绳示禁斯足矣。"乾隆心里是最清楚的——这条禁线不是画在大地上，而是画在了人们心中。

西方文明源自商业，从古罗马、古希腊，到现在，实质上并没有多少改变，因此，西方人更强调"征服"和"掠夺"。东方文明则以农耕为根本，所以，我们更能体会大自然的意义，也更加强调"顺天应人""天人合一"的思想。一条几乎消失在历史长河中的柳条边，一段残存的饮马河台，告诉了我们，人类应该如何与大自然和谐相处。

碑 说 安 宁

　　《吉林外记》记载，有清一代，饮马河流域是围场，并设有驿站。因为没有遭受过多的人为破坏，直到20世纪80年代，大河两岸还是柳色葱翠、百里相连的壮观景象。一望无际的"柳条通"庇佑着大自然的精灵们，土狼、野猪、猞猁、紫貂、狐狸、野兔、野鸡、苍鹰、雀鹰、花鹬，以及各种水鸟自由自在、繁衍生息。而饮马河与"柳条通"所带来的乐趣，也成为无数九台人童年美好记忆的一部分。

　　那些美好的记忆不仅仅有袅袅炊烟还有沁人心脾的米饭香。饮马河流域种植水稻的历史已近百年。饮马河大米在秋田小町基础上进行改良，米粒整齐，晶莹如玉，煮熟后芳香四溢、醇厚绵长，是"米中极品"之一。纯净的水质、肥沃的黑土，以及"黄金水稻带"适宜的阳光和温度，使饮马河大米名扬四海，甚至一度走上国家的盛宴以及各国元首们的餐桌。

　　近年来，随着环保意识的不断提升，石头口门水库上游恢复了近千顷"长吉绿肺"的湿地，荷花红、苇花白、芳草青，野鹜齐飞、鹤鸣呦呦，颇有《诗经》中所描绘的古老风韵。而库区连同周边区域又被列为国家级水源保护地，实施最严格的生态保护措施。水质的进一步改善，更增加了饮马河大米品牌的含金量。

跟大米同样闻名的，还有石头口门野生鱼。零污染的生态环境，使石头口门水库成为野生鱼类的天堂，胖头、白鲢、翘嘴、红尾、鲫狗、嘎鱼、鲶鱼、草鱼、鲤鱼、鲫鱼、银鱼……种类繁多，各具风味。加上把蒿、苏子叶，及地道的老汤，一桌纯天然的野生鱼宴足以让人流连忘返。

渡口留白

关于饮马河的传说，最著名的莫过于"乾隆饮马"。这也是饮马河汉语名称的由来。

一年夏天，乾隆到塞北微服私访，沿柳条边一路前行。烈日炎炎，就在人困马乏之际，突然，御马神情兴奋、仰天长嘶。随从们怕乾隆受惊，急忙把皇帝扶下马。御马趁机挣脱缰绳，向东奔去，一头扎进茂密的柳条通。御马丢了，那还得了，大家赶紧去追。穿过浩渺的柳条通，一条大河横在众人面前，御马正在河边欢畅地饮水，还不时发出唏噜噜的叫声。乾隆皇帝见这条大河水质澄澈，透着无尽清凉，顿时龙心大悦，"朕就为它赐名'饮马河'吧！"

生活在大河两岸的人们对这个传说笃信不疑，我也愿意相信它是真的。然而，传说毕竟只是传说，我曾不止一次翻阅《清史稿》《乾隆朝实录》等史料，始终没能查找出乾隆到过饮马河的记载，却意外发现了关于"饮马"的蛛丝马迹。那是真正的"长河饮马，此意悠悠"。

公元1370年，纳哈出被北元割据政权封为太尉，拥兵20余万，分成三营，一营驻扎饮马河，二营驻扎榆林，三营驻扎养鹅庄，自己坐镇金山，时常侵扰辽南，意欲卷土重来。

为扫清一统东北的最后障碍，1387年正月，朱元璋命大将军冯胜统军20万北征，兵锋直抵纳哈出老巢。纳哈出兵败请降，东北遂平。冯胜携纳哈出由北至南来到饮马河，正式收服残卒2万多人，战马数千匹，战车4万多辆。名将常遇春后人也随大军出征，其中一支便留在饮马河流域，逐渐被汉化。如今，九台境内的常姓汉族人，多是常遇春苗裔。

大 河 之 舞

"江涵秋色碧潭潭，饮马胡儿不敢南。"秋高气爽之时，站在饮马河古渡口，看大河茫茫，奔流而下，历史的慷慨激昂如在眼前。

是谁让我与这样一条大河相伴，它一生都会在我梦里奔流不息。曾几何时，两岸葱翠的柳条通被砍伐殆尽，日夜轰鸣的抽沙船搅动着它的安宁，超载的运沙车碾轧着坎坷的路面往来穿梭……

每次路过长吉公路北线胜利桥时，看着千疮百孔的河道和不复清澈的河水，我的内心，都如失群的孤鸟般不停地哀泣。野性的大河、柔婉的大河、慈祥的大河、我生命的大河，是人类的贪欲让你变得如此不堪重负、羸病恹恹。

2014 年，九台市政府正式治理饮马河乱采乱挖，关停沿岸所有沙场。我儿时的大河啊，它终于可以有尊严地活着。那一夜，我激动不已，畅想着饮马河无数美好的未来。

我一直梦想，将胜利桥到春阳桥之间，十公里流域划为柳条边生态文化保护区，恢复柳条通湿地景观，建立柳条边文化展览馆，修建环形旅游地景公路，邀请诗人、摄影家采风，邀请画家写生，举办国际马拉松赛事……

大自然的修复能力是惊人的。2014 年以来，饮马河日益呈现出蓬勃的生机，绿意更浓、水色更清，野鸭、灰鹤、白枕鹤、丹顶鹤……越来越多的鸟类栖居其间。我曾和电视台记者杨守生一起，有幸目睹近两千只白头鹤翩跹起舞。还有一次，我竟然发现了被誉为"鸟中国宝"东方白鹳的袅娜身姿。

时光流转，来到了 2022 年的某一天，一场看似寻常的会议在九台区政府老旧的办公楼内举行。经过北京、长春等地专家学者与九台区相关部门负责人的热烈讨论，决定着饮马河未来的"一河两岸"项目渐渐明朗。以长吉北线以北、饮马河两岸为中心，一个总投资 18.8 亿元，集湿地涵养、现代农业、新型养老、休闲旅游等于一体的现代农业产业融合园区即将拔地而起……那将是真正的大河之舞！

后　记

我们很难凭空想象：呼兰岭上汩汩而出的一汪泉水是如何进化为涓涓细流、汤汤大河、渺渺平湖，又怎样经历百折千转，流入松花江，汇入黑龙江，跨过阿穆尔河，并最终奔向澎湃的鄂霍次克海。

打开世界地图发现，地球上所有海洋都是相连的。我们实在无法分辨得出哪一片水来自饮马河，但是，同样无法否认，我们随手掬起的一捧水里，会有来自饮马河的分子。那些来自饮马河，来自石头口门水库，来自故乡的分子，早已相忘于斯。

这是大自然的奇迹！

面对饮马河千年不息的浊浊沙浪、浩浩烟波，我愿卑微地为它变成一粒沙，磨去棱角，以奔跑的姿势，护卫着两岸无尽的稻菽和不老的青纱帐……

在那梨花盛开的地方

赵庆跃

　　早就听说过哈拉毛都梨花的美。在吉林省前郭尔罗斯蒙古族自治县东部的一个角落，就是旅游胜地哈拉毛都。哈拉毛都历史悠久，文化底蕴丰厚，堪称前郭尔罗斯大地的一颗璀璨明珠。对哈拉毛都我早已心驰神往，这次能够应邀参加那里的梨花节，不禁喜上眉梢，几近不能自已。

　　乘坐的大巴车早上 7 点钟准时出发。一路上朋友间畅所欲言，彼此述说着各自的见闻，车厢内气氛友好而热烈。不知不觉间，车子距离目的地越来越近了。当连绵起伏的山丘由远及近到眼前的时候，我仿佛闻到了空气中弥漫的梨花香气。哈拉毛都，真正把"绿水青山就是金山银山"的理念落到了实处。路两侧梨花节的宣传标语和迎风飘扬的七彩旗帜，指引着我们很快抵达终点。

车子在接近山口的一块平地上停了下来，推开车门就嗅到股股浓郁的花香气息。抬头望去，目光所及，远处花海的边缘，一片片、一枝枝、一串串、一朵朵，红的、白的、粉的花簇，都在极力地、尽情地展示自己，同行的朋友见了，一边啧啧称奇，一边情不自禁地向前奔去。我也一样，一边大口地吮吸着这浓郁的香气，一边加紧脚步。初春4月，山风吹来，乍暖还寒的感觉。或许，昨天这里还是寂静一片，今天，青翠的山野就涂上了炫目的色彩，一树树大大小小的花骨朵，瞬间绽放，流光溢彩，把半个天空都染得粉白。微风过处，花枝摇曳，花势开得更盛。红的像火，娇羞欲滴，热情奔放；白的似雪，晶莹剔透，清逸淡雅；粉的适中，靓丽精致，沁人心脾。远看，像天边涌动的彩云，氤氲成团，灿烂如雪，真正的花的世界、花的海洋；走近了瞧，那各种形状的花团，姹紫嫣红，璀璨得让人眼花缭乱、目不暇接。红彤彤、粉嘟嘟、白蒙蒙，清爽中凸显着不可言状的妩媚。

走走停停，尽情地欣赏着这人间美景。在梨树林的深处，我在一棵长得十分粗壮、看起来比较沧桑的老树前停了下来。我细细地端详这棵不同于一般的老树，感觉得出，这棵系满了红布条的老梨树，是一棵有故事的树。事实也正是如此，在讲解员的引导下，我粗略地知道了这棵老梨树的来历。相传，一百多年前，这里的一位村民在自家地里发现了她，遂精心呵护其茁壮成长。沧海桑田，风雨经年，在时间的长河里，这棵老梨树默默地生长，花的美丽、果的香甜、树的茂盛，洗涤了青春，温润了岁月，百年后的今天，她的子子孙孙千千万万，遍布在这片山区。至今，这里已经发展成为十里梨花香、树树绽清芳的景象。

哈拉毛都的梨树，棵棵都茁壮结实，而且，随着树龄的增长，还要抽出很多枝丫，衍生好多虬杈，远远望去，旁逸斜出，千姿百态，恰似一个淘气好动的孩子，让人欲罢不能的感觉。而且每棵树都离得不远不近，像是互相牵挽，又似乎刻意拉开些距离，保持一种和谐的疏离感。如果从空中俯瞰，就是一幅完美的错落有致的图案。这里的山梨树都是清一色的先花后叶，春华秋实。一年四季，发芽、开花、结果，都非常地规律有序，所以，当地的村民也似乎习惯了山梨树的自然生、自然长、自然凋零的习性。

这里的山梨树大都是野生的，有着极强的生命力，在四季分明的季节里自由自在地生长，在风吹雨淋的山坡上任意繁衍，在初春料峭的冷风中含苞吐蕊，野气十足又充满灵气，尤其是阳春四月梨花初放之时，阵阵山风掠过，那似有似无的缕缕清香，给人心旷神怡的感觉。淡淡的芬芳，疏密相间，远近适宜，恰似羞答答的乡村少女，质朴、天然、有活力，绝无搔首弄姿的媚态，溢荡的是自然之意、本我之心。而且，在这万千花木之中，山梨花也是醒得较早的，可以状为"占尽春光第一枝"，是地地道道的春的使者。而且，花势一旦爆发，霎时扩展成片，转眼蔓延成林，云蒸霞蔚，颇为壮观，大有艳压其他人间花的感觉。

置身于浩繁的花海中，恍如误入了桃花阵，傻傻地辨不清方向。忽然，一阵悠扬的琴声送入我的耳朵。那美妙的声音似远似近，忽高忽低。我循着声音过去。没走几步，就见一块稍大的空地，围了一大圈人，人群的中央，一位穿着蒙古族服饰的老者，正气定神闲地坐在一把黝黑的椅子上，怀里抱着一把古色古香的马头琴。我立刻被眼前的景象吸引住了。拉琴的老者看起来五十多岁，长着典型的蒙古族人的圆润面庞，脸颊略鼓，面色微红，神态悠然自得。只见他身体挺直，目视前方。他拉的什么曲子，我是懵懵懂懂的，我所痴迷的，多半是他的神态。他笔直地坐在那里，眼睛痴迷地望着远方，神态专注而执着，似乎完全沉浸在音乐的世界里。他一只手握着琴柄，另一只手有节奏地拉动琴弓，随着琴弓有节奏地上下跳动，美妙灵动的琴声从手指间流泻而出，似<u>丝丝</u>细流淌过心间，柔美恬静，舒缓安逸。那乐曲有时奔放、明亮，有时委婉、细腻。琴声悠扬婉转，仿佛把所有的静好时光、最灿烂的风景、最初的模样，都缓缓流淌出来。我隐隐地觉得，他手中的马头琴是有魔力的，在音乐的天地里，人仿佛走进了一个妙不可言的环境，达到无我的境界了。

"柳絮风轻，梨花雨细。"也许北宋的谢逸那里春暖，梨花盛开之夜，还有细雨来滋润。而哈拉毛都的山梨花，顶着料峭的春风，一夜间漫山遍野绽放，自然朴实，不雕琢、不掩饰、不刻意，不求名不求贵，真实地完成着上苍给予的那份静谧与安宁。这也与这里勤劳质朴的民风相似。我很偏爱这里的山梨花，偏爱她的野性和不献媚的处世风格。她盛开，不是为了招蜂引蝶，也不是沽名趋利，更不是刻意讨得文人墨客的长吁短叹。她的绽放，只是为了结果。春来发几枝，秋来梨果压枝头。这就是她简单平实的生长过程。更何况它的果实酸甜可口，甘洌而性善，饱了口福又滋养了身体，深得当地人的喜爱。

"忽如一夜春风来，千树万树梨花开。"山梨花热闹的时候，从山底蔓延到山腰，从近处延伸到遥远。置身于纯洁而热烈的花海之中，附近村落也立马随着光鲜起来。这时候，家家户户都打开窗户，以欣喜的心态迎接这人间美景。当然，别处来游玩的人也不会放过这如期而至的美景的，时不时地就有三三两两的游人姗姗走过，一些爱美的姑娘，穿着红的粉的黄的绿的漂亮衣裙，尽情徜徉在这十里花海的童话世界里，在雪白梨花的衬托下，她们宛如飘舞的白云，又好似含苞待放的花朵，从她们溢于言表的兴奋神情就可以感觉到，这大自然的馈赠，淡雅清新的色彩，赏心悦目的格调，沁人心脾的气氛，无须刻意渲染，就足以让人迷醉。

　　长久驻足，沉湎其中，流连忘返。游哈拉毛都，欣赏极致景色，感叹岁月流转，书写绚丽华章。哈拉毛都这个历经百年沧桑的蒙古族王公府第，正焕发出勃勃生机。现今，她正张开热情的臂膀，欢迎各界朋友的到来！

2

云横水域宽

东　江

小　白

　　我一直以为江沿儿离我家很远，长很大了还是那么认为的。其实它能有多远呢！我大舅是东江渔场的会计，他家在江沿儿，离东江最近，所以我就总觉得到他家才算到江沿儿了。但完全不是那么回事。一条江很长，东江其实是先经过我们屯子，然后才奔我大舅家去的。我被自己骗了很多年。

　　小时候经常有推自行车到家门口卖鱼的。车后架子上对称绑着两个水桶，车把上别一杆秤，秤盘被一条细铁链拴着，粘着嘎嘎巴巴的鱼鳞。也有绑一个桶的，那么绑，推起车来就趔趔趄趄，很别劲。他是怎么骑来的呢？我虽然小，也觉得这么干有点虎，所以，我们都愿意买他的鱼。

桶里啥样鱼都有，有鲇鱼、鲫鱼、嘎牙子、麦穗、黑鱼棒子、老头鱼，有黑的、白的、黄的、花的、大的、小的、死的、活的。我们就说，瞅你，啥鱼都往里掺，让人咋买呀。其实这一点关系都没有，这样约称，合适的总是我们。因为这么买便宜，挑出好的人能吃，人不吃的馇猪食，猪和鸡鸭鹅都吃。那时候没人吃黑鱼棒子和老头鱼，说是会勾起老病。哪像现在，把当年不吃的东西当宝贝。

"卖鱼喽，一块钱三斤。"

一声嘹亮的吆喝从村头传到村尾，全屯子都在这声吆喝中醒了。

卖鱼的起早从江沿儿过来，身上带着水汽，带着腥气，鞋和裤脚子泥头拐杖的，还没干。他们不是我们屯子的人，这帮人没黑没白地在东江里下挂子，晚上也不走，搭个草窝棚住在江沿儿。也不点灯，呼嗒、呼嗒抽着旱烟，顶着星星喝酒，窝棚临时垒的灶上，咕嘟嘟总炖着鱼。他们炖鱼就用江里的水，舀上来直接往锅里倒。

我一直想去东江看看，可是我妈不让，她说江沿儿总淹死人，小孩儿不能去。我们村的人八成都怕淹死，所以没人去那儿抓鱼。那年老萧家我三哥去了，结果真淹死了。他喝完酒跟外人上江里下挂子，不知怎么整的，水衩漏了，人陷进水里没出来。萧婶子听着信儿，没命地往江沿儿跑，最后只捞回来一件红线衣和一只黄胶鞋。三哥刚过门的媳妇当天晚上就蹽娘家去了，再也没回来。这些年我们屯就去这么一个打鱼的，还稀里糊涂地死了，我们东江的鱼活该给外人打。

"那时我们屯子家家打鱼。只要地里一挂锄，男人们就惦记起仓房的那些渔具了。晚风习习，风里飘荡着蛙鸣，湿润的蛙鸣低一声高一声，叫得人心直长草。人们纷纷走出家门，直奔东江。下挂子的，撒网的，插薄的……扔了一冬一春的江面热闹起来，农人们打鱼摸虾的手艺和摆弄庄稼一样麻溜。

"那时江里还能打着鳌花、季花、鳊花这些稀罕玩意儿，至于过江之鲫，一网截住一片，大小通吃，成水筲、成草袋子装。"据我妈回忆，"那时候一到夏天家里鱼多得吃不了，得晾鱼干，糟臭鱼，谁家花钱买啊！但老百姓讲话了，生孩子还得让人喘口气呢，这么个打法咋能行，把河神的子孙都快整绝了，冬天凿冰窟窿还打。"

"那咱们打鱼的时候没淹死过人吗？"

我始终想问，但大人们从来不提，我也就不敢一个劲儿问了。

我还听说一个地方兴旺的时候，火苗就高，火苗高，人也厉害，这个地方一般就不会出什么横事。但这种时候我没赶上，我正好赶在这个地方火苗低的时候出生了，所以有些事你就碰不得了。于是，我们只好放弃了东江，或者说东江放弃了我们更合适。对它，我们这茬人是不能说，也不敢想，又不能忘的。

一条河，要走多久才会抵达一个村庄？

有一段时间，东江累瘦了，瘦得几乎断流。但在我大舅家，水面似乎还是原先那么大。

我大舅家那的江是一片大淖。其实不光这片大淖，我说的整个东江都是嫩江在吉林省镇赉境内的一段。嫩江从大兴安岭的山上下来，穿过牧民的马蹄和羊群的缝隙，兜兜转转来到这片平原，在这儿盘旋成淖，然后继续向前，画一个月亮泡，流向查干湖，最后注入松花江。一路绵延一千三百多公里，流经两个省一个地区。

当地人管这片大淖叫哈尔淖，哈尔淖是句蒙古话，汉语没有这么叫的。蒙古话哈尔是"黑"，但组成词就有清澈、透明的意思了。这个名字起得好！夏天傍晚，满天红霞，水面红霞的倒影，比天上还盛，岸和淖里的苇草却是黑的，红与黑，黑与红，渐渐全都"哈尔"下来了；白天，天、地、水一片湛蓝，阔大无边，燕鸥在大淖上盘旋，蒹葭苍苍，却不是大河的对岸，万物澄明，没有倒影。

我怀疑这儿还有一条我们看不见的河，是从地里往外涨水的，所以大淖的水永远不没。

我一去大舅家，几个表姐就领我到大淖边上捡菱角。菱角好吃，生的能吃，搁灶坑里烧熟吃更香。这种东西在我家那很少见，其实它们在河滩里特别厚。水面不开阔时，要划船进去把它们清理掉。掘出水面的菱萝呼啦啦没头没脑，越拽越多，像张大网，带出不少倒霉的小鱼小虾，惊慌失措地在叶子间蹦跳。

　　大淖由好几股水流注入，浅滩往往长很密的芦苇和香蒲，芦苇的穗儿苍白柔软，风一吹，像一阵烟，看着让人难过。蒲棒短粗，红得瓷实，在小叶张锋利的叶缝间躲躲藏藏，似乎想说什么。这些草长在水里，叶梢却是枯黄的，总像受了很大的委屈。屯里的鸭子天天长在江面，天不咋亮就在里面游来荡去，或者一个猛子扎进水里，很久，从另一个地方又冒了出来，它们把自己洗得比野鸭子还白。芦苇丛里家鸭好像比野鸭子还多，里面有很多鸭蛋，我和表弟曾经一次捡回一篮子。我怀疑很多鸭子是不回家的，下了蛋就在里边直接孵小鸭，可惜蛋总是被人捡走。这件事使我苦恼过一段时间，如果我们当初没有捡走里面的鸭蛋，东江会不会多出很多鸭子，它们出生就在江里，应该算家鸭还是野鸭呢？冬天来了，它们是跟着家鸭回到江沿儿的屯里，还是随野鸭飞回南方？但是这样的担心终究还是没有发生。是我们解决了东江的一个难题，这么说我也是为东江做过点儿事的。

　　沿江而上，我走进了大兴安岭深处。

　　这么大的水，它的上游可不是这样的，有时候水流细得就像麻绳一样。从山上下来时，水是黑的，捧一捧，瞬间扎到骨头，那是凉到极致的错觉。黑水透明，像流动的空气，从指尖逃脱。它是怎么变成东江那么大的水的呢，也是一点点长大的吗？我长大了，找到了它的小时候，它能找到我的小时候吗？如果一条江，一生也分好几个阶段，每个阶段都能找到，我们一生的几个阶段在哪？成长是一个自己都不知道的秘密过程，有时候它大了，走了很远，有时候它一直站在原地，傻呵呵地发愣。

今年入夏，我和朋友去哈尔淖拍水鸟，回来时竟然走丢了，差点儿没绕到对岸的肇源。

大淖长水了。过去水盛的时候江面也没现在宽，真大呀！环顾四周，全是白亮亮的水，看久了让人眩晕，人就好像站在天地的中心。大地倾斜，江滩上簇拥着多年不见的河柳、红蓼，小时候常见的芡实、香蒲也都冒了出来。我们弃岸登船，在苇丛里荡漾，如行草上。苇草也如波浪翻涌，起伏得让沙鸥无处落脚，悬在半空，两只吊在肚皮下面的爪子，随风晃动。一只野鸭不知从哪儿钻了出来，看看船，又游走了。

是有人专门在苇丛中砍出的水道，还是它们就那么长的？从前的芦苇没有这么高这么壮，也没有这么密实。终于从密不透风的芦苇荡中找到出路，穿过苇海，闯进湖面，湖面把世界笼罩，阳光只在眼前的一块水上洒下一张金色的网。回头再找来时的路，已被苇草掩藏，我们是从哪儿来的呢？几只白尾海雕跟着我们飞，离头顶很近，爪子在空中乱蹬，真担心它们会忽然冲下来。各种鸟鸣把天空一会儿打开，一会儿拉近，云彩就落在前面的沙洲上。

水草茂盛，鱼就肥，以前淖里打上来的鲫鱼就比我们家那儿的大，一条足有半斤重，现在水这么肥，鱼得多大呢？奇怪的是，江的源头是冷水，鱼也和这里的完全不一样。为什么走到了这里，又是另一番光景？嫩江在这片平原转了这么大一圈儿，一定不是傻呵呵地站在原地发愣，忘了远大的前程，它应该是为了了却一个隐秘的心愿吧？

那天我在乡下喝酒，这家人做了几个家常菜，我一口吃出了小时候的味道。那盆鸡和那盘鲫鱼，咸淡都和过去一样。我不禁出了神，忘了正在进行的交谈。院子里有条大黄狗，趴在稻子囤边，隔窗望着我。走过去几只鸡，试探着往粮囤边凑，狗抬头瞅瞅，鸡识趣地走开了，狗重新把头放在前爪上。这和我小时候养的那条狗一模一样。时间在这个院子里，好像被拴狗的绳子绊住了，忘了离开。

我回过神，问主人怎么把鱼做这么咸，他不好意思地说，农村人口重。于是，喊来老婆要重做，我赶紧说，误会误会，实在不是这个意思，我是说江边就是这个滋味。他说对，这儿就是东江边。我愣住了，早知道这是我老家下边的一个村，但没想到竟然到了江沿儿。一时间，时光飞速倒转，阳光奔涌向前，两束光结结实实地挤了满屋，似乎还有一些正在赶来的路上，窗子斑驳而明亮。

这家是个大户，夫妻双方的老人都住在这里。我们吃饭的西屋是小两口的（其实他们也不小了），东侧还有三间正房，一个堂屋和一个厨房，全是一砖到顶的北京平。房子有些旧，但很敞亮，我们坐在炕里，墙面的白石灰被烟道熏黄，看着格外温暖，似乎岁月被围困在里面。我忽然想去江边看看，却始终没说出口。东江在抵达嗓子眼儿的时候忽然哑了，我和东江是近亲，但此时我更像客人。这种感觉已经和我一起长大，我走了很远，绕一圈儿又回来了，它还愣愣地站在原地。

这家人院子里堆着当年打的稻子，还没卖出去，很大一堆，能出不少钱。江边人会种稻子，嫩江稻子和别处的不一样，江水的温度包裹在米里，几辈人的心思浸在米中，蒸出的大米饭油汪汪的，特别香。

可能是酒劲上来了，我的脑袋发涨，眼睛通红，好几种力量凝成一滴水，裹着屋里、院外、炕头、黄狗……过去和现在，我经历过的，我正在经历的，我还没经历的，一起抚摸着眼眶，害得我眼睛都不敢眨。我怕一眨，过去就消失了，也怕一眨，现在就认不出我了。

这时候院里开进来一辆轿车，是来看稻子的。大黄狗慢悠悠地站起身，看着从车上下来的人，从容不迫，不怒自威。我知道这种狗最厉害，从不咋咋呼呼。主人出去和来人交涉，我赶紧趁这工夫把那滴酸水抹掉。大伙儿一起进屋了，过半天还没见人出去，原来是在堂屋吃上饭了。主人说："赶上饭口了，买不买的吃完再说。"

那天我喝得真有点多，本来就没什么酒量，触景生情，又禁不住劝，后来都忘了是怎么回去的。我记得和东屋的几个老人唠了一会儿嗑，其中有个老人竟然记得我父亲，知道他在镇中学做过饭。父亲要活着的话应该比他大一些，不知道那时候他是中学的学生还是老师，我不记得问没问他了。

老人说："那代人里最小的也像他这个年纪了。老不死，咋整，东江不收啊。"随即，哈哈地笑了起来，声音爽朗，不像是八十多岁的人。

我说："为什么死呢，活着多好，儿女都这么孝顺，更好的日子正一天天向这里走呢。"

老人回身打开炕琴，从里面拿出个帆布兜，打开问我，还记得这玩意儿不？我一看，菱角！老人说："你瞅瞅，江里又长上这东西了，这江越活越年轻，我忙啥死。"

走时，我在院子的窗台和晾衣绳上看见一张晒着的渔网，醉眼昏花，这物件就像从幻灯片里跳出来的一样，一会儿模糊一会儿清晰。一阵风吹过，网眼嗖嗖有声，如遥远的呼唤，我知道是东江在用一种特殊的声音与我重逢。我还知道此时在粮囤、在树上、在斑驳的窗户和门楣，都有它的气息，它们正在一一复苏，又在一一道别。我仿佛又回到了大舅家的那片芦苇荡，风过水面，芦苇齐刷刷地向眼前压过来，几只水鸟从里面扑棱棱地飞起，样子笨拙，飞得吃力，苇花被它们的翅膀击打得纷纷扬扬，无处可落，久久无法摆脱苇丛的包围。

村外有条河叫南河

薄景昕

科尔沁草原上有一条蜿蜒伸展的河，她经过了尤嘉窝堡大桥，经过了什花道乡清水湖畔的榆树林，经过了牛津淘堡后面的那片沼泽地，来到了我的家乡聚宝山的南面，因此，这条河，村里人都把她叫作南河。

南河离我们村子大约有两公里的路程，徒步到河岸也很方便。南河的上游或者说南河的源头是霍林河，霍林河流域水草丰美，牛羊成群。赶上雨季，霍林河水涨起来形成激流就会流向通榆县的向海水库，再等水库的水涨起来，才能流向我的家乡，于是便有了南河。

你会想到，南河的形成过程是比较复杂的，也很困难。

有水才能有河。然而，南河经常没水。没水的南河很不好看，河床裸露着，遍布枯枝败草，丑石罗列。只有水来了，南河才饱满起来，丰润起来，像旧时的新娘，春风拂面，泛起层层涟漪。

上大学时，曾看到普鲁斯特《追忆似水年华》里面有句话：当岁月流逝，所有的东西都消失殆尽时，唯有空中飘荡的气味还恋恋不散，让往事历历在目。这话让我有感觉了，时光如流水一般，逝者如斯夫，浪花淘尽了英雄。思念不也是一条河吗？过尽千帆皆不是，斜晖脉脉水悠悠。肠断白蘋洲。我想，一个人会有无数个童年的往事流淌在河里，故乡的河也是这样。

小时候，南河是我游戏和活动的主要场所。一般而言，要游到深水区才能找到肥美的蒲棒草，拔下来以后把蒲棒秆衔在嘴里，再游回岸上。那时候，蒲棒草是我家里一件重要的装饰物，插在瓶子里，母亲最喜欢。

然而，南河给我记忆最深的还是拿着挂子去捕鱼。南河的鱼实际上是向海水库里的鱼。水库因不堪霍林河水的上涨，就要被迫泄洪。水库里的鱼就趁机跑出来，钻进了南河，来到了我的家乡。后来，有的就钻进了我的网里。在我经历过的南河共有三次来水，每次来水，大家就像过年一样，异常地高兴，人们奔走相告，因为有水就有鱼。只要有人喊一声"来水了!"大家就要拿着各种捕鱼的工具涌到南河。用挂子，用扒网，用鱼罩，忙得不亦乐乎。

我有个二姐夫，平生最爱吃鱼，常常是吃鱼不吐骨头。有一天下午，我在南河捕鱼，从北屯传来的口信说，二姐夫也要来捕鱼，让我在南河等他，但要等到牲口入圈后他才能来。我就一直等，太阳落山了，他才骑着马来到南河。我就埋怨他来得晚了，一个人不敢回家，因为那时候的野地里会有狼。他就让我陪他一起捕鱼，我出于无奈就应承下来。夜里，水边的蚊子很多，露水也多，我们就拢起了火，不能叫篝火。那是我有生以来第一次在野地里过夜，既兴奋又担心。露宿我是没有任何经验的，当时也没有任何装备。然而，乡村的夜晚很静，远处总有呼隆、呼隆的声音传来，偶尔会有蛙叫。但到后半夜蛙也不叫了。好在月亮很圆，四周又熟悉，左右都有渔火，又免去了许多担忧。鱼在夜里活动很频繁，所以捕鱼并不费什么力气，夜半时分我们就捕到了半尼龙丝袋子。夜里捕鱼的兴致要比白天高，但那时在夜里我还不敢下河，只是在岸上捡鱼，白漂子鱼居多，也有鲫鱼和鲶鱼。丑时刚过，我就有点儿坚持不住了，困。我把衣服裹在头上，躺在一个麻袋片上迷迷糊糊地便睡着了。后来又有几次被蚊子咬醒，但依然又坚持睡到了天亮。

夜里捕鱼的事，以后就再也没有过，因为后半夜蚊子多，露水重，至今想起来仍心有余悸。直到上个周六，朋友相约去新立城水库钓鱼，在夜里，望着熠熠生辉的荧光棒，才有了跟二姐夫一起捕鱼的感受。二姐夫虽然已离开我们多年，但那一晚的印象至今还在，只是感觉那时二姐夫的个子很高大，也很有力气，并且坚持在篝火旁坐着、抽烟，坚持不睡觉，我就很佩服他，愿他在那个世界里经常有鱼吃。

小时候，我是经常在白天到南河捕鱼的，常跟少时好友高俊一起去。最初的一次捕鱼只捕到一小碗，全是白漂子鱼。回来后，让父亲在碗里放点酱，放在锅里蒸着吃的，感觉很有成就，像是做了一件大事。后来，捕鱼的经验逐渐丰富起来，就用鱼蓄笼捕鱼。在河的支流，浅窄处，用土垒坝，单留一个或两个缺口，放上鱼蓄笼，捕鱼。

有一天下午，我跟高俊把鱼蓄笼放好，就在岸上的鱼窝棚里躺着，每隔一段时间就去收拾一下鱼蓄笼，然后把网里的鱼捡出来。可是，那天我们溜了两次，鱼蓄笼里都没有鱼。记得那天风很大，是刮着西南风，也燥热。一个路人经过我们的窝棚，想讨口水喝，我就给了他。他见我们是两个孩子就坐下来跟我们闲聊。我们抱怨河里没有鱼。他说一个人一生捕到的鱼是有限的，不能无限地捕，当你捕到一定程度的时候就捕不到了。我当时没有理解他的话，就争辩说，捕到捕不到要看河里有没有鱼，或者鱼的多少才能定。他说鱼过千层网，网网有鱼，若是你的鱼则会成群而来，若不是你的鱼则会半尾无着。当时说得我云里雾里的，只觉得这个人很能诡辩。到现在我才明白，这个路人说的就是人生的定数。

人生皆有定数，是不可强求的。这几句话到现在我还记着，是因为他教给了我一种思维，一种处事方式和一种生存的道理。看来，民间自有高人在。

自那路人走后，我和高俊去溜鱼。我第一次看见鱼贯而入的场面，我俩都惊呆了，就像现在有的景区饲养的锦鲤一样，当你投食，它们便蜂拥而至。我们急忙返回身好让鱼更多地进入蓄笼里，那个场景到现在还历历在目，那真是一个鱼群。

南河，作为故乡的河，是故乡的血脉，虽然南河没有交通航运的功能，更起不到防御的作用，但在我童年的记忆中，南河是一条母亲河，是我儿时成长的摇篮。虽然她现在早已干涸多年，但在我的记忆中南河仍在流动，河里仍有鱼，蒲棒草仍在挺立，水鸟仍在低飞。

东拉河的幸福密码

宋雨薇

　　这是一条没有航标的河流，它显出的一种单纯的、质朴的、天然的美，恰似大山里不经修饰却十分灵动的俊俏女子。村民们不知道它叫什么名字，只知道它从长长的东岭方向流过来，远远望去，河流曲折柔美、玲珑有致。它静静地缓缓流淌，或紧邻，或穿村而过，像极了一条拉长了的银河。因此，村庄里的人们后来都叫它"东拉河"，意即"长长的岭，细细的河"。没有人知道它流了多少年，可是，它却陪伴了这个村庄里一代又一代人的成长和老去。

时间的来处和去处

当我去揣度一条河流的前世和今生的时候，时光总是在悄无声息地走，把我一个人丢在与池娘有关的、那场来历不明的今生里。至今，我都无法确定，池娘的今生是否注定与东拉河有关，但我却敢肯定，池娘的出现一定是在东拉河最妖媚和最辉煌的时期。

东拉河很瘦，但却拥有着独属于自己的生动与灵秀。左岸是村落，右岸是田野，因此，东拉河并不孤独。

沿着东拉河岸向前走，紧邻村庄处，我看到那些和池娘一起，三五成群围坐在东拉河两岸洗衣洗菜，那时还年轻的村妇们。伴随着她们有说有笑的、充满弹性的声音一起传来的，还有那一阵阵此起彼伏的、富有音乐节奏的捣衣声、嬉闹声，以及那些分散在东拉河两岸，啃着青草的山羊们，时不时发出的"咩咩"的叫声……看着这一切的生动，我的心进入了平静，这一切的生动在为东拉河代言，成了这个村庄里特有的、富有韵味的标志性的符号，这一切都丝丝入扣地，以人间烟火的名义，渗透在村庄细碎的生活日常里。

一个慢字，缠绕了池娘的一生，也缠绕了东拉河的前世今生。池娘出现在这个村庄，纯属一个意外。时光的穿梭机将时间拉回到多年以前的那个夏日。午后的天空，蓝天那样清澈，云朵正在静静地飘逸。当东拉河正沉浸在自己的宁静中单曲循环时，几辆卡车的到来，也顺势打开了另一种生活的入口。

几辆卡车载来了一支二十余人组成的淘沙队伍。据说，之前曾有一支小型的勘测队来到村庄。经过一段时间的勘测忙碌，他们认定东拉河内的河沙在自然状态下，经河水的作用力，长时间反复冲撞、摩擦，产生的河沙颗粒圆滑，没有味道，比较洁净。且东拉河里的沙子和淤泥的防水性能与黏结度，相当于沥青里面有黄沙和淤泥的二合土，具有极强的黏度、拉应力、剪应力和压应力，是极佳的高性能防水卷材。他们认为，如果用这样的河沙作为建房的基础材料，性价比极优。因此，他们决定，将东拉河作为河沙的重要地段进行开采。正因为这样一个决定，才引出了后来的日子里，池娘在这个村庄出现，以及在这个村庄里，与东拉河相互缠绕的一生。

这世上，很多时候一切变化都是静悄悄的。此时的东拉河，或许也并没有想到自身的吸引力给这个村庄带来的热闹。当然，它同样也没有想到，自己的未来会随着这个淘沙队伍的出现，发生了无法预见的改写和修正。它甚至有一些恍惚，不知道自己正在准备出发，还是即将实现某种抵达。东拉河就这样安静地，守在不远不近的地方，用岁月的余光，张望着岸边这一幕幕充满生活气息的热闹景象，依然以平静的姿态，不紧不慢地缓缓流向远方。

那些被时光打磨得圆润光滑的青石板，此时正安静地躺在东拉河清澈的河水里，拼接着这个村庄里简单的幸福。东拉河以其特有的灵秀，构成了它在这个宁静的村庄里，不可或缺且又与众不同的时光密码。

细碎的凉

在稀薄的炊烟里，透过时光的缝隙，你会发现，有些时候，总有那么一个节点，这里之前和之后的生活都与他们有关。

收割者的角色在时光的韵脚里奔跑。在这个彼时还没有手机信号的大山里，这些倔强的淘沙工们，他们的生活就像是脱离了时光的轨道，拼命地在为了理想的生活打拼。彼时的他们，把所有的期待都压缩在了这条河流里。他们清楚地知道，自己活着的意义，不过是为了养活一家人，让一家老小能够过上更好的生活。而恰恰在这个节点里，他们以底层奔跑者的姿态，固执地坚守着自己的理想。他们拼命地想从东拉河里淘洗出自己的幸福，幻想有一天，可以通过自己的努力，寻找到属于全家幸福的高光时刻。

淘沙的队伍中共有两个女人，在合理的分工下，她们被安排负责淘沙队伍的饮食和卫生管理工作。彼时的池娘还正年轻，虽然每天很忙碌，但她从来都是以阳光积极的态度面对身边的人和事。每天清晨，天刚一放亮，生活的情节就在池娘点起炊烟的那一刻铺展开来。池娘的气质干净利索，干起活来也向来都是条理清晰，二十多人的日常生活被池娘带领着另一个女伴，打理得阳光有序。

村小学附近的一处低矮的泥草房里，住着六十多岁的孤寡老人林七奶奶。早年丧夫的七奶奶，一个人靠耕种几亩薄田，拉扯着两个儿子艰难度日。在农村，若想跳出农门，过上体面而有尊严的生活，除了读书考学可以出人头地外，似乎再没有更合适的途径，可以让他们体面地，与大山解除灰头土脸的关系了。可是在村庄里，大部分的农家子弟并非都能够幸运地如愿以偿。很多人在苦苦地挣扎过后，都不得不相信"人，毕竟争不过命"的感叹。

争气的两个儿子，虽然学习成绩优秀，但是在读初中的时候，要去几十里外的小镇寄宿就读。这突然增加的经济压力，无疑加剧了这个家庭的窘困。看着被生活过早地压弯了腰的母亲，两个懂事的孩子最后一咬牙，自作主张背着行李卷回到了大山里，任由七奶奶软硬兼施，他们都无论如何也不肯再返校继续读书了。

后来的日子，对于从未走出大山的七奶奶来说，能守着两个儿子平静地度过一生，或许这就是远方的全部内涵了。可是，意外总是会在没有准备中，让认真生活的人陷入瞬间崩溃。谁也不会料到，几年以后，属于七奶奶的全部希望，竟在一夜之间，被一场猝不及防的意外拦腰斩断。

困在大山里的孩子们，他们不甘心一辈子囚禁在属地的一亩三分地的念头太久了。七奶奶的两个半大小子，随着叔叔去山外的煤矿打工时，在一次井下的意外事故中，被埋在了几十米之下的塌方里，从此阴阳两隔，切断了七奶奶对生活仅存的最后一线希望，使七奶奶原本就不富足的精神家园，从此变得空空荡荡。

不被定义的人生

曾经失落、失望、失去方向，直到婉约美好的池娘出现在这个村庄，才让对生活一度失去掌控感的七奶奶慢慢地走出悲伤。

淘金队伍在村庄里成为七奶奶的近邻后，善良的七奶奶会经常将自家菜园里种的瓜果蔬菜，用篮子拎到东拉河岸边，清洗干净后送给池娘。这时的池娘，总能用这些新鲜的蔬菜做出各种冷热可口的菜肴，在淘沙工们酣畅淋漓的狼吞虎咽里，吃出人间烟火的满足。

入秋后，天气慢慢变凉。淘沙的队伍拆掉了帐篷，带着整理好的简易行装，撤离了这个村庄。在截取的时光里，他们将以各自的谋生方式，重新谋划一年当中剩余的生活，继续叙写农民工在生存里的挣扎。

令人意外的是，在深秋中渐行渐远的卡车里，坐在车斗里那些迎着寒风，相互拥挤又相互依偎的淘沙工里，唯独缺少了池娘的身影。原来，在七奶奶的真诚挽留下，单身多年一直四处漂泊的池娘，在日子经过一大段的惯性漂移后，经过多日来的深思熟虑后，终于决定放弃疲惫的漂泊，选择了从此留在这个村庄，过现世安稳的余生。池娘漂泊得太久了，她实在不想再过一种无根的生活了。就这样，留下来的池娘，以干女儿的身份住进了七奶奶的家里。

池娘住进来以后，七奶奶家摇身一变，竟成了这个村庄里最干净的人家。不大的院落被池娘收拾得干净利索，就连散落在栅栏边烧火用的木桦子，也都被池娘给规置得整齐有序。只要是晴天，池娘家院子里的晾衣绳上，总是晒满了散发着肥皂香味的被子和衣服，忙碌的生活从没有足够的能力，磨灭池娘对生活的热爱。

池娘不仅勤劳、干净，她还是村庄里最有见识的村妇。只要有池娘在的地方，那里就宛如一个巨大的磁场，吸引着村妇和孩童们扎堆出现。忙碌之余，年轻的村妇们会带着自家的针线活，不约而同来到池娘家，围坐在池娘周围，一边忙碌着手里的手工活，一边听池娘讲那些永远也听不够的新鲜事，时不时抬起头来，张望一下在院子里摸爬滚打的自家孩童们，偶尔还会吆喝着训斥几句，不大的屋里院外到处都充满着生动的烟火气息。

一场来历分明的风和雨

　　如果说，浓郁的烟火气息，能够作为东拉河的隐语到访和离开，让时光能够永远停在自己喜欢的片断里，那么在东拉河不可避免的秩序敏感期里，那些潜伏的深度焦虑，在东拉河命运的浪头里，会不会永远都不会浮出水面？这一切，东拉河从不言语。

　　随着现代文明的进程飞速向前发展，2007 年，在清晰的新农村规划里，泥草房改造项目建设提上日程。这个项目以三年为时间节点，由政府出资，按房屋面积比例计算，给予建房的村民一定的补助后，剩余部分资金则由村民自己承担。那些泥草房在历经岁月的风雪侵蚀后，早已像被掏空心脏的框架在风雨中摇摇欲坠了，村民们欢喜地像赶趟儿一样，迫不及待实施着自己的家园改造工程。

　　这个世上，很多变化都是静悄悄的，就好像东拉河的情绪，好像从来都没有变过，又好像一切都变了。眼看着村庄里一座座美丽的砖瓦房拔地而起，可是，东拉河却渐渐失去了自己惯有的平静。每一个汛期，在被压缩得越来越瘦的期待里，东拉河在一贫如洗的坚忍里，已渐渐失去了管控自己情绪的能力。它在盛放不下的愤怒和不安里，冲毁了土地，冲倒了庄稼，也冲走了自己最后的等待和期待。

东拉河以前绝不是一条张扬的河流，可是，在命运的捶打下，宁静的东拉河却终于变成了另外一个自己。

最匹配的路径

生命的真相就是轮回，东拉河的前世和今生也大抵难逃如此。

此时的七奶奶更老了，而曾经还年轻的池娘也老了。作为七奶奶的干女儿，池娘多年来始终与七奶奶相依为命。池娘的出现，让七奶奶真正体会到了家庭的温暖。作为勤劳善良的美好化身，池娘不仅在衣食起居方面将七奶奶照顾得无微不至，还在多年的亲情缺失里，给了七奶奶极大的抚慰。

2017 年，在脱贫攻坚的扶贫政策普惠下，七奶奶低矮的泥草房，被列入全县脱贫攻坚危房改造项目。考虑到村庄里那些分散供养五保户的共性供养问题，驻村工作队与村委会在开会研究过后，为方便今后对孤寡老人的集中生活照料，决定将荒芜的村小学校舍，作为幸福大院建设基地。这个项目报到相关部门后，得到了他们的大力支持与肯定。很快，项目开始紧锣密鼓推进，历经半年的时间，一排建筑面积为 300 平方米的美丽新居，在村小学校荒芜的原址拔地而起。新建的幸福大院将村庄内的 6 位孤寡老人，以每户 45 平方米、两间房屋的居住标准进行分配，并配有 30 平方米的太阳能公共洗浴间供老人们使用。这些历经一生坎坷和辛酸的老人们，终于结束了多年来风雨飘摇的生活，住进了宽敞明亮的砖瓦房，开启了他们安享晚年的幸福模式。

当目光被另一种方向所牵引，河流自然也不会孤独。乡村振兴给这个村庄的蜕变按下了"加速键"。2020 年，此时的东拉河也在升级版的新农村建设中不断跃迁。植树造林、河道治理、村庄绿化美化、村容村貌提质升级等项目纷沓而至。几年的工夫，颇具姿色的村庄便精彩亮相。挺拔地立在河两岸的，那一棵棵俊俏的小白杨，带着并不孤单的豪迈，见证着村庄的历史变迁。蜿蜒的水泥河堤作为村庄发展不可或缺的重要载体，以庄严的姿态守护着村庄里的青山绿水。沉默了许久的东拉河，又恢复了从早到晚承载着乡村湿漉漉的生活，氤氲着生活真切的湿度与温度的历史任命，以昂扬的姿态，流过颇具姿色的村庄……

幸福的声音穿过时光的韵脚，不动声色地穿村而过。多日后，当我再次走进村庄的时候，路过池娘的幸福大院，迟疑的脚步不免又多了几分惦念。

透过整齐的工艺铁栅栏向院内望去，那一天，光阴不偏不倚，零星的时光碎片，正拼凑着池娘所有细碎的生活细节。目光里的幸福大院那样整洁，院里的屋檐下，几个和七奶奶年龄相仿的老人，正围坐在屋檐的花丛边开心地说笑。温和的池娘此时正在院子里忙碌地晾晒衣物，院内的晒衣绳上，那些散发着干净气息的蓝色被褥，在这些时光时常光顾的地方，折射着这个村庄独有的生活气质。

此时的东拉河，在不远不近的地方，一边张望着这一幕幕充满生活气息的细节，一边宁静地缓缓向前流淌。

在安静的环境里，容易忘记时间。那一天，我离开时已近黄昏。汽车驶在铺满沥青的柏油山路上，我的脑子里却全是有关于东拉河与幸福大院的人和事。车窗外疾驰路过的，那曾经被人们无限留恋的一棵棵白桦树，此时，早已被车内单曲循环的朴树的《那些花儿》恰当地挤到了一边。它们面对我的时候，会不会也像我一样，在东拉河不断延伸的美好里，听见另一种声音的存在？

这一切，在东拉河恰到好处的慢节奏里，变得越来越具体了。

东辽河，
在大地的脉管奔流

王德林

法国作家左拉说："忠诚是通往荣誉之路。"忠诚是河流的魂魄，也是一个国家和民族的魂魄。

河流向前奔跑的意志和决绝令人类信服与钦佩。

河流的弯曲更是为了哺育更多的生灵。

蜿蜒曲折的东辽河，汇集接纳了70多条大小支流，密布的河网如大地的叶脉，供养着郁郁葱葱的生机，哺育了130万辽河儿女。它是辽源的母亲河，辽源人熟悉这条河水波浪起伏的频率、水量的丰沛与贫乏、河边树的品种，以及水鸟的种类、鱼的种类。东辽河是地理的，也是人文的，辽源人用它来安放自己生命乃至时间和命运，是寄放心情和乡愁的地方。东辽河的前世今生都与辽源这块热土息息相关，它横亘整座城市，成为辽源最美的风景线。东辽河没有无边落木萧萧下的壮阔，也没有惊涛拍岸卷起千堆雪的雄浑，只是以自己的默默无私，滋润着土地的干坼与渴望。

风流也被雨打风吹去。

曾经，这条母亲河被污染得浑浊不堪。由于沿线城市污水处理厂处理能力不足，污水管网系统不完善，污水收集能力差。沿线的大部分乡镇生活污水集中处理设施尚未建成运行，大量生活污水未经处理入河。尚未实现农村生活污水收集处理和利用，大量生活污水直接或间接入河。流域内大量散养户畜禽粪便随意堆置、倾倒。河流两岸以农业为主，大部分农药化肥农田退水入河。东辽河流域环境问题日益突出，水质不断恶化，河流断面水质长期处于劣 V 类，命运岌岌可危。

步履蹒跚、憔悴不堪的东辽河还会有汤汤之势吗？

2018 年，吉林省委、省政府和辽源市委、市政府高度重视，全面打响了一场市、县、乡、村四级河长齐抓共管、共治东辽河的水污染防治攻坚战。

辽源市委、市政府深入贯彻落实习近平生态文明思想，践行"两山"理念，学习关于辽河流域污染治理防治的重要批示精神，贯彻落实省委、省政府的决策部署，深刻认识到抓好东辽河流域水污染是一次政治大考，是推进辽源生态环境保护工作必须通过的难关，是打赢水污染防治攻坚战必须啃下的硬骨头。

东辽河是吉林省十条主要江河之一，河湖长制是落实绿色发展理念、推进生态文明建设的重要举措。河湖长对其管辖的河湖的水资源保护、水域岸线管理、水污染防治、水环境治理等管理保护工作负有不可推卸的责任。为了强化责任担当，织密组织体系这张网，辽源市成立了以市委书记、市长为总河长的市、县（区）、乡（镇）、村四级河长体系，共设立各级河长732人，使每条河都有了"家长"，设河长制公示牌618块，接受社会公众监督。

"河长"这个头衔责任重大，这样指名道姓的标示，无疑是人对自然珍视、人对河流珍视的结果。人爱自然，自然就更爱人，以此进入良好的循环。

2018年，辽源市吹响仙人河黑臭水体治理攻坚战的冲锋号，邀请专家组前往辽源，制定科学的综合治理方案，全面启动45项污水治理工程。

仙人河是东辽河的一条重要支流，它的清澈与否直接关系着东辽河的命运。

仙人河像一把锋利的手术刀，轻轻一划，在大地上蜿蜒切开一道13.3公里长的窄缝，侧身而进。它似一面镜子，映照出辽源这座城市一百多年的沧桑巨变，更映照出共和国70余年走向繁荣富强的辉煌足迹，它以奔流到海不复回的姿态向世人宣告：幸福是奋斗出来的。

仙人河发源于辽源市北端西安区灯塔乡古仙村的王家沟，那里是它的产房，貌似半截，故称半截河。后来，人们又把它叫成仙人河，这种加持，为它灌注了灵动和飘逸的气质。关东大地苍古、辽阔，它像一支洞箫，在风的伴奏下，幽幽呜呜吹了上百年，低回，沉郁。

时光如箭矢，从河流的苍茫里穿过，不留下任何痕迹。

曾经，仙人河被污染得浑浊不堪，成了辽源一个直通下游的大下水道。犹如化肥过多地使用会造成庄稼的倒伏，企业的过度排污，加上沿河垃圾、粪污遍布，使原本清澈的河体呈浑黄色。水质严重劣化，河水发黑且臭气熏天，被百姓们戏称为辽源的龙须沟，命运岌岌可危。遇到干旱的季节，甚至出现了断流。面目全非的仙人河，蓬头垢面，丑陋不堪。

如今，治理仙人河的战役胜利结束，通过实施城区黑臭水体综合治理工程，清淤后减少了污染，改善了水质，改变了水文格局，促进了生态修复。现在的仙人河，呈现出了一种规划与维护过后的有秩序的、有人参与的美。仙人河污染危机的临界点已过，它的命运否极泰来般发生了逆转，有了脱胎换骨的喜悦，更有了劫后余生的憧憬——这就是河流的重生。

在清澈见底的河段，鱼儿嬉戏，蛙鸣阵阵，岸边绿树长廊，花团锦簇，成了市民游玩休闲的好去处。绿水青山就是金山银山的理念，已在人们心田开枝散叶，仙人河也在以自己峰回路转的命运做出现身说法般的生动诠释。

仙人河汇入东辽河后，恣意汪洋，浩浩汤汤向西南方向奔去。东辽河与西辽河在辽宁昌图相汇，经过长途跋涉后猝然变宽变缓，最终，在盘锦注入浩瀚的渤海，完成了自己的涅槃。

战斗正未有穷期。

控源截污、内源治理、生态修复、活水保质。简单的 16 个字，对辽源来说，项项是难关，字字是难题。

要想打好打赢东辽河水污染防治攻坚战，项目建设必不可少，辽源市谋划实施了总投资 46.8 亿元的 45 个项目，已完工 40 个重点实施的 6 大工程，使水污染治理和防控能力得到了显著提升。

太多的化肥渗入大地，慢慢改变了土壤的脾性，温润不再，曾经的松软也变得僵硬。全面实施控污工程，实施化肥农药减量行动，推广有机肥及农家肥 120 万吨。在东辽河源头建设现代化生态农业示范区，流转 6.4 万亩耕地用于发展生态有机农业，每年减少化肥用量约 3000 吨，减少农药用量约 32 吨。全市投资 6800 余万元，实施了 100 个行政村环境综合连片整治。

河流的问题在水里，但根子在岸上，东辽河流域降雨量时空分布不均，森林覆盖率低，水源涵养功能下降，自净能力差。在治理水污染的同时，辽源市积极探索绿水青山就是金山银山的路径，实施了总投资100亿元百万亩造林工程、百公里河道治理工程、百万亩良田建设工程，计划利用3至4年，对东辽河流域的坡耕地全面实施退耕还林，使全市森林覆盖率由不足32%提高到45%。2019年以来，辽源市已累计完成造林71万亩，治河269.3公里，建设高标准农田61万亩，域内东辽河流域、松花江流域生态本底逐步修复。产业生态化，生态产业化，实现生态效益、经济效益、社会效益叠加。

强力实施水源地保护工程，开展了划、直、治三项整治行动，组织实施"三网同筑"工程，建成杨木水库100万平方米人工湿地，东辽河流域的水源地水质类别达到或优于Ⅲ类，符合国家饮用水水源地水质目标要求，饮用水水源地水质达标率100%。

一切的起点都将是终点，嬗递和新陈代谢是永恒的，不可能永远收纳而不流失。古人说"自知者英，自胜者雄"，每个辽源人都踔厉奋发，要做生态治理的模范，而新一届辽源领导班子正以踏石留印、抓铁有痕的气魄，擘画出历史交汇期的宏伟蓝图，辽源正以崭新的姿态在世人面前惊鸿一现，对生态吉林的历史贡献必将彪炳史册、光耀千秋。

辽源，俨如一支崇高名曲的开端，响着洪亮的动人的音调，就在这激昂跳跃的乐声中，东辽河，化成一条奔流奋进的河。

流水不腐。

河流的永恒在于它的不歇流动，河流的美又在于它深层的安静。不歇与静，这两种品质奇妙地、和谐地显现于河流。东辽河奔腾不息，只为两岸子民。东辽河浩浩汤汤，从源头到海洋，大地万物生生不息，它是见证者与推动者。

峰回路转，云蒸霞蔚，面对两岸风光，东辽河无心留恋，它的使命就是奔流，它的奔流就像农夫的勤劳耕忙，永不疲倦，没有守成意识，不管不顾地奔向大海。

东辽河从陆地上一滴水开始，汇集支流，风是引擎，一路栉风沐雨、披荆斩棘、一骑绝尘，在关东大地上的脉管里奔流，历尽千辛万苦来到渤海，完成了隽永的收尾。河流的柔韧之力让它长途奔袭后抵达大海，表现出对广阔浩渺的无比忠悃，一派昂扬大气。

以梦为马，不负韶华。

河流的方向，终究是家园的方向。浩瀚的大海就是辽源人的精神家园。

东辽河不舍昼夜，泅度时光长河，依然在流淌中完成生命的轮回。

东辽河从容洗去满身疲倦，滤净杂质，重拾初心，开启向海洋发展的新征程。

　　东辽河承载着辽河儿女的希望与重托，面向未来，昂首阔步，走进海洋时代。它奔腾的波澜壮阔，不正是辽源人推动生态强省的奋斗姿态吗？它欢快的浪花里映现的不正是辽源人对明天的希冀和憧憬吗？它生生不息脉动的声音，不正是辽源人奔向美好未来的登登足音吗？！

河畔声声

王玉欣

　　仲秋后的富尔河畔，两岸多了一层浅褐色与深黄色的交融，让参差不齐的绿，略显逊色地掖在已被金黄覆盖的山川。氤氲在富尔河上的春夏之气，仿佛一夜间接受了指令，倏然退去。放眼一片辽阔，辽阔中多了一幅大地恪守后的沉实。不用猜测，是富尔河悠远的神奇，将花香四溢的两个季节收集起来，藏进水宫，而铺在水面上的秋之约，是听从旨意后的呈现，让斑斓的色彩弥漫河畔，橙染于长白沃土。

　　河也有床，所以富尔河躺在床上，做着川流不息的梦。在梦的边缘，远远的有座雕塑，走近，才发觉是一位白发苍苍的老人坐在轮椅上。身后站着一位五十多岁的女子，和着老人的凝视，沿河面向远处眺望，倾听河水均匀的呼吸。

每次来到这里，都会被这里的地质、水系、天空与生灵构成的组合乱了方寸。

一阵秋风，将河床之俊美、山川之壮丽、生灵之灵动，统统揽进怀里，老人眼角慢慢地滑下两颗晶莹的泪珠。老人深吸一口气，欲将散落在河床深处的那些故事画上句号。

"爹，起风了，咱们回吧？"轮椅，转了一个半圆，背对河面，缓缓地在一条只能容下一副轮椅的土路上移动。老人动了动头部，想回望河面，但只转到斜看河床的一段腰身。遥望，努力地遥望，直到岸边的树木、蒿草朦胧了富尔河的轮廓。

这里是地属长白山腹地敦化市大蒲柴河镇的富尔河，这是一道久远的生态长廊。"大蒲柴"源于满语，意思为"小林子"。大蒲柴河境内的山脉主要为林木覆盖，森林野生动植物资源及林下物产极为丰富。珍贵树木有红松、白松、紫椴、水曲柳等乔、灌木四十余种。野生动物有东北虎、梅花鹿、紫貂、黑熊、中华秋沙鸭等国家级保护动物数十种。水产野生动物有著名的珍珠门东珠、大蒲柴河林蛙、长白山龙虾、富尔河大白鱼、鳌花、鳊花、细鳞、重唇鱼等几十个珍稀品种。林下野生植物人参、天麻、野大豆、刺五加、草苁蓉、平贝母、苞叶杜鹃等珍贵品种被列入国家保护名录。名贵药用植物野山参、党参、黄芪、木通、细辛、天麻、五味子、灵芝、木贼（锉草）、刺五加等 3000 多种。食用山果类野生植物主要有红松子、软枣子、榛子、山梨、山里红、山葡萄、棠李子等野果 30 多种。山野菜、真菌类野生植物主要有薇菜、蕨菜、广东菜、刺嫩芽、大叶芹、山菠菜、木耳、榛蘑、冻蘑、猴头蘑等 100 多种。丰富的野生动植物资源为大蒲柴河赢得了"百宝之乡"的美称。

大蒲柴河镇位于敦化市西南部，富尔河北岸，距敦化市区 68 公里，距长白山天池 110 公里。据《敦化地方志》记载，早在公元前 256 年的周代以前，这里为肃慎人的居住地。

富尔河位于大蒲柴河境内的富尔岭和牡丹岭山谷中。"富尔"满语为"杨树"之意。因源地及沿河两岸多有密集杨树而得名，沿袭至今。据《清史稿·地理志》桦甸县一章节记载，富尔河源出富尔岭，东南流合古洞河。其发源于大蒲柴河镇西南部富尔岭东麓与牡丹岭多个山谷之间。无边林海，高山原野，溪流宣泄，集流成河而后，迂回曲折流经黄泥岭、抗联桥（保中桥）、建设、牡丹站、大蒲柴河、小蒲柴河等十多处国有林场流域。沿途汇聚八道河、仁义河、浪柴河、杨树河、柳树河、大蒲柴河、小蒲柴河、凤凰沟河域、石人沟等支流，穿山绕岭，蜿蜒东去，经过珍珠门河段后，再千回百转，奔流至安图县两江村西部，汇古洞河、黄泥河入二道松花江。

　　这道在大蒲柴河镇河长 107.3 千米、流域面积 1492.4 平
方千米的河流，石壁高耸，悬崖陡峭，滔滔林海，寂静幽深。
在位于大蒲柴河镇东 10 公里处，始建于 1979 年的"珍珠门"
水电站，犹如一颗璀璨明珠，镶嵌于富尔河中下游河道，为
这片辽阔土地输送着源源不尽的电力。

　　自古以来，富尔河用时间的椽笔，接纳、承受并见证书
写了两岸的沧桑变迁。一道清冽、旺盛的河流，与小村一起
见证着源于历史的岁月，更与小村结下了不解之缘。它不仅
是长白山脉分流的走向，更是大蒲柴河历史版图的点睛之笔，
并于漫长岁月中，承载着无数次生命的起航与落幕。亦如轮
椅上的老人——富尔河畔第四代放排人朱万和。

　　山乡秋色，简单纯粹。几只大眼蜻蜓在蒿草上发愣地逗
留。富尔河水面是静静的，偶有微风拂过，河水便绅士般左
右浮起一层薄薄的波纹。裤脚沾满蒿草籽，即便叫不上它们
的名字，但有熟悉的味道与亲切感，毕竟这样的欢迎仪式有
些特别。

　　喜欢大蒲柴河镇这片土地，爱上富尔河，是因三年前
的一次机缘，与大蒲柴河镇政府达成了一项为原生态传统
村落撰写村志的约定，为完成村志的撰写，我们一行三人，
不断往返大蒲柴河村，每次来村里，我都会抽时间来看富
尔河。

　　蜿蜒流淌的富尔河，源初水流湍急，中间河谷变宽，两

岸森林密布，林场相邻，村落互望，农田接壤。早在三千多年前，这片土地就有古老的人类在此生息繁衍。如今仍存有古城、古墓遗址等文物古迹，见证历史岁月的跌宕与兴衰。

2020 年春，在富尔河畔与 94 岁的第四代放排人朱万和老人相遇，于是，朱家四代放排人在富尔河上的动人故事，从悠远的河面徐徐漂来。有辛酸，有惊险，有抗争，有传奇，那段悲戚的历史故事，蕴藏在苍茫的富尔河畔。直至多年后，富尔河的四季，总有一幅画面——老人与富尔河。

一条古老的河流，滋养着一代代为了生计打拼的河畔人。放排人的历史，怎可用一纸书写？又怎能用一言概之？老人还告诉我们，神奇的富尔河畔，还是"中华秋沙鸭"的栖息繁殖地。更加幸运的是，那天，我们看到了五六只中华秋沙鸭从远处高高低低而来。它们时而扎进水中，时而抬起翅膀，撩着富尔河透明的水珠，将低鸣与水流交融，从我们面前嬉戏而过。富尔河、第四代放排人、中华秋沙鸭、两岸植被，一幅山水相间的画面，被川生万物徐徐展开。

中华秋沙鸭是一种候鸟，属于雁形目，鸭科，体形美丽，其头顶后部长有羽冠，两肋羽片上有明显的鳞状纹，雄鸭头部呈藏蓝色，雌鸭头部呈褐色，它们在地球上生活已有一千多万年。最为神奇的是，中华秋沙鸭以天然树洞为巢，而且是人类祖先从树栖生活转为地面生活时，它就已经开始生息繁衍了。它的珍贵程度可以同大熊猫、滇金丝猴等物种相提并论，属于国家一级重点保护动物，目前全球有中华秋沙鸭种群数量不足 3000 只。

那是 2008 年的一个清晨，绮丽的富尔河畔刚刚从睡梦中醒来，一声悦耳的鸣叫，撩开河床上的雾纱，河面上突然出现了两只奇特的、漂亮的"野鸭"，其中一只头顶后端摇动着绮丽的冠状羽毛，比另一只头顶的羽毛要明显得多。两只漂亮的"野鸭"在水中来回嬉戏，头顶的颜色异常美艳。"野鸭"纵身潜入水底，等钻出水面时，扁扁的嘴上各叼着一条鲜活的小鱼。它们不时抖落身上的水珠，晶莹的水珠在紫蓝色冠羽间滑落，那双警觉的眼睛不时观望着人群，渐渐游向远处。人们惊叹不已，后经有关专家实地考察，才知道这对头部长有羽冠，漂亮异常的"野鸭"学名叫"中华秋沙鸭"。更奇怪的是，它们不住在水边，也不停留在岸边的巢穴，而是飞向河对面东部的一片树林。那片大榆树的树洞竟是中华秋沙鸭的巢穴。原来它们是会上树的"神鸭"。自然界就是这样神奇，各种动物都有它的生存方式，寻找着适合栖息之地，繁育后代，生生不息。从那以后，富尔河畔云集了写生的、摄影的、撰文的，都来一饱眼福。

中华秋沙鸭对水质和环境要求十分苛刻，可见，水质清冽的富尔河，气候宜人，生态环境好，才得以让稀世珍禽穿越千山万水，来到风景如画的大蒲柴河，在波光粼粼的富尔河畔安家筑巢，栖息繁殖。

进入 11 月份，许多人会来到富尔河畔为中华秋沙鸭送行。期盼第二年春天，能看到中华秋沙鸭在富尔河里嬉戏游弋，谈情说爱，愉快繁殖，展翅高飞。这样的一道风景线，是富尔河两岸人的心愿，也是人们与"水中活化石、鸟中大熊猫"的一种情缘。

鹤归嫩江湾

周云戈

听说有鹤归来，心里喜不自胜，更何况它落脚嫩江湾。眼见为实，绝对是真。那以后，与它年年都有相遇，来去已是五年……

一

来嫩江湾观鹤，须是先闻其声的。冥冥之中，仿佛与古人有了某些契合。

谁不知《诗经》有云："鹤鸣于九皋，声闻于野……"又云："鹤鸣于九皋，声闻于天……""于野""于天"，皆是随了嫩江湾的这般地缘。而这"野"与"天"呢？又无不蕴含一个"远"字。这前者空旷辽远；后者呢，那是既遥远又高远，似乎有如天外的意思。"九皋"是什么？《诗经》注有三，其一便是"曲折深远的沼泽"。真的，每每至此，便让我感觉那诗、那鹤，好像与嫩江湾的前世今生都有某些关联。不是吗？这里原是"松嫩平原古大湖"的腹地，"古大湖"隐没之后，嫩江、松花江、洮儿河方从中解列出来。从那以后，渔乡大安乃至白城这方水土，便是河网纵横、湖泊密布、沼泽遍地的大泽之乡。于此，谁能说它不是那"九皋"——"曲折深远的沼泽"呢？

若是，想必那首吟诵了千年的《鹤鸣》，就是诗人亲临此地时的即兴吟唱。

二

鹤，让我由"九皋"联想到了沼泽，也联想到了嫩江湾——远古的，还有今天的……

按湿地公约划分，沼泽是湿地家族中的重要成员。嫩江湾是湿地，也是国家湿地公园。凭它是个怎样的沼泽，我感觉嫩江湾都可将它收入其中的。也缘于此，嫩江湾于我心里，一直以来就是个湿地之总。这"总"，既是它湿地之首的地位，也是汇纳诸多种类湿地的意谓，体现了它的格局和情怀。

那年，从北京来了几位湿地专家，他们对这里的植物、动物、水系、土壤、地形和地貌做了一番细致的考察后，便伸出了大拇指，"嫩江湾这儿太神奇了！它汇集了河流湿地、湖泊湿地、泥炭沼泽湿地、牛轭湖湿地、人工湿地……诸多类型湿地共存于此，其典型性，在东北湿地群里实不多见。"说完，便与我们一道回望它的从前——碧水泱泱、飞鸟如云、芳草连天、锦鳞麇集、动物成群……一个美丽和谐的生态系统，绝对是植物的王国，鱼的世界，鸟的天堂，更是那些獐狍野鹿等行走动物的家园。正是这些，构成了嫩江湾的生态气象。它无时不示人以生机、神秘、朦胧和苍茫……于春夏、于秋冬，四季皆然。

鹤归来兮！它落脚于嫩江湾深处。也缘它与看鹤人所处之地有沼泽相隔，苇草相遮掩，这便使人们无法近距离看它。即便绕道可再近些，那也是举步维艰的，横在你面前的有密密匝匝的柳条通、芦苇荡，脚下还有缠腿的拉拉秧、深深的泥潭……一重重的，哪一重都让你相看咫尺，相去却天涯呢。由此，来这儿看鹤，必是先闻鹤鸣，再循声相望。看见了即是幅全景——蓝天之下，或是它从天而降的飘逸，或是它腾空飞起的挺拔，或是它翩翩起舞的那般洒脱……

三

嫩江湾看鹤，不同于他乡。譬如：向海、莫莫格、扎龙……

他乡的鹤，多是人工驯养的丹顶鹤，也许与人接触多了，人鹤之间，可近可远。近，可走进鹤群，与那鹤亲密接触，或喂食，或抚摸，或游戏，最后来个人鹤同框。远呢，也不过是百八十米的，看它戏水、跳舞……若赶上鹤家放飞，那便更是有趣——打开鹤舍，鱼贯而出，伸腿亮翅……一声哨响，便振翅而飞，空中兜几圈，又盘旋而归，飘飘然落于你的面前。放飞是强化它的野性和飞翔能力，而于游人来说，则仿佛是表演。虽让你乐趣多多，可表演归来，心下便联想起它们整日被圈在笼子里，不得展翅远方的丝丝悲哀来。

说起鹤来，我是与它有过许多次密切接触的——丹顶鹤、白鹤、灰鹤、白枕鹤……成龄鹤、幼鹤、鹤雏……看鹤、放鹤、戏鹤、喂鹤，都是近距离的。也许是接触多了，总觉得过于直白，不如委婉些的好。闻其声，再寻其影，看见看不见，其过程都富情调。既诗情，也画意。诗情，于闻声和遥望中而生；而画意呢？则是寄情于这方山水，还有芦花荡里时隐时现的鹤影。虽有些雾里看花，却不失惬意和优雅。像是读首朦胧诗，也像在参观一场意象派画展。若听其声，也见其影，不妨叫它"循声望鹤"，足可作为这里的一景。看见了，让你心美意也美。若闻声不见其鹤呢？那就算寄情远方了，权作个念想，与那鹤，也与这湾山水……

四

第一次看鹤是在 2017 年 10 月末，大约是立冬前几天的一个下午。

天已大凉，可晴好的午后，非但不觉得冷，心还暖暖的。出大赉城东不远便是嫩江湾，放眼它——天蓝、云白、水碧、草黄、芦花飞雪……此时，只有簇簇河柳还是一身的油绿。秋的斑斓，早已被金黄所淹没。天边的野鸭群，如云朵般在空中趸来趸去，最终消失在嫩江湾的深处。雁阵横空，一路高歌，悠悠地向着远方……

车子，停在了防洪大堤下。刚一落脚儿，耳畔便鹤鸣依稀，登上防洪大堤，鹤鸣声更清晰了——"哦，唳……"那"哦"字音极短促，好像还没从喉咙里完全蹦出来就戛然而止，紧接着便是那"唳"字的一串长长的颤音。之后，便是你一声，我一声，像是问候，也仿佛是应答，又好似唱和。自信听力，这鸣叫声绝对是白鹤的歌唱。循声远眺，半晌不见鹤影。忽地，在我们面对的东南方，有两只白鹤不停起舞，这才让我们发现了它。虽是很远，可望远镜拉近了我与鹤的距离，透过芦苇荡，清晰地看见了它们那婀娜的身姿——漫步、觅食、梳羽，一切都闲适而散淡的样子。那群鹤不多，不过四五十只的样子，多是成年白鹤，还有十来只棕色的幼鹤。成鹤身洁如雪，个头高挑，举止优雅。只有亮翅起舞之时，才可见得那翅尖油亮的黑翎，个个健壮，也个个精神。尾随其中的，还有几只灰鹤、白枕鹤、白琵鹭，它们与白鹤相比，委实单薄了许多。与我同来的薛艺伟先生来自牛心套保国家湿地公园，他是位有着一定美术天赋，又懂得山水及野生鸟类的经营者，平日最心仪丹顶鹤。他再三拿起望远镜仔细察看，边看边自语："怎不见丹顶鹤的影子？"我告诉他："丹顶鹤很少与其他白鹤混在一起飞行。"

忽地，他惊讶地说："看看，有黄鹤!"知道他说的是那几只幼鹤，我便告诉他："那是今年出生的幼鹤，待明年换羽后便是白色的了。"我的话音刚落，他便将"黄鹤一去不复返"的诗句递了过来。我笑着回他："说得不差，明年换羽后，它永远都是一身的洁白了。"那天，伴鹤而来的，还有几百只大雁，多是体大的灰雁。而泡沼上还浮着的却是密密麻麻的野鸭、黑水鸡（一种状若家鸡体的水鸟，又名红骨顶、红冠水鸡）什么的……让人惊奇的，却是离那白鹤不远处，居然还有一群牛和几群羊在吃着它们各自心仪的芳草，彼此熟视无睹，各不相扰，一切都和谐而宁静的样子。

看这情景，我敬佩起鸟儿们的睿智与明辨来——与谁共处? 与谁敬远, 它心自知!

五

说鹤归来, 必有人问它是缘何而去的。其实, 岁月不远, 说来也故事多多⋯⋯

如今, 于八百里瀚海的白城说鹤, 最有话语权的, 当然是向海和莫莫格。向海, 丹顶鹤之乡, 国家三大繁育基地之一, 是记入了世界湿地名录的。莫莫格呢? 白鹤迁徙时的经停地, 每年春秋落脚, 亦如高速公路的"服务区"——歇脚, 补养, 恢复体能, 再向着它们心仪的远方⋯⋯

而嫩江湾呢? 原本是鸟的家园, 仙鹤(即丹顶鹤)迷恋的地方。听老人讲, 早年这儿的仙鹤、天鹅、大雁、野鸭等飞鸟多得是, 飞起来都是一片云。丹顶鹤、白鹤、天鹅、大雁等大鸟, 春天落脚后, 便不再远飞, 择地筑巢, 繁育后代。它们缘何离乡远去的? 想来还是人的脚步——惊扰、驱赶、捕猎⋯⋯还有噪音和污染, 直至它们的家园消逝, 最后, 它们才远飞他乡⋯⋯

有史料记载: 清光绪十三年(1887年), 嫩江湾右岸——今天大安市区才始有村落, 光绪三十二年(1906年)始建大赉城, 仅十九年的光景, 嫩江湾右岸, 便相继建起了前地局子、后地局子、张家烧锅、腰街、薛家围子、曹家窝棚等十多个村屯。光绪三十一年（1905 年），清廷在此设大赉直属厅；1913 年，改大赉直属厅为大赉县。自此，落脚这里的人便多了起来——嫩江湾渔火点点，右岸便炊烟袅袅，村落年年添新。相伴而来的是大片漫滩地、草原、坡岗地被开发成农田，或辟为村屯或城镇。

　　2013 年，那场洪水撤后，第二年春天一片新月形沙丘，仿佛是借一夜东风，便横卧在渔乡人面前。这引起了决策者的警觉，于是他们痛下决心：贯彻"绿水青山就是金山银山"的理念，从提升和保护湿地功能出发，以建设城市绿色屏障为目的，多措并举，将区域内的 300 多公顷耕地一次退耕还湿。珍惜成果，想来那过程应是十分艰难的。到 2016 年，嫩江湾国家湿地公园的面积，一跃增加到 36.5 平方千米。之后，疏浚河道，恢复湖泊泡沼，修复植被……一切顺应自然，修旧如旧。遍野的大豆高粱退出了，那河柳、芦苇、小叶章、香蒲、红蓼、芡实、菱角等各色湿地植物，也都疯了似的长了出来。那年夏天，便有大群的鸬鹚、野鸭、白鹭等回归了这里。后来便有了鹤舞秋风、雁叫霜天的风景。据我了解，眼下这里野生植物已达 169 种，野生动物 239 种，以鹤、鹭、雁、天鹅、鸬鹚、野鸭等为主的湿地鸟雀类，要占 50% 以上，而国家级重点保护动物就有 28 种之多。嫩江湾又回到了从前。从前是鸟儿们的记忆、鸟儿们的思念，也是鸟儿们的乡愁……只缘"从前"，才有鹤归的今天。

今年秋汛过后，一个霞染霜天的早晨，我与湿地公园主任李国忠相逢嫩江湾。闲聊间，一群白鹤掠空而过，我试探着问："何不借这鹤的归来，修条通向湿地深处的栈道，或望鹤楼啥的来吸引游人观光？""不能再打扰它们了。"他的话一出口，便觉有理！这让我想起了不久前，在一个景点栈道上的思考——人们非得走进风景的深处吗？延伸那个思考，是否可以说：人有必要与那鹤，不！还有诸多野生动物走得那么近吗？我想心若有鹤，到此来个互不打扰的相逢岂不更好。嫩江湾若此，又何尝不是个新的生态境界、新的文明高度和新的旅游理念呢！

但愿嫩江湾不再是候鸟的来往经停地，亦如它从前的家园……

健体养心的"净月神秀"

马 犇

几年前，白岩松在长春签售，在与书友交流的过程中，他曾评价过长春的净月潭。后来，有人将该视频发至抖音，再次火了起来。视频中，白岩松说："我真的觉得在城市当中，最适合跑步的地儿，真是净月潭，而且你知道我沿着那个门进去之后，沿着南岸开始跑的时候，隔着林子就能看见中间的湖，那瞬间我觉得我永远想跑下去。"

白岩松走南闯北，想必去过很多适合跑步的地儿，但他将"最适合"赠予净月潭，足见净月潭的魅力。其实，他说出了很多跑友的心声，这也正是每次走进净月潭都能遇到不少跑友的原因。无独有偶，有位80岁的长春大爷也在网络上

"走红"，老人每天坚持在净月潭负重环潭跑（18公里），被不少网友称为"硬核大爷"。

净月潭给人的第一感觉是"大"。我听吉林大学一位研究古典文学的教授讲过一个故事，有一年，台湾学者来吉大文学院参加学术会议，会后，他陪这位学者游净月潭，学者惊叹不已，说这景区也太大了。净月潭的水域面积为5.3平方公里，没有日月潭大，但净月潭的景区面积为96.38平方公里，所以很多人置身其中，都会感叹净月潭之大，甚至产生走不出去的错觉。2017年，吉林省作家协会组织了"人文传统与中韩文学"中韩作家文学交流活动，在长春时，净月潭是一站，我们乘坐敞篷的电动观光车环湖，一路上，韩国作家们兴奋地喊叫，不时用手机四面拍摄着，或许手机里的画面多半是模糊的，但他们对净月潭景致的喜爱却是异常真实、清晰的。

净月潭还有一个特点是"绿"，这里的林子和水库一样，都是人工建造的，森林覆盖率竟然达到了96%以上。几年前的一个深秋，我在净月潭参加一个小说笔会，曾夜宿离潭水不远的小木屋。那天夜里，有两个黑龙江的文友晚到了，他俩在净月潭正门等我们接应。沿途的路灯早已熄灭，月亮高远，照在潭水的一角，却照不清脚下的路，我只好摸着黑沿潭水向正门走去。一路上，听风吹潭水，每个水域的声音不无差异；听风穿树林，林子有稀有密，有高有矮，风与树叶

251

摩擦出很多音律。风声、水声、树声，和我的脚步声、心跳声暗合，我凭借它们在夜色里往返。小木屋里不仅没有空调，蚊虫、蜘蛛还特别多，整个人变得烦躁起来，但后来心态还是调整过来了。这本就是动植物、蚊虫、蜘蛛的家，小木屋和我们反倒是后加入的，甚至可以说是一种"入侵"。如此想来，心便平静了许多，蚊虫、蜘蛛似乎也做出了让步，我很快入睡，还睡得很香。

　　还有一年，我和几个朋友在傍晚时游净月潭，我们沿着离正门不远的小河塘走，黄昏的桥头，有一对拍婚纱照的新人。只要天好，都会有新人来拍婚纱照，净月潭是多家影楼的外景拍摄地。我拿着手机，远远地抓拍晚霞中新娘的背影，那一刻，竟想起徐志摩的《再别康桥》，凄美注定不适合新婚，但长久的婚姻生活也注定不会天天光鲜明丽。同行的小说家对我说："拍婚纱照是最考验新人的关卡之一，不少新人在拍婚纱照后就分道扬镳了。"是啊，在生活琐碎里，两个本来陌生而好奇的人，越来越多地看见对方的缺点，在快节奏的当下，这无疑是种威胁。如今，东西坏了，多数人会在第一时间想到换一个，很少有人会去修理。婚姻也是如此，能够彼此妥协抑或等待伤口愈合的人越来越少。我望着那对新人离去，望着几枝清雅的荷花，无法言语，就像身旁同样没有说话的小说家，我在心里默默祝愿已经在我眼里消失的他们。我们上了车，继续在林中穿行，车越开天色越暗，人越来越少。想起梭罗的那句名言，"我宁愿独自坐在一只南瓜上，而不愿拥挤地坐在天鹅绒的座垫上。"倒不用学梭罗隐居瓦尔登湖，偶尔坐在一只南瓜上，便会给机械的生活平添几分诗意。借助梭罗讨厌的机器，很快，我们就和净月潭分离，甚至来不及回眸，一瞬间，我竟分不清是那年的夜，还是时下。回到净月潭附近的旅馆，透过窗子，我凭傍晚时的记忆望向净月潭的一小角，眼不见心见。倘若梭罗也置身净月潭，他一定不会乘坐交通工具，他会徒步环湖，走累了，就坐在一只南瓜或一麻袋东北土豆上，望着潭水发呆。

前些年，我都是开车环潭，人倒是方便了，但每当车驶入净月潭，我多少都有些负罪感。开车游园，就像持枪走进童话世界，如此一来，还忍心看孩子们纯净的眸子吗？去年"五一"，我带家人去净月潭，车开到门口，被告知不让进车了。实话讲，当时有些失落，因为后备箱里放着帐篷、吊床、野炊垫等装备，车进不去，很多东西没法拿。但转念一想，车不让进，这对净月潭的生态是好事啊。这项规定大概已经实施一段时间了，我实在有些"后知后觉"。我将车停在公园外的免费停车场，背包入园，跟着几个行人走，走了很长时间才发现我们走的道是反向的，所有的环保车都迎面驶来，这等于是给自己断了后路。我跟家人调侃道："我们累了也不能乘坐环保车了，否则前功尽弃，我们就这么走吧，体验一下一条道走到黑。"走到瓦萨滑雪场附近，陪孩子坐了缆车。

从缆车下来，剩余的路线大概还有全程的四分之一，我们咬着牙走下去。当我们拖着疲惫的身子接近正门的女神广场时，已经晚上7点多了，真是"一条道走到黑"了，打开手机查看步数，三万多步，自己都被自己感动了。忽然想起中午在净月潭里看到的一群蜜蜂，它们没有劳动节，没有假期，没有奖金，却辛勤地忙碌着。这么看来，我们的徒步纯是一种娱乐，有点儿疲惫，再正常不过了，也算不了什么。

说来也巧，每一次去净月潭，除了在标志性建筑"碧松净月塔楼"处打卡外，我还会去靠近沙滩的那个厕所，在那厕所附近，面朝潭水拍一张风景照，照片里是潭水、云天、松林、草地和几株枯木，漂亮得很，还极有诗意。

自然风光秀丽之外，净月潭的运动气息也颇为浓厚，有滑雪场、高尔夫球场等。净月潭瓦萨国际滑雪节、净月潭森林马拉松、净月潭山地自行车马拉松、净月潭森林定向赛、净月潭龙舟赛等赛事均在此比拼。

净月潭，这个"亚洲第一大人工林海"，这个"国家5A级旅游景区"，这个"长春的生态绿核和城市名片"，有很多作家写过，有很多画家画过，有很多摄影家拍过，有很多运动员、背包客丈量过。如果只能用四个字来形容它，我会选择"健体养心"，至少我每次走近它，都会有这样的感受。

梭罗说："我步入丛林／因为我希望生活得有意义／我希望活得深刻／并汲取生命中所有的精华／然后从中学习／以

免让我在生命终结时／发现自己从来没有活过。"我无法像梭
罗那般极致，无法在净月潭里筑造一个木屋隐居，但我能做
到的是，当疲惫抑或迷惘时，将钢筋混凝土、灯红酒绿里的
身心放入净月潭，进而让身体和心灵获得一些滋养，这大概
就是健体养心吧。

卡伦湖风韵

梁冬梅

卡伦湖有着美丽的传说和神奇的魅力，以它曼妙的风景吸引着人们的眼球，卡伦湖这个东北大地上的蓝珍珠，绽放着七彩的光芒。

卡伦湖是生态之湖、爱情之湖、乡愁之湖。卡伦湖在饮马河左侧，雾开河的上游，周边湿地、田园、林木环绕，区内有水域面积 330 公顷，陆地面积 1360 万平方米，园林覆盖 60%，有 11 种水域植物，112 种陆域植物葳蕤生长，天鹅、大雁、野鸭等多种鸟类在这里生息、繁衍后代，这里是鸟类栖息的乐园。正是"落霞与孤鹜齐飞，秋水共长天一色"。这里蓝天碧水，景色秀美，是综合性旅游区，卡伦湖度假村以旅游度假为主，文化教育、体育训练及渔牧养殖、果树种植并举，这里有林中别墅、彩色喷泉、罗马石柱广场、网球场、露天舞场、西苑宾馆、金塔饭店、荷兰风车、垂钓场、水上乐园、海上婚纱摄影基地、蒙古包、龙门客栈、小木屋、绿色长廊、芦苇荡、庄稼院等，为旅游者创造了一个迷人的乐园。

卡伦湖似风姿绰约的女子，有着丰富的内涵，令人神往。

卡伦湖的日出日落折叠着历史的一册册画卷，挺拔的树木挂着星光和月色的灯笼。

夜晚躺在金塔饭店的床上，看月亮爬上窗棂，银辉洒满屋内，梦张开羽翼在夜空飞翔。

当仙女粉色的香袖把我从梦中撩醒，跑出屋外看日出，卡伦湖的湖面似仙雾升腾，如梦如幻，似仙女披着神秘的面纱。远方树木山峦都在仙雾笼罩中，湖面似仙女抖动的彩练变换着色彩，令人如醉如痴，钓鱼的人们在钓鱼岛形成一道清晨亮丽风景。

站在罗马石柱广场，迎着五星红旗看日出，太阳似个娇羞的新娘，阳光揭下她神秘的面纱，那一刻激动的心与波浪共舞，不由得张开双臂拥抱万丈光芒。

湖边的一叶小舟、垂钓的人、大堤、湖面、日出组成一幅美丽的画卷，似江南水乡的一枚船票，不禁想起《涛声依旧》那首歌："今天的你我怎样重复昨天的故事，这一张旧船票能否登上你的客船。"情感的弦被拨动，坐在大堤上听涛观浪。春风吹动着湖面，波浪一浪高过一浪，湖面沸腾了，浪花唱起欢乐的歌，几只野鸭水中嬉戏，水鸟在飞翔。将祝福思念系在鸟的翅膀上，"便引诗情到碧霄"。

打鱼的人登上小船撒下渔网，抛出一天的期盼和祈祷，我也踏上渔船，打捞一船快乐时光，湖面跳动着金光闪闪的诗句。

夏季的荷花塘，含苞待放的荷花，有的娇羞欲语，有的完全盛开，婀娜多姿，正是"绿塘摇滟接星津，轧轧兰桡入白蘋。应为洛神波上袜，至今莲蕊有香尘"。

这里的荷虽没有大明湖荷花的温柔，但它有北方荷的野性与豪放，在芦苇荡中摇橹，嗅着荷香，做个采莲女岂不快哉！

坐在蒙古包、小木屋里，约三五知己聊天品茶，听鸟叫虫鸣，谈人生畅未来，一壶老酒喜相逢，弹吉他，对酒当歌，人生几何，青春与天上的星星撞个满怀。一轮圆月挂在树梢，蛙声阵阵，弹奏着夜的和弦，令人陶醉。"举杯邀明月，对影成三人"。

罗马石柱广场的篝火点燃了爱的火焰，人们载歌载舞，彩色喷泉喷射着吉祥和快乐，人们的脸上绽放着幸福的花朵。风儿撩起了夜的裙裾，天上那轮圆月似乎伸手可摸到，"不知天上宫阙，今夕是何年？"坐在大别墅的大红灯笼下听秋虫呢喃，这是一个怎样的夜？这是一个迷人的夜，一个浪漫的夜。

秋季枫叶红了，坐在庄稼院的亭子里，四周是绿色的画屏。诗人们在这吟诗作画，一串串葡萄，点燃爱的红烛。绿色长廊上的一个个葫芦，装有多少唐诗宋词的韵脚，不知哪个是金刚葫芦娃的化身。蝶飞蜂舞，演绎着梁祝之梦。篱笆上的豆角花、爬山虎花织着彩帕。在农家饭庄品尝绿色原生态的食品，吃烀苞米、烀茄子、烀土豆等，有回家的感觉，乡愁绕上心头，想起母亲蒸的黏豆包、小鸡炖蘑菇的味道。鱼肥蟹美，瓜果飘香，诗句如枝头的硕果在秋天的画卷上跳跃。

在龙门客栈做个仗剑闯天涯的侠客，穿越时空，似听见马蹄嗒嗒的声音，是民族不屈精神的吟唱。

森林里的帐篷似一个个大蘑菇，亲朋好友相聚在这，喝酒聊天散步看书小憩，远离城市的喧嚣，远离红尘，这是一个世外桃源。桃花溪里漂着相思的小舟。回眸处，卡伦湖有我的千丝万缕情愫。

卡伦湖的岸边留下我们踏浪追梦的足迹，婚纱摄影基地的椰树，在湖边窃窃私语，一对对情侣好似拖着凤凰的长长的羽翼，携手走过爱的芳草地。

站在湖边远眺，看快艇在湖里冲浪，身后留下长长的白色浪花，似有千堆雪涌起。有时能看到远处经过的高铁列车，天空时有飞机飞过，感叹时代的飞速进步。荷兰风车转动着岁月的沧桑，芦苇荡里的大雁，筑着爱巢。"蒹葭苍苍，白露为霜，所谓伊人，在水一方。"

林间湖泊

刘秀玲

站在南湖岸边，凝望湖水，深邃的湖，水面泛起波光，跳动的鱼群，惊醒一湖睡莲。湖岸垂柳的发丝越来越长，收纳水中的月缺月圆，绿植捧着湖水，给长春的市民们奉上一个天然氧吧。

我最喜欢这天然的大"氧吧"——看似一片水的波纹，树的海洋，其实各有不同，比如岸上的花和水中花就大有不同，当然水中花也相互媲美。比如睡莲总是浮在水面做她的梦，玫红、白色、淡粉、深紫……色彩斑斓，冷艳。而荷花中通外直高于水面，硕大的莲叶簇拥着莲蓬，饱满的花朵在风中娉婷，轻轻摇曳，顷刻间视野占满它们的家族。此时，所谓的养眼便一定是荷花了，如有露珠落在荷叶，那晶莹剔透的美映入眼眸，浸入心田，直抵心灵深处，生动，迷人。它们是莲、是荷，不论睡着还是醒着都这么美，使人流连忘返。

南湖岸边，一株株高大的松树下，有片倾斜的草地。每当我从那里走过，内心都会长出绿荫，仿佛有一只手在触摸我的梦境，辨认我的前生。那是我儿时做过的梦境。

小时候，经常梦见一个小山坡，是长满绿草的山坡，阳光熠熠抚摸着我和草一样稚嫩的年龄。四野寂静，空旷，只有我和长满野草的小山坡，默默彼此相望，内心涌动出一种不可名状的美感……我伫立良久不曾移动半步，只有阳光落地的声音，只有微风徐徐吹来，每一次从梦境中不情愿地醒来，都会反复回味一番，品咂甜蜜。有无数次，我曾四处寻找这个梦境呈现的画面。走过多少名山大川而未果，直到多年后的某个春天，在开车路上，或许第一个等红灯的人溜号，突然停下，促使我也一个急刹车停在路旁，这时，无意中回头看见湖堤上的草坡，竟发现与我儿时的梦境惊人吻合，

我激动得眼睛里溢出泪花。

当我去买第一套属于自己的房子时，有意带着儿子穿过南湖公园，走向那片草地。我和先生在前面走，走着走着，儿子被落后，回头见他匍匐在地上，做着爬山的动作，稚嫩的脸上露出可爱幸福的笑容。此时我们已经走过草堤，无须

攀爬，白桦林间细碎的野花、繁茂的枝叶、零星铺陈的野草随着小路的弯曲向前伸展，大自然赐予柔软富丽的地毯成为一个孩子眼中的小山。这是多么不可思议的事情，此事再未提起，不知可曾做过儿子记忆中童年最美好的片段。

而我那个梦境，也从未向谁说起——就让它成为我埋藏在心底的秘密吧，因为有些感觉一说即破，失去品咂的韵味便再难找回了。

后来，也曾带着母亲来过这里，她头发花白，面容苍老，眼神仍旧像春天般柔和——我们躲过正午的阳光，两个人坐在柳堤上，看静谧的湖水偶起涟漪，看一条条小鱼吐着泡泡浮上来，母亲把朋友送她煲汤的一只乌龟递给我，我把这只同为地球上的生灵轻轻放入湖水。一生善良的母亲露出欣慰的微笑，说："走吧，走吧，尘归尘，土归土，快回到水中去吧。"我们目送乌龟越游越远，直到水面消失了涟漪。那一年的那一天，是我最后一次陪母亲夏日到此纳凉。这也是母亲在世最后一次同我出行，我们之间拥有特别开心的小秘密。

放生虽然是件慈悲美好的事，据说也不能随便实施。湖是湖，海是海，一个是淡水一个是咸水，鱼也有淡水鱼和咸水鱼，乌龟的种类更是繁多，有陆龟、水龟，还有水陆两栖龟，送它们逃生需要考虑它们的生存环境以及生态平衡。那只乌龟究竟跑多远，那片水域它是否可以安家，我不知晓，唯有祈祷。

　　晨雾，一半落在窗里，一半落在窗外，袅袅娜娜地萦绕着，湖面罩上一层薄纱，绵软的空气沁人心脾。无论城内或是城外，森林、湖泊都像只石英钟，准时播报春华秋实。

　　这林间树木，花花草草，虽然没有悠久的历史，却给人带来休闲惬意的幸福，在这钢筋水泥铸造的城市，每个池塘、每一条湖泊、每一座花园都孕育着城市清新美丽的生活。此刻，南湖岸，满世界的露珠晶莹剔透，叶片上、草尖上的露珠闪烁滚动。如同南湖站在城市中央，像颗珍珠，更像水中最圆的月亮。

鹿鸣湖的回响

孙艳波

一

从一潭湖水开始，我爱上了一片地域，爱上了一座城市。

那潭水是鹿鸣湖。高兴时去鹿鸣湖与她分享，苦闷时也去鹿鸣湖与她倾诉衷肠，第一次爱上鹿鸣湖是在那一年的秋天，又一个秋天来了，我必须带着心香去，点燃那幽婉的思念……

深秋，鹿鸣湖的芦苇已经枯黄，在秋风中摇摆着金色的晕团，湖水摄下天的颜色，云朵和周围的树木倒映其中。放眼望去，浩渺的水面波光潋滟，深邃的鹿鸣湖是怎样的一个壮观！

鹿鸣湖的"冷色系"契合了我此时不可名状的悲伤和抑郁。一队鸟儿在湖的上空盘旋，我没有察觉到是悠闲还是急匆匆，我也忽略了有没有鸣叫，是欢欣还是悲伤……我不可名状的心情随着鸟儿翅膀的扇动在上下颠簸着，在颠簸中我的心绪从翅膀的顶端跌入了湖面。

湖中被鱼儿弹起的涟漪渐行渐远地扩散，我望着、想着，感觉心绪被涟漪牢牢地套住了，跟着涟漪飘飘忽忽的。心里已经湿漉漉的，伴随着涟漪一圈一圈蔓延开来。鹿鸣湖似乎给我传递着我该懂的情愫，她洞悉了我此刻的心绪。不知不觉中我心中的淤积被涟漪稀释着，稀释着成了乌有。

文字很轻，清韵却悠长，但愿这长长的音符能够钓起诗的远方和归处。不，我不出行，我让你来鹿鸣湖，我们乘一叶小舟，用手和脚丫当作双桨，晃入芦苇深处，把小舟系在芦苇上，芦苇上有鸟筑的巢。看一昼夜的星跃星隐，听一夜鸟的呢喃。最好有月，让芦苇摇曳出月晕，小舟荡出涟漪蠕动的诗韵……

我深刻地知道鹿鸣湖在我的心底原来是那么地神圣，神圣到了左右我的情绪，继而让我心悦诚服地膜拜。

二

生活恰如在喧嚣中偶遇的一隅清凉之处，伴有芦苇花的清香。为我的勾画着迷，于是想与思念形成了"围城"，让人的身体似乎有了病症，让心变得透明而焦虑，总觉得身心疲惫不堪。生活的烦忧让心情也变得拥挤不堪，我在疲惫中、焦虑中、烦忧中静静地期待一场雨的磅礴而至。今日，踏入鹿鸣湖湿地公园，那意念中的雨突降芦苇荡，我是多么欣喜，雀跃着，心儿飞翔。凉爽而清新的空气，沁人心脾，美啊！爽啊！流连于这绝美之境！鹿鸣湖，我心中的圣湖，你能给我真实的出现，也能给我意念中的再现……

鹿鸣湖给我的不仅仅是欣喜，还添加了一种醉酒的痴迷。犹如捧起了一壶光阴的美酒，浅浅地喝下，继而品着，那一缕醇浓的香停留在唇边，在齿间久久地弥留，我开始彻头彻尾地沉醉了……岁月妩媚地站在秋的门楣边，痴情地看着我，眼神是脉脉的，原来我与深秋的鹿鸣湖是如此缠绵。看着眼前的湖水美得像一块翡翠，在阳光的映射下湖面就像披上了一件金光闪闪的霓裳，美轮美奂……

是啊，我是专门来体味辽源，感受鹿鸣湖，拥抱关东大地的。这样做不是第一次，当我顿悟后每年的秋天都要如此。我渴求鹿鸣湖看我时的痴情眼神，我喜欢辽源宽厚的胸襟对我的抚慰，我更期待关东大地毫不吝啬对我的拥抱。那情，那热切，那勃发的力就是我内心深处的"触点"。

辽源的生态绿水长廊已经架起了人与自然和谐相融的桥，含有湿地文化元素的幽深大泽及湿地百鸟美妙呈现在世人的眼前——游廊千回百转携百态旖旎缱绻……湖畅、水清、岸绿、景美，我秀美的鹿鸣湖啊！

相传很久以前，"鹿鸣湖"是百兽出没的地方，尤其是野鹿居多。湖区内水草丰茂，常有鹿群出没，鹿鸣呦呦。那时候的风也特别大，浪也非常高，呼哩哗啦的响声不绝于耳，加上四周参天大树环绕，大风一刮，湖水深处就会回荡着鹿鸣一般的声音，故称其为"鹿鸣湖"。

想知道鹿鸣湖更早的容貌，在人们的描述和一些资料中得知：以前这里是烂泥塘，周边星罗棋布着 25 处大小不一的水坑，理论上分为河流湿地、湖泊湿地、沼泽湿地和后来的人工湿地。最早这里只有杨树、柳树、落叶松、刺槐、榆树，"人工湿地"开始修建，栽植了五角枫、白桦、梓树、云杉、水曲柳、金叶垂榆、糖槭、王族海棠、无絮垂柳、暴马丁香及各种果树。人类是热爱大自然的，他们的改造也是不凡的，鹿鸣湖经过"人工"的梳妆，森林覆盖占规划范围的 48%，而天然芦苇面积为 26 公顷，怎能不让人爱上这有着美丽传说的鹿鸣湖？不仅仅如此，红嘴鸥、啄木鸟、野鸡、野兔、野鸭、鹤、喜鹊等物种也来这里安家落户，生儿育女。

"成一处风景、留一段历史、传一地文化"——辽源人在原八中大泡子处，建造了一座以生态为主题，集旅游观光、休闲娱乐为一体的矿山湿地主题公园，园内自然是楼层叠，台高耸，亭飞翘，榭庄重。重彩醒目：骑行驿道，那真是水中有景，景如丹青！什么叫生态？让一个诗人能够写出不倦的诗行，让一个画家能够挥起手中的笔恣意泼洒。鹿鸣湖我想作诗了，我想画画了……

三

"水清岸绿鱼翔浅底，辽源的绿水青山正在成为金山银山。"这是辽源人民追求的愿景，我的家乡发生了精彩蝶变，老百姓在"伤疤变成美景、资源变为财富"的过程中，感受着舒适与满足。在辽源人的努力下、挥汗中，鹿鸣湖国家湿地公园建成，总面积862公顷，集中体现"矿山遗产保护、湿地生态保护、森林生态保护、芳香养生、健身运动、农业观光、文化娱乐、科普教育"——辽源的前瞻眼界；树立"矿山、湿地、芳香"的独特形象。民族历史的变迁，从影响深远的满族文化、吉祥福禄的鹿乡文化，到百年传承的煤炭文化，再到历史悠久的关东文化，于我们而言只是存在于浅薄的认识之中，对于其博大的内涵却缺乏全面细致的理解和深层次的领悟。了解了才凸显了辽源人、辽源大地那博大的、绵厚的襟怀。

辽源之美，不仅美在风景，更美在生态文明。围绕"创城"，辽源做足"绿、治、畅、优"四大篇章。鸥舞鸟鸣，勾勒缱绻的故事，不管你是谁，走进鹿鸣湖湿地公园都会感慨万千，而我，虽是无数次地来，无数次地走，依然是自从"顿悟"后的一见倾心，那倾心已经不在表层了，而是深深地根植在了心中留给她的沃野。在这里，我早已迷了魂、醉了心，迟了归家的脚步……

我会浮躁，但我不怕浮躁，每当浮躁时我都会来这里让浮躁的心回归于简单和恬静，这是鹿鸣湖给我的福祉。鹿鸣湖会疗养我的心绪，我能深切感受大自然的和谐之美、生态之美。生活在辽源，我自豪，我骄傲！因为她是我的家乡。

梦幻向海

杜 波

    中国的版图就像一只雄鸡，这只雄鸡傲然屹立在世界东方。而就在雄鸡明亮的"眼睛"位置，镶嵌着一块世界级著名湿地——向海。

    作为吉林八景之一的向海自然保护区位于吉林省通榆县境内，国家4A级旅游景区，1992年我国正式加入《国际湿地公约》。向海还是世界上三大苏打盐碱地之一（另外两个分别是澳大利亚的维多利亚和美国的加利福尼亚），被指定列入《国际重要湿地名录》，还加入"中国人与生物圈保护网"，更是中国六大湿地之首。

    自然孕育了万物，万物却有选择向海的理由。它们在这里繁衍生息，超越了时间与空间，以超乎人们想象的状态生存、发展，终于构造了向海的厚重与精彩。

向海是大自然的一部百科全书，那儿所有的生灵呼吸都是对生命的礼赞，走进向海就是走近生命。

向海是博大的。它的博大，生境多样，沙丘榆林，芦苇沼泽，湖泊水域，多种生物类型相互渗透，灌丛交错相间，不仅仅在于多样性、兼容性，更在于它的多面性、全然性。她海纳万千生灵于一钵，让万千生灵聚于一处，从寻常的各式花草到世上罕见的生物，构成了向海特有的生态景观。

"天不言而四时行，地不语而百物生。"

向海，宽容一切的万物生灵……

香海向海

向海是因香（向）海庙而得名的。历史上，通榆一带是蒙古族王爷哈图可吐的领地，而蒙古族多信仰藏传佛教。据史料记载，清朝初年，有人在向海建了一座喇嘛庙，取名"青海庙"，向海才慢慢热闹起来。传说，公元1784年，乾隆东巡经过这里，将此庙赐名为"福兴寺"，福兴寺内整日香烟缭绕，弥漫如海，故俗称香海庙。其所在地也被当地人称为香海，后来口口相传就错传为向海，后来人们干脆就直接正式命名"向海"，一直到今天。如今这里还留有乾隆"云飞鹤舞，绿野仙踪"的碑文。

已故佛教协会主席赵朴初为其题名为"香海寺"。当年荷兰亲王贝恩哈德来到向海自然保护区观赏后赞誉向海为"人间仙境"。这里也曾被国际鹤类基金会主席乔治·阿基博称赞为"世界的宝地"，还有，时任白城市委书记刘润璞这样赞美向海——"美在自然，贵在原始"。

有一段关于向海的传说。当年玉帝将违犯天条的黑龙贬下凡间，直接落在现在的通榆县一带，但黑龙顾念苍生，年年布云施雨，帮助村民排涝引洪，使向海一代风调雨顺、五谷丰登。它经常化身为黑面书生，到民间访贫问苦，帮助了不少乡亲。乡亲们一直都很感激这位来历不明的黑面书生。后来，天上又被贬下来一条白龙，他与黑龙正好相反，在向海一带为害乡邻，黑龙知道后，立即与白龙厮杀，最后打败了白龙，但黑龙伤重，就在向海当地养伤，后来就在黑龙养伤的地方出现一片沼泽，这就是现在的向海湿地。

天苍苍，野茫茫，风吹草低见牛羊……

远处的生态围栏，给草原筑起道道生命的屏障。那些水域，那些高高的芦苇和蒿草，都是写在眼中的绿，他们在收割仰视的乐章……

在高空中俯视向海，地貌丰富，包括草原、沙漠、湖泊、沼泽、湿地等，向海的水域面积之大让人有种错觉，仿佛真到了大海。成片的芦苇荡在沼泽里生长。这些芦苇长得高大粗壮，迎风而立，当夏季微风吹来，一片碧绿，生机勃勃。而在秋日，翻开这片苍茫的芦花，飘然飞扬，掩盖着多少不可言说的沧桑，那野鸭的鸣叫，含着秋水的凉，不时有慌忙逃窜的野兔、狍子，有成群的山鸡。落霞与孤鹜，在芦苇荡里纠缠，仰头望去，云在飘，鸟在飞。闭眼聆听，仙鹤在鸣，牛羊在叫，一派原始的草原风光，似乎还在翻找千年前的记忆……

向海从一个古老的传说，发展到现实生活中的一个屯、一个村、一个乡、一个自然保护区，这里以保护丹顶鹤等珍稀鸟类和蒙古黄榆等稀有植物群落为主，总面积10余万公顷，西与内蒙古科右中旗接壤，北与洮南相邻。霍林河由保护区南部贯穿东西，额穆泰河自中部流进湿地，湖泽与草甸交织处，沙丘交错叠伏，蒙古黄榆苍枝遒劲，形成了独特的生态景观。

如今，向海保护区内有脊椎动物374种，国家一级保护的大鸨、东方白鹳、黑鹳、丹顶鹤、白鹤、白头鹤、金雕、白肩雕、白尾海雕、虎头海雕等10种珍禽，鸟类总数达293种。候鸟迁徙的时节，每年来向海停歇觅食、繁衍生息的游禽、涉禽等候鸟达几十万只。有野生植物595种，其中药类植物220种。这些动植物在向海安家更加凸显别样的自然景观，一个完整原始的湿地生态系统悄然而生。

水 生 向 海

这世界所有的生命都是因水而存在的，无一例外。

向海也是因水而兴，水对向海来说仿佛血液一般珍贵，对于向海是人人向往的，这里给多少文人墨客以灵感与启迪。诗人葛筱强在《向海湖，或星象之书》中这样描述："向海湖／我要把嘹亮的寂静交给你／把灿烂的平息交给你。"诗人李子良这样写道："我眯起眼睛看向海／月亮嵌在我的耳边／一只丹顶鹤的细腿上／有乌黑的夜色／它舞起的水珠／星辰四溅／溅起夜色中的女人／比水的骨头柔韧／比风穿过芦笛空灵。"

百里向海，百里画廊！在一望无际的向海，用时间和风写成的历史上，一个美丽的转身，让世人惊讶！当阳光穿过树枝洒在草地上，漫步在光影斑驳的草地上，安静且惬意。这一幅幅湿地风景，不是眼睛，灵魂却会在这透明里陷落；不是明镜，日月蓝天却会在这里显影。

俯瞰初夏的向海，地势由西向东微微倾斜，垄状沙丘与垄间洼地交错相间排列，草木葱茏，水鸟翱翔，充沛的水域滋养着这块丰美神奇的湿地，大自然更是把向海造就成既美丽又生机盎然的草原湿地风貌。的确，向海是举世闻名的生灵乐园，鸟的天堂。有数以万计的鸟类云集于此，它们各自优雅的身姿，自由地徜徉在蓝天之下，栖息在丛林之中或游弋在湖水之上，一幅与自然相融相拥的画卷镶嵌在吉林西部。向海这块宝地到处可见碧波荡漾的湖光水色，让这里的沼泽苇荡、草木榆林、蒲草塘孕育出了生命的灵光。

走在景中，亦是境中。晶亮的湖面由浓淡分明延伸到水天相接，碧波森森，水浪层层。一片片芦苇漂荡在水中，倒映一抹翠绿，颤巍巍地抚摸着涟漪。朝霞夕阳，将或浓或淡的色彩洒在水里，清纯亮丽，抑扬顿挫，散板式的抒情，融水天于一色，感知闲云野鹤，感受精神清新与高雅，感悟这散淡而开阔的风貌。而在这一片神秘的水域，清新而凝重，却无法称出它的重量。透彻而恬静，却看不出那缜密的心事。仿佛没有骨感，只有水的嫩色，波光水色之中，会让你心旷神怡。

待双脚立定，放眼四顾，顿觉心胸开阔，昔日的一切烦恼不复存在。在揽海阁瞭望，广阔无垠的湿地仿佛披上一层厚厚的纱衣，每一片草叶在阳光的照耀下都镶上了一道细细的金边。而从幽深的湿地内部，慢慢地飘来一阵细若游丝的歌。远眺湖面，水草丰茂，万鸟翔集，湖泽、沙丘、榆林相映成画，魅力十足，你会不知不觉地进入美妙的遐想中。

东边晴西边雨，或者是隔道无雨，这样的天气在向海是经常出现的，当你头顶是厚厚的云层，但在远处，左边正在下雨，右边却彩霞满天。可曾记得，昔日无人问津的向海湖，经过治理，一跃成为集生态建设、绿色发展为一体的"一池活水"，在这里的一切都是原汁原味生态本色。

当我们畅游在向海湖，散落在向海的鱼不愿拘于水深和黑暗的压迫，挤开浪花，向阳向上。

的确，向海的各种农副产品也是因水而兴旺。比如向海泥湾弱碱米，比如向海的小米、向海的鸭蛋、向海的菇娘儿。还有向海的鱼，味道鲜美的原因是水质无污染，弱碱水中生长的向海野生鱼，被农业部质量安全中心、吉林省水利厅认证为无公害农产品，适口鲜美，声名远播。

其实，向海的变化归根结底还是水的变化，这都要归功于"绿水青山就是金山银山"的发展理念。从 2012 年开始吉林省投资数亿元实施河湖连通工程、退耕还湿工程等措施，让霍林河等三条水系恢复了往日的生机，才又呈现了草茂粮丰、渔兴牧旺、水碧天蓝、人水和谐的美好环境，使得向海的风貌更加自然秀美，为候鸟栖息、保持生物多样性提供必要条件。

鹤 舞 向 海

水和天一样蓝，云像风一样轻。

"鹤之故乡、人间天堂"，鹤乡之前世今生，魂牵梦萦不了情。当你看到这美丽的丹顶鹤，与它对视一定诗如泉涌——

迎阳如歌，扑动的羽翼是艳阳下的彩笔。鹤之起舞，如醍醐灌顶。

翔舞如云帆，横穿于空或顺水而行。

将诗意的畅想与象征的抒情完美地融入，吉林西部多姿的魅力……

那些飞越数千公里到中国北方寻找栖息、繁殖之地的鹤鸟演绎着向海的四季。

当丹顶鹤亮翅在蓝天里，当水鸟游弋在湖面上，当红红的晚霞洒满湖面时，如一幅淡雅的水墨画或水彩画。在此景中的丹顶鹤，就是一群群灵动飘飞的仙子，如此画面，把向海的风物呈现得如此自然天成。

在旅游季的日子里，每天下午3点，在向海名为鹤岛的地方，早已聚集了一大群等待的人们。管理员准时打开铁笼，几十只丹顶鹤争先恐后，腾空而起，时而顾盼回旋，时而欢悦追逐。鸣叫声中，优雅地展现自己美妙的身姿，天空一下变得生动起来。

展翅，滑翔，轻轻一掠，微波荡漾，白翅扑敛在满目夏日的图画中，鹤影在阳光下的水中，幻化成火焰般的光芒……

人们举起手机或相机，欢叫着，跳跃着，体会着《诗经》中"鹤鸣九皋，声闻于天"的情境。是啊，"晴空一鹤排云上，便引诗情到碧霄"，向海的魅力这句诗可是描写得淋漓尽致。

丹顶鹤被称作"湿地之神"，是湿地环境变化最为敏感的指示生物之一。在生存繁殖等活动过程中对生息环境要求十分苛刻。大家都知道，丹顶鹤迁徙的时候，是集体飞翔。它们有很高的警戒性，落在繁殖地觅食时，还有专门的丹顶鹤放哨，类似于"哨兵"的角色，这样比较安全，进食的效率也会提高。

作为世界级珍稀濒危物种，丹顶鹤生活史中的重要一环就是繁殖，是为延续种群所进行的产生后代的生物学过程。成年的丹顶鹤进入繁殖地后，就开始各自寻找领地，进行繁殖，再到迁徙时，所有的鹤又会集群在一起，飞向南方。而到秋天，从繁殖地飞到南方之后，历经一个冬天，再飞回北方的幼年鹤就可以独立了。此时，幼鹤会被成鹤驱赶出去。独立的幼年鹤们开始聚在一起，时间久了之后，通过"跳舞"炫耀，选择伴侣，这样又重新组成了家庭。所以，当我们看到鹤舞的时候，那一定是丹顶鹤开始恋爱，准备组成新家庭的阶段。

在中华文化中，鹤文化内涵极为丰富。鹤在中国古人心中是吉祥之鸟，是高洁、长寿的化身，从早期皇族的陪葬品到古人的生活器皿，从服装纹样到日常用具，还有为人熟知的传统中国画题材，鹤与人类的故事都化作文物上的印痕，总与人们美好期望相伴而生。

向海历来就是我国鹤类的重要繁育之地，千百年来，以向海为代表的中国北方湿地环境滋养着一只又一只、一群又一群的鹤，鹤又滋养着无数文人墨客的诗情和美好期冀，在人与自然的对望中，不断丰富文化的底色与细节。

向 海 榆 林

登高远望，金秋的向海，"绿树掩映的江南水乡长堤"则更像热带海岸的红树林，大量树木"生长"在水里，与青草、湿地相映成趣，相得益彰。而交错在湖泊和草甸之间是起伏的沙丘，在沙丘上长有天然的蒙古榆树林，一年四季中风景变换不同，特别是游览秋季的沙丘黄榆林，如同走入童话般世界。千姿百态的蒙古黄榆树展现在眼前，奇特的树种，奇特的生长姿态，让人倍感惊讶。

那一株株，一簇簇，一排排，一层层，千姿百态，倒影连连，望去满眼苍翠。

有的像古藤盘柱，有的如游龙过江，有的若霸王挥鞭，有的似八仙过海。感觉在这静谧之中，万物都生机盎然，在享受自然。其实，这些树不是耐水、耐盐的红树林，而是耐干旱的蒙古榆树林。

在湿地众多的植物中，"黄榆"最有代表性。

　　黄榆，全称蒙古黄榆。位于通榆县兴隆山镇西南两公里处，景区内有一片至今保护完好的亚洲最大的黄榆林。是亚洲稀有树种，属于榆科、榆属，是天然次生林。蒙古黄榆树枝干千姿百态，恶劣的生存环境使其生长极为缓慢，木质坚硬，"榆木疙瘩，刀劈斧砍，费牛劲了。"蒙古黄榆堪称植物"活化石"，是干旱地区沙丘岗地上特有的树种，是第四纪冰川时期的孑遗物种。据说蒙古黄榆有和胡杨一样的生命特征，千年不死，死了千年不倒，倒了千年不朽。当地人言语中的"榆木"，更多几分坚硬。这个树种，江南没有，高原没有，就连相近的内蒙古大草原也为数不多。

　　关于蒙古黄榆林，也有个传说。说是原来通榆兴隆山常年有沙暴，导致这里不能畜牧也不能耕种，人们生活苦不堪言。后来一位仙人途经此处，看到百姓困苦，心中不忍，遂将手中的龙头拐杖扔下云头，沙丘之上便多了方圆百里的蒙古黄榆林，风沙也随之烟消云散了。

　　阳春三月，别的树种刚刚从梦里醒来，黄榆就早已吐出郁郁葱葱的叶子，引来各种禽鸟在枝头栖息、嬉闹，这一片自然之境的景象，在这里展现得淋漓尽致，榆树如雕塑般矗立在沙丘上、水塘边，成为向海忠实的守护神，有它们的存在才构成向海的天然榆林景观和以黄榆古庙遗址为主的历史遗迹景观。

　　在隆冬时节，呼啸的北风和漫卷的黄沙，一见到它，便驯服地放慢脚步。那弯弯的枝杈、浓密的叶子、遒劲的躯干，千姿百态，向人们讲述着远古的沧桑，展示着生命的顽强。于是我想起那首《致橡树》，那句"我如果爱你，绝不像攀缘的凌霄花，借你的高枝炫耀自己"，是啊！只有这里，向海的沙丘、向海的荒原、向海的沼泽地生长着茁壮的黄榆，用它那不屈的身姿和倔强的生命装饰着向海的本色。

向 海 故 事

向海自然博物馆就是一部向海的百科全书与向海历史的一个缩影。

它始建于 2013 年，建筑外形设计吸收湿地、丹顶鹤等核心元素，建筑总面积 2536 平方米，结合原有的建筑形态，生成融合城市文化与城市记忆的新形象，生动地向游人展示了向海的生物多样性。

博物馆分上下两层，共 4 个展馆：水域林木馆、鱼类馆、鸟类馆、动物馆。展馆内，除了陈列 1000 多件动植物标本的展品，形象逼真，栩栩如生，还大量运用了大型数字沙盘，并采用声光电技术，全息展演系统、沉浸式体验让观者体验现代与原始的交融，有机组成了丰富而直观的室内与室外、虚景与实景、人文与自然、传统与现代相结合的湿地生态和文化景观。通过展馆更加了解读懂保护湿地的现实意义，以及建设美丽中国的深刻内涵。

用光影和生命向世界讲述中国生态保护故事，也是向海故事中精彩的一章。1991 年，由吉林电视台摄制的电视风光片《家在向海》曾一举获得第五届意大利桑迪欧国际生物保护电影节特别奖和国家代表资格奖，并被评为世界年度十佳自然纪录片之一。1992 年，李鹏总理携该片出席了在巴西召开的世界环境与发展首脑会议，从此把向海推向了世界。

电视专题片《向海——活力重生》是 2013 年中央电视台正式启动"美丽中国·湿地行"大型公益活动的一部宣传力作。纪录片《天是鹤家乡》是国内首次以影像形式集中记录生活在中国的 9 种鹤，而向海就有 6 种，这是展示我国近年来，尤其是党的十八大以来鹤类研究和保护的成果，从野生动物保护的角度彰显生态文明建设，揭示人与自然和谐共生的本质，用镜头记录鹤类迁徙、繁育、成长以及它们与人类的故事，用影像展现生命的力量，用喜闻乐见的生态文化形式讲好中国的生态保护故事，曾在央视一套播出。

很多充满浓郁生活气息和深厚土地情结的农村题材影视剧也在向海拍摄，使得向海的发展与时代紧密相连。比如《我的土地我的家》是由吉林省影视剧制作集团、吉林电视台联合出品的 24 集农村现实题材电视剧。电视剧《希望的田野》《美丽的田野》《永远的田野》乡村三部曲都是集中反映广大农民和农村干部与时俱进、锐意进取、坚忍不拔的创业精神。传达的是农民关注自然、保护自然的信息，它不仅仅是"农民的田野"，还是我们大家共同的"田野"，共同的生存之地。这些影片都在向海拍摄并在央视一套黄金时段开播。电影《向海守望者》《向海的故事》，也是在向海拍摄，还有很多名家的摄影展，比如"家在向海——赵俊摄影展""向海之梦——李玉辉摄影展"等，都为宣传向海、宣传生态、宣传民生起到了不可替代的作用，更提升到推进生态文明建设的更高层次。

影像带来关注，关注带来改变。无论是拍摄电视剧还是举办摄影展，向海的文化资源、旅游资源都站在国家和人类的大视野上，让更多的人关注人与自然的和谐共生，去赢得受众，向世界讲述中国的生态保护故事，最能体现人与自然和谐之本，展现人与自然共同构建共融、共生、共促的生态愿景。

微风四起，湖水荡漾，阳光在枝头慢慢沉淀下来，向海，从笔尖到远方……

行吟于她唯美的光芒中，渐渐汇入她声声的涛韵，感受这寂静与恬淡竟是无涯的幸福，而湖水已铺一隅悠悠岁月为宣纸，移莽莽草原于画中。

阅读湿地，让喧嚣于城市的灵魂找到一隅宁静。像我，必须经过洗礼膜拜，才能守望，才会一次次抵达，像生命中奔赴这不朽的约会。

世代生活在向海的人们，至今仍传承着万物有灵、敬畏自然的古老智慧，他们认为一草一木、一虫一鸟的背后，都有神灵的庇佑，对大自然的敬畏造就人与向海和谐共生、万物共荣的景象。

如果人间有仙境，那一定是向海的样子。

在这里，比梦更美；在这里，美比梦深。

蓦然回首

张志宽

　　我的家乡双辽在科尔沁草原的边缘，是游牧文化和农耕文化的交织地。每到春夏之交，长风怒吼、黄沙蔽日，一场连续几天的大风就把农民辛辛苦苦刚刚播种的土地翻个底儿朝天。年复一年，四季轮回。在漫长的发展历程中，农业生产和自然环境始终是"此消彼长"难以两全，在我童年时记忆如此，在我离开家乡几十年后，这样的发展模式依然没有改变。仿佛这就是一种天然定式，一成不变的规律，它像魔咒一样，牢牢束缚住人们的思想和行为。

　　历史总是向前发展，但又不是简单重复。在新世纪曙光初现时，全社会终于迎来了自我发展意识的觉醒——原来农

业可以这样！"绿水青山就是金山银山"的发展理念，也为
我的家乡指明了方向。短短几年、十几年的时间，在我家乡
的周边，竟然有了好几处森林和湿地，有的还被列为国家级
风景区。过去视而不见、任意糟蹋的荒滩荒水，如今成了赖
以生存的屏障。又仿佛一夜之间，一回眸，人与自然又回归
到了和谐共生的原始生态！当然，这一次"回归"带有明显
的"主观故意"，因而动力十足，一发不可收拾，变化之大，
变化之快，变化之决绝，浑然天成，有如神助！这是如我一
样离家多年的"游子"不敢想象又梦寐以求的夙愿。

　　白鹤自然保护区是距离我出生地最近的一片沙滩和盐碱
地，乡镇合并后，我的家已经划归保护区所在地政府管辖。
过去几十年，这里夏天水汪汪，秋天白花花，牛吃羊啃，沙
化盐化无人问津。每到雨季，火车从这里穿过，都要放慢脚
步，赶上汛期发大水还要停运几天。新思路给这片盐碱地带
来了新出路。2014 年，省政府批准设立自然保护区，家乡人
以此为契机，开始对这片湿地加强修复和保护，变水患为水
利，围栏护草，防碱固沙。短短几年时间，保护区已记录到
国家一级保护动物丹顶鹤、黑鹤、灰鹤、白鹤；国家二级保
护动物大雁、天鹅、野鸭、鸥类等珍稀物种以及鱼类和两栖
动物数种。每年白鹤迁徙季节，在这里停歇的有 200 至 500
只，这在我国乃至世界物种保护中，具有重要地位和价值。
看到成群结队在这里停歇嬉戏的珍贵鸟类，家乡人内心无不

藏着喜悦和自豪！

　　一马树森林公园距古城郑家屯仅十公里，是以丰富针叶林资源为依托的城市近郊型森林公园。长双高速公路入口，原来为"双辽东"，现已改成"一马树"，可见家乡人已有显著的生态保护和宣传意识。曾经名不见经传的小小"一马树"，今天已经成为国家4A级旅游景区。公园占地13500亩，森林覆盖率达95.7%。家人告诉我，园内动植物丰富，针、阔、乔、灌各类植物遍布其中，30余种野生动物在此繁衍生息。公园内有以森林氧吧、森林浴场、动物园、植物园、采摘园为主体的休闲区；有以滑索、沙地摩托、CS野战等十余个项目为主的游乐区；有以农家风味菜肴、乡野垂钓、田园农活体验乡土气息浓郁的农家乐景区；有以"篝火晚会"为载体的民族歌舞表演，独具民族风味的"烤全羊""风干牛肉"等蒙古族民俗风景区；有以观赏科尔沁沙地原始地貌、沙地探险、沙滩娱乐为主的白沙沱景区。如此美妙去处，让我对春暖花开有了更急切的期盼。

　　架树台湖国家级湿地公园，是我二姑姥的家乡，距离我家不到二十公里。年少时，我曾无数次往返其间。二姑姥一家人对我家极好，我的婶母就是二姑姥做的媒，我也曾被二姑姥家人推荐到农场文工团，只是因为政审不过关作罢。20世纪70年代中期，我家翻盖老宅，二姑姥一家人冬初时节冒着寒凉，在架树台湖里穿水袄为我家割芦苇。芦苇虽然不

是稀罕物，但我的老家没有，用芦苇盖房顶温暖了我家一个
又一个寒冬！早年的架树台湖，人们没有保护意识，随意捕
捞，围湖造田，水草生态被严重破坏。2016年国家林业局批
准设立架树台湖湿地公园，双辽市政府以"世界湿地日""爱
鸟周""野生动物保护宣传月"为载体，大力宣传法律法规，
传播生态文明理念，退耕还湖，蓄水养苇。几年时间，架树
台湖已现"沙鸥翔集，锦鳞游泳。岸芷汀兰，郁郁青青"生
态景象。在湿地迁徙停歇的鸟的种类和数量逐年增多，其中
大天鹅、豆雁数量达千只以上，白鹤、丹顶鹤、东方白鹤数
百只。今年还新发现国家一级重点保护濒危鸟类白头鹤四
只。土地的回馈永远都是无比丰厚的，它不计前嫌，一如母
亲对儿女的鲁莽和过错总是给予原谅，且毫无保留地倾其所
有。二姑姥泉下有知，看到今日家乡生态美景，也一定深感
欣慰！

　　保护区、森林公园和湿地的建立，极大改变了家乡西部
的生态环境。过去十年九旱，近些年，年年丰产丰收。曾经
祖祖辈辈只知道向土地索取的庄稼人，面对朝夕相处的山山
水水，竟然第一次知道了这就是湿地，这就是氧吧，这就是
生态，这荒山、荒滩、荒水居然有灵性和神通，不仅能生产
粮食，还能生产新鲜空气，还能带来风调雨顺，这不能不说
是农耕文明的巨大进步！

　　农耕文明也促进了城市文明，城乡联动、文明互动是家

乡发展的又一大特色。这让我想起了三十五年前的一桩往事：那年朋友想来郑家屯办学，托我回乡帮助考察一下环境和校址。那时的县城还很落后，街路坑坑洼洼，三轮车携带风沙满街乱跑，女人头裹纱巾，男人脸戴风镜，出门一身土，下雨一身泥。我辜负了朋友之托，也愧对家乡无以为报。2016年，县政府下决心取缔了城市乱象之首的三轮车，并以此为契机，大力开展环境整治。拓街开路，植花种草，立灯挂线点亮城市夜空。围绕城市周边植树造林，防风固沙，环境治理与生态建设相辅相成。在城市中心相继建成了郑家屯公园、辽河体育公园、七星湖公园和商业步行街，提升城市品位，重塑城市形象。经过几年的不懈努力，古城面貌焕然一新！环境改变了，人的精神面貌也随之改变。如今，秧歌舞、广场舞、地方戏曲演艺成为小城人业余生活的主基调，我的哥哥也由皮影戏末代班主成为"百花芬芳"艺术团的领衔和主唱。2022年，双辽市在全省文明城市创建中，以综合评分全省第一的成绩获得"吉林省文明城市"荣誉称号。

小镇再一次焕发青春，哥哥姐姐都已举家搬到城里，父母也于六年前从省城搬回小城居住。家乡正以生态和谐、环境优美、生活便利、诚实信誉的文明姿态呼唤游子回归！

飘然如带的母亲河

高剑维

仲秋之夜，我和妻相约到伊通河畔走走。此时暮色渐浓，晚风习习，伊通河畔已是华灯初上，衬着河边柳枝金黄，映在浅波如皱的河水中，竟有诗句难以描述的意境。

"伊通河变得真美呀！"妻不由得感慨。

是啊，我和妻已经很长时间没来过伊通河畔，虽然这条河就在离居所三公里处。常常忙于工作，妻子约了几次，都无暇顾及，这一次如约而行，才发现伊通河的变化如此之大。

我头脑中如闪影般飞渡，还是在三十三年前，我参军入伍来到长春，军营就驻在伊通河上游不远的地方，每有闲暇，觅水而嬉，常到伊通河边走走转转。然而，那时的伊通河完全是一副"原始"的模样，河岸两旁杂草丛生、碎石遍布，河床上一条"走的人多了"踏出来的小路，更是坑洼不平，走起路来需左倾右摆把握好平衡才行。河水更是污染严重，污浊的水体中混杂着说不出的颜色，隐隐散发着腐臭的味道。每到秋季来临，浮萍泛滥生长，一些不知名的漂浮生物称霸了整个河道，严格点儿说，它不是一条河，而是像极了野蛮生长的"臭水沟"。

也就是从那时开始，我对伊通河产生了不好的印象。

那年，我在老家谈了恋爱，后来妻随军来到长春，暂居在东岭南街伊通河畔，记得那时最大的愿望就是搬离伊通河边，到市中心买一处住所。几年后，如愿以偿，我们终于搬离了伊通河边，这才使我心中对一条河的纠结有个了断。

作为一个久居长春的都市外乡人，多少年之后，早已把第二故乡变成了家乡，我对长春唯一的母亲河的兴趣也越发浓厚起来。从诸多的书籍资料里得知，这条曾被我嫌弃的伊通河，也有过辉煌的历史。

伊通河是满语称谓，意为"波涛汹涌的大河"，古时称益裼水、易屯河，明代时称一秃河、一统河，清代时叫伊敦河，皆为古女真语的音译。她发源于伊通县境内哈达岭山脉青顶子山北麓，属松花江流域饮马河水系的一条支流，曲曲折折流经磐石、伊通、长春、农安和德惠五个县市，至农安县靠山屯东注入饮马河归入松花江，全长 343.5 公里。

在中国偌大的版图上，三百多公里长的河流不计其数，甚至在中国地图上，很难找到这条河流经的踪迹，但打开长春的版图，才发现这条贯穿长春市区的河，有如玉色飘带一般绕于春城腰际。沿着地图所指向河的上游和下游追溯，伊通河所经的五个区域，均为种粮高产大区，也难怪，史料中记载，伊通河曾是运送粮食的漕运"航道"。1685年，清康熙帝为收复领土，发起了雅克萨之战，当时许多运粮船就是从吉林大地出发，通过伊通河、松花江再到黑龙江，源源不断将军粮输送到前线，也因此成就了清政府对入侵俄军所进行的两次围歼战，成为可以写入历史的对俄自卫反击战。

除了以漕运承担军事补给线之外，伊通河还是一条商运航道，当年的长春，以"豆城"著称于世，通过伊通河将大豆销往各地。那时伊通河的水盛，极盛之时，中游河宽可达三百多米，"沿河两岸林密如壁，水清见底，游鱼如梭"（《满洲地志》），水深丈余，可行驶"三丈五尺的大船"，宽广的河道波翻浪涌，一条条大船自上游至下游挤满河道，船头舫尾相接，艄公号子声声，漕运途经春城之地，必是商贾云集、商铺开张大卖之时——想象数百年前伊通河上异常繁忙的历史场景，怎能不叫人感慨万分！

然而，历史有如伊通河水般起起伏伏，时光流转到清道光年间，伊通河水量锐减，浅滩显露，此后再无法通航漕运。

1800年，长春设治后，大量移民涌来，以耕种为生的人们临水而居，垦荒拓土，伐木刈草，森林草原风光不再。修纂于1928年的《长春县志资料》记载，长春"向无森林"，城市及周边所存的高大树木，仅仅是大户人家或墓地为以壮观瞻而栽种的，而河干、边壕栽种的柳条，已随着土地开垦而消失，伊通河上游茂密森林的蓄水功能受到严重破坏，地表植被大幅减少，不仅不能涵养河流水源，还导致泥沙增加，河床淤积，这使得伊通河不仅无法航运，而且失了当年的繁华景象。

此后的一百余年中，伊通河成了一条"灾河"，从1865年到1985年的120年间，共发生洪涝灾害38次，其中对城区危害较大的有5次，可见，温柔如许滋润着一座城市、养育了一方人民的母亲河，也有不顺心发发脾气的时候。

历史如航运之船，总在挥楫奋起中破浪前行。随着新中国的建立，伊通河的建设与治理逐次推进，在重视农业的20世纪五六十年代，分别修建了新立城水库和寿山水库。改革开放后，河上的桥梁不断增多，伊通河堤坝也持续修建起来，而且越来越远地向上游和下游延伸，特别是2016年启动的伊通河综合治理工程，彻底解决了水污染、水环境质量问题。

仅仅几年的光景，当年的"丑小鸭"已然完成蜕变，成了高贵的"白天鹅"。沿河而行，芳草长堤、野花烂漫、静荷映照、鱼游浅底，所到之处满目风景，除了沿河景观带外，北海湿地、南溪湿地、北湖湿地更是城市里一道秀美的风景线，成为摄影爱好者竞逐的打卡胜地和市民休闲娱乐的好去处。

谁曾想到，在我搬离伊通河边的二十多年间，已是天翻地覆、换了人间。

"快看，野鸭子，那么多！"妻子的一阵惊呼打断了我的思绪，顺着她手指的方向望去，河水中有如再现百年前航运时的热闹景象一般，一大群野鸭，还有更多种类的水鸟，轻松自在地嬉戏在水中，有的两两相依，有的扑打着翅膀正划水起飞，有的扎进水中觅食鱼类……而在岸边，此时，扭秧歌、跳舞、唱歌休闲的人渐多起来，散步的人也边走边谈论着什么，河边垂钓的人则紧盯着水面，生怕漏掉潜心等待的鱼儿……看着人与水鸟共享的这片水域和天空，心中不由生起感慨：自然与人类的和谐共处，是多么惬意和美好的事情啊！

"河边太美了，咱们在这边买处房子吧，老了到这边养老。"妻说。

妻子的话正合了我的心思，"定居伊通河畔"成了我和妻共同的心愿。伊通河，从"弃儿"变"宠儿"，我敢说，是我见证了这条河从青涩走向成熟的，我相信，她一定会伴随着长春的发展，走向天更蓝、水更清、人更靓的生态大美。

伊通河，飘然如带的母亲河，我愿伴你一路成长。

圣水湖畔

李万彬

如果说查干湖以"冰湖腾鱼"誉满神州,那么"冬网捕鱼"吉尼斯世界纪录,更让"圣水渔猎"名扬全球。

查干湖亦称圣水湖,查干是蒙语,为"白色、圣洁"之意。传统的民族风俗、古朴的典雅建筑和神奇的渔猎文化,足以让人们心驰神往……

秋风送爽

长风万里送秋雁,云中谁寄锦书来。

清晨,乡间小路,宁静、清爽;苇塘、湿地片片连绵;

淡淡云雾浮泛绿地田野之上。忽然，高空传来了由弱渐强的雁鸣声，穿透薄雾，在我耳畔回荡，抬头仰望，一群大雁从北方飞来，一字形排开，越过头顶，向南方飞去，有序变换着阵容，片刻又形成了人字形……我举目送它们远行，直至了无踪影。

田野里，红彤彤的高粱和黄艳艳的稻谷，映衬着层层叠叠妖娆耀眼的晨光。

此时，隐隐约约又传来节奏感极强、酷似鹤鸣的声音，顺声音寻望，在前方稻田里的"磕头机"方向。我小心翼翼，缓步移近。随即，我恍然大悟，原来是"磕头机"采油时发出的声音。驻足环视，仔细倾听：漫野田园的不同方向，仍有大小不同、强弱不一的"鹤鸣声"接踵而来，声音此起彼伏、连绵蔓延。

漫野独行，只为这声声陶醉。在绝妙的大自然中行走，心情也越发愉悦了。据油田师傅说，这种声音是抽油机正常工作，如果不发声，就是机身故障、患病怠工了，于是检修人员就像医生一样，立即前往诊治。绝美的声音让自然界充满奇妙，也展示出石油工人的智慧与博大情怀。

漫无边际的抽油机遍布四野，吊杆有节奏地起落，伴随鹤鸣一样的声音，仿佛一个个跳跃的音符，在空前庞大的广阔天地，弹奏起一首首曼妙的采油进行曲。

在新立乡，几位热心的老大姐将我团团围住，得知我独

301

行前往二十里外的查干湖，惊诧得流露出异样目光，纷纷表现出我的"一意孤行"让她们难以理解。至今我都不能忘记她们一句句嘘寒问暖的话语和一个个无微不至的关怀。她们浓浓的乡情，让我更加眷恋这片沃土。老大姐们淳朴的关爱，仿佛一路吹来的清爽微风，给氧般让我不知疲倦。新立乡连着东北至西南的圣水湖大路。旅游大巴车、私人自驾车和三三两两的骑行侠接二连三从我身旁呼啸而过。川流不息的大小车辆，犹如彩笔般为曼妙的田园描绘了一抹又一抹亮丽色彩。

民 俗 古 韵

几去苍山岁月流，渔家海上度春秋。

乡路上，巧遇一列迎亲队伍，红蓝耀眼的蒙袍服饰，彰显出民族韵味。蒙古族婚俗是传统、别致的，在这日新月异的时代，草原牧民的男婚女嫁仪式也已今非昔比。过去骑高头大马迎亲，如今演绎成越野车开道，豪华车随行；过去的婚房蒙古包，现在成了高楼大厦；过去迎亲队伍到达后，新郎点香、敬酒、磕头，蒙古包内悠扬的歌声，也随之一涌而出：

鸿雁展翅飞向南方，
芳草低头躲秋凉，

含泪告别阿爸阿妈，

孩儿出嫁到远方。

云雾缭绕在草原上，

秋风吹来花凄凉，

含泪告别众乡亲，

今日出嫁到他乡。

新娘在送亲队伍护送下伴随《送亲歌》启程。途中，男女双方尽情催马奔驰、相互追逐……如今的婚礼现场，虽然看不到男女青年纵马嬉逐的画面，却依然洋溢着传统的民族风韵。

妙音寺村，那组图文并茂的宣传栏前，一名老者正为几位旅游者讲解查干湖冬捕趣事。于是，我也跟随他们，听老者有声有色地讲述：渔猎文化兴盛于辽金时期。祭湖醒网，是冬捕时一大传奇。古时，醒网仪式开始，身穿蒙古长袍的渔把头，虔诚地跪在冰面上，用左手端起盛满奶酒的木碗，面对湖面诵祭湖词，再用右手中指蘸酒，向上弹以示敬天，朝下弹表示敬地，然后将酒倒入冰洞。而后，蒙古族姑娘为渔工献奶干、炒米饱肚，敬壮行酒。紧接着渔工们开始凿冰破洞，穿杆下网，百余米大网一字排开。马拉绞盘转动，大网从冰下拉出，大大小小的游鱼争相跃出，宏伟的场面，蔚为壮观。2009 年查干湖冬捕，曾单网捕鱼 16.8 万斤，创造了吉尼斯世界纪录。此后又多次打破这项纪录。传统的渔猎文化，听得我兴奋不已。

妙音寺村最富传奇色彩的还属藏汉蒙结合、中轴式对称的古建筑——妙因寺。妙因寺原名妙音寺，于1755年建成，旧址在妙音寺村地界，就是老者讲故事的那个村。传说，清朝末期，历经百年的妙音寺已经残破不堪。当时，北京雍和宫一位高僧，一天夜里梦见查干湖下流淌着一条河，水源是从长白山和大兴安岭中喷涌而出的泉水汇流而来。河水清澈、神鱼畅游，两岸金山连绵、银山缠绕，波光相映。一幅地下长河与天上银河遥相呼应的画面成像梦中。次日，这位高僧便动身赶往查干湖，刚到此地，就被眼前的鱼跃、耳畔的鸟鸣所惊愕，眺望敖包山，宛若一条长龙横卧。这块吉祥宝地梦境般存在着。这不正是美妙绝伦的仙境吗？此后，妙音寺迁移至此，更名"妙因寺"。传说虽离奇无从考证，但新址殿堂已于2002年重新修缮。妙因寺依湖而立，湖光香绕，鸟鸣荷馨。无论是清晨冉冉升起的朝霞，还是傍晚夕阳西下的余晖，竭尽全力照耀着查干湖，折射出祥和的万丈光芒，映衬得妙因殿堂更加金碧辉煌。

查干湖畔，又一座古典建筑王爷府，展现眼前。

郭尔罗斯王府原址，位于前郭县哈拉毛都镇，有"世外桃源""朔北花园"的美誉。1946年"土改"时期被毁，2006年按郭尔罗斯前旗末代旗王原府址，异地恢复重建。以四合院为单元，六进六出，布展按史料复原，是一幢博大、豪华的宫殿式府宅。家具陈设、文物、绘彩……宛若历史原貌再现。

丰醉弥乡

玉米秋成晒满场，长杨丛立守其旁。

北方的9月，虽然是秋季，昼间仍保留着夏季的炎热，晨的清凉不见了踪影。傍晚的夕阳穿过云层奔涌着冲散薄雾。一缕缕霞光洒耀田野。妙趣横生的田野，任我信马由缰。不经意间跟随在几头老牛后面走进村子，设身处地体验了"走在乡间的小路上，暮归的老牛是我同伴"歌曲中的惬意。村民们忙碌着秋收，堆得像小山一样的玉米棒一车车从地里运出，然而，这一切又淹没在拖拉机"哒哒哒"的行驶之中。

一位村民老哥在地头往四轮车里装花生，我忙举起相机对准他拍照。老哥停下手中的活计，递给我两串粘着黄土的花生秧，秧上面坠满沉甸甸、黄澄澄粒大饱满的花生，他风趣地说："尝尝，纯绿色的！"我伸出双手去接，淳朴的乡情，传递给我深深的感动。

村子里，好多庄户人家，院子中都堆满了玉米棒。男女老少齐上阵。剥玉米的机器运转着，玉米粒直接进入袋子，袋子装满自动封口后，又沿着滚动的传送带码入拖斗车箱。

剥粒、封袋、装车，自动化设备一气呵成，全家人仍忙碌得不亦乐乎。还有好多老乡家的玉米已经剥成颗粒，散晒在自家的院子里。我斜卧玉米粒旁小憩，沐浴夕阳的余晖，分享丰收的喜悦。

无意中来到了"田支书家"的房屋后，几间大房屋在长方形院落的一侧。房前是电视剧中看到的那棵树干奇异的老山楂树，树旁，也是金灿灿堆成小山的玉米。院子最前面，一簇簇芦苇随风摇曳着，几名身着五颜六色冲锋衣的年轻游客，在苇丛中颔首弯腰捉迷藏。

房屋后院，相对小一些，长满了大大圆圆的青萝卜，一颗颗奋力拱出地面，长势喜人。好多人在田支书家房前屋后的院子里流连忘返。我脑海中也存入了许多挥之不去的记忆。

在查干大地，我常常担心自己会遗漏掉一些美好场景和难忘瞬间。因为慕名而来，只为一睹千奇百艳的美景为快。

云 淡 风 轻

悠悠波中荡，难得此心闲。

顺着田支书家房后的小路右拐，直通影视基地——圣水湖畔。首先映入眼帘的就是因拍摄电视剧而闻名全国的黄村主任家、马莲家、黄老实小卖店和爱情桥。

黄主任家，三间大砖房，外墙瓷砖贴面，室内高档实木真皮沙发、大彩电；马莲家，房屋是裸露的红砖墙，屋内摆放着散了架子的桌椅，最昂贵的家用电器是那台巴掌大的半导体。村干部与村民的生活环境，多少还是有些区别。

爱情桥边，停靠着一条小船。湖水中，蒲棒草下，几只肥胖的大灰鸭在湖面戏水。岸边，几十只白色、黑灰色的鸭子正悠闲地晒太阳。离鸭群不远的狗窝前，趴着一条竖起耳朵的大黑狗，正"狗"视眈眈地盯着我。我怯怯地试探接近鸭群，打算撵鸭子们去湖中戏水，当我经过狗窝旁，大黑狗猛然站立，然后乖乖退到狗窝后面，怯怯地用眼斜瞄着我，那提防的眼神，好像我会对它发起猛烈攻击似的。我悬到嗓子眼儿的心，瞬间回落。我毫无顾忌地走过去轰起群鸭。肥胖的鸭子们一踮一踮摇摆着虫子般朝桥那边蠕动，懒洋洋、蠢乎乎的。看得出"一大家"鸭子们也在这得天独厚的环境里养尊处优，"堕落"在无忧无虑的"天伦之乐"中。

此时，我在湖边简单吃了些自带的食物。清理完食品垃圾，便准备动身去南湖湿地。一位工作人员走过来，对我说："谢谢你！你是徒步来的，还将垃圾收拾干净放入背包带走，不像那几个人，开着豪车，还乱丢垃圾，真与他们的身份不符。"边说边朝宝马车方向一努嘴。我笑了笑，没有言语。他又揶揄地感叹："他们真是浪费！肉罐头都扔掉了，真可惜！可是，有钱也得有公德呀！也不能破坏环境呀！唉！有钱人就可以满不在乎乱丢垃圾吗？"虽然是句玩笑，我却笑不出声来。接着他又自言自语：践踏环境的闲情逸致不配游山玩水，岂能云游四方？我虽未随声附和，但还是赞同他的观点。我想旅游者更得"三思而行"。

从影视基地去南湖湿地，在南湖大路右侧有一条杨树林带，叶子金黄洒满大地，笔直的树干挺拔冲天，长长地整齐排列着，向高空仰望，仿佛一线延伸至天边。路上，依然有迎面而来的自驾车停在我身旁，询问圣水湖的游览路线……又一辆在我前方减速的红旗车驶来，没等停稳，我就朝着影视基地方向一指，司机顿时明白了他想去的方向。在游玩中能够为他人做向导，也是一件非常愉快的事情。假日风情万种，此时旅况千般。

尾　声

圣水湖畔徜徉，陶醉的是悦人景色，回味的是难忘记忆。

有人这样赞美：牛羊成群是她如诗的俊美画卷；奶酒飘香是她古朴的蒙古风情；渔歌唱晚是她独具的自然景观。

夕阳渐渐，秋霜淡淡，寒凉丝丝落落，青山不理人间事，绿水不问人间情。

展望湖光山色，赋予我抒笔情怀！

水 润 春 城

张吉萍

一湾碧水绕春城

美丽的伊通河，你是家乡的河、母亲的河，在长春大地上奔涌向前。你从历史的深处走来，流经了多少岁月和人生。

无数的辗转和起伏，在你不息的水波荡漾中，演绎着通向繁荣和幸福的努力和搏击。

还记得20世纪80年代，推土机的隆隆声、搅拌机的轰鸣声、装卸工的喧嚣声打破了这里多年的沉寂。新鲜的血液在你的身体里流淌。河堤高筑，几代人的希望，几千人的汗水，凝聚成了你固若金汤的臂膀。岸边的那些杨柳，一天天长高，城市也变得一天比一天繁华。

智慧的长春人，从未停歇清淤治理的脚步。他们雕琢时光，打磨岁月，承生态修复理念，风雨兼程。勤劳的长春人，一次次用汗水给你敷上面膜。如今，伊通河被打造成一条绿色宜居的生态轴，两岸标志性的景观、建筑如雨后春笋破土而出。沿河游览，栈道回环，游人穿行在湿地中，感受着周围的风景；生态公园里植被、水塘、组合成疏朗的田园背景；锄头、石磨等耕作和生活用具，向人们诉说着这块土地上农业的发展历程；民族风情园，更是展现了吉林省多民族团结交融的历史印记。

你美得大气，美得和谐。步移景易、意趣丰富。碧水蓝天、花草掩映，这里的水质和环境一天比一天好。一条清凌凌的河水，吸引了野鸭、红嘴鸥、方白鹭等候鸟的光临，它们或悠然漫步，或水中嬉戏，成了伊通河一道独特的风景。

你是一幅流动的风景画。春来，冰消雪融，绿柳红花。榆叶梅竞开的回忆岛，就像你怀抱中活泼可爱、衣袂飘飘的公主，天蓝水阔，粉面妖娆。夏至，喷泉如注，碎玉飞花，俨然一群淘气的娃娃，充满快乐和欢喜。绿树成荫的日子里，你敞开怀抱，拥抱四方消夏避暑的游子。枫叶如丹之际，两岸的树木又举起缤纷的旗帜迎接秋的回归。你着一件五彩的秋衣，用无私的滋养，为沿岸农民捧出丰收的果实。一株株

沉甸甸、黄灿灿的稻穗，谦逊地低垂着，向人们展示着这片
土地的丰腴与肥沃。田地里，农民们忙着收割、脱粒、搬运
稻谷，处处洋溢着的丰收景象，美不胜收。此刻，你犹如一
条碧纱，蜿蜒飘过，显示出别样的韵味。冬日里，朔风凛冽，
冰雕林立，雾凇戏雪，你又化作一条洁白的哈达，赐福春城
百姓。

　　白日里赏你，水榭曲桥，长廊环绕，青苔茵茵，让人流
连忘返。夜幕下观你，伊通河中段流光溢彩，灯照着水，水
映着灯。七彩的水柱，充满了迷幻的色彩，如烟似雾，宛若
一曲美妙的赞歌，在蓝天碧水间吟哦春城美好的生活。璀璨
的灯火，迷离的水岸，宛若优美的旋律，抑扬顿挫，婉转悠
扬。

　　万木竞秀，百草丰茂，你就像一个天然的大氧吧，呵护
着你的子民。漫步河边，随处可见鹤发童颜的老人、携手相
偎的爱侣、天真活泼的孩子。行走的人、葳蕤的草、静静的
河，到处都洋溢着生机和活力。茶余饭后，人们在林间谈笑，
在树下读书，在路边游戏，这些可爱的人，在你的怀抱里尽
享生活之美。夕阳下，市民们走出家门，来到你身边锻炼身
体、休闲散步。清澈的河水、徐徐的晚风、美丽的湿地，组
合成一幅爱河护河、水清岸绿、生态宜居的美好画卷。

　　每次徜徉在你的身旁，我仿佛听见了你的笑声，看见了
你灿烂的笑容焕发出青春的神采飞扬。而今我已步入中年，

可你的肌肤却越来越光洁细腻。清清的水，游动的鱼，仿佛一夜间，你就恢复了少女的清纯。岸上的凉亭还那么年轻，花草才刚出襁褓，杨柳还那么生机勃勃，你流到哪里，哪里便是一片美丽、一片芳华。你早已经与我们的生活息息相关！

你知道吗？就在昨天，我还淘气地看着你怀中的涟漪。真想掬一捧清水咽下，可当我触摸到你的体温，我还是放弃了。我怕你嗔怪我如此的年龄竟然还少不更事。就在昨天，我在林间小坐时，竟然看到一个刚刚学步的孩子，蹒跚着把手中的雪糕袋吃力地放进和她差不多高的垃圾箱里，这看似平常的举动不正是春城人民美好品质的传承？那一刻，风轻、水柔；那一刻，泥土的清香和野草的味道，都化作了最美的褒奖。

碧野岸葱茏，河阔水清鱼遨游。每每驻足于岸边，望一眼宽阔河面，汩汩乡愁潜入梦；品一口伊通河水，淡淡乡情汇成诗。你轻轻浅浅的吟唱，就像母亲的摇篮曲，呵护着长春的成长、繁荣、安康。

人们常说，一个地方没有水，就没有了灵魂。美丽的伊通河，水岸相依，就像嵌在城中的一条碧玉，在春城人智慧的双手中精心规划、精细雕琢，以一袭崭新的盛装铺展出优雅、端庄，惠泽春城。

北湖，我的梦里江南

"游湖借伞"，给西湖赋予了太多的神秘色彩；西湖十景，又让杭州中外驰名。那柳、那堤、那水、那岸、那游船，总是让我魂牵梦萦、浮想联翩。然而，那终是江南，终是以一袭撩人的身姿美丽于我的故乡之外。

我的故乡在长春。这里虽然是北方，但南、北二湖却以别样的江南风景旖旎于春城的怀抱，吸引着中外游人。

暑假期间，去长春北湖小游。广场上彩旗飘扬，迎送着八方游客；路两边绿草茵茵，雕像林立。转弯处，一片片花海扑入眼帘。桥有几座，或如虹而卧，或曲折回环，桥上有亭遮阳，亭下有椅休憩。路有多条，绿荫掩映，曲径通幽处，荷花镜里香。

绕湖一周，转向正门。距大门左侧百余米，有几座似亭若伞的白色建筑。拾阶而上，漫步其间，忽然一排台阶豁然于我的眼前——一幅梦中沉醉了很久的江南风景惊艳了我的双眼。顷刻间，我所有的情愫都在一场梦中徘徊。

这里面积不大，水岸相依，船水相偎。那船、那岸、那码头，一如那一世的邂逅，蓦然在我的眼前铺展开来。

寂然立于岸上。静水流殇，船泊悠然。从岸到船，那仅有的九个台阶啊，与我，却似乎隔了几世。冥冥中，我似乎追随着一种内心的呼唤，来到北湖的一隅。船依旧是船，只是朱颜暗淡；水依然是水，只是无了波澜。一切都在，一如前世的翻版；一切又散若云烟，只是一幅重新着色的老照片。

这里的天悠闲地蓝着，这里的草悠闲地长着。那情、那景、那空气，一如那一世的相逢，一帧帧浮现在我的脑海里。

草色青青，水映蓝天。只是不知道那一湾清水可载了清照的几世悠然，泊了淑真的几世缠绵？几次梦回江南，醉了风，醉了景，醉了心。此刻邂逅北湖，船虽然是北方的船，水虽然是北方的水，但在这样的山水中，我仿佛看到《漱玉词》中氤氲的梦境，《断肠集》里香染的流年。

沿阶而下，水中的倒影又把我的思绪拉回到从前。多年前，我一袭素衫、一把雨伞，辗转于江南的岸边。草色渐行渐远还生，无边雨丝淋愁。柳丝垂金，满城飘絮，香囊里的那颗红豆却从春睡到了秋。山也遥遥，水也遥遥，片片雪花染白了一阕清愁。

这一天，我一袭红装，在晴空下立于北湖的水岸。形只影单，盛开着独自的粲然，纵有千般色彩，也只能独自凋零。此时的北湖啊，蓝天依旧，草儿葳蕤，只是无人知道那船泊了多少往事、多少无奈，无人晓得那老去的莲子，是否还记得三生石前那一抹倾城的浅笑？

剪一抹夏日的嫣然，行于北湖。踏着褪了色的石板，立于湖岸。循着一念执着，微倚栏杆，轻捻一世碎念。清凌凌的北湖水啊，可否淡了"三瘦词人"的牵挂？凉爽爽的北湖风啊，可否散了"红艳诗人"的誓言？轮回的路上，为了静候这曾经的风景，我宁愿在忘川河里再等千年，不悲、不喜、无怨。

水边伊人垂泪，终不见当年明月；岸边游船画舫，几度梦里江南。曾经刻进心底的地不老天不荒，终究敌不过流年。

一阵微风吹动我的裙角，似乎在嘲弄我的沉醉忘情。如果说长春的南湖是一位情窦初开的少女，美得细腻、优雅，那么此时的北湖则如一位豆蔻年华的少女，自然、清新，略带一丝娇羞成长着。北湖的船，像极了江南的船；北湖的景，像极了江南的景。那渡口、游船，那一泓碧水、一片蓝天，宛若一幅江南画卷，恬静、温婉。

北湖，是唐诗里走失的韵脚，是宋词里遗落的婉约。一座座雕像，犹如活泼的标点，镶嵌在北湖的文集中，不需文字，自成诗篇；游船、水岸，穿过千年的风雨，在北国春城书写着一阕清丽的平仄。凝眸处，仿佛已是绿柳拂堤雨如烟，舟行碧波伞入莲。

这是北湖，宛如我梦里诗风词韵的江南。

冰雪净月遣乡愁

净月潭位于长春市东南部。一潭碧水、满山松涛，你的名字早已经成了长春的一张名片。

　　至今我还记得那一天，寒风中由于晕车呕吐而导致的苍白、瑟缩，望见阳光中端庄、素雅的你，顷刻间心旷神怡。那一刻，你耀目的明媚驱散了我旅途的疲惫，所有的守望，终于再不需归期。我站在远处，努力地调匀呼吸，认真地整理好服饰，似乎任何一点点的匆忙与喧嚣都是对你的不敬。我摘掉了帽子和手套，轻轻地走近你。没有寒冷，只是想更好地感受你的体温。于是，我迈开虔诚的脚步，轻轻、静静，似乎不为赏雪，只为朝拜心中的那份圣洁。

　　静寂的森林，静默的冰雪，就连游人、车辆都是肃静的。不论是滑冰的，还是滑雪的；不论是三五成群的少年，还是携手相伴的长者，除了微笑，听不到一点儿的喧嚣，感觉不到一丝的惊扰。风与树的恬静，雪与阳光的轻盈，人与自然的和谐，在这一方天地间，似乎所有的交流都成了默契的心语。或许，这里的净与静也是一种对游人素质的拷问。

　　那一天，我俨然是一个孩子，走进你的怀抱，便开始了放任和撒娇。一会儿在林中的雪地上奔跑、蹦跳，积了一冬的雪啊，好几次没过了我的双膝。我的鞋子里早已经灌满了雪，从脚下到心里都沾满了你清爽的气息；一会儿又坐在雪地上，拾捡被我的欢笑震落的松林的梦呓；一会儿又撒着欢儿跑向那株残留着秋叶的小树，一个微笑的定格，留下了一帧永恒的活力。我已经入不惑之年了，可那一刻，依然像个久别重逢的孩子，在你的怀抱中肆无忌惮地亲昵。你安静的眼眸、慈祥的笑脸，一次次宽容着我的顽皮。

一潭冬寒，冷艳柔软。我慢慢地蹲在湖面上，张开双臂触及你晶莹的肌肤，光滑细腻，亲切自然。一捧雪花揉搓成沫，指尖霎时漾起了你的碧水微澜，仿佛一滴圆润的晨露，熠熠着你的光辉、灿烂。

雪雕在森林的映衬下更加雄伟壮丽。我猜想，那座城堡里一定装满了你写给孩子们的诗歌、童话，还有晶莹剔透的箴言。正午的阳光倾泻直下，城堡上浮光跃金，更增添了几分幽静和神秘。雪滑梯虽高不及天，但已是琼楼玉宇，美若仙苑。

雪色无波，我的心里却起了层层涟漪。林中的仰卧，雪中的静坐，我只是想真真切切、实实在在地感受着你。请原谅我的淘气，因为那一刻，我闻到了母亲特有的气息，我只是想更近更近地贴近你的脉搏，在你的心坎上写满银色的思念。

我羞愧于从前的懵懂无知。墨染流年，未曾见曲径幽歌猎丰岁的少年；千山一碧，梦里江南终究还是雨意阑珊；踏雪游潭，终不是断桥残雪；湖面泛舟，有谁能路遇许仙？季节轮回，晨阳夕烟淡尽了藏在诗词歌赋里的俊玉青颜。那一次次地走近你啊，都或多或少掺杂着我少年的梦幻。而今，我的情感早已经随着漫天的雪花，在花落归根的一刹那，融在你的发际，融进你的血液和呼吸。

　　望眼观台山，行行阙阙，千年散落的平仄，湮没了历史的烽火狼烟；回眸雪世界，青青翠翠，洗去尘世的铅华，诠释着春城的唯美浪漫。一年年，一季季，您这一纸素笺上，复制着万树繁荣，粘贴着千载期盼。

　　青松，白雪，还有我的红衫。茫茫雪海，这一抹红装妖娆了我且行且浓的渴念；万绿丛中，这一点红颜装点了严冬的明艳。其实，我一直在你的不远处，只是一直像个少女，羞于承认自己的情感。然而这一次，我才真真切切感受到你的大气、温婉，感受到我对你无法割舍的爱恋。

　　莽莽林海，阵阵涛声，兴味盎然的雪世界，蜚声国际的滑雪节……冰雪净月，我的心已和你叠加在一起——你的世界里有我的足迹，我的生命里有你的气息。从此，这一方净土将因我的魂牵梦萦而没有了距离。

　　长春净月，冰雪吉缘。当你的名字一次次有意无意间美丽了我的眼睛，那缠绕在心头的乡愁啊，立刻烟消云散，心灵深处，蓦然间开辟了一片幸福的园地。

松花江畔的雕像

刘鸿鸣

一

清明节那天，我带着鲜花，走进了松花江畔的"丰碑园"。

园内不大，一条水泥抹平的小路，被两侧的小松树簇拥着，笔直地通向山坡台阶上的核心区。在四周长满苍松翠柏的核心区左侧，立着一块"扶余市军民植树治沙纪念碑"，右侧是一尊半身的老人雕像，仿佛正坐在碑座上眺望着远方。走近了才看得真切一些，老人白色的大理石面容带着几分微笑，表情从容淡定。

石碑上的老人叫田富，是 1992 年 2 月 2 日去世的。吉林省绿化委员会和吉林省林业厅于当年的 10 月 1 日在此立碑。

田富，好熟悉的名字，听说过他植树治沙的经验是"死了栽"。很多年过去了，还真的不了解他具体都做了些什么，才让他受到如此的敬重。

那天上午，如洗的蓝天有白云飘过。带着云团般的疑问，我转到了碑座背面。

哦！他还是全国林业劳动模范。更没想到，他还是长篇小说《绿海雄鹰》的主人公原型。那个"借"他来塑造人物的作家，就是著名的丁仁堂先生。

如同拨开云雾，有一缕阳光照射下来。献上一束鲜花，又深深地鞠了一躬，我转回身，走上了一条阳光铺就的路。这条路，通向了松原市城北他的老家。

二

田富老人，一辈子都生活在农林村的后小溪浪河屯。翻过屯子左侧的西山，山下就是向西北流去的松花江了。在西山临江一带的悬崖峭壁北部，有一个著名的风蚀口，当地人叫西大嘴子。大清王朝，这里是"大站道"上的伯都讷驿站通向前郭尔罗斯草原的渡口，江的对岸，当时还曾设有"卡伦"（蒙古语，汉译为"哨所"）。

据当地的地名志记载，前小溪浪河屯（后小溪浪河屯建
屯时间不可考，两屯相距不足半公里，原来是一个屯）是清
代乾隆年间立屯的，因为有一条松花江的支流从小屯的西南
流过而得名。"溪浪"是满语，鲤拐子之意，可见当年的那条
小河里出产过很多小鲤鱼。新中国成立之前，这一带深受风
沙之害，曾逼得小溪浪河屯三次搬迁（可能在搬迁中分成了
前后屯），那条溪浪河后来也被风沙吞噬了。

1915 年的 1 月 20 日，田富出生在后小溪浪河屯一户
"闯关东"的农家。从小就饱受风沙之害的他，就是凭着一股
子"闯"劲儿，在西山一带的多处风蚀沟里栽树种草，一干
就是一辈子，一辈子干成了一件事。从此，前后小溪浪河屯
都没再搬迁过。

三

如今，农林村的前后小溪浪河屯都已是美丽乡村。

在后小溪浪河屯的文化大院，穿着迷彩服的张师傅，一
边在房前修着"四轮子"（小型农用拖拉机），一边跟我聊起
来："老田头儿是个实诚人，没啥话儿，干啥总爱琢磨着门道
儿。过去没地方整树苗，他就在沙沟子里刨坑埋杆儿，后来
又尝试着'大犁埋杆'，就是用犁杖豁沟，将没有干枯的杨木
棒子和树枝子锯成一段一段的，再顺着垄沟摆好埋实，等待

着雨后发芽，出苗。"

忙活完了，他脱掉手套，从腰间掏出了一串钥匙，"我们前后院住着，听很多老辈人说过，他们年轻那会儿都栽过树。那年月，春风从松花江上吹过来，嗷嗷地叫唤，叫得瘆人，把沙地都吹成了一道道沟子。刚出不久的树苗还没等长起来，就让沙子埋上了。后来，我爷不栽了，渐渐地其他人也看不到希望，就都打起了'退堂鼓'，在西山一带荒凉的沙沟子，只有田富还在忙活着。"

说着，他领我打开了文化活动室的门锁。进了大厅，哇！里面的山墙上展示的都是田富的照片，最显著的一张，是受毛泽东主席接见时的照片，记录着他人生的高光时刻。

张师傅指着一张田富栽树的照片说："看到他栽的树没活成几棵，左邻右舍都劝过他：'白挨那累干啥，不值。有那闲工夫干点儿啥不好？'他态度挺好的，可就是听不进去。后来，就连亲戚也发起牢骚：'种树也见不着回头钱，还要倒搭，图个啥呢？瞅那紧巴日子过的，老婆孩子还得跟着干，跟着遭罪。'时间长了，人们都不再说了。他好像着了魔，反正一有点空儿，准是又去西山了。"

他摇了摇头，冲我笑了，"'土改'过后，老田头儿又鼓捣出个新花样，领着一伙人在沙丘上撒下不少'花秆'草籽，又开始试验着种草固沙了。"他指着一张田富领着客人在林间参观的照片，竖起了大拇指，"一年两年，甚至三年五年，都看不到效果，可老田头儿硬是坚持了二十多年。后来一片一片的防风林长起来了，一坡一坡的沙丘变绿了，他的坚韧和不屈不挠的精神，终于得到了大伙儿的认可。"

四

是墙上的文字让我知道了，新中国成立后，他第一个办起了自负盈亏的村办林场，创造出专业队长年育苗、造林、管护与群众季节性突击造林相结合的经验；第一个大搞编栅固沙试验，创造出"T"字形编栅压保活条固沙法（通称田富固沙法）；第一个开展树种对比试验，创造出适地适树的经验；第一个揭开林带"胁"地之谜，创造出挖防护林沟的经验。特别是他创造的"编栅法"，使全国造林"南学电白，北学扶余"，还引来了苏联、朝鲜、法国、越南等多个国家的专家前来后小溪浪河屯考察。

可是，田富却十分谦虚、低调。他曾与前来采访的朋友说过："这树就是党支部领着全村人栽的，我也出了些力，不能都说成我的成绩。"他也曾在会上讲过："没有党和政府的领导，我们战胜不了风沙；没有大伙儿的努力，就搞不好造林；没有"死了再栽、不怕失败"的精神，就没有农林村的今天。"

就是这样一个低调的人，也曾有人说他是"假劳模"，说他"啥也不是，就知道（树）死了栽"。他知道后呵呵一笑，

"劳模可以不当，树不可不栽。""失败了重来，总有一天会成功的。"当有人想滥砍滥伐时，他动怒了，"这树长在我心上，你们能砍去吗？只要我这个人在，树就砍不了！"在保护绿化成果的斗争中，正气镇住了歪风。

五

田富爱家乡的山山水水，更爱家乡的一草一木。

在后小溪浪河屯的西北角，一位开小卖店的大姐提起田富，啧啧称赞："老田大爷可是个认真的人，坚持原则，有的困难户没烧柴了，偶尔来到荒山上打草，他看见了就去制止，还把自家不多的烧柴背上几捆送给人家。有的人去西山捡回些掉在地上的干树枝子，他知道后追到人家里坚决地没收。他说：'那草是固沙用的，动不得。''那树枝也是集体的，咋能私吞？'"

她递给我一瓶水，她的丈夫又接着说起来："那会儿，各地都请老田头儿去指导造林，占用他不少时间，花费了不少心血和精力，他大多是白出力。他们家的生活也不宽裕，他从不向上级伸手，也不占集体便宜。他领着大伙儿栽了那么多树，自己家盖房子却不用集体一根檩木。后来又领着大伙儿栽果树，果园里年年产的葡萄、李子、海棠有上万斤，他家里吃点儿也要上秤称一下，照价付款。"

就是这样的一个人，一生栽树种草，当他倒下长眠的时候，已经为小屯周边三百多公顷的沙丘披上了绿装，根治了沙害，保护了村庄和农田，改善了周边的自然生态。他所栽下的树木为集体积累了上千万元的财富。

六

然而，田富的价值不是能用金钱来衡量的。他的身上，闪烁着一位共产党员可贵的品质。

此行，我很想见见他的家人。在太阳落在西山上的时候，田富的长子田凤山，从播种过小麦的地头儿朝我走来，让我感到西山上的太阳离我近在咫尺，甚至触手可及。

七十多岁的田大哥，身上早就没有了父亲的光环。他不无感慨地说："我爸从北京开会回来那年，快要过大年了，县里和乡里的领导知道后都来看望。一位县领导握着他的手逗趣儿：'让我也握一握毛主席握过的手吧，沾沾福气。'话头一转，又郑重地说：'老田你是功臣！能受到毛主席的接见，给咱扶余人长脸啦！'不会说啥的爸爸红着脸摇着头笑了，显得很不好意思。"

田大哥沉默了几秒钟，慢慢地举了举颤抖的手，"县领导在小土房前问他还有什么要求，我爸迟疑了一下，我也感到了未知的好事儿正要降临。可他看看长大的我及其他几个

还在上学的子女，又看看腰已累弯的母亲，咬着牙摇了摇头，
'没啥。'送走客人，他就领着我们去松花江的柳条通了——
那时，家里的烧柴马上就要没了。本来应该是高兴的一天，
可家里人都乐不起来，特别是我的心里，有着说不出的难受。
如今，我们家除了老二当兵转业到吉林油田上班，其余的都
没能离开庄稼院。"

七

正是在田富造林治沙精神的影响下，从 1987 年 4 月 5
日起，历经五年时间，扶余市的驻军和干部群众携手在松花
江右岸 150 公里长、2 公里宽的大沙带上造林治沙，共造林
56700 亩，锁住了 140 个风蚀口，封住了 55 条风蚀沟，固定
了 89 个沙丘，使昔日的沙带披上了绿装，改善了周边的自然
生态。

谷雨过后，我来到了善友镇、哈达山镇、增盛镇等沿江
一带的"南沙荒"。当我从南鹰山上走下来，在江边一路向
北，周边的景色一次次地让我停下来张望。我穿过了人烟稀
少的两家子、青山林场、兴隆沟以及高家崴子、富康泡、富
达木、善友林场等景点构成的绿色长城，才知道松花江的右
岸还有这么一个山清水秀的人间天堂。

难怪田富老人的雕像总是微笑着目视前方，那是他看到

了希望，看到了美，看到了眼前的现实正是他过去的梦想。

一个平凡的农民共产党员，一生都在造林治沙，竟然干出了不平凡的业绩。他靠的是情怀和担当，靠的更是坚持和梦想。只有深深地爱着这片土地和人民，才肯扶着抽叶的小树，坚守在防风固沙的前线，才肯帮着萌芽的小草，与强悍的风沙掰着手腕。

八

越是走近田富，走近小溪浪河屯的西山，我越是想找来《绿海雄鹰》读一读，感受一下那个创业的年代，田富和他的乡亲们是如何在人与自然的抗争中生存和思考的。

可是，不但长篇小说《绿海雄鹰》找不到，就是丁仁堂先生也已故去多年。

好在松花江畔的雕像还在，好在小溪浪河屯的西山又离得不远。

明天我想再次走进"丰碑园"，看看田富老人的雕像，然后再去后小溪浪河屯，到西山的最高处转转；最好是能亲手栽下几棵白杨树，累了，就像田富当年那样坐在山头上，看看四周绿色的海，看看头顶蓝色的天。或许，还能看见从南鹰山飞过来的雄鹰，有时它护送着西大嘴子驶向对岸卡伦的渔船，有时又会护送着漂向鲤鱼圈及三江口的点点白帆。

苇海明珠莫莫格

吴宝吉

一天，朋友打来电话："周六去莫莫格湿地拍鸟，去不？"

"莫莫格？"没听过，但是一听说拍鸟，立即来了兴致："去！"

对于喜欢摄影的人来说，所谓的旅行就是说走就走。在这初春的季节旅行可以与年纪无关，可以与收入无关，你关不住心里对世界的好奇，就关不住对旅行的渴望。

报名之后，立即打开电脑，上网搜索莫莫格。以下是莫莫格的介绍：在风景如画的嫩江之畔，有一方神奇而美丽的地方，她被人们称为"鹤的故乡，鸟的天堂"，她就是吉林莫莫格国家级自然保护区。世界上现存15种鹤，中国分布9

种，在长期的生物进化过程中，有6种鹤选择了莫莫格这块神奇的土地，其中有3种鹤在这里栖息、繁殖、生儿育女。它们眷恋故土，企盼人类的怜悯和珍爱！莫莫格，是蒙古语的译音，意为乳汁和母亲。这名字多么富有诗意啊，冲这个名字也得去。

出游的日子必定全身心放松，早晨醒来便精神振奋地乘坐旅行大巴向目的地——莫莫格自然保护区挺进。一路憧憬着那妙不可言的江滨风光，以及"天苍苍，野茫茫。风吹草低见牛羊"的草原景色。

莫莫格是亚洲东部候鸟迁徙的重要通道，其中被列入国际濒危物种红皮书的白鹤、东方白鹳，每年迁徙在此停留的数量和时间，居世界各迁徙地之首。作为湿地和鸟类的保护区，莫莫格草原生机盎然，鹤舞莺飞，百鸟争鸣。目前发现的296种鸟类资源中，有东方白鹳、黑鹳、白鹤、丹顶鹤、大鸨等10种国家一级保护鸟类；有天鹅、灰鹤、白枕鹤、蓑羽鹤等40多种国家二级保护鸟类。这些鹤鹳种群是莫莫格的重点保护对象，白鹤是莫莫格的"名片"。而春天正是鸟类工作者和拍鸟旅行者的黄金季节。

大巴经过近六个小时的颠簸，到达了镇赉县城。草草吃过午饭，继续前行，很快就进入保护区了。笔直的马路上没有来往的车辆，路两边是大片大片的湿地，行驶在路上倍儿爽。一路上的风光美极了。

终于到地方了。拿好相机下车，风太大，一阵狂风差点儿把我吹到路基的沟里。急忙稳住身形，定了定神，只见眼前一片干枯的芦苇地，尽管现在芦苇都还没有变绿。然而看到了传说中的湿地的心情依旧是那么兴奋。看到了芦苇，鼓起了我拍鸟的信心，风也不觉得大了。走在这条大道上，让风吹过自己，张开双臂，我要飞翔。

"快看天空，鹤阵!"有人发现目标喊了起来。

果然，天空中，一群白鹤在列队飞翔，它们变换各种队形。于是，大家一顿狂拍。

我们开始向湿地里面进发，因为只有里面才可能有鸟儿。我有些迟疑，但看这个湖也就几十米宽，走过去应该不难，况且还有前人的脚印。我踩着脚印，走一步退半步地向前走着。开始还很顺利，可是快到终点的时候，突然脚下一沉，整只鞋没了进去，仿佛脚下什么也没有，坠下去一样!我连叫不好，想后退也不可能，只有快步向前走了……我也不清楚自己怎么过来的，脑中闪过了裘帮主的"水上漂"，如今我似乎也刚刚做了一次"泥上飞"吧。看看身边什么也不缺，鞋还是两只，只是裤脚已经满是泥浆了，回望我走过的路——深深的一条我冒着生命危险造出来的路，但愿可以警示后人吧。

穿过恐怖地带，来到了一个小土丘前，可是跨过土丘却是一大片被去年的芦苇覆盖的沼泽，要穿过去最少也要十分钟，况且这里的危险性可能更高，只能在这里停留了。于是我开始仔细端详起这座土丘来：它的表面完全被一层细沙覆盖着，顶部长着一棵半枯的怪柳，周围有些许稀稀的草，那草的表面也罩着一层细沙，好像干枯了一样，上面的果实倒是很好看，圆圆的球体上面结满了带刺的果实，仿佛小刺猬一样，看着它就不难想象出它的花朵也一定很美……这时候几声鸟鸣打断了我的想象，定睛一看，果然有一群，估计至少要有成百上千只叫不上名字的鸟儿正在离我们不远的水面嬉戏。

"啪啪啪……"一顿机关枪似的"扫射"，那群飞翔的鸟儿定格在了我的相机里。

进入4月，候鸟迁徙时节，莫莫格湿地云集了成千上万的鹬鸟，它们在此觅食小憩，养精蓄锐。为期二十多天，每天都会看到数万只水鸟同时起舞，形成壮观的"鸟浪"，与周边的景色，与夕阳，构成一道和谐的风景。

这一个下午，拍鹤阵拍鸟浪，都放不下相机，直到日沉地平线、感光度爆表！

绮丽的洮儿河遇洼成湖，6万多公顷的芦苇沼泽浩瀚成海。一阵轻风，苇波荡漾，真是"好风凭借力，送我上青云"！美景之中，成千上万的鸟儿在这里繁衍生息，世代相传；美丽的丹顶鹤更是在这里娶妻生子，安逸祥和。正可谓：展翼翩跹度，天青花着露，此地惹相思，便是伊归处。

　　我常常想，旅行的意义，其实不在风景有多好，我在意的，是我的心情有多好！因为风景的美与丑，是用心感受出来的，我们每个人的感受都不一样！旅行，不仅仅是为了看风景，更多的是为了一种体验。所以，我说，旅行，不同于旅游，它是一种修行。行，就是行走，身体和心灵同时在路上。

　　旅行的目的就是忘我，忘却一切，甚至忘却了自己的姓名，贴近大自然，与大自然合而为一，融为一体，这是我们身心的寄托之所。一生中最宝贵的，不是金银财宝，而是你的经历，饱经世变的东西才是最美的东西。一个人彻悟的程度，恰等于他所经历的深度。享受悠闲，远比享受奢华更高级。大多数旅行的人，都渴望有一个最终的目的地，他们背上行囊去寻找、去探求，但是结果都是回到了起点——他们离开的地方。美好，其实就在这个起点上，只是他们一直没有发现罢了，走向远方，反而让人走回原点，回归本初……

邂逅青年渠

高宏宇

晚饭后散步，远近几个摊位上，烤苞米、棉花糖的味道在空气中飘散，让人感觉很暖。

慢慢穿过热闹的唢呐、鼓镲和现代音响融汇的秧歌队、广场舞方阵，不觉来到镇南。

晚风习习，信步走去，一条新修的公路宽敞地铺展在前方。因为尚未正式开通，车辆、行人并不密集。

沿路西行，不一会儿，就把喧嚣的人间烟火气抛到了身后，潮湿的空气，蕴含着淡淡的草香；清脆的鸟鸣，濯了水似的透亮。不久，一阵潺潺的水流声入耳。循声望去，扑面而来的，是极开阔的一片水面，苍苍茫茫的蒹葭水岸，那么温婉柔和地拥抱着一池天光云影,拥抱着鸟声虫韵,拥抱着各种飞的、跑的、游水的蓬勃生命,一直蜿蜒到很远。长的蒲草深入湖水中央,油亮亮、洒脱脱,在晚风中摇曳,叶尖儿挑起细碎斜阳,纤长的身姿,婆婆娑娑,倒映在水中云里。不时地,一只白色大鸟从葳蕤的蒲草间腾起,斜着翅膀炫耀着它高超的飞行技艺,又像忽然想起了什么似的,懒懒的,背剪了双翅,滑到湖心小岛上去了。

小岛上,一条木制仿古长廊曲折坐落在茵茵浅草上。蜷曲蟠虬的景观树,像阅尽沧桑的老者,静默着,慈祥地俯瞰着小岛。如此辰光,岛上已少有行人,便成了各种水鸟自由翔集的私家领地。斜阳给浅草和长廊镀上一层淡淡的霞光。

几弯长桥,摇摇地牵引着小岛,连通着北岸的花石小径。小径舒舒缓缓,沿北岸一路迤逦而行,至湖西暗铜色的瞭望塔。南岸,大块的石头错落有致地卧在曲岸边、浅水中,与蒲草芦苇相映成趣。湖岸的白桦林中,有三五座草亭若隐若现,露出古朴的一角。

吸上一口清新空气,那氤氲的水汽、淡淡的草香、长长短短的鸟鸣,连同这一池的蓬勃生命,便都经由口鼻、咽喉,直灌入肺腑。

居于小镇十年,我虽目睹生活日新月异的变化,时时都有惊喜,但因勤于工作,忙于日常,到周遭远足"探险"的机会并不多,竟不知还有这般静好的去处。遗憾之余,更多的是愉悦，一时间童心复萌，欢呼着奔向对岸的大石。先生来不及阻拦，便一路跟随着来到南岸，一边嘱我小心，一边做起义务导游："这就是青年渠了，向东从荣发东路汇入伊通河，路北就是魏家屯儿，东部已经搬迁，那一组正在做外墙保温的高层楼房，就是原来的魏家屯儿东部……"

我在一块大石前停住脚步，环视着周围陌生的景色，和似曾相识的土地。魏家屯儿，青年渠，这些名字，连同一些依稀模糊的记忆像电影画面一样，逐渐清晰起来。

十年前，这里曾是一片村庄，起起伏伏的土路两边也曾树影斑驳，袅袅炊烟摇曳着犬吠鸡鸣，也摇曳着村里人醋甜的梦。可是由于流经村庄的伊通河水系处在城市污水排放的下游处，每到盛夏，这里的人们常常苦于气味干扰和蚊虫叮咬，若是赶上连雨天，土路满是泥水，进进出出更是诸多不便。这样的人居环境一度成为魏家屯儿人田园牧歌生活中最大的困扰。

十年来，茶余饭后闲谈中，偶尔也听到魏家屯儿的名字，说是铺了砂石路，也引入了自来水，人民生活有了极大改善。现在看来，不久的将来，魏家屯儿的老居民就会住进精心设计的滨湖洋房，坐拥一湖云水了。这样的生活，十年前的他们，怕是未曾预料到的吧。

先生说，近几年政府着手重点治理环境，疏通沟渠，不仅整治了魏家屯儿前面的水系，更名为"青年渠"，连镇北的大小湖泊现在也换了模样，并统一命名为"卧龙湖湿地"，与青年渠遥相呼应，打造成环合隆镇生态景观长廊。

是啊，这十年的变化真的是太大了，原本只有一条主路的小镇，现在已是街路纵横，新式居民小区雨后春笋般拔地而起，医疗卫生事业不断完善，各种主题广场、文体设施日趋完备，私家车、公交车、共享汽车、共享单车等代步工具满足了人们各种出行需求。小镇环境更是大大改观，且不说街道两旁郁郁葱葱的行道树和应季开放的景观花卉，也不说各个小区、公园越来越密集的鸟语，就说冬季里吧，曾经早晨和傍晚伴随着平民区的袅袅炊烟和楼群工厂大小烟囱的粉尘颗粒，不知何时已从人们的生活中悄悄离场，取而代之的，是华能电厂集中供热，小镇居民不仅呼吸到了最新鲜的空气，更会在自家安闲幸福地享受温暖。陈家店、李家堡等更是成为远近闻名的社会主义新农村示范村，如今，数里之外的魏家屯，和小镇周边的新兴小区，不是也加入进来了吗，它们正与我们的小镇和邻镇共同织就一幅家乡变迁的美丽画卷。

"看！湖西的那片，那是一家知名的企业，能落户我们合隆镇……"先生话音还未落，我笑着接过话题，"这就是环境好的最有力证明，也是我们百姓的福气。"

我说完踏上大石，向远处眺望。不知是我的语声过高，还是动作过大，无意中惊扰了依水而居的一家。两只红嘴细脚的黑色水鸡，带着一群黑色的小家伙扑棱棱飞起，贴水面滑翔了一段，潜入水中，在不远处钻出，又向前浮水而去，只在水面留下一组长长的扇形波纹，像一组绵长而幸福的省略号，映着红彤彤的霞光，极美。

想来这样的特殊居民，该是深谙水质的专家吧？它们一家能选择落户这里，定是这里的小环境甚合其意。

我跳跃着，踏石前行，路过草坪，时而惊起几只半大蛤蟆，扑通扑通跃入湖中，远远的，于蒲草间支棱起两只鼓眼睛，好奇又有几分抱怨地打量着我这不速之客，像是忽地生起气来，叽里咕噜地嘟哝几句，一个猛子扎入水中，不再出来了。蒲草沙沙的，摇动绒嘟嘟的蒲棒，湖水就一圈圈漾开来，漾得整个世界都醉了。

从南岸去瞭望塔，需跨过一条细细的小溪，溪身曲折蜿蜒，溪水清澈，翻着活泼的浪花注入湖中。我寻窄处跨过，眼见着瞭望塔近在眼前了，不觉兴奋加速，脚下蓦地一滑，整个人就那么晕乎乎地扑倒在茵茵草岸上了，无声无息，也没有摔疼了哪里，却意外地拥抱了满怀葱郁。

一时间，岸是绿的，水是绿的，我的手脚膝盖都是绿的，连虫声和鸟声也满含了绿意，仿佛随时都能滴下来似的。恍惚间真不知道，到底是我跌到了绿里，还是我本就是从这满满的绿中生长出来，无意中走失的。这一跤，算是出走半生后的心灵回归吧。

在这满世界的绿中，走近水岸，撩起湖水，那水清清凉凉，流过手指，漫过脚尖，直沁入灵魂，让人心动，不觉间，一首小诗脱口而出：循着青草的气息／追逐一串鸟鸣／童心绿了，索性／让蜿蜒水岸做我的滑梯／可是／面对着一池天光云影／我永不知道／是该先清洗灵魂／还是自己。

杨柳青青水岸新

周延辉

　　秋日的夕阳坠入地平线的时候，西天燃烧的云霞，轻轻落在延吉市布尔哈通河的河面上。河面上倒映着婀娜的垂柳、高耸的楼宇，延吉景观大桥仙鹤翅膀的造型，也在鎏金的河面上起舞飞翔。于我来说，此时此刻的瑰丽，延伸着我的思绪，清晰地映现着河畔流光溢彩的往日今昔。

　　"一条大河波浪宽，风吹杨柳绿两岸。"布尔哈通河像一条玉带穿城而过，把小城一分为二，划分成河南、河北两大区域，这城中的河，宛如害羞的少女躺在小城的怀抱，波光潋滟中，小城更加秀气、灵动。走在诗情画意的河边慢行通道，赏读眼前的秀水，遥望对面的远山，抬头看看"延吉蓝"，多少会涌起浮生里偷片刻悠闲的惬意。

"布尔哈通"是一句满语，意为"柳树丛生的地方"。可以想象，从前的布尔哈通河两岸长满了茂密的柳树。特别是北岸白山大厦一带，一盏盏橘黄的路灯照在并不宽敞的大坝上，树影中就是一对对亲密的恋人。由此，这段大坝曾经被称作"情人堤"，水与堤岸，人与自然，就是这样不加修饰地亲密着。

布尔哈通河河面不是很宽，河水清清亮亮，垂柳袅娜有致。这条河流源出哈尔巴岭，向东注入图们江，全长242公里。你看啊，沿岸的绿柳，就像给布尔哈通河围着一条条绿色的丝巾，有风吹起来，柳枝甚是飘逸。几座拦水大坝，使得布尔哈通河河水浩荡，风止时，水平如镜，犹如情人的眼波，闪着迷幻的波光；风起时，微微荡起褶皱的浪花，起伏着，像是美丽少女的裙摆。良好的生态，已经成为延吉人民幸福生活的亮丽底色，"延吉蓝"也成为生活中的常态。

这条"河道"曾是我常常驻足的地方。三十年前我来到这座延边州首府城市的时候，住在北岸距布尔哈通河不远的延吉百货大楼附近。工作的延吉晚报社在南岸的原延边艺术剧场内。我上下班要经过布尔哈通河上的延吉大桥（时称河南桥）。从小区出门，走上十几分钟就是布尔哈通河。每天经过这里，不免放慢脚步，观水赏柳，以消遣我思乡的孤独与寂寞。

那时，布尔哈通河两岸除了绿柳，再无其他风景了。布尔哈通河以东基本就是个垃圾场，堤坝塌陷，四处杂草，河畔北岸仅有的一座青年湖还算得上"高大上"，是我最喜欢去的地方。流连在风情万种的柳荫下，徜徉在幽静的湖边古色古香的长廊里，看孩子们荡舟，观老人垂钓，坐在湖边幽静的一角，看湖水中的游鱼在水中嬉戏。

不知不觉中，青年湖几经变迁，已经是一处功能齐全的文化娱乐广场，大型水景喷泉和多个小游园，像是一座小型的口袋公园，留住了在此休闲的当地人及各地游人匆匆的步履。

随着时间的流逝，改革开放的春风不仅吹红了花朵的笑脸，也吹绿了河畔，布尔哈通河两岸逐渐变了样。两岸绿树掩映，拔地而起的一幢幢高楼鳞次栉比，当年窄小的"情人堤"，已是宽敞的滨河大道。南岸依河而建的一条带状的滨河公园，以独特的文化气息渗透于自然生态，人们在此休闲娱乐，成为延边地区独具魅力的滨水新景观。

布尔哈通河畔的美丽、幽静，延吉小城的风情以及和谐的气息，安抚了一颗漂泊的心，让我沉醉于此。当我融入了这座小城，习惯了这里的日常，我发现，在我心中，他乡已是故乡。

布尔哈通河有着悠久的历史。在金代被称为星星水。她从哈尔巴岭潺潺而来的时候，就带着两岸的山水风光、风土人情、灿烂文化和悲壮的历史。先民们在布尔哈通河两岸留下了丰富的历史文化遗迹，她的点点滴滴为我串联起延吉小城的过去与现在。赏读她，展望她，更惊喜她的日新月异。延吉市把"水文章"做得十足，"生态牌"打造出了一个延边的"小三峡"，"延吉"小城成为时尚的代言。走在街上，随便问一问，都会有人自豪地告诉你："延吉，是家人满意的宜居城、他人喜欢的旅游城、众人羡慕的中心城。"

我最喜欢夏日或初秋，到布尔哈通河亲水平台前，远眺夕阳。那个遥望夕阳的人，内心会升起一种无法掩饰的渴望。尤其是在等待夜幕降临，欣赏音乐喷泉的时刻，放慢脚步，放慢时光，平静地梳理自己的心绪，任目光随河水流向远方。待感同身受地和游人一起惊呼的瞬间，两千多支音乐喷泉的喷头和八千多支彩灯随二十多台摇摆机喷出 108 米高度的水舞，每种水舞，变幻多姿，美轮美奂，延吉民族特色一一显现，延吉人把追逐的梦想放飞在"擎天玉柱""天女散花""向心飞舞"等异彩纷呈的喷水造型中，水的魅力，富有灵性的水的变化，水的形美与内涵充分体现。此刻，感知生活的本真和"水"的乐趣，真的可以忘却人间烦恼无数。

谢灵运有诗云："昏旦变气候，山水含清晖。清晖能娱人，游子憺忘归。"有了好生态，自然就有好心态。我有时也到河畔健身小广场，怡然自得地站在健身器材上甩甩腿，抻抻腰。4 月的一天，与文友漫步在布尔哈通河彩虹桥至天池大桥段，惊喜地见到飞来的白天鹅在悠闲觅食，白天鹅和一群野鸭，构成了一幅天然的优美生态画卷。如果你有眼福，还会惊喜地见到来自日本海的海鸥在布尔哈通河水面上嬉戏呢。

布尔哈通河上一座又一座气派的桥也令人钟爱，除作为延吉市地标的延吉景观大桥外，新东桥、延东桥、延西桥、天池大桥、惠民桥、新民桥矗立在布尔哈通河上，一座比一座漂亮，一座比一座壮观，一座比一座有特色。这处河景，已经成为延吉人一个亮丽的"城市会客厅"。

那天，我随采访团游览布尔哈通河上的桥。远远地望见气派的天池大桥时，正值夕阳西下，一对大大的"n"字形框架，由几十根钢丝把天池大桥高高吊起，"n"字形倒影落在粉红色的水面上，形成一朵金达莱花，落在水中的晚霞沉醉迷人……

一行人回到水滨的高楼，居高临下继续赏读布尔哈通河的夜色，山水文化小城的风采一览无余。两岸闪烁的霓虹、造型各异的民族风情景观撩拨着大家的眼眸。远望那一座座桥，闪烁的灯光把它们变成了童话里的"仙人桥"，波光水映，异彩纷呈。

一位久居他乡的朋友曾对我说："看延吉大变化，走一走布尔哈通河，逛一逛布尔哈通河夜景，你就明白了'羡慕'这两字的含义。啊，我真想把美丽的夜晚留在浪漫的布尔哈通河边。"

谁说不是呢，就算是把这里比作"小香港""夜上海"也不为过啊。而这种浪漫的景象，早已是延吉的一种生活日常。布尔哈通河，不仅仅是一种绿色的景观之路，她望得见山，看得见水，人们精神富足，生活丰裕，幸福且和谐，也构成了别人眼中的风景。

河畔的滨河路不断向东西延伸，俨然一条"绿色长廊"，与街区相衔接，无论是上班下班，还是休闲漫步，布尔哈通河上的滨河路已经是一条通向机场、高铁站、高速路的重要交通枢纽，它把延吉人的风采和对未来的期望，顺着滨河大道传向四面八方。

触摸时光的肌理，延吉人民精心呵护着、建设着这条绿色的河，使得布尔哈通河一次次翻开新的篇章，人水相亲，生态和谐，布尔哈通河奇迹般地嬗变成为国家 5A 级水利风景区。居者心怡，来者心悦，布尔哈通河的变迁，也恰恰是延吉从蛮荒走向文明、从贫穷走向富裕的最好写照。

古人云："山可镇俗，水可涤妄。"这条美丽的河流也为延吉经济繁荣、环境美好、市容改善增添了光彩，成为一道亮丽的风景。已有的变化令人惊喜，再过若干年，走向绿色发展之路的布尔哈通河又会美成什么样子呢?

致敬母亲河

朱晓东

每个人心中都有一条母亲河。我心中的那条母亲河——伊通河，与众多城市中的大江大河相比，也许籍籍无名。然而，作为"母亲河"尊贵的存在，她在长春人民心中无可替代的位置，却是毋庸置疑的。

一

乐山乐水，依水而居，在这点上，今人和古人的态度是一致的。

"绿树村边合，青山郭外斜。"公元711年，诗人孟浩然接受故友邀请，刚走进"田家"，便被那里的景色迷住了，近处，绿树环抱，别有天地；远处，"郭外"的青山依依相伴，与近处的田园相互映衬。这景致不由让他兴致勃发，于是便"开轩面场圃，把酒话桑麻"。"青山横北郭，白水绕东城"是另一位诗人李白笔下的宣城，城北是树木葱茏的敬亭山，城东有宛溪，北行与桐荥水汇合，流入丹阳湖。当年李白仗剑远游到此，一见倾心迷上了这里，从此乐不思蜀，一住就是多年。想不到，一千多年前，两位唐朝大诗人就为人类描绘了一幅理想栖居的图画。

人类文明，因水而兴。水系，犹如一座城市的血脉；河流，与城市有着深广的渊源；向水而居，历来是人类永续的追求。是故，对于一个城市来说，如果乏山少水，自然会成为城中人的莫大缺憾，甚或与外人谈起时，不免心虚气短。无须掩饰，曾几何时，长春一度就是这样的城市——乏山而少水，它，犹如城市的软肋，不愿让人触及。而今，当我们重新审视这座生长于斯的城市时，就自然会把目光投注到那条因稀有而珍贵的河流上，那条有着"长春母亲河"之谓的河流——伊通河。关于它，我的确有许多话要说，它的前世今生，兴衰起落，悲喜宠辱……皆成话题。

二

伊通河，名出何处？即使是世居长春本埠的老户人，也
未必知道它的由来及含义。笔者溯源钩沉，从《金史》里得
知，伊通河最早名为"移燐河"；元、明时称"一秃河"或
"一统河"；到了清代，又称其为"伊敦河"；清代晚期，因
在河的上游设治为"伊通州"，从此，将河名固定为"伊通
河"，袭用至今。

伊通河，其名何意？若从字面上解读，不具备点儿历史
知识，大抵是会懵懂的。因其是满语，仅从读音上，我们无
法获知它的含义。可是，一旦将其翻译过来，你就可能惊异
于这一名字的厉害：伊通河——"波涛汹涌的大河"。毫不
避讳地说，这个响亮甚至有点儿霸气的名字，和它以往的真
实形态是无论如何也对不上号的。三十年前，或许更早一些，
你若站在伊通河边，任你想象力再丰富，也绝对想象不出它
曾经的"波涛"和曾经的"汹涌"。

据史载，伊通河发源于伊通县，属松花江支流饮马河的
最大支流。史学家金毓黻曾考证：伊通河"源出伊通县磨山
屯、板石屯之山腰水泡，由伊通门流入县境。实长邑第一大
水也"。全河长 343.5 公里，长春境内 232 公里，城区段 48.82
公里。两百余年来，河水似一条玉带，自南向北，穿城而过，

见证着城市的发展与变迁。早在清朝时，河宽水深，有拦洪蓄水之用，可灌溉两岸万亩良田；有舟楫之利，可行驶"三丈五尺的大船"。到了清道光年间，河水大减，不再通航。也许，从这时起，伊通河便开始了它曲折百结、命运多舛的历史。

三

毋庸讳言，作为城市的母亲河，历史的书卷中，有它高光的时刻，却也有着它不堪回首的一页。

20世纪七八十年代前的伊通河，河道淤泥壅塞，河水时断时续，河岸杂草丛生，河床垃圾随意倾倒，废水放任流入，整条河流不啻一条蚊蝇滋生、污物漂流的臭水沟。脏、乱、臭，成了伊通河独特的标志，使本来就缺河少水的城市雪上加霜。那时候，每当人们见到它时，自然就会想起新中国成立前北京的那条著名的龙须沟。断流、干涸、污浊，是母亲河年来年去的一声声叹息。

平常年份，伊通河水量严重不足，有的河段经常出现断流、干涸现象。然而若遇涝年，洪水横溢，给流域内百姓带来灾害。我记忆最深的，是1985年夏天，长春市迎来历史上罕见的连续降雨，使伊通河城区的河面白浪滔天，一片汪洋，水位之高，竟漫上城中心南关大桥桥面，险情高危，受灾十分严重。当年，长春人民开始了抗洪抢险的保卫战。翌年，长春市成立了伊通河综合治理指挥部，开启了第一轮伊通河治理工程。

昔日，脏乱臭一度玷污了伊通河的名声，使这座名叫"春城"的城市蒙尘，让在水一方的百姓兴叹。长春人民痛定思痛，以"昔日龌龊不足夸"的自我批判精神，以"待从头、收拾旧山河"的坚定意志，总结教训，痛下决心，以时不我待的紧迫感，开始谋划伊通河治理蓝图。这一年，是1986年。以这一年为标志，历时三十多年，长春人民打响了可歌可泣的伊通河综合治理攻坚战。

四

怎样把绿水蓝天还给人民？这是时代给出的命题，也是人民的殷切期盼。治理伊通河，无疑是长春人民迫在眉睫的民生问题。民生，不仅是百姓的柴米油盐，更多的是百姓的急难愁盼。治理伊通河的脏乱臭，让伊通河水更清、柳更绿，就是历史遗留给长春百姓心中的愁和盼！

改变自然生态，是人类对自然界的能动反映，是人类调整自然环境的自觉行为。但是，实际运作起来，却不是说起来那么容易的。这是人类与天斗与地斗的殊死博弈，是人的意志力与自然力的较量对决。然而，病体已成沉疴，积重难返，唯有施以猛药，采取断然措施，才能收到久病痊愈的实效。这不由让人想起"西门豹治邺"的故事，想起了 2019 年国家做出的"长江十年禁渔"的决策。它们，都是以霹雳手段显菩萨心肠，都是以壮士断腕的勇气使水晏河清。而治理伊通河，正是需要这种"治邺"精神和"禁渔"决心。

我心匪席，不可卷也。从下定决心的那一刻起，长春人民就在伊通河百里河面上，开始了近乎悲壮的背"水"一战。

且看三十年间长春人民治理伊通河的时间表、路线图：

1986 年 5 月，长春市人大四次会议通过了《长春市伊通河综合治理规划》。此后的三十年间，治理伊通河的脚步，始终也没有停止。

1996 年，长春市政府做出决定，对伊通河城区上段进行治理，加大投资，相继完成了防洪工程，并全面展开园林景点建设。

2005 年 11 月，长春市委十届八次全会提出，把伊通河生态工程作为民心工程和城市建设的"一号工程"，以此推动建设进度。

2010 年至 2015 年，伊通河治理工程进入升级治理阶段，重点根治污染问题。

2015 年 6 月，长春市启动第五轮伊通河综合治理暨百里生态长廊建设工程，并将其作为全省五大重点项目之一。这是一次规模最大、投资最多、治污最彻底的治理工程。

2018年，伊通河实现全线蓄水，"水润春城"的美好愿景终变现实。

……

三十年间，伊通河流域新增绿化面积279万平方米，新建栈桥13座，现有跨河大桥29座，全流域完成截污纳管120公里，治理吐口124个，完成河道清淤347万立方米，黑臭水体处理75处。建成3座污水处理厂，基本实现污水管网全覆盖。尤其是，大手笔投资280亿元，对伊通河流域棚户区进行改造。

三十年间，一万多个日日夜夜，伊通河上始终奋战着一支治河大军。河之上：清淤，疏浚，蓄水，架桥……河之岸：植树，种草，搭步道，建公园……苦心人天不负，那条曾经脏乱臭的春城人梦魇、被视为"城市之殇"的伊通河，终于实现了它的美丽蝶变，从此成为长春人民的"城市乐园"。

五

"人与天调，然后天地之美生。"这是古代哲学家管仲提出来的"天人合一"的哲学理念。穿越千年烟雨，这一理念已被新时代长春人民在治河这一伟大工程中加以生动地实践和验证。"治理一条河，改变一座城"，就是这一生动实践的最完美呈现。

是的，伊通河美了；真的，春城变了！

如今的伊通河，真的"与往年不一般"了！

沿着伊通河景观带从城南到城北，无论你走到城区的哪一个河段，都会惊喜地看到：

宽阔的河道，清澈的水面，晃悠的木栈道，平坦的石板路，岸边独特的主题公园，百里生态长廊，两岸的现代化高层建筑……美不胜收，让你流连忘返。

河水变清了，生态恢复了，各种鸟类每年都从千里之外如约而至。红嘴鸥、琵琶鸭、白眼潜鸭、翠鸟、凤头鹏鹧等珍稀鸟类也陆续到这里安家落户。

变化最大的，应属两岸的公园建设。河之北段的养生岛、雾凇岛扩建完成，新城广场、勤善广场园建工程告竣。河之南段的工业轨迹公园、渔航文化公园、月荷文化公园、月亮岛等"五岛十园"初步建成。特别是南溪湿地公园于2017年10月正式对外开放后，这个"绿岛氧吧""城市之肾"成了市民和外地游客休闲游玩新的打卡地。而建在月亮岛上的"城市之源"广场，将萨满祭祀等古老地域文化与历史事件相联，呈现了长春两百余年的城市发展历程。此外，河岸上那矗立的由八十五位中外雕塑家创作的一座座雕塑，"美哉轮焉，美哉奂焉"，更加彰显"雕塑之城"的个性神韵……如今的伊通河，已经骄傲地成为长春城市安全的"生命线"、绿色宜居的"生态轴"、魅力长春的"景观带"。而长春市也当仁不让地成为中国"最具幸福感城市""宜居宜业城市"。

　　此刻，面对母亲河，回想它悲喜交织的前世，感受它破茧蝶变的今生，我在欣慰的同时也不禁在思虑：明天的伊通河能否保持好它那俏丽的容颜？

　　好在，政府相关部门已经有了远景擘画。2021年4月，有媒体发布：未来，伊通河将本着建设"千年航运活化带，城市文脉新容颜。长春都市生活样本，城市服务生活范例"的设计理念，打造"一核一带三芯八岛十二景"，从而塑造其安宁、舒适的城市品格。

　　满目是新绿，所见皆春色。啊，伊通河——我的母亲，你用母爱把如花的儿女天天抚摸；你用深情把如画土地年年润泽；你用全新的颜值和气质，为你，为长春人民找回了尊严。我向你致敬！

高天流云从山峰间穿隙而过，

在连绵不绝的云雾中，奇峰若有若无，

玉树时隐时现，琼花缥缈，

一如画家泼墨而成的水墨丹青。

……

凇枝一体，经脉相连，随物赋形，浑然天成，

在无声之间尽情释放着冬日的绚烂、风情与热烈，

让人看一眼便直击心灵，……

——摘自《在无声的雪落处苏醒》

吉林省作家协会 编

问脉山水

——生态吉林散文选

下

慢慢地
越过生态
抵达散文

时代文艺出版社
SHIDAI WENYI CHUBANSHE

3

地灵生万物

风吹草动

王怀宇

　　伴着亘古传唱的皈依颂文和草原民谣，草原风永不停歇地刮着。草原风刮过碧波荡漾的查干湖，刮过草浪摇曳的西大洼，刮过无边无际的塔头滩，刮过神秘莫测的鸡爪壕……除了一阵阵沁人心脾的蒿草味儿，一路上还裹挟着苦嗖嗖的野花味儿和咸丝丝的汗腥味儿，有时还夹杂着温吞吞的马牛羊等食草动物粪便的柴腐味儿，或者是热乎乎的狼狗猫等食肉动物粪便的酸臭味儿，那是每个塔头滩人都熟悉的草原上特有的复合气味儿。那气味儿一点儿都不难闻，对于塔头滩人来说那是最让人心安理得的气味儿了。甚至可以说，那是草原上亘古不变的别样芬芳。浑厚浓烈的气味儿穿过河流，穿过草地，穿过我困惑而迷茫的整个童少时代……

在我很小的时候，父亲就给我讲草原的故事。父亲讲述的草原，绝不是"天苍苍，野茫茫，风吹草低见牛羊"，更多的好像是"天苍苍，野茫茫，风吹草低见豺狼"。草原总是充满着无穷的神秘感和巨大的生命力，故事中的东北大草原永远都是草浪滚滚、野性十足……

故乡草原浩荡无边，肥沃的黑土地上似乎永无休止地生长着齐腰深的小叶章草，草原狼似乎也永无休止地在翻滚的草浪中匆匆隐现。奔腾的霍林河水由西向东横贯草原中部，河水季节性汹涌咆哮时，常常伴随着狗鱼群的怒吼声。天性凶猛的狗鱼群总是追杀着草鱼群而来，它们对草鱼群就像怀有千古的仇恨，一路掏咬撕扯，生吞活剥……最后，那怒吼声伴着猩红的霍林河水渐渐低沉而去，直至淹没到远方浩瀚无边的大湖深处。拉嘎老古庙里吟诵的喇嘛经从来没有停歇过，沙哑的皈依颂文犹如雄浑的蒙古族长调，偶尔也夹杂着几声粗俗的草原民谣，哼哼呀呀的和声一直萦绕着草原上大大小小的敖包子随风飘荡……

草原深处，苇草丛生，湿地成片，就更加显得广袤而神秘。夏天，一野碧绿；冬天，满目苍白。我永远都无法抹去塔头滩留在童年记忆里的深刻烙印，草原风掀起一拨又一拨浩荡草浪时，总能让我联想到马群的脊背、牛群的脊背，羊群的脊背，甚至是狼群的脊背……最后这些脊背奔涌成血味儿十足的红色肉浪，翻滚的草浪间时隐时现的塔头墩子就像一群群黑色妖灵，一直在辽阔的草原上纵横驰骋……

我还是个咿呀学语的孩童时，塔头滩就铁青着面孔向我宣布了：这里是爷们儿的天下，这里的一切都属于爷们儿！塔头滩冬猎队这个名字更是渗入到每个人的骨髓，这支专门对付草原狼的冬猎队一直以判官的形象把塔头滩人分为两类——强者与弱者，或者说英雄与狗熊。前者上天庭，后者下地府。在塔头滩人的心目中，能入选塔头滩冬猎队就能拥有一切，塔头滩冬猎队要比历史上任何国家的任何王牌军队都神圣得多。在人们不太知道外面世界，或者知道一点儿也不放在眼里的塔头滩，冬猎队的崇高程度绝不亚于诺曼底登陆的二战盟军。冬猎队队长的自我感觉就更是无比良好了，如果他们知道世界上还有拿破仑、艾森豪威尔、麦克阿瑟、蒙哥马利、巴顿这些元帅将军，也绝不会感觉自己有半点儿逊色的。我曾以幼小的塔头滩平民的身份体验过塔头滩冬猎队的荣耀与辉煌。直至今日，一回忆起塔头滩冬猎队，它仍然能让我无条件地肃然起敬。虽然我早已知道那都是些什么乌合之众，那都是些什么荒野草民，但我还是无法阻止它在我心中成为骄傲和梦想。哪怕是眼下，只要提起塔头滩冬猎队，我仍然会不由自主地诚惶诚恐，我仍然会情不自禁地顶礼膜拜……

我还由衷地怀念那些飘着黏糊糊的长头发、光着红彤彤的大膀子、提着光闪闪的"掏捞棒子"从草原上拍马喊过的猎手们，怀念那些马匹身上散发着的那股子浓烈的汗腥味儿和尿臊味儿，怀念猎手们那略带凶横的傲慢喊声，也包括他们说话时经常夹带出来的劲道脏口。虽然狼群和鱼群始终残酷无情地评判着人群，虽然人群的浴血竞争直接导致王室家族沦为底层弱民，但我还是无限崇敬曾让我苦难压抑、让我撕心裂肺的塔头滩和滔滔不绝的霍林河。那里虽苦难，但很真实；那里虽残酷，但很公平。

在人们的常规印象中，大草原通常应该是碧绿色和墨绿色的，或者有时会是土黄色的，顶多也就是灰褐色的，但在我根深蒂固的童年记忆中，不仅仅是塔头滩，就连整个查干淖尔大草原都是红色的。无论春夏秋冬，大草原一直都是红色的，并且永远都是红色的，宛如一头巨大无比的红发魔兽……

塔头滩人最大的特点就是讲规矩。他们不仅平时恪守着这些规矩，哪怕是发生最大的狼灾之时，也是严格恪守着这些规矩的。

塔头滩人从来不把那些手提猎枪、百发百中将远处飞奔的野兔撂倒的猎手视为优秀猎手；塔头滩人也从来不把那些抛圆大旋网、一旋网打上几十斤杂鱼的渔人视为上等渔人。人们把最受尊重的猎手称作"汉哥"，把最瞧得起的渔人叫

363

作"把头"。草原上真正的"汉哥"从来不使用猎枪。他们只是象征性地提着一根两尺余长的"掏捞棒子",腰里别上一把羊角剃刀。"汉哥"对野兔、野鸡等小猎物看都不看,他们只对查干淖尔大草原上最凶顽的猎物——草原狼感兴趣。他们斗狼的方式也极其独特,先凭勇猛使狼被动逃跑,然后再与狼拼耐力斗智力。称得上"汉哥"的猎手从来不找狼的短处,他们愿意看到凶恶的草原狼施展完浑身解数后俯首认输,这时他们才伸出大手揪住狼的后背将其擒到马上。草原上真正的"把头"从来不用网,他们仅凭一柄锈迹斑斑的黑色钢钩和一双有力的手臂来对付霍林河里最霸道的巨型狗鱼。常常要和垂死挣扎的巨型狗鱼滚作一团,拼个你死我活……印象中,好像只有那些不成年的半大孩子和步履蹒跚的耄耋老人,才用渔网去网鱼,才下挂子去挂鱼。

纵横大草原多少年了,塔头滩汉子的标准装备几乎没有什么改变:就是一个套马杆子,一根"掏捞棒子"和一柄羊角剃刀,没有人见过同时身上又背着一杆猎枪的塔头滩汉子。

在塔头滩,能被尊为"汉哥"的人并不多,同时又被尊为"把头"的人就更是凤毛麟角了。因为在任何领域里做成真正英雄都是不容易的,跨领域再做成英雄更是难上加难。既当"汉哥"又当"把头",其难度起码也要相当于今天NBA赛场上的最有价值球员,或者网球四大公开赛上的大满贯选手。塔头滩人在这个问题上绝不含糊,他们的眼里也从来揉不得沙子。塔头滩人把既是"汉哥"又是"把头"的草原汉子亲切地称作"草原红鹰",更是加倍敬重,加倍厚爱,给予无条件的崇拜,给予塔头滩人能够给予的一切……

塔头滩从来不缺少筋肉与利齿的残酷较量。草原狼这个名字叫得最响亮时,也正是草原狼群最兴旺的时候。草原狼群昼夜用绿色的眼睛威慑着草原人及属于草原人的一切可供充饥的肉身。正是在草原狼群的包围下,塔头滩上平凡的百姓有了轰轰烈烈的事业。为了使事业更像事业,后来又有了塔头滩冬猎队及其狩猎规矩,有了强者和弱者,有了英雄和狗熊,又有了美女们更隆重、更惊艳、更合理的分配原则……

霍林河里鱼群之间的弱肉强食也是同样一个道理。有时,表面看上去非常残酷无情,实际上则是自然界优胜劣汰的日常规律。凶猛的狗鱼群一路追杀着草鱼群而来,杀气腾腾、生吞活剥,看上去血腥,但从本质上看,那又是一种最博大的慈悲。霍林河里的草鱼群就像草原上的羊群一样,一旦更多的草鱼群进入查干湖,查干湖就会失去应有的生态平衡。由于食草鱼太多,最后就可能导致湖里所有的鱼都无食可吃,甚至会因为严重缺氧而全部窒息而亡。所以说,狗鱼群的生吞活剥就变得极其必要。反过来说也一样,狗鱼多了不行,没有狗鱼也不行。尽管狗鱼是专门吃鱼的大型肉食鱼,但草原人也从不对它们赶尽杀绝,因为狗鱼和草原狼一样,都是草原生态不可或缺的重要成员。

每年的七八月份，就是霍林河激情澎湃的汛期。霍林河水在这一季节异常汹涌，像脱缰的烈马一样，一路奔腾咆哮……为了食物，鲫鱼群、鲤鱼群、鲢鱼群、草鱼群、鳙鱼群等在这个季节都要逆水洄游，它们一拨一拨地顶水北上，狗鱼群、鲶鱼群、黑鱼群等食肉鱼群就一拨一拨地尾随而来，狗鱼群最凶残，它们一路追杀，发出的怒吼声搅浑了猩红的河水。天空中白色的打鱼郎也一路跟随而来，因为鱼群经常被追得跃出水面，打鱼郎一个俯冲就能叼住它们最想要的美味……霍林河水一度被搅和得狼烟四起、血味儿十足。半个多月以后，突出重围的鱼群才能最终抵达那浩瀚无边的查干湖深处……从此过上相对平稳安定的日子。

谁也说不清从什么时代起就有了这群汉族、满族、蒙古族、朝鲜族杂居的剽悍民众。他们好像从不放弃，他们好像也从不屈服，塔头滩人世世代代一直抖着这股与众不同的雄风。也许是从满清入关，康熙东巡？还是从薛礼东征，抑或是北方高句丽王朝雄壮崛起的那天开始？总之，在很久很久以前，塔头滩就成了角力厮杀的圣地，就成了繁衍剽悍的地方。所以在后来的日子里，不管又来了哪个民族的人群，都一概被这里既有的勇猛之伍所洗礼、所同化，让不屈之魂渗入到每个生命的血液和骨髓深处。然后形成一种约定俗成的生存氛围——所有的男人和雄性必须首先告别任何形式的懦弱才有资格在这里生存。也许正是由于这与众不同的强硬风格，才造就了包括我们王氏家族在内的塔头滩上很多家族的沉重和好强。他们疼痛着，他们隐忍着，他们挣扎着，他们梦想着……

塔头滩上著名的拉嘎老古庙就是为世世代代的"汉哥"和"把头"们修建的。祖母说不清老古庙的始建年代，也说不准老喇嘛乌兰巴布的年纪与身世，拉嘎老古庙实在太古老了。喇嘛也不是想当就能当的，喇嘛是上师，上师得悟于大菩提，与虚空法界合一，与芸芸众生合一，与依止根本上师合一，那才有资格做上喇嘛。

拉嘎老古庙·里供奉的不是神仙鬼怪，也不是帝王将相，而是每年猎到的最凶最猛的头狼毒牙和每年钓到的最大最长的狗鱼骨架。塔头滩人认为征服草原狼和大狗鱼靠的是同一种东西。他们没有说出的那种东西就是勇气、力量和智慧。实际上，头狼毒牙和狗鱼骨架就是勇气、力量和智慧的象征。它们一直充当着草原人虔诚跪拜的图腾，使每块骨头都蕴含着塔头滩人不止一个牵魂动魄的故事。实际上，关于塔头滩人夏天捕巨型狗鱼、冬天猎草原头狼的记录，就是塔头滩人再精确不过的历史了。

天长日久，草原狼群和巨型狗鱼越来越演变成了一种历史的凝重符号，火印一样烙在了每个塔头滩人的心上。塔头滩人已逐渐无法接受没有草原狼群的日子，也无法想象没有巨型狗鱼的生活。总之，塔头滩已经演化成了一种别样生存境界，那也是查干淖尔大草原、霍林河水、人群、狼群和鱼群们共生共存的命运哲学……

　　草原当然也有温情的一面，但也绝对与众不同。

　　飘忽不定的雄云雀总是突然间就没了踪影，只留下悦耳的歌声；哪怕是在最嘈杂的清晨，黄鼠子和野兔子们也能听见一片片、一圈圈的花脸蘑和狗尿苔们破土而出的声音……

　　在我童年的印象中，塔头滩人似乎总是披星戴月地劳作着。尤其是塔头滩的男人们，他们一个个都极其强悍。春天，他们雄劲地吆喝着公牛，用笨犁蹚开黑油油的土地，撒下饱满的种子；夏天，间或有汉子从霍林河里拽出大狗鱼来，会让塔头滩的男女老少们兴奋不已；秋天，男人们隆起着结实的肌肉舞动着大钐刀，伴着"嚯嚯"风声，塔头滩上到处都闪烁着红亮亮的脊梁。最令人振奋的季节还要数冬天，偶尔有汉子徒手抓回一只活狼来，塔头滩世代不息的雄风又得到亢奋鼓动……

　　为了求学，我 7 岁就离开了草原。在乡镇读了小学，又在县城上了初中和高中，直至 1985 年考上了省城的大学。1989 年大学毕业后，我就来到吉林省群众艺术馆工作，群众文化工作越是基层越是艰辛，没有什么轰轰烈烈的大事和奇迹发生，每天不过是些鸡毛蒜皮的小事和杂事。干与不干差距不太大，干多干少都是良心活儿。但这里毕竟有着群文人的事业，平凡的人群中偶尔也会产生英雄和狗熊，平静如水的生活中同样不断绽放出欢快与伤痛。从一本大众杂志的助理编辑做起，编辑、编辑部副主任、编辑部主任、副主编、执行副主编、执行主编、主编、社长、副馆长、副书记……几乎一步不落地做遍了所有的角色，一干就是二十四年。2013 年，我被调到吉林省艺术研究院当副院长，主抓全省舞台艺术创作。同样面对那些看似平凡的人和平凡的事，但也能让我感受到日常生活中的欢快与伤痛。有些东西就是说不清、道不明，只能深藏于内心。同时，我也充分体验了一次悲剧喜唱式的戏剧人生。

二十几年后，当我再次回到故乡草原时，眼前的草原就像换成了另外一块草原。原上草越来越低矮、越来越稀疏，飞禽走兽也并不常见，狼已变成了传说……

别说是风吹草低见牛羊了，就算是风不吹、草不低，站在远处都能看见一只黄鼠子在忐忑不安、踉踉跄跄地奔跑着，来到近处，地上的草连鞋面都盖不住了。

我是和一群城市人驱车回到故乡草原的，我本想要炫耀一下故乡的野性、故乡的风情，可是我没想到会是这样的情景。

如今的塔头滩已变得相当文静，相当温和。虽然无边无际的芦苇荡和绿色草库伦紧密衔接，但就像缺少了一些必要的生动。我几乎没有看到什么飞禽走兽，也没有听到什么鸟类叫声。就连曾经最常见的云雀也不见了踪影，就更谈不上那甜美动人的歌唱了。一路走来，我心里失望的同时，也生发出另一种异样的沉重。

　　后来，我总算听到了一声啼血般的悲鸣。顺着那声悲鸣，我看见有一只胡巴喇（伯劳鸟）正落在草边缘的人工铁丝网站桩上。远远地望着那只无精打采的胡巴喇，我想，此时的它不必再去防范空中的老鸱鹰了，因为老鸱鹰早已经变成了传说。我们一路走来，真的没见到老鸱鹰，好像只看到几只无精打采的红隼。此时这只胡巴喇，也许正担心着下顿饭吃什么和吃下之后能否中毒的问题。

　　查干湖边上大苇塘的泥洼中，难得一见的水鸟脚印也在证明着，这里已经很久没有成群的长脖老等或游拉冠子来栖息了。昔日那些大白鹤呢？它们怎么也销声匿迹了呢？电视里前段时间还曾报道过呀，不是说大白鹤已成群结队重回草原湿地了吗？可它们的身影并没出现在查干湖畔啊。也许大白鹤回来过，此时又飞向了更遥远的地方？圣洁的大白鹤和屠夫似的胡巴喇完全不同，大白鹤就像知晓大自然的一切秘密和玄妙，它们只相信自然疯长的草原和自然流动的河水。

　　是啊，查干淖尔大草原在渐渐退化，塔头滩也在渐渐变得温和，昔日的草原狼群也早已经溃散和消亡了。我长久地站立在查干湖边，刺目的阳光下，滔滔湖水，波浪翻滚，一直延伸到看不到边际的远方。我的目光还是穿越了那片苍茫湖水，也穿越了湖水一样苍茫的岁月。霍林河水彻底断流以后，查干湖的新主人们从远方引来了松花江水。远远望去，查干湖还是那个查干湖，但查干湖里面的水已经不再是原来的水了。那么湖里的鱼还会是原来的鱼吗？吃着鱼长大的水鸟还会是原来的水鸟吗？肯定不会是了。就像原来那个破旧的拉嘎老古庙改建成了崭新的文庙一样，就算吟诵的还是同样的经文，表达的意思也不会是相同的了。这些新的湖水或许承载着新的传奇，查干湖似乎永远都不会干涸，不会沉寂了。过去一群群打鱼郎飞翔在湖面上时，人们想到的往往是湖水中有成群结队的鱼群；而当眼前连一只飞鸟都难以望见时，人们想到的就不仅仅是湖水中有没有鱼群的问题了，人们肯定还会不由自主地想到一些与大草原、与塔头滩、与生命力有关的东西……

我越来越觉得塔头滩上那轰轰烈烈、铮铮铁骨的血性已不再是我及后代人的标记，生活早已于不知不觉中变得越来越平庸温和了。

又行进了一会儿，我终于在塔头滩上看见了一只久违的长脖老等。其实祖母早就告诉我了，它的学名叫苍鹭。这只几乎和塔头滩湿地一样古老的灰色大鸟，历尽沧桑仍然像一位仙风道骨的圣哲。此时，它正提起一条大长腿，静静地站在湿地边上沉思着。但它的神情多多少少还是显得有那么一点儿不安定，等待得似乎有些疑虑和烦躁。它好像在追问着人类，草原大风能否再把塔头滩湿地吹回到那个水草肥美、生机盎然的辽远年代呢？

我真实地领略到了很多年前就一直吹着的弥漫旷野的草原大风。如今重新面对这草原大风时，我像突然领悟到一些不一样的东西：有一种缘分，如同生命本身一样无法回避，它会和你一生相伴；有一种故土，就像是命中注定，纵然你距离它千里万里，蓦然回首时，它仍会近在眼前。我只要听懂草原上的大风就足够了，我不必去看清那些湖水了，因为那个永远的大湖一直就装在我的心底。湖面上连绵不绝的浪花里，有鸥鸟成群结队；湖边的大苇塘里，有顽皮淘气的孩子们；远处辽阔的草地里，有骑手一路惊起躲在草丛中抱窝的山雀儿；在更远处的草原上空，还有一只雄云雀在长久悬停婉转鸣叫着……此时，迎着草原大风的我就算闭上眼睛，也能感受到一望无际的查干湖和草浪翻滚的塔头滩了，耳边还会永无休止地响着查干湖上那亘古传唱的民谣：羊草垛，插钐刀，你的兵马任我挑……

毋庸置疑，在现代文明的冲击下，草原退化了，河流萎缩了，狼群消亡了……但我对草原依旧有着极其深厚的感情，我还是想寻找回童年记忆中的那块草原。也许我只能在虚构和非虚构之间，想象我的百年家族，还原我的坎坷童年……

向海的鸟

谢华英

　　向海，位于吉林省白城市通榆县境内，是科尔沁草原上的一个湿地湖泊。当年曾是成吉思汗的二弟哈萨尔王的封地，是我国 21 块自然保护湿地之一。1986 年经国务院批准，向海被列为国家级森林和野生动物自然保护区，现已经被列入世界 A 级湿地名册，以它独特秀美的草原风姿，在中国吉林省享有"东有长白，西有向海"的美誉。

　　向海地形复杂，多种生物区系与复杂的生态环境相互渗透。沙丘、草原、沼泽、湖泊相间分布，纵横交错，星罗棋布，构成典型的湿地多样性景观。区内林地面积 2.9 万公顷；其中蒙古黄榆面积 1.9 万公顷。黄榆林中间，建有一座观榆台，登台远望，目之所及，既感觉大片苍劲的黄榆尽收眼底，又感觉目之所及依然无法抵达它们的边界。返回榆林，在棵棵黄榆间穿行，不会觉得它因没有白杨的挺直和松柏的苍翠而自卑，因不修边幅毫无章法的生长个性而散漫。它骨子里的蒙古族人顽强坚韧的个性彰显，更让人油然而生敬意。蒙古黄榆，适者生存的道理，早就根植在它们的生命里。面对肆虐的黄沙、无情的干旱，它们都能咬紧牙关，苦苦与自然界的灾害抗衡。逢上大旱之年或虫灾泛滥，它们宁可拒绝复活和生长，任尔东西南北风，只是倔强地站立，守得住阵脚，就守得住家园，守得住江山。

诗经里言："蒹葭苍苍，白露为霜。"古老的诗意并不影响我们对芦苇的解读。在物资匮乏的年代，人们把对芦苇的掠取发挥到了极致，从刚出生的芦芽，到芦叶、芦花、芦颈、芦根，全部摘取到自家屋檐下，用来饱腹和抵御风寒。对于这些，芦苇像个隐者或者哲学家，从不抵御和辩解，它们存在的哲学就是默默地生长，沿着水的足迹，无休无止地生长，顽强倔强地生长。至于前世和今生，命运和轮回，均不在它们的思考范围之内。野生的天性，不被驯养的自由，也让它们有了优于庄稼的豪迈和洒脱，优于杂草的胸襟和气派。它让人类更懂得，生存并不一定需要钢筋水泥，生命不一定需要正襟危坐，只要骨子里保持与自然界的和谐与尊重。

向海既是大自然的珍品，又是鸟类的天堂。"鹤之故乡，人间天堂"，向海也是全世界在一处湿地栖息鹤类最多的地方。

乾隆皇帝曾在向海亲笔题下"云飞鹤舞，绿野仙踪。福兴圣地，瑞鼓祥钟"的碑文；国际鹤类基金会主席乔治·阿其博先生考察向海后说："我到过世界上五十多个国家的自然保护区，像向海这样完好的自然景观、原始的生态环境、多样性的湿地生物，全球也不多了，这不仅是中国的一块宝地，也是世界的一块宝地。"

借由这样的美誉，向海每年也会迎来送往大批的游客。游客习惯性地首先奔往丹顶鹤的养殖基地——鹤岛。

近两年，鹤岛上除了鹤舍里饲养的丹顶鹤，岛内一处环水的山坡上也散养着部分丹顶鹤，三五成群地漫步其间，闲庭信步是它们生存的本真姿态，只是几乎看不到它们的展翅腾空。鹤舍背靠着鹤岛里的一处小山梁，面对水草茂密的湖泊。一字排开的十几处鹤舍，里面是人工驯养成功的半散养的丹顶鹤。上午10点，是丹顶鹤每日准时放飞的时间。10点之前，鹤舍外聚集的大量游人，举着手机、相机，拭目以待鹤舞长空的壮观景象。偶尔还会有部分游客从门外三五结群地飞跑着，唯恐错过"晴空一鹤排云上，便引诗情到碧霄"的瑰丽景观。

饲养员在众多期待的目光中打开了鹤舍的铁栅栏门。二三十只丹顶鹤没有拥挤的姿态，泰然自若的气质让它们的步子从容稳健，除却栅栏的遮挡，它们近距离地站在人们面前，像准备登台的演员，跃跃欲试又心无旁骛，却又分明笼罩着圣洁的光环。正所谓人有人言，兽有兽语，待它们飞离地面，在空中很快自动排成了规整的队形。除却打头的那一只，没有再抢先的，也没有肯落后的，像经过专业的训练，飞行有序。挥动的双翅划着优美的弧线，它们在天空嘹亮地高歌——那是欢欣之舞，那是自由之歌。这份自由和喜悦，是只能仰望却无法飞翔的人类永远无法体验到的高远和旷达。

　　不知是饲养人员给了它们什么样的警示，还是它们更留恋脚下的这片土地，在人们引颈观望和欢呼的氛围中，丹顶鹤飞出千米远后，便在空中集体来了个优雅的转身，掉头飞回来了。那么大的鸟，在仰望的人头上空，像个凯旋者一样，纷纷降落地面。游人早已备好了食物擎在掌心，试图吸引鹤、靠近鹤。丹顶鹤并不排斥与游人近距离接触，但也有智慧地取舍。它们长长的脖颈和嘴巴，更利于准确地够到食物。它们眼里的游客没有男女之别老少之分，在它们眼里，人类也是一种动物吧，或者是愿意亲近它们的一类朋友。只有在人们过于挑衅靠近的时候，它们才会引颈回击或者以嘴啄之。其实它们更爱吃的还是鱼类，每天饲养人员都要在水池里大量投食，它们长长的嘴巴在水里捕捞，还习惯地在水里涮涮，那份洁净的习惯还真配得上那一身素雅的高洁。

　　有的丹顶鹤不屑人们手掌里的那几粒粮食，独自漫步于水边的沼泽地，那舍我其谁唯我独尊的步伐里，有一份自在和逍遥。它们长时间地被圈养可能更愿意呼吸水草的气息，更是它们喜欢草地栖息的天性，或许那里还藏有它们更多的生存依赖和留恋；其实，只是外行的游人不懂，这些丹顶鹤也是来自不同地域、品种不同的鹤类。它们并不会因为身份的不同而桀骜不驯，而是融洽地群居在一起。在它们眼里，天地之间，水草相伴，树木相随，举目苍穹，才是自然的本体。只是这间或闯入的游人，近乎打扰的靠近，常常让它们挑起睥睨的眼神，额头那枚醒目的朱砂像一盏叫停的红灯，"可远观而不可亵玩焉。"

"白鸟一双临水立，见人惊起入芦花。"向海浩大的芦苇荡里盘旋的鸟类有两百多种，丹顶鹤不仅是体量最大的鸟，也是身价最高的鸟。属于国家一级保护动物的丹顶鹤喜欢在沼泽、平原、草地和芦苇中栖息，向海的大片芦苇也是大自然赋予它们最本真的呵护。

美国自然学大师亨利说，只有当我们意识到大地以及其诗意时，我们才堪称真正地生活着。

这是哲人给我们的提示，也是向海给我们的警示。如果我们人类与自然界的万物保持住一份慈悲与和善，懂得与呵护，世界的生态才更有可能达到一种平衡与和美。

插在咖啡杯里的黄花

王齐君

　　那天给朋友打电话，朋友说，他正在山里捡蘑菇。依照他的说法，他当时刚好碰上长在大树墩子上的一大片榛蘑，他已经捡了一筐，还没捡完呢。

　　我想象朋友所说的长在大树墩子上的一大片榛蘑，想来应该是金灿灿、鲜嫩嫩地铺满树墩吧，光想想就叫人垂涎，朋友的话无疑在鼓动我，我恨不得立刻飞上山去。

　　到了周末，我满怀期待，跟朋友进了山。

　　朋友带我去的那座坡，既高又陡。我们差不多一直在爬五十度以上的山。我脚上穿的旅游鞋，实在不适合爬山，鞋帮始终卡脚踝，崴得双脚生疼。毫不夸张地说，那种崴脚，

379

似乎一个不小心，咔嚓一声，脚踝就会断掉一样。

奔波在陡峭的山上，加之鞋不合脚，我很快就气喘如牛了。蘑菇没捡多少，身体已经吃不消了。总想坐地上，或者靠住树，抑或手扶大树，大口喘上半天。当我坐在铺满落叶的地上，或者靠在树上歇息的时候，终于明白，上山捡蘑菇并非想象的那么简单。在累得难以行动之时，心想，要是能像朋友那样，突然遇到一截儿长满蘑菇的树墩子，那该多好。

奇迹当然没有发生。在浩瀚的森林里，捡蘑菇同样需要脚踏实地，只能几棵几棵地捡，甚至一棵一棵地艰难寻找。不仅需要付出辛苦的汗水，更要有耐心。只有集中起精力，才能在杂草丛中，在千百次的搜寻中，与一棵自然生长在天地间的蘑菇不期而遇。

每一棵突然映入眼帘的蘑菇，对于访山人来说，都是一份惊喜。

朋友呢，他总上山采野菜，捡蘑菇，爬起山来如履平地，绝对不会像我那样瘫坐到地上。他的所谓休息，依然站着，并用眼睛四处寻找蘑菇。我从没听到他粗重如牛的喘息声。

走走停停间，榛蘑的自然生长状态，以及它们所特有的那份生鲜气息，已然深深印记在了心里。在接连寻得几棵鲜嫩的蘑菇芽后，突然发现，已经登临山顶了。

站在群山之巅，举目四望，身心不由放松下来，登山的劳累瞬间被抛至脑后，取而代之的是全身心的欢畅感。

　　此时森林里已经通透起来。透过或黄或红的树叶，可以看到，由近到远，层层叠叠的山，五颜六色，正是一年中最美的五花山时节。我拿出手机看下时间，很想给人打电话，想以愉快的语气告诉远方的朋友，此刻群山之巅，是多么多么美，我呢，正在五花山的丛林里捡蘑菇呢，尽管捡得不多。当时很想与人分享心情，可是在想了一下后，还是放弃了与人分享登山感受的想法，我就是说得再详实，再和颜悦色，眉飞色舞，又有谁能明白，当中秋时节，我身处群山之巅时，内心的真实想法与感受呢？

　　即使站在我身边的朋友，他也不一定有我一样的切身感受吧？

　　第二次上山采蘑菇，爬的山更高，山巅之上，可以望见远处我所居住的城市。连很远的另一个区，都能影影绰绰地看到。我爬上树，骑到树杈上，拿出手机，认真拍了张照片。可是毕竟离城太远，只能拍到城市模糊的　角。我想把照片发给谁，可直到现在，那张模糊的照片依然只是存于我的手机里。

　　盘腿坐在山顶的阳光下，屁股下是很厚的树叶，身心很放松，也很舒适。我和朋友开始吃午饭。我用酒壶带了七八两白酒。那是夏天时，用六十度白酒泡的新鲜桑葚，泡了两个月，酒呈紫红色，有些像葡萄酒；入口，口感蛮不错。我和朋友每人一根香肠、一个西红柿、一根黄瓜、一个咸鸭蛋、几块干豆腐，最好的菜是切好的猪头肉。都是上山前，在早市上买的。我直接对着酒壶嘴喝酒，朋友用酒壶盖。

"醉翁之意不在酒，在乎山水之间也。"在山上喝酒，离阳光很近，海阔天空地聊天，确实让人感到惬意。捡蘑菇的事，很快就被抛到脑后了。

第三次上山，朋友对我说，你嫂子说，怎么和你上山就捡不到蘑菇呢？我知道，这多数是朋友的想法。我固然也希望能多捡些蘑菇，但捡不到，也并不会影响我的心情，在森林里轻松自由地走一走，想上哪座山只管去，只要不怕累，不是很好吗。所谓享受自然，别有他获，比如能捡到蘑菇或采到野菜，当然好，收获甚微，甚至一无所获，又何妨？

吃完午饭，朋友把自己捡的蘑菇全倒进了我的筐里，我的筐满了，他的筐空了。朋友说，怎么也得让你够吃一顿。其实我自己捡的蘑菇虽少，但也够吃一顿的了。尤其让我高兴的是，我捡到了一棵蘑菇王。

那棵二茬榛蘑，深褐色的茎，比大拇指粗得多，高约二十厘米。朋友说，他从没看到过如此粗大的野生榛蘑。跟一把微微撑开的雨伞一样。是他先叫的蘑菇王。那棵蘑菇王同另外四五棵小蘑菇，挤生于柞树根上，如同妈妈领着自己的孩子，看上去美好而招人喜爱。遗憾的是，我只顾高兴，没能拍张照片。二茬榛蘑长得就是壮。一棵榛蘑长那么大，不管谁见了，想来都会兴奋不已吧？

后来的一个周末，在参加完一个婚礼后，我曾孤身进山捡过一次蘑菇。是离家很近的山。在捡到几棵榛蘑后，我以为能来个榛蘑大丰收，可没想到，接下来只捡到一些黏团子蘑，再也没见到榛蘑的影。

雨却下来了。森林里异常静，只有唰唰的雨声。那些曾在头顶飘忽流转的鸟鸣，一下被雨浇没了。不仅感觉到了凉，且感觉到了饿。喜宴上，根本没吃东西。

沿着山梁上的小道继续往山里走时，碰到了一对夫妻，他们捡了一袋子山核桃，以及杂七杂八的一点儿蘑菇。和他们说了几句话，临别，男人说，这山上蘑菇不多，天又不好，你快下山吧。可能他看出来了，我并非专为捡蘑菇的人。当时雨虽然停了，但是天色阴沉，说不定很快就会再下起雨来，他因而怕我迷路？女人说，人家还没捡够蘑菇呢，我还笑了一下。他们往山下走，我呢，兴致勃勃，接着往山里去。

那天午后，我竟然下到了一个很深的沟谷里。也许是被那些高大的柞树所指引？沟谷里根本没有榛蘑。什么蘑菇也没有。当我斜里向上，想爬到山顶，以便找到来路，好打道回府时，面对五六十度的陡山，我感到一点儿力气也没有了，而雨也再次唰唰地下起来。那时我想，要是能有人把我背上山，该有多好。可是我又知道，身处困境，多数时候，我们只能靠自己。没有人能救我。我甚至担心，会不会被困死在这山里？我匆忙拿出手机，没有信号。谁又能隔空给我指出一条阳光明媚的大道呢？

我只能费劲地往山上爬。

手机猛然响起来。结果只是进来一条垃圾短信。好在我的手机铃声是首令人振奋的歌曲。手机有了信号，似乎也就没什么可怕的了。我在歌声中，奋力向山顶上爬。在爬那座陡峭的大山时，我一直在听手机铃声。听着那首歌，不仅感觉身上有劲了，心里也渐渐平静下来。在任何其他地方听那首歌，都没有那天午后，孤身陷于森林中，淋在潇潇秋雨里，艰难向山顶攀爬时听所给人的那份感受。那并不是我人生所面临的最大挑战，所谓最危险的时刻，还没有到来，挺住意味着一切。

那天之后，再遇有挫折，我的脸上总是带着淡淡的笑容。走在街上，对面的人看到我，一定会想，看，这个人多开心，他遇到什么好事了呢，美成这样？

深沉无边的细雨中，我信心满满，却也盲目，听着歌，艰难爬那座很陡的山时，我脸上的笑容，应该也是从容不迫的吧？

爬上山顶，很快又迷路了。我拖着疲惫的身体，围着一座山包走着。雨倒是停了，可是因为有厚重的云层压着，山里光线特别暗，停下脚步时，四周静得让人发慌。结果突然发现，我竟然围着一个山头走了一大圈，终点又回到了起点。

原本以为离家很近，上山不可能迷路，这一认识显然是个严重的错误。

我没用手机看地图，而是穿着潮湿的衣服，在山梁上迎着挺凉的风，摸索着走，刻意记住一些辨识物。终于，我望见了山下的火车站。那是我最为熟悉的建筑。可火车站离我当初上山的路口，远着呢。

有时就是这样，我们以为自己走的是一条无比正确的阳光大道，任何人都无法劝阻我们前行的脚步，实际呢，我们前进的方向，很可能与目标南辕北辙，等醒悟过来，往往已是暮色苍苍时。

而且，稍不留神，可能就会再入歧途。

在下山的丁字路口，居然再次选错方向。发现走错路，再折回来，虽然不过百余米，坡度也不大，我却走得无比痛苦，脚好像已经不是自己的了，是一步一步挪上坡的。人生最怕走回头路。又有多少路，可以回头？

即使走上下坡路，也无法走快，只是疲惫地挪动着双脚。

路边猛然跳出一丛非常醒目的黄花。

我探身折了一枝黄花，放在装着不多蘑菇的筐里。回到家，赶紧把花插进了一只不用的瓷制咖啡杯里……

大地的乳汁

任玉梅

"松花江，江水清，浩浩瀚瀚冲波行，云霞万里开澄泓。"这是公元 1674 年康熙皇帝东巡吉林打牲乌拉时，面对浩浩荡荡的松花江即兴而作的《松花江放船歌》。

松花江，古称乌拉河，它发源于吉林长白山天池，一路逶迤跌宕着走来，在吉林市区呈反 S 形穿过后，向北流经乌拉街时微微地向后靠了靠，随后舒缓地打了一个漂亮的漩涡，两岸的土地像一个女人伸出的臂膀，和它轻轻地相拥相亲，从而形成了一块块冲积扇平原。而这块冲积扇平原堆积的油沙土，酸碱适度，正适合谷物生长。于是，这块得天独厚的地理环境，成为清代打牲乌拉进奉贡品乌拉街白小米的基地。

乌拉街有个穷八家村，正是当年康熙皇帝东巡时所赐地名。

传说当年康熙东巡吉林时忽遇暴雨，一行人马不能前行，只得暂住一个小村子。康熙帝被一场大雨淋湿后，冻得浑身发抖，而途中给养又供应不上，只好派人出去寻找吃的。村里一个妇人拿出家里仅存的一碗煮好的小米粥敬奉给皇帝。康熙皇帝喝下后，顿觉甘滑润口，贴心暖肺，精神为之大振，于是又派随从出去盛粥。当地产的白小米都作为贡米上交官府了，翻遍全村八户人家也没有找到。康熙一面赞叹小米好吃，一面感叹地自语道：这个穷八家！从此，穷八家这个地名，就由这位皇帝叫开了。

说到乌拉街白小米，不能不提到一个人，他就是常恕清，乌拉街穷八家村（现在改名叫杨屯）农民，也是"穷八家小米"的代言人和经纪人，网名谷子地，人称小米哥。他在省农业部门举办的一次农产品推介会上风趣地介绍自己：我叫小米哥，我出生在乌拉街满族镇穷八家村，我种了一辈子小米，不但个子长得小，我还长了一双小米粒大的眼睛。不信你们看。他当场故意睁大了自己本就不大的眼睛。他的自嘲和幽默赢得了台下热烈的掌声。事后，连省领导都亲切地叫他小米哥。当然，他当场熬制的乌拉街白小米粥更是赢得人们极高的赞誉。

作为土生土长的乌拉街人，地地道道的满族人，他高考落榜后，就接过父辈手中的犁耙开始在这片神奇的土地上躬耕垄亩。他说这就是他的命——永远和这片土地相连的命。他认！他给自己设立了一个梦想，他不但要在这片土地上种谷子，还要把谷子种出文化来。他给自己种植谷子立下三条规矩：一是坚持传统方法种植，保持白小米最初的品质。每年的 4 月 20 号左右开始打垄，然后用碌子压实，5 月中旬开始播种，用点葫芦古法点籽。六月份开始人工田间间苗。采用这些传统的方法种植，虽然投入的人力物力比较多，成本比较大，但是却把传统的农耕文明传承下来了。二是坚持绿色农业，在谷子种植过程中，使用有机肥，坚决不施化肥，不喷洒农药，让人们吃上健康放心的有机白小米。三是谷子收获后不落地，避免和泥土混合，保证没有一粒沙子。为了做到这一点，他们秋天割完谷子后，一捆捆码起来，入冬后，把空旷的场院浇上水，等结冰后在上面打场。辽阔的冰面像一面镜子，谷子铺在冰面上，脱粒，扬场，最后装袋，再磨成晶莹的白小米。整个过程，一粒沙子也混不进来。

2011 年 4 月 8 日，几经运作，常恕清的谷子种植终于由最初的五家农户合作，发展成为吉林市龙潭区恕清种植专业合作社，常恕清当选为合作社理事长，种植面积达到六百多亩，采用传统的种植方法和科学的管理方法，合作社也逐步采取公司＋合作社＋农户的经营模式。他随即注册了"穷八家白小米"商标。在商标注册上很多人都纠结于当年康熙帝赐给的这个"穷"字，如今的穷八家村已经改名叫杨屯了，现在国家大力推进脱贫攻坚，谁还愿意和"穷"字沾边呢。他坚持说：就用这个"穷"字，一是反其意而用，会引来更多人的关注；二是这个商标能够真正证明穷八家白小米的真实身世——绝对的贵族出身。"穷八家白小米"成为注册商标后，逐渐被人们认同和接受了，被吉林市命名为知名商标，并获得第二届雾凇冰雪节旅游产品奖，吉林市十大区域公用品牌。常恕清也被评为农村脱贫致富带头人。一位尊贵的皇帝，一个普通的村子，一个平凡的农民，因为白小米，让历史穿越时空，在这里交汇相融，成就了一个新的现代农业产业。

白小米，色泽晶莹，润泽透亮，用它熬出的小米粥，黏稠润滑，口感软糯、味道甘甜，自然醇香，最适合妇女、老人、孩子食用。在北方，哪个妇女"坐月子"不是用小米粥来滋补自己的身体？白小米，堪称米中的脑白金。用白小米做捞干饭更是美食中的上品，可以勾起几代人的回忆。还有黄小米和白小米混在一起做成的二米饭，黄金白金搭配，更是让很多人想来都要垂涎。现如今，常恕清经营的白小米已经打造出多个品牌，有母婴米、贡米、营养米、五谷米等，而且培育出了白小米、黑小米、绿小米等多个品种。食不厌精，他以小米为主要原料深加工出各种满族特色美食，远销全国各地，他自己也成为打牲乌拉皇室贡品加工记忆非遗传承人。

小米小吗？仅仅是沧海一粟吗？如果往大了说，它是大地的乳汁，滋养了这片神奇的土地，也滋养了一个生生不息的民族。它是土地的语言，它是苍天赏赐给这片土地最好的礼物，每一粒都是安放在世间的晶亮亮的眼睛。

中华秋沙鸭的生命第一跳

陈凤华

　　但凡动物，或者植物，名字前缀加上"中华"二字，就说明此物种与众不同，是中国特有的，中华秋沙鸭亦是如此。中华秋沙鸭是英国人哥尔德在中国境内发现的鸭科物种，因鸭的头顶"梳着"冠羽，如同古代官帽上的花翎，富贵，大气，有些咄咄逼人的气势，且这种鸭在中国境内发现，便在秋沙鸭前面加上"中华"二字。

　　因为数量稀少，因为特有标志，别称很多，譬如，会飞的中队长，水中大熊猫，会上树的鸭子……每一个别称都蕴藏着故事，且都与它的特点相关，与它的特性相连。

　　中华秋沙鸭的雄鸭当属"美男子"，雌鸭可谓"俏姑娘"，雌雄鸭之美，从冠羽，从眼神，从体态，处处彰显；秋沙鸭红色的喙如一面小旗帜，尤其初春的冰雪河面，这抹红绝对是与众不同；冠羽高高挺立在头顶，个性呈现，助推它们成为秋沙鸭中的王者。它们春来长白山繁殖，深秋领着宝宝迁徙南方，不仅是河中捉鱼的高手，还是天空中飞翔的先锋。最抢眼球处，雌鸭在十几米高的树巢中安家，孵化的鸭宝也从高高的树洞中跳出，这一跳开启了鸭宝宝的生命之旅。

如今，中国境内的"中华秋沙鸭"大多数在长白山区域繁殖。凡是中华秋沙鸭栖息之地，生态环境必优良，山清水秀是标配，负氧离子颇高，这些也只是指标，而自然保护才是真正的硬件。所以，中华秋沙鸭承担起"生态试纸"和"活体探测仪"的功能。长白山因"中华秋沙鸭"的入住，在诸多光环中又增加一道光彩；中华秋沙鸭因自然保护的推进，可以无忧无虑在此"安居乐业"。

虽然中华秋沙鸭是世界濒危物种，长白山区域的种群数量却逐年递增，这是一个很神奇很有趣的现象，为何会是这样呢？

便是生态自然保护的杰作。

中华秋沙鸭很挑剔，且高傲，有种贵族气质。而长白山自然保护区，为中华秋沙鸭营造了贵族的家园。对于候鸟，春来秋走，皆为过客，家是流动的驿站。早些年砍伐等毁掉许多适合中华秋沙鸭筑巢的老青杨，中华秋沙鸭无处安家，无法孵化……燃眉之急，这里的专家们亲自动手，为中华秋沙鸭建造鸭巢，也叫人工产房和育婴室。此后，中华秋沙鸭便在"别墅"般的产房中孕育下一代。

"一切皆有可能"，我一直喜欢这句话。

为了见证雏鸭生命的第一跳，多日与长白山科学院朴龙国老师一同观察中华秋沙鸭"产房"的经历，改变了我对人生的许多看法。人不能与自然去争，顺应自然，才是最高的境界。十几天来，雏鸭与我们捉迷藏，而我们却乐在其中。昨天用自己更多臆想去揣测它们跳巢的时间，强加自己的意愿，却忽略它规律的预产期。

预报有雨，也要坚持。两点醒来，拉开窗帘，只见星星点点的路灯在雨中闪烁，内心有份期盼，失眠也加入折磨我的行列。又在黎明前的黑暗中出发。仅仅从青年旅舍出来，跑到朴老师面包车的距离，运动鞋便已经湿透。当到达长掩体时，鞋子彻底成了凉鞋。

朴老师说："这场雨是开春以来最大的一场雨。"

听罢，我的心一阵疼痛。这样的暴雨，雏鸭如何耐受？

还好，昨晚大家用农膜把掩体罩上。我们到达这里时，周围还是黑压压伸手不见五指，但已有两位科研人员早早到来。不知为何，坐在农膜覆盖的掩体中，感觉自己都成了蔬菜和水果，且是在市场极其畅销的那种。雨越下越大，体温一直高热不退，外加亏欠的睡眠，眼前的烟雨朦胧叠加成几道屏障，状态不佳，难堪，难受，难忍，双眼浮肿，只能用一条缝隙观察掩体外的世界。这一切，还要继续忍受着，不想因自己的不适影响大家的拍摄心情。

雨天拍摄效果受限，但科研人和摄影人并没有放弃，他们为心爱的相机穿上了雨衣。激情不减，每一位老师如同枪膛装满子弹，信心满满地等待开炮。

想想这巢雏鸭似乎更追求仪式感，有雨滴伴奏，有波涛弹奏序曲，河水、雨滴交错成一部交响曲。雨滴如同酵母，与河水融合后，河面在膨胀，在发酵。雨就这样不知疲惫地从天空砸了下来，内心为雏鸭担心着、恐慌着。

灰蒙蒙的天空如黑色的棉纱罩住这片水域，而我所在的位置是圆心，周围的树木、河水，还有即将凌空而来的雏鸭都是演员。我独立于天地间，成为不折不扣的观众。

此时此刻，鸭巢中鸭妈妈和雏鸭们，让我爱恨交加，为了它，我撇家舍业在鸭巢下守候；为了它，我忍受着身体的酸痛在山林中穿梭；为了它，我放弃了庸常的生活，把精力都奉献给它。我倾注如此深沉的爱，多么希望能换回一个温暖的拥抱。

可惜，它不属于人类，不会懂我所付出的一切。迟迟不跳出来，似乎彻头彻尾向我挑衅。

跳巢，顾名思义，就是从这个区域跳出，跳到另一个区域。我迷恋上这个词，源于中华秋沙鸭。因为中华秋沙鸭的生命就是从这一跳开始的。

6点30分，鸭妈妈从十五厘米的巢口探出上半身，机警地东望望，谨慎地西瞅瞅，时不时扭头对巢中鸣叫几声，继续伏在巢口两三分钟，才退回巢里。反反复复三次观望后，一只雏鸭也学着鸭妈妈的样子趴在巢口，毛茸茸的小家伙除了头顶，全身都是灰色的绒毛，因为弱小，它尽力伸长脖颈，它对外面的世界充满好奇。鸭妈妈发现后，用翅膀将它扯回鸭巢。似乎这只雏鸭很不情愿，转眼间，它又趴到巢口，这次更加挺直身体，尽力扬长脖颈，忽闪两只枝丫般的翅膀，它在向大自然问好。

这时，鸭妈妈也在探头观望，伸展身体间，不小心用胸口将这只兴致勃勃观望的雏鸭挤出巢口。只见雏鸭舒展三角形的小翅膀，双足蹼成八字，头朝下，小家伙居然不惧树高，从来没有学过飞翔，却能拼命地挥舞翅膀跳下来，只是瞬间，它就从十多米高的鸭巢重重地摔在湿漉漉的草坪地面。我端着望远镜找寻落地后小家伙的身影，只见它弹起，再落下，就不见了踪影。

巢里巢外一片寂静后，鸭妈妈再度伏在巢口，长喙成八字，猜测是在鸣叫，算为叮咛，算作示范，随后，率先纵身一跳。与此同时，巢口由刚刚的安宁变得吵闹，雏鸭们争先恐后涌到巢口，有的侧身去观察，有的低头去俯视，还有一只却骑在洞口，顽皮地欣赏眼前的一切。紧接着，一只只小生命有条不紊地跳下来，落地的那一刻，我的心悬起，担心摔坏弱小的生命。只见，小家伙灵巧落地，肚子贴在绿莹莹的杂草上，随后一个前翻才平稳站起来。笨拙弱小的雏鸭则平摔下来，但见它侧翻后，踉跄站起来。这时，另一只在此守候多时的雌性中华秋沙鸭拼命地追赶雏鸭，这只鸭是强盗鸭，它是来抢夺雏鸭的。幸亏刚刚跳巢的鸭妈妈勇猛无敌，疯狂地撵跑了强盗鸭。

跳巢只用两分钟，十四个小生命纷纷以飞翔的姿态勇敢降落。

小家伙落地后弹起，如灰色的小皮球在草丛中滚动着，之后随鸭妈妈来到浅水区。在鸭妈妈的"嘎嘎"呼唤声中，小家伙们乖巧地向妈妈怀里靠拢。这时，暴雨并没有停息，且更加肆无忌惮。手机里的天气预报显示此时为零上二度，山里和水边，温度略低于天气预报。躲在掩体中的我，冻得哆嗦成一团，几乎僵硬蜷缩在我观察的洞口。遮盖掩体剩下的一块塑料薄膜成了我的救星，不顾及形象美还是丑，我披着薄膜挡住了风，少去风儿的横扫，似乎暖和许多。这些小家伙在如此恶劣的天气里拥抱这个世界，对跳巢雏鸭们是何等地残忍。鸭妈妈似乎也理解眼前的坏天气，慈爱地将几个娇弱的鸭宝宝捂在羽翅之下，其他雏鸭也撒娇地往鸭妈妈怀里拱，鸭妈妈叫了几声，酷似批评，小家伙们消停了。鸭妈妈左右环顾巡查四周，确定没有危险后，起身先行，沿着浅水区向深水区前行，雏鸭似乎经过专业的训练，均匀地排列成一字长队，以步行军的态势紧跟鸭妈妈疾步前行。雨中的泥沙滩松软，时而有小家伙陷入泥沙中，但见它挺直身子，猛地一个冲刺，从泥沙中跃起，加快脚步，并没有被落下。

穿过泥沙滩便到了深水区。深水区浪花翻滚，如舞蹈者甩袖起舞，浪推着浪，跳跃翻滚，气势壮观。大雨如注，水面上涨，外加冷风助力，鸭妈妈并不畏惧，勇敢地领着雏鸭沿着礁石回旋逆流而上，以身示范，勇敢冲入波浪中。雏鸭们有些恐慌，犹豫片刻，在鸭妈妈的"鼓励"下，也随着鸭妈妈奔向波浪，闯过第一道风口浪尖，似乎它们在窃喜中，又一股波浪袭来，三只雏鸭被冲出几米之外，鸭妈妈忙扭身率领大部队返回，找到这三只雏鸭后，但见鸭妈妈的长喙一张一合，似乎在叮嘱，只见这三只雏鸭跳到妈妈的背羽之上，大部队又继续逆流前行。这时，鸭妈妈像一艘船，游在前面，要问船儿谁来坐，三只宝宝坐上面。这次，鸭妈妈避开激流险浪，尽可能地沿着礁石边以 S 形的路线挺进。如此看来，路程绕远，但减少阻力。中华秋沙鸭迂回的战术，让我佩服得五体投地，它知难而进的精神更是让我折服。

远远望去，逆流而上的鸭妈妈和它的雏鸭们与浪花搏击，冲破几重波浪后，似乎乏力，这时，鸭妈妈跳上一块礁石，小家伙们跟着连跳带爬攀到礁石之上，聚在鸭妈妈的双翅之下歇息。鸭妈妈宽大的翅膀就是小家伙们的保护伞，避风，挡雨，还能温暖它们。

曾看过资料，雏鸭跳巢后，鸭妈妈领着它们悄悄躲在河边的芦苇或草丛里，待雏鸭们恢复体力再出去觅食。只因周围出现疯抢雏鸭的强盗鸭，这个鸭妈妈才改变初衷，也改变觅食的方向。

掩体低矮，只能跪式观察，透过巴掌大的观察口，通过望远镜才能望见七八米之外的鸭巢。就这样，我目不转睛地盯了近三个时辰，眼皮已经僵硬，眨眼似乎都是奢侈。此时的风雨似乎是这场"阅兵"的序曲，在猛烈而疯狂地弹奏，鸭妈妈率领雏鸭们在交响中表演了"海陆空"的乐章，完成了它们生命的第一跳。

走进大布苏

孙正连

　　知道大布苏湖，是几十年前的事了。那时，只知道那里出碱，是一片盐碱地，在很远的荒野之中。走进大布苏湖，了解大布苏湖，是公元 1999 年全国人民欢呼跨世纪的 12 月 31 日。为了留下 20 世纪的阳光，我和当地的一位摄影家在大布苏湖的泥林里，顶着寒风，踏着积雪，各自架起了照相机，不断地按动快门，拍摄 20 世纪末的最后一缕阳光。

　　当最后一缕阳光洒向湖水，洒向苇海，洒向狼牙坝泥林的峰丛，我惊呆了。洁白的积雪，灰白的泥林，被橘红的夕阳渐渐染上了绚丽色彩。如在一张古老的宣纸上作画，大写意。而这美，就产生在这洪荒之地。真的是"天地有大美而

不言"吗？我得到了证实，就在脚下这块土地上，就在我的
家乡。就在我走过万水千山之后，被我冷落的地方。家乡的
美，虽有情感的因素，但家乡泥林的美，确是有大美而不言。
千百年来，一直默默无闻。美的发现，是在温饱之后，是在
于心情。进入新世纪，人们对美的发现越来越多，旅游也渐
渐地走出了上有天堂下有苏杭的象牙塔。于是，从这一天起，
我的脑海里，钻进了大布苏狼牙坝；于是，从这一天起，我
关心起了这个地方。我找来了所能找到的资料，我要从头认
识这一块土地。

　　1992 年，大布苏湖东岸的狼牙坝，出现了严重的"水土
流失"，急需保护起来。于是，当地的一位官员突发奇想，请
来了一群热爱自然、热爱生命的专家、学者、官员，来到了
大布苏狼牙坝，来到了水土流失的现场。原本就是想看一看，
让上级拨些款项，治理一下这"水土流失"。可是专家、学者
看过之后，惊奇地发现，这里不是人们通常认为的水土流失，
而是一块应该马上加以保护的地方。一番考察论证，专家们
一致认为，这是一块不可多得的综合类自然资源，应建成一
处综合类的自然保护区。这里有国内罕见的潜蚀地貌，是古
脊椎动物化石出土地，有大面积的泥炭沼泽湿地，有国家重
点保护的鸟类。这四项中的任何一项，都具备建立保护区的
资格。在这些专家学者的考察、论证、申报下，大布苏越过
了县级、市级，被吉林省人民政府直接批准为省级自然保护

区。

保护区批下来了，当地的这位官员正要进一步运作的时候，一纸通知，他退休了。保护区只是一纸空文，放在了一家主管单位的抽屉里。是体制的问题，还是事在人为，我不想翻历史的旧账。好在大布苏湖还在，泥林还在。

2001年的春天，当地的一位领导，眼见大布苏湖在人类的破坏下，正逐渐地走向消亡。他多方奔走呼吁，终于成立了保护区管理局。我有幸成了首任局长。从那一天起，我真正地走进了大布苏湖，落脚在大布苏湖东岸，也一步步地走进了大布苏的历史。

大布苏湖所处的位置，在松嫩平原西部冲积湖平原上。由于新构造运动的影响，地势向西北倾斜，致使乾安县一带无过境河流，但却留下一系列与古河道有密切联系的湖泊洼地，形成相对独立的闭流区。松嫩平原西部湖泊、泡沼较多，据初步统计，面积在六平方公里以上的湖泊就有七百多个。大布苏湖是这些湖泊里较大的一个具有典型性、稀有性和代表性的内陆碱水湖。大布苏湖年降雨量为三四百毫米，而蒸发量却达两千多毫米，又属闭流区，二百三十平方公里的汇水面，造成大布苏湖盐碱物质的大量堆积。大布苏湖的名字，也正由来于此。

大布苏，蒙古语：盐、碱。

大布苏湖，出碱，出盐，出硝，出卤水。这关系到百姓的生活，但对湖东岸的狼牙坝泥林，对泥林里出土的古脊椎动物的化石，没人去管它、问它、理睬它。当有人问起，也只是说，狼牙坝里有骨头，大的要两人去抬，是什么？没人知道。只有收破烂的，年年来几次，收购了，把这已失去了骨头成分的化石，去做骨粉。

百姓，只关心百姓的事。专家学者，才关心专家学者的事。1976年，以解决松辽平原西部沉降带第四纪地层划分问题为目的，古生物地质专家孙建中、姜鹏、王雨灼就结合吉林省地质地图编制工作，对大布苏湖一带进行了古生物调查。在对该地带第四纪地层划分的同时，于上更新统中部大布苏组地层中获得大量脊椎动物化石。到1983年为止，共出土6目11科13属14种脊椎动物化石。

这一系列化石的发现，除专家学者外，并没有引起社会的广泛关注。继后，长春地质学院教授刘翰，于1996年7月在泥林牛道沟大布苏组地层中发现了完整的原始牛骨架化石。这也是中国大地上首例完整的原始牛化石，在科学研究上有着极高的价值。为此，刘教授写信给乾安县政府，说明了化石的重要性、它的保护价值……这一切依旧没有得到有关部门的重视。最后刘翰教授将装架的原始牛化石送给了吉林省博物馆收藏。

时光进入2000年，刘翰教授与夫人长春地质学院教授林泽蓉，又一次来到大布苏泥林。这一次，他们得到了县人大主任赵显和和县环保局局长齐跃军的大力支持。这一次，刘翰教授在泥林中进行了一个多月的考察，可是只发现了一些零星的化石。这就如长白山挖人参一样，不是去了就能挖到。就在刘翰教授收拾行囊，准备第二天回家的时候，一位当地的牧羊人告诉他，在二百沟子那有骨头。这样的事，在生活中很多，有的叫"踏破铁鞋无觅处，得来全不费工夫"，有的说是"功夫不负有心人"，也有的说是"成功就在再坚持一下的努力之中"。总之，结果是重要的。人们喜欢用成败论英雄。总之，刘翰教授在泥林东北角的二百沟子下游，在不足 40 平方米的地方，一次性发现了 18 种脊椎动物化石。至此，大布苏组地层中共出土了 6 目 12 科 18 属 19 种脊椎动物化石。分别是：猛犸象、披毛犀、普氏野马、蒙古野驴、野牛、原始牛、王氏水牛、牛类、普氏羚羊、河套大角鹿、马鹿、诺氏驼、虎、棕熊、缟鬣狗、最后鬣狗、狼、赤狐、野猪。其中绝灭种占动物种群的 38.64%。

2001 年，这些化石全部放在泥林博物馆展出。

面对如此庞大的食草类动物群，每一个有常识的人都要问：它们吃什么呢？我们的大布苏草原，我们的大布苏湖如何饲养它们呢？

解释这一问题，只有靠专家、学者。百姓，哪怕是最老的当地人，也不过百岁，千万年前的事，靠语言的传递，就显得太苍白了。

1999 年，地质学院教授、孢粉学专家林泽蓉对采自牛道沟口剖面大布苏组上部的孢粉样品进行了分析。结合学字井正西方陡崖剖面的孢粉组合特征可知，大布苏在晚更新世晚期以松、桦、藜、蒿、毛茛科、十字花科组合为特征，反映疏林草原为主的景观。随着温冷气候的波动出现，大布苏北部的冰川不断地退去，大布苏湖逐步走向干旱化。这种环境变化，越来越不利于喜冷类的猛犸象、披毛犀动物种群的生存和延续。大布苏组上部地层产出的古脊椎动物化石稀少的情况进一步证实了这一点。

一个物种的灭绝，固然有其自然的原因。大自然的变迁更迭，是使大布苏草原物种或迁移、或消亡的主要原因，但人类的破坏，有时比大自然的力量更加可怕。

有一位老牧羊人对我说，新中国刚成立那阵子，大布苏湖四周，只有碱蓬子，也有胸那么高。黄羊子一群群地四处奔跑，狼也多，夏天里，没人敢进湖里去。冬天里，下大雪，狼能进村子叼走猪。可渐渐地，碱蓬子没了，碱草地没了，就是无处不长的杂草，也都只剩下地皮上的一点点。这大布苏草原，完啦！完啦！

我说：那它不会再长吗？

长什么长啊，净干些断子绝孙的活。早些年，大布苏不缺烧的，没人打碱蓬子的主意。喂猪，有的是粮食，也没人想到碱蓬子。可渐渐地，烧的金贵了，喂猪也没饲料了，人们想到了碱蓬子。先前还是待到秋后，籽成了、秆老了再打。可是人越来越多，打的人也就越来越多。先前还是刀打，后来就是用铁锨铲了，连根带秧一块儿来了。秆烧火，籽喂猪。剩下光光的碱土地，风一来，存不住籽了，没了籽，还能长啥？

那草呢？

碱草也就是羊草。一眼望不到边的碱草甸子，草也高，都到大腿根了，前面用钐刀打，后面装大车，能供上。打羊草，一打就是十天半个月。全村的劳动力都去，那草还是打不完。湖的周围都是草甸子，一眼看不到边的大草甸子。

老牧羊人说的，我信。1975 年，我作为知识青年下乡在乾安县让字公社西露村集体户，秋天，全村的青壮劳动力都要去打草。那是我第一次使用两米多长刀杆的钐刀，刀杆后部，夹在腋下，两手抓住刀杆的中间，打草时，要用身子的力量，晃动钐刀。有时鹌鹑在草丛中，只顾得愣愣地听钐刀打草的唰唰声，每每这时，鹌鹑被打掉脑袋的事经常发生。后来随着不断开荒种地，以粮为纲，草原大幅减少了。草少了，可用量大了，打草就像抢一样。原本要等到八月十五后才能打草的习俗，渐渐地被人们忘记了。有的年月，雨水少，气温低，草没等长成，就被人们打光了。这样的结果，是雨水顺着草的断处灌进去，草开始腐烂，一直把草根烂死。阴雨天里，成群的牛羊拥入草甸子，蹄子踏进腐烂处，使原有的地表植被遭到彻底的破坏。天晴后，太阳一晒，这里便出现了一片片的盐碱地。夏天里，远远地看去，像千岛湖一样，可到了冬天，就如人得了斑秃一样，大地更显得少皮无毛了。周而复始，草原没了，只有白茫茫的一片，真干净。

大布苏草原同样如此。20世纪50年代、60年代、70年代，不准私人养羊，说那是资本主义。每个村只有生产队有一群羊，不足百只。一个生产队，就是一个自然屯，羊可以吃了东边再吃西边，使草原有个休养生息的时间。可到了80年代，养羊变成一条致富路了，省、市、县、乡、村，年年要羊的数量指标，农行可以提供贷款，先进典型披红戴花，拿奖金。大布苏湖的羊群，真是忽如一夜春风来，千树万树梨花开，成千上万只羊一下子包围了草原。羊多了，草少了，从春天青草发芽，羊便开始"啃"，一直啃到第二年的青草发芽。草啃没了，开始啃树。能够到的叶子啃没了，牧羊人便带上斧头，生长在泥林里的天然次生林、蒙古黄榆，被一棵棵地砍倒了。叶子吃没了，啃树皮，白花花的榆木，留在了泥林，如惨白的尸骨。

1999年的夏天，我去泥林拍照时，曾反复拍一棵十几厘米粗的蒙古黄榆，这是要长上几十年的老树，斑斑驳驳的老树皮，纹深达一厘米。可是几天后，我们再去的时候，树被砍倒了，叶子吃光了，树皮啃光了，凄惨地露着白白的枯枝。我们两人曾拍过的泥林古榆成了绝版，只能当成历史的见证。

我恨过，我骂过，我想讨个说法。可再看看一群群瘦瘦的羊，哀声地"咩咩"叫着。羊也是生命，总得让它吃饱哇。鲁迅先生说过，牛吃的是草，挤出的是奶。世上最低廉的草都不让它们吃饱，它们哪来的奶，哪来的肉让人们享用呢？再看看牧羊人，破旧的衣物，脚下是二十年前曾时髦的黄解放鞋，满头的白发，一脸的皱纹，本该是享受天伦之乐的年纪，可为了生活，他不得不赶着羊，年复一年，从春到秋，追赶着天边的绿色。那绿草，似乎是生长在天边，脚下永远是吃不饱的盐碱地。

草没了，猎物也就少了。

在大布苏草原南部的左字村，我认识一位猎户，我们习惯叫他老张大哥。在他的家里，我看到他装狼的铁笼子，空空荡荡地扔在长满杂草的院子角落里。五年前，这个铁笼子，曾装了两只狼崽子，一装就是一年多。来看狼的人很多，也有出高价购买的，可猎人就是不卖。因为大布苏草原最后的两只狼已被猎人的徒弟给打死了，这让猎人痛心。草原上不能没有狼，没有了狼，草原、林木、猎物就会消失得更快。

老张大哥说，他几次有机会抓住那两只大狼，都放弃了。他从仓库里拿出几盘大夹子告诉我，就是这样的夹子，他徒弟的那几盘夹子，也是他给的。那两只大狼，就是用这样的夹子打住的。在夹子的后边，是一米多长的铁链子，用钢钎子钉在地上，什么狼也别想跑掉。

　　在我的请求下，老张大哥带我到了他徒弟的家里。那是大布苏草原西南角上的一个小村子。老张大哥的徒弟，五十多岁，人瘦瘦的，中等个。他媳妇，女人中的小个，体质也弱弱的。就是这样的两个人，竟然能用夹子打住狼，用木棍叉住狼头，将狼绑上，抬回了家。

　　从两张狼皮上，我想象到两只狼的样子。公狼高大，背上毛梢黑青色，摸上去硬硬的，脖子上的毛要格外地长一些，发起威来，一定是个凶残的样子。母狼比公狼小些，但要比公狼体宽，灰白色，毛不是很硬，显得很干净。

　　如今的大布苏草原上，没狼了。没了狼，大布苏草原便缺少了一种东西，是神奇，是洪荒，还是吸引力，一时也说不清楚。但没了狼，无论什么人，都可以到草原上走走，无论白天，还是黑夜。没啥可怕的啦。

　　没了狼，大布苏草原的猎人也没了名气。就是过去少见的狐狸，也不把猎人当回事儿了。走在泥林里，走在湖滩上，还是没有多少草的草甸子上，都能和猎人对视一阵子。气死我啦！一位猎人说。在泥林里，我无数次地看到过狐狸，它们的巢穴大多在泥林的溶洞里。火狐狸、白狐狸、花狐狸，那长长的尾巴，拖在后面，显得很高傲，不紧不慢地走着，就如背着手散步的绅士。

　　我采访过当地的几位村民，都说：不能打，打了就有报应。谁谁谁打了一只狐狸崽子，不到二年，儿子就出事了。

报应。自改革开放以来，狐仙堂、狐仙庙，一下子多了起来。正月十五送灯，在没给先人送灯之前，先要给狐仙送上一盏。这似乎已成了大布苏草原的规矩了。

如今的大布苏草原，除了陆地上的动物越来越少，就是空中和水里的动物，也渐渐地少了。1993年，东北师范大学的专家教授和一些鸟类学家，对大布苏草原的鸟类进行了调查，共有各种鸟类42科297种。2001年建立泥林博物馆时，共收集制作了123种，260余只鸟类标本。其中，国家一类保护鸟类3种，二类保护鸟类21种。在大布苏草原的鸟类中，水鸟占了40%，其中绝大部分是候鸟。水鸟的生存依赖水，随着大布苏日渐干枯，水鸟的生存空间越来越小了。最严重的2002年的大旱，水面只有不足10平方公里，湖里的泥淖大都浮出了水面。这使得水中生物大量死亡。一些村民担着水桶进湖抓鱼。最早知道这个消息的，是几个孩子。大布苏湖，水中的PH值达12左右，是不可能有鱼类生存的。多少年了，从专家学者到村民百姓，都这样认为。可是这一年，当泥淖浮出水面的时候，人们发现，在泥淖口的地方，泥鳅鱼竟然挤成了一团。只要用做饭的笊篱，就能盛上来鱼。原来，泥淖涌出来的是淡水，而且在冬天里也不冻结。水中的温度，虽然不是那种火山热泉，但地下水是有温度的，这些泥鳅鱼安全地过冬是不成问题的。要不然成千上万只水鸟吃什么。2004年东北林业大学的马建章院士就对我提过，要想搞清大布苏湖的鸟类情况，先要考察鸟类吃什么。这是源头。

每年春天，成千上万只候鸟来到大布苏湖繁殖后代。有些村民便冒险穿过泥淖，去捡鸟蛋。有的为此而掉进泥淖，送了性命。可以说是这些泥淖保护了鸟类的生存。是这些鸟类给这片湖水带来了生机。湖中大面积的芦苇，是鸟类的天堂。可是随着人类的无度索取，湖中的芦苇面积逐年减少，鸟越来越少了。到 2004 年的夏秋，水鸟的种群已从过去的上万只减少到不超过千只了。

2005 年成立国家级保护区到 2022 年冬，大布苏湖的鸟类生存环境达到了历史的最好时期，数量超过了十万只。

高粱红满天

高俊香

　　太平庄是饮马河畔的一个村子。微风细雨，错落点缀在旷野间的老杏树纷纷鼓出粉红色的花苞，一溜溜的柳林趟子浮动淡淡的绿雾薄烟，依稀若见三百年前柳条边的那条青龙游动，漫步河畔，风习习地从时光深处款步而来，侧耳聆听，那咴咴儿的叫声是乾隆皇帝行经此地御马的嘶鸣，他伫立着、眺望着，群山笑指，草色遥看。

　　这村里编席子、扎笤帚、编筐窝篓的手艺人多，所以每家都留出一两亩土地种"黏高粱"。

　　我爹巴着小腿儿刚会走的时候，便一脚迈进这绿色的海洋，小苗才刚过我的脚背，微风拂动着它那和我一样柔弱的叶子亲昵地摩挲着我，踉踉跄跄，不知摔了多少跟头才站稳了脚跟，迈稳了步子。

旷野里的小草刚出芽，伙伴们就乘着春风，踩着地气，整日在这里游荡，折一根细软的柳枝，做一个碧绿的笛子，吹嘹亮的调子，采一把紫盈盈的"耗子花"，挖一筐鲜嫩嫩的"婆婆丁"，喝一口甜滋滋的"天赐泉"水。

犁铧下地了，不管牛犁杖、马犁杖，身后都跟着一支队伍，扶犁的在先，踩格子的人穿着大棉靰鞡，拄着棍子，低着头，略弯着腰，虔诚的眼神盯着脚下的土地，踏着木棍轻敲种袋"当、当、当"震落种子的节奏，踩出光滑笔直的一趟种子的穴。辽阔的黑土地上，他们仿若是法力无边的"萨满"，顶着阳光，沐着春风，为种子做一场隆重的庆生仪式。

一场透雨，小苗争抢着你推我搡地破土而出，三铲三蹚的精心侍弄，让它们贪婪地生长着。

我们和小苗比个子，它们示威般"咔咔"拔着骨骼，让我们臣服，让我们仰视。

如玉修长的身子，细长的叶片似曲线优美的臂膀，披一身薄薄的白纱，每一棵都如一个舞蹈着的玲珑女子，指尖上都悬着一个月光一样的水晶珠坠，每一个水晶珠里都有另一棵高粱，都有一个我们，都有几声鸟鸣，都有一个才刚刚过去的小时空。

这是我们的领地！风是最狡猾的，它们把身体抽成一丝丝的，悄悄地尾随我们进入我们的地盘，还专门乘虚挑逗那些倒悬着的珠子，一个羞涩的转身，珠子撞落尘埃，跌成碎玉。

我们"躲猫猫""过家家""拜天地"。各色的野花编织成花环戴头上，西葫芦的大叶子做盖头，马莲叶子编的元宝做嫁妆，兰花菜的兰花编成手镯做礼物。男孩儿骑着木棍儿做的大马来迎娶，女孩儿坐着两人四只手叠成的轿子，颤颤巍巍，一前一后，驾驾吁吁，笑声里憧憬着、渴望着快快长大。

立秋时节是打乌米的最好时候。父母亲没空给我打乌米吃，爷爷又不认得乌米，我只得亲自上阵，仰着小脖颈，瞪着小眼睛，终究分辨不出哪个是乌米。使劲儿地往高处蹿着，一把握住一棵高粱秆腰身中间的部分，一用力，迫使它弯下腰来，再将着它光滑的身体游走，摁住它倔强的脖颈，它丰满的头就在我眼前，像个孕妇鼓起的肚子，此时它高傲的身体已屈服着弓成一座桥，使劲儿捏住它的大肚子，仍不能确定，小手指干脆狠厉地剖开它的肚皮，随着一声撕裂的惨叫，一堆刚刚成形还在昏睡的小脑袋歪出来，它们被这陌生的世界惊吓得大哭。它注定不会成熟了，是"瘪籽"！我顾不得它抽恸的哀号，猛地一松手，高粱惊恐地像皮筋一样弹出去，直接撞向它的伙伴，又是一连串"哎哟哟"的叫声。我的恶行仍在继续，直到"看青"人提溜着镰刀大骂而来，我才如鼠般钻头不顾腚地逃窜，任这般狼狈，手里仅有的几个乌米还没扔，父亲狠狠地责怪我祸害人。

但那独特甜香味道至今忆来让人垂涎。

扯地连天的黏高粱，用它健美又野性的身子支起一道天然的帷幔，美名曰"青纱帐"。它成了隔开仙境与红尘的一扇门。红男绿女在这幽幽的神秘的"玉簟青衾绿帷幔"里拨弄风云。时光止步，风儿也解意地避开，路过的云来不及拔开腿，只好藏在树上假寐，略略地一翻身，硌疼了身下的几片树叶，叶子一怒，鸟鸣就掉了下来。成双的害羞的璧人躲进更深的高粱地、更深的月光里。

"高粱高似竹，遍野参差绿，粒粒珊瑚珠，节节琅玕玉。"它从春至秋努力地生长，只为集这一身的华美予你。

白雪花，红火炉，热炕头。琅玕玉般的高粱秫秸，一捆捆地摆在地中央，一双粗糙的泥手，为你演绎最原始的技艺传奇。

按照秫秸的粗细精心挑拣。先用"钱子"去掉秫秸上面的皮，左手钱子，右手秫秸，钱子在秫秸上反复剐蹭。听——咔嚓、咔嚓清脆的节奏仿若迎春的鼓点，窗外翩翩的六出花似扭大秧歌的仙子，天地间一场富丽豪情的盛会。

爽得光滑的秫秸再由"锉子"劈开，摆正一根秫秸，锉子对准它的头猛地一蹾，秫秸头开裂，犹如一朵白玉兰乍然盛开。此时莫用大力，握平锉子轻柔地移动，你听那刺啦啦秫秸开裂的声音，含着春的湿润、秋的干爽。剖开的秫秸就成了篾子，一缸清澈的水，篾子在里面静静地浸泡着，像是要把每一天成长的故事都浸出来给你看。泡过了一天后就置身于一个石磙下，任由它来回碾轧，所有的脾气都一点点被挤压出去。还剩最后一场修行，刮！锋利的刃，剔除它周身的臃肿与任意一个微小的毛刺，显露出它最本质的滑润与剔透玲珑。

从一棵琅玕璞玉修炼出一根绕指柔的灵魂。它忍受了剖、劈、泡、轧、刮，割皮剜肉的痛，赋予它绝美的涅槃重生。

一领席子要两天编成，规规矩矩的人字形花纹在粗糙的手下绵延着，柔和的黄里隐约透着淡淡青绿，那是从成长到成熟饱满的故事底色。编炕席剩下的边角余料就编成席笼子，大的如斗，小的如碗，玲珑精致。

顶端的一节是秫秸最长最好看的，可以串盖帘，圆的、长的、方的，还有弯弯的似拱桥一样的。也可以做架在锅上的篦子。

脱了粒的高粱穗是扎笤帚的原材料，母亲一番精心挑选，穗大秆长的都留作扎笤帚，次一些的专门留着当三十晚上

"年夜饭"的烧柴。我们叫它"高粱挠子"，喻示着年年"步步登高"之意。

在古代"笤帚"有两种文化寓意。一个是"迎"，主人拿着笤帚在门口迎接远道而来的客人，亲自扫门待客。冬季雪花飞舞的时候，客人顶着雪花来串门了，女主人要事先迎上去在门口候着，客人到门边，打开门殷勤热情地为他掸去风雪征尘。

再一个是"拒"，寓意驱逐邪魔，扫除不祥。腊月二十三是"扫房日"，必须要用新笤帚，扫除一年沉积的灰尘和不快，"拒"也包含着这个意思。

这东西在我眼里也是双面性的，安分时，规规矩矩地立在门旁，咆哮起来，天地变色，母亲经常用它给我"炖肉"。

没有玩具的童年多么不完整，一帮熊孩子围坐柴火垛旁，每人偷家里十几根秫秸，大一点儿的孩子分工指挥着，用嘴剥皮的，撅秫秸瓤插签的，各尽其职，最后再往一块组合。瞅瞅那一队人马，驾着驹辇提着灯笼，戴着圆眼镜，箍着细手镯，摆驾村中，何等地威风凛凛，一颗颗灵巧的心，一双双灵巧的手，随手而成，随心所欲。

粒粒的珊瑚珠早耐不住性子，跃上石碾，褪去鲜红的外衣，任石碾子一遍遍研磨成一粒粒温润的碎玉。

几捧红芸豆几碗黏高粱米，半锅清水，小火慢慢地熬煮出生活诱人的香气，香了"年"的时光里最初的早晨，岁月暖了，风雪也暖了。粗壮的农家汉子，赶起四马的大马车，装上编好的席子、笤帚、盖帘，便东南西北各个大集去卖。俗话说："炕上没有席，当家的脸上没有皮。"过年了，再困难的人家也会置办一领新炕席，新炕席铺上，陋室变华堂。

每年我们都和小苗比个子，每一年都是我们输。我们唱着歌、做着梦，挥霍着寸时寸金的光阴。

终于有一天，我们和它们比肩了，挽手眺望着远方。恍然明白，它们每年那样努力地生长，并不只是渴望着成熟，原来，山外山，楼外楼。

父母的肩膀成了登天的梯。伙伴们带着更美更大的梦想流向四面八方，立潮头，攥风云，跨巅峰，像羽翼丰满的鹰遨游蓝天。

青山田野小溪边，红花绿树白云天，少年郎骑竹马至，心手相牵到永远……

在黑土地上我一遍遍唱着这首歌谣。我是和这片土地分不开的，这里扎着我的根，四十年前的癸丑孟夏，瘦弱的我，从一个陌生的地方被抱到这里来，就和这片土地结下了缘。村里人都说我喂不活，爷爷说我属牛，土命，和这土地有缘，能活！

肥沃的黑土地依然年轻，依旧深情。那些曾经健壮的手艺人，连同手艺大都归于土地，成了一抔更肥沃的黑土。

　　每年还都种几垄"黏高粱"，父亲不编席子了，扎几把自己用的笤帚，偶尔串几张晒菜的帘子，他的眼花了，手、腰都无力了，勒不出笤帚把上圆润的花纹了，他说趁着他能动，多扎些留着以后用，而我都珍藏起来。逝去的时光，少年的情意，每一样都是不可复得的消耗品，只可隔着一段距离相望，不敢去触摸。

　　杏花开了，黑土地的身躯又被细雨滋润得丰满了，犁铧开始躁动着，像一个精力充沛的小伙子，油润的黑土地则像一个丰满成熟的女子，它们亲吻着激情如火，当种子撒下去的时候，我的相思也深种。

　　生于斯，长于斯，我儿时的伙伴，黑土地用她宽广的胸怀等你，青纱帐用它年复一年的青葱等你，湛蓝的天空用澄澈的深邃等你。

　　这里是你们在前行路上若遭遇巨浪颠簸后，心灵的依靠，是灵魂的巢。
　　愿你归来时，你的宽广情怀如斯；你的健壮身躯如斯；你的清澈灵魂如斯。

公园，城市的心情

曾红雨

　　十几岁时（20 世纪 80 年代），我第一次离开长春去四川探亲，看了成都的杜甫草堂、武侯祠。那时，对人文景观尚无感觉，只是反复跟表哥说，和长春的公园不一样啊，长春的更辽阔。那时节的辽阔更多是指当时儿童公园和老虎公园（后改名动植物公园）的模样。

　　长春儿童公园，原名大同公园、中正公园，始建于 1933 年，1948 年更名为"人民公园"，1981 年至今名为儿童公园。据《长春市志》记载，"大同公园建设以园林为主，占地面积 33 公顷。拦截流经公园内的黄瓜沟，筑成 3.68 公顷的人工湖，并修建了能容纳万人以上的露天音乐堂及长春市第一座游泳池。"

童年时的儿童公园正门，一进去四目旷野，总有几万平方米。旷野上有数十棵高大的老榆树，春天，大片大片的黄色野花和狗尾草在树木间摇曳，小学宣传队的姐姐们经常在那里练习舞蹈。旷野南侧孤零零立着一个大象滑梯和一个弯道滑梯。大象怎么也得有三四米高，水泥雕成的灰色象身，尾巴是台阶，长鼻子做滑梯，铁板滑梯被孩子们摩擦得又光又亮，滑下来风驰电掣般。弯道滑梯是用窄竹板打磨而成，包浆般黝黑发亮，它是一条近乎七十度角的长长弯道，后来失于维护，比较阻涩，经常是滑到中间就卡住了。公园是免费的，滑梯是免费的，家又住在附近，这些滑梯伴随我们度过了童年。什么时间它们在那里的，不知道，又是什么时候，它们被拆除了，没有印象。

儿童公园的露天游泳池，我一生的爱好就是在这儿养成的。小学时在这里上过游泳课，曾经因为将一件价值三元四角的新泳衣丢失，吓得一路痛哭。游泳馆分大小两个池子，大池子是普通泳者的，小池子深达五米，有座十米标准跳台，只有考试合格的人才可以进入。邻居大哥哥每年夏天都在游泳池做救生员，有一次他把我们领进小池子，不允许游泳，只让我们看看。我们几个爬上十米跳台，向下望时水光晃动，头晕目眩，都吓得蹲坐在地上。时至今日，一旦跳水依然恐慌。

提到老虎公园则是另一番感受，那里与我的大学一路之隔，那里刻印着东北师大无数学子的青春爱情友谊。当同学们听说长春市计划迁移、新建动植物公园的时候，在群里讨论了几天，满满的回忆与不舍。老虎公园在新中国成立前被战争摧毁，战后，这里立刻进行了重建，"老虎公园"的名称也沿袭下来。1984 年再次建设，1987 年正式开园，动物由胜利公园迁回，名字也改成了长春动植物公园。大学时，我们登上它重建后修葺的高三十米的山坡，有把公园全貌甚至整个市区尽收眼底的感觉。

那时候，物质匮乏，生活拮据，居住面积狭小，日子不都是阳光灿烂的。大多数人回忆少年时却自带滤镜，也许我们怀念的不只是那个时期的自己，更是停留在那里的芳华，是无法再次见到的风景。

据史料记载，长春现代意义上的公园应该是清末民初逐渐发展起来的。1889 年，农民刘殿臣在长春城西北经营的"灌园"应该就是公园的雏形。园内栽有大量树木，其中以杏树居多，所以又叫杏花村，当时的杏花村占地面积约四十亩。萧军在《忆长春》一文中这样记述当年的盛况：春夏之交，长春的中小学生都穿上童子军的服装，打鼓吹号列队到那里去野游。少年儿童都把杏花村之行视为极大的乐趣。1945 年后，杏花村逐渐荒芜。1992 年进行了改造，就是现在的"杏花村公园"。

　　据资料介绍，1978 年，长春市共有 10 个公园（不含景区），两只手数得过来。20 世纪 90 年代末，共有 13 座城市公园。2000 年以后，城市公园数量与质量获得井喷式发展：2010 年，60 个；2012 年，94 个；2015 年，121 个；2018 年，139 个；2022 年 8 月，175 个。总面积 4000 多公顷，公园免费开放率 98.8%，绿化覆盖率 42.17%。城市公园的日新月异，为这座"国家森林城市""国家园林城市""全国绿化模范城市"持续添砖加瓦。公园的名字也越来越体现出文化韵味，观澜湖、南溪湿地、兰桡湖、山水湾、清水音、天香公园、岱山公园，读来皆有余音绕梁的感觉，也能看出我们这个平原城市对山水的执念。

　　"人生无事少，心赏几回同。"在林园的角落里，遇到过一位吹圆号的老者，端着相机征求老人的意见，他哈哈一笑，"照吧，也照不坏！"然后又特意为我吹奏了一首《牧羊曲》，彼此笑别。在公园里，人是放松的，宽容的，那里很少看到争吵，哪怕竞技激烈的体育运动也一团和气，偶尔发生不愉快很快就被旁人劝阻："何必，都是图个乐儿！"

　　公园的好处就是动静结合，人们的谈笑声、孩子的打闹声、广场舞的音乐声，声声不绝于耳，可是转过几个弯，绕过一丛丛树林，总会有"空山不见人，但闻人语响"的寂静之处。而有的公园，比如长春世界雕塑公园、国际汽车公园、百木园，它们的特点是安静，安静让人幸福感顿生。

　　外地朋友来长，长春人推荐的好去处之一是长春世界雕塑公园。公园占地 92 万平方米，是世界上最大的建于城市中心区的雕塑公园，地形起伏，碧水蓝天，来自 200 多个国家和地区的近 400 位雕塑家创作的 400 多件作品，恰如其分地散置在公园的理想地带。春夏季节，它们与绿色包围的旖旎风光融成一片；秋季，炫目热烈的红叶辉映在它们身后；深冬，它们卧在冰天雪地中，静谧中更显无言的魅力。每一次参观雕塑公园，都会有不同的揣摩和感悟，熏陶渐染，潜移默化，越发钦佩倡导者当年远见卓识的文化理念。

　　"净是'隔路'玩意儿啊，看不懂。"这是笔者在长春东北湿地公园雕塑区听到的。发表议论的大姐边走边看边说，满脸笑容。她是附近的农民，"不懂也喜欢，以后还来！也有懂的，像那个姑娘（《春风拂面》），长发被风吹散了，好看！"在一座尼日尔雕塑家的名为《母牛》的作品前，人们对母牛那两只夸张的大招风耳朵啧啧称奇，一个年轻女子喜感表达："当牛魔王遇上猪八戒！"周围人哄堂大笑。雕塑作品走进公园的那一刻，就走下了殿堂，接受来自民间的审视与解读。

　　按照 2013 年实施的《长春市公园条例》，不管市民居住在市区哪里，出门 500 米就要看到公园绿地。那之前，会羡慕家住公园附近的人，十年前开始，谁的家离公园都不远了。近几年，公园绿地建设进一步发展，对零碎地、小微绿地、闲置地等小区域"见缝插绿"，打造"口袋公园"。开窗见景，推门见绿，移步进园，"下楼走走"成了去公园的同义词。

口袋公园，一般都在小区楼下或者十字路口的交叉口。散落在城市各处的口袋公园虽小，但胜在星罗棋布、景观精致，而且绿化方案不同，一地一景，方寸之间，各美其美。人民大街上的谦园位于主干道边的绿化带上，只有1377平方米，一条近200米的中式长廊贯穿南北，阳光洒在栅栏上，温暖和煦，行人走到这里亦可驻足休息。长春新区的童梦园由大块的蓝黄橘色组成，水生动物般的梦幻感，不但是孩子们游玩的地方，也吸引不少无人机爱好者前来拍摄。吉柴文化广场，近1万平方米，在口袋公园中是较大的。广场内的道路、路灯、雕塑，就连树木下的护土板都透着那个时代工业的印记。最有设计感的是包裹着深红色铁锈板的弧形挡墙，随着太阳的移动，金属镂空板会依次将时间投影到挡墙上，吉林柴油机厂发展史上的每一个关键节点就这样被浓缩成一天，日复一日被人们怀念。刚刚投入使用的滨河体育公园，位于莲花山全境旅游示范区，有秋千、跷跷板、组合滑梯、攀岩墙，有乒乓球、羽毛球场地，还有笼式足球场和笼式篮球、排球场。零下十多度的气温里，我在这些口袋公园里，见到了打扑克、下象棋的人，遇到了跑步的人，看到了游戏的孩子们，观摩了热火朝天的五人足球赛。

在公园闲逛，人们看垂柳吐鹅黄，观鲜花竞绚烂，望野禽南去北归，嗅雪落大地之清凉甘冽，或者，就是发发呆，都有简单的快乐和充实。

其实，每到一座城市，除了菜市场，还应该去逛逛公园。两者都充斥着人间烟火，有生活的安适与眷恋。它们是城市的味道、城市的呼吸、城市的心情。

瓜秋气场

徐新林

瓜秋,是我老家乡民的叫法,也是金色秋天的别称。

走入瓜秋,去寻找属于自己的那份心情,在美景中,感叹瓜秋带给大自然的那份色彩和宁静,走到哪儿都是秋的色彩,走到哪儿都有秋的味道。蓝天里纯白的云朵,宛若一朵朵硕大的棉花朵儿悠闲地绽放在深邃的天穹,太阳失去了夏日的炎热,有着秋天的清爽,照射着淡淡的光芒,如同田野上一穗穗弯成镰的稻子,镀上熟稔的金黄,柔和太阳的光芒,熠熠闪光,更加凸显沉甸甸的谷粒灿烂的橙黄,耀眼了一片片无垠的田野。仿佛大自然用匠心和多变的笔法,在秋天的原野上,描绘出色彩斑斓气象万千的一幅生态画卷,这画卷既是一种具象的物质，又强烈地突显一种阔大的气场，更是一种精神。

这是我来永吉县北大湖镇草庙子村"林果小镇"，参加第一届丰收节后，返程途中，忽然悟到的。

这天，我比太阳起得还早，匆匆备好了装具，便踏上行程。希望在这秋高气爽、风和日丽的日子里，看到令我心动的丰收景象。

果然，来到草庙子村丰收节活动现场，四周盛开着五颜六色的花，莺飞蝶舞，悠然自得。村中的甬道上，早晨那轻薄的雾霭还未完全散尽，其间还缭绕着丝丝缕缕淡淡的炊烟，颇有一种纯情而又温馨的自然生态景象。路旁农户家中的小鸡、小鸭、小狗嬉闹着、追逐着，发出欢快的叫声。那一朵朵白色的、紫色的、粉色的喇叭花，开得正艳，爬满庭院周围的木障子，煞是好看。院子里还有菜园子、桦子垛、大酱缸、几棵果树、一架葡萄，两根木桩上拉着长长的铁丝，晾晒着一串串豆角丝、茄子丝，黄瓜钱。还有簇拥在周围，竞相绽放的娇艳的百日菊。要是推开院门，花香就能挤进来。嗅着浓浓的清香，一眼望去，舌状花瓣，有深红色的，有玫瑰色的，还有紫堇色或白色的，正如村民们给它起的诸如"火球花""秋萝""步步登高"等恰如其分的名字。

障子沿上，还爬着一朵一朵的小花，有卵圆形的、有椭圆形的，像一个个小脸蛋，迎着阳光，抬起头，伸着腰，一

429

瓣一瓣地绽放，我认得它，那是丝瓜花。还有菜园里开放的小黄花，花柄、花托，还有那花蕊，随着秋风在舞，满是秋的喜悦。我也认得，那是南瓜花。

我忽然有一种回到姥姥家的感觉，便自然想起了北宋哲学家邵雍的那首《山村咏怀》："一去二三里，烟村四五家，亭台六七座，八九十枝花。"不过，我倒是想用"门前六七树"，替代"亭台六七座"，来补充这种久违的农村原生态的敞开式生活方式。这一幅自然朴实而又朦胧的山村风景画，融于山村意境之中，自然而又和谐地展现着良好生态环境的美丽。

我住在城里已经有三十多年，前些年回到乡下老家，却再也看不到那种原生态的自然景色。由于较大规模的开发建设，绿地减少了，河流也改道了。小桥流水、路旁花香、天空明净，皆已成过往……

好在近些年来，特别是党的十八大以来，环境保护和建设改造，使乡村基本恢复了原有的自然生态，环境好了，动物、植物就多了，才又有了原来那个老家的感觉。

回眸远眺，一片片果树，绿意盎然，树枝间缀着点点红果，像一盏盏小巧的红灯笼，在阳光的照耀下，泛出一片红光。走近观赏，红艳艳甜美诱人的苹果，压弯了枝丫，散发出浓郁的芳香，山林果园里弥漫着收获的喜悦……

陪同采风的村干部告诉我们，村里果树品种不少，单是这种小苹果，就有"玫瑰红""龙园洋红""鸡心果""牛奶

果""龙风123""嘎拉苹果"等。而且，我们村里，不只有
果树，还有各种鲜花的栽培。光是高大的美人蕉，就有小花
美人蕉、大花美人蕉，还有那红艳蕉。特别是那种百日菊，
那是在太空舱里通过强辐射、微重力和高真空等太空综合环
境因素培育出来的，非常适应我们这里的生态环境，所以长
得喜人，开得喜人。

说着聊着，我们来到了村子东面山坡的榛子园。这里正是
一片丰收景象。一棵棵榛子树叶绿茎青，一簇簇挂满枝头的榛
子果，粒粒圆润饱满。我忍不住伸手摘下一粒带刺的果苞，轻
轻剥开外皮，内壳又大又圆又硬，用牙嗑开坚硬的外壳，榛
子仁像一颗玉珠，晶莹而洁白。我是欲罢不能，便咬了一口，
唇齿间立刻满是榛子那种特有的香味，清新如兰，余味绵绵。

村干部说："俺们村自然环境改善了，加上政府强力推进
生态保护，这里气候、土壤、空气和干净的灌溉水，很适合
榛子的生长。所以，村里将榛子作为生态有机农副业的主要
品种，大力发展这种天然的无污染的绿色食品。也要在今后
重点开发大榛子的药用价值和保健功效。"听了他的话，我又
有一种感悟，这里的榛子，不仅是"坚果之王"，也浓缩了这
里环境保护的生态精华。

感叹的同时，不免有些钦佩了。许多地方大规模开发建
设热闹喧嚣，他们并没有去跟风效仿，而是依旧保持平常心
态，并以这种平常心态，在大自然中耕种、收获。原因就在

于他们重视环境的保护和生态改善，营造着乡村生态系统中的生物和环境之间的生态平衡，人与自然、人与庄稼、环境与作物之间达到高度适应、协调统一。这才是乡村振兴与环境保护生态发展高度和谐的真谛。

午间休息，当地领导向我们介绍，近年来，永吉县在草庙子等村屯大力开展林果小镇建设，栽种糖槭、紫叶稠李、金叶垂榆等苗木。他滔滔不绝地规划着远景，什么万亩果园、万亩榛园、千亩药园。今后，林果小镇还规划"田园牧歌""生态度假""冰雪体育""四季乐园"和"休闲采摘"等五个区域，打造春季果树花香四溢、夏季园区翠色欲滴、秋季基地层林尽染、冬季枝干银装素裹，四季康养有机的"慢生活"林间生态佳境。

大半天的时间，行走在挂满丰硕果实的林间，切身感受到金秋时节丰收的喜悦，在萦绕于身边的"气象""风采""神韵"中，我感受到一种无形的大气场。如同屏息欣赏一幅巨大的中国画，那种雄浑的气势，那种思辨的内蕴，那种逼人的气息，一齐扑面而来。我仿佛置身于世外桃源的仙境般，又在真实的生活中。

所以，林果小镇之行，便在头脑中形成了"大思维""大手笔""大气象""大气场"的感悟。也就是说，从丰收的喜庆里，悟出了更深远的超越现实的意义。

一处名不见经传的小镇，坚持践行"绿水青山就是金山银山"的生态发展理念，着力建设"生态新农村、醉美北大湖"，建设省级特色旅游乡村——草庙子村，并持续努力，把林果小镇打造成为集生态环境保护、特色林果培育、农产品加工、休闲旅游观光为一体的产业融合示范小镇。

欣赏着田园风情，不禁感叹，小隐隐于野，大隐隐于市。处在喧嚣和嘈杂的环境里，依旧能保持一颗平常心，并带着这颗心，来享受秋收的喜悦。

沐浴秋风的洗礼，使我重新认识了自己，也真正领悟了人生的乐趣，感受到社会主义新农村这些年发生了翻天覆地的变化。

不枉此行，为之欣慰，为之动容，欣然提笔为之讴歌，赋一首小诗，来结束今天的采风收获。

秋收榛情北大湖，林果小镇蔓引株。秋风秋酝瓜果熟。采摘俗，共庆丰收乎！

东苗南果展蓝图，西榛北蚕政策扶。万亩果园依山伏。硕果匍，蔚为壮观乎！

康熙东巡神气足，生态永吉踏征途。发展旅游不含糊。百姓福，休闲娱乐乎！

携将文友寻返璞，阡陌鸡犬脱凡俗。田园牧歌叶扶疏。采风抒，惊艳时光乎！

林果小镇呀！瓜秋时节，呈现蔚蓝的大气场。

锦绣海棠

郭光辉

多少年，我的心，一直在芬芳馥郁的桃林。而眼前的她，是真正拥有了我心中的桃园。

守辉是这片园子的主人，她的代表作是锦绣海棠。这片果园有八亩，水井两口，房屋几间，一幢小院。这是好友守辉经营的，在我的家乡。

三十八年前，家乡黄鱼圈，记忆里是乡村的土道加上远处的蛙鸣和清凌凌的水以及蓝莹莹的天。我和守辉在班级里都是学霸，皆是外表冷漠内心狂野，眼高于顶。我们曾一起走在夏日正午的阳光大道上，向着天空大声喊口号，说着"我会更好，我能行"；一起骑着自行车说着、笑着飞奔在中考体检的路上；一起吃着我梦里 N 次梦见的她熟读《红楼梦》的母亲为我俩烙的中考前的祝福面饼。

守辉的母亲说祝福是有温度的，温暖而有力量。我一下子就觉得她与众不同。当时吃了饼好像真的就有了信心会好运倍增，内心仿佛受到了神的启示一样，笃定母亲的话会成真。不知是因为那天的饼烙得实在太好吃了，还是因为太饿了，我和守辉全部吃光了，一点儿也没剩。守辉说她的母亲战争时期与家人失去了联系。这让我倏然间怜惜了那个在灶台之间忙来忙去却有着不寻常经历的小小女人。我曾在守辉她家住过一宿，从此以后的几十年间，竟多次梦见自己只身造访，重复地去看她的母亲，她家的小院，小院的柴门、篱墙以及篱墙上爬满的猪耳朵豆角开着好看的紫色小花，历历在目，样样亲切，还有被打扫得干干净净的小屋以及小屋里细细的竹篾炕席、家具等整洁的物什，每一件都让人感觉是那么温暖。

守辉的母亲是少笑的，白皙的皮肤、光光的发髻和温润的手，青布的大衫却一个细褶皱也无。虽不知她的家世，却也觉察出生活在乡间的她气质非凡，如坠入尘世的仙子。守辉说今生很多知识都是她的母亲传授给她的。

后来守辉和我都升了上一级高中，但不在一所学校。再后来，守辉因考的自费大学学费昂贵便很可惜地放弃了，先就了业。从中学分开未见，一隔，三十六年。

时光荏苒，很长时间，我们失去了联系。

终于去见了守辉，在秋天，一个微雨的早晨。

汽车驶出黄龙，视野顿时开阔起来。一场淅淅沥沥的秋雨好像有意无意地伴随着我的旅程，又好像一首抒情诗伴我走向故乡。不知何时，它成了我心中的远方，而雨把我几十年内心深藏的对家乡、对故友的绵绵思念，都在这天地间轻言细语地慢慢诉说着。

放眼望去，一条条乡道早已拓宽，变成了平坦的大道，人在车中，不颠不簸，再也不是以往"晴天一身土、雨天一身泥"的旧路了。记忆中路两旁任性的大树也早已做了栋梁，换上了新植的道旁树。微凉的空气被雨丝湿润着，还夹杂着晓风从田野间带来的甜蜜，充斥着树木的丝丝清新，水稗草的阵阵甜香，还有遍野熟透了的庄稼的红黄橙绿辐射出来的喜悦的情绪。高粱红彤彤的脸像关公在举着青龙偃月刀守护着一方家园；大豆在风中雨里摇晃着手中的响铃争先恐后地报告着丰收的喜讯；玉米棒子颗粒饱满地立在风中如年轻又壮实的母亲怀抱着一个个鼓鼓的小襁褓；小麦、水稻早已翻着金浪在现代化收割机的作业下省时省力地进了粮仓。而地里的秸秆直接被机器粉碎卷成卷，有的可以直接还田，有的可以用于制造有机肥、燃料、刨花板、纸张等各种生产行业的原料，将原来难以消纳的大量绿色秆茎变废为宝发挥出新的经济价值，同时也保护了环境，改良了土壤，创造出良好的社会效益。

我还看到乡下的砖瓦房大都变成了一片片瓷砖外贴的彩钢房，家乡人们的脸上都洋溢着笑意。正值金秋丰收在望，幸福在望了。期盼明年，又是松花江畔春来早，期待"棒打狍子瓢舀鱼，野鸡飞到饭锅里"。

家乡黄鱼圈，在松花江畔，一方水土养一方人。多年来这里风调雨顺，物阜民丰，天然的优势和勤劳善良的人们使这里更加繁荣、更加富裕。党的富民政策的春风，吹到家乡的角角落落，使人们的幸福指数不断攀升，使这里成为真真正正的鱼米之乡、瓜果之乡。

终于，到了我最熟悉的那个叫作故乡的地方，见到了老友。看到了她，还有她一园子的锦绣海棠，正值硕果累累的时候。

她早早地站在路边等，脸上是暖暖的笑，举伞迎我。我禁不住上前拥抱她，泪倏然滑落一串串。她也一瞬泪目，却笑着说："光辉你看，你看我的世外桃源有多好。锦绣海棠延绵无边，串串晶莹剔透，甜香美味，我想它是你喜欢的模样。你笑，你应该笑。你尝，你快来尝尝。"

牵着我老友的手，被生活磨砺过的手，是厚重而有温度的。她不说坎坷，不说疲累。守辉上学那时就比我聪明，学习也比我好。生活失之东隅，收之桑榆。如今她的果园，火红热闹，全农安县唯此一家"锦绣"。守辉家的水果有许多种，绿色无公害，有特有甜香味道的锦绣海棠和苹香梨最为出名。龙冠会甜死个人，龙峰尤为脆爽，香水梨又好看又细腻又多汁。

在她家房子的西面，是大片大片的果木。房子的东面是菜园，有大棚的，有露天的。大白菜已覆盖了垄坛和垄沟。果园里，绿的枝和红艳艳的果子下面，是呈无边蔓延的小根蒜、婆婆丁和苣荬菜，将地表覆盖而且全是野生。《本草纲目》上说这可都是宝。

小院对着房子右前方是一些果苗，已长成半人高的植株。守辉说今年风调雨顺，果子大丰收呢，旁边的两口井也保证了水的供给。守辉与我的书粉姜先生帮忙，在果园地上挖了好多小根蒜给我，说是野生的小人参。后来还挖了几棵蒲公英，他们用锹不停地挖，都累出了汗。我只负责拔出来，装起，一边装，一边喊"够喽"。一时间，大家好开心，仿佛回到了小时候。

好巧的是守辉的爱人是我小学的同学张维青，我们同为农安县优秀教师许联英老师的弟子。他听说我来，头一天就早早地准备了网，去松花江亲手撒网打了两网鱼，做了一桌子的美味。

等车子来接时，他们几个人抱着果箱，我抱着一兜兜的菜，还有一棵大白菜。守辉说一定要拿上，是"百财"寓意。

挥手，分别。

车里锦绣海棠的芬芳顿时弥漫开来，心中的守辉，暖意盈怀，容颜未老，生活中宠辱不惊。她本心，便是那最艳、最美、最令人难忘的有独特芳香的锦绣海棠。

故乡的那一方水土，勤劳淳朴而又深情念旧的朋友，以及平原沃土之上的那一描锦绣，才是我们多少人渴慕的生活，心中的桃源。

可想绿岸迎春还……

李彤君

　　落霞与孤鹜齐飞，秋水共长天一色。滕王阁美，美在水系发达，地势平坦；美在远眺与登观，旖旎婉转，眼底尽收，风光无限。而在我们白城市镇赉县，也有一处景观，被谓为国家湿地公园——南湖。这里栈道绵延；有洮儿河岸线，苇浪起伏；有二龙涛河，鸥鸟掠水。置身其中，目光所及皆美景，神怡之时若仙境，令人陶然自得、流连忘返。

　　我是白城人，与白城所辖镇赉县颇有渊源。半世纪前的寒冬，我因机缘巧合，降生在镇赉县，后来随母亲回到了白城。此一别，四十年。镇赉与我相隔不到五十公里，四十年间我却不曾有机会或刻意回到镇赉。

　　四十岁的时候，因参加文化活动，我重回镇赉。当天，忙完工作，吃完晚饭，也小酌了一杯的我决定一个人在镇赉的街头走一走。带着微醺，我想看看这座我的出生地、陌生的小城。

　　那是一个初秋的黄昏，镇赉的街头，尘土扑面，正在施工的工地机械轰鸣，路上有散落的建筑物料，没走多远，我的鞋面就蒙了一层灰。路边的歌厅乐声震耳，一首我非常熟悉的歌曲扑面而来："远方的朋友一路辛苦，请你喝一杯下马酒，洗去一路风尘，来看看美丽的草原……"我听到这一句，顿时泪流满面。是的，我从来不提起镇赉，仿佛这片土地与我无关。

　　正是这一声洗去一路风尘，让我想起了不惑之年的跋涉、盛年的奔波和前行的疲惫。第一次踏上这片土地，迎接我的就是小城市的逼仄与忙碌，怪不得我们家在镇赉为数不多的亲戚都相继搬去了外地。

　　因为，这里并不美丽！

　　后来，从事新闻工作的我，作为记者一次又一次走进镇赉，从镇赉南湖的变迁，到莫莫格的规划，我看着镇赉的点滴变化，也见证着镇赉这座曾经全国贫困县的崛起，感受着这片资源丰富的土地以凤凰涅槃的优美姿态走向全国、走向世界。

　　2022 年的深秋时节，我和我的同事因采访任务，再次来到镇赉，也走进了改造后的位于镇赉县南端的国家湿地公园南湖。

这里有鸥鹭齐飞，也有水天一色，有乐声轻回，也有岸柳低垂，作为典型的沼泽和沼泽化草甸湿地，南湖只是镇赉县全面落实河长制、绿水长廊建设的一个缩影。

镇赉县域内水网丰富，通过自然优势与各种项目相结合，全面规划和启动镇赉县绿水长廊建设，锚定河长制工作重点，深度聚焦绿水长廊项目建设，使镇赉县的河湖长制工作迈出坚实步伐。

赉，赐也。出自汉许慎所著的《说文解字》。

据资料记载，镇赉，应是上天赐予的鱼米之乡，县域内水域广阔，湖泊众多，有嫩江、洮儿河、二龙涛河、呼尔达河等。在镇赉县水利局的统计中，该县水域面积占总幅员面积的 21%，58 个大小泡沼，其中千亩以上的泡沼就达 38 个，分布在嫩江、洮儿河、二龙涛河水系，湿地在全省、全国乃至世界都占有重要的位置。

这里曾有得天独厚的自然资源，但曾几何时，泡沼成了烂泥坑、成了鸟都不爱落的地方。这是镇赉当地老百姓说的，南湖，顶风臭八里，迎风熏倒仰，这就是当年的南湖。

由于受气候干旱等不利因素影响，镇赉的南湖人为形成了生活、工业用水和垃圾集聚地，水质严重恶化，土壤、空气遭到严重污染，导致湿地生态系统极其脆弱，不仅生态功能退化，而且严重威胁着区域生态安全，影响了城乡居民的生产生活质量。

记者这个职业最大的好处，就是能深入地对所关注的新闻点进行详细了解。采访中，我了解到，自吉林省绿色长廊项目实施以来，做好"水文章"、强化水支撑，众心所向。"绿水青山就是金山银山"，镇赉县通过对现有的水岸生态系统进行严格管理，保护其结构的完整性，维护其生态功能的有效发挥，对局部被破坏或缺失的水岸进行修复或新建，使水岸生态系统结构趋于完善。

将绿水长廊建设作为恢复河湖生态重要途径，势在必行。镇赉县实行县乡村三级湖长、警长组织管理体系的河湖长制，无一不是为了这片土地能真正恢复其生态功能。在南湖湿地群落建设四季风光各异的环湖魅力绿水长廊主线，对二龙涛河及嫩江进行综合治理，提高沿河两岸的防洪能力，在构建西部湿地草原生态文明示范长廊的同时，保障人民生命财产安全和经济社会发展。"安全水廊、生态画廊、文化游廊、发展走廊"，成为镇赉县绿水长廊建设的总体目标。向自然要盎然，一场水土保卫战在镇赉县的泡沼之地拉开帷幕。

在镇赉县的镇赉镇太平山村，村书记王峰夺高兴地对我说："以前南湖里面都是烂泥，垃圾成堆，夏天臭气熏天。现在湖水可干净了，有鱼有鸟，湖边走走，心情多舒畅，当地群众成为真正的受益者。"

镇赉县的绿水长廊建设，以水域岸线为载体，水环境、水生态、水资源、水安全、水文化等多方有机结合，在拥有移步换景的美好景象的同时，让镇赉县每条河湖都成为孕育生机的"补水线"、宜居宜景的"风光线"、绿色生态的"环保线"，高质量发展的"生命线"。

美景铺展，福泽无边，生态保护功在当代，利在千秋。

白浪滔滔的嫩江水、九曲回肠的洮儿河、水美鱼肥的哈尔淖，大大小小河流、泡泽蜿蜒而过，如丝带纵横交错，镶嵌于城乡之间，勃勃生机与和谐之美尽收眼底。

我眼中所看到的，是人与自然和谐共生的高度融合。镇赉县实施河湖系统治理，开展河湖连通工程和部分城乡水岸综合整治，对复苏河湖生态环境发挥了重要作用，构建了人文生态旅游经济发展新空间。在综合整治成效凸显中，进一步增强了广大人民群众的获得感和幸福感，也为绿水长廊建设积累了宝贵经验。

镇赉不是我的家乡，但镇赉与我有不可言说的缘分。感受镇赉变迁，我依然欣喜若狂。这里充分利用吉林镇赉环城湿地公园的自然资源和景观资源，发挥镇赉县中国白鹤之乡的优势，打造以环城国家湿地公园为生态基底，维护城市生态平衡，还具有保持水土、保护生物、调节区域小气候等作用。按照河湖全覆盖原则，充分发挥各级河长制成员单位治水作用，形成强大攻坚合力，推动治理体系和治理能力不断升级。

自 2017 年以来，逐步建立起市、县、乡、村四级河湖长制体系，河湖长制不断完善，常态化、规范化开展河湖"清四乱""雷霆护水""碧水保卫战"等专项行动，督促各级河湖长切实扛起守河护河治河的重大政治责任，持续推进河湖长制从"有名"向"有实""有能"转变。

镇赉河湖孕育了民族风情鲜明的水文化，镌刻在河湖上的历史文化痕迹，已经成为城市高质量发展不可或缺的重要组成部分。

这里的党员干部和广大人民群众心系生态、情牵生态，让原本就古朴俊雅的镇赉，迸发出前所未有的独特魅力，以水为题，以梦为笔，书写生态发展的凌云壮志！

而我，再提及镇赉，是不是可以自豪地说，我出生于镇赉呢？！

蝲蛄豆腐

宋亚楠

　　前年夏天，在通化参加一场户外活动，午餐是在一家农家乐里吃的。席间主人端上来一碗汤，汤里是豆花样的东西，泛着淡淡的红色，上面撒着鲜绿的韭菜末。我不知道这是什么。见我一脸茫然，身旁的人告诉我这是蝲蛄豆腐。

　　蝲蛄，我努力搜寻记忆，脑海里浮现出蝲蛄的样子，这是一种有螯的硬壳虫子，样子丑丑的，小时候我还在水里抓过哩。我有些纳闷，蝲蛄豆腐是什么东西，难道是和豆腐一起做的，不然为什么叫蝲蛄豆腐呢？身旁的人说蝲蛄豆腐是用蝲蛄肉做的，样子像豆腐罢了，跟豆腐没有半点儿关系，这东西做好了味道鲜美，做不好会有一股土腥味。我尝了一口, 软嫩顺滑, 满口鲜香, 比想象中要好吃。

这是我第一次吃蝲蛄豆腐。

去年在集安的一家小餐馆里, 我再次见到了蝲蛄豆腐, 这家的蝲蛄豆腐味道虽然不及通化的那家鲜美, 也足以唤醒人们的味蕾。与蝲蛄豆腐相配的还有一盘油炸蝲蛄, 色泽鲜红, 香脆可口, 不过因为蝲蛄本身没有多少肉, 这油炸蝲蛄远不如蝲蛄豆腐吃起来令人满足。

听人介绍, 蝲蛄豆腐做起来并不复杂, 整个工序大体分为五个步骤: 其一为吐污, 将蝲蛄倒入混有米醋的水中, 使其吐尽腹中的污物; 其二为取黄, 将蝲蛄揭盖去皮, 剜出其体内的黄籽; 其三为去线, 捏住蝲蛄尾部往横向一掰, 其黑线便随之而出; 其四为研磨, 先用石臼将蝲蛄捣碎, 再用石磨把蝲蛄磨浆, 拿纱布过滤出暗褐色的浆水; 其五为炖煮, 起火烧水, 将浆水和黄籽慢慢倒入沸水中, 待汤汁变成乳白色后改小火慢炖, 投入香菜末、韭菜碎、小葱花等配菜, 蝲蛄豆腐便可趁热出锅。这套制作工序看似简单, 传承至今已有上千年的历史。

蝲蛄之名来自满语, 蝲蛄主要分布在辽、吉、黑三省及内蒙古东部。蝲蛄除了剥壳食肉外, 最常见的吃法是做成蝲蛄豆腐。据清《绝域纪略》记载:"蝲蛄鱼, 身如虾, 螯如蟹, 大可盈寸, 捣之成膏。"这里的"膏"就是指蝲蛄豆腐。清《辽阳志》更为清晰地记录了蝲蛄豆腐的做法:"(蝲蛄)

形颇似虾而前无长刺，两螯则似蟹，山涧石下多有之，捕多捣烂，入袋如滤豆浆，取汁，熬熟，类豆腐，味甚鲜美，俗呼之为蝲蛄豆腐。"传说当年乾隆皇帝在吉林食过蝲蛄豆腐，余香满口，龙心大悦，写下"风来西北东南去，吹送膻芗达玉京"的诗句加以赞赏。

可惜现在我们在餐桌上很难见到蝲蛄豆腐了。蝲蛄属于冷水栖息生物，对水质的要求高，轻微的水污染就会造成其死亡。随着工业化生产的繁荣，其生存环境遭到破坏，蝲蛄数量急剧减少，目前只有在一些环境保护好的林区以及一些没受污染的河流、溪水中偶尔可以看到它们，这道东北名菜渐渐尘封于老菜单中，成为很多人记忆中的味道了。

由蝲蛄的命运，我联想到它的近亲小龙虾。蝲蛄学名东北黑螯虾，小龙虾学名克氏原螯虾，彼此是实打实的亲戚关系。

小龙虾原产于美国，最早是日本人从美国引进了二十几只用来做实验，因为小龙虾含有丰富的蛋白质，非常适合用作养殖牛蛙的蛋白质饲料。不像蝲蛄那样挑剔，小龙虾对生存环境适应性很强，可以耐受40℃以上的高温，也可以在零下14℃的情况下安然越冬，无论是臭气熏天的水沟里，还是污染严重的水体里，它们都能生息繁衍，用生命诠释着适者生存的道理。

随着小龙虾在人类的餐桌上爆火，野生小龙虾的数量锐减，为了不失去这道美食，人们开始人工饲养小龙虾。

几年前去湖北潜江出差，一下高铁，我就被车站里张贴的小龙虾广告吸引了。那时的我除了吃，对小龙虾知之甚少，而通过这些广告，我认识了小龙虾。在潜江，有"潜江龙虾号"专列动车，有世界上最大的小龙虾雕塑；在潜江，有小龙虾产业链技能培训学校，一只小龙虾可以烹饪出 108 种花样；在潜江，首笼 100 斤的小龙虾被拍出 28 万元的天价，全国人民的餐桌上，每 100 只小龙虾就有 7 只出产于这里。潜江已经形成了巨大的小龙虾产业链，一场由小龙虾引起的蝴蝶效应扰动了全国。

那么蜊蛄呢？

一次，与友人聊起了蜊蛄。他说在他孩提时代，在鸭绿江流域的沟沟汊汊，只要随意翻动几块石头，就能看到蜊蛄的身影。许是安逸惯了，这些蜊蛄眼睁睁地等着你抓，也不知躲藏一下，傻傻的甚是可爱。当时的人们不把蜊蛄当成什么好东西，很少有人去吃，有的人家还用它们来喂猪。他第一次吃蜊蛄豆腐是母亲做的，热腾腾，鲜灵灵，那味道令他至今难忘。可惜 1998 年的一场洪水后，人们再也看不到蜊蛄的身影了，听大人们说，那场洪水把田里的农药冲进河里，破坏了蜊蛄的生存环境。

友人的话也唤起了我的童年记忆。在我的家乡，村子附近有个水库，浅滩里到处是鱼虾和蜊蛄。那里是孩子们的乐园，捕鱼，抓虾，摸蝲蛄，好玩的事情很多。鱼虾可以带回家吃，我们那儿不兴吃蝲蛄豆腐，所以蝲蛄通常玩玩就丢掉了，不觉得这是好东西。并且在我眼里，蝲蛄不仅外表丑陋，那对钳子更加吓人，有一次我不小心被夹到了手指，很疼，此后很少去碰它们了。记得有一个淘气的小伙伴把蝲蛄丢到火里，原本青黑的蝲蛄被烧得通红，我们拿起来啃，稚嫩的牙齿怎么也咬不开那坚硬的壳，倒弄了一嘴黑，惹得大人们哈哈笑。

如今我离开家乡已经十多年了，偶尔回去，水库还在，蝲蛄却看不到了，孩子们的欢笑声也听不到了。

友人说，我们长大了，蝲蛄却没了，这种遗憾是很多人心底的痛，我们为什么怀念蝲蛄豆腐，因为它不仅仅是一道美食，它还存储着我们的很多记忆。我说，既然小龙虾可以人工养殖，蝲蛄为什么不能？友人说这很难，蝲蛄太娇气了，不能放在池子里圈养，只能放在河沟里散养，而且它生长周期长，生长六七年的蝲蛄看起来和人工养殖一年的小龙虾差不多大，成本太高了。我有些怅然，看来是我想简单了，蝲蛄是很难复制潜江小龙虾奇迹的。友人说，听说很多地方开始禁止捕捉蝲蛄，也许在不久的将来，河沟里又会见到蝲蛄了。

禁捕是好消息也是坏消息，蝲蛄得以繁衍了，蝲蛄豆腐却因为失去原料，真的要成为记忆中的味道了。会这样吗？

希望不会。

几天后，偶然听另一位友人说集安已经有人开始养殖蝲蛄了。我很惊喜，这或许是个好的开端，应该去看看。友人说他也是听说的，不知道具体地点在哪。慢慢打听吧，有开端就好，希望结局也好。

岁月在流逝，时代在变迁，某些东西消失不见了，某些东西正在悄悄溜走，我们追逐着它们，努力想抓住什么。新的东西不断出现，旧的东西也会焕发青春，既然小龙虾可以做成小龙虾面、小龙虾火锅，蝲蛄就不仅仅只被做成蝲蛄豆腐，将来也一定会有蝲蛄面和蝲蛄火锅。

让蝲蛄成为潜江小龙虾那样的品牌是我的愿望，希望它会实现。

路过木其河

徐 颇

有些事挺奇怪，明明看着很简单，明明是一件再容易不过的事，你就是没做到。不是缺这就是少那，总是得差一样或几样东西，什么东西呢？好像就是缘。

离开木其河四十四年，我无数次想回去看看它。开始是因为年龄太小没法自己去，后来是工作太忙，事情太多，好不容易赶上啥事没有，还想着歇一歇吧，反正时间一大把。就这样在无数的借口里得过且过，时间好快，从成年、工作到现在，也就是说从我能决定自己的行程到现在，掐指一算也三十七年了。我不大可能再活三十七年，按照目前中国人的平均寿命，留给我的也就二十年左右。我们八个小学好朋友，其中两个已经因病、因故离去了，给我的触动非常大。

今年秋天，龙潭区几位文友去桦甸市二道甸子镇游玩，特意约上我。我简直高兴到没法表达，因为那个地方离我的出生地只有二十六公里，回程正好路过。她们读过我的散文《时间弯道》，知道我出生在桦甸。缘来了，而且这个缘是随顺的缘，毫无人为造作。我和文友们说好，回程要带他们在暖木村拐一下稍作停留，我要看一眼木其河。而且那里有东北特产，中国最好的东北黑木耳养殖场集中在那。

如果一个吉林省的人对外介绍自己是山里人，那么这个"山里人"的纯度要打一个大大的问号。这一带大山里出生的人，纯正的称呼应该是"沟里人"。整个长白山脉方圆几百公里，所有住在山里的人，准确地说是住在山沟沟里，更准确地说，所有的房子都盖在山沟里的"甸子"上。巨大的山脉延展出去出现了无数的山脊和山沟，这些山沟纵横交错就形成了天然的必经水道。每个山上都有数不清的山泉，涓涓细流顺着山坡淌下来就是小溪，几乎每个山沟沟里都有小溪，只是大小不同而已。依据山形，这些小溪又注定不断汇集，有的山沟就形成了不会断流的河。这特别像人体的毛细血管，这里所有的水不管往哪个方向流都不用担心，最后笃定汇入松花江。和我一样的沟里人，也和这里的水一样，渗进地底的很少，大多数都流向城市。这样说来，回乡的沟里人都是洄游者，洄游注定是短暂的、有使命的。

　　不是所有的山沟里都能盖房，都能形成村落。这里能形成村落的山沟有一个共同特点：沟底有一条河，一条名正言顺的河。长白火山剧烈喷发奠定了几百公里山脉的基本构架，大自然的功夫到此还没有结束，要等很多年，很多万年，很多万万年。这样整个山系就等来了数次史诗级的大洪水，洪水依据山的走势冲刷积淀，就在河的两岸筑造出了相对平坦的"甸子"，这些天然的甸子草势汹涌，没被开发成农田和房基地之前，又叫草甸子。如果这条河和山沟是东西走向，那再好不过了，沟北侧的向阳缓坡就是绝佳的村址。倘若这个沟的西端又恰好拐出一个南北走向的山脊，更是锦上添花，这样冬天的西北风就不至于太猛。我出生的暖木村就是这样的地形。从出生到九岁离开，这条山沟里总是有一种特殊的气氛，我不知道那气氛是啥，那气氛能让人睡得安稳。一切都是最好的安排，河沿着山走，路沿着河修，有了这条河，你一生都不会迷路。长大了就顺流而下，老了再原路返回。顺流也好，逆流也罢，无非是找点儿什么，抑或丢下点儿什么。

　　暖木村在这条沟的西堵头，紧挨着222国道。我下了国道沿着旧土路顺着沟往东进去，这条土路也坏掉了，炮弹坑一个挨着一个，走一半的时候我开始怀疑前面还能不能通过。这时候前面过来一辆很旧的车，我下车向司机招手打听，他说慢慢走能过去。谈来谈去，他竟然和我小学同学的弟弟是同学。故人是不可能见到了，都搬走了，他就是最接近的一个。他说每年都有这里的故人回来看看，可惜我没遇到，缘浅吧。还有半公里才是我的出生地，那里原来是六二二六厂的住宅区，厂子搬迁后，住宅都被拆掉变成玉米地，原来的学校和厂区都变成了木耳养殖场，所有我认识的地标只剩下木其河，它不会变，再过一万年也不会。人是一个百年的缘起，河要长很多很多，但仍然免不了是缘起的产物，火山和洪水就是它的缘。我知道木其河在车的右侧，却看不到，车窗外是成片的玉米地。又经过四十四年的冲刷，木其河肯定低下去一点儿，也许一厘米，也许一毫米。它微小的改变对我来说接近于永恒了。真正的永恒很难找，有一个相对的永恒也不错，至少可以校正方向，不至于偏离太多。

　　车艰难地往前挪，文友都下车步行，走得比车快。右侧就是一个木耳养殖场，这里以前是六二二六厂的子弟学校，毗邻的原副食店、粮店也不见了，都变成木耳养殖用地。一眼望去，都是白色的菌棒，有的采摘结束，有的还长满晶莹剔透的木耳。这里的木耳颜色纯正，肉厚根小，和我小时候上山采的野生木耳有一拼。我准备现场摘一些回去送给朋友，文友知道我是本地人，算是半个木耳行家，看见我采都跟着采摘起来。

　　仔细观察了养殖场用剩下的菌棒，里面用的填料是正宗的柞木屑，这种木头才是野生木耳最好的居所。小时候我们上山采木耳和元蘑，就是在山上找倒木，赶上秋天气温适合，一场细雨过后，只要能找到倒掉的大柞树或者残枝、残根，就有可能装半个背筐。木耳喜欢偏潮湿的空气，这个养殖场选在木其河边，说明他们才是真正的行家。这里的天气，这里的山，这个甸子，这条清澈见底的木其河，这些懂得东北黑木耳的养殖人，他们凑齐了好木耳所需的缘。

我知道，这块菌地南边不远就是木其河了，但是没有横穿过去的小路，只好沿着那条布满炮弹坑的土路继续向东行驶，几百米之后，应该能看到一座绳子桥。又走了一段，前面的炮弹坑没了，路上新垫的山皮沙。到了分叉路口，往左是老厂区，往右出现了一座崭新的铁桥。对岸是山皮沙修建的回程路，平坦、宽敞、金黄。恰在此时，一场毛毛雨像是约好了似的下了起来。

我有点儿激动，又不想让随行的人看出来，好像人一旦进入成年，就不应该为了利益以外的东西行为失常。可这是木其河呀，是我的木其河，在木其河边，我想我是有天真一次的权利的。我为自己还能激动感到意外，也感到自豪。

这是我的木其河，这是我的木其河，我的……我不由自主地念叨着，缓慢地走到桥上，我用背影对着跟上来的文友。这是我的木其河，这是我的木其河……

四十四年了，我又回到了我的木其河，她一点儿都没变，在我面前，她像个没长大的邻家女孩儿，安静地坐在这里，眼眸清澈。在她面前，我是一个蓬头垢面的造访者，但愿她不会认出我来。

木其河没变，但她每一滴水都是新的，我找不到四十四年前的水，那些老去的水已经入江入海，转还了不知多少个轮回。有些水沉降，携卷着脏兮兮的泡沫；有些水升腾，遮天蔽日，颇有气势地折腾过一些时日。那又如何？我们八个同龄孩子，剩下的六个都是平庸之人，谈不上善，也不屑为恶，被时间慢慢地夺走了眼神里的清澈，我们叫作成熟的东西，在木其河面前是羞于展露的。这世上大多数人都活在物理可感的觉受里，还是有极少数让我敬仰的人，他们在精神领地留了一小块儿自留地，拒绝成熟。

大家都上车了，我在木其河边的多愁善感也就宣告结束。明年我还会回来，约一两个故人专程到河滩上扎寨，带上泳裤、睡垫，选一个大晴天。我要在这条河里洗一洗身上的污垢，然后躺在河边，晒一晒灵魂。

满语里的春天

纪洪平

有些生命自始至终展示着人间烟火，有些生命注定跋涉在远古神话和探索未来之间。

上古奇书《山海经》，曾在世人的眼里如此荒诞不经，却在历代那么多有识之士的精心呵护下，在一颗颗充满好奇之心的驱动中顽强地流传了下来。

如今科学发现不断证明书中的所谓荒诞，可能都是真实的，错开时空再看这个世界，很多不可思议，也许就是原来的日常。

有人考证，《山海经·大荒北经》里的不咸山，可能就是吉林省境内的长白山。"大荒之中，有山名曰不咸，有肃慎氏之国。"不咸，大概就是白色的意思，山顶终年积雪。这座最接近神的奇山，被大清王朝保护了两百多年，至今保持着原始风貌。处处钟灵毓秀，人杰地灵了千万年后，依然元气充盈，紫气天天东来。

沿着历史的驿站，出关向北，一路走到吉林。这里的景色苍茫，地势走向也非常像当地人的性格，由北向南，由东向西，从高山峻岭，再到一望无际的大平原，起起伏伏。一会儿异峰突起，一会儿又坦荡辽阔。十里不同天，一年四季分外鲜明。冰与火能放在同一个情怀里，爱与恨可以交织一起，而且难解难分。

从童年到青年，再到老年，生命的年轮碾过这片黑土，每个脚印里，都有落地生根的记忆。那些勇闯关东的豪气，得到这里气候的加持，竟然格外猛烈，就算数九寒天、冰冻三尺，也抵挡不住一腔热血。

曾经茫茫原野，史前的洪荒之地，蕴藏着无与伦比的激情，这种炉火一样的热情，即使开采了无数个世纪，依然充满着活力。经过不懈努力，传统汽车被新能源汽车替代。新时代的故事影片，不仅有爱情，还有青山绿水。没有污染的黑土重新孕育着大豆、高粱和玉米的种子梦。

破土而出的清晨，每滴露珠都折射着大自然原有的光芒。

七色虹影里，喷薄的日出，青草的芳香，湿润的日子，只要这里的人，愿从惬意中仰望长空，还会发现"吉林一号"卫星正俯视大地，拍下刚刚发生的惊奇。撷取山中的草药，再吹一口仙气，做成闻名遐迩的生物制药。用大工业恢宏的气魄，在开阔的田野上释放心中的闪电，中国激光从此扫描天下。各种最新科技，也像各种植物纷纷从大地里涌出。那些深藏长白山中的人参娃娃，系着鲜艳的红绳，像精灵一样带着故事和传说中的珍禽异兽，都在慢慢复原，而且正试图将神话与现实完美结合。

"借得山川秀，添来气象新"，雄奇的大山，连接起一望无垠的平原，足够大的舞台，什么奇迹都可以在这里上演。每片洁白的雪花，都铺开六角形的翅膀，飞在清冽的空气中，淡淡散发着远古的气息。每次深深地呼吸，都不停地吐故纳新。淳朴的人们，默默守护着历代相传的故事，闯关东的力量，又被深挖了几尺，在此基础上布局一个新时代。越寒冷的地方，越渴望温暖，越难以生存的冰雪之下，越容易蕴藏顽强的生命。每颗心里，都深埋了好大一棵树，等待春风，等待呼唤，等待手拉手，一起构成生机无限。所谓上天入地，在这里就是上到天池，下到黑土地，一代又一代的吉林人，沿着满语标注的松花江，沿着当年的柳条边，沿着现代化轨道，一路蜿蜒向前，有过曲折，有过困苦，有过苍凉。高纬度的视角和气吞山河的格局，加上珍贵的千里沃土，心中荡漾着蓄势待发的冲动。万丈激情驰骋山水之间，飘逸激扬的文字不断跃然纸上，令人激动地焕然一新在这个春天悄然绽放。

　　曾经的千里冰封凝固了多少漫长岁月，晶莹剔透的时间，藏起无数千古之谜。不敢将过去忘得彻底，注定显得过于犹豫。割裂过江南丝竹，却斩不断一方水土。用粮食喂饱历史，用工业制造现实，再用科技发展未来。一个多元的吉林，一个多重性格的吉林人，不管遇到什么情况，只要脚踏实地，就能站稳脚跟落地开花，豁达爽朗的胸襟，让过去的一切磕磕绊绊冰释前嫌，然后一声呐喊唤醒山川河流。

梅 花 印

无　界

　　山野中，自生自灭、自由自在的猫，才算是野猫。这样
的猫，不受人的干预，才够野。在我家小区里，生活着几只
猫，后来也被称为野猫。

　　一只白猫，还有一只花猫，看上去都是成年猫。在树下、
草坪、过道，时常会与它或它们邂逅，基本都是邻近墙根的
地方。这时猫会躲得远一点儿，保持着距离，或站或坐地看
看我。有时我会试着轻轻地靠近，蹲下来，拍拍手，带点媚
笑地叫着"猫猫，猫猫过来"。也不知道它们是否有过名字。
它还是盯盯地看我，之后悠闲着不理不睬地离开，或者迅速
钻进矮树丛。我想，如果我只是路过，它也许会接受这个距

离，而我的停留、靠近、拍手和呼唤，甚至并不虚伪的媚笑却胀破了它的心理密度。莫非它只接受过客？不过它保持这个距离还算有那么一点点野的意思。看来，野不野，尽在于人了。

不知道它们的家在哪，是否住在一起，住在室外还是回到某个居民家里。也不知道在哪里吃食，是自然觅食抑或是有人投食。我倒是希望它们能不受嗟来之食，捕鼠为乐。而且老鼠也的确是它们的美味。这个小区里，我还真没见过老鼠。

春天的时候，发现白猫和花猫的肚子渐渐大了，后来就看不见它们了。我再发现它们已是初夏，而且多了几只猫崽儿。白的两只，花的三只，有手掌那么大了，毛茸茸、萌萌的样子。这才知道白猫和花猫都是女生，又都成了妈妈。也不知道它们是否当过妈妈。不过爸爸可是一直没露面，更没见过出来认孩子，做爸爸。

据说猫一胎通常能产四到六个崽儿，也有更少或更多的时候，不知道它俩生了几只，成活率怎么样，但愿猫崽儿都活下来。

自从猫有了娃，也就暴露了它们的家。10号洋房过道旁的墙根有个比排球小一圈的不规则洞口，它们经常钻出钻入。墙根也多了个猫屋，不过它们好像从没使用过，还有四个猫食盆，有猫粮和水。猫崽大多数时间是在洞口蹲着或徘徊，有点儿风吹草动的就钻回洞里，一会儿再探头探脑地出来。有时会从墙根平台的边缘不经意地栽在草坪上，来个标准的"狗吃屎"，转悠完了再把前爪搭上平台，小脑袋使劲向前伸着，后腿连蹬带爬地好一阵子才能上去。大猫就坐在附近看着。

我也给它们送过吃的，是打包回来的牛肉包子，还散发着香气。无论怎么叫它们，它们也不会到手里来取，只是看看包子再看看我的脸，又看向别处，若无其事的样子。我只好把包子放在草坪上，后退几步，它这才轻手轻脚地过来，再迅速叼走，一点儿都不领情。不像狗会摇着尾巴抬着头，扭动着身体咧开嘴看着你的眼睛和手，一副亲热的样子。或许猫不懂得这是人对它的爱护甚至恩典。或许是根本就不介意。也许小区里看不见老鼠就是它们的无声回报。我倾向于它们的存在便是生命的一种奉献。

每次早晨在小区做核酸，我都会故意走过那里。做了多少遍核酸，也就看了多少次猫。猫们逐渐成了厌倦生活里长出的几朵小花。由春到夏，从夏到秋，由秋到冬。猫崽儿现在快有一拃半长了，毛很长，圆滚滚的，和大猫一起穿来跑去。不过，白猫崽儿似乎少了一只，也许是我没能赶上。我们还聊过这猫崽儿能否度过这寒冷的冬天。

这几天，小区的微信群有点儿热闹。

有人说小区里的猫窜来窜去，狭路相逢时，害怕。要求物业清除。这几个人直呼其为野猫。也只有称为野，才能凸显猫对人的威力和威胁。

夏天的时候也有人在群里提过，被一些爱猫人士劝住了。是啊，狭路相逢勇者胜嘛。何况本就不需要对猫提起勇气，只是对自己而已。怕猫的人或许尽量地继续"勇"着。想必在承受着什么样的心理压力和情绪负担。他们克制着躲开，克制着不去想，克制着不怕，克制着没再提这个事儿。没再讨人嫌，其实也真的不好说是谁讨谁的嫌。所幸人与猫相安无事，也似其乐融融。

小区人多，有怕猫的、怕狗的、怕老鼠的，夜里怕人的。宠物狗和猫都有主人牵着或抱着，老鼠根本看不见，只剩下这几只所谓的野猫，没有主人，无依无靠，终于成为被讨伐的主攻方向。那几位爱心人士的投食和呵护，也被定性为不顾他人感受的爱心泛滥。我走夜路时，遇到女士我会站一会儿或慢下来，拉开距离，避免她紧张。人是有距离感的，猫更有，关键是谁能做谁的主。

这次物业客服正式在群里发出要清除猫洞的通知，引起了一些人的反对，也有支持的，但明显势弱。反对方大概是说猫不攻击人，又能抓老鼠；小区里有几只猫，多了些情趣；爱猫的人明确就说这些猫可爱；还有的说已经入冬，清除了猫洞之后，小猫可能会受不了，开春再说；还有人说每天都有人给猫投食，满满的爱，很温暖。如此种种。支持清除的则说一是要承受对猫的恐惧；二是猫会不会带病毒；三是长期投食，猫会越来越多，会扰民；四是也可以把猫窝清到小区之外。讨论得比较激烈。但物业一直没有参与。

我除了查看疫情防控的通知，是不怎么关注这个群的。但看他们争论不休，我还是忍不住插了话："怕猫的邻居，可以把心里的猫赶走；至于小区里的猫，就由它们去吧。"这句话招来的是"谁喜欢就抱回自己家养着吧"。我无语了。

时隔两天，早晨做核酸，刚下过雪。我发现猫屋猫盆都不见了，只有一层洁白的雪。猫洞并没有封堵。但往日一串串梅花般的猫爪印也没了。我问物业客服，她说已经把猫屋猫盆挪到了小区东南角闲置的咖啡驿站墙下了，那里偏僻。并同时有几位经常投食的女士一路撒了猫粮。做完核酸，我就去了咖啡驿站，这里只有猫屋和猫盆，但雪地上并没开出朵朵梅花。那个猫屋本来就是个摆设，物业又没封堵洞口，猫们为什么也放弃了猫洞呢？直到结束了全民核酸，也没再看见它们。

我住的这个小区背靠朱雀山，前临松花江，对岸是渐高渐远的层层山峦。无论远观还是近赏，一年四季多是美景。尤其现在每当江水泛起晨雾，江堤的雾凇就像是一簇簇的雪梅花，招来许多游客。

早晨，我去江边游玩，忽见一只白猫在南门外的雪地里一闪而过，荡起一道雪烟。

南尖头村二题

修 瑞

　　2021 年 6 月，按照中共吉林省委组织部统一安排，我被派到了白山市长白朝鲜族自治县马鹿沟镇南尖头村，成为乡村振兴驻村工作队的一名队员。南尖头村是刚刚完成贫困摘帽的脱贫村，也是国家重点边境村，与对岸的朝鲜仅隔一条鸭绿江。丰水时候，江面超过五十米宽；枯水时候，江面消瘦剩不下二十米。我在这里驻村一年半时间，如果不出意外的话，还要再驻村一年。这段日子里，我见证了一个村庄近乎涅槃重生的变化，也目击了众神从这里隐去的整个过程。

百雀来朝

一碗白水挂面，卧一个荷包蛋，一把小葱，三五滴海鲜酱油。

我蹲在门口的水泥台阶上吃早饭。面刚出锅，热气晕花了我的眼镜片。山里雾霭正稠，敲击铁板的上工声穿过浓雾，打鸭绿江对岸一个叫雨坪里的村庄传来，颇有些异国韵律。敲击声毕，算上尚未入口的大半筷子面，我的面刚好吃到一半。

很不凑巧，我在吃剩一半的面里，发现了一坨鸟粪。万幸，这鸟粪也是新鲜热乎的，就在刚刚，我亲眼看见它从天而降的过程，以及它在我的面汤里掀起的小小涟漪。那鸟粪黑白分明，遇到我的面汤迅速晕开，颇有种紫菜蛋花的感觉。我抬起头，一只麻雀蹲在正上方的彩钢瓦边缘，朝我叽喳叫着。我看不出它的表情，也听不懂它讲些什么，但我想它是在警告我，对我这个不速之客施以惩戒。

这一幕，发生在我入驻南尖头村的第二天。这里是边境，也难怪这里的麻雀对我如此戒备。

有将近一个月时间，我都是住在村部的。在村里租了一间民房，房屋因为常年空置，潮湿且破败，需要房主简单翻修后才能入住。在这将近一个月时间里，每天都醒得很早，

472

早过我长年设定在 5 点钟的手机闹铃。早醒，不是水土不服，也不是因为村部的单人木板床太硬，而是被早起的麻雀吵醒。

这里比多数地方都更早迎来黎明。带着睡意的蓝天，纤尘未染的白云，晨风吹干一只昆虫的翅膀之前，麻雀已经从深灰色彩钢瓦下的巢穴里醒来，翻身站在瓦上，或者来回踱步，或者以短喙在瓦上轻啄，节奏丝毫不输对岸的敲铁板声。不只是在瓦上，油木杆架起的五根电线间，七上八下几十只麻雀，唱几声山高水长，然后左右前后调个位置，换一张五线谱，再唱。村部大院西侧露天摆有一副乒乓球台，一只麻雀蹲在网架的一端，两侧各有一只，一个直立一个低伏，你方唱罢我登场，颇有种大战一触即发的架势。更有十几只蹲在高过屋檐朝向四方的大喇叭后，每个朝向列队四只或者五只，直等到对岸的小火车呜呜呜笛驶过时，便齐声回应。

有一天清早，我在被众鸟催起之前，专程守在屋檐下清点。在不到两分钟时间里，先后飞出 112 只麻雀。原来，每天竟有百只麻雀提供叫醒服务。或者，被百只麻雀嘲笑懒惰。

南尖头村的麻雀起得早，南尖头村的人同样习惯早起。那时天光初晓，麻雀还未梳洗，距离敲铁板声飘过鸭绿江还有至少两个小时，天地尚且混沌，星星点点便起了晨炊。然后，百雀振翅齐鸣，农人扛锄入田。某日，我提着马灯去村部西侧紧邻的旱厕小解。出来时，刚好一辆银灰色面包车打我身边驶过。借着马灯的光，我隐约辨出司机是刘东。时间是凌晨 3 点半，刘东已经从田里归来，载着新摘的豌豆，去十公里外的县城赶早市。

不止刘东，这个村民平均年龄或已经超过六十岁的村庄，有至少一半人在我睡醒之前，已经在田间开始了新一天对美好生活的向往。因为距离县城近，村里人多在自家地里种些瓜果蔬菜，赶早载些青椒豌豆或者香瓜进县城售卖。赶在晚饭以前，再进一趟县城，于夜市上练一处摊子，售卖新摘的黄瓜茄子或者蓝靛果。一早一晚之间，则终日守在自家的一亩三分地里，仔细打理那土地的每一寸每一厘。

人如此，雀亦然。我曾几次见到，有麻雀衔一串稗草的种子飞向江边，在高出水岸数米的荒滩上往复徘徊，留下无数或新或旧的抓痕。那每个抓痕之下，是否都藏有一颗种子？那野草丛生的荒滩是否也藏有一群麻雀对于明天的希望？

6 点之前，赶完早市的刘东开着他的银灰色面包车从县城返回。他是村里的民兵连长，他要回到戍边的岗位上。6 点之前，麻雀们也从江边的荒滩飞回，或伏在彩钢瓦上，或立于电线，或列队大喇叭后，等待一声戍边的召唤。

太阳落山，农人归家，麻雀亦归巢。而后，万籁归寂。日出而作日落而息，千百年来，这朴素的习惯在这隐于长白山区一隅的小村落里，似乎从未被打扰。

夕阳无限，一百只麻雀同时归巢，这场面的壮观单凭想象是很难复原的。况且，还不止一百只麻雀，还有鸽子，还有燕子，还有斑鸠，还有布谷，还有黑嘴鹍，还有成百上千双叫不出名字的翅膀，同时收拢羽翼。于是，夜幕降临。

某日，我蹲在村部门口的水泥台阶上吃面。大约一米之外，两只黄嘴新雀与我并排蹲着，啄食我撒在地上的几十粒小米。稠雾正在消散，蓝天白云斑驳可见。又是风和日丽的一天。我突然对乡村振兴下的南尖头村有了信心。或者也不是突然才有的信心，而是从我第一次见到百雀来朝的那一刻起，一切便已经发生。

目击众神隐退的草原

有一片草原，卧在南尖头村身后的无名山梁上，一万余年，或者更久远。

我从来没有见过如这般大的草原。它究竟有多大？有村民说差不多十公顷，村会计孟祥贞说一百五十多亩，长白县国土局给出的数据则是 10.1 万平方米。相比之下，我更喜欢前两种说法，那种模糊的概念像一滴穿过烟雨古巷的水墨溅在千年宣纸之上，将整片草原晕染出千般意蕴万种风情，甚至由此有了毛茸茸的质感。

它的确是我见过最大的草原，姑且允许我称它为草原吧。因为在它之外，我未曾去过任何一片草原。而且我说它大，也并非是我坐井论天，这世间的一切大与一切小本就源自于比照和自说自话。大学毕业以前，我在老家的黑土地里有过十六年的耕耘经历，种玉米，也种大豆。我们一家四口人，有差不多十亩旱田。十亩地，犁成三十条地垄，每条四百四十多米长。一年四季，无论是春天的刨坑、下种、覆土、踩压一条龙作业，还是夏天顶着偌大一颗太阳面朝大地薅草松土，或者秋天挥舞镰刀一束一束收割秋阳，又或者赶在大地封冻之前把一车又一车牲畜粪便深耕入田，一天时间只够走完三条地垄。时至今日，我仍然常常梦回那些长长的地垄，一眼望不见尽头。而这草原的大，若是犁作地垄，怕是要连续一百五十天才能走完一遭。

　　况且，这草原的大，接连云生之地。它像一块绿松石稳稳地镶在长白山腹地，嵌在三山一水之间。这里海拔不算高，但距离天空很近，风吻过草尖的时候，无数朵云像蒲公英的冠茸打远方古老的丛林起飞。风伏在低处，被剪碎的阳光卧在低处，云行也在低处。虽不至于踮起脚就能摘下一片，但每一个去过那里的人都必然不约而同地相信，只需树起一架十米长的木梯，一端抵在草原，另一端便可抵达一片云。至于是哪一片云，因人可选。只可惜我恐高，不敢攀上这样的一架长梯，只能站在这草原的中心，不问云起，不问云往。

　　况且，这草原的大，有纳万物的胸怀。大约一万两千年前，沉睡十余万年的长白山火山复活并猛烈喷发，长白山天池便是经过这次喷发而形成。也是这次喷发，无以计数的火山石流星一般陨落在南尖头村域内，而这无以计数的火山石中，有几百颗坠入了这片草原。我相信，它们在坠落的那一刻曾引发一场凶猛的山火，火光所至，草木皆成灰烬。但草原只用了一夜春风的时间就接纳了这群荒蛮的入侵者。它甚至专门割让出一襟领地供它们聚居，以一道寥寥数米宽的次生林做屏风，楚河汉界，不窥视，也不打搅。循一条机耕路蜿蜒而上，路的尽头即是藏有火山石的那片草原，确切地说，是山顶草原可窥全豹的一斑。那些外表遍布麻坑大如狮虎小若龟兔的灰黑色石头懒洋洋横斜在阳光里，在微风下，在一百头黄牛仰头反刍间，在十万青草深处，若隐若现，若即若离。恍惚间，竟有了一丝置身北欧火山草场的错觉。而一屏之隔，十万平方米草原甘为陪衬。

况且，这草原的大，曾经沧海。从两百多年前的封禁之地到一百多年前闯关东人扶老携幼来此开荒建村，从八十多年前东北抗日联军的声声枪炮到如今歌舞升平瓜果飘香，无论是一方土地从荒蛮到文明，或者一方人从贫苦到富足，它既是见证者，也是亲历者。我站在这片草原的最高处俯身远望，若是在清晨，可以眺见三五只雨燕掠江而去，七八只灰雀打对岸飞临，一轮红日轻挑开朝雾，半江幽碧半江明澈。早上6点或者傍晚6点，准时会有一列黑色蒸汽机车头挂六节不同颜色不同规格的车厢沿鸭绿江对岸的山脚驶离或者归返，若是在傍晚，火车叮叮当当的敲击声里，会有裹挟着异国烟火气的风打一百几十公里外的日本海掠过村庄翻越山岭吹来。风歇的时候，南尖头村灯火初上，雨坪里村隐入夜黑。

"目击众神死亡的草原上野花一片。"这是诗人海子笔下的一句诗，我尤其喜欢。当我坐在草原深处目送一朵白云远去或者看一头黄牛咀断一棵草，又或者眺望黑色蒸汽机车去而复返的时候，莫名地，就想起了这句诗。的确，早春的时候，草原上也会开出许多野花，有些我能叫出名字，比如蒲公英、灯笼草、酢浆草；有些叫不出名字，我叫它们大白、鹅黄、阿紫。只是我不喜欢"死亡"这个词语，虽然已经到了可以坦然接受这件事情的年纪。我不认为众神已经死亡，不过是暂时隐退，就好像秋深时候草原的草，隐入泥土。被需要的时候，草还会重生，众神还会降临。

只是，眼下这一方土地一方人似乎已无须祝祷。这是人间的幸事。更幸运的是，我应草原之约，目击众神从这里隐退。

去看稻子

宋 虹

一

最近几年，每到秋天我们都要相约去看稻子。是的，你没看错，我们是去看稻子。

看稻子，其实是看祖先、看亲人、看故友、看一种生命。

2022 年 9 月 28 日，舒兰市作协和吉林市作协联合搞了一次活动，四五十位作者到舒兰采风。9 月是北方最好的季节了，天气总是晴好。在舒兰溪河镇凤凰山上举目望去，山脚下田畴广阔，一片金色的稻田逶迤而去，像 19 世纪俄罗斯的油画，凝重而悠远。那一片金色，是阳光的颜色，是汗水的颜色，是希望的颜色，也是丰收的颜色。再过两三天，就是收割的日子了。而那些清澈的河流，在金色的稻田中蜿蜒流淌，像银子一样，像月光一样，像诗一样。

我们还参观了三莲稻田公园，把稻田做成公园，这是一个不错的创意。木栈桥铺进稻田里，人们游走其中，仿佛置身大海的波浪里。那绵延无际的稻子，就是中国人的饭碗，令我们生出无限的热爱。在中国古老的大地上，从南到北，都有稻子，这是我们金色的饭碗银色的饭碗，我们要格外地珍惜她、爱护她，为了当下，为了未来。

许多年来，我一直吃着舒兰大米。我觉得北方的稻米更胜一筹。北方昼夜温差大，土质好，水质好，稻子的生长期长，吸收的日月精华就多。有一年我在海南住了四个月，南方的大米有些吃不进去了。朋友给我寄去了一袋舒兰的大米，那是我吃到的最好的大米。

在秋天，我们看过多少回稻子，有些说不清了。我们去过永吉万昌，去过蛟河保家村三家沟，去过江密峰，去过南沙村……在市郊牛家村农民朋友蔡春家的后院，就是一块稻田。虽然只有几亩地，但被他打理得春风得意秋高气爽，稻秧挺拔、苗壮、秩序，一派生机勃勃的样子。那是8月，那时候的稻子，稻穗还是挺拔向上的，还在努力成长着，黄绿分明，像是他写下的诗句。看着，便是十分喜人。我们去看朋友，必须也要看一看他的稻田。你说，我们是看稻子还是看朋友？

二

我也在春天看过稻田。2013 年 6 月，我陪同人类学家老雷搞田野作业，在龙脊梯田，在芭莎古苗寨，我们考察了高原上少数民族的稻作文化。

到龙脊梯田，人们一般都要去"千层天梯"，去"七星伴月"，去"西天绍乐"，人们一步步地登高。在高处俯瞰梯田层层叠叠，逶迤而下。但人们往往忽略了山下的始祖田，甚至忽略了树下那一对老夫妻的石像。

我也把他们忽略了。出山前，朋友提醒了我，这才使我看到了始祖田和那一对老夫妻。否则，我会把他们彻底忽略了。如果那样，我看到的所有都是末梢，我将不知道本源。

他们来到这里的时候，也许还很年轻，他们在山脚下建起一座木屋，这木屋是两层的。他们在山沟里开出一块田地，一分、两分、三分，植种粮食菜蔬；他们生儿育女了，一代、两代、三代，渐渐有了村寨；他们需要更多的粮食菜蔬，他们看到山有多高水有多高，他们在山坡上开始修筑梯田了，一层、两层、三层……不计晨昏，不计岁月，才有了如今的千层梯田，水自山上流出，日夜不息，汹涌不绝，灌溉了千

481

层梯田，成就了人间奇迹。

在芭莎古苗寨，吊脚楼旁，大多有高约十米左右的两根木柱，木柱间横若干木杆，两根木柱旁有护木斜撑。朋友问我："你知道这是干什么用的？"我知道这肯定与他们的生活有关，但我说不准是干什么用的。朋友说："这叫稻择，秋天晾晒稻子用的。苗族是一个稻作民族。"啊啊，稻择，能把这两个字说出来的人恐怕不多。再留心一下，又发现稻择有集中的场地，这大概相当于我们的打谷场了。

于是我们去寻稻田。走了很远的路，走得两脚是泥，我们看到了清亮亮的水，一湾一湾的，苗家人在山谷中开垦的稻田，层叠着，周围是山、是树、是绿的草木，浑然如一幅山水画，明丽、秀美、宁静。但他们的劳作，仍然是古老而传统的。他们的生活并不富裕，在寨子里，在田埂边，很难看到青壮年，大概他们也走向了外面的世界，大多是上了年岁的老人和妇女在忙着挑肥插秧。

三

关于稻子，学界有两点共识，一是长江中下游是中国水稻的起源地，水稻种植范围以这里为起点向外扩展。二是水稻在我国已有七千多年的栽培史。考古证明了这一点。1973年开始，考古工作者在河姆渡（长江下游浙江余姚的一个小镇）发现了大面积的新石器文化遗存，叠压着四个文化层，在最下层的年代距今为七千年前，发现了大量的栽培稻的稻谷遗存。

后来又发现了以江西省万年县仙人洞—吊桶环遗址为代表的栽培稻遗存。这些遗址的发现，将中国的水稻栽培史上溯到一万多年前。那时候，中国就进入了原始农业文明。中国是世界上栽种水稻最早的国家。而日本、朝鲜、越南等国的水稻栽种，都是由中国传过去的。

大米一直是长江流域及其以南人民的主粮。唐、宋以后，南方一些稻区进一步发展成为全国稻米的供应基地。唐代韩愈称"赋出天下，而江南居十九"，民间也有"苏湖熟，天下足"和"湖广熟，天下足"之说。江南自古便是富庶之地，这与稻作的发展有着密切的关系。

千年以前，稻米已养活了半数以上的中国人口。明末，据宋应星的估计："今天下育民人者，稻居什七。"那么现在呢？东西南北，皆食大米，怕是有十之八九。

2004 年，联合国设立国际稻米年，主题为"稻米就是生命"，这是联合国历史上第一次为某种农作物做出这样的安排，可见稻之重要性。其实，稻子一直具有非凡的意义。稻子让人类延续，数千年来，稻子的演化和南推北进，说到底，是人类生命的挣扎与奔突。

四

我爸的生日是 1931 年正月初九，按传统的农历纪年法，他也算是头羊了。九天前，还是马年。在他八九岁、十来岁的时候，父母相继去世。他的奶奶带着他和他妹妹，一年一岁地熬着岁月。这一年，日本鬼子发动了"九·一八"事变，侵占了东北。可以想见，一个从清朝走过来的小脚老太太，是怎样艰辛地把这一对兄妹养活大的。那时候有稻子吗？有。有大米吗？有。但在伪满洲国，老百姓是不准吃大米的，凡是买卖或者吃大米的，一律是经济犯，会受到极为严厉的惩罚，甚至送命。

我没见过爷爷奶奶，甚至不知道他们的名字。我见过太奶，那是一个慈祥的老太太。她最大的财产是一口棺材和一套装老衣裳。棺材放在仓房里，涂着暗红的漆，也有些斑驳了，有时我们会在棺材里爬进爬出地玩儿。我们偶尔也会把她的装老衣裳拿出来，看那些个金色的银色的牛或者马，那双尖角的黑色鞋子，一拃多长，只有太奶的脚能穿得进去。大概是 1967 年的夏天，太奶穿着这身衣服和鞋子，睡进了那口棺材里，享年 84 岁。这样往前一推，太奶应该是生于 1883 年，清光绪九年。她的一生，大概也是很少吃大米的。

我爸的一生，都是为他的六个孩子谋衣食，艰难的生活塑造了他的性格。我写过几百万字，却很少写到我爸。在我的印象里，他的脾气暴躁，每逢年节，他总是要发一顿脾气，搞得全家惴惴不安。在我做了许多年大家长之后，我才渐渐地感知到了他当年的心理，忙活一年了，百般艰难，千种困顿，没有得到应有的肯定。这时任何人的言语、行为稍有不慎，都会成为他大发脾气的导火索。所以每到年节，我们都是小心翼翼的。

我的童年、少年乃至很长一段青年时期，都是很少能吃到大米的。少年时期，很盼望家里来客人，尤其是比我爸长一辈的客人。这样的客人来了，总要拿出大米来招待。作为家中长子，我就有了陪同客人一起吃饭的资格，就可以上桌吃大米饭。通常，我们都是吃高粱米、玉米面。

五

有人著文，较为翔实地介绍了康熙皇帝亲自运用单株选择法选育和推广"御稻米"的过程。我没看过这文章，我也没听说过康熙皇帝有什么实践成果。即便他有了成果，依然是"御稻米"，是贡品，与百姓并无多大关系。

1930年9月7日，北平协和医院，一个叫袁隆平的人出生了，而为他接生的恰恰是著名的妇产科医生林巧稚。这是她接生的五万个孩子中的一个，还没给他取好名，当时登记为"袁小孩"。这是两个伟大人物的一次偶然相遇，但他们都不知道。鲁迅大概说过这样的话，天才的第一声啼哭，和普通人是一样的。

历史还是要等。要等这个孩子慢慢长大。少年的袁隆平有些淘气贪玩，他甚至逃课到长江里游泳。直到1966年2月28日，才是湖南安江农校教师袁隆平迈向世界级科学家的一个决定性瞬间，他在中科院院刊《科学通报》上发表了《水稻的雄性不孕性》论文，这是人类历史上第一次用文字表达的利用水稻杂种优势的设想。他得了14.28元稿费。

1970年11月在海南三亚，发现了雄花异常的野生稻穗"野败"，"野败"的发现，是一次飞跃，是全球杂交水稻的共同祖先。

1982年秋天，在菲律宾马尼拉，举办了国际水稻科技界盛会，当袁隆平介绍完他的杂交水稻之后，大屏幕用英文黑体字打出了"杂交水稻之父袁隆平"的字样。

美国经济学家莱斯特·布朗曾发出过"谁来养活中国人"的世纪之问，他认为，21世纪，中国将大量进口粮食，造成全球粮食恐慌。如果没有袁隆平，他也许就说对了。事实是，袁隆平不但解决了中国人的问题，还造福了世界。1980年1月，中国将水稻杂交技术转让给美国，杂交水稻走向世界。办培训班，技术援外，在亚非美洲四十多个国家和地区试验示范。"愿天下人都有饱饭吃"，这是袁隆平的毕生理想和追求，这是一个胸怀天下的伟大格局。

袁隆平说，我是洞庭湖的麻雀，更要做太平洋的海鸥。

他用一粒种子，改变了世界。他的名字，写在了辽阔的大地上。

他是一个爱玩儿的人，游泳、骑摩托、拉小提琴、抽烟、打麻将，他是一个不完美的伟大人物。我喜欢这个率性的老头儿。

如诗如画入梦来

于柏秋

"蓝蓝的天上白云飘，白云下面马儿跑，挥动鞭儿响四方，百鸟儿齐飞翔……"就是这首《草原上升起不落的太阳》，因其诗情画意、情景交融而被歌喉并不嘹亮的我常常纵情歌唱。之所以兴之所至、唱性大发时想到这首歌曲，是因为那些似曾相识的画面不时在我的心头萦绕、显影，并一次次潜入梦境，将我带回到如诗如画的故乡。

草甸上蝶飞蜓舞，生发出一种湿漉漉的略显苦涩的青草气息。早晨，放假的我和残疾的五叔追赶着猪群，像冲破牢笼的小鸟，在一眼望不到边的草甸上撒欢。五叔小时候得了骨结核，由于当时医疗条件落后、治疗不及时，落得双腿残疾，背部弯曲，走起路来很是吃力。但五叔没有自暴自弃，不能去生产队劳动、挣工分，就承担起了十八口人大家庭的养猪任务。虽然只有六七头猪，可每天放牧加饲养，对于正常人来说也是一项不算轻松的体力活。但五叔情绪高涨，干劲十足。每当踏上绿毯般的草甸，三十多岁的他都会手舞足蹈，快乐得像个孩子般。我在一首《阳光爬进叔叔心房》的诗歌里，曾这样描述当时的场景："高坡上跷起脚／绷紧颤巍巍的惊喜／将一腔好奇远眺成迷茫／眼酸腿麻心醉了／歪歪斜斜躺倒地上／快乐的音符随之进出胸膛／'啊呀呀……'／映亮了叔叔灰暗的脸庞／也惊飞塘边一群嬉戏的野鸭／'扑啦啦'拍打翅膀／飞向远方。"当时只有十多岁的我，喜欢追蝴蝶、捉蚂蚱，呆愣愣地看着一群群野鸟飞走又落下。玩儿累了，便躺在温煦的草甸上，看天上飘动的白云，像棉花，像海浪，像积雪，更像奔腾的野马和远航的帆船。不不，那是草甸上滚动的羊群，腾云驾雾飞上了空中！啊，白云飘过，天空蓝得像宝石般，纯净得令人心醉。后来我似乎明白了五叔的动力源泉，也许是拥抱大自然所获得的神秘力量。

时光如白驹过隙，不知不觉间我离开家乡已将近四十年。其间也曾回去过多次，但每次都是行色匆匆，蜻蜓点水。家乡水彩画般的美丽景色，没能充分领略欣赏，那如诗如画的风景便只能一次次在梦中反复闪现。于是始终悬着疑问：松嫩平原上的那个小小村庄，到底是否还是当初的模样？

八年前 6 月初的一次回乡之旅，让我与故乡有了一次近距离的接触机会。因有事要办，需小住几日，时间比较宽裕，便想揭开心中的谜团。

"看，这就是当初的草甸子。"屯长、老同学刘国指着一大片玉米地说。他本不想带我来，说甸子早就没了，还看个啥？我说没了也要看看现在的样貌。

"啊，这是……这是那时的南甸子？！"我无论如何也不能将眼前的景象和曾经走过无数遍的绿毯般的草甸联系起来。看着有些低洼、庄稼长势一般的田地，心里涌起一种说不出来的滋味。

"当初的草甸子水草多丰美呀，长势比这秧苗都好!"我叹着气说。

"唉，可不是嘛。为了每家每户多分点儿田地，村里就决定开荒了。"刘国似乎发现了我的伤感，"不过也挺好的，多打粮食多收入。"

好吗？从经济方面来说，也许是。但面对微风吹过，玉米地泛起的层层波浪，我只觉得胸腔满满的，头也有些眩晕。

"时光真是把杀猪刀!"我突然狠狠地抛出这样一句话。

"岁月催人老啊!"刘国附和着我。

"物非人也非呀!"我声音有些变调。想起五叔已去世多年，一阵心酸，不禁湿了眼眶，便蹲下身来使劲儿抓起一把泥土，抛向空中，粗糙的颗粒跳跃着和我扑了个满怀。

　　"走吧，咱再回屯子里转转，让你好好拥抱一下故乡。"刘国竟然甩出一句硬词儿来安慰我。

　　我说："先看看村中的池塘吧。"

　　"池塘？哦，哦。"刘国没说什么，一直低着头走路。当来到屯中一排排砖瓦房前时，下巴一扬，努努嘴说："瞧，这就是当初大坑的位置。""大坑"是那时村民们对屯中央的池塘粗俗而贴心的叫法。其实"大坑"很大，能有几万平方米水域，应该叫"湖"才对。夏天，男人们在池塘里大摇大摆地洗澡、冲凉。女人们则在黄昏后，蹑手蹑脚地走进来，悄悄洗去一身的疲惫。男孩子们那可是每天"泡"在水里，嬉戏冲浪，不愿出来。这些远离江河的小"旱鸭子"们，竟然无师自通，学会了"狗刨"和漂仰（仰泳）。就拿我来说吧，可以仰躺在水面上，十多分钟不动地方，当然，如果游起来那速度也是很给力的。池塘虽说在一定程度上解决了村民的洗浴难题，但出于对野浴的忌惮，社里将池塘深水处都围起了绳网，只留浅水区供村民使用。而父母们更是死看死守，决不让孩子单独跑出来洗澡。如被父母抓住，赤条条地拽上岸不说，屁股难免印上几道红红的柳条印。可即使这样，也挡不住畅游的诱惑。几个半大小子如蛟龙一般，激起层层浪花，竞速、接力、打水仗，好不快活！当放哨的小伙伴扯着嗓子大喊："某某某，你爸来了！"一道光溜溜的身影从水中一跃而出，抱起岸边的衣服，一眨眼便没了踪影。少年不识愁滋味，只顾一时痛快。不过事后想想，庆幸村里防范得紧，几十年来没有出现溺水事故。

"想什么呢，大作家？莫不是又要大发感慨了吧？"刘国见我许久没有作声，用手轻轻拍了一下我的后背。

"我，我想找找当年的感觉。"我知道他不能理解我此刻的心情。

"哈哈，坑没了，水也没了，当初的感觉还能找回来吗？要我说呀，还不如回忆回忆冬天的感觉。"刘国讪笑着朝我眨眨眼。

冬天，那当然是别有一番天地了。当冰面结实后，池塘就成了孩子们的游乐场。不分男孩儿女孩儿，一有空闲就来到冰面上玩耍。特别是晚饭后打雪仗、滑冰车、抽冰猴，将落日喊叫得红彤彤，圆滚滚。村民们也放开手脚，索性让孩子们玩个痛快。

"冬天嘛更不错，冰雪运动很带劲。"我喃喃自语，忽然间叹了一口气，"可惜呀，一去不复返喽。"

"那可不，一切得以发展为主呀。"刘国的话让我猛然记起他屯长的身份来。

"嗯，唉，那屯东头的林带还有吧，记得咱小时候总去采蘑菇、打野鸟？"我突然又冒出一句。

"也没啦，你还想看啥？"刘国乜斜着我，笑说，"回来一趟不容易，必须陪你看个够。"

"这样吧，咱在屯子里转转。"我想到了那些散落在村中的高大榆树、杨树、柳树，每到夏天人们摇着蒲扇在树下乘凉、下棋、打扑克，可到现在也没见踪影。

没想到刘国领我转了两圈，也没看见几棵大树。树倒有，都是刚刚栽下没有几年的小树。想想：树也是有寿命的哟！

"行啦，咱溜达得也差不多了，脚都软了。走吧，回去喝酒去！"刘国拽着我的胳膊，生怕我再提出稀奇古怪的要求。

那顿农家饭很丰盛，可是我没有吃出原来的味道。想来与梦中的景象丢失有关。我知道，记忆中水彩画般的自然风光已经永远定格在了岁月的深处。那放牧情形、戏水画面、滑冰乐趣、纳凉场景，现在的孩子们已经无法在屯中体验到了。当然，即使有，可能他们对这些也并不会感兴趣。随着时代的发展，农家的生活条件发生了翻天覆地的变化，孩子们可玩儿的去处更多、项目更多、品类更多，视野更加开阔，岂能像我般，目光只盯着那些古朴的、自然的风貌？

"萧瑟秋风今又是，换了人间。"去年8月，在回家乡途中，听到中央媒体对我省白城市盐碱地改造的报道，村民们对于旱田改水田，由开始的抵触，到提高认识，积极配合相关部门和技术人员"以稻治碱"，终使盐碱地变成鱼米乡。忽然感到：粮食安全真乃重中之重，也许老同学刘国的"发展"观是对的。看来我的观念也和那些村民一样，确需与时俱进啊！

车子驶入村庄，见多年前的小树已枝繁叶茂，掩映着一幢幢红砖碧瓦楼，宽阔的水泥路旁花团锦簇。不少人家的院内停着轿车和农机车辆。我耳边不禁又回响起那首熟悉的歌曲："要是有人来问我，这是什么地方？我就骄傲地告诉他，这是我的家乡。"新农村建设的美丽图景，仿佛从梦境中飘逸而出，如此真切而生动地展现在我的面前。

万物，皆是我们的血亲

络烟儿

　　那是很遥远的一个盛夏的午后。阳光滚过村庄的每一寸土地，炎热的气浪随着偶尔吹过的风抵达家家户户门前那些生命力顽强的花草树木。

　　一个小男孩儿从打盹的祖母身边跑开，他已经约好了村里的小伙伴一起去粘蜻蜓。这是他真正意义上的第一次粘蜻蜓。在正式粘蜻蜓之前他还有个准备工作没有做，那就是把二哥粘蜻蜓的工具缠上蜘蛛网。早上一起床，他就四处查看，把菜园里几处大蜘蛛网的具体位置牢记于心。天气太热了，他的小汗衫很快就被汗水洇透。他的内心充满第一次粘蜻蜓的悸动和愉悦，甚至在跑向小伙伴的时候被一块土坷垃绊倒了。但是汗水和被绊倒后膝盖上被划出的几道血痕都被忽略掉了。他太兴奋了。终于可以不用再看二哥的脸色，自由地使用这个粘网了。想到这儿，他小小的心啊既开心又难受。他向伙伴们炫耀自己的粘网又长又结实。伙伴们却吓唬他："你的粘网上没准藏着你死鬼二哥的鬼魂。"在伙伴们戏谑的笑声里他眼含泪水又坚定地说："奶奶说鬼和人一样也是分好坏的，我二哥是为了救人才死的，他是个好鬼。"伙伴们止住笑没再争辩，不知谁喊了一嗓子，"快点儿走吧！"然后大家呼啦啦向村外跑去。

　　小男孩儿全神贯注地盯住一只红色的蜻蜓。他不喜欢叫"大蚂蚱头"的蜻蜓，太丑了。这种红色的蜻蜓很少见，通体血红色。肚子和后背上有一条微细的黑色线条，翅膀透明，翅膀的根部稍微有一些橙色。在小男孩儿的眼里，它是世界上最美的蜻蜓了。他目光清澈而潋滟，他亦步亦趋地靠近，生怕有一点儿声响吓跑了这只神物。可无论他怎样小心翼翼，这只红色的蜻蜓都在他即将成功的时候，以迅雷不及掩耳的速度飞离。小男孩儿追着它，一会儿跑到东，一会儿跑到西，一会儿跑向南，一会儿跑向北，它一会儿落在向日葵的上面，一会儿落在接骨草的上面，甚至有一次落在了小男孩儿的肩膀上。小男孩儿觉得它真是一只动作敏捷、头脑聪明、眼观六路、耳听八方的蜻蜓啊。

　　当我坐在老屋的台阶上回忆祖父捕蜻蜓的童年时，我已经是个小男孩儿的妈妈了。祖父最后也没粘到那只红蜻蜓。而他在每次讲起这段经历时都像身后的老屋一样因历经风雨而波澜不惊。祖父说每一只蜻蜓都是一条生命，它们和人一样，都有活着的权利。长大后他庆幸自己小时候没有粘到那只红蜻蜓，而那只红蜻蜓或许因此度过了完整而美妙的一生。

我的儿子我的小男孩儿也在村庄里度过了自己的童年，当他听说这段往事的时候，问我："可是我看见蜘蛛网上有时挂着蜻蜓，有时挂着苍蝇，有时还挂着蜜蜂呢？它们会被蜘蛛吃掉吧？看着它们在蜘蛛网上挣扎，我心里有些难过。蜘蛛是坏人吗？"

是啊，稚子的难过相信很多成年人都有过。人与万物，都有自己生命终结的那一刻，或早或晚，或因天灾或因疾病，或因人祸或因自然。但又不可避免地在完成基本生存需要的时候，相互伤害。雨果说："自然是善良的慈母，同时也是冷酷的屠夫。"人类蓄养鸡鸭鹅，然后吃掉它们喂养自己的肉体，就像蜘蛛吃掉自己八卦阵里的猎物一样，为了生存无可厚非。但我们不可以忽略它们和人类一样，有其自身的价值，和人类一样享有平等生存的权利。

这是万物生存的底线和理应享有的公正。

2020年4月，汉水汤汤，武汉的樱花烂漫。人们终于可以自由地行走于神州大地。我在德惠这座县级市的斗室里写下这样的句子：

> 一座城市即将起舞。汉江滔滔，樱花落落。缤纷的事物从未停止生长。英雄的城市，以爱拥抱爱，以真簇拥真。穿过死亡的荒芜，光明洒向生还的人间。

流水捧出春辞，在我哭过的地方长出柔软、私语和晴川历历、芳草萋萋。我看见逝者的悲戚，我看见生者的坚强，我看见无数的泪水与坚持，在春色里弥漫。

我爱慕星辰。我思念长夜。我还匹配孤单。

人间的往事是面镜子。那个吞食烟草的人，流水已沿着肺的缺口缓缓泻入。

人类战胜自然的骄傲常常溢于言表。大声歌唱的人、尽情舞蹈的人，纷纷去小城的任何角落遇见春天。

一则"求租菜园"的朋友圈让我瞬间记起，我竟然是个有菜园的人哪。

乡下的祖屋早已多年无人居住，而菜园一直由村里一位族人经管着，我们叫他四爷。四爷已经七十多岁了，身体硬朗，为人朴实勤快。因为年纪的关系，他的两个儿子在去年秋天就提出不再让他帮我们经管菜园了。菜园说大不大说小也不小，每年四爷种些蔬菜与粮食作物（玉米、大豆等）也能进账两千多块钱，而我们也没有了让土地荒芜的愧疚和不安。

这些年住在城市里，我一直在寻找一种味道。我称它为柿子的味道。还记得那些年的夏日姑婆经常从城里回到乡下（那时候我还住在村庄里），走时都给她拿一些菜园里的时令蔬菜，而她每次都特别提出多拿一些柿子，她说那味道城里的柿子没有。乡下的亲人们包括我也是不理解的，同样土地里栽出来的柿子有啥不一样的，只认为她喜欢吃柿子罢了。时至今日，我才知道，那确实是不一样的。

走进超市，柿子琳琅满目：西红柿、圣女果、磨盘柿、水晶柿、牛心柿、镜面柿……而我们所说的柿子的味道是那种叫皮球柿子和贼不偷以及大黄柿子的味道。超市里的柿子味道总是不能够深入我们的灵魂，其原因在于它们长于蔬菜大棚，接受的阳光是经过过滤的，成熟期短、大量农药和激素的滥用已经完全改变了柿子原有的味道，至于健康更无从谈起。

而我要寻找的，又何止是柿子的味道？

居于城市十年，整日被车水马龙的喧闹捆着，被钢筋水泥箍着，被匆忙的生活裹挟着，被人与人之间的冷漠与疏离蹂躏着，我时常感到烦躁、不安，甚至深夜里久久不能成眠。我常问自己，在物质极大满足的当下，我的精神为何流离失所？在村庄里时我渴望远方，在城里时我又思念东山上升起的月亮，我既不是一个真正的城里人，也再回不去小小的村庄。我的内心成了一个焦灼撕扯的战场。

从 2020 年的那个 4 月到现在，每年我们都挤出时间在小菜园里春种、夏育、秋收、冬藏。

菜园里的一切生命都真诚而自由地活着。没有撕扯，没有不甘，没有挣扎。世间还有何处如这一方菜园，那么小又那么辽阔。一切喧闹化入宁静。黑星星、黄星星、黄菇蒗儿、红菇蒗儿、婆婆丁、车轱辘菜、蚂蚱菜都随意地尽情招摇，有着自己的一方天地。深紫的、幽蓝的、粉红的喇叭花身姿顾盼，与老屋颓圮的围墙相依相随。我们打出的垄沟总是蜿蜒着，绕过某一株不知名却努力盛放的小花。时光在那一刻安静地漂游，恍似遇见挚爱的灵魂。

一场阵雨过后，西天被扯开了缝隙，仿佛瞬间霞光就出现了。暮霭夹着雨汽幻化出美妙的色彩。夕阳像一滴在长条灰色云朵上悬而未落的火红的露珠。我们在乡路上徜徉，越往前走，这滴火红的露珠就越大，直到最后完全滴落于云朵之下，然后隐于村小学旁的那片树影中。天空中的云有的地方特别红，有的地方成为浅红，还有浅紫、淡蓝、深灰，偶尔一条细长的蓝色天空显得分外静谧而清澈，幽婉动人。人生进入诗意的幻境，似有知己在暗夜提灯而来，给生命以熨帖的供养。

在村里的日子多了，又被一种久违的热情感染。

东家给了一些香菜的种子，西家给了几株辣椒的秧苗，前院叫我们一起吃晚饭，后院主动帮我们给海棠树修剪枝条。开始的时候我们很矜持，因为在城市里，同住一个单元门对面不相识是常事，人与人的边界感特别分明。我们已经忘记十年前过的就是这样的日子，因而一旦被这种久违的热情亲近竟然有点儿忐忑。我们成了受宠若惊的人，拥着潮汐般的心跳，感受着人与人之间真诚的律动。

拿回菜园里的蔬菜留下自己几日需要的，就送给楼上楼下的邻居们。开始的时候，敲门都是小心翼翼地，还要解释这是我们自己种的，绿色的，吃不完就浪费了，让他们放心食用。渐渐地，防盗门打开的时候笑脸多了，不再有惊讶和怀疑，还经常被邀请进屋里坐坐聊聊天。在小区里不经意间遇见，彼此都有了暖暖的亲切。对门的男主人知道我们爱吃泥鳅，经常送一些野生的来。楼上的姐弟见到我们，再也不躲开而是主动上前问好。世界有光照进来，明媚而温馨。

菜园里的蚯蚓在春天躬身张望世界的目光，未名池塘里的蛙鸣在星空下演绎夏夜的小调，秋日万里晴空是悠悠白云千年的归属，而冬日的皑皑白雪焐暖了万里沃野又一年的希望。回到泥土里去，回到自然中去，与万物相亲正是人类制衡恐惧的重器。

种了一辈子地的老父亲一直住在离饮马河最近的村子。他常常坐在余晖漫漫的饮马河大坝上，放眼两岸绵延着的小丘陵，看它们或聚或散，自由、无声；田野敞开坦荡的襟怀，干净、纯粹。时光于此放慢脚步，苇荡、河流、田野、日月和人，世上的一切平和而愉悦。

我和鸟儿们

夏鲁平

想起我家的燕子来了。

秋日的一天黄昏，我去长春伊通河边散步，忽见平时碧波荡漾的河水没有了，原来是河流管理部门泄掉了河水。河底随处可见一片片湿地和一汪汪水洼，一群白色的鸟，飞起飞落，有的嬉戏、打闹、觅食，有的则用长长纤细的腿支撑起白色的身段，举手投足之间，显示出我行我素的超然。岸边人造大理石护栏上，趴满了黑压压的人群，大家看着鸟都看得津津有味。我问："这是什么鸟?"有陌生人回过头答道："白鹭。"

白鹭，过去在书本上没少看过，我以为这种鸟在世间早已绝迹，想不到这一天我会目睹它的真容。于是，我也趴在人造大理石护栏上，努力伸长脖子，望向河底处的湿地和水洼，望向那群飞舞的白鹭，望得眼睛发酸，天快要黑下来，才不得不起身离开，顺着伊通河岸边向下游走去，我必须要完成每天的散步任务。

由此想到疫情居家期间，偶然见到微信朋友圈里有这样一段视频：两只野猪从净月潭森林里跑出来，它们目中无人地在空旷的公路上飞奔，那细碎的步伐，脊背上竖立的鬃毛，显示出骨子里的桀骜不驯，那样子好像宣告，它们是这个世界的主宰。还有一个视频：一只喜鹊在马路上大摇大摆行走，来到十字路口，凑巧赶上了一个红灯，便自觉停下来，等到绿灯亮起，再飞过十字路。可能这只喜鹊平时没少观察人的行为规范，竟然不自觉地效仿起来。

对于喜鹊，我多少知道一些它们的习性，知道它们是一种性格刚烈的鸟。有一次我去长春水文化公园，看到身前身后树枝上全是欢快的喜鹊，我唯恐打扰它们，寻找一块空地准备锻炼，那时，明亮的阳光正被一块树冠遮挡，在我的脚下投下一片阴凉，风是静止的，我的心也变得静谧，就在这一片静谧之中，忽然听到身后有喜鹊惊恐的叫声，回头看去，见一只膘肥体壮的花猫神出鬼没现身于草丛中，不怀好意地冲着树上的喜鹊们贪婪地窥视。近些年，猫咪们不知什么时候充当了野生动物的角色，它们不再听从人类的驯服，奔走于田间地头，觅食、寻偶，风里雨里的，随性过起了逍遥自在的日子。这只花猫无疑是想偷袭喜鹊未能得逞，有些讪然，有些无奈，还有些贼心不死，喜鹊们却大为恼火，冲着那花猫头顶大喊大叫，似要对其发动进攻。那花猫故作一副气定神闲的样子，躺在草地上打了个滚儿，伸了个懒腰，打起了瞌睡。喜鹊们只好飞离这是非之地，那一只只急促的形体语言，似乎在说：我们惹不起，还躲不起？不跟你一般见识了！

有一次，我还被喜鹊们冤枉了一回。那是去年春夏之交的一天，我走在公园的一条甬道上，看见树上有几只喜鹊在林间来回焦急穿梭，我不明所以抬头观看，突然，一只喜鹊竟从我脚下的草丛中一跃而起，飞向高空。我心生好奇弯腰察看草丛，就有几只喜鹊向我俯冲过来，大喊大叫。我直起腰，仍不明所以，只想快速离开这是非之地。喜鹊们却不肯罢休，它们从后面低飞着，追赶着我，试图对我发起猛烈的进攻。

我重返那条甬道，想搞明白刚才那里究竟发生了什么。还没等走到跟前，就见三五个人正在那里低头围观，树上的喜鹊还在大喊大叫，又蹦又跳，我三步并作两步跑过去，跟着那些人的目光看向草丛，只见一只还没有完全长好羽毛的雏鸟蹲在那里，身子瑟瑟发抖。这无疑是喜鹊的雏鸟了，我忽然明白喜鹊们对我追赶的缘由。有人提议，我们都不要围观，让喜鹊们自己想办法。于是人们纷纷散开了。

20世纪70年代初我家在农村，那时有一种鸟，比麻雀大，身披蓝色的羽毛，黑眼圈，白肚皮，喜欢在障子缝间跳来跳去。只要人靠近，它便张开翅膀飞走，再落不远处。平时，这种蓝鸟常跟麻雀混一起，在院里寻觅谷粒，那卓尔不群的样子，如同穿着华丽盛装的鸟中贵族。有一次无意中将其捕获，准备饲养起来，想不到仅隔一天，这只蓝鸟就死掉了。

这是一种无法家养的鸟。

还有一种体型比麻雀略小的鸟，头顶上有点红，因为喜欢吃苏子籽，我们叫作苏雀，后来得知学名叫白腰朱顶雀，喜欢聚群。捕捉它时，常用马尾毛做成一个套子，绑在一根长竿头上，拿一把带苏籽的苏秆插在谷垛上，人藏在下面，不一会儿，有苏雀前来啄食苏籽，我们伸出长竿，把马尾套悄悄伸向苏雀的头部，长竿一挥，苏雀就被套中了。

有一种类似蜂鸟的小鸟，常藏匿在低矮灌木林中或松林里，给人一种伸手就能抓到的错觉，可没有谁能够徒手抓到这种鸟。

在这些鸟类中，我佩服麻雀的生存本领。在20世纪50年代，麻雀曾与蚊子、苍蝇、老鼠一起，被列为"四害"，不管经历多少磨难，它们在与人类的周旋中存活了下来，并且生生不息。

在农村生活两年后，我家搬回长春，父亲在一个叫东岭的地方买了一间房屋，那里邻近伊通河，每年总有人在河边设下粘网，捕捉鸟类。

我无数次发现，燕子矫捷的身影很会躲避粘网。明明看着一只燕子正在低空飞翔，对前方的埋伏毫无察觉，可就在它快要撞向粘网的一瞬间，猛地一个急转身，迅速逃离危险，向着高远的天空飞翔而去。

每年秋天燕子们飞走了，第二年春天一定会飞回来，准确找到它们从前住过的人家，回到自己的巢穴。

燕子飞回来，河里的冰层也就解冻了，大地万物复苏，树木发出绿叶，开出花朵，各种野菜、野草在大地上生长，大自然呈现出勃勃生机。我们都相信，春天是燕子给我们带来的。

至今我的脑海里还会响起有关燕子的儿歌：

小燕子，穿花衣，
年年春天来这里。
我问燕子为啥来？
燕子说：
这里的春天最美丽。

燕子不入苦寒门。所幸的是，我家无论是在农村，还是

507

搬进城里，所住的平房，都有燕子前来筑巢。那时燕子分为两伙，一伙是麻燕，肚皮布满褐色麻点，这种燕子在房檐下面所筑的巢穴是封闭的，像个筐篓，只留有一个仅供它们出入的圆口。还有一伙燕子，我们称之为家燕，这种燕子个头比麻燕略显单薄，跟麻燕的区别是，肚皮全为白色，所筑的巢穴像半个碗状，窝口完全朝上敞开，建在人们烧火做饭的外屋檩子上或大梁处。

燕子飞来，也是我们家最为热闹的时候，一对麻燕和一对家燕落在院子里的晾衣绳上，尖喙一边梳理羽毛，一边叽叽喳喳报春天，啄来一粒粒夹带着草棍或细麻丝的泥丸，对巢穴修修补补，加高加厚，间或啄来一些柔软的草叶和绒毛，铺垫在窝里，没几天，母燕子不声不响在窝里产下几枚小蛋，就悄悄猫在窝里，静静守望时光，也守望着这一年的好日子。

半个月后，燕子窝里露出一只颤颤巍巍雏燕的小脑袋，接着又露出一只颤颤巍巍的小脑袋，接二连三，窝里的雏燕全诞生了，一个个挤挤挨挨地喊叫。它们的父母比任何时候都忙碌，在外屋飞进飞出，轮番啄来一只只各种小虫子——窝里的雏燕一见到父母，立马炸开了窝，纷纷伸长脖子，探出脑袋，张大嘴巴，不管雏燕们怎么叫喊，父母们都有自己的判断、选择和主见，它们把食物放进应该投放的带有黄嘴丫的嘴里，再用嘴接住雏燕掉转屁股排出的一团白色的粪便，飞到外面，在空中扔掉。尽管燕子们很懂事，尽量不给房屋里的主人添麻烦，可在雏燕们生长期间，窝下边的地面，还是堆积一小堆白色粪便，我们从没有嫌弃它们，时常拿来铁锹帮助铲掉。相比之下，屋外房檐下的麻燕，就不会给人找这么多麻烦，它们除了占据一下房屋外面的屋檐，与家燕相比，跟人还是保持着那么一点点客气。

雏燕们很快羽毛丰满了，试探着飞出窝，在我家外屋棚顶转圈飞动几下，又飞回窝里。等到所有雏燕羽翼丰满，父母可就不管三七二十一，统统把它们赶出窝，带领它们在院子上空一圈儿一圈儿地飞，忽高忽低地飞，上下翻动地飞，飞着飞着，就飞离了院子，不知飞到了哪里。那时我总是想，人要是能变成一只燕子该有多好，身子轻飘飘长有一双翅膀，在天空上自由自在地飞，不惧风雨，不怕雷鸣闪电……

每天黄昏，那群燕子飞回来，落在我家晾衣绳上，叽叽喳喳交流起一天的心得体会，等天黑下来，它们再纷纷飞回窝里，拥挤着休息，准备明天天亮时再次出征。

经过几天的训练，雏燕们翅膀硬了，它们的父母就开始放手让它们独自到外面飞，或者说是闯荡。有那么几天黄昏，小燕子们照常飞回来，落在晾衣绳上，准备晚上继续回窝，可它们父母已经改变了主意，坚决不同意它们再回到窝里，决绝得不近情理。那些小燕子们只好可怜巴巴蹲在晾衣绳上，没有了往日的欢叫，一个个压抑着情绪想了好半天，终于想明白了什么，无奈地展开翅膀，飞离了晾衣绳，向天空毅然飞走了。

最为残酷的是，有一年我家外屋家燕孵出六只雏燕，有一只雏燕是最后一个出壳的，身体显然比那五只雏燕弱，每次燕子父母从外面啄食回来，它都缩在那五只雏燕后面，脖子伸不长，头也抬不高，张开的嘴巴蔫声蔫气，如果不是父母特意把食物塞进嘴里，它无论如何也争不到那些食物。五只雏燕长大后，一个个远走高飞，唯独这只弱小的雏燕每天都回到我家院子，落在晾衣绳上，父母怎么驱赶，也不离开，夜风吹起它身上一片片羽毛，它仍一动不动蹲在那里，一连两三天晚上都是这样。那段日子，我真希望它的父母有点儿恻隐之心，不再固执己见，让它回到窝里住几个晚上，可它的父母就是不妥协，一直到第四天晚上，这只弱小的雏燕从晾衣绳上一跃而起，默默飞走了，肯定是心里含着泪水飞走的。

多少年后，当我的女儿离开长春，到北京求学、工作，我总是想起我家当年最后飞走的那只雏燕，心里禁不住黯然神伤。不同的是，我想把女儿留在身边，同我生活在一个城市，可女儿却一意孤行远走高飞。

每当为此事纠结时，我都会想起我家那只被父母驱赶走的燕子——那只弱小的燕子，就没什么想不开的了。

夏天的信

于德北

桌子下边的蜂巢

　　亲爱的孩子，今天尽可以给你讲一件有趣的事，自从来到这山地的幽僻之处写作开始，尽管有很多事物我已经历过，但每日还是处在新奇的兴奋之中。那天在山路上，遇见一个年轻的拍摄者，我看见他的时候，他正把镜头对准一片叶子，弓着腰，小心而专注地工作着。我不能打扰他，便远远地站着，直到他直起身子，扭动颈部，才朗朗地打了一个招呼。"你好！"他说着，径直向我走来，一脸友好的微笑，像野花一般随意又灿烂。一聊才知道，他是专门来山地拍昆虫的，刚才拍摄的，是一只金龟子。他翻动着相机，让我看那些斑斓的虫子，他如数家珍地说着它们的名字，留给我脑海的是油画一般鲜艳的色彩。

我写作的二楼的居室外，有一个大大的露天阳台，清晨，我可以在这里锻炼身体；吃过早饭后，便在硕大的阳伞下写那些我要表述出来的种种文字。我第一天坐到这里的时候，就有一个"不速之客"到访，它"嗡嗡"地叫着，围着我四下转，那形态不像是问好，而是在"声讨"我的种种不端行为。这是一只野蜂，身子细长，飞行的速度很快，盘旋的功夫也十分了得。不是蜜蜂，不是马蜂，这两种蜂我都认识，当然也不是赤眼蜂——我虽没见过真正的赤眼蜂，但因为父亲是科普作家，多次在报刊"普及"这种蜂，所以，我也多次见过它的图谱，有彩色的，有黑白的，对它的印象非常之深。这究竟是一种什么蜂呢？如果那个拍摄昆虫的小伙子在我身边多好，他应该能告诉我答案吧。

只要不下雨，每天都会见到这野蜂飞来，在我眼前绕一绕，在我脑后绕一绕。如果我动一动身体，以此表示我的不满，它便远远地飞走，避开一会儿，又回来，重复和往常一样的动作，不厌其烦。莫非这附近有蜂巢？那可是需要小心又小心的事。我起身在我所能见的屋檐下找来找去，竟一无所获。这应该就是别处的野蜂，趁出来劳动的空隙到这里来玩耍，见我有趣——因为我剃着光头，便来与我厮混一会儿，耍够了，也就回家去了。

这么想，就心安许多。

亲爱的孩子，你道是怎的？那结果真叫我大吃一惊。

终于有一天，在我换桌布的时候，一只野蜂狠狠地蜇了我的头皮。我并没招惹它呀！可我转念一想，是不是我抖动桌布的时候，不小心打到了它，所以，它误会我要攻击它而奋起反抗呢？应该就是这样。我依旧坐下来写字，很快陷入某一个情境当中。可是，可是，又来了一只野蜂，猝不及防地在我的手臂上刺了一枪，那尖锐的疼痛让我不禁轻叫了一声。接下来，两只，三只……它们虽然没有继续向我发动进攻，但那咄咄逼人的架势让我不得不停下笔来。我离开座位，后退到离桌子几步远的地方认真地观察，渐渐地，我发现了规律——那些野蜂飞来，大多直接钻入右侧的桌布下边就不见了。我找来浴袍蒙在头上，由远及近地探看个究竟。这一看不要紧，我发现十几只野蜂正在桌板的下边筑巢呢。

蜂巢已有最初的基础，它们正在加盖其他的房间。

原来是这样的啊！

如此的发现让我的"惊恐"变成了"惊喜"。

我喊来工作人员，告知我的发现，目的在于分享这有趣的一幕。不想，她皱皱眉头，说："又来，真讨厌！"她回到房间去，用毛巾裹了手，外边又套了一个塑料袋，轻巧地蹲下身，迅速地一捂，野蜂和倒挂的蜂巢尽在掌中，再用力一扯，起身就走出去了。

她对我说："没事了，这回安全了。"

安全了？是安全了！可是，亲爱的孩子，你告诉我，为什么这样的"安全"，换回到我心里的，却是淡淡的哀伤呢？

野　花

亲爱的孩子，我是清晨散步的时候，看见这些野花的。因为阳光太过晴朗，所以野花开得格外娇艳。当时就想，用"娇艳"这样的词好不好呢？后来又想，也没什么不好，"娇"有憨态，"艳"有外形，合在一起，恰恰是自然之中最常有的纯朴的风度。

这第一种野花叫丝毛飞廉，两年或多年生草本，成株株高在40至150厘米，我原来总误把它当作蓟科植物。它那紫中带粉的绒花，真像是用毛线织成的小帽子。在东北，这种野花是常见的，山间池畔，田垄地头，或一棵，或多棵，茂盛地生长，一不小心，就会生生撞入你双眼。这一次见到它，是在一棵老山杏树下，窄窄的山道上，它占据了一旁，我仔细数一数，有八九棵之多，每一棵都迎着山风摇曳，似乎都散发出阵阵的花香。可是，它的花朵是没有香气的，有的只是自然间的略带野性的倔强。说它倔强一点儿也不假，因为它的身上长满了刺儿，单纯、直接，且有一点儿锋芒外露，完全是一种外向的性格啊！一只马蜂在丝毛飞廉的头顶悬停，它既不飞走，也不落下，我站在那里揣度它的心理，一定是——落下去怕被扎，而飞走，又舍不得这风华正茂的花朵。是不是这样呢？这真是一个可笑的问题。我为自己感到一丝羞怯，趁着一枚山杏落地，悄然移动脚步，向山林的更深处漫步。

这第二种野花叫屋根草，别名还阳参，是菊科还阳参属下的一个种。这种花长得很松散，亦是山地最为常见的草本植物。以前在家里的时候，小区的绿地里，总可以遇见它。清晨阳光特别足的时候，往往不自觉地被它的明黄所吸引了，可以想见，一连片的屋根草是怎样的一个景观呢？加上散落的蒲公英花，它们的合作，是难以想象的杰作——天上的星星被复制在地里，只要你随手一画，一条宽宽的银河就奔流在你的身侧了。你可以说"采菊东篱下，悠然见南山"，当然也可以说"子在川上曰：'逝者如斯夫！'"。我这一次见到屋根草，是在湖边的小市场上，这个小市场，是山里人家把一些林中珍奇兜售给来这里做客的"外人"，让他们在闲暇的时光里，品尝一下在明净的空气里生成的绿色食品。松子、蘑菇等自不必说，其中最吸引我胃肠的是蓝莓干，那酸甜的口感真是让人舌下生津。我坐在那里与小贩闲聊，突然就看到了她身后一大棵屋根草，屋根草的后面是大湖，大湖的后面是群山，群山的连接处，夕阳正把余晖投向水面，制造出"半江瑟瑟半江红"的实况。屋根草是如此平静，自觉地把自己融入这景象之中，甘当一个小小的配角，默默地支撑着整体的画面，让它更有静谧之感，让它的细节更为丰富。生活是多么地充实啊，只要你把自己置放在真善美之中。

花旗杆。怎么会有这么形象的名字呀？我像一个孩子一样好奇地问自己，同时，特别佩服为它命名的先人。这种四瓣小花坐落在细长的花茎上，真像是一面展开的小旗子。这是一个具有童话气息的名字，它应该属于一只金花鼠或松鼠，哪怕属于一只刺猬也好，想想都忍俊不禁。一只小动物，拥有这么动感的名字，那它身上所发生的故事将是多么地幽默、多么地生动而有趣呀。可是，这样一个名字，送给了一朵小花，它一定是居有奇功一件，所以才被那些具有丰富想象的人，排到了草本植物的前阵，把它当成一名旗手，或者是一个勇敢的小号兵。它是十字花科下的一个属，为一年生或多年生草木，多分布于亚洲。大致地算一算，这个属也不过十几个种，大抵也是物以稀为贵吧。路遇花旗杆，一只黑翅白斑的花蝴蝶正在绕着它飞舞，欲停不停，欲走不走，也许它是和花旗杆商量着什么秘密？不知道啊，自然界的事情，难以琢磨，不可猜测。你们听，林中深处布谷鸟在叫呢——"布谷布谷""布谷布谷"，它哪里知道，大地上的谷子已经抽穗，如果它还想提醒农人耕种，大概是种如我一般的"旅谷"了吧。可是，我会耕种我自己，我的身体和思想的成熟，不劳农人费心，只要把我放置在自然之中，它们就会餐风饮露，成就一副仙风道骨。

丝毛飞廉、屋根草、花旗杆，我初入山地所结识的朋友，在这整整一个夏天里，我们会有多少倾心的交谈啊！

路 边 草

亲爱的孩子，让我如何描述这个上午的湖边之行呢？

天气是意想不到地好，大约在凌晨 3 点 40 分的时候，我就被鸟儿的啼鸣叫醒了。这绝对是合唱，除了我之前和你提过的急性子的布谷鸟，一定还有花喜鹊和灰喜鹊。有的鸟儿鸣声欢快，一连串的"喳喳喳喳"的声响，启动了这合唱的前奏。还有一种鸟儿，它只发出"啾""啾"的单音，清脆悦耳地跳跃在大自然的五线谱上，每一个半音之间的停顿，都是那么干净利落，准确无误。另有一种鸟儿，嗓门儿极大，尾音极长，"嘎——嘎——"两声之后，就完全地脱离了队伍，像定音鼓一样，这声响发完了，它便跑到一边休息去了……我手边没有带相机，不然可以抓拍一些这样的镜头，寄给懂鸟的朋友，让他把每一个歌唱家和演奏家的名字告诉我。

还有树，涂了漫山遍野的绿，天的蓝，湖的蓝，再加上这深绿和浅绿,让你一天都可以处在痴醉之中。晨风是格外凉润的,得加上外套,才能够放开心量地去林荫道上行走,倘若不然,那从树隙间挤压过来的潮湿的气流,很快就会把你的身体穿透。凉在肌肤上还无所谓,如果渗到骨头里,恐怕就是你喊冷也来不及了。亲爱的孩子,也许你会奇怪,明明是夏日嘛,怎么可能是这样!呵呵,并不是我有意夸张,此处的山地里的早晨和夜晚,如果你置身其中,还真有一番别样的滋味供你体会。

晨露都在草尖上,在树叶的手掌心里,站在一棵低矮的灌木旁,你若不小心碰到了那枝枝杈杈,看吧,上一层叶片上的露水落到下一层叶片的边缘,迅速地和自己的同伴聚合,然后沿着叶脉下滑坠落,大珠小珠落玉盘的壮观场面出现了,只是这露珠不同于任何一种形式的雨,它们是真正的润物细无声,就连晨光的光斑也是暗的,包含着无限的内敛,也呈现了博大的谦逊。

我总是奇怪我自己,为什么一到这山地中来,就会脱去浮华的欢乐的外衣,而一瞬间变成了一个沉默的思想者。山石、草木、昆虫、野花,天上的云、湖水的涟漪,没有哪一样东西不让我感念生活,不疏导我拷问灵魂,我的精神在这里洗澡,仿佛不洗干净就不能安然地返回到原来的世界。孩子,你说,精神也好,灵魂也罢,一旦得以除尘,人的身体是不是也会变得轻盈起来呢?

对了，想要告诉你的是，早饭后，我依旧随着沉思在山路上漫步，是没有目的性的那种行走，所有的路都在自己的脚下，但是它的终点会在哪里只有路本身知道。

偶尔，我会离开大路，沿着林间的小路穿行，突然听到了笑声，是无比开心无比放松的那种。一个男人的笑，相随着一个女人的笑，间或还有孩子的笑，粗犷的，细腻的，天真的，这笑声一下子震动了天宇，让一阵阵的松香飘浮过来。我放眼望去，在林间的开阔地上，一家三口在露营，一定是昨夜没有回去，完全依着天籁度过了一个愉快的夜晚。在他们的露营地的杂木间，赫然盛开着一大棵山刺玫，淡粉的小花一朵一朵地绽放，浅浅的粉红把这一家三口的记忆也抹上了一道美丽的颜色。大约是那个孩子，七八岁的样子，她就在山刺玫的前边舞蹈，眼见这一切的人，谁又能不说她是一朵纯美的小花呢？可以叫她山刺玫，别名野蔷薇，因为她的眼神中已给染上了自然的风采，即或性格里多一点儿野性，又有什么不好的呢？我如果是这个孩子的父亲，就断然取下这个名字，用最快的速度告诉自己的亲戚和朋友："我的女儿叫山刺玫，她还有一个乳名叫野蔷薇。"

轻快地前行，不觉又走上一条大路，在这里，可以看见水了，也可以听见晨练的人"踏踏"的脚步声。一个长跑爱好者从我身边跑过，擦肩的刹那，他还歪过头来笑一笑，大声地喊了一句："早上好！"这个问候太过响亮，以至于路边一棵硕大的牛蒡晃动起来，它那三角形的叶片先是仰头，后俯瞰，像一个又有学问又有德行的君子，仰俯之间，留给别人的都是满满的真心的祝贺。它祝贺那发出畅快笑声的三口之家幸福，它祝贺那个长跑爱好者身体健康，它祝贺……它会祝贺我什么呢？祝贺我写一首小诗吧，给那个叫山刺玫的孩子，祝贺我写一篇散文，记录这个普通但鲜艳的早晨，祝贺我又认识了两种野花，一种的名字叫缬草，开白色或粉红色小花，是香料，可入药；还有一种叫白屈菜，能开出天蓝色的幻想。

小黑和小灰

孩子，这是我给两只鸽子起的名，完全按照它们身体的颜色。我入住这间宽大的房子，它们时常站在窗台上，隔着玻璃窗向里边张望。不用说，窗外的窗台是它们的领地，它们对那里拥有着不可争议的主权。也许，这间位于二楼的套房不常住人，所以，我来了，它们感到好奇。鸽子的眼睛又圆又亮，从嗓子眼儿往外发出"咕咕咕咕"的语言，它们察看着、交流着，想在最快的时间里认定我是一个怎样的人。

我是一个怎样的人呢？

真希望从它们那里得到一个判断。

这堵面向南的墙壁上有五扇窗，窗外是看不到边际的松林，樟子松和长白落叶松交杂在一起，完全遮蔽了阳光的射入。我能见到的，是阳光斑驳的影子，它们落在我写字的桌子上，宛若给一张白纸印上深深浅浅的"暗格"，不，那根本就不是"暗格"，是阳光恶作剧般的手影，随心所欲地摆放在那里。

五扇窗，五个窗台，像漂浮在绿海中的五个小岛，岛主当然是小黑和小灰。它们几乎形影不离，无论我在外间屋子喝茶，在里间屋子写字、睡觉，它们都会随时前来视察，对我的行动指手画脚，评说一二。我听一些环保和热爱环保的人士讲，置身在自然界，最好不要打扰那些生灵的日常生活。比如，过分地关注，无端地打扰，甚至须尽力收起你的爱心，只要彼此相安即好，换言之，鸡犬相闻，老死不相往来。我虽然不完全同意他们的说法，但因为对环保的尊重，所以，还是乐于遵照执行。

小黑和小灰来"打扰"我，那是它们的事情，与我无关。

可是，我为什么那么喜欢它们的"打扰"呢？

有一天，我起得早，或者说一宿未睡。天蒙蒙亮时，我打开窗子，站在窗边吸烟，头有点昏，眼睛干涩，思绪也有些阻塞。松香浮来，我忽视了，鸟儿在欢鸣，我充耳不闻。我知道，那莫名的忧郁正偷袭着我，它们马上就要成功了。我放弃抵抗，甘心做一个无耻的俘虏。

"咕咕咕咕"，小灰突然飞来了，它就站在我的对面，看着我，认真地看着我。

我也看见了它——眼睛又圆又亮。

"咕咕咕咕"，不知它是不是在问候我。

我没有做出任何的反应。

见我不"理睬"它，它犹豫了一下，"嗡嗡"一声，飞走了。

飞走了，又马上回来，"咕咕咕咕"的叫声里又多了"咕咕咕咕"，两个"咕咕咕咕"的声音合在一起，雨点一样落在我的面前。小灰把小黑叫来了。现在，它们并肩站在窗台上，四只眼睛和我的"四只眼睛"形成了对峙。我的眼镜上边有白光吗？它们对我又产生了什么疑问？

我把双肘支在窗台上——隔着纱窗，我在里边，它们在外面。

它们没有动。

我把脸往前凑了凑。

它们没有动。

我终于忍不住说："早上好。"

它们几乎同时地歪歪脑袋，翘翘尾巴，"咕咕咕咕"地提高了分贝。刹那间，松香醒了我的脑，百鸟的合鸣让我耳门大开，我情不自禁地"咕咕咕咕"和上两声，嘴角上翘出两个深深的酒窝。

小黑和小灰抖动翅膀，扑扑直响，它们交替着飞起落下，落下飞起，几个回合，就把晨曦全部打开了。

"啊——"我冲着窗外、冲着森林、冲着群山，用尽全力地大喊了一声。

什么头昏啊，什么眼涩啊，什么思维阻塞啊，什么是"莫名的忧郁"啊，统统滚蛋吧，无病呻吟君！

我困了，倒头便睡，这一睡，睡出了朗朗乾坤。

心中的那片绿水青山

迟久阳

　　说不出为什么，我从小就特别喜欢水。洗脸的时候，不是先把水弄到脸上，而是先用手在水盆里扒拉着水，听水的声音，看水的涟漪。后来，妈妈买了一个扁长的玻璃器皿，放在家里的小茶几上，往里倒上水，又买了几条五颜六色的小鱼放进去。于是，我每天就看着这小鱼在水里游，看得出神了，甚至在想，自己会不会也成为这小小的鱼儿自由自在地在水中游啊？

　　这个想法是没法实现的，人怎么会成为鱼儿呢？但喜欢水的秉性却持续下来了，而且由喜欢水渐渐地开始了喜欢游泳，喜欢游泳时人在水中的那份自由与惬意，觉得游泳时自己就似水中的一条鱼儿。

　　我小时候去游泳的那个地方，是家乡著名的风景区——青山湖。这里距市区 2.5 公里，是截河而成的人工湖，水质纯净，水面平稳，两岸重峦叠嶂，湖水上廊亭曲曲折折，到了夏季，这里总是吸引着无数游泳爱好者前来纵情畅游，我家邻居张大爷就是其中之一。退休后的张大爷每天清晨都会骑着摩托车奔赴青山湖游泳。那时，我正读小学高年级，每天都在小区踢球、奔跑，一见到张大爷，总会停下来热情地问好。有一次，见到张大爷正好游泳回来，我不由自主地问他："张大爷，您这又是去青山湖了吧，哪天您再去青山湖游泳，能带上我不？"张大爷看着我笑了笑，说："那里可不是游泳池，你知道那里的水有多深吗？"随后，他便笑着离开了，留给我的却是无尽的失望。让我没想到的是，几天后，张大爷竟然找到了我的父母，说了很多学游泳的好处。最后，妈妈出于对张大爷的信任，觉着张大爷是位游泳高手，让我跟着他去青山湖学游泳安全性还是有保证的，于是，便同意了我跟张大爷去青山湖游泳的事。

　　第一次跟着张大爷下水学游泳那天清晨，青山湖雾气缭绕。站在湖面的亭廊上做准备活动时，感觉到丝丝凉意。缓缓下水后，高于地面温度的湖水很快让人放松下来，自然地也就随着张大爷的示范动作练了起来。起初，我还是谨慎地在湖面亭廊附近区域游，但日复一日，随着游泳技术的提高，我的胆子也开始大了起来，也敢跟着张大爷这样的高手向湖中央游去，还时不时地变换泳姿，尤其是在仰泳时，呼吸着绿树环绕的新鲜空气，感受仰望蓝天的畅快，大有在水中散步之感，也就此深深地爱上了游泳，直至大学毕业前，每年的夏季，我都会到青山湖游泳，享受着"雾锁青山山锁雾，青青湖水任君游"的那份自在！

大学毕业后，我留在了省会长春工作，工作的压力与生活的琐碎让人时常感到疲惫，闲暇时脑海里总会浮现出在青山湖游泳的画面，但由于工作等诸多原因，我自然不能说回白山就回白山，无奈之下，也就只能到游泳馆过过瘾，但泳池里那浓浓的消毒水的味道和那如"下饺子"般的人流，让我的兴趣荡然无存。于是，也就不再去游泳馆，而是四处打听哪有露天游泳空气好的地方。每当这时，我又会想起家乡的青山湖，甚至在想，我到底是喜欢游泳，还是喜欢家乡的绿水青山呢？水离不开山，山离不开水，山水一体，缠缠绵绵，你中有我，我中有你，如此境界，谁不喜欢且向往呢？

不只是我，我的好多同学和朋友同样对绿水青山情有独钟。有一年的冬天，我接到高中同学大强的来电，说在外面的大城市工作，生活节奏太快，总是忙忙碌碌，都好久没有回家乡了，想回去看看冰天雪地，泡泡大自然的温泉。结果，他的这个提议竟得到了十多个同学的响应，就相约在一个周末，迎着漫天雪花，齐聚长白山仙人桥温泉。这里地处长白山腹地，四周环山。虽在冬季，但山脚下的几家温泉疗养院一点儿都不冷清。源自气势磅礴长白山脉中的温泉水，水质晶莹，蒸汽缭绕。大家忙不迭地扎进温泉水中，享受着这来自家乡的绿水青山给予的馈赠。一时间里，忘却了烦恼和忧愁，在氤氲的水汽中，灵魂似乎都跟着升飘起来，恍如进入仙境。

泡温泉，谈天地。忆过往，诉衷肠。大强说，这么多年，他一直在外当销售，为了拓展业务，一年之中有三分之二的时间在全国各地奔波，虽说收入还可以，但身心疲惫，看上去，他整个人都得比同龄人老个七八岁，就希望将来的某一天，自己能不用像现在这么到处漂泊。大海是同学们公认日子过得比较滋润的人，工作稳定，孩子聪明可爱。但即便如此，他也同样希望在不远的将来，通过自己的努力，薪资待遇能提高些，可以为他的孩子健康成长创造更好的条件。小丽在我们同学中可算得上是学霸了，重点大学毕业后就去了南方发展，工作顺风顺水。她有些羞涩地告诉我们，她眼下最希望的，就是能找到一个理想的对象，组建一个美满的家庭……泉外雪花飘飘，泉中热气缭绕，呼吸着湿润而清新的空气，感受着温泉水的滋养，敞开久违的心扉，畅想着未来的美好。

有位诗人曾写道："人充满劳绩，但还诗意地安居于大地之上。"人终其一生，风尘劳碌里，人情淡薄中，走进绿水青山，这一切都会随着目光所及的自然之美随风而去。家乡的绿水青山，已经成为每个在外的游子心中最温暖的港湾，休憩之后，重整行装，面对又一个新征程，义无反顾，一路向前。

玉米是一篇大赋

苏巧兰

　　每次回农村老家，车子行驶在村路上，吹着乡间清新的风，风里裹挟着泥土的清香，道路两侧大片的玉米齐齐整整、朝气蓬勃，冲击着我的视野。饱涨的绿覆盖着这方大平原上黑黝黝的泥土，放眼望去，好似一片绿色的海，又好似与蓝天白云组合的立体雕塑，这是我的家乡、长春大地上的一道独特的风景。

　　这长势喜人的玉米，北方人也叫苞米，原本是舶来品，是明朝时的丝绸之路打开了绿色通道，将它生命的汁液，输入华夏大地。从此，那个原来叫作西天麦的物种落户安家，有了一个宛如金玉的名字——玉米。玉米刚引进时种植面积不大，只有皇家和官宦贵族才能吃到。到了清朝才开始大面积种植，成了老百姓的主粮。玉米生命力顽强，耐寒、耐旱、易成活，很多国家都种植，也遍及我国各地，而地处世界三大黑土带之一的长春，土质肥美，气候优越，尤其盛产玉米，长春是全国重要的商品粮生产基地之一，玉米被广泛种植，成了黑土地的宠儿，在富饶的黑土地上尽情地沐浴阳光、畅饮甘霖，将它挺拔灿烂的姿容和坚定洒脱的个性都一一彰显于这方苍穹下了。

　　玉米以前曾是防荒粮食，虽然种植面积广，但产量低，农民常年面朝黄土背朝天地耕作，依然过着贫困的生活。到了20世纪七八十年代，农村开始实行家庭联产承包责任制，把土地包产到户，玉米被定为国家收购的商品粮，农民就扩大玉米种植面积，精心侍弄，玉米产量得到了提高，既保障了粮食供应，又有了富余收入，农民生活得到了改善，许多人家盖起了砖瓦房，添置了家用电器。到了21世纪，我国经济迅猛发展，日益强大，粮食安全得到了保障，农民不再交公粮了。新时代的农民开始使用农业机械耕种，省时省力，并运用先进的科学技术，玉米产量大幅度提高，而且棒大粒满，年年丰产，为农民带来了丰厚的收益。国家还制定了许多惠民政策，每年给农民粮食补贴，让农民直接受益，还大力推广新技术、新品种、新成果，帮助农民不断提高科学种田水平。这些惠民政策，体现了党和国家对农业的重视和对农民的关爱，农民倍感温暖和幸福，连声夸赞时代好、政策好。有了国家的补贴和扶持，农民过上了富裕生活，许多农民在镇上或城里买了房子，买了车，日子过得红红火火。农民的生活奔上了小康，农村发生了天翻地覆的变化。

这催生着农民发家致富的玉米，凭借黑土地得天独厚的优势，成了长春大地上的一篇大赋。每到春耕时节，播种机奔驰在沃野平原，田垄整齐漫展，一望无际。适宜的中温带气候和世界上最肥沃的黑土为玉米赋能，催发种子破土生长。一到夏季，雨水充沛，玉米苗开始伸展腰肢拔节疯长，和着雨的韵律，舒朗、欢快而热烈。金秋别有一番景致，"为伊消得人憔悴"的玉米秸虽已褪去铅华，却借着阳光的笔，饱蘸黑土地的墨，写出了金灿灿的丰收；健硕的玉米棒从包裹的衣裳里露出可爱的笑脸，欣赏着美丽的秋光。大型联合收割机奔驰在广袤的田野，犹如快乐的鱼在金色的波浪上游弋。小块玉米地由人工收割，人们挥舞着银镰，眉梢挂满喜悦，在熟练的挥举间又还原野一个一马平川。村路上，农用车奔驰，载着玉米，载着金色的风，载着农家的欢乐。当农民把丰收的玉米运回家里，庭院变得热闹起来，一穗穗硕大的玉米棒堆满院子，放眼望去，金灿灿一大片，好像风格简约的巨幅油画。等玉米晾晒了一些时日，就可以装到玉米楼子里了。农民常说"玉米'上楼'，日子不愁"。"上楼"就是把玉米存放到一个高大的架子里，这个架子就叫玉米楼子，这是长春冬季农家院里的一道景观。各家的院子里都矗立着一个或方形或圆形的玉米楼子，这是简易的储粮仓，有的是用又粗又长的木杆搭建的，有的是用钢管和铁丝围成的，分上下两层，下层用木桩支撑，距离地面一米多高，以防玉米受潮和老鼠偷吃，上层就像一间屋子。别看它工序简单，却特别牢固，而且利于通风，里面的玉米棒摆放得齐齐整整，晶莹闪亮，仿佛照亮了农家小院，照亮了整个村子，再加上白雪的映衬，远远望去，构成了一幅美丽的"瑞雪丰年"图。每到春节贴春联的时候，不仅是大门上，就连玉米楼子也披红挂彩，贴上了喜庆吉祥的对联。

玉米经过一段时间的晾晒后，就被加工成了粮食，制成各种各样的食品，不但好吃，而且营养丰富。可以做米饭和面食，也可以烀、炖、炒等，做出各种美味菜肴，每一种都俘获着我的味蕾。关于烀玉米，家乡人有个饮食习惯，这个习惯是应季而生、相沿成习的，每到夏末秋初时节，鲜玉米开始长成，这个时候的玉米香嫩、微甜，非常好吃，农民就到玉米地里挑选颗粒大而嫩的玉米掰下来煮食，这就是烀玉米。烀玉米的做法最为简单，只需把鲜玉米棒去皮放入锅中，用清水煮熟即可。好客的农民不但自家尝鲜，还送给住在城里的亲朋好友分享。现在，道路发达交通便利，人们喜欢自驾出行，我的好朋友华姐，家住农村，每到鲜玉米长成的时候，就邀请城里的亲友来家里吃烀玉米。主食是一大锅飘香的烀玉米，青菜是华姐在自家菜园里采摘的，经华姐的一双巧手，大餐桌上摆满了丰盛的菜肴。我们围坐在一起，畅叙着浓情，品咂着快乐。现在，人们常吃的主食是大米和白面，玉米属于粗粮，却依然备受青睐，因为玉米富含粗纤维、蛋白质和维生素等多种营养成分，有保健和预防疾病的作用，成了人们追捧的绿色保健佳品。除此之外，玉米还有许多用途：胚芽可以榨油；茎叶可以做饲料，还能加工果葡糖浆等。这诸多好处，令我很是惊奇，这与黑土地碰撞交织的产物，看似寻常，竟让人有一种"藏在深闺人未识"的感觉，它质朴中蕴含着精致，热情中释放着能量，独特中诠释着举足轻重的地位。

黑土地生长着玉米，也生长着淳朴和善良，就如我小时候耳闻目睹的那些往事，浸着玉米的香，刻着深深的印记。在那个经济落后、粮食匮乏的20世纪70年代，又香又脆的爆米花算是农村孩子的零食了。爆米花有两种做法，一种是炒爆米花，一种是崩爆米花。炒爆米花，需要挑选粒小圆实的玉米，铁锅里放上少许的油，烧热，再放入一大把玉米粒开始翻炒，翻炒几下就盖上锅盖，随即就会听到锅里发出噼里啪啦的爆裂声，只需两三分钟，满满一锅雪白的爆米花就新鲜出锅了。炒爆米花既方便快捷，又经济实惠，村里多数人家都自己炒。崩爆米花一般是在秋冬季节，有专门崩爆米花的师傅行走于乡间，坐在村头，摇着爆米花机，崩一锅爆米花，需要自带玉米，还要付两角钱，算是比较奢侈的了。那时村里的孩子们，经常聚在一起玩耍，衣兜里装着或是炒的或是崩的爆米花，边吃边玩，哪个孩子的衣兜是空的，就会有小伙伴把自己的爆米花大把地塞进去。在一片甜甜脆脆的咀嚼声中，孩子们一起分享着甜甜的友谊。那甜甜脆脆的爆米花，和那时的家常饭——浓稠的玉米糁粥、暄软的玉米饼，都成了那代人舌尖上的记忆。此外，令我感怀于心的还有村里人的乐善好施。俗话说"一家有难大家帮"，若是遇上旱涝灾害，有的人家粮食不够吃了，总会有人伸出援手，送去玉米。那个贫穷的年代，儿时的我就亲眼看见爸爸妈妈对一户村里人家的接济，那户人家人口多、劳动力少，每到青黄不接的时候，家里就断粮了，我家那时也很贫困，好在粮食够吃，爸爸妈妈不忍看到那家人挨饿，每年都从自家不多的粮食中，拿出一大袋玉米送去，以解果腹之需。朴素和真挚的感情最是动人，哪怕时隔多年，也不会湮没在时光的流水中，就如我儿时的一个有关玉米饼的故事。那时我上小学，学校没有食堂，中午学生都回家吃饭。那天我回到家，房门锁着，妈妈去距离我家八公里远的镇上领粮（我家是非农户，每月要到镇上粮店领粮），路上因为自行车坏了，中午没有赶回来，我只好饿着肚子返回学校。同村的同学小梅听说我没吃午饭，就快速跑回家，拿来一个金黄的玉米饼送给我。那天我吃的那个热乎乎的玉米饼，特别暖心，格外香甜。现在，生活虽然富裕了，美味食品随处可买，爆米花司空见惯，但那看似平实的玉米，已将它金灿灿的底色，嵌入了善良、温暖和感动，时常浮现于我的脑海，清晰而明亮。

仓廪实，天下安，粮食是生存之本。扎根于长春大地上的玉米，以最朴素和持久的本心，滋养着一代又一代人。曾在贫困年代，解决了人们温饱问题；在改革开放年代，为国家粮食统筹和储备做出了巨大贡献；在中华民族伟大复兴的新时代，国家虽然已经走向富强，农业农村呈现着欣欣向荣的新气象，但是为了"让老百姓牢牢端稳中国饭碗"，过上更加美好的生活，我国正在全面推进乡村振兴，在精品发展和绿色发展的理念下，玉米更加富有魅力，展现了更为美好的前景，其丰富的营养和美味，依然是人们的口腹之需，经过深加工的玉米，用途更为广泛，已跻身于医疗、工业等领域，构建了多元化的玉米供应体系。

这生长在长春大地上的玉米，黑土地赋予你执着和力量，赋予你成就和辉煌，你是铺展在长春大地上的一篇大赋，书写着美丽、丰实和壮阔！

此刻，我在用激情和热爱读你……

驻 村 时 光

颜 雪

　　那一年，从舒兰到工作地二合村，全程57公里。我们指挥部七个人，黎明启程，夜半归来，寒来暑往，风雨无阻。每天往返近120公里，其中辛苦可想而知，但是大家都情绪饱满、干劲十足。我们是去建设一个属于吉林人自己的雪乡，想想就激情澎湃。一年多的时间，从春寒料峭到花海如潮，从稻谷飘香到瑞雪纷飞，我们见证了二合的山乡巨变，不变的是我们依然炙热的情怀。

　　一路走来，收获了许多刻骨铭心的记忆，点点滴滴，凝聚成珠，以致时隔五年，那些难忘的往事依然熠熠闪光。

　　那是2017年9月的一天，驻村大半年，各项工作虽然磕磕绊绊，但都在有序地向前推进。几番动员大会，几次外出参观学习，乡亲们的积极性被调动起来了，热情很高，一切向好。小村东山坡是准备冬天建设雪场的预留地，乡亲们自愿出工出力，种植了百亩花海。此时满坡鲜花盛放，葳蕤生姿；小村醉卧于花海之中，如梦似画，有很多外地游客慕名前来观赏，二合开始神采飞扬地向外界吐露芬芳。

其时各项大的工程已同步开工，主街路民俗风貌已有雏形，十几户老乡家已经动工改造民宿，热火朝天地干起来，只是规模有限，每家最多只能接待三五十人。返乡创业青年孙琳琳想建个规模大点儿的民俗客栈，却苦于没有建设用地。那天琳琳兴冲冲赶来，说村东头有一片荒地是几家合伙开的，按政策可以申请建房，有几家她已做通工作，承包或置换都行，但有一家老乡怎么说都不同意，她说姐你去吧，他还挺信你。

从最初以志愿者身份宣传这里到成立指挥部驻村工作，融入二合村已有四五年的时间了，自认为和乡亲们处得都挺好，于是我信心满满地和两名同事一起去了这位老乡家。没想到，老乡非常固执，一个多小时的沟通，没有效果。"就种自己的地，谁说也不好使。"临出门时老汉倔强地送出这句话。

大中午的，我们颇为沮丧地从老乡家走出来，工作中虽然不是第一次碰钉子，也能理解老乡心里的顾虑，但心里还是有点儿堵。那会儿街路正在铺设下水管，路边到处堆着土，挖掘机轰轰作响，加上尘土飞扬，热浪袭人，更让人烦躁，感觉心底的火似乎要被烈日点燃。

绕过几个土堆，来到屯中心的小广场。抬眼望去，二合的南山郁郁葱葱，在阳光下闪着翡翠般的光，山顶静静地悬着几朵白云，一丝风也没有。这时琳琳走过来，和我并肩望向山顶。她说："姐，别上火，反正那块地我也没太相中，后面都是坟。"

我知道琳琳这是在安慰我，连日来在建设山门、各户通上下水、修建水厂等各项工作上困难重重，问题多，压力大，琳琳都看在眼里。从年初我们指挥部驻村便着手调研、考察，提供设计思路，等到正式规划下来已然是 6 月中旬了，而 11 月末要完成所有工程，为吉林市第二届雾凇冰雪节开幕式做分会场。开工晚、工期短，要协调方方面面的关系，还要处理每天突发的各种问题和纠纷，所有的担心和焦虑都堵在心头。即便如此，我也习惯整理好情绪，在同事和乡亲们面前展现出乐观和自信，这次自然也不能让琳琳失望。

我说："琳琳，看见山顶那几朵云了吗？总会有风把它带走的。相信我，办法总比困难多。"

办法总比困难多，是我驻村工作时候的口头禅，我说这句话给大家伙鼓劲儿也给自己加油。二合能打造成雪乡，二合的女人立头功，这个村的女人大多精明强干，下地能开拖拉机，进厨就是大师傅，里里外外一把手，能当家会过日子。琳琳就是其中之一，她有魄力、会经营，心直性耿，敢想敢干，是个巾帼不让须眉的主儿。这次琳琳的激情和梦想，我要全力帮她实现。

整个下午，我在村里村外绕了好几圈儿，也没找到合适的地方，基本农田是红线，不能碰。回来的时候，又望了望小南山，咦，那几朵云果真不见了，天空澄澈，夕阳斜照，元宝形的山脉似镀了一层淡淡的红晕，隐隐地有风拂过，心头微微一动，似有光亮闪过。

这天晚上，我做了个神奇的梦，梦见已故舒兰摄影家王化东，开着一辆带飞机膀子的吉普车，带着我在二合上空盘旋很久，梦里我很清楚化东已去天堂，但丝毫没有害怕的感觉，反倒觉得很亲切。最后这个带翅膀的车慢慢落在二合村口南侧的荒地里，然后化东一指，微笑地看着我，手臂向前画了一个大圈，我猛然惊醒，看表，正是子夜时分，那个画面就定格在脑海里，久久难眠。

第二天，我们早早就到达了二合山门。

此时山门的主体已经完成，工人们正在铺瓦。进得山门，我下意识地向南坡望去，怎么和梦里的情景那么相似？我急忙喊停车，让大伙儿都下去看看。大伙跟着我，穿行在一人多高的蒿草和刺棘中。大约走了二百多米，就看到一片开阔的撂荒地，简直和梦里一模一样。走了一圈儿边界，身上不知何时沾满了草屑和刺针。之前我们都没来过这个地方，也不知道这块地的属性。我赶紧联系村书记卢才书，他说："姐，那块地是原来村里学校旧址。"嗬，有门，可研究，真是天无绝人之路啊！不一会儿，才书和琳琳两口子都上来了，琳琳一看这地，眉眼透着喜悦，连说"中中中"，又补充道："姐，你放心，要是能申请下来，我不会可屁股裁裤子，一定大大方方干，我的地块你们说咋干就咋干。"她丈夫孙老三调侃道："这老娘们，指个鸡窝就能下蛋。"逗得大家哈哈大笑，昨日的阴霾烟消云散。

说干就干，这是指挥部驻村以来的工作常态。我们马上请来了市、乡负责土地与乡建的工作人员，以最快的速度办理了开工许可证，琳琳的"孙家大院"10月2日开工，11月末竣工，其间劳心劳力自不必说。现在一进山门就能看到观景台下的"孙家大院"，是目前二合雪乡规模最大的明星客栈。

翻回之前的驻村日记，这一天是2017年11月9日，写着这样一段话：昨夜，化东兄托梦，今日灵感突现。同事老徐说，无论在天上还是在人间，化东大哥会一如既往地帮你，他最心疼你……南山那朵白云，可是化东兄你来了吗？

王化东是舒兰德高望重的摄影人，从2012年起，化东兄就持续不断地给我吹风，说二合村的雪和黑龙江雪乡有一拼，而且民风淳朴有开发潜力等。年末的时候被化东邀请去二合拍关东民俗，孰料一眼千年，竟是为后来建设吉林雪乡埋下了伏笔。想来那天一定是化东和二合的乡亲们设计好的剧本，杀年猪只是个由头，重头戏在傍晚的焰火上。烟花是化东个人出资购买的，为了成功燃放，还带着对讲机。傍晚时分，化东遥控指挥，只见夜空中，烟花次第绽放，绚丽多彩，小小山村比过年还热闹。山上是来自舒兰、榆树、吉林市等地的摄影发烧友，他们不畏严寒，趴冰卧雪，拍出许多大片，有些片子在各级冰雪摄影大赛中获了奖，一部分片子至今为宣传二合雪乡所用。

这一天，注定是二合村村史上具有划时代意义的一天。从此，二合带着飞雪的浪漫，伴着烟花的绚烂，走进了我的心，走进了人们的视野，走进了政府工作报告，我也开始了浪漫又艰辛的打造二合雪乡之旅。

可以说，没有舒兰摄影人的发现，就不会有今天的雪乡二合。我们应该铭记他们，特别是王化东老师，他是发现、宣传二合雪的第一人。不幸的是，在我驻村那年他身患重疾，但直至病危时仍在关心二合的建设。那个奇妙的梦，是化东兄故去四十天后给我的启示，让我坚信，每个人都是带着使命降临人间的，天堂也会眷顾有大爱之人，让他穿越而来，为我、更是为二合百姓续爱谋福。

二合的发展之路上，凝聚着太多人的付出和心血！

如今，二合村已成为远近闻名的"吉林雪乡"，因雪闻名，因德而馨。有过年收入近千万的记录，拍过票房过亿的电影，上过央视新闻和专题。作为倡导和亲历者，我们为自己曾经的工作而自豪，也为二合村的蜕变而骄傲。此生，我们与二合已经骨肉相连、血脉相通，我们就是二合，二合即是我们。二合的一草一木，都牵动着我们的心弦。

二合雪乡能火绝非偶然，除去政府和相关部门的政策优势，摄影人不遗余力地推介、宣传外，更重要的是二合自身的因素。二合的老百姓积善厚德，崇文尚义；村中夜不闭户，路不拾遗。当年在二合的施工单位都交口称赞二合人，他们不用雇人看料场，却从未丢失任何建筑材料。

作为游客的诗人阿末说："在二合，车掉沟里不用吱声，保证有人帮你推出来，而且给钱都不要。"

如此二合，情深义重，天佑其福，谁能不爱？

往事如轻风拂过，在心底漾起暖暖的涟漪。怀念在二合的那些日子，怀念那些和战友们挥汗如雨、激流勇进的奋斗时光；怀念那些和村里老少爷们儿围炉夜话、拼酒赛歌的微醺时刻；怀念和二合娘子军们同甘共苦、相互支撑的日日夜夜；怀念那些游人如织、宾客爆满的忙碌时节；怀念分别时乡亲们深情的相拥和惜别的泪花……在二合的驻村时光，雪融大地一样浸入我的血脉，给我无尽的滋养和力量。

想起二合，就想起那段热气腾腾的生活。

走，到乡间去

曹景常

"走，到乡间去！"

我听到这样一个声音，在我心底响起。这不是幻觉，也不是臆想，而是澎湃在心底的一个强烈的声音。我知道，这是那片广袤无垠、深情厚土的呼唤，这是那片郁郁葱葱的青纱帐的呼唤，这是那片纯净天地的呼唤！是啊，真的到了应该走出这个钢筋水泥构建的生活空间，到大自然怀抱去的时候了。

走，到乡间去。

那就走吧，坐上飞驰的轻轨列车，到乡间去；那就走吧，开上自己的小轿车，乘着暖暖的风，沿着宽敞的、一直延伸到每个农户家门前的混凝土铺就的马路，到乡间去；那就走吧，带上家人，邀上三五好友，拎上一壶酒，顺着野菜清香的引领，到乡间去。

让车带起的风，不断地把城市推向身后，将水灵灵、嫩生生的大自然，一点点推拉到眼前、摇移到心间。眼前就有了乡野景物铺排而成的水墨画卷，心里就有了一个清爽而怡悦的晴空丽日，一座座在乡间崭新农舍不远处不断崛起的别墅、楼群便冲进眼帘。

到乡间去了，可以重新走一走乡间小路，真正体会一下歌里唱的"走在乡间的小路上"那种诗意的情怀与惬意的感觉。纵横交错的乡间小路，如小村伸出去的一条条或粗或细但都充满温柔的手臂，就那么悠闲得有些懒散地伸向远处、近处的田野，伸向宽敞明亮的国道、省道，将小村与苍茫原野紧紧搂在一起的同时，还悄悄地把乡村的手臂与城镇、城市的手臂挽在了一起。随便站在哪一家农人的家门口，顺着乡村小路肆意延伸的手臂悠悠地走下去，不知不觉间，就会走进一个绿意葱茏的梦。

不管白日朗朗，还是薄暮冥冥，漫步在乡间的小路上，你永远不必担心会迷路。即使迷路了，也不像城市蜘蛛网一样的各种快速路、高架桥让人无所适从；乡间的每一条小路啊，即使在黝黑的夜里，也都通向一盏温暖的灯光。每一盏淳朴的灯光下，也都泊着满满的淳朴乡情。走在乡间的路上，新鲜的空气、亲切的乡情、弥漫的草木的芬芳，是城市里的散步无论如何也比不了的。城市的散步，总是有着一丝丝的犹疑在里面，总是顾忌着、躲避着车辆，就连呼吸也都有着那么一点儿局促，总是小心翼翼算计着吸入了多少汽车尾气、吸入了多少雾霾。乡间小路上的散步，才是真正的散步、才是真正的放松、才是真正的返璞归真。也或者，站在乡间的小道上，大大方方地唱一首歌吧，歌声刚起，四周天籁齐和，哪怕是跑调的歌声，也被包装成了最精美的专辑。

　　到乡间去了，才知道什么是真正的蛙鸣。夏夜星空下，坐在田埂上，或者垂钓池塘边，或者沏一壶春茶，坐在小院里。听那蛙声，一声、两声断续响起，开始那一两声蛙唱是从田野里传来的，继而就听见池塘里的蛙声，也一声声地高了起来。再往后，就听不出这一段、那一曲的蛙声到底属于哪里了。渐渐地，便响成一片，再也听不出那些清脆蛙声的具体归属了。在这蛙声里，可以慢慢地饮酒、悠悠地闲聊，也可以懒懒地在灯光下读几页闲书，就是不要去打开电视，或者捧着手机，因为电视节目和手机里的内容再精彩，也比不了这清脆的、带着水汽的天籁之音。

　　当然了，秋日东北的夜晚，在乡间也可以听到一些蟋蟀的歌唱，虽然在秋老虎的闷热里，蟋蟀的歌，让人感觉有些聒噪，但毕竟是属于天地之间小精灵的歌唱，只要轻轻啜一口清茶，心便静了下来，再听蟋蟀的歌唱，便也觉得还是有些天籁的感觉在里面了。

到乡间去，才能真正体会到，什么是纯粹的泥土芬芳。不管是播种的时节，还是收获的季节，走进广袤无垠的原野，站在厚重的大地上，浓郁得化不开的泥土芬芳沁入心脾。不，是沁入每一寸血管、融进每一寸肌肤，让人深深地迷醉，真正感觉到自己与大地的根脉一直没有分开——是啊，我们本来就是大地的孩子，是大地不可分割的、浑然一体的一部分!

到乡间去，才能领会到，什么是真正的百花齐放! 开在农家院里的花自不必说了，开在果园里的花不说也罢，只说那开在田间地头，叫得上名字的、叫不上名字的那些花儿、那些朵儿，就那么肆无忌惮地开着、热闹着，把整个春天、夏天乃至秋天铺满! 这里的花，是属于高天阔地的，是属于大自然的，是属于乡村这个独特空间的，没有和人世间任何一种物质化的东西沾边，谁都可以看，谁都可以亲近，谁都可以采摘。男孩儿来了，慷慨采一把小花儿，编一个花环，送给钟情的少女；女孩儿来了，小心摘一朵小花儿，插在发间；农人来了，随便掐几朵花儿，送给在灶间忙碌的妻子，给米饭的芳香里，添几丝田野的清香；就连小羊来了，也都在啃食嫩草之余，不经意地在花间蹭上几嘴，于是山羊胡边，便会吸引一两只蝴蝶翩然萦绕；就连小狗来了，也可以在野花堆里打几个滚儿，然后带着淡淡的花香，向着更远的原野撒欢儿。

而来自城市的你呢，大可以采几把小小花儿，带回城市的家中，将其插在矿泉水瓶里养上几日，侍弄得好了，可以鲜艳一周呢，这一周你的小小斗室里，一定会弥漫着浓郁的乡野芬芳和泥土气息。

到乡间去了，脚步便会跟着心情走。

愿意再到小河边漫步，就沿着小河边的柳树趟子心无挂碍地走一会儿；愿意到田间，去体味一下农耕习俗，就和已经耕种机械化的农人们聊上一聊；如果，喜欢在沟边田头，挖点儿野菜呢，那就拨开青青小草，找寻野菜的倩影，摸一摸大地的脉搏；或者什么都不想做，那就静静地坐在庄稼地里或者小树林中，和着大自然的节拍，自由呼吸负氧离子极高的清新空气吧。这里没有汽车尾气，也没有雾霾，更没有车水马龙的噪音干扰。这样的时光，这样的环境，是最适合思念心底最思念的那个人。那个人是谁呢？当然，你自己最知道。

心里有了什么郁闷或烦恼吗？那好啊，那就去远离村庄，远离人群的旷野上，尽情喊上一嗓子吧，在包容一切的天地间，无论多大的郁闷与烦躁，也会被天地之间急速流动的空气带走；剩下的，只有惬意和舒服这两个字眼儿。

对了，还有一些地方，你也是可以去的。

小村已经荒废多年的池塘，已被开发出来，成为颇有吸引力的野钓池塘，鱼确实不多，也不一定能钓上几条，但垂钓的那份乐趣，是在城市公园人工湖里完全享受不到的，再有那充满野性和自由的阳光，也是城市楼群中触摸不到、强求不来的。

还有一些借鉴网络游戏思路开办的"开心农场"，也是值得一去的，在那里你可以尽情地采摘，体会那种"偷菜"的新鲜感觉。当然，人们所在意的不一定是菜，而是那种从网络到现实转换中"偷菜"过程的新奇感受，更多的，是那种在城市菜市场买菜体会不到的亲手采摘的新鲜感和成就感。

对了，乡村还新增了公园——是别具特色的"稻田公园"。就在长春绿园区西新镇的双龙村，在近水临河的地块，开辟有悠悠稻田，乡村振兴的战略中，因地制宜地把稻田开发成具有农耕特色的稻田公园。原生态的稻田公园中，蓝天、绿水、田园美景，浑然天成。观光栈道于清朗水色中蜿蜒、于悠悠稻香里舒展，暮色苍茫里，蛙声清脆、稻香弥漫，让人流连忘返。稻田公园里独具匠心的原生态石磨游园、风车游园、水车游园等各类以看得见乡愁为主题的游园让人逛得不亦乐乎。逛累了，在游园的草地上或是在田间的休闲椅上坐一坐，品味自然，哪怕天气清冷，也十分惬意。

其实，在乡间，最惬意的事，也许就是到乡里人家做客。

尽管，现在的农家没有柴草，很多人家都用上液化气罐或者沼气池，诗文中所赞美的炊烟已不多见，灶间没有了烟熏火燎，但浓浓的人间烟火气，还是扑面而来。满桌子的田野时蔬、扑鼻的醉人芳香，任是神仙也不得不迷醉其中了。当然，这也是城市那些由大厨们炮制的、刻意打上"农家饭菜"标签的精致菜肴所无法比拟的。那些城市化的"农家饭菜"，总是少了一些泥土的芬芳。

吃饱了，喝足了。静静地站在农家小院当间，仰望没有高楼大厦遮挡的天空，数数已经不多的几缕乡间炊烟，看看天空偶尔飞过的小鸟，或者听听院里树上喜鹊叽叽喳喳的笑语。融入这片天空和土地，自己真成了苍茫大地上与天空零距离对话的一个小小生灵，真就与大自然、与天地融为一体。站累了，看乏了，也不要紧，就在院里的小板凳坐下来，喝一瓢甜丝丝的拔凉井水，吃一根园子架上的黄瓜，当然是顶花带刺的那种，一边和主人唠着家常。这种日子，是多么地闲适而顺意，什么职场竞争，什么名利角逐，什么职称职位的，此时此刻，你还能看得在眼里吗？估计，这时有人和你提起这些话题，你都会感觉大煞风景。

到乡间去，看上去是为观风望景，其实也不完全是，如果单纯地想观风望景，也就失去了到乡间去最本质的意义——那还不如去旅游胜地呢。乡间的确有风景，也的确值得一看，但乡间对于我们的意义，又不仅仅在于风景。更在于乡间是一个最合适的休憩地，是一段最适合放牧梦想的时空。走进乡间，心就会悄然融化在一个彩色的梦境里；走进乡间，难以抑制的不竭诗情，就会从心底汩汩流出；走在乡间，那久在红尘翻滚而疲惫的心，就会变得无比宁静。

走在乡间的每一个地方，每一个时段，心里总会抑制不住地长出一个念头：如果在这里安个家，那一定是一个安静而温暖的家；在这里放一张书桌，那也一定是一张诗情涨满、书香弥漫的书桌；在这里翻开书，读到的不仅仅是汉字的美，还有汉字在大自然的拥抱中，散发出的迷人魅力；在乡间铺开一幅素笺呢，不用说，未曾动笔，那洁白的素笺上，早就落满缤纷而浪漫的乡情和美丽乡愁。

4

冰雪壮奇观

冰雪之"炉"

任林举

　　七月流火，"大火"之星兆于正南，天空果然就随着炽热起来，如传说中的炼丹之炉。

　　无形无色的火，也损毁，也成全，不消几日，长白山主峰的冰雪就在灼烤中烟消云散了。满山满眼的白色消隐之后，便有更加纷杂、汹涌的色彩从泥土上涌起，落叶的、针叶的、阔叶的树木以及曾一度销声匿迹的杂草纷纷发出翠绿的叶片，重重叠叠、浩瀚如海。其间如星星闪耀，如火焰跳动的，则是红的、粉的、黄的、紫的花朵。

　　这突然而至并打破了时间节奏的窑变，把一切的冷和一切的热都幻化成悦人眼目的色彩，宛如一幅巧夺天工的锦绣，从天而降。

同样从天而降的，还有那道时间一样悠长的河流。"松阿里乌拉"是它的满语名字，也是它最具表意的乳名。因为源头可以一直追溯到高山之巅，它便在声势上远远超越了它的另两位一母所生的兄弟——图们江和鸭绿江。尽管前行了一段路程后，它被改称为松花江，远处山口那一挂流泉飞沫的瀑布在上，仍具有引人翘首仰望的魔力。

其实，在这个季节，我们能够感知到的一切，都不过是时光流程中某些短暂的片段，叫一时的表象或虚像也未尝不可。当我们的目光以一条鱼的方式进入抽象的或具体的河流，逆水而上，越过水流，越过浪花，越过倾斜的河道，越过高悬的瀑布，一旦越过隐于瀑布之后的那道时光之坎，便进入其"长白"的本真。

亿万斯年，长白山置身于北方苦寒之境，胸怀一团炽热的岩浆，头顶一片终年不化的积雪，在冰与火的相克相生之中，恪守着如玉的纯净与洁白。长白，就是常年积雪不化的意思。这早年的景象，虽然随着全球气候逐步变暖而有所改变，冬天的疆域逐年收缩，但峰顶无雪时段一年中也不超过四个月，冰天雪地仍是它的常态。正因此，与长白山相关联的一切，包括风物、人文都被这一山冰雪纳入相同或相近的精神谱系。换句话说，正是这一炉冰雪，冶炼出一方独特的风物和地域精神。

古籍中曾有这样的记载曰:"长白山在冷山东南千余里……禽兽皆白。"这描述是否真实,有待考证,但山为"长白"却是不争的事实。整整一个冬天,长白山主峰都被零下45℃的低温严严实实地笼罩着,厚厚的积雪在阳光照射下发出刺目的光芒,总会让远处的人们抱有一片温暖、光明的想象和向往。忽有 8 级以上大风从西北而起,长驱直入,沿陡峭的山体一直攀越天池北侧的天豁、铁壁等诸峰,将银白色的雪粉挥洒至高空,瞬间将冰封的天池掩埋在一片如烟如雾的粉尘之中。烟气缭绕,扶扶摇摇,疑似有一炉熊熊的火正在湖底燃烧。可那火,并不是火,是冷得可以把人"烫"伤的冰雪。

就在这一片令人绝望的寒冷之中,另一些与冰与冷向度相反的事物在悄悄酝酿。有温泉水从岩石的缝隙悄然溢出地表,以拒绝凝固的流淌,以袅袅升腾的雾气,宣告山体内蕴藏着的巨大能量;有"蹲仓"的黑熊蛰伏于某棵倒木之下,以绵长而微弱的体温一次次成功化解了严寒的袭击;从初冬开始,无孔不入的寒冷就开始追击那些无法逃脱也不想逃脱的山中草木,一分一毫、一尺一寸地将它们冻结、固化成另一种颜色、另一种形态的冰,从梢头直至根系之末。也是从初冬开始,草木们便借助冬天之手将一个柔软的复活梦想珍藏于坚固的冰壳之内。最了解长白山的情绪和脾气的,是那些常年守在珠峰下边的气象工作人员,当他们一次次爬出大雪封门的小屋，在暴风雪中艰难记下的，却是山的经历、山的秘密。即便危机四伏，即便风雪肆虐，那些雪野中不屈的生灵，狍子、野鹿、香獐、紫貂……仍然要在林间奔跑，一串串跳跃足迹印证的是它们勇敢的心和自由的灵魂。

还有那些立于植物带最顶端的岳桦，如站在生死交界的勇士，以匍匐前进的姿态，以扭曲向上的风的形状，以铁一样刚硬的枝条，不屈不挠地挑战着生命极限。它们所处之地已经是生命的悬崖，再往前，只有那些贴地而生的高山苔原植物可以存活，山体之上，已不再有可以存活的树木。

六十多年以前，有一个叫杨靖宇的人在这个山系之中结束了他三十五岁年轻的生命。人们说，从那时起，长白山便有了自己真正的灵魂。有人称之为山之魂，有人称之为雪之魂。此前的八年时间里，他曾像一头山中的猛虎，以其惊心动魄的怒吼，以其利爪和牙齿，无数次扑向他的仇敌、民之仇敌、国之仇敌，并将他们撕得粉碎；他也曾像雪地上一匹强健的马鹿，在林中自由奔跑，躲避着豺狗的追踪，躲避着猎枪的围剿，让身后的敌人只见其踪而难见其影，只见其影而难近其身。多少次雪地追捕失败后，日本侵略者不得不对他心生敬畏，将他视为雪野神人。

这是七月，冰雪的"烈焰"暂息，接下来的季节既不能叫作春季也不能叫作夏季，只能称之为暖季。在极寒中孕育和经受过冶炼的一切事物，像一窖终于走出黑暗、亮丽面世的完美器物，昭昭然呈现于世人眼前。在寒冷与寒冷、冰雪与冰雪的间隙，它们没有太多矜持和犹豫的时间，只能以孤注一掷的方式拼尽生命里的全部能量赴一场青春的盛宴，在尽可能短的时间里发芽、放叶、开花，让每一块土地上都铺满色彩，让每一方空间里都溢满芬芳。

最先露出容颜的是那些与冰雪交错而生的牛皮杜鹃，二者在时间上衔接之紧密，仿佛那些低矮的高山植物并不是因为冰雪滋润而生，它们本来就是冰雪的一部分，当阳光的刻刀一刀刀将那些残余的冰雪剔除之后，它们就自然而然地显现出来，雪白雪白的花瓣又如冰雪般晶莹。然后是那些长着毛茸茸花冠深紫色的白头翁和明黄的金莲花、耀眼的毛茛花；接踵而至的是倒提着铃铛的高山龙胆和散淡浪漫的剪秋罗，还有平贝母、大苞萱草、紫斑风铃、布袋兰、松蒿……在高处，各种树木如小叶杜鹃、辽东丁香、蓝靛果忍冬等也不失时机地争红斗紫，在空间上与草地上的花朵频频呼应与互动。

溪荪花有一个好听的别名叫东方鸢尾。如果说，高寒环境里的生命都有抱团取暖的本能，那么溪荪花则是群聚植物中的最中之最。也不知从哪年哪月开始，千万棵、万万棵溪荪花悄悄聚到了一起。平日里，它们与其他野草混杂在一起，没有人留意这个群体的规模，一旦花期来临，它们便不约而同地伸长颈项，纷纷朝天空挺起它们蓝紫色的花朵。霎时，蓝天白云之下便出现一片蓝色的花的海洋。只有落落寡合的野百合或三三两两或茕茕孑立，火苗般在草丛中闪闪烁烁，以星星诠释星河、诠释宇宙的姿态，诠释着鲜红与雪白之间某种隐秘的关联。

七月，山下的桃花已谢，青果挂满枝头。长白山上的"桃花水"开始恣肆，大山皱褶里的冰雪之水和天上下来的雨水汇合，将每一条河道涨满。河水由最初的清澈、安静之态变得浑浊、急切甚至狂放，不舍昼夜，将生长的讯息和能量传送至山区的每一个角落，传送给林中的每一个生命。

中华秋沙鸭已经在最短的时间完成了生儿育女的使命，带着毛茸茸的雏鸭从十米高的树洞里跳进湍急的河水。它们要抢在冰雪来临之前让雏鸭经受摔打，抗击风浪，学会生存的本领，学会展翅飞翔。作为长白山区的原住民，灰松鼠和花栗鼠最懂得如何珍惜好时光，在坚果没有成熟之前，它们已经开始在倒树上晾晒蘑菇，为度过漫长而艰难的严冬做充分准备。森林里的红松树总是显得那么老成持重，除了时光，几乎没有人能窥破它们生长的秘密，它们的高大与魁伟似乎是与生俱来的，看起来它们并没有成长，也不需要成长，但就在松花落去的短短时间内，树上的松果已经快速膨胀至鸡蛋大小。有人说，这个季节走在森林之中能听到树木拔节的声音，那不容易，很可能需要人具有某种异禀，但一般的人只要隔一场雨再去看那些树木，什么黄檗、白檀、花楸、紫椴、青杨、黑桦、赤松、蓝莓……都已经抽出尺八长的新枝。它们似乎都精通冷静与热烈、内敛与张扬、忍耐与拼争、有情与无情、摧残与陶造的辩证。

七月，当我走在绿意盎然、花团锦簇的山中，却忍不住要想起之前或之后那片茫茫的冰雪，想起关于生命的寂寥与辉煌、凋敝与繁盛，但想来想去，却终难想清楚眼前这一切是来自上一季冰雪的滋养还是下一季冰雪的催逼。

江城如画里

桑永海

城标：松江晚钟

来到松花江边这个北国江城六十年了，最喜欢的去处，还是松江路一带。那里是城市的眼睛。夏季柳丝垂碧，鸟语花香，清风习习；冬日雪柳依依，江雾弥漫，雾凇团团。沿江的现代建筑和古老教堂的尖顶，勾画出完美的天际轮廓线。

最留恋的一刻，就是面对大江，面对行将坠落的夕阳，不论炎夏还是深冬，你凭栏倾听报时的钟声《松花江上》的乐曲从邮电大楼传来——这金属的乐音缓缓传送，悲怆的音符挟历史烟云，弥漫天空，消失在雾里。你不会忘记，1931年9月18日，我国抗日战争的枪声，就在松花江上响起……

悲壮，较之激昂，往往更具有一种震撼心灵的力量。愤怒的呼号，遥远的企盼和眼前生活的沸腾，生命的搏动，同时在这条江的上空融会、交响。不变的，是这默默无言的如画江山，如血夕阳。此时，这一切，正在转入苍茫。

这是我心中弥足珍贵的风景。而这样的风景、声音和色彩，迷离之中饱含着奇妙的意蕴，传递出不可名状的信息和美感。于是我总会心怀感激，感谢那位不知名的音乐钟声的创意者。

钟声和乐音，把不该遗忘的过去和不断变化的现实联结在一起，把一缕忧思、一种诗情、一股力量，一腔神圣的民族感情，还有现代化节奏，注入了这个古老而鲜活的城市，也注入我的心里。

钟声远去，江雾漫漫升起。我又想起那位西班牙伟大的抗战诗人洛尔迦的谣曲，那是早年戴望舒先生翻译的：

孩子们唱歌，
在静静的夜里，
澄净的泉水，
清澈的小溪！
孩子：

你的神圣的心

什么使它欢喜?

我:

是一阵钟声

消失在雾里。

……

名山：龙潭山的秋叶

中秋过后，最好的去处是龙潭山。

树叶正是好看的时候，绿的黄的红的粉的，点点渲染在澄碧的秋空。坐山路边长椅上，一句话不说，仰头看多彩的树叶，叶间透过来的斑斑蔚蓝，痴呆呆看上好半天。"蓝大胆"在你脚前脚后啄食，灰色的背、白色的胸。有时看你一眼，又踱起方步，小小脚爪踏着落叶，如入无人之境。一声声，远近传来清亮的鸟鸣，让你不忘这秋林的幽静。

山径上，树林里，遍地铺满了落叶。一阵微风掠过，沙沙沙，又纷纷飘落一些辞枝的叶。多次读《秋声赋》，总疑心是文人的夸张。这回我听得真切，确是沙沙沙的声音，秋之特有的声韵啊。秋声里，黄叶落在我的肩上，落在我渐白的头发上，落在我伸出的手掌上。此间感受，无法言传。

最妙的是阳光射进林子里的时候，蓝天下，树叶像黄色或淡红色的火焰。此时，你心里感应到的不是热烈，不是激动，更不是"悲哉秋之为气也"，而是恬淡，是悠远，是温馨的宁静，是秋日之山林灿烂的微笑。

高句丽山城的断垣上，也挂着几枚落叶。我们的高句丽祖先，择此而居，也真有眼力！一千多年前，层林尽染龙潭山时节，他们劳作果腹之后，也曾为秋叶之静美而欣欣然喜形于色吧？

登上南天门，坐在一段倒地的树干上。看山上的秋叶，看山下的江流，看林间空地青年人舞得如醉如痴，看一个勇敢的跳伞者从山巅跳下，贴着山腰的绿树梢头轻轻滑过，他头上是鼓满了风的巨伞。不慌不忙，看得投入，看得陶醉。

我想起九十年前，著名作家萧军正年轻气盛时登上南天门写的一首诗：

叶落空山寂，人行鸟语微。
一声长啸里，风送白云飞。

特别是这后两句，如果你不曾在晴秋爬上南天门，顿感江天辽阔，你就不会知道诗人把那种感觉，写得多么传神，真应当刻在这南天门上！

一阵山风吹过，沙沙沙沙，树叶又纷纷落下。漫山秋叶啊，多彩多艳的，最是看你不够。你飘落在山上，也落在我

567

的心上。因为，此时，我也走到了生命的秋季。

叶落归根，其实这种回归大自然的感觉并不凄凉，想象枝头重又泛绿，山林重又碧透一新时，再看眼前的落叶，萧萧而下，如雨如雪，竟然有一种好悲壮的美感。

名园：松花江南岸明净的天空

江南公园，几代吉林人精神放牧的后花园，心灵诗意的栖息地。

我这六十多年来游了多少次江南公园，数也数不清。20世纪60年代是我一个人去，有点儿孤独，有点儿青春的烦恼；70年代是和妻子两个人去；80年代，我们先是抱着后来是领着小女儿一起去……那些老照片一一排列，就是我们这个小小家族人文史的一部分。

每次去江南公园，路线也差不多是固定的：过吉林大桥、入正门、观花展、观动物、观园中园，从后门出来，然后登船、渡江、从三道码头上岸，沿江堤柳岸到江城广场。这是一个统一而完整的过程，虽非刻意，却几十年也不曾改变。我从来没把江南公园仅仅看成一个园，那是一个很大的心理空间。所以，若问江南公园好在什么地方，吾必答曰：好在三样东西——绿树、江流、高高的蓝天。

这感觉，并非我一人独有。回望历史，有著名作家萧军为证，他就把对江南公园悠长的怀念，概括为一个淳美的意象：松花江南岸那明净的秋天。

原来 1925 年至 1927 年，萧军曾在吉林当兵，驻地就紧挨着江南公园，他几乎每天都要到公园去几次，看书、喝酒、写文章。1927 年晚秋的一天，他喝了几杯酒，就在公园林木深处的一条长椅上睡着了。一觉醒来，发现一个中年人坐在对面，这就是当时有名的白话诗人徐玉诺，正在毓文中学教书。他们从萧军刚买来的鲁迅散文诗集《野草》谈起，说到白话诗，徐诗人兴奋起来。说他有一天早上 4 点多钟坐小船渡过松花江，对面就是江南公园，他感到江上和四周远远近近景色的美妙，真是无法形容，他后来写了不少诗句想表现那景象和感受，都失败了。临别，萧军把自己的几首旧体诗抄给了徐玉诺，其中一首是写公园渡口的——那时江上没有桥，来往都靠几只小小的渡船，"轻舟横野渡，波映晚霞红。树锁烟岚翠，秋风送短篷。"

半个世纪后，1978 年，萧军回忆年轻时在江南公园的日子，深情地说："《野草》给予我的感受，恰如松花江南岸那明净的秋天，给予我的思想和感情上的影响，也如那明净的秋天。它引起我一种深深的哀思和漠漠的惆怅……"

这透明的文字很是感人。显然，在萧军心里，美丽的江南公园也是一个很大的心理空间，浸透着历史人文精神和不息的生命内涵。

名湖：仙松峰上听歌

　　在松花湖上乘船两个半小时，就到了卧龙潭。舍舟登山，过了恐怖谷，攀上仙松峰，只见一望无际的碧水青山如诗如画。走了那么远，游了那么多的名山胜水，竟不知身边有如此佳境！

　　仙松峰上，一群饮马河来的朝鲜族妇女，身着鲜艳的民族服装，洒下一路欢声笑语，又大大激发了我们的游兴。

　　走到一个又陡又窄的地方，一位朝鲜族妇女似有"恐高症"，她不敢下台阶，连路边的铁索也不敢扶，蹲在草坡上双手抓地往下蹭，彩裙拖扯在草地上，也顾不得了。

　　一位穿着西服的男士，匆匆赶回来，大汗淋淋地把这位女士扶将起来，拖着拽着抱着往下挪。

　　到了一个叫浪卷石的地方，有一片平地，旁边就是直挂下来的山路。先下山的三位妇女，站在山脚下浪卷石边，望着高处那位吓得战战兢兢的女伴和那位男士，齐声唱起了朝鲜族民谣。她们并肩站在绿树荫下，挥手齐指山径上的女伴，身子一齐摇摆着，唱得如火如荼、如醉如痴。唱的是：新媳妇啊新媳妇，你羞羞答答怕个啥？啊哩哩啊哩哩，好郎君，抱着小媳妇下来吧……

　　她们旁若无人，唱了一遍又一遍。山径上的游人止住了脚步，侧耳倾听。身旁是峡谷，青树翠蔓，下面是映着蓝天的松花湖。清脆的歌声在峡谷里回荡，在湖面上飘扬。离开故乡延边后，在江城山水间，在大自然的怀抱里，第一次见到这样毫不做作的性情舞蹈，第一次听见这样自然纯净即兴的歌声。

若说忘情地陶醉于山水之间，岂是容易做得到的？悟不出山水之性情，谈何陶醉？彼时心情不适，芜芜杂杂，纠缠一己之得失不能放松，谈何陶醉？受观念的束缚，笑且不宜"失态"，于大庭广众之中，舞之蹈之歌之咏之，岂是感情"内向"的民族容易做得到的？雪莱咏云雀诗曰："我们往往被不存在的事物困扰，我们最真挚的笑，也含着某种苦恼。"所以，能忘情于山水，如仙松峰上的朝鲜族女士，挥洒自如，一任性情所至，实在是人生的一种境界，是真正的潇洒。

奇景：江城雾凇也多情

庸常忙碌的日子，身心几近麻木，就盼望精神的漫游、心灵的飞翔。这一天终于来了，和春城默契的文友相约：要相聚北国江城吉林，看一次最美的雾凇！

但江城已多日不见雾凇，让人忐忑不安。兴许是精诚感动老天，那天大清早朱盾传来喜报，今天三个星啊，雾凇盛开！我立马给长春发去消息，陈晓雷、赵培光、薄景昕三位作家好友兴冲冲乘高铁赶来。

一过江南大桥，果然，江烟漫漫舞轻纱，淞花雪白开遍天涯！嘟嘟噜噜，一树树大朵大朵地开着。

阿什哈达摩崖，淞花最漂亮，一江碧水，万顷蓝天，两岸白色花树无边。狗爬犁，羊爬犁，穿行在花树中间。花花绿绿的游人，望着闪光飘落的霜花欢声笑语，急忙拍照，江边平地一群老年人轻歌曼舞，鼓声咚咚。

车近松花湖，大家心潮澎湃。培光回到故乡，更是执意要去看看冬天的松花湖，都知他乡情多么炽烈执着，连外衣都换上红外套。

冰雪覆盖着松花湖。培光匆匆走上湖面，远了，只见一个小红点，默默站在冰窟旁，悄然伫立，凝然不动，冰天雪原，他在想什么？哎呀，红衣裳躺冰上啦！他要亲一亲松花湖啊！我们几个，陈晓雷、薄景昕、徐颜，包括我这个老朽，也全都跑到湖冰上，挨着培光躺在湖面打滚喊叫。此时，只有心魂在冰天里快乐漫游……

午宴，在西关阿拉佰。本土作家和新秀，与春城三作家难得一聚，龙潭作协主席任玉梅挺远的路匆匆赶来，其乐也融融。大家互相赠送新著，培光诗文各一卷，陈晓雷儿童长篇小说一卷，薄景昕评论、散文各一卷，格致散文选一卷。

雪柳霜花沾衣时，书香已满怀……

暴 风 雪

杨 逸

太阳落进了松花江，秋天隐没在城周的山坳。白雾如水，清洗我的双腿。

冬天来了，有人漫不经心地说。冬天来得蹑手蹑脚，我漫不经心地想。

没用上几天，冬天就改变了我。冬天让人安静，让水安静，让大地安静，却唯独让我暴躁。我在父亲眼里越发一无是处。它骂我又笨又懒，说我的翅膀是生锈的铁扇子，早晚要烂掉。

我叫乌拉，是只绿头鸭，生长在松花江畔。和生命一样，我的名字也来自偶然。我听人们说，偶然，暗藏着因果。

刚出生不久，我就被江里一条幽灵般的大黑鱼咬掉了一根脚趾，我的蹼是残缺的。在岸边砂石一瘸一拐独自蹒跚时，人们把"乌拉"送给了我。乌拉是满语"江河"的意思。人们纷纷安慰我——乌拉，整条江都是你的。

这个城市很早以前叫吉林乌拉，生活着很多满族人。他们曾经脚穿乌拉（一种古老的皮鞋），弯弓搭箭上山打猎。他们也曾划着威乎（小船），用漂白杆子（白桦树杈）和胡里该（渔网）捕鱼。他们曾用满语劝"獐狍豸雉鱼"们就范，也用满语写下自己的幽深往事。据说现在这里仍有很多满族人，只是满语几乎失传了。

人们用失传的语言为我命名，这大概是人们处理遗忘与怀念的方式。"乌拉就是江河。"人们的善意戳到了我的痛处。作为世世代代的水上生物，我不敢下水，我忘了怎么游泳。拥有整条江，是被我自己驳回的一个梦。碧蓝的江面在我眼里，是闪着寒光的鳞片，是魔怪般的大鱼，在觅食，在逡巡，在威慑。

因果对于我，意味着残缺和痛苦。我是一只野鸭，可我忘了游泳。这念头时时折磨我，却不能激发我的勇气和斗志。我不止一次对自己也对我的同类说，我喜欢走路，不喜欢游泳。我一次次体会着同类们（包括难看的赤麻鸭、高傲的鸳鸯）无声的嘲笑，再转而迁怒自己的遭遇。他们对待同类很防备，多是些客套敷衍，可他们对我，却都一样热情、耐心，仁慈。

我希望自己也学会不在乎。

我有一头跟父亲一样的绿发，还有同样的大嘴和公鸭嗓。它的公鸭嗓专门用于对我吼叫，我则偶尔用来反抗。它发怒时用大嘴咬我，鼻孔像烟囱一样冒着滚滚白烟。这是我们父子的不同之处——我从不咬它，也不对它喘粗气。可它不解我意。它认为它只要那么做，我就会怂成悔罪的蟾蜍——肚皮贴在地上，垂头丧气，恨不得钻入大地。整个江畔只有它的公鸭嗓在怒吼真理，它像在臆想中扮演一头凌空而降的大雄狮。

我和父亲的交流一直如此。我与别的飞禽最大的不同，不是那根断趾，而是我认识自己的父亲。我没法不认识它，自从我不再下水，它每天都盯住我不放。可我的灵魂却不领情。它只要瞥见我父亲的影子，就会变成敏锐的利箭，嗖嗖飞奔着，射向岸边的垂柳、石凳、雕塑、花丛、拥抱的情侣和跳广场舞的人群。自从不再下水，我的灵魂就常与它们为伴。可父亲却骂我整天沉迷于这些，简直是不思长进，玩物丧志。

是你把我生在这儿的！——我大声争辩过，得到的是一个掌掴。我为此郁闷得不想活。说事实还要挨揍，难道它希望我是满嘴谎话的骗子吗？

你到底想让我怎么样？——我在呐喊我的心声。只是我没法喊出对自己的可怜，除了生在这座城市，我还在这里失去了一根脚趾。还有最致命的一句，每次话到嘴边我都强迫自己咽回去——你做我的父亲，事先征求我同意了吗？

我们家族怎么会有你这样的尿蛋！父亲怒发冲冠，头顶的绿毛像蓬勃的青草，昂昂然竖立。它接下去骂的话，有一些是合乎逻辑的，有一些是远非正常的。比如，作为一只野鸭，你小子，居然连水都不敢下！比如，这江水比过去更清澈，江里的鱼一年比一年多，你却只会不劳而获。再比如，没在暴风雪中飞翔过，怎么有脸说自己是绿头鸭？

后面那句，我认为只能出自不正常的大脑。可这副不正常的大脑偏偏属于我的父亲。我是今年春天出生的，刚见识过春天、夏天和秋天。至于冬天，我连做梦都捏造不出形状，原因很简单，我生命中的第一个冬天刚从北极圈飘回来，几天前刚刚降落在我面前。

我不知道雪是什么，因为还没下雪。我只知道风从西北吹过来，像父亲掌掴我时坚硬的翅膀。风把柳树叶子一把把撸掉，扬在江上。风把人们的衣服吹厚了，把各种各样的帽子吹上黑色、白色、灰色的头顶，还把人们的脸色吹成了紫红。风吹走了通红的云彩，又给夜空吹来一颗水淋淋的黄月亮。风吹来更多野鸭子，足有几千只，像呼啸的气流。它们落在我住的小岛，又沿着江水，落满江面。它们不动时，江水铺上了华丽的羽毛和肉身，不再是蓝色。它们一块儿飞起来，会把水面拍打出声势浩大的圆舞曲，好听极了。当野鸭子们在空中缓慢地盘旋，翅膀的矩阵会挡住太阳和天空。阳光只能从狭小的缝隙挤下来，斑斑驳驳地打在水面上。城市的空气被无数翅膀扇出美妙的颤动，那些高矮错落的楼房仿佛在这颤动中轻声吟唱。我一动不动地抬头仰望着。我被这壮观的一幕惊呆了。

这条江水是不结冰的。每当太阳升起，水面上就蒸腾着浓烟般的水雾。人们说，江水不结冰是因为上游有拦江大坝和大型水库。他们说八十年前不是这样，那时候江水一冻就有二尺多厚，人们在冰面上开旅店、开棺材铺、经营小饭馆、交易木材和山货。那时的冰面跑着花轱辘马车和狗爬犁，骡马成群。人们头戴狗皮帽，下巴上挂着冰溜子。"水院子"（旅店，又叫大车店）的立柱一根根冻在冰里，房盖罩着店里的木板炕。地面就是冰面，整天架着炉灶，焗着满灶通红的火，给住店的取暖。那时这里没有野鸭子。我的祖辈每年秋天打这儿路过，飞去遥远的南方图生计。父亲曾对母亲说，迁徙到这里来过冬，是近几代才有的事。即使江水不结冻，水质有污染，我们也没法活。现在的江水被人类治理过，洁净的水里游荡着无所事事的鱼虾。如果不被野鸭子吃掉，看它们那样子，大概会一直没心没肺地游荡下去。

我知道的只有这么多。我知道的大多来自人类。人们说起这座城市的过去，眼睛里会露出同样的光芒，语气里有同一种情绪。怀旧让人们有了短暂的、真正的亲近，作为旁观的异族，我看得一清二楚。如果我父亲也能那样，或许我会对考古和历史萌生兴趣。可它从不跟我谈论已经发生的，只说它希望发生的。它去年秋天从西伯利亚飞来此地过冬，遇见了我的母亲。它经历了一见钟情，又和我母亲一起憧憬地老天荒——它选择在这个崇尚环保、重视生态的城市生儿育女，却一遍遍警告我不许早恋。"婚姻会绑住你，你得照顾老婆孩子，可你至少应该回故乡一次。"

"我的故乡不就在这里吗？"我环视四周，人们为我造的小房子、放在门口的食物。我最跌跌撞撞的经历是从壳里爬出来那几秒，之后就被一双人手抱进了精致的家。

父亲又开始骂我没出息，骂我心中没有祖先，就像小溪看不到深藏在峡谷中的源头，浅薄得甚至淹不死一个倒影。"遇上大旱之年，最早干涸的，一定是最浅的水。"我听不进去并且回敬它，为什么不骂妹妹们？它说，因为你是我儿子，就为这个。我们的争吵是长流不息的松花江，一眼望不到头。它真像冒充野鸭子的灵长类动物，张牙舞爪，与周围格格不入。

"你要去抓水里的鱼，你要去战天上的鹰，你要用翅尖划开最厚的云层，你要横穿过暴风雪，冲着甩在身后的雪山放声大笑——你才是绿头鸭，你才不枉此生。"

"你的性别决定你必须去冒险，一生中至少有一次，你要征服凶险和绝境。"

"见识过故乡的暴风雪，你才能对任何天气不以为然，你才会知道，这里的一切——连咬你的黑鱼，都是最温柔的朋友。"

我恨这些咒语。我从不管它叫爸爸。我在温暖的小房子里为自己虚构了一个父亲，它每天为我抓鱼，当黑夜像被子一样盖住我们时，它爱抚我的断趾。

我和父亲的矛盾，随着冬天到来逐渐加深，在一场大雪中爆发了。

那是我生命中第一场雪，它来得没有征兆，带着股狂野的怒气。那天一大早，西北风一把撕开天空，雪片像无数只囚禁已久的白鸟，为了自由，滚滚下落。每只白鸟都被北风撕碎，落到地面的是它们残破的羽毛。我想不出白鸟的灵魂去了哪里，北风的力量让我畏惧。以往每个白天，在江边蹀躞够了，我都会躲在同一块巨石下，等人们来投喂。没想到，这样的天气竟然还有人为我而来——那个人束紧帽子、裹紧黑色的棉衣，却还是像盲眼的黑球，在风雪中跌跌撞撞。他的样子狠狠刺痛了我，像一根坚硬的鱼刺。如果他被暴风雪吃掉，就是我夺走了他的生命。我想走过去，阻止我仁慈的朋友，请他放弃一只怯懦的野鸭。可我迈不出脚步，羞愧在阻拦我。那个人终于来到我身边，放下给我的鱼。乌拉，别怕，暴风雪奈何不了江里的鱼，吃吧！我认出他是春天时把我抱进小房子的人，也是隔几天就会给我送鱼送玉米的人。每次他都对我说不同的话。"乌拉，随便哪个人——随便哪个，都有比你更痛的痛苦。""乌拉，你要感谢你的残缺，它让我有机会亲近你。"每次我都只盯着鱼或玉米，一动不动。

这一次，在他即将转身离去时，我第一次用鸭喙去摩挲他粗糙的大手。那双手已经冻硬了。我看到，他并不年轻的眼睛蒙上了水雾。

父亲的吼骂就在这时响起。它骂我是寄生虫，骂我良心喂了狗，这种天气居然忍心让好心人来投喂。它认为我连一丁点儿自尊心都没有。我们都怕风声盖过自己的喊声，声嘶力竭地吼叫。叫声震动了天宇，狂风扭曲着大雪，从空中滚到江面。没想到，此生第一场雪给我留下的印象这么恶劣，我再也不想听到父亲的责骂。我叼着鱼，想躲回小房子，却发现，房子不见了。

狂风把我的房子掀到了江上，又把它拆成几片红色的板子。红板子被狂风拎在手里，啪啪地拍打江面。没几下，板子碎了，我的心也碎了。我心里的家，我在夜里虚构父亲的地方，眨眼就被暴风雪吞掉了。

"乌拉！你去哪儿？快回来！"我的母亲在呼唤我，可我不能没心。我要去找它，哪怕它只剩碎片。

"别管它，让它去！"我想不出除了父亲，还有谁会这么无情。

可是才一转身我就意识到，狂风比我父亲还无情，根本不会怜悯我的断趾。它拎起我生锈的翅膀，竟是那么轻易。我被拎上了江面，江面已经看不到水。我又卷进了空中的漩涡，风抓住我的脖子，在漩涡里打转。我头晕目眩，感觉已经转了个半死，大风又突然撒手，照我的屁股就是一脚。我应该是被踹上了天，身下的风雪还在往上推我。我试着往下看，除了风雪，什么也没有。我又试着一头扎下去，我的头像个不属于我的氢气球，着魔般脱离了地心引力，不断向上、向上、向上——我成了世界上最昂首向上的野鸭子。

云层里听不到风声，大片的、密集的雪擦过我的羽毛，弹奏出大提琴般的弦乐。这是首偶得的曲子，来自天籁，可惜我不会记乐谱。我想刻录在脑子里送给喂养我的人类，我却已经成了另一个自己——我的翅膀，如同打开的羽扇，被云层里的风大大拉开了。我听到风的赞叹，雪的艳羡，"你有健壮的翅膀，你会飞！"平生第一次，我确认了自己的身份——我是一只会飞的绿头野鸭。

我所在的地方不为时光所触及，除了雪，这里空无一物。我感到来自某种强大势力的恫吓，它毁灭一条我这样的生命，像蒸发一只蚂蚁那样容易。我不如蚂蚁，它们勤劳地打洞，供自己偷生和逃避。而我除了好吃懒做，腆着圆滚滚的肚子在世间摇晃，别的什么都不会。这说明我的父亲是个正确的暴君。它一定失败过，失败让它知晓了天高地厚，它领悟到活着就是随时出征。它的确说过，绿头鸭的翅膀就是人类的车轮和火箭，就是战马奔跑不息的四蹄。

当恐惧改变不了什么，我不再害怕。雪片捏合了我的眼睛，却败给我的翅膀。我只能一直飞下去，在飞行的终点，也许，大概，就是父亲嘴里的故乡吧。它说那里聚集着宇宙中最凛冽的寒风、最浩瀚的冰雪，那里的冰洁白透明，会从幽暗的底部开出神奇的冰花，一朵朵，带着从未见过黑暗般的纯洁，铺满了冰面。它过去的废话成为我此刻唯一的指引。它说，乌拉，故乡可以不在身边，可是要在心里。飞翔是每只飞禽的尊严，你要自强，终你一生，记住，要为尊严而战。

我从没想过会在突如其来的绝境中与父亲和解。顶撞和自我放逐，在与大自然的决斗面前，都是那么空虚又荒唐。也许应该在一个命定的时刻，毁灭过去的自己，这或许是过去与未来之间的因果。我对过去的自己说，懦弱的乌拉，葬身在暴风雪中吧！连同断趾、沉沦和自暴自弃。这不是你父亲的专横，这是生命的旨意。

我没得到回应，哪怕一句虚弱的拒绝。不知过了多久，过去的乌拉才轻轻推搡着我，并颤抖着说，醒来吧，勇敢的绿头鸭。

我已经落在江水里，周围漂过白牡丹花一样的雪团。江水没留住暴风雪，天空也没能。可暴风雪席卷过的世界却比任何时候都美丽。一切都白得发光，包括树的枝条和瘦弱的枯草。汽车在白色马路上移动，像排着队的白色甲壳虫。高楼如同安静的处子，在白茫茫的大地上等待人烟。江面的雾跟天空里的雾默默拉扯，看上去像在对饮。它们在酒被发明

以前就醉了。江水是那个神秘的异数，多有教养的城市也改
变不了它的荒野气质。它爬出长白山，在鲜冽的天地间大口
呼吸，用深流安顿波澜。它用宁静的深流把父亲带到了我身
旁。父亲的姿势很奇怪——骄傲地挺起胸膛，又怜爱地垂下
头颅。它注视着我并告诉我，我一直横穿过暴风雪，朝着故
乡奋力飞去，直到体力不支，坠落在江上。

"祝贺你，乌拉，你飞起来像子弹，游起来像快艇。"

父亲的话并没让我马上清醒，我不知道一切是怎么发生
的，不知道自己是不是还活着。我使劲蹬了一下断趾，它藏
在水下，毫无痛觉，它居然一直在轻快地游动。我困惑地看
着父亲，想知道射到天上的"子弹"是怎么砸落在原地，"快
艇"又是怎么飞快地游回故乡又回到了这里。宽阔的江面回
荡起父亲的公鸭嗓，那声音此刻听上去，竟有几分雄性的豪
爽——到了春天，我会带你回趟西伯利亚，那是你的故乡，
也是暴风雪的故乡。我要亲眼看一看，那狂妄的野家伙是怎
么输给我在城市长大的儿子，乌拉。

北方有佳人

李潮蕴

北方有佳人，绝世而独立。

佳人幽居长春北，吸纳天地之灵气，沐浴四季之秀美。
她以世外庙宇为邻，从不惹一丝人间华丽色，只邀明月清风
酌白云。走近她，便是靠近阳春白雪，靠近青色直眉、云腰
秀颈。她是谁？她便是，长春北湖国家湿地公园。

初见北湖，印象最深的便是一湾一湾大大小小的天然湿
地湖泊，它们没有惊涛骇浪，没有大江大河的震撼与浩大，
倒像是隐于林中餐风饮露，未经浊世侵染的灵秀美目，就在
时光中那么静静地、淡淡地眼波流转，顾盼间，就能望见她
澄澈的心思：一忽窥见了游动的鱼，却又转瞬不见；一忽又

只见云天一色，频波含光。湖边忽闪忽闪的芦苇丛像极了佳人长而密的眼睫毛，她在思考什么呢？女儿家的心思好猜又不好猜，湖上几十只或昂首向天歌，或相互追逐的野鸭子和天鹅，或许是佳人俏皮的心思幻化的精灵吧，时不时与天嘤嘤，与己和鸣。

在呼啸的风中，忽然邂逅一位佳人，便有猝不及防的惊喜扑面而来。先是定睛细细打量，甚而异常欣喜至日思夜想，这不是我期盼已久的吗，这不是我一直寻觅而未得之事吗。孟母曾经为子三迁，寻到一个更利于孩子教育的居住环境，我为何不能择邻而居，有什么能比在灵魂的皈依之所里栖居更让人愉悦的呢。打定主意后便迅速搬离市区中心居住多年的老屋，将新家安在了距离北湖国家湿地公园不远处。

新家距离单位很远，又不会开车，每天上下班花费在路上的时间比原先的居住地增加了不止一半，但从未以为苦，想想远离喧嚣，可日夜一睹独纯美独悠然的北湖，时时与少染尘埃、丛生的绿色共呼吸就心生欢喜，因此下班后多半时间第一件事不是回家，而是去北湖国家湿地公园转一转。

北湖国家湿地公园很大，据说占地面积就达 11.97 平方千米，被喻为长春的明珠。这个比喻倒蛮贴切，在一众人工雕琢的公园中，北湖国家湿地公园原生态味道极浓，多是以原生湿地环境为基础建设起来的，极大地保持了湿地的天然本色，以现代词句来形容，就是一众整形美容的人工美女中，卓然独立着一位不事雕琢飘然若仙的天然气质美女。

对于人工美与天然美这一命题，我并没有歧视之意，但我以为，能站在精神的、思想的、存在的层面上被考量与审视的美也许更纯粹，更接近生命本源，一言以蔽之，具有生命意识的审美才是通彻灵魂的美、诗意的美。站在北湖国家湿地公园里，仿佛置身天然氧吧，让人顿时呼吸顺畅，从头到脚焕然一新，这大概就是纯然之美带来的生理效应。

在北湖国家湿地公园里，我最喜欢漫步的地方就是那里的木栈道。脚踩在木栈道上，会发出木板与鞋底的撞击声，这声音不尖锐不刺耳，有点儿闷但不混沌，像随意的木鼓声，与穿过层层叠叠林木而来的清脆鸟鸣声相互附和叠加交融，像是天赐之奏鸣曲，谁能想到两个不同物种，会以这种奇妙的方式产生连接，共同歌颂生命呢！

木栈道的两旁傍依着无数的高树矮树胖树瘦树，和我都叫不出名字的树，隔着树三米五米甚至更远的地方就是一个一个的小湖泊。一个人走在栈道上，手拂过伸过脸想要亲近人的树叶，总有种莫名的感动，生命的真诚和善意谁能拒绝啊，于是走着走着索性就坐在木栈道任一边缘上，脚优哉游哉地垂下，扯扯这片叶子，或者拉拉那片叶子，好奇是人的本能之一，我想知道这些叶子的血液流淌出怎样的脉络，同时帮助它们吹拂去身体上的灰尘，或者干脆趴在木栈道上追查着不知名的小虫子爬来爬去的轨迹。

沿着木栈道走，就几乎游览了北湖国家湿地公园的一大半，而沿着木栈道前行，其中的乐趣之一便是曲径可通幽。幽静处一丛丛高低不一的树木野草分立两旁，整齐但不划一，野生但不潦草，它们像佳人青绿色的布衣长裙短袂，或在风中轻轻摇摆，或在时光中沐阳静安。倘若迎面遇到有人播放着很大声的音乐，我总是抑制不住地瞪视着，古人云，人有灵而万物亦有灵，也许这里的每棵树身上都驻着一位精灵，不打扰，静静地安然相处我以为是最好的方式。乐趣之二便是站在某一处远眺，总有"北楼西望满晴空，积水连山胜画中"的感慨。

北湖湿地公园在原生态的基础上还有很多现代游乐设施，玻璃栈道、小湖泛舟一应俱全，但我最喜欢的依然是北湖的植物景观区，柳堤枫岛桦塘。听说柳堤上种植了51个品种共700多株柳树，枫岛和桦塘也种植了多种枫树和桦树。我对树木的喜爱不知道缘自哪里，见到有树木的地方就莫名地愉悦和亲近，总有林下聊观万化春的冲动，最喜欢将户外休闲秋千挂在两棵树上，躺于其上，望树观天。也许祖先昼拾橡栗、暮栖木上的生活方式和树木崇拜，依然以无意识形态的图腾文化残存在我的灵魂深处，以致我遇到树木和生命力旺盛的草草木木就本能地心怀敬畏和喜悦。

柳树、枫树与桦树，作为北方常见的植物，根植于无数北方人的梦里，有时候走在柳林中，恍然间就回到了童年的一个午后，我还青涩懵懂，沉溺于各种人间游戏。或者恍然间就回到了桦树林，那时候一群少女还年轻，叽叽喳喳不谙世事。人们都曾为不再年轻而焦虑，也曾为留不住恋过的一切而伤心，从少年走到中年，经历过许多沧桑后顿悟，生命本身就是不断得到又不断失去的过程，直至最后失去自由的呼吸，悲剧吗？不悲剧，体验大概就是生命的意义，体验欢喜，体验得到，体验失去，体验悲痛，不沉溺于任何一种体验，不耽于意味深长的缅怀，从容淡然地度过一生也许才是生命的真谛所在。

心灵的真正相通，不仅跨越时空，也跨越物种。

于是与佳人一见倾心，再见钟情。

有佳人在侧，灵魂静以安之。

冰雪素描

景凤鸣

我像雪花天上来

软软的鹅毛大雪，干爽、不黏、舒适、凉津津。大片的雪花飘落时，天地间是没有风的，整个城市都揣着暖宝。汽车有规矩地行走，灯光温馨而暧昧地亮起。雪的世界里，整个日常起居都被软化了。

这样的天气适合表达感情。邀三五朋友喝酒，去你家他家闲坐。大街上碰着面，停下来抽袋烟。跑到歌厅唱唱歌，或站在公园吼几嗓子。只要心里有美，会发觉世间万千的美。

鹅毛雪静静地飘落。这样的鹅毛大雪只属于这个纬度。它多了一层清爽，也多了一层飘柔。雪的飘柔，不是水的飘柔。以雪的形式，表达水的飘柔。

可以坐在旷野之上，感受它的无声。但是别坐太久了。所有的生灵都猫起来了，隔着角门、院门、窗子看你，直到心生寂寞。

极

从这个纬度往上，原来地貌与北极的广大地区是一样的。针叶林与北极是一样的，冻与北极也是一样的。无非那里冻的时候更长，极的程度更深。以递进和逐层深入的方式，构成地球之极的外围、再外围，冷冻圈、次冷冻圈。

冻渐次蔓延的时候，都愿意寻找一个温暖的掩体。向下三米，那里的温度是七摄氏度。若再要多，就需继续往深往下。至深则不必了，恒温即可，够用即可，似是小动物们的原则。若在地面，则可以打个雪窝，直至因纽特人那样建造冰屋。那是顶尖的人类原始艺术。长春南湖的滑冰娱乐场所，帐篷浇冻在冰上，里面的煤火炉子燃得正旺。可以烧水炒菜。都将冻与雪，运用成为一种实用与欣赏。

这个纬度，这方土地之下，冻原来只是一层包袱皮。冰冻的下面是鲜活的水和鱼。冬眠状态的林子，血液也是流畅的。感觉中，一颗火红的心脏缓而有力地跳，跳得清楚而舒服。

在凛冬里盛开

常常是一夜醒来的时候，它们出现了。

像极盎然怒放的花们。傲凌霜雪，在严寒中盛开。

江边的水汽大，雾凇就好。但农田边、村屯中的雾凇也很好。村头坡上，三棵两棵，同样耳目一新。只是没有人看，看了也不围观、拍照、吟诗。村民们看它一眼，惊顿了一下，然后忙更重要的和不重要的事情。

雾凇出现，未必一定是晴天，但起码以晴天居多。空气质量不好，缺少林木，尤其水汽少，是不会产生雾凇的。温差小的地方也不会产生。林木、水汽、温差，这些个因素，几乎是相辅相成的。还有一样，它要求静风或者风速很小。大风总能把形成过程中，那些结构松散的冰晶吹散。即便已簇拥在一起的，也会吹弹得无影无踪。

所以东北的城市群常常是，可以下厚雪，但不容易形成雾凇。吉林市的江堤雾凇，依赖了美丽的不冻江，温差大、水汽足，加上优质的空气，形成数十里的冰雪花堤。一碧天空之下，堪称瑰丽神奇。

冷　资　源

一般来讲，吉林的冰雪不冷，冬天也不冷。关键原因是屋子温暖宜人。带着热气出来活动，没等热气透尽，寒气打进来，就又进屋了。

中韩文学交流活动，韩国的知名教授过来。大冬天的，只穿条单裤，鼻尖冻得像只愉快的红辣椒。在韩国穿单裤，到吉林依然穿单裤，冻也不改。车暖、房屋、细致周到的安排支持着他。

热气充沛，冷当然就变成了舒服。想起冬天泡露天温泉吗？头顶着寒星，头发丝都结成了冰，却是一种奇异的、有强度的、不易置信的爽。舒筋活血自然在其中，据说还治疗失眠多梦，那就是抚慰情绪与心灵。

身处冷冻而喜欢凉。所以冬天喝凉啤酒，冰雪天啃冻豆包。街上摆冻梨、冻柿子与冻黄桃，仓房挂冻白菜。土豆也可以冻的，朝鲜族群众将它入了菜，进入了咸菜与大酱汤。

那 些 事 啊

在东北的许多地方，冬天仍是猫冬的季节。就是像猫一样，懒洋洋地待在屋子里。但时刻警醒，沿用自己的规律和节奏。需要捕食时连弓步都不用，会纵起一个虎跳，将猎物扑倒在地。

大鼓书是不多见了，上规模的秧歌比赛也是。见得最多的是广场舞，而且划分出不同的年龄段，不同的音乐、动作与节奏。相对的规模变小了，个人的幸福却在变大。民俗活动也逐渐简单实际，这就意味着，认为有用、联系紧密的得到加强。比如财神爷过生日，鞭炮声陆续响到深夜，小年都比不了。

南方的百家宴，许多是各家各户端来菜，彼此凑份子。东北村屯的杀年猪常常是一家杀猪，宴请全屯，各家各户都来人。而且你家请过了我家也要请，将时间放进整个冬腊月。大家一起来做，一起来吃，一起来喝，三天两头的民间交流与狂欢。

赶来的女人里，瘦弱的少，壮实的多。进屋就当客的少，伸手帮忙干活的多。细细的酸菜丝切满洗衣盆，淘净了攥紧了，一股脑儿推进锅里。诸多的肉块已炸得半熟了，整个的猪肝叶也打起了卷，泛出了诱人的暗棕。还要帮着杀猪师傅灌制血肠，放在肉菜上熏煮，成为杀猪烩菜的精要。

冬天的鲜不必用心的，而是随便而得。随便的不收白菜，成了冻白菜，随便的落下土豆，成了冻土豆。冻白菜可以砍，冻土豆却起不出来。抡起镐刨，直蹿土星子。

逢上大雪厚披，总是激起每个人的创作欲。雪扫起来了，堆成堆了。插上一只红辣椒，搁上两块煤核，扣顶破线帽或者破铁盆，一个卡通人物，憨态可掬地坐在那里看你。而这个被激发的欲望，可以来自一个屠夫，一个板车工人，来自一个剃头匠，一个做保姆的妇人。

站在一片冰雪世界

连续的几场大雪，房顶已看不见檐瓦以及椽头了。仿佛有层厚厚的带有神韵的柳絮，线条散漫地铺坠。大路两旁的沟渠找不到了，需凭借路边的树木和稀落的房屋，大致地辨识方位轮廓。通往菜园中酱缸或柴堆的小径，被男人或主妇撮开刚好容足的一条线。宽出半拃都不肯。看不到村民，一到冬天就任其逍遥的家禽也不知藏到哪里。屋顶的炊烟却袅袅着。每个屋顶下都有一些人热闹地娱乐玩耍，或准备各式丰富菜肴。

人在雪地上吱嘎吱嘎地走着。公路边的两排积年大杨树，阻隔车辆噪音的同时，为各家院落增添了许多风景，也使幢幢瓦屋显得别致。耳畔是远近此起彼伏的鞭炮声和阵阵惊起的犬吠。欣赏门檐张贴的对联挂笺、金色福字，嗅闻隐隐飘出的水汽以及厚门帘依然阻挡不住的饭菜香。若作为游子，霎时眼眶会有些湿润。内心里不断重复着，亲人们，我回来了。

查干湖冬捕

张顺富

查干湖冬捕节每年 12 月 28 日都如期举行，全国各省市百十家电视台等新闻媒体都来采访。我的新疆朋友热买提到长春开会，会后我陪同他去查干湖观光。12 月 27 日，我驱车从长春奔查干湖去参加冬捕节。

为了让热买提更多地了解一些查干湖冬捕的情况，路上，我把前几年采访查干湖著名冬捕专家石把头的记录，讲给他听。

查干湖水域面积超过 400 平方公里，是一座具有独特地域特征的湖泊。它由松花江水、嫩江水、洮儿河水、霍林河水和降雨后湖周边流来的雨水，这五股水汇聚而成。查干湖水少时，露出白色带碱性的湖底，碱蓬草疯狂地生长；水丰时，漫平的湖底生长着多种水草，既可做鱼饵料，又不影响冬捕。

水旺的年景，冰冻湖水一米左右，冰上可以行车时，就可以冬捕了。历史上最多一冬天出动 60 趟冬捕大网。捕鱼最多时，一网打出 80 多万斤鱼。鱼堆得如小山一样，一两个月拉不完。

查干湖捕鱼的历史久远。从青山头出土的捕鱼文物测定，早在一万年前，查干湖人就已经掌握了捕鱼技术。鱼是查干湖人最早的食物之一。

现有文献记载，辽代皇帝天祚帝，就经常带群臣到查干湖渔猎。辽代之后，从皇帝到百姓，一代代延续着渔猎文化生活。查干湖人耳濡目染，世代传承，娴熟地掌握了捕鱼技术。无论是夏捞还是冬捕，他们都得心应手。丰富的渔猎生活，使查干湖一代代的渔把头应运而生。这些渔把头又把渔猎文化演绎得色彩辉煌。

冬捕网是大网，一趟通常需要 54 人到 60 人左右。有二下手、打镩、抛锚、蹚水线、小套、看绠工、赶轮子、镩长、小套子长、车老板、核算工、更夫……各个工种的人手，要身强力壮，经得起零下 30 摄氏度冰上作业的寒冷。寒冬腊月，在冰上工作，打一网，多则一天一宿，少则十多个小时，没有好的身体，别说是工作，就是在冰上待上这么长时间，也非一般人能经受得住的。

冬捕前，渔把头要亲自收拾渔具。1999 米的大网，要逐目检查。发现有破损的地方，立即补上。仔细查看网肚是否结实，翅网高度前后是否相同，网衣上部和下部的漂纲、底纲中浮子是否破损，底纲夹上的铁脚子绑没绑紧，大绠与水线之间是否系实……检查完网上的部件，还要挨个过一遍辅助渔具，冰镩、冰崩子、穿杆、扭锚、走钩、大钩、小钩、双钩、单钩、卡钩、搬钩、捞子、压钢叉、刨斧、大爪子、马耳子、轮杠、压杠、别棒、旱绠、卡头棒子、螺丝转、马轮子、小吊、小拴、门把、水线、缝线、爬犁、草鞋、工具箱、更棚、马车、绠油子、大锉、网旗等。过目清楚，做到心中有数，方可出网。

鱼把头每年在查干湖冰封之前要细致观察风向：到东北风封湖，西南方向先封冻，湖水平稳、缓和，鱼都往西南方向游去。

冬捕时，冬网要先集中西南方向去下网。打上几网后，再看鱼花的情况，跟踪着鱼花下网。鱼把头对查干湖水，哪儿深，哪儿浅，哪儿草多，哪儿水域平坦，都了如指掌。渔把头是冬捕的总指挥，一趟大网下冰湖之后，能否打出鱼来，打出多少鱼来，渔把头是绝对权威。热买提一路上听我讲了冬捕的知识，很兴奋。到查干湖后，顾不上休息，非要让我领他细看看冬捕时用的渔具，我领他详细参观一遍。

第二天，为了看到冬捕全过程，我们起了个大早，做好防寒准备，穿上厚厚的皮衣、皮鞋，戴上皮帽、手套，去参加冬捕节仪式。冬捕节设在查干湖渔场总部，几十座冰雕，傲然屹立。冰雕里装上五彩冰灯，冰光闪烁，特别醒目。

冬捕节仪式举行得隆重热烈。冬捕节开始，喜炮声声，锣鼓齐鸣，喇嘛诵经，查玛舞跃动。用哈达敬网，用奶酒祭湖，一片欢声雷动。

接着渔把头挥手扬鞭，驱赶两匹骏马拉到马轮子，下网冬捕。大网从进网口缓缓入水，奔向查干湖冰湖下水晶宫。大网在水下走了两个小时后，我们奔出网口，观看出鱼。大网刚出水，出的鱼小鱼少。随着马轮子的转动，大网出水有二三十米时，大胖头鱼、锦鲤、草根、红尾金翅、鲫鱼、青根鱼……在大网的拖动下，跳跃摆动。在阳光照耀下，鱼鳞闪闪，银光跃动。数不清的鲜鱼，被拖到冰上，零下30度左右的寒冷，用不了一会儿时间，鲜活的鱼被冻硬。

第一网出鱼后，现场拍卖头鱼，2019年12月28日，头鱼以299.99万元拍卖成交，创下了头鱼拍卖的最新纪录。

沐浴严冬的阳光，望着湛蓝的天空，呼吸着寒冷的空气，我们坚持看完冬捕第一网的全过程。

由于我的详细讲解，热买提对冬捕现场观摩，他比较详细地了解了冬捕的内容。晚上，我们回到宾馆，饱尝了刚刚出网的铁锅炖大胖头鱼，喝上查干湖高粱酒。这位新疆朋友激动万分，当时唱起维吾尔族歌曲，跳起维吾尔族舞蹈，来赞美查干湖鱼美酒香！热买提一再表示："明年我要带更多朋友，再来观赏查干湖冬捕，品尝查干湖大胖头鱼和查干湖美酒！"

查干湖冬捕吸引着全中国、全世界的目光，查干湖冬捕有着无限的魅力……

东珠的翅膀

吕凤君

　　酒后微醺，我做了一个梦。梦中我是个拾贝的孩子，看见银滩上一群白蝴蝶漫天飞舞，闪闪烁烁，纷纷扬扬，如星似月，如梦如幻，把海空炫耀得格外灿烂。那蝴蝶洁白如玉，纯净透明，美得让人心动。我扔掉手中的贝壳去追逐那飘动着的美丽，它们却瞬间飘落到海中。

　　童年时的故乡是美丽的，尽管几十年过去了，它却仍然像珍珠般散发着光泽，仍然温柔地映照着我的记忆。我的家离乌拉古城不远，南边是个叫金珠的地方，西边就是松花江。那是个饥饿的年代。母亲生下我就撒手人寰，是祖母用稗子米饭和乌拉街白小米粥把嗷嗷待哺的我喂养成人。后来，大人们都忙于深翻地，粮食便成了稀罕物。

记得那一年秋旱，家附近的河流都快要干涸了。我跟着几个大孩子去河里捞鱼，鱼没有捞着却意外地摸到了几个蛤蜊。我兴高采烈地捧回家，想让祖母给做蛤蜊肉吃。祖母用菜刀撬开蛤蜊的嘴，一边撕扯着里边的肉一边寻找着。

我问祖母找什么。祖母说，这么大的蛤蜊，说不定能找到珠子呢。我问祖母，什么叫珠子？祖母说，珠子就是珍珠，是格格们最喜欢的宝贝。我问祖母，你也喜欢吗？

听了我的话，祖母笑了。

祖母做的蛤蜊肉炒韭菜端上来了，尽管那肉炒得不是很熟，韭菜也没了模样，但我吃得有滋有味。

随着个头的增长，我知道了蛤蜊还有个名字叫河蚌。知道了家乡的蛤蜊珍珠是非常名贵的。许多年以后，我曾多次去过乌拉街，去过那曾经住过的小村庄。我一直梦想着能找到一只河蚌，一只带有珍珠的河蚌。

我下乡插队的地方离乌拉街不是很远，那地方同样靠近松花江，也同样有条大河，还有许多池塘。我曾经在河边见到过许多残破的贝壳。那些贝壳埋在沙滩上，散落在泥土中。是河水调皮地将它们淘出来，并打磨得格外耀眼。

我认识一个独眼老头，是给大队干部做饭的厨子。有一次我问他会不会炒蛤蜊肉，他说你弄几个蛤蜊吧。东西弄到后，他用大盆先养了两天，当那东西吐出不少紫泥之后，他烧了些开水烫蛤蜊，当蛤蜊壳像两只翅膀似的张开时，一团黄灿灿的肉就露出来了。取出肉用井水泡，还要用刀背敲，最后再切成丝。下锅后加山楂片用文火炒，炒得差不多了，再切些韭菜扔进去。东西还没出锅，一股诱人的味道就让人垂涎欲滴。

后来因为混得熟了，他家离集体户又很近，我们便成了朋友。我曾问过老人见过珍珠吗。他瞪着那只独眼说见过南方的珠子，北方的珠子可没见过。他说过去乌拉街这一带江河里的蛤蜊都能产珍珠。从这种蛤蜊里剖出来的珍珠叫东珠。这种珠子只允许打牲丁给皇家采捞，其他人是不许随便捕捞的。他说过去皇帝的女人都戴这种珍珠，听说慈禧太后头上戴的最大珠子就是东珠。他还听老人说起过，说他家祖辈人里曾有人因为私捞了这种河蚌而被杀了头。

从乡下回到城里，我没有再见到那位会做蛤蜊肉的老人。我也不知道他是否就是打牲丁的后人，可老人讲的故事却难以忘怀，那曾经灿烂过的东珠时常萦绕在脑海。

珍珠分南珠和东珠，南珠产在海里，东珠产在北方的江河之中。我曾经看过文献，那上边说："东珠，亦称北珠。清代用以为皇室、官吏'制珠冠，嵌玉器'，以颗大为珍品。大者可达半寸。"对于东珠清廷虽然不要求年年进贡，但逢皇室大典，需索达千颗以上。以道光七年为例，这一年仅对上三旗（专为皇帝采珠的镶黄、正黄、正白三旗）的打牲丁需要

603

的东珠就达 944 颗，这还不包括为王公、贝勒需索的东珠在内。

我在海南参观过珍珠养殖场。现在的南珠都是人工养殖的，剖贝、取珠似乎都很简单，可东珠却不那么容易取得了。《永吉县志》上曾记载了当年捞取东珠的过程与艰辛："珠罕而难求，往往易数河而不得一蚌，聚蚌盈舟而不产一珠。"为采蚌取珠，打牲丁要"一人驶船江心，用篙撑稳，复执长杆缘船身至水底。捕者裸体抱杆，闭息深入，身伏水底，左臂抱杆，右手扪蚌，得则口衔。缘杆而上，置蚌舟中，三次易入，趋岸，热火烤之，驱寒免疾。"

东珠是很贵重的，除了是格格、妃子头上的珍品外，还是朝珠的重要来源。朝珠是清代朝服上佩戴的珠串，形状如同和尚胸前挂的念珠。凡文官五品、武官四品以上的朝臣，和军机处、侍卫、礼部、国子监等重要部门官员穿着朝服时才能挂用。朝珠是显示身份和地位的象征。朝廷明文规定，平民百姓任何时候都不许拥有东珠和佩挂东珠。

由于需求量过大，打牲乌拉总管衙门负责打牲的范围不断扩大。由最初"管界周围五百里严禁山河"，拥有男妇五万余口，村屯 200 多处，贡江有采珠河口 64 处，发展为管辖涉及吉林、黑龙江，最远可达乌苏里江下游，包括库页岛的广大区域。

看到这段有关东珠的资料我有些困惑。尽管那个朝代已经朽烂，可辽阔的北方地大物博，江河灿烂，百姓勤劳智慧，为什么就没能让古老的东珠文化延续下来呢？

我曾幻想过，幻想着有一天，那些色彩缤纷的贝壳，还有那朴实憨厚的河蚌，忽然张开精灵般的翅膀，把东珠的种子撒遍大江大河。

梦想离现实似乎并不遥远。这一年秋天，我在早市上忽然发现有卖蛤蜊肉的，并且是连壳带肉都摆在那里。我问卖河蚌的人，是人工养殖的吧？他说那倒不是，自家的鱼池多年没清塘了，趁着农闲便把水抽干了。没承想，河底除了鱼，还发现了这些东西。

后来我又去过下乡插队的地方。曾经的村庄早已改变了模样，道路两旁冒出许多红蓝屋顶的房子，路边多了些汽车，田野里稻花正在飘香。

村子里已经看不到熟人。提起那个独眼老人，没有人记得他了。一个村干部模样的人似乎认出了我。他半开玩笑说，是回来看小芳？还是想投资干点儿什么？我说，想吃顿蛤蜊肉，找找当年的感觉。他说城里人就是怪，连喂鸡的东西也要吃。我说受朋友之托，来看看这里的河，想弄个养殖场，研究一下东珠文化。

听了我的话他犹豫了一下说，真是碰巧了，刚刚走了一个养河蚌的，这又来了个研究东珠文化的。村干部告诉我，说有人在离这不远的地方搞了个养殖基地，也说要研究什么文化，养了不少河蚌，还没等产珍珠呢，河蚌就死了一半。我说，多好的一个项目，结果怎么会这样呢？

他说，是水的问题。原来的养殖环境太差，周边到处都是庄稼，你能不让老农民打药、施肥吗？无论再怎么加小心，只要把药打到地里那就是隐患，几场大雨过后，附近河里的水便都变成了药汤子。

听了他的话，我似乎领悟到了什么。眼前便是一条河，沿岸都是没膝的庄稼，一个老人出现在一块长势不好的田里，正在给庄稼喷洒什么东西。随着老人手臂的不停律动，我内心增添了一丝忧虑。

那村干部似乎看出了我的心思，他说，你也不要多虑，现在村里成立了生态农业公司，实行秸秆还田，绿色种植，许多地块都改用农家肥了，水质问题很快就能得到解决。

从乡间回来，我很少谈及东珠的话题。

大概是一个仲夏的晚上，酒后我被朋友拉到松花江边看一场演出。那是一场特殊的演出，山是背景，江是舞台，绚丽的焰火是游动的灯光，音乐伴着流水让人们进入吉林乌拉的往事之中。音乐宛如潺水，流水中我看到了女真人在松花江畔渔猎的身影。放排的号子雄浑悲壮，让我感受到闯关东人的勇敢与辛酸。坐在这"船厂木城"里，我目睹了八旗精兵伐木造船的一幕，也看到了"康乾东巡"检阅精锐水师时那"连樯接舰屯江城"的浩荡景象。

随着江水的潺动，音乐如诗如画。随着薄雾的飘散，一枚硕大的东珠绽开在色彩斑斓的世界。那颗东珠静静地躺在展开翅膀的河蚌里，耀眼的光泽照亮了河面，照亮了夜空，也让守护她的珍珠仙子更加纯洁、美丽。随着高山流水的隐现，一首乌拉欢歌顿时响起，珍珠仙子仰望星空，伴随音乐翩翩起舞，让人如痴如醉。

曲终人散，正是满天星斗的时候。我看着璀璨的江面，已分不清哪是天上，哪是人间。我仰望着星空在苦苦寻找，想找到那颗早已飞升到天河中的东珠。

冬日乡村

王　莉

　　我土生土长于长白山脚下紧邻龙湾火山湖群的乡村，半百年岁都是被这山这水这土地滋养着。

　　进了冬，整个粉素千松、银裹万树的乡村，峰若玉雕、石似晶铸，尽情展现着浓郁淳朴的风土人情。

　　当下的新农村建设全力打造着"干净人家""最美庭院"。哪家不是齐整整的砖瓦大庭院？房前屋后从严严实实的塑料大棚晋级到架上钢管、罩起印花玻璃的防寒门楼。住在宽敞明亮的大瓦房里，密不透风。烧起热热的大炕，穿着薄薄的单衣在屋子里看窗外冰封雪飘很是惬意。屋里洗澡、室内如厕，绝不输供热楼里的设施。

　　如今机械化助力农民，从过去面朝黄土背朝天的繁重劳动中解脱出来，自然落得轻省许多、快捷许多。秋收过后，"隆隆"响的机器开进地里，免费将收割的玉米秸秆一一打成结结实实的大滚子，可用作生物质发电原料，或用作人造板材、制浆造纸、培养菌菇等。一卷卷、一轴轴的秸秆滚子以白雪地为毯，以天空的湛蓝高远做映衬，在舒朗阳光的照射下，放眼远望，棋子般搁置着，一派十足的冬日山野风光。

　　政府统一给各家建盖了苞米楼，它们相挨相连，黄澄澄的，好似在陈列做展示。一辆辆收粮的大挂车，一架架高耸的倒粮机神气十足、耀武扬威在赶工。红粉色苞米骨碎屑纷纷扬扬，地上洒落得多，换的钞票自然也就多。戴着帽子、系着各色围巾前来帮工的男男女女也多。这家主人的笑声也格外响亮。随着机器的轰隆声，大挂车车箱里渐堆渐高的苞米颗颗黄灿灿、亮晶晶的咧着嘴笑。种粮大户的丰收被街坊邻居们夸赞着、艳羡着，口口相传到很远很远，也会相传很久很久……

　　冰封消音，万物闭藏。巧手妇女们犒赏胃的十八般武艺开始轮番上场了——绝对将你妥妥地俘获。味道富足，人心温暖。严冬开始变得温暖有滋味起来。

　　《舌尖上的中国》里说："这是盐的味道、山的味道、风的味道、阳光的味道，也是时间的味道、人情的味道。"

　　三五个大娘婶子走东家串西家，帮着包黏饽饽。瞧！

那场面——大盆小盆里白白的黏面子、赤红的小豆馅。先是"啪啪"地在手里拍成面饼，装上馅，再团一团，啪，娴熟地一拍定型。然后一圈一圈摆放在大大小小的铁帘上。厨房里，围着一口大铁锅，用铲子麻利地翻着、烙着，屋子里里外外满是诱人的饽饽香气。灶膛里的木头桦子火烧得旺旺的，时而"噼噼啪啪"作响。吱吱啦啦冒着油香味的黏饽饽圆圆鼓鼓的，晶莹剔透，泛着油汪汪的焦黄的锅巴。咬上一口黏黏糯糯、香香甜甜。

过了小年，邻里邻居的轮着杀年猪。猪的嘶叫声、人们的吆喝声、忙里忙外的说笑声，延续着十足的传统年味儿。男人们有的在肢解肥猪，将骨肉分离开来，还有的在忙着灌血肠。屋里的女人们弄得锅碗瓢盆叮叮当当响，切酸菜、洗青菜，屋里屋外忙活得热火朝天。随着大锅里咕嘟嘟的五花三层杀猪菜端上桌，人们大快朵颐。男人们一桌，端着碗喝起小烧酒。女人孩子们一桌，说笑连天。

看吧！抖音、快手段子里，随后发布着这家三五妇女包着黏饽饽，发布着那家支起煎饼鏊子烙出齐整整的大煎饼。煎饼浓香味隔着手机屏都能溢出来。全民手机时代，孩子们更是全然放飞自我，捧着手机，或独处或三三两两，乐在其中。

人间烟火气，最抚凡人心。如此祥和，如此殷实，让冬天更有温度、更有念想。小镇的大街小巷里"糖——葫芦"

的高高叫卖声，更添喜着这一季的冬趣。

雪花盛开在冬日，春种秋收的农民们当进则进，当守则守。将农事农忙与外出务工，安排得妥帖得体，这是勤劳小镇人的生存智慧。

自家人欢欢喜喜庆祝除夕、迎新年，然后为返岗工作或外出务工的亲人们践行。慷慨地请出冰箱里的最好年货，拿来热情招待。龙湾鱼、小笨鸡不在话下，各种蘑菇、刺老芽、大叶芹、蕨菜等山菜毫不保留。还准备了好吃的饺子，还在延续着"上车饺子下车面"的风俗。酒杯响响地碰着，满满真心祝福着亲友们新年交好运。

乡村烟火，交织着厚重的民俗、人们的淳朴热情。随着慵懒的日出东升，到晚霞早早铺满山村，山村生活慢节奏，平凡朴实、自然永续成了冬日里的主打歌。

寂寞的湖泊

杨　树

　　在敦化市内有一条江，叫牡丹江。牡丹江发源于牡丹峰北麓，河流蜿蜒曲折，流淌于老爷岭的群山之中，故名为牡丹江。牡丹，满语，弯弯曲曲之意。牡丹江一路高歌，在大山嘴子流连徘徊一番，然后义无反顾奔向镜泊湖。大山嘴子因而长出了许多湖泊，它们怡然自得，把自己当成了这片土地的主人。

　　然而，无论怎么看，这些湖泊都像是一条江的遗孀，被遗弃在荒山僻野之中。而这些湖泊却默默地在这片土地间修身蓄势，于一夜间就名动八方，被那些好事的文人捧举成戏台上的名伶。

这些湖泊最应该感谢的是张笑天，是因为张笑天的长篇小说《雁鸣湖畔》才让这些湖泊有了自己的名字——雁鸣湖。这个时候再看这些湖泊，倒像是一串明亮的珍珠，挂在牡丹江的腰间。在《雁鸣湖畔》这部小说里，并没有明确认定雁鸣湖究竟是哪座湖，后来，根据张笑天体验生活的地点，大家把小山村旁边的那座湖认定为雁鸣湖。

在张老师的小说里，生长着一坡坡不知名的野花和一群群美丽的大雁，还有一村村朴实善良的村民。泊在字里行间的那一片湖水，从此有了一个响亮的名字。张笑天老师带领着敦化的作家们走出敦化，冲进省城，闪亮在全国的舞台，这让雁鸣湖这个名不见经传的水泊第一次出现在国家级的报刊中，成为敦化市装帧精美的文化名片。

吉林省原作家协会主席张未民说，吉林省的文脉为三湖写作：雁鸣湖、松花湖、查干湖。把雁鸣湖排在三湖之首，这是对敦化文学的认可。还有人把敦化文学流派的传承发展，命名为"敦化文学现象""雁鸣湖流派"，这些足以说明雁鸣湖这三个字的影响力。

雁鸣湖就泊在小山村的旁边，一年四季变换着颜色，但它始终拥在小山村的脚边，不离不弃。雁鸣湖水面能有二十平方公里，最深处能有十多米，是一个不大的小湖。

六十年前这个山野渔村到处都是鱼腥味，蚊蝇满天飞。那时的人们靠山吃山靠水吃水，伐木烧薪，瓢舀鱼，棒打獐，山珍野味进锅里，野鸡狍子常来家里做客。那时这里交通闭塞经济落后，来往的交通工具夏天是渔船，冬天冰上跑的是马爬犁。改革开放后，1982 年是这个小山村经历的一次大变革，一夜间，从大帮哄的集体分配的管理制变革为包产到户，当时农民半信半疑一夜无眠，天亮后开始抓阄分地、分农具，插桩为界，农民开始按人口丈量土地。在工作组的讲解下，人们开始认识到这就是农村改革开放的新政策，土地承包到户，怎么种、种什么自己说了算，到秋后打下的粮食自己卖钱，交上国家的农业税、村里的提留款，剩下的钱都是自己的。虽然说五六年的时间农民的腰包鼓了起来，但付出的却是四通八达的水力资源。

改革开放初期，农村改革就是向粮食进军，向荒山荒滩要粮，湿地开垦成水田，修水库，砍伐山林种地。大片的山林被毁，大片的湿地被推，山上的野生动物不见了，湿地的飞禽也不见了，水中的鱼类也减少了……遍地鸟语花香的环境变了，从此，白天鹅再也没有来过。

除了雁鸣湖外，大山嘴子附近大大小小的湖泊有十多个，与牡丹江一起形成了雁鸣湖湿地。中国很多湿地能维持生物多样性，依赖湿地生存、繁衍的野生动植物极为丰富，其中有许多是珍稀特有的物种，是濒危鸟类、迁徙候鸟以及其他野生动物的栖息繁殖地。

小的时候，我对于湿地没有什么概念，认为湿地也就是有水的大草甸子。每个大些的草甸子都有名字：乌拉草甸子、蛤蟆塘草甸、羊草甸子、红水草甸等。直到敦化成立了雁鸣湖湿地保护局，才知道了什么是湿地，才懂得森林是地球的"肺"，湿地是地球的"肾"。

现在的雁鸣湖很难看到大雁的影子，在春天好像还有几只，但也是只听雁叫，不见雁影，大雁都在人迹罕至的地方出现，不像丹顶鹤，不怕人。大雁都是在杂草丛生的地方絮窝，最低下四个蛋，也有多到八枚，孵蛋的时候，母雁护蛋，公雁当哨兵。大雁又叫野鹅，比家里的大鹅要瘦，后背翅膀上有斑点，羽毛多为灰褐色。大雁属于群居禽类，在水边有几十只、几百只，甚至上千只，它们迁徙的时候往往组成人字形雁阵，虽然千辛万苦，但依然春天北来，秋天南归，从不失信。

现在的雁鸣湖畔也有白鹤与丹顶鹤，但不太多。丹顶鹤全身的羽毛都是白色，头顶裸露无羽，呈朱红色，非常漂亮，在众多的候鸟中特别突出，腿长个子高，所以有鹤立鸡群这个词。体重有十几斤，以群居为主，它的卵和家养的大鹅蛋大小差不多，蛋皮是灰白色的。去年有一只白鹤，只在一个地方转悠，今年又来了，还在那个地方寻寻觅觅，有人猜测可能是在寻找伴侣，伴侣不知道什么时候死了。大雁等一些鸟类都是一夫一妻制，它们往往都是相守到老，一生只有一个伴侣。

因为湿地的破坏，很多鸟飞走了，不再回来，很多野生动物离开了，去寻找更深的密林，没有它们做伴，雁鸣湖终日郁郁寡欢，非常寂寞。

自从有了国家湿地保护政策，雁鸣湖湿地面貌已经有所好转，能经常吸引游人的脚步了。我也经常到小山村去，面对幽静的湖水去思考它的前世今生。

春天的雁鸣湖是一位少女，她经常在早晨穿上白色的纱裙。乍暖还寒，水草匆忙地绿了，多情的风，搂着水草的腰，像搂着去年的影子，只有一波一波的水浪，在轻拂水草的头颅，随着日子缓缓地流走。

湖边的树最多的是水柳，最早开放的花是冰凌花和迎春花，冰凌花都是开在山林间，属林下植物，雪融成冰的时候开放，花朵金黄色，顶冰而出，有"林海雪莲"之称。迎春花是落叶灌木丛生，湖边很多，也是金黄色，有淡淡的清香，又叫金腰带，端庄秀丽，气质非凡，是"雪中四友"之一。

春江水暖鸭先知。湖水融化之后，便引来了鸳鸯、野鸭来到牡丹江和雁鸣湖，它们在水中觅食，在草丛做窝，在雁鸣湖畔安家落户，繁衍生息。

接着，湖边的水柳也绽放出密密的"毛毛狗"，山杨树也蓄势含苞，远山绿意盎然，空中有山鹰巡航，各种山雀也唱着春天的歌……

夏日里的雁鸣湖，波光粼粼，湖水荡漾，野鸭爸妈在湖中训练新出飞的小野鸭飞翔。虽然一次次跌落，在天空飞翔的痕迹很潦草，但它们有坚强的信念，一定要不停奋飞，去寻找属于自己的天空。

雁鸣湖畔的湿地里，有人在打鱼，草地里几只黄牛慵懒地吃着草，这个画面无论是在晨雾里，还是在夕阳下，都是那么迷人。

到了夏天，杨树成行，柳树成荫，最值得一看的是湖里的荷花。湖里的荷叶很大很绿，翻卷着，像一个绿色的岛屿在水中上下起伏。荷花经过孕蕊、打苞，然后在荷叶上顶起一片粉红，亭亭玉立。最喜杨万里的诗："毕竟西湖六月中，风光不与四时同。接天莲叶无穷碧，映日荷花别样红。"这时的雁鸣湖正是此诗的写照，是袖珍版的西湖。

到了秋天，候鸟们开启了南归的航线，只有乌鸦在树上叹息。这时节，地里一片金黄，山上五彩缤纷，湖中鱼翔浅底，天高云淡，一片晴朗。

秋天的湖水像一面镜子，平静而纯洁。湖上的渔船撒网捕鱼，打破了它的平静。湖光倒影里的山峰层林尽染，各种野花开了几遍即将谢幕。湖光山色里，水边垂钓浓缩在暮霭流岚之中，湖边情侣的漫步，惊起几对野鸟。尤其是在"虽非盛夏还伏虎，更有寒蝉唱不休"的日子里，人们在湖边野餐，享受着秋日里最后的暖阳。

等到了冬天，雁鸣湖便彻底休息了，把一年的故事封印在厚重的冰下。雪花用白色浮雕把雁鸣湖原版印制出来。湖边有些积雪，但湖面平滑如镜，像宝石一样在阳光下闪着幽蓝色的光。

寂静的雁鸣湖满腹都是冰冷的心事。冰层以下，湖水依然静静地享受冰层透过的阳光。也有冬钓的，搅了一群鱼的好梦，自己也成为雁鸣湖冬日的风景。

雁鸣湖，是候鸟的驿站，是大雁的故乡。

我想象着千年以前的湖泊，看到的山比现在的高，树比现在的大，江比现在的宽，整个湿地是树木葱茏，人烟稀少，鸟兽繁多。

在这样一个荒芜的丛林里，寂静得能听见各种虫鸟的叫声。"结庐在人境，而无车马喧"，在这样的一个环境当中，你会想到与世人相忘于水草迷蒙之间，或想说"闲看庭前花开花落，漫随天外云卷云舒"。这里的湿地，与千年前的湿地有明显不同，除了深水湖面，其他浅水区长满了树丛，视线很难及远。

在大山嘴子附近，每一座山都有一条小河流出，河水或流入江河，或流入湿地。在湖水里，野鸭子们频频点头，怕错过每一朵腾起的浪花。大雁成群结队，成鸟为雏鸟寻找着晚餐。丹顶鹤悠然信步，享受着阳光、晚霞和宁静的夜晚……这里是它们的栖息之地，是它们的乐园。

我觉得我是寂寞的，太阳也是寂寞的，寂寞不能以一个人距离人群的远近来衡量。那么，到底这幽静的湖是不是寂寞的呢？谁来给它做伴？

我发现一只鸟在讲述湖水的秘密，好多传说故事就起源于这些湖泊，在水草间成熟，后来被人发现传播开来。以前经常听到关于黑鱼精的故事，故事就发生在雁鸣湖。

雁鸣湖经常起大雾，早起的大雾不到中午是不会散去的。夏天的一个早晨，有人到雁鸣湖去抓鱼，浓雾中看到一个穿黑衣服的人，在水面的大雾中翩翩起舞，仔细看去，很像一个女孩儿，舞姿优美，但看不清面目，在雾气中时隐时现。等到浓雾散去，阳光明媚，碧波微微，看见在有石头的水边，有无数条黑鱼，头朝下倒插在泥水中，大大小小的黑压压一大片，在炎阳下一动不动。后来，人们互相传说那是黑鱼家族在开会，跳舞的是黑鱼仙子。

青蛙不停地聒噪，把黑夜喊来，让我静听湖水的回声。我在湖边燃起一堆火，在蛙鸣和夜鸟的歌唱里感受着这片水域生命的底色。

夜里，湖心静了，我觉得这面湖就是这片大地上的一口井，连接着地球的肾。我在静听天空的细语、万物的声音。

在夜晚，我更加体会到，浅水是喧哗的，而深水则是沉默的。

黎明时分，白雾弥漫，周围的一切仿佛都投映在童话里。大地在苏醒，山林在苏醒，湖水在苏醒，阳光渐次擦亮了湿地上的生物，大雁、白鹤和白天鹅就呼啦啦飞出草丛，带着湿漉漉的水声，在天空盘旋。几千只大雁、白鹤和白天鹅在天空翱翔，遮天蔽日。这个画面让我震撼许久，心中想到的是：生命与活力，速度和激情。朝霞与雁鹤齐飞，长天共湖水一色，这种漫天飞舞的场景是我一生所仅见。

这些候鸟在天空翱翔，沐浴在金色的朝霞里，它们从来没有把这里当成驿站，这里是它们的家园。它们在这里栖息做窝、繁殖后代，天凉之后，集体南归。这种生活方式已经沿袭千万年，未曾有一丝改变。各类候鸟之间，它们试图以种族的形式相互渗透或兼容，但始终没能成功，它们只是互相理解、谦让，各自划分好属于自己的领地。

湖边是各种各样的水草和各种野花，它们都是向阳而生。苦菜花开得一地金黄，紫色、粉色的牵牛花爬在蒿草上，五更天便吹起了喇叭；野百合、金针菜、野菊花有白色的，有紫色的，有黄色的，蒲公英开了几茬儿，高大的走马琴花一米多高，开着大团的白花。蝴蝶和蜜蜂在花丛中流连飞舞，不愿离去。

湖底是黑色的很厚的湖泥，湖水很深，有些地方能看到杂树林，湖底的那些柳树则随波舞动，有的树只露出一截树尖，在指示着湖水的深度。

我惊叹于人类改变生态的速度，山峦、树木、鸟兽鱼虫，甚至湖泊都在飞速地减少，增加的只是一片一片的耕地和楼房，钢筋水泥占领了乡村田野，楼房变得越来越高，树木变得越来越矮，湖水变得越来越浅，鸟兽变得越来越少。人类善于建设一个新世界，也善于破坏一个旧世界。

雁鸣湖湿地包括雁鸣湖，是这一带大小泡子、水库、江河的总称。雁鸣湖湿地属国家级自然保护区，水资源特别丰富，以雁鸣湖水库和塔拉湖水库为主的大小水库82处，盛产各种野生名贵淡水鱼54种，是淡水鱼集散地之一。雁鸣湖依托长白山、镜泊湖等周边地区的高品位旅游资源，成为长白山——镜泊湖旅游热线最佳中转站，故有"一江、十三泡、鱼米之乡、塞外江南"的美誉。这些年，在人们有了湿地概念后，知道了如何去保护它，整个湿地环境得到了改善。因为有水，所以有生机、有生灵、有文明。同样因为这些生灵的存在，雁鸣湖的湿地有了更为独特的价值。生物多样性之美，成就了湿地之美，也成就了敦化之美。

大自然用岁月为刀，雕刻出奇山、陡崖、怪石，以清风为笔，描绘出山林、田野、江河，更是以阳光为爱，哺育出人物、鸟兽、鱼虫……人与自然是休戚与共的命运共同体，保护湿地会带来生态效益，湿地本身产生经济效益，同时也会产生可供观光旅游的社会效益。如果人类对生态不加以保护，或者肆意破坏，人类就会受到大自然的无情惩罚。

我们应该以大山的方式理解森林，以河流的方式理解水草，以泥土的方式理解蚯蚓，而不是用人的眼光看待万物。

多年来，人们在保护和开发之间寻找一个平衡点，以达到绿水青山的永续利用，去享受生态保护带来的福利，我相信，人类和自然一定会和谐共生，一幅大自然最美的画面正在雁鸣湖徐徐展开……

二合的炊烟

徐淑莹

初遇二合，起于炊烟。

那是 2013 年的冬天，我听闻有个叫二合的小山村晨景不错，便和几个爱好摄影的朋友相约同去。由于路途遥远，我们凌晨 4 点多就出发了，到达目的地时天仍未亮。从高处远远望去，整个小村被群山环绕，如同摇篮中的孩子，在蓝黑的天幕下安静地睡着。村口和村中几盏高悬的红灯笼朦胧地亮着，像恪尽职守的更夫，守护着小村的平静与安宁。顾不得寒冷，我们满怀渴望地站在村子对面的山坡上，等候传说中的炊烟美景。终于，渐渐放亮的晨曦里，村头升起了第一缕炊烟，那是一抹笔直的青白色炊烟，在红灯和屋舍的映衬下，低调而又鲜明地升腾着，不是震撼的美，却让人眼前一亮，心中一喜，仿佛窥见了漫长等待中的昙花绽放。随后是第二缕，第三缕……在渐次升起的炊烟里，小村醒来了，鸡鸣、犬吠、人声，让整个画面由静默变得鲜活，平添生趣。初见二合，便觉亲切，一幅炊烟图，让我记住了一方静谧的世外桃源。那时，二合还是一个籍籍无名的小山村。

天意自有伏笔，当时还不知道自己的一时猎奇，竟是与二合的缘起，将会开启一段牵绊终生的难忘之旅。

再遇二合的炊烟，亦在冬季，是于2017年1月参加王爷爷（王化东老师）在二合举办的摄影作品集发布会。彼时的王爷爷已因重病清瘦了许多，而字里行间对家乡的情怀却越发浓厚，让我更生敬意。我猜想，发布会之所以选择在二合举办，是因为他老人家是二合之美最初的发现者和发掘者，这里倾注着他的心血，凝聚着他的希望。二合就像他的得意门生，在老师的推荐引领下，走向了更为广阔的天地，为更多的人所赏识，一谋大展宏图。对比初遇时的鲜为人知，在王爷爷和文联主席颜雪的全力推出和宣传下，那时二合已经被称为"雪乡"，成为舒兰市继"舒兰大米"之后的另一张名片。正因着对王爷爷和颜姐的敬爱，此番造访，对二合更是有了一种难倾难诉的情愫，一如归乡。

那日离开时，暮色正浓，回望二合的炊烟，不似初见时的平静，它被晚风吹动着，弥漫在村子的上空。这炊烟里，携着我的不舍，含着我的心疼，裹着我的泪水。一晨一昏，二合的炊烟啊，就这样飘进了我的心里。

一路行来，我的经历验证了一句话：走进二合，或者零次，或者N次。其后，当我重新踏上二合的土地，此身已非他乡客，我的身心都浸满了二合炊烟里的烟火气。

2017年2月，为打造"吉林雪乡·舒兰二合"这一旅游品牌，舒兰市成立了二合雪乡项目建设指挥部，由文联主席颜雪任副总指挥长，主抓日常工作。而我，有幸成为指挥部的一员，作为颜雪主席的秘书，参与到二合雪乡的建设工作中。

那段时间，见到二合早晨的炊烟，是我们每天的第一个期盼。肩负政府与百姓的双重期待，唯有不辱使命。为了将更多时间投入到工作中，我们在颜雪主席的带领下，每天几乎天不亮就出发了，山高路远，道路狭窄，一百多里路的长途跋涉后，在看到二合炊烟的那一刻心里瞬间踏实。

在炊烟里，我们开启了每一天的奔忙。二合的炊烟，不再是我远远欣赏的风景，它成了我们攻坚克难的见证，它记住了指挥部"办法总比困难多"的拼搏诤言。二合的炊烟里，传递着来自指挥部的声音。为了发挥二合自身冰雪优势，转变二合老百姓务农为本的传统思想，颜雪主席多次组织召开全体村民大会，并且邀请中国乡建院的孙君院长、薛冰院长及相关专家来二合做现场演说与指导，老百姓听到了让他们信服的解读，接受了先进的发展理念，形成了共同打造"吉林雪乡"，建设特色小镇的意识。面对老百姓的质疑与微词时，指挥部的成员们总是耐心讲解，情理相济，处处为乡亲们的利益着想，成了二合百姓的贴心人。

二合的炊烟，亲历了二合的华丽变身。经过近十个月的倾心打造，二合屯焕然一新。恢宏大气的山门，纵览全村的观景台，漫山怒放的花海，迷人的冰川绿篱，古朴的关东风情园，别致的玉米黄金屋，快乐的冰雪游乐园，飞驰的马爬犁……二合蜕变成一个景致优美的旅游度假区。夜晚的全景亮化工程，更是为二合雪乡增添了无穷魅力，灯光与星光辉映，静谧与热烈交织，梦幻雪乡宛如一座不夜城。

二合的炊烟，目睹了二合村民的幸福生活。全省首例上下水系统工程和微动力生物污水处理厂的投入使用，让老百姓结束了东北农村在室外上厕所的历史；柏油路的铺设与拓宽、桥涵建设与拓宽让人们出行更加便捷。旅游及相关产业收入的增加，让生活更富裕了，老百姓的幸福感与日俱增。

二合的炊烟，见识了旅游旺季时的火爆场面。2017年12月14日舒兰市第二届"净土稻心"冰雪节开幕，二合雪乡盛况空前，村道上游客如织，仅一个月就达到10万余人次，各项收入达600余万元，CCTV财经频道、CCTV中文国际频道、CCTV军事农业频道、CCTV新闻频道，多家省市电台等均有采访报道。在二合拍摄的由小沈阳执导和主演的电影《猛虫过江》业已上映，美丽的雪景镜头，过亿的票房影响力，为宣传二合做出巨大贡献。二合雪乡，一时声名鹊起，创造了一个奇迹，书写着一段传奇。

炊烟起处，更是照见了指挥部与村民的鱼水深情。工作中，有时为了赶进度，指挥部的成员会住在老乡家里，一起吃饭唠家常，一起畅想未来美好前景。在老百姓心里，这是一群没有官架子的自己人，是可以说心里话的家里人，是无私为村民着想的知心人。在指挥部完成建设任务离开二合的聚会上，村民与指挥部成员依依惜别。一声声挽留，一句句祝福，情到深处，有的村民老泪纵横，哽咽地握着我们的手，紧紧不舍松开，有的村民用力抱着指挥部的成员，久久不愿分开。指挥部的成员们，又何尝不是将自己当作了二合的一分子，把自己当成了二合人！那个炊烟也凌乱的黄昏，处处飘散着难舍的乡愁。

再念二合，不止炊烟。如今，离开二合已近四年，很多的工作细节已然淡去，唯有二合的炊烟，那炊烟里演绎的山村巨变，那炊烟里流淌的欢笑和泪水，时常清晰地回荡在我的心里、我的梦里。

嫩江西岸的生态变迁

冰 夫

秋风拂面，秋声起伏，秋水澄澈，正是秋高气爽时节。

秋阳早已褪去夏日的燥热，像个新婚宴尔、刚度过蜜月的小媳妇，温柔而妩媚，继而呈现一派洗尽铅华的安适与清凉，将这和煦的光晕尽情涂抹在秋日里颇有些雄性风韵的吉林大地，涂抹在大安市秋风送爽的嫩江西岸。

天空仿佛更高更蓝了，云朵远一朵近一朵地在天边互相追逐着。在这少雨的秋季，它们通常呈现出悠然的白色。于是，天空会变得更加辽远，秋水会变得更加深邃，原野尽被秋风染黄，心儿也会在秋色里跃动。

高速公路两旁嘉禾遍野，呈现出五颜六色的静谧。

我们的车子在大安秋日的原野上飞驰，那轮子的画笔也饱蘸着路面上的秋风、落叶、阳光、草屑，将一幅大安秋日里的丰收长卷留在了宽阔笔直的公路上。

下了高速，车子一驶进"村村通"，乡村的气息便更加浓烈了。路边变换着色彩，大地更像是一个硕大的调色盘，任秋风的画笔把不同颜色的油彩涂抹在公路两侧。

虽然黄色是秋天的主色调，但那黄也不一样呢。

浅黄的是稻田，被田埂隔成无数个几何形；深黄的是黄豆，你偶尔可听到成熟豆角的炸裂声，仿佛大地在歌唱；褐黄的是玉米，她们齐刷刷地列成整齐的阵仗，怀里抱着自己的胖娃娃，秋风拂过，玉米叶子的窸窣声就像女人们在窃窃私语，相互间比着谁家的孩子长得粗壮；而那艳黄色的就是晚熟的向日葵了。她们依旧向着太阳扬起脸庞，表示着追随的忠诚，感受着阳光的抚慰。她们是每天都要来报到的，就像研究生听导师的课，须臾不可缺席。只有高粱像喝醉酒的汉子，红着脸膛在田野里摇晃着。

我们要去的地方是吉林省大安市太山乡长春村前岔古敖屯，去看那棵百年古柳和那座盛产鲜鱼的"柴火垛"网房子，去感受那里的生态变迁。

据说这个屯是蒙古族先民聚居的地方，"岔古敖"是蒙语。

我是个干什么事情都极其较真的人，当时就在车上询问他们"岔古敖"译成汉语是什么意思，皆曰不知道。因为他们都不是蒙古族，也不是当地人，不知道亦情有可原。

老王是当年这里的"知识青年"，曾经在这一带生活过五六年，看我有些扫兴，就给我们讲述起当年的"前岔古敖村"来。

他说，毫不夸张地说，"岔古敖"当年可以说是大安最贫穷的农村。十几户人家散落在嫩江边上，每家间隔数十米，家家住着"干打垒"的土房，有的家连院墙都没有，那窗子上面你是看不见玻璃的，都是糊着窗户纸，三十几年前才有了塑料布，富裕一点儿的人家才在窗子下面安上一块玻璃。一年之中谁家里也吃不上一顿大米饭，就是高粱米和玉米面也是吃了上顿没下顿，还得时不时去邻家讨借。村里没有一口井，冬天只能去江边凿冰取水，夏天就在自己家院子里挖个深土坑，吃那渗出来的盐碱水。那时候的"前岔古敖屯"房屋简陋、道路泥泞、文化生活枯燥。黄沙弥漫的村路上时有牛羊赶过，时有凛凛寒风刮过，偶然还会有几只鹅鸭摇摇摆摆走过，排泄物随处可见。若赶上下大雨就更毁了，没有长途汽车，你出村子都困难。那过去的日子就像冬天里的雪花，虽然时时开放，却永远不能带给人们温暖。

我听得愕然，却听老王总结性地说，那时候不富裕，家家都只能勉强维持温饱。人们那精神状态就更别提了，只能用浑浑噩噩来形容。别说是欢声笑语，就连干活的热情都没有。因为干一年活也分不到几分钱，有时候还得倒找钱。只有过年的时候，年长的蒙古族老阿爸才会拉起四弦琴，唱起忧伤的"好来宝"。

可能"司机"听得入神，居然找不到路了。我也望着车窗外疑惑地说，这沿途也没有你说的那样的村落啊？

老王笑了，说你现在上哪儿去找那样的村子？

终于到了。

这里就是"前岔古敖"屯吗？

村外绿树成行，嘉禾遍野，玉米在田野里迎风抖擞，花生在地底下暗中较劲，稻田在秋风下波涛起伏，一派丰收在望的景象。

整洁的村落，几乎没有行人，秋收时节可能都在田里忙碌着吧。老王说的昔日景象早已随着时代的变迁被扫进历史的垃圾堆了。

仍然是几十户人家的村庄，却不见黄泥土墙、干打垒的房屋。目之所及的是明亮的砖瓦房、漂亮的塑钢窗、红蓝相间的彩钢屋顶。

柏油路连接着村东村西，自来水接通了每家每户。

我们的车在村路上徐行，看见家家户户的院子里都种着鲜花，细看，有红色的牵牛花、紫色的扫帚梅、黄色的野菊花、白色的秋葵，还有五颜六色的"扑登高"在秋风里摇曳生姿、争奇斗艳，秋日里的乡村早已是"姹紫嫣红开遍"了。

这些花不但装点起"前岔古敖"人日间的生活，怕是都能把这里的黑夜照亮吧。

还有人家的院子里种着蔬菜。有吊起来头饰般的油豆角，耳坠般的紫茄子、红尖椒，绿莹莹的小白菜、红彤彤的草莓柿子、顶花带刺的嫩黄瓜、枕头般大小的花纹角瓜、翡翠般泛着光的青辣椒。靠墙边还有几枚硕大的冬瓜在那里低垂不语，显示着秋的成熟。这些蔬菜都是村民餐桌上的家常菜啊。到了节假日，鲜鱼野味肯定是少不了的。

迎面开来一辆电动车，车上坐着两位中年妇女，她们是去树林子里采蘑菇了。聊起今天"岔古敖"人的日子，她们说，做梦也没想到啊！她们指点着周围的村路、房屋、文化站、村史馆，田野里的庄稼，像哲人指点着江山，争抢着说，房子政府帮助盖，道路政府帮助修，春种秋收都不要你犯愁，收割机把玉米粒儿都给你搓下来了。现在，天天吃大米白面，日子别提多滋润了！姓孙的妇女指着张姓妇女说，她儿子在城里念大学，她都在城里买楼了。姓张的妇女也不让份儿，说她老公在城里打工，她也在城里买楼了。看来，家家户户都富裕了！聊着聊着，她们竟爽朗地笑起来。看着她们健康红润的脸膛，听着她们自豪而不失淳朴的话语，我们也笑了。

村支部书记翟彦涛同志告诉我们，现在国家政策好了，家家种植玉米、水稻和花生、黄菇菔儿等各种经济作物。还有的村民外出打工，收入很可观。这里的常住人口只有100

多户，蒙古族村民 200 多人，是全市唯一的"少数民族特色村寨"，还要发展乡村旅游呢！这里的文化生活也日见丰富了。村里建起了"村史馆""文化站"。休闲时间里，老人们聚在一起"互助养老"，不仅能拉四胡、马头琴、唱"好来宝"，村民们还可以到文化站来唱歌、跳广场舞、扭大秧歌呢。

秋日里的前岔古敖屯处处透着生机，一片欣欣向荣的景象，一片"美丽乡村"建设的崭新画卷。蒙古族汉族兄弟用他们勤劳的双手种玉米、种水稻、种菇蕻儿、种花生、种地瓜、种土豆，发展种植业、大鹅养殖业和特色农业。盐碱地上拼命干，敢教日月换新天。这不就是社会主义新农村建设的缩影吗？小康社会已经为"前岔古敖屯"带来了翻天覆地的变化。那不是"柳暗花明又一村"的小景致，简直可以说是"天翻地覆慨而慷"的大格局了！

在这样的环境里生活，再阴暗的心理也会充满阳光；再忧伤的心境也会开朗快乐；就是再寒冷的冬天，雪花也会让你感到温暖的。

村东边不远处，就是远近闻名的"柴火垛"网房子了。

"柴火垛"并不是垛柴火的地方。这里是嫩江边一个小湖，就是人们常说的"水泡子"。到这里，我还得说说"岔古敖"村子的由来。

我请教了在北京鲁迅文学院学习的蒙古族诗人查干牧仁，

他还帮我找了蒙古语专家，都说在蒙古语中没有这个词，很可能是口误，是不是"查干淖尔"的口误，那样就可以解释为"白色的湖"，我说那不是和前郭的"查干湖"重名了吗？我又请教了大安的本土作家江其田，他也帮我四处讨教，并找到白城师范学院的教授，也说蒙古语中没有这个词。最后找到了退休的白城市博物馆馆长宋德辉，他著有"白城市蒙古族村落地名考"，收入《白城简史》中，那里的解释是"岔古敖屯，亦称岔古淖尔，意为白色的水泡子"。哈哈，和查干牧仁的猜想不谋而合。原来就是"查干淖尔"的口误语，"查干"白色，"淖尔"水泡子，岔古敖村因口误而得名。我不是地名学专家，还是得按"百度"地图上的标识叫"前岔古敖村"，避免弄混了地方。还有后岔古敖村呢，江东还有叫岔古敖的地方呢！

这里，早年就是辽金皇帝四季"捺钵"，打渔猎雁的地方（包括附近的"月亮泡"，辽史上记载叫"渔儿泺"），盛产鲜鱼野味。不知道是哪一年，有人冬天来此买鱼，问有鱼吗？"网房子"里的人指着冰冻的江面说，你看呗，那鱼都堆得柴火垛似的了。一来二去，流传开来，"柴火垛"就此得名。

站在"前岔古敖"村东的江畔，眼前豁然开朗。远远传来秋风温柔的吟唱和江水拍打堤岸那有节奏的韵律声。

涨水了，江面烟波浩渺，让你根本分不清哪里是嫩江，哪里是曾经的"白色水泡子"，其阵势，简直可以和月亮泡、查干湖媲美。波光粼粼的江面，闪闪烁烁的阳光像水面上随风起舞的蝴蝶，让你心旌摇荡。岸边的波痕像饱经风霜的老人展示着江水的年轮，昭示着古村的历史和嫩江西岸的生态变迁。水鸟飞起来了，那扇动的翅膀让人对未来浮想联翩。渔船下水了，驶向了充满希望的明天。

终于来到"吉祥圣柳"下了。

这是一棵树龄百年的老柳树，枝干遒劲，郁郁葱葱。它不与附近的草木争荣，不与周围的花朵争艳。它只是用它那葱茏的华盖、雍容的姿态装点着乡村的古朴，用豁达和刚毅显示着这里的与众不同。

百年古柳，在全国可谓比比皆是、数不胜数，但是在这里，在嫩江西岸的前岔古敖村却只此一株。它像长髯飘飘白发苍苍的老者端坐在村路旁，任风剥雨蚀、雪压霜欺，郁郁葱葱，不离不弃。

没有人能说清它准确的年龄，只知道它是人们尊重的长者。新婚夫妇要来这里系上红丝带，请大柳树见证他们的百年好合；耄耋老者要来这里，祈求大柳树见证他的长命百岁；闹了意见的中年夫妇要来这里祈求大柳树为他们解疑释惑，保佑他们不计前嫌，继续恩爱。它因此被称为"吉祥圣柳"。

"吉祥"是古柳送给人们的祝福，"圣柳"是人们对古柳的赞誉。那是人们对老柳树最崇高的赞誉啊！它是圣明贤德的智者，是纯洁礼乐的象征，它是这一带生态变迁的见证。

柳叶生时春望生，柳叶枯时秋望成。心知身在情常在，畅听江头江水声。

我们站在大柳树下，议论着"前岔古敖屯"的沧桑变化，感慨着大柳树的前世今生，感受着村民生活的充实美好，嫩江西岸的生态变迁。朋友不失时机地端起单反相机，记录下我们和大柳树的缘分。

别看大柳树像先哲一样沉默不语，但微风拂过，柳叶在空气中摇动的声音，却分明在告诉我们，"前岔古敖屯"百年来翻天覆地的变化，见证着嫩江西岸人们日新月异的幸福生活。

如今，人还在，古柳还在，网房子还在，故事还在继续，生活会越来越好。

新的时代总会有新的故事，嫩江西岸的生态变迁还在继续，明年又会是一个稻花飘香的春天。

谁不爱飞雪

张 藩

　　我有一个习惯，清晨起床第一件事，推开窗，迎接第一缕阳光，让新鲜的空气对流沉积一夜的室内空气，吐故纳新，习惯成自然，除非天气不好，一年四季如此。今日节气大雪，与其说我喜欢这个节气，不如说我喜欢雪更准确。"小雪封地，大雪封河"，千百年来，劳动人民用辛勤、智慧总结出来的民谚，是中华文化宝库里的财富，不乏珍珠。仔细品来，多数民谚是指中原以北。当然，南方民谚同样鲜活，"小雪腌菜，大雪腌肉"，在我国江南、西南，大雪节气一到，家家户户都要忙着腌制"咸货"，为春节和下一年餐桌做准备。节气也带来不同的饮食文化。不过，今年北方"大雪"，有些尴尬，没能呈现玉树琼枝、晶莹剔透、"人情谁不爱飞雪，腊中再见尤奇绝"的气象。一片雪花也没有降落。还好，松树冠上一群叽叽喳喳、热热闹闹的太平鸟平添喜兴气。太平鸟也被历代文人推崇，明代文学家王鏊，有诗《太平鸟》，诗后四句："人言此鸟亦如凤，不向梧桐爱蔷薇。上林何树可相依，万年枝上春风动。"

太平鸟，羽毛美丽，声悦音美，不畏严寒，千里迢迢，长途跋涉，来北方过冬，为北方冬天添姿增色。

"大雪"节气可以过得有仪式感，可以过得有地域特色，也可以过得平淡无奇。譬如我，坐上大巴时，自问，我要去哪里，大巴车往哪儿开呢？大巴车播放着音乐：我从山中来，带着兰花草……这首歌耳熟能详，当初，我学唱这首歌时，并不知道这首歌的词作者是大学问家胡适。此刻，车上的人是否心情和我一样呢？是从山里来吗？还是要到山里去呢？爷爷曾经说过，男人要经得起暴风雪，没有把脚印深深地印入大地三寸，算不上男人，只有经受住暴风雪的考验，才能经受住未来人生颠颠簸簸、惊涛骇浪，当然人生也未必有大波大折，平凡人生未必没有高光时刻。大巴车一路向东，我或许有了答案。向东，向着冰雪的方向，向着暴风雪更猛烈的地方，去邂逅一场天地豪情，去追寻梦中长白山之冬日出日落，冰清玉洁！曾几何时，看到微信朋友圈一个视频，在长白山，一只熊妈妈和一只熊宝宝，熊妈妈站在皑皑白雪的山顶，熊宝宝在山下往上费劲爬，山坡积雪坚硬光滑，熊宝宝爬上去，熊妈妈却把宝宝推下来，小熊再爬上来，妈妈又把宝宝推下来，反复推了几次。这个视频让人类百思不得其解，莫非是熊妈妈在训练熊宝宝冰雪中爬坡的本领？这样解释是否有悖熊妈妈的本意呢？是否在动物世界里，对冰雪有另一种文化诠释和解读呢？我们听不懂动物语言，无法交流，这是人类的短板，但是可以肯定地说，无论是熊妈妈，还是熊宝宝，它们有在冰雪中游戏的本领，或许把冰雪当作一种愉悦的载体，乐在其中。

　　早年读《林海雪原》，为曲波笔下滔滔林海、茫茫雪野所感染，孙达德和他的侦察小分队，在林海雪原脚踏着滑雪板急行军，厚厚积雪不但没有影响他们行军的速度，反而提高了他们侦察的效率，雪野追踪，穿梭若燕，焕发出无限的战斗豪情，这是不是另一种天时地利呢？颇有几分浪漫主义色彩。"回到山中，已经是寒冬。刚刚下了一场雪，林木都披了一层白衣，连哈出的气都是白色的，仿佛与天地融为了一体。天寒地冻，林木凋敝，枯枝败叶被白雪埋起来，只有踩上去时，才能感觉到脚下非同寻常的松软。这些枯叶等到来年就会变成肥沃的养分，深入泥土中，滋养抽枝发芽的树木。它们败落，又以另一种形态回归，生生不息，自然也就没有苦痛。"直到现在这本书在展示东北地域文化，尤其是展示东北寒冬冰雪文化魅力上，仍然可圈可点。一路向东之于我有啥呢？有抚松温泉，这在我心灵里流淌的泉水，一直滋润着我儿时的梦，滋润我渐渐长大。在我成长的岁月里有许多大事小情伴着时间更迭，往事随风，而抚松温泉成了我生活中的一个念想。父亲说，他年轻时就在抚松洗过温泉浴，泡过澡，温泉水含有矿物质，对皮肤有好处，水浸润皮肤柔滑细腻，舒适宜人，泡上半小时，神清气爽，烦恼皆无。尽管现在不乏洗温泉泡澡的地方。我却对抚松温泉情有独钟，想必是小时候父亲的话烙印深刻。我曾问过父亲，为何大老远坐车又要倒车去抚松泡温泉，父亲说是到抚松买木材，而温泉呢，则是抚松一大特色，好似不泡温泉，枉来抚松。父亲又说，每到一个地方即使囊中羞涩，品吃、品玩不可或缺，了解风土人情掌故，购买一点点土特产，临回来时一定别忘到当地新华书店买一本书路上读，读书冬日可以御寒，夏日可以避暑，至今，我无论是旅游还是出差，每到一地都买一本书留作纪念，这已成为一种传承。不过，父亲说有机会带我去体验一下抚松温泉的承诺并没有兑现。一晃我已经长大，再一晃，我已成了父亲。父亲那时体验抚松温泉是在室内，而现在是室内户外都有温泉，北风呼啸，雪花飞舞，雾气缭绕，坐在石缝流淌出的温泉里，天、地、人浑然一体，那是怎样的一种超然的北方冰雪文化的大融合⋯⋯

北纬 41°，滑雪黄金带，全世界著名的滑雪场、滑雪道大都地处这个纬度，有其科学性。在万达旅游度假村有多个滑雪场、滑雪道，高端大气，避风起舞，漫卷雪浪，索道凌空。滑雪学校、美食文化，应有尽有。一路向东，向着冰雪的方向，二道白河，有一场冰雪盛宴等你享用，冰雕、雪景、冰爬犁、陀螺、雪地摩托车、冰上气球、大戏台河九星泉体验以及各种山野菜品尝。向东还有望天鹅，群山造型，自然天成。且莫忘《雪山飞狐》一幅幅壮丽的画卷，把爱与恨、情与仇、恩与怨演绎得淋漓尽致！让多少"70 后""80 后"记忆犹新，感慨万千："寒风萧萧，飞雪飘零，长路漫漫，踏歌而行，回首望星辰，往事如烟云……雪中行，雪中行，雪中我独行，挥尽多少英雄豪情，唯有与你同行，与你同行，才能把梦追寻……"

真心爱未泯，寒梅仍傲雪。傲雪寒梅，何等风骨。当年，《雪山飞狐》剧组并没想拍四十集，长白山雪景有机地契合剧情发展脉络，苍茫雪野，跌宕起伏的剧情，令摄制组不舍离去，于是，就接着往下拍。《雪山飞狐》的成功，固然离不开所有演职人员自律敬业，大美长白山亦功不可没。人生旅途有时看似漫不经心，这是一种释怀。仁者见仁，智者见智，风餐露宿，不必求同！有一位探险家七次征服北极，得到了广泛赞誉，荣获多枚勋章，但是，在他第八次去北极探险时，严寒冻坏了他的双脚，失去了行走能力。英雄暮年，一位记者去采访，问他："你前胸挂满了勋章，赢得无数荣誉，你是为之感到自豪，还是为失去双脚感到懊恼呢？"探险家眉头紧锁，双目微闭，思忖良久，出乎意料地说："你神往洁白的极地，只能在我的叙述中！"

认知决定格局，格局决定人生高度。一句"只能在我的叙述中"，这种挟雷裹电、惊世骇俗的话，只有探险家能说出来，人生境界天高地厚。

天下澡雪长白山

冯　堤

一

　　江山万顷雪，炉火一捧红。总有一条路通往故乡，就是说，总有一条路在家乡为想念着它的人而敞开着和等待着。这一夜的首场雪呀，把偌大的长白山都给下白了。江山风月初雪情，天下书房长白山，诗的低低吟诵和书页的款款叠动，在煮茶听雪中化作梅花次第绽放，大雪送我一座品读和挥洒的大书房。然后，茶开了、雪停了，茗香了、放晴了，茶盏宛如一只暖炉融融在手，白雪犹如一派古意袭上心头。此时，整个长白山张开了雪白的嘴巴，坐在大天池的边上，身披雪雾里太阳洒下的金光大氅，用一个习惯性的转身，回望那在时光的过往里注视和亲近过雪的祖辈先人，再现一番煮雪烹茶的赓续传承，重演那些庄重浪漫、充满仪式感的享雪操作。古时候的煮雪烹茶者，远远不晓得还会有粉雪和粉雪线这么一说，原因是他们远远不是站在了长白山的这个上优至好的纬度上。通过雪与茶、雪与书的感情对应，创作诗章美文、复诵古人隽语抑或抄写传统诗文，感受自然的呼吸、感知历史的脉搏、感怀人文的精粹。因感念起澡雪于心怀的诗情而盏茶浅抿、相契自知，因品赏起留白于意念的境界而悠然自得、随遇而安……

虽说书茶同性、茶雪共缘，初见惊艳、细品留香，但是茶首先还是经济作物，然后才见文化品味，好书呢也是被人为包装过，比来比去，还是白雪更纯、更净，雪才是更有味道的茶、更富有精神内涵的书。尽管如此，有谁打趣而问：书、雪、茶三者咋选？到头来没得选，我还是，都要。相比于对茶的品种工艺的关注，更多的是对过程中所拥有的古意和境界的关注。唐的煮茶法高古趣味，宋的点茶法研膏品沫，明的泡茶法简便随然、也称作瀹饮法。这个读山岳之岳音的瀹字，本意是煮茗烹茶，是与火密接的，而字形却是三点水和三个口，足见强调的却是水，尤崇雪水暨雪水烹茶。明人张大复在《梅花草堂笔谈》中谈到"茶性必发于水"，倘若八分之茶，遇十分水茶亦十分，遇八分水则茶就八分。所以，历代论评烹茶之水，核心是清、活、轻的水质和甘香、冷冽的水味。交得状元卷的，在地下深层沁出的泉之上的，还有不染凡尘的天上仙物之雪。采雪煮茶，尽显至美的中国格调和纯正的中国风格。"吟咏霜毛句，闲尝雪水茶。"唐代诗人白居易情有独钟于"雪水茶"。"歌咽水云凝静院，梦惊松雪落空岩。"宋代诗人苏东坡擅以雪水烹茶。贾宝玉在《红楼梦》里栊翠庵喝到的，就是妙玉精心准备好的"雪水茶"。

采集落雪，讲究掬雪的载体。"飞雪有声，惟落花间为雅；清茶有味，惟以雪烹为醇。"栖落于花间之雪和松针之雪谓之贵重二种，还是《红楼梦》中的妙玉，在招待黛玉、宝钗时所煮香茗用的是在梅花花蕊上采的雪。"闲来松间坐，看煮松上雪。"唐代诗人陆龟蒙道出，用山林松树之松针所托住的雪来煮茶，方大显隐逸之士的轻扬神采。"受命于地，唯松柏独也正。"《庄子》在赞誉雪落之松柏，温不增华、寒不改叶，犹如君子的品格贫贱不移、威武不屈！在这绵绵延延的长白山上，松林处处、松姿翩翩、松香漫漫，雄浑之气迥然回荡，松针之雪信手拈来。只是对美人松身上的雪的期望，由于其太过亭俊高拔而成为企望之外，其他各路松柏，还有岳桦，只需将枝头净雪敲击震落即可煮茶了。收取储藏煮茶雪水的经验在清代被总结出来，比如雪落到半寸以上的厚度才能取、山石之上或池塘边上的雪也很好，也有精致的"取雪方"："取松前二两、取竹下二两、取泉池四份……"祥瑞雪茶古往香、绿水青山今可鉴，雪茶满盏是正气、松树健拔皆骨气、梅花傲然确勇气，今世有增无减。好在绿水青山的时代已经复归，好在煮雪烹茶的古风已经再来，好的雪源咫尺身边，促使好的兴致涌上心头。犹若推窗见绿、出门入园，时下推门入净、亲昵瑞雪……

曼妙雪霁，古意书香。打开笔记本，走进驻留生命大部分时光的另一座书房。与长白山的纬度接近的北京、故宫博物院，"照见天地心——中国书房的意与象"的展览，以"委怀琴书""正谊明道""结契霜雪"三个意蕴单元，展示书房中"人"的精神世界与价值取向。结契霜雪，点睛于雪。其还原的是紫禁城内养性殿西暖阁的一间，系乾隆帝以雪亲命并参与营造的"香雪"书房，呈现着乾隆帝曾四次东巡途经长白山麓大御路时，眺望敬拜龙兴祖山"仰观香雪海，坐觉太虚宽"的至亲诗情。

二

千年积雪，万年情怀。长白山，不仅在延脉上享有着黑土地上的"大熊猫"之美誉，也还拥有着白雪中的"大熊猫"的赞誉！长白山的雪，是彻底地满足了世上最优质雪的三个条件的：粉雪线上的雪，海拔适宜的雪，低缓漫坡的雪。雪下得大与小、一次积蓄得厚与薄，并不重要。重要的，雪是个站得住、立得稳的形象，直至舍生取义而甘愿融化消失！作为个体的雪，洁身自好，哪怕被玷污和受误解；作为整体的雪，是拥抱在一起的形象，是融合一道而分也分不开的精神形象！雪的特质，是文质彬彬的温良和达观，却不是温顺，也不仅仅是豁达。雪的内心，涵养着洁净和素白的信仰。洁白，既是不忘的初心，更是永生的追求，初衷一直不变，且内心从没有改变的意愿。更有背阴坡上的雪，牢牢记住让自己紧紧地抓住大地，任何风也摇撼不了、多大的风也吹不走，引申的背阴坡之雪，是自矜自勉、自律自觉，抚躬自问、洁身自好。雪以变身而不变心的方式扎下了根，立地为标志！可以说，爱雪的人是让白雪把自己的精神世界给垫高了。

　　在古典时空的源流里感受体温，在历史文化的逻辑中思考沉淀，并且温故而知新。一个古雅而严肃的声音如约而来：澡雪精神。最初的《庄子·知北游》言："汝齐戒，疏瀹而心，澡雪而精神。"刘勰在《文心雕龙·神思》里发挥："是以陶钧文思，贵在虚静，疏瀹五藏，澡雪精神，积学以储宝，酌理以富才。"是在说白雪纯净，以雪洗身，至高至洁，可以精神爽、气象新。这时的岳音之瀹字，已经从饮茶方法霍然跃升为疏通心境之功能，不动声色、内在升华地诠释和解读了澡雪精神。澡雪就是雪澡，雪沐浴、洗雪澡。雪虽具象，用法却是高品级的抽象体味，澡也非具体的肉身澡，而是精

神上的沐浴，且重在非具体的洗，而是寓意性的涤。一边纳
进清醒的神志，一边剔除庸俗的杂念，结果是清除心灵杂念、
祛除思想诟病。这使心灵气爽、思想纯正，不留杂质、保持
纯粹，审美的种子深播心上，污浊没有了立足之地。雪能洗，
茶可以涤，在这一点上，茶就有理由与雪相席并坐了。其实，
真正的用白雪洁身的体验，从寒彻心底到皮肤发热发烫，最
终热血沸腾、精神振奋，也并非只在武侠小说与影视里的英
雄大侠身上出现过。雪的格调高雅、神态脱俗，不单单是文
人的一种讲究，更是自觉的生命方式的一种自我约束。"澡雪
精神"本身是贮藏有很大的勇气和毅力的，而长白山是释放
了这种勇敢和坚毅的。所以，"澡雪精神"由于闪烁中华优秀
传统文化的智慧光辉而成为中国美学的经典命题，也被奉为
中国传统文人强化品行磨炼、保持身心纯粹的座右铭。

从《庄子·知北游》里走出来以后，"澡雪精神"已经
由方步逐渐走成了健步。雪何以会洁身自好，进而可以助力
修养高的人以纯洁自身？"瀹茶煮药，皆美而有益。"苏轼在
《仇池笔记》中言："腊雪甘冷无毒，解一切毒。"李时珍在
《本草纲目》中载："澡身而浴德"《礼记·儒行》补充说。冻
伤搓雪，民间早已流传为好医法。如此都在赞誉雪的天然解
毒功效，且超越解毒而达到赋予人以新生之妙。唐宋以后儒
道学者对"澡雪精神"多有著述，过滤浮躁、回归淡然，已
然塑造了雪水饮茶的升级版，已经苏醒了读书人、塑形了人

文精神。澡雪，因为超越了对雪水茶的崇尚而被崇敬和传扬开来，寻常的白雪从形而下的形象跃升为形而上的形态。古人以茶论雪的时候，一重澡雪于心怀、一重留白于意念，一除一拥、一去一留，明确态度、明智理性。所以，对于无论"澡雪而精神"，还是"澡雪精神"中的"精神"，都需要有双重的认识。内在深层的诠释，是以形容词的词性而达成的："澡雪"能够"有精神""能够精神"；外在表层的理解，才是寻常的名词性使用："澡雪"的"精神"、自觉"澡雪"的"精神"。

长白山是一座澡雪之山，人在这里会怀揣上澡雪精神，所以我称之为大岳。大岳告诉我，即使是身在雪原上、与雪相接触着，也并非就是结下了雪缘、交下了雪情，也还是需要心灵上的主动亲近和精神上的积极行动，让内心飘满澡雪之雪、烹茶之雪，使心灵长满净草的透鲜。如此，方能登上爱雪享雪的至高境界，方能和雪、也和自己成为真正的知音。白雪已非雪，澡者亦非澡，澡雪精神既然是你心灵上的一座白雪山了，就一定会是你实地脚下的一座白雪大岳，因为它已经恭恭敬敬地抬高了你的整个站位。

三

见出知入，观往晓来。雪的老家、粉雪的故乡、优质雪的大本营，大岳长白山的白，的确跟积雪的颜色直接关联。白就是雪白的白、亘古不变的白、如海宽阔铺展的白，内外统一，通透人格，明白的生命，熔炼了长白山的高尚白。古人认为，世上没有什么比雪更纯粹的物质了，雪就成为最为经得住考验的象征。由白而净、因净而更白，白雪的至高价值是白、至高情怀还是白，世尘喧嚣和时间流逝都被雪的白挡在了视线以外。人像哲学家所说的不会第二次蹚过同一条河一样，谁都不会欣赏到和上一次完全相同的雪！所以，煮雪烹茶和澡雪精神，都是最好的守雪。守候雪、坚守雪，守雪就是持守那过年、念祖一般庄重的仪式感。

曼妙入"写"、隐秘出"意"，雪是写意精神的经典表达。白是空，空灵是空白，空白是中国人审美的道白。人生却没有空白、而只有留白，其中容纳着主动与被动、意义与非意义的区别关系和辩证关系。留白是由于中国画讲求的意境所约定俗成的，而西方油画讲求的故事是不能够用空白所表达的。所以，"意到笔不到"是中国美学、时空诗学的精髓，雪以一种中国式的通透，自如地运用了中国古代绘画中光与色的知性，由衷地抒发出了中国的诗书画所特有的空间美学境界的智慧。美学家宗白华在名字里就确定了白，他又以学术道白："中国画最重空白处。空白处并非真空，乃灵气往来生命流动之处。且空而后能简，简而练，则理趣横溢，而脱略形迹。"这种空间观念，是在作品上删繁就简、大开大合过后有意为之的艺术留白、想象断崖。如此"雪之境界",如同写诗中的"功夫在诗外"、语言中的"言外之意"和音乐中的"弦外之音"。雪把有些景致做了巧妙的折叠和艺术的隐蔽,形成笔墨处之实、留白处之虚的阴阳虚实对比的审美果实。虽然中西绘画均讲虚实,但中国的虚实是互动的,西方的虚只是辅助于实的,中国的"远虚"也是实,是另一个层面的实。比如在大山大岳之中的观雪便是范例之一。松针弄雪,红梅绽雪,远处一匹俊逸雪马弹起白雾而来,由朦胧而清丽,那是从白绢上跑来的宝马"照夜白",光光明明的白、亮亮堂堂的白。唐皇玄宗李隆基给自己的坐骑赐名"照夜白",给后世的白色披挂了桀骜不驯的矫健和傲然。

以审美的情怀写雪书雪画雪、读雪品雪享雪,能够体味出独特的时空诗学和空间美学。中国画的空间构造美学,很大程度上根源于书法的学问,书法又生长于文字学问之根基。宗白华先生又真诚告白了:"中国的字不像西洋字由多寡不同的字母所拼成,而是在写字时用笔画,……结成一个有筋、有骨、有血、有肉的'生命单位',同时也就成为一个'上下相望,左右相近,四隅相招,大小相副,长短阔狭,临时变适''八方点画环拱中心'的一个'空间单位'。"中国字有多深美,多奥妙!雪是最擅长于挥洒的大书法家,却又是在尽情泼洒中恪守着中国优秀传统美学,大有利用汉字字形的欹侧及章法的疏密虚实营造空间动态的气势,大为以用墨的枯湿浓淡、行笔的强弱疾徐强调意象的再现。为此，留白还有一个优雅的别名"余玉"，喻为留藏下来的美玉，是剔透的雪玉或是庄严的汉白玉。雪是以闲笔的营造方式，以布白突显灵动、以虚空诠释丰盈，留驻遐想空间和万千意象。在生活里，雪更是一种通透达观的淡泊心境，于纷繁嘈杂的日常生活中，驻留一处清如处子静若处子的时空，倾听那些美学话语。

情怀百态、积雪千年，白雪虽然古老，却是从未有过沧桑之感。古人把热爱白雪作为一种操守，迄今白雪依然是中国人的一笔特殊的文化家当。雪是最为国风国韵的大书房，是最为精益饱学静怡敬仪的大先生。雪是常常被人们遗忘和丢失的东西，却又是不断被深情地找回来的珍存。雪的自然自主而来，让人主动自觉地向雪而学且年年有益，成就了其独有的包容乃大、情怀乃深的文化光芒。当雪霁的太阳毫不吝惜地给人们披挂上了金光大氅，人们又长高了，心先高大人也高大，你的作品、你的活计就可以跟着高大。不自觉间，由孩童们倡导之下堆起的雪人，一下子有了名字、有了灵魂，也充满了文化之心。大岳应验，人立成仙，崇仰逸远。雪人啊雪人，雪是人、是有灵有性的人，雪是人的化身、是能够"澡雪而精神"的人的化身，雪还是圭臬山水的化身、是大岳长白山的美好化身……

我家住在大布苏

荆山客

　　大布苏是个地名。大布苏这个地方出名是因为有大布苏湖。后来更加有名是因为经国土资源部批准于 2012 年在大布苏湖东南沿岸建成了"吉林乾安泥林国家地质公园"，现在已经是 4A 级国家湿地保护区了。大布苏湖在吉林省松原市乾安县城西南 40 公里处，湖与泥林的面积加起来约 340 平方公里。这是一个盐碱湖，"大布苏"在蒙古语里就是盐碱的意思。夏天的大布苏湖波光粼粼，冬天又是一片白雪茫茫，被誉为科尔沁草原上的一颗明珠。虽然湖里没有鱼，但在计划经济时代，大布苏湖出产的盐碱和芦苇也曾富裕了一方百姓。在 20 世纪的 70 年代，建在大布苏湖北岸的大布苏化工厂是

省直国有企业，为拉动地方经济做出过突出贡献。大布苏湖
的东、南沿岸是潜蚀地貌的壮观"泥林"，自建成国家地质公
园以来，每年春夏秋冬，来乾安泥林观光的游客很多，欣赏
大布苏湖及周边的自然风光，参观泥林博物馆，了解大布苏
这块土地上万年的自然和人类的历史变迁。

　　大布苏是我的故乡。我从小就生活在大布苏湖畔，那是
20世纪的70年代我正读小学的时候。当时大布苏湖改名叫
"工农湖"了，镇政府也叫工农湖镇，学校也相应叫工农湖小
学、工农湖中学，刻下了鲜明的时代印记。改革开放之后又
恢复了原来的名字。我家住的那个村子叫兴字井，就在大布
苏湖的北岸。出了村南不过两公里就到了湖边。周日或寒暑
假里，淘气的小伙伴们常常聚到一起，就有人问：今天去哪
儿玩儿？几乎是众口一声：狼牙坝！

　　那时候当地人是把泥林称作"狼牙坝"的，人们还不清
楚什么叫潜蚀地貌。柱状、塔状、台状、峰丛状，沟壑峡谷
状的泥土"柱子"遍布湖的东南两岸，一眼望去，像交错的
狼牙。到了谷底，进路好找，出路难寻，大家要玩儿的就是
一个刺激。夏天，小伙伴们在泥林里"藏猫猫"。形态各异
的泥林高高耸立着，遮天蔽日，凉爽舒适。一声"开找啦!"
余音绕梁，回旋不绝。伙伴们玩儿累了要回家，却彼此看不
见身影。这时候大家都爬到泥柱子上去，挥手，叫喊，然后
"翻山越岭"才能重新聚到一起。一个个土霍霍地回到家，免

不了遭到家长的责骂——费衣服费鞋啊。

湖里是不敢进去的，因为大人们说湖里有"酱缸"，其实就是沼泽，陷进去就出不来。所以在夏季，湖里是见不到人的。冬天，这湖面上就热闹了。农闲时节，全县很多乡镇的农民在生产队统一组织下来大布苏湖"打碱"，为集体创收。湖的北岸会搭建起很多"地窨子"——借北坡地势建造的简易房屋，类似陕北的窑洞，住着来自各乡镇的农民。大清早，湖面上就马嘶人喧。狗皮帽子羊皮袄裹严了那些健壮粗犷的农家汉子；红的、绿的、粉的，妇女们的各色头巾也在一望无际白茫茫的湖面上随风飘扬，一派战天斗地的热闹景象。大家用扫帚、用钎子、用铁锹，扫起"霜碱"，铲起"冰碱"，然后用大马车拉回驻地。湖面上马蹄声声，清脆悦耳，和车老板子"驾！喔喔！"的吆喝声搅成一团，马儿"噗噗"几个"响鼻儿"喷洒出浓浓几团白雾，于寒冷的北风中像缕缕炊烟在湛蓝的天空里飘散。每个"地窨子"前边的空场地都架起几口特大的铁锅用来"熬碱"，熬成了就分散在小号的锅里再冻成"碱坨"。一个个浅褐色圆如大馒头的碱坨码成一排排"碱垛"，这碱垛有着疏朗的空隙，阳光一照，褐色水晶一般，是一道别样的风景。附近的男孩子们淘气，常常三五结伴骑着自行车来看大人们"熬碱"。有一回大家像比赛一般骑车用力过猛，骑到人家"地窨子"的"屋顶"上了才想起急刹车，险些射出去掉进熬碱的大锅里！结果自然是遭到下边正熬碱的大人们一顿责骂。那时的农村家家户户都有一两个"碱坨"放在院子里或鸡窝上，熬玉米粥或者女人们洗头都敲下几小块来用，粥和头发都润滑呢。现在每每看到菜市场有卖碎碱的，我都感到十分亲切，引我回忆起那个原始简朴的时代。

在那个时代，因为大布苏湖，家乡的人民增加了收入，这是大自然对我家乡父老的馈赠；改革开放新时代，同样因为大布苏湖的滋养，我家乡的人文景观呈现简素而淳朴的特质。一方水土养一方人，一方水土也孕育一方文化。乾安县文联主办的一本文学刊物就叫《大布苏》，多年来编发无数优秀作品，汇聚了几代文艺工作者。那些头顶高粱花子，脚踩泥泞碱土的诗人、作家、艺术家们几十年孜孜矻矻，不断用精品描绘家乡的山川风物和人民多姿多彩的生活。在21世纪初甚至掀起一股"大布苏文学热潮"，成为吉林文坛的"大布苏现象"。以韩志君、韩志晨、上官缨、陈喜儒、任林举、赵显和、孙正连为代表的乾安籍作家，扎根乡土，深入挖掘"大布苏元素"，在戏剧、小说、诗歌、散文、杂文、随笔等诸多领域创作的精品，无不深深刻上了"大布苏"烙印。那些原始古朴的场景、鲜活生动的人物、真诚野性的情感，向读者展现出一幅幅独具大布苏地域特色的多民族团结和睦的民俗画卷。在大布苏这块坚实土地成长起来的著名散文家、鲁迅文学奖得主任林举在他的长篇散文《玉米大地》中，以极其深邃优美的抒情笔调歌颂他的家乡、土地和纯朴勤劳的父辈:"从春到夏,从夏到秋,父亲默默地耕种着几乎唯一一种庄稼——玉米。那也是我所知道的最粗糙、最廉价的粮食。许多年的耕作,让父亲谙熟土地的性格,他们彼此忠诚,彼此信任,不弃不离。每一个春天,父亲把金色的玉米撒进黝黑的土地,然后像小心地封好一封重要信函一样,合上田垄。这是一种近似于神圣的交付,把希望和寄托交付给了土地——农民心中的神祇。然后,再把自己也抵押给土地,做土地的奴仆,以耐心、以汗水、以虔敬,守候在土地之上,一个日子一个日子地企盼风调雨顺,一个日子一个日子地企盼秋天的来临。"小说家孙正连描写大布苏草原风情的短篇小说《寻找马杆》,甫一出笼即被《小说月报》转载广为传布,著名文学评论家朱晶先生专门撰写万字长文《论孙正连的草原生态小说》给予高度评价:"……在短篇有限的格局里,生动剖示这块土地上人们的爱欲、抗争和悲剧命运,热烈憧憬人与自然的和谐共存。孙正连小说触及了自然与人文生态这样一个古老而又现代的文学主题,其特色与价值不可忽视。"在作家赵显和作品研讨会上,著名作家邓友梅先生作专题讲座,就大布苏文学体系的构建和素材的捕捉加以细致解析,热情为"大布苏草原生态文学"创作把脉。

自然天赐的大布苏湖给一代又一代乾安人民带来福祉,而大布苏草原文化的传播与辐射将更为久远。我家住在大布苏,我为自己生于斯长于斯的这块土地和人民自豪,大布苏是我一生都无法抹掉的永恒记忆。

我家住在南湖边

王　罡

　　或许是少年时的记忆太多地镶嵌在南湖的岸边，又或许是南湖的历史犹如一首长诗，每当 10 月，我扛起行囊准备南飞的时候，我的心就有些不舍，我的双眼就会浮现满眼翠绿。是啊，南湖永远在我心中。

　　我家住在南湖边，从窗外，能看到细雨中南湖的绿色朦胧。再看，能看到那被雨水洗涤过的树木，那被雨水覆盖了的草坪。下得楼来，紧走几步，把自己放在湖水绿树之间，那荷花、那清风轻轻地阅读了我。而我，自然也是浮想联翩，一组组似远非远的镜头，意犹未尽地在脑海里闪回。

　　我家住在南湖边，说起来已有几十个年头了。20 世纪 70

年代的南湖远没有现在的清爽和丰富。那时的南湖仅有一条由碎石泥土修建的水坝，被附近的居民称为南湖大坝，有一座木桥梁，我们叫曲桥。捞鱼、钓鱼、游泳大都从大坝开始。记得少年的时候，有一次二哥提着从南湖捞出来的鱼回到家里，母亲一边数落着二哥不应该下湖捞鱼，一边用酱油煮了整整一大碗小鱼。那时这可是稀罕物。我和哥姐围坐在饭桌前，眼巴巴地看着这一碗小鱼。但是，大姐没发话是不能吃的。好容易可以吃了，一时间大家也不说话了，埋着头吃着。但我一抬头，看到母亲和大姐竟一口都没有吃。那样的情景，现在想起来依然让人有点儿心酸。当然今天是断不会有这种情况了。一是生活富裕了，二是南湖也不允许下湖捞鱼了。

后来，红旗街商圈的发展及工农业排污导致南湖水质逐渐变差，南湖的生态环境受到不同程度的破坏。那个时候，对于保护生态环境的意识淡薄，缺少约束，当然一切也都顺其自然了。从 2005 年起，长春市对南湖开始大规模的综合治理，阻止污水入湖，湖底清淤，逐渐恢复南湖的生态环境。今天，当我身处南湖这郁郁葱葱之中，不能不感叹南湖在这些年里一步步的变化。其实，人类对自然生态的美好向往，与道德期望是一致的，当我们从一种混沌的状态转向树立大环境意识，增强保护生态环境就是爱护我们的家园的理念的时候，就形成了人类与自然生态之间一种和谐和互动，保护自然爱护家园也就自然而然了。

我家住在南湖边，而南湖公园是这座城市最古老最富有韵味的公园。南湖公园总面积 222 万多平方米，其中湖面面积 92 万平方米。2010 年以后，南湖的治理更上了一个台阶，开始有计划地全方位地进行，从湖水的治理、园林的布局绿化，到园区内的管理，都做了大量工作，使南湖重新焕发了青春。2022 年，南湖又新建了园内体育场，引进了天鹅、大雁、野鸭，成为南湖的一大景观。今天的南湖有鱼，不时会跳跃于水面，今天的南湖有鸟，群鸟鸟鸣悦耳，今天的南湖有天鹅，天鹅翩翩起舞，今天的南湖有百木，百木五彩缤纷。

特别是南湖的荷花不同凡响。它不同于武汉荷花池的荷花，那里的荷花过于火热；也不同于北京的荷花，那里的荷花宫廷味太浓。南湖的荷花夏天开得繁茂却又含蓄、古朴而不炫耀，特别是到了秋末，尽管花谢了，但片片荷叶依旧在秋风中摇曳，根根茎秆那么有骨气地挺立在湖水之中。深秋中南湖的残荷叫禅荷，有哲理、有风骨、有韵味。在南湖的荷花池，你可以尽意地释放郁积于心中的孤独，亦可以独自享受寂寞。这是灵魂的驿站，也是明天的期许。

我家住在南湖边，亲戚们也因此频频光顾我家，为了享受南湖的清新，为了欣赏南湖的美景，为了观看美丽的天鹅。兄弟姐妹之间的感情也好像更好了，曾经的一些细碎的不愉快，也烟消云散了。前些大，有朋友给我打电话说想跟我聊聊，说家里的一些事处理得不好，很是心烦。我说你找个时间到我家，到南湖公园里走一走，置身于一片绿色之中，心情会豁然开朗。现在的生活确实与过去发生了天翻地覆的变化，我们整日地忙碌，整日地交往，整日地推杯换盏，每每静下心来，似乎感受不到快乐。但是，一旦把自己融入大自然之中，你就会忘掉自我，当然也会忘掉烦恼。

10月的南湖公园，绿色的干枝色彩分明，立体感十足，立在翠绿色的草坪上，可以看到一幅幅让人感叹的彩墨画。这个时候，在湖边你吸一口带着清香的空气，会觉得神清气爽。特别是走在南湖原始生态森林保护区的林荫路上，耳边有各种声音掠过，有松树的沉稳歌唱，有桦树对夏的挽歌，还有许多花儿窃窃的私语。脚下踏着松软的泥土，不时碰到落地的松塔。我感叹，在人们的努力下，如今的南湖已有了云深林密的景象了。这当然得益于这些年对南湖生态环境的不断治理和人们对自己家园的爱护，也充分诠释了环境与人类共存共生的重要意义。所以，生态环境是我们赖以生存的重要条件。环境优美，人们生活起来就会心旷神怡，环境和谐，人们生活起来就会精神舒畅，心胸开阔。

我家住在南湖边，每年都感受着南湖四季的变化。我亲眼看见、亲身经历了南湖的荒芜、衰败、新生和繁华，也深深感受到绿水青山的深刻内涵，幸运地体验了今天大美南湖带给人们的美好福祉。生态文明是人类文明发展和社会进步的必然要求，也是改善生态环境的迫切需求，当然也是我们长春实现全面发展的需要。特别是面对资源约束趋紧，环境污染严重，生态系统退化严峻的形势，我们长春市一定要牢牢树立尊重自然、顺应自然、保护自然的生态文明理念，走可持续发展的道路。南湖的生态治理只是这盘大局的一个缩影，也是长春市生态文明建设的关键一环。可喜的是，南湖让人看到了变化，让人感到了进步。去年，南湖公园四周的栅栏都拆除了，极大地方便了市民，拉近了人与自然亲近的距离。当然，在园区的管理方面如能更人性化、更亲民些就更好了。不要拆除了湖边的栅栏，又在人们的心中拉起一道栅栏。

有水的地方就是有福的地方，也自然是产生希望的地方。临湖而居，我是幸福的。有南湖公园这样的生态园林，长春人也是幸福的。我想，随着祖国的繁荣发展，随着长春生态环境的不断完善，随着人们对生态环境的自觉保护，长春人也一定会世世代代在这片土地上繁衍发展，长春也一定会常春。

我们的家园

宋曙春

　　人们对于生于斯长于斯的故土，多关注乡情亲情，虽不乏对美丽山水的眷恋，但对自然景观，除专业人士，大多不会以生态理念去关注。我也是常从城镇乡村匆匆而过，对熟视无睹的美丽山水，并无其他不同于往常的感觉。当然也想不到与生态、环保有什么关系。

　　闲来翻书，在《荀子·天论》中看到了几句话："天行有常，不为尧存，不为桀亡。应之以治则吉，应之以乱则凶。"初无甚解，查阅译文，才知深意，"大自然运行变化有一定的常规，不会因为尧统治天下就存在，也不会因为桀统治天下就消亡。用正确治理措施适应大自然的规律，事情就办得好；

用错误的治理措施对待大自然的规律，事情就会办糟。"译文还说，这是荀子所推崇的人与自然和谐共生的朴素哲学和唯物主义观。我过去总以为诸子百家的文章都是"治大国如烹小鲜"的政论，没想到荀子文中却是对自然规律、对人与自然的关系也讲得如此深切而透彻。

这里有万物平等和合共生的思想，蕴含呵护自然、热爱自然、善待自然、与自然和谐共处的意识。古代学者文人生活和艺术智慧中，早有天人合一、和合共生的自然观及生态和环保理念啊。

天人和合共生之说，我曾耳闻，也无甚解。此时明白了，人与自然互不能分，和谐相处，并努力保护和营造良好自然生态，才能和合共生。更健康、更和谐、更美丽的丰富、多元、平衡、共济的大自然，才是我们永远的家园。

也许有了这样理解，我对久居的江城吉林，便也有一种特殊的关注。偶尔选一个节令，行走于城市、乡村，也会以一种全新的生态理念，感受优良的自然生态中，人与自然的天人合一、和合共生。

3月一个傍晚，天上落下春雪，纷纷扬扬，覆盖江岸。我走在龙潭山下长白岛江畔，点点鸭影浮游，荡开一层层软软的涟漪。江中的水草和提前洄游的鱼群，让鸭群有了可口食物，它们在清澈浪花里扑腾着撒欢儿，那样惬意，那样温馨。眼前天地皆白，江上黛色依然，扑棱棱飞起一行寒鸭，似孤鹜与落霞齐飞，共长天一色……

我们的松花江，本来就是一个良好的原生态环境，多年来治理和修复，沿江的清水绿带，在寒冷的季节也有些许春天的绿色，使严冬和寒春都仿佛变暖了。绵绵的江水，流淌的不是冰冷，而是温馨，像仙子沐浴的天河，变幻多姿的雾气里，总让人产生些美妙的幻觉，或以为这是童话境地，便有人夸张地欢呼雀跃，追着江上的水鸟，撵着流动的雾霭，陶醉于冰天雪地里。

江上斜出一叶扁舟，向柔波里撑去，艄公肩头披着落雪的蓑衣，恰似独钓寒江雪。小船悠悠地划着，撑进一片滩涂，艄公扬手散花，惹得一群鸭子呼啦啦飞起，划得江面翻起一路欢跳的浪花。江上传来水鸭愉悦的鸣叫，像一群孩子围着一个白发长者撒欢，犹如在江上展开一幅老翁赏春图。

微风中，若有若无的雪，落下片片白羽，飞飞停停，又无声化进江中。远天大幕下，衬着龙潭山起伏的山形，山下江水婉转逶迤，看得见对岸树林中几幢屋舍，飘出几缕淡淡炊烟。江水潺潺，炊烟袅袅，云朵绵绵，野旷天低。尽管耳边车马喧嚣，却犹似置身娴静的乡村田园自然生态的绮丽风光里，很是惬意。

小船泊在岸边。我大声地与喂鸭人聊了几句。我问他，这是中华秋沙鸭吧？或许鸭群里也容纳了几只鸳鸯？他笑说，你挺懂行，叫出鸭子学名，那你就自己来看，能分得出是鸭子还是鸳鸯？鸳鸯不怕冷吗？

　　我笑说，三月阳春日，水暖鸳鸯知嘛！他并不知道我在套用"春江水暖鸭先知"，笑得很畅快，说你一定是读书人啊，肚子里词真多。别管是秋沙鸭，还是鸳鸯，都是保护禽类，中华秋沙鸭还是一级保护哩！我又问，那鸳鸯呢？他又笑了，那也是鸭科禽类，更是你们文人常说的情感动物，也是要保护的。也许他就是那位闻名遐迩的江城护鸟人，正是他多年投喂食物，才使鸭群得以四季都在暖心的生态保护中生存、繁衍，也让人们在这春江水暖之时，更感觉到一种家园般的特殊温馨。

　　春暖之时，野鸭戏水，当然与城市的生态变化有必然联系。

　　我们这座北方老工业基地，早期发展方式比较粗放，曾以高大的烟囱和云彩一样的烟雾来代表蒸蒸日上的建设场景，并且人们为之自豪。加之当时市民取暖大多使用煤炭，烟、尘等微粒长期悬浮在空气中，达到一定浓度便形成雾霾，对环境和健康造成很大影响。近年来，党中央更加高度重视生态环境保护与建设，采取一系列战略措施，加大了生态环境保护与建设力度，生态环境得到有效保护和改善。而江中鸭子，也就有了生存繁衍的良好条件。

　　所以，在建设发展中注重生态保护，使人类与生物的关系越来越和谐，人与自然，也自然会消除隔阂，也就有了更和谐更美好的未来。

不独城市，乡村生态环境的改善和进步，也同样是人类与自然共存的基础和条件，乡村同样是和合共生的美丽家园。

一次舒兰之行，让我对此有了更深切的体验与感悟。

仲秋时节，我随同几位作家朋友到舒兰农村采风。天高云淡，金秋气爽，山水明净，景色斑斓。站在凤凰山顶上极目远眺，山下松花江仿佛玉带，蜿蜒流淌，阡陌纵横，田畴密布，稻田葱茏如茵，村舍星罗棋布，大地无限风光，一派生机勃勃。

我对舒兰近年的变化也有所了解，他们近年的生态环境保护和不断建设发展，已发挥极大作用。这里不仅有怡人的自然风貌，更有得益于多年保护和建设的优美的生态环境。而那里的稻田公园，正呈现多种生物共存的亲密和谐。

舒兰溪河镇三莲稻田公园，是集智慧种植、农事体验、休闲旅游、稻米田蟹稻鸭和合共生的稻渔综合种养为一体的农业观光园区，所以叫作"稻田公园"。稻田成为"公园"，多有创意，多有新意。金灿灿的稻谷飘香，丰收在望，还有肥美的鱼、鸭、蟹，既有更多收获，又可一饱口福，这是多么精明的智慧。

走上稻田公园玻璃栈道，工作人员告诉我们，稻田养鸭可除草施肥，减少农药和化肥污染。稻田养蟹，又是当前农业生产中一项具有综合效益的系统工程。河蟹吃着稻田中的杂草、绿萍、底栖生物，还能大量消灭病虫害，排泄物又可肥田。水稻和鱼、蟹、鸭一起在和谐的生态环境里生长，必定十分芳香可口。将种植业与养殖业巧妙结合在同一生态环境中，充分利用了动植物之间的共生关系，相辅相成，互惠共济，使稻田生态系统中物质循环和能量转换，向更为有利方向发展，达到了种养双丰收的目的。稻蟹种养生产的生态效益，促进了经济效益和社会效益的提升。稻田公园湿地环境和谐友好，是名副其实的资源节约型、环境友好型、食品安全型产业。对于确保基本粮田稳定，确保国家粮食安全和可持续发展战略，有十分重要的意义。

在丰收的稻田里，我不由想起袁隆平先生那个梦想——"我曾梦见杂交水稻的茎秆像高粱一样高，穗子像扫帚一样长，籽粒像花生米一样大，我和助手们一块儿在稻田里散步，在稻穗下面乘凉……"

我不知道这里的水稻，是不是袁先生培育的杂交品种，但我却知道，它同样能在良好的生态环境里，长得壮实、饱满，一定会让袁先生欣慰地圆了他的梦……

对于生态理念更深层的认识，来自长春净月潭山水大自然之中的一次即兴行走。

在我的记忆里，早先湖边是一条土路，现在架起木栈桥，尘土和草叶上的水珠不再沾染游人的鞋袜，随你走在哪里，都是干净的。又不因修路破坏这里的原生态，还营造出一种小桥逶迤却通辽远的意境，更使那湖那林的深处独具新奇而又充满梦幻般的诱惑。

走上栈桥，面前豁然开朗，一泓晶亮的湖水，一片旺盛的蒲苇，一湾雪白的芦花，一群飞旋的水鸟，赫然在目。一阵清风扑面而来，听得水鸟啁啁，闻得水气和草香，阳光照耀下，草地、湖水、蒲苇都散发出一种温热气息，湖心荡出一层层涟漪，一圈圈向四下扩展。放眼望去，绿草绿得惊心，蓝天蓝得亮眼，白芦花白得清纯，红玉莲红得热烈；鸟飞长空，鱼翔浅底，蜻蜓点水，燕子衔泥；众多自然生态，构成了一幅活的水墨丹青。

同行的朋友老于，是环保人士，正在做净月潭的生态课题研究。他说，环湖一带没有进行大规模建设，基本保持了原始生态。而且多年保护性建设，形成一个重要的、独特的、多功能的生态系统，在周边生态平衡中有着极其重要的作用，相当于长春的"肺"和"肾"。不仅为城市提供丰沛水源，更增加空气中洁净充足的氧含量，更重要的是能够保持这里的生物多样性及涵养水源、降解污染、调节气候、补充地下水。所以，这里又被称为"净月湿地"。

这等于是一节生态科学课，又启发了我。净月湿地独具一种宁静的空灵和圣洁，美丽的纯真与自然，而丰富的水系涓涓不息，孕育了无数动植物无忧生长的天然乐园，也滋养了我们的家园。

近年的保护性建设，又为净月湿地自然风光增添了浓重的人文情感元素，必将提升净月湿地自然资源的品位，成为清纯幽雅的生态家园。有位作家曾写过，净月之妙，独在于水，水是净月之魂。水面宽阔，支流纵横，港汊交错，百鸟齐飞，湖水映月。流水如玉带，湖湾似明镜，莺歌燕舞，蛙鸣鱼跃，幽静淡雅，皆成天趣，人与自然和谐共生……

不只是净月湿地，我们省许多地方也同样如此。不破坏原始生态，坚决不搞违背自然规律的过度开发建设，给人们留下一片净土，留下一片清洁。

大道无名，长养万物。万物离不开生存环境，而所谓大道，正是需要用心和精心去保护去维护的自然生态。我们曾经做过的，以及正在做的，不正遵循大道吗？我们汲取过去的教训，避免过分森林砍伐、过度农业化和都市化建设，采取有效保护措施，包括把野生动物栖息地划为保护区、人工助殖、重引物种、植树造林等。

老于和那位作家所说的生态和谐，契合了中国哲学中天人合一和合共生理念，又让我对此加深了理解。是的，人与自然的和谐，就是对自然生态的保护与合理开发和建设。对待自然，对待环境，不仅是减少向环境索取物质和能量，最大限度扩大自然保护，更要以持续发展的理念，最终实现人口、资源、环境的协调发展。而可持续发展，必须防止生态破坏、环境污染与经济增长初衷相悖。除了适应当代人生活发展需要，也必须为子孙后代留下永远的生态家园，这是当代人必须承担的历史责任。

当人类合理利用、友好保护自然时，就会得到自然的回报，而无序开发、粗暴掠夺自然，也会受到自然的惩罚。是的，人类对自然的伤害最终会伤及人类自身，所以，应当以主观努力去认识、顺应、运用它，才能趋吉避凶。

"万物各得其和以生，各得其养以成。"人与自然和谐共生是中华文明一直以来的不懈追求，也是根植中国人心灵深处的人与自然和谐之道。山水吉林的生态保护和开发战略，也蕴藏着深厚的传统文化底蕴。即大自然有大自然之道，四季循环往复，万物竞生之正道。"万物并育而不相害，道并行而不相悖。"遵循正道，便是物华天宝、地灵人杰……

我们在吉林生态山水中濯洗心灵，享受自然与人的和谐，感悟天人合一，和合共生。而所有保持完美生态的地方，所有景色怡人的地方，都是万物和谐的美丽家园。

西辽河畔三辈人

张 赤

就像婴儿第一次睁开眼睛打量这个神奇的世界一样，父亲眼里也是一片惊诧——这还是养育了我们家族几代人的西辽河吗？这还是梦依神牵的故渊旧林郑家屯吗？仅仅十年，父亲离开家乡郑家屯也仅仅十年。山，还是十年前几为平地的那座山吗？水，还是十年前几为细流的那道水吗？十年后，出现在父亲眼前的，浓荫遮蔽着的大土山松影入池，白云蓝天下的西辽河银波微澜，几只水鸟泅浮，禅意空间纠缠于烟火人间，远处的大铁桥和隐隐的桥边人家——那就是我们的河畔人家吗？

金秋时节，父亲、我、女儿祖孙三人回郑家屯，一路上父亲都微闭双目，似有无数陈年往事在他眼前走过。行进在西辽河畔，父亲似乎听到了西辽河淼淼大音，听到了古镇郑家屯千年呼唤。

郑家屯是吉林西部的一个小镇。小镇西接内蒙古八百里瀚海，南临辽宁昌图。我们的祖先喜欢依水而居，既有风水学对"吉"的向往，也有交通、灌溉等现实考量，郑家屯也不例外，被一条河水向西流的西辽河环着，滋生繁衍着万物。东辽河也从长白山奔涌而来，绕镇而过，两河在镇南交汇而成大辽河，流向营口进入渤海。

清光绪年间，因陆路交通不太发达，官府在郑家屯设立了辽河码头，来自长白山的药材商、来自内蒙古的牛贩马贩、来自营口等地的水产商，通过水路在郑家屯聚集，小镇由半游牧半耕种状态一跃成商旅形态，地方经济出现了不小的繁荣，大车店、学校、粮栈、票号、兵营等出现。到了清末民初，张作霖的结义兄弟吴俊升修建了大帅府，也叫吴辕门。被誉为"南有胡雪岩北有于文斗"的关东巨商于文斗建起了小白楼。张学良迎娶于凤至的大船就是从大辽河逆流而上，停靠在辽河码头，锣鼓唢呐将小镇风情与奉天风云璧合成珠。

唢呐声声述说着古镇昔日的繁荣，河水潺潺庇荫一方水土。20 世纪 50 年代末，父亲从水利大学毕业，"支边"到郑家屯，本以为能大展"水"图，可分配的工种却与"水利"毫不沾边，父亲"支边"的是中学。中学没有水利课程，父

亲教语文。而此时，由于多年的水土流失和风沙侵蚀，西辽
河已经走向衰落多年了，郑家屯都快变成"沙城"了，西辽
河的养护基本无人问津，也就父亲和几个专业人士还在苦苦
坚持着。在我儿时的记忆中，父亲经常带我到镇中心的"大
红塔"，大红塔很高、很大，后来读鲁迅的文章，我才知道什
么是"需仰视才见"。大红塔底座四周刻着碑文。父亲告诉
我，大红塔是一座纪念塔，是为了纪念抗洪英雄建造的。有
一块碑文是这样写的："三面红旗指方向，古镇人民斗志昂，
战天斗地多奇志，红心向着共产党。男女老少齐上阵，抗洪
防汛意志强，水有渠来河有道，家乡变了新模样。"父亲也带
我去西辽河游玩，那时的西辽河不像现在，河上面有一座铁
桥是跑火车的，还有一座简单的公路桥。两桥之间的地带是
自然形成的河道，两岸都是沙子，我们现在叫它白眼儿沙。
河里面偶尔有小鱼，有水草，水面上偶尔出现几只水鸟。游
玩累了，父亲带我登沙山，父亲坐在沙山上，看着眼前的一
脉河水，手底下却拍打出来河道、水渠、河床。长大以后琢
磨大红塔底座上的诗不像诗歌不像歌的文字，还有父亲在沙
山上拍打出来的雕不像雕塑不是塑的画面，我猛然醒悟，那
是父辈们的心声，是古镇人最朴实、真挚的理想。塔底座刻
的大实话，父亲当年治理西辽河的简易沙盘，是他每天没日
没夜忙的根基，给我眼前勾勒出一片场景。原来，从学校角
度，语文是主业，而从父亲本人的角度，"水利"是主业，语

文才是业余。

到了 20 世纪 70 年代中期，穿城而过的西辽河，因为沿河修建了许多水库截流蓄水，除夏季汛期，常常出现断流干涸现象。弯弯曲曲的河道，已经滚过几次了，到了秋天，几乎就是天然的白沙滩，风再一刮，刮得人都睁不开眼睛。街上很多人都戴着用帆布和玻璃片做的风镜，女人都戴着蒙脸的纱巾。那会儿我正在上中学，学校停课，因了父亲的"水缘"，我扛着铁锹，背着饭盒，步行好几里地到了西辽河——正是父亲"沙盘"里的一小部分。工地上人山人海，县里的工人、干部、学生、店员能有两万人参加会战。在我们的会战现场，目光所及的只有两台链轨推土机，剩下的就是手推车、小跨车。倒腾沙子，几乎是肩挑、手提的"人海战术"。两个多月，每天挥汗如雨，头晕目眩，手、胳膊、肩膀、脚掌，先是泡，接着是血，再是老茧——这才知道，开始想错了，这会战不是玩，不是游戏！"战天斗地多奇志，红心向着共产党"是要付出血水和汗水的。多少年以后他们才明白，完成会战把河道裁弯取直，那是"搬山"。那玩儿，不是别的，玩儿的是命！

河水向西流着，人的基因和血脉也在传承着。时光走进 20 世纪末，曾经参加过西辽河会战的中学生们，让风沙和河水洗礼成了水利事业的生力军。我大学毕业回到郑家屯，正赶上辽河大水，我奔向抗洪前线，作为指挥部的工作人员，做方案、拿对策、搞联络，脚不沾地地奔忙。在曾经"西辽河会战工地"的下游，我坐在树杈上，眼前是一个水的世界。洪水淹没了农田、村庄，只有苞米蓼儿和高粱穗儿在大水中摇曳，灰色红色的瓦房尖儿在大水中若隐若现，上游漂过来的各类物件在大水中起起伏伏。这次不仅仅是"男女老少齐上阵，抗洪防汛意志强"了，国务院领导亲临大堤指挥，人民子弟兵冲锋在前，成千上万的群众紧紧跟上，战险段、堵决口、畅河道，疏水流，把损失降到了最低，把河流抚慰得顺畅。在辽河历史上，描绘了那个世纪的"战洪图"，耸立起抗洪抢险的绝色雕像。

我接过"水有渠来河有道，家乡变了新模样"的"沙盘"，在原来"沙盘"的基础上，重新做了一个更大的"沙盘"，把父辈们的理想真实地写在了大河上。对西辽河进行了治理，加固了石化大堤，提高了泄洪渠排洪能力，清除了河道淤积。西辽河变得平静、顺畅了，环境好了，当时还修建了郑家屯公园。为人们提供了良好的休闲、旅游场所，保护了生态景观，改善了整个城区人居环境，"家乡变了新模样"。

当时光的年轮走进21世纪初的时候，向西流的大河把我水利专业硕士毕业的女儿涌回了郑家屯。她不像我和父亲那样是勇士、战士，而是西辽河的卫士！她和大家一起践行着"人与自然是和谐共生"的理念，通过改造利用自然，为人类生存和发展服务，同时她们又尊重自然、顺应自然、保护自然。让生长在西辽河岸边的郑家屯人，与西辽河相随相伴，在她的怀抱中快乐成长。

现在，女儿的成就摆在了她父亲她祖父眼前。她的祖父我的父亲，除了惊奇，就是欣慰。

在西辽河东岸的三角地带——市区的东大门，展现在我们面前的是一个花团锦簇、石碑耸立的迎鼓广场。我和父亲看着高耸的石碑，都觉得是把"大红塔"搬来了。再细看，外形相似，而散发出来的气息和内涵却大不一样了。如今的石碑上面托起的是一面大鼓，鼓面上的城市标志，像巨龙飞舞、像河水奔腾，很热烈、很现代。底座是一片花海，姹紫嫣红，生机无限。广场气势恢宏、隆重热烈，让人急于走进古镇，急于体验"大河向西流"的风情。

踏上西辽河公路大桥，放眼西辽河两岸，我和父亲感到的是震撼！从专业的角度看，父亲当年的"沙盘"只是眼前实景很小一部分的一个雏形。西辽河水面上，最早的铁路桥，作为红色历史的见证仍然在那里站立着；它北边新建的铁路桥，在那里笑迎着火车的过往；直入市区的公路桥，欢快地承载着车流、人流；它南边的外环大桥，来往于瀚海与内地的各种车辆穿梭着……当年我参与"西辽河大会战"的河段，如今已是碧波荡漾、水清岸绿的"绿水长廊"；大堤是水泥浇筑的，堤坝上面是人来人往的彩色油漆路，尽是祥和、快乐的景象。令人兴奋的是，父亲带我登"沙山"、玩"沙盘"

的沙滩，以至于更远的地方，映入眼帘的月亮湾人工湿地、尾水湿地……成群连片，看不到头，望不到边，郁郁葱葱，万千气象。更让人欣慰的是，抗洪时我坐过的大树还在岸边枝繁叶茂地生长着，已经成了公园的一景。当年的郑家屯公园，随着河水流淌，成了辽河体育公园。举重、划艇世界冠军家乡的人们，在场地整洁、项目齐全、器械现代的优美环境里做着各自喜欢的健身活动，人们在西辽河岸边，走着、练着、歌着、舞着、唱着、笑着……

看着眼前西辽河这生机勃勃、繁荣兴盛的景象，父亲的眼眶红了，我的眼睛湿润了，女儿的眼里浸满了泪……

热泪，是从三代人的热血里流出来的！河水，是三代人生命的力度与思考！三代人仍然在古镇、在西辽河，让命运与西辽河一起舞动着；血汗与生态文明一同挥就着；身心与自然和谐共生着！

西辽河，仍然不停息地向西流着……

雪 如 银

尚书华

在东北，雪，是一个符号，标志着季节和寒冷。

千百年来，东北人对雪喜忧参半、爱怨交织。少雪的冬天他们特不习惯，大人孩子直嚷：这哪有冬天的模样？可一旦大雪接连下个不停，他们又会诅咒：这天是漏了咋的，下起来没完没了。雪让他们欢欣，亦让他们厌烦，就这样喜喜忧忧哀哀怨怨地和伴着冬天里平平常常的日子。

文人墨客，风花雪月，吟诗作画，多视雪为传情之物，赋之绘之。而过实在日子的寻常百姓，油盐酱醋，吃喝拉撒，多视雪为忧为愁，怨之厌之。

过去住平房时，最怕下雪。一场接一场的大雪，越积越厚,四野皆白,封山阻路,让本来就缺米少柴的人家,雪上加霜,更添新愁。雪霁后,第一件事就是赶紧把房屋上的雪除掉,不然随时都有可能把破旧的房顶压塌。随之是清扫院落和道路上的积雪,一干就是多半天。雪小还好,若遇上大雪或暴雪,清除一两天也是常有的事。男女老少齐上阵,车推、肩挑、爬犁拉,好一幅沸腾的劳动场面。其实,这种清雪的劳动费时、费力、费财,我上学时就最不愿参加这种劳动。然而又不得不干,所以有时雪让人们沮丧,觉得是累赘、是麻烦。

大雪不但给人的生活制造了诸多不便,连山里的野兽、鸟雀都跟着遭殃。无处觅食,便不得不冒着舍命的风险试探着接近有烟火的人家。结果稍有不慎,便成了饿得比它们还甚的人的一顿美餐。

那时孩子们心里都有一个梦,梦想某一天早晨起床后,四周银色的大雪都变成了香喷喷吃也吃不完的大米白面;变成了暖融融用也用不完可以御寒的棉花。

谁都不曾想到,这昨天的梦想今天真的变成了现实。

如今家家户户住上了取暖楼,寒冷的冬天里不再愁缺衣少食或房盖顶会被大雪压塌了。过上了富足日子的人们,开始有更多的时间和精力到户外去活动,走进自然、沐浴阳光、亲近冰雪。

戏雪、滑雪、拍照。

雪是风光，雪是装点，雪是情趣。

玩出了兴致的东北人，骤然想：在新疆，光照是资源，让瓜果饱蓄糖分，甘甜如饴；在内蒙古，风是资源，被誉为"风电之都"；在海南，热是资源，四季如夏，吸引千千万万北方人，候鸟般去那越冬。那么东北的雪呢？该不该算作资源？数九隆冬，雪野茫茫，滑雪场别有天地，戏雪人如鹰飞翔——

厚道智慧的东北人窃喜：多少年来，南方人利用"热"这一天然资源，赚足了北方人的钱，特别是东北人的钱。而今，终于有了一个让南方人主动来送钱的机会——雪唤客来。

于是，长白山，这座东北亚最高的山峰，其伸向北、西、南那连绵的余脉，俨如一条条铺向远方的银链。在一道道皱褶的山谷里，短短几年时间，大小不一、规模各异的滑雪场、冰雪旅游园区，如雨后春笋，一个个冒了出来。

鲁能长白山国际滑雪场；

万达长白山国际滑雪场；

长春莲花山、庙香山、净月潭滑雪场；

吉林市北大湖、松花湖、天定山滑雪场；

延边照金、梦都美、海兰江滑雪场。

千山凤展翅，万岭龙腾身。长白山的冬天变得不再酷寒寂寥，即使是"三九"天，星罗棋布的滑雪场上，依然是雪舞人飞，生机盎然。

蔚蓝如海的天空中，时有点点银光闪烁，那是从南方或国外飞来的一架架班机，正载着满怀欣喜来北国做冰雪体验的远方宾客。

长白山敞开了博大胸怀，绵亘千里的坡坡岭岭、沟沟壑壑，一同舞动起洁白的玉帛，喜迎远方客人的到来。

山区火了。乡镇火了。村屯火了。

不久前，妻子的两个闺蜜在网上发现一个好玩儿的新去处。就在我们所居住的城市郊区十几公里的地方，一个村办的雪上游乐场正式揭牌开张了。

先尝为快。说去就去，翌日成行。

来接我们的司机姓郭，看上去四十岁上下。我主动跟他搭讪，想了解一下这个新场地的情况。没想到他特别健谈，一股脑儿把他知道的事都倒了出来。

原来他就是这个村的村民，守家待地种了小半辈子田。前两年开始种植木耳、香菇，可由于规模小，并没赚着钱，日子一直过得紧巴巴。半年前，村书记组织召开了一次村民大会，跟大家说，村委会决定利用村北沟那一大片荒坡野地建一个雪上游乐场。冬天，打爬犁、滑雪；夏天变成生态旅游山庄。自己养鸡、养鱼、种植山野菜，样样都是绿色食品，不愁生意火不起来。书记话音一落，全村几百口子的眼睛顿时雪亮，仿佛好光景赫然呈现在面前。

郭师傅接着说，村里创办了兴业公司，实行的是股份制。

每家每户都可以入股，入了股就是公司员工，风险共担，利益共享。我问：股份最大的是多少？他说：1200万。我一愣神，心里嘀咕：村里竟然还有这样的富裕户？他见我愕然，解释说，这是他一个发小，从小书念得好，考上了大学。毕业后，直接去了深圳，闯荡了近二十年，现在有了自己的公司。去年夏天他老爹病故，回家来奔丧时，听村书记说想办这样一家公司，他当即表示要入股。村书记听了乐得眉飞色舞，拍着他的肩膀说：你小子，行！发财了不忘乡亲们，咱这山沟沟没白养活你。妥！有你这股份垫底，这事就可以张罗办了。自那，村书记带领村干部跑上跑下，争取优惠政策、建公司、报项目、办审批、规划场地、开工建设——一直忙到揭牌开张。

说话间，目的地到了。

果然是一派新气象。两处空旷的滑雪场，宛若两条巨大的银毯从半山腰顺势铺展下来，如泻如瀑。两边彩旗猎猎，迎风招展。穿红披绿的男男女女，游弋嬉戏其中，欢声笑语不时阵阵飞出。正如郭师傅所介绍的那样，种了几辈子地的农民兄弟姊妹，穿着统一的员工服装，来了一个华丽转身。他们根据各自条件，被分配在不同岗位，或接待，或管理，或护卫，恪尽职守。看得出来，他们还不内行、不熟练，甚至有些生疏和笨拙。可那种对新生活的热望、追求和信心，都满满地写在脸上。

那天，我们四个人玩儿得好尽兴。忘了烦恼、忘了疲惫、忘了年龄。

返程时仍然是由郭师傅送我们回去。车一开动，他又打开了话匣子，告诉我们这车是他贷款买的，花了96000元，专门接公司的活儿。我说，这个数目不算小，有没有压力？他说，压力是有，可更有信心，若公司能兑现经营目标，这贷款用不了两年就能还上。说到这，他话音一转，由衷感叹道：现在就盼着下雪，下得越大越好，雪就是银子，就是钱哪！

是啊，一句"瑞雪兆丰年"，是多少辈人的企盼和梦想。而今天，这个企盼和梦想正在渐渐变成现实。

以冰雪的名义

赵梦卓

　　倏然而至的一场雪，让吉林的深冬宛若冰雪仙境，目光所及皆是纯白。风一吹，便心动。

　　临近冬至，空气中凛冽夹杂着清甜的味道，是多少在外游子最惦记的"乡愁"。鹅毛大雪泡温泉，童话世界赏雾凇，林海雪原滑野雪，坚冰之上捕大鱼……冬游吉林点燃了网友们的创作热情，纷纷在各大社交平台上以图文、短视频等形式记录着，将最美丽的冬日景象定格永恒。

　　作为一名土生土长的吉林人，我对冰天雪地再熟悉不过。童年时期，与三五伙伴在寒风中堆雪人、抽冰猴、打"出溜滑"；读书时期，学校专门开设滑冰课、滑雪课，虽然大家水平参差，但至少都能上冰上雪比划两下；而今，借由冬奥东风，我们更加积极踊跃地参与到冰雪娱乐中，主动为冰雪经济消费"买单"。

虽说冰雪对每一个东北人来说都不是稀奇事儿，然而说到与冰雪的故事，就我个人而言，应该算是从这几年正式结缘的。大概是在2015年、2016年的时候，我开始从事旅游领域的报道工作，其中吉林省冰雪经济的发展是重中之重的选题。之后的几年间，我几乎走遍了全省知名的滑雪场、雪村，见证了它们从萌芽到崛起，从"小众"到热门旅游地的惊人变化。不少从事相关职业的百姓更是赚得盆满钵满，白雪实实在在地换成了沉甸甸的"白银"，酷寒中吉林旅游焕发出勃勃生机。

工作之余，我的个人生活也被冰雪围绕着，虽然这种围绕起初并不是源自我的主观意识。自从北京申冬奥成功后，带动了全国各地群众参加冰雪运动的热潮，家属便是其中之一，他着了魔似的看了许多有关滑雪的国内外纪录片，被这充满速度与激情的运动深深吸引，并拉着我一同去长白山万达滑雪场学习单板滑雪。

彼时已经过了三十岁的我，既缺乏胆量也不具有配合度较高的四肢。面对单板，可谓充满了未知和恐惧。在年轻教练反复劝说和指导下，我才一点点敢做动作，但是自己都能意识到全身并不听使唤，无法达到收紧核心、三点一线这种要求，常常是心里想着往东，板子却往了西。加上我有点恐高，因此每每站到雪山上，第一反应就是腿抖，根本没有想要征服这条雪道的快感。

最初的滑雪启蒙就是在浑浑噩噩中度过的，至今也不能说有多喜欢滑雪，但是通过滑雪，我的确打开了一种全新的生活方式。偶尔让自己从一成不变的日常生活中抽离出来，带着雪板雪鞋，开车到滑雪场玩儿上两天，别提有多解压了。每到冬季，赶上周末无事，我们一家人便会驱车两小时，从长春开到位于吉林的松花湖度假区。远离多有相似的城市楼宇，来到这个洋溢着喜庆氛围的冰雪小镇。凝霜挂雪，玉树琼枝。大雪过后，松花湖度假区仿佛披上了银白色的盛装，耀眼动人。雪友们从坡道一路驰骋，满眼雾凇美景尽收眼底。在小镇并不算长的商业街两侧，雪具店、饭店热闹非凡，除了熟悉的东北口音外，这里最多是来自上海和广东的游客。白天滑雪，晚上吃点儿烤肉、铁锅炖，或者几个朋友喝点儿小酒唱唱歌，乐哉，乐哉！

对于我来说，练习滑雪的过程，是一个需要鼓起勇气面对困难的过程——克服严寒天气，超越自身极限，在一次次失败中站起来总结复盘再跨越的过程。有时我们读到一些公众号提供的心灵"鸡汤"，建议大家要"跳出舒适圈"，尝试做一些带点儿风险带点儿刺激的改变。我觉得无论是"跳出舒适圈"还是"躺平"都是个人选择，但是"跳"这一行为就足够灵动，仿佛充满了新鲜和魔力。正如北京冬奥会上苏翊鸣、谷爱凌的纵身一跃，跳动的是青春、是激情，也是我们每一个普通人对于极限运动的无限赞叹与一丝向往。

犹记年初 2022 北京冬奥会的赛场上，我省运动员武大靖、齐广璞分别获得北京冬奥会短道速滑混合团体接力和自由式滑雪空中技巧男子个人比赛冠军。这两枚沉甸甸的金牌，使吉林省成为北京冬奥会上，国内唯一在冰上项目和雪上项目都有金牌贡献的省份。而武大靖也是中国首位获得两枚冬奥金牌的男选手。

闪亮的金牌，让吉林冰雪愈加"沸腾"。冰雪大项目接踵落地，冰雪发展格局不断优化，越来越多的年轻人、小朋友参与到冰雪运动中来……万科松花湖、万达长白山、吉林北大湖三家大型滑雪度假区，接待人次连续多年位列全国三甲；长春庙香山、天定山、莲花山、长白山鲁能等滑雪度假区热度持续攀升。如今，漫步于省内各地滑雪度假区，小朋友的面孔比比皆是，且入门体验者居多。坡度相对平缓的初级雪道，更是孩子们的"活跃区"。只见在教练和家长的指导下学滑雪的孩子们，从头到脚除了雪服、雪板等常规装备，还搭配着各种卡通样式的护具，萌态可掬。

雪越大，天越冷，人越多。自 11 月中下旬起，伴随着冷空气的来临，吉林冰雪旅游逐渐升温，以滑雪为代表的休闲娱乐项目受到了广大国内外游客的热烈欢迎。雪场雪村人气爆棚，满城雾凇仪态万千，冰雕雪刻五光十色，民俗美食笑语欢天。一系列冰天雪地里的生活体验、产业动态屡见报端，昔日默默笼盖四野的寒冷冰雪，如今不仅成为新的"金山银山"，也成为冬日里带给人们欢乐的一把"火"。

头几年，由于工作原因我去了长白山脚下的锦江木屋村，体验了浓郁的东北冬日风情。锦江木屋村地处长白山东南部，从长春出发，车程约为五小时。木屋村依山而建，错落有致，远处就是长白山主峰。放眼望去，木墙、木瓦、木烟囱、木栅栏、木柴垛……随处可见的"木"元素，伴着冬日的暖阳，别有一番意境。

寒冬腊月，滴水成冰，长白山深处更是冰封雪裹。然而锦江木屋村却是一派热闹的景象——皑皑白雪，袅袅炊烟，来自全国各地的游客三三两两漫步在木屋边、村道上，或远眺长白山雪景，或在木屋前拍照留念，或坐着牛车逛逛村庄，或是在路旁买一串糖葫芦，别提多惬意了。

古朴、自然、宁静，宛如世外桃源。来到锦江木屋村，不自觉地就放慢了脚步，大口畅快地呼吸清甜的空气，感悟大自然赋予吉林的独特风情……很难想象，眼前这人来人往、热闹非凡的小村庄，几年前还是一片"人稀屋空"。后来，锦江木屋村以其历史悠长、原生态等独特的魅力吸引了国内外的摄影爱好者、旅游爱好者、民俗专家、文化名人和新闻媒体的青睐与关注。抚松县投入资金对村里的古屋进行了修缮，邀请文化、摄影专家前来踏查，提升木屋村知名度。一系列举措打响了木屋的旅游品牌，木屋村对于我国北方山林民族文化的重要意义更是引起了人们的关注。

而像锦江木屋村这样的"宝藏"景点，在吉林不胜枚举。近年来，在吉林的冰天雪地里，奔涌的热潮正一浪高过一浪。

冰雪之于吉林，不再仅仅是习以为常的天赐大礼，更是吉林振兴发展的新引擎，是群众致富的金钥匙！

一个白色的约会，一段温暖的旅程。来吉林赏冰玩儿雪，感受它的大气磅礴、如诗如画；回味它的丰厚底蕴、冷暖交融。独具魅力的吉林冰雪已然盛装绽放，敞开怀抱等您来！

在无声的雪落处苏醒

王　宇

　　雾凇，俗称树挂，是在严寒季节里，空气中过于饱和的水汽遇冷凝华而成，是非常难得的自然奇观。雾凇非冰非雪，而是由于雾中无数零摄氏度以下而尚未凝华的水蒸气，随风在树枝等物体上不断积聚冻粘的结果，表现为白色不透明的粒状结构沉积物。雾凇形成需要冬季寒冷漫长，气温很低，而且水汽又很充分，同时能具备这两个形成雾凇的极重要而又相互矛盾的自然条件更是难得。而四方顶就是形成雾凇的天选之地。

　　四方顶是吉林龙湾群国家森林公园景区"七湾、一瀑、二顶"十大景观之一，也是闻名中外的雾凇圣地。景区最高处海拔 1233 米，面积约 30 公顷，是四方形的火山台地。在高山气候的作用下，形成了奇特的原始森林景观。四季风光各异，处处展示着自然造化的神奇，素有"枯木天堂""高山画苑"之美誉，是旅游、摄影的绝佳之处。雾凇，更是四方顶奇观中的奇观，常常把人们带进如梦似幻的仙境之中，这让许多有幸身临其境的中外游客赞不绝口。

四方白云起，氤氲殊未歇。

看，高天流云从山峰间穿隙而过，在连绵不绝的云雾中，奇峰若有若无，玉树时隐时现，琼花缥缈，一如画家泼墨而成的水墨丹青。峰起波涌，似真似幻，让人感到动与静、诗与画的美妙贯通，又迷迷离离，朦朦胧胧，天地间莹莹乎如临玉界，皓皓乎如步天宫。

山舞银蛇，原驰蜡象，更有奇石、枯木、雾凇点缀着山野。晶莹剔透的冰晶挂满树梢，宛若将群峰蒙上了一层玲珑的珠帘。风起，水晶帘动，叮咚作响。嶙峋的怪石、高大的枯木在雾凇中幻化出千姿百态，有的如神鹿祈福，有的如蟒蛇出洞，有的如仙女织锦，有的如猛虎扑食，有的如千手观音圣洁慈祥，有的如浅海礁岩上簇拥的珊瑚群光芒四射。万千生灵尽现于此，它们或法相庄严或奔放洒脱，在四方顶这方宝地上和谐相处，悠悠度过千万年时光。它们纯粹又震撼，绝美又动人。

你看那棵老树，树干斑驳，带着一丝亘古的沧桑。一夜之间，竟然披上了一身华美的银色雾凇铠甲，每一片鳞甲上都闪烁着水晶般的寒须，看起来不怒自威。它如同一条银色虬龙，以摄人的气势欲直冲九天云霄。到底是古树沾染了龙湾的龙气，还是龙湾之龙本尊现身于此呢？我一时有些恍惚了。不过想起四方坐落在长白山系龙岗山脉中段，聚天地之精华，凝山川之灵气，幻化出的雾凇自然也不负龙湾之威、龙岗之势，便又有些释然了。

龙湾之美，美在清澈，美在灵动；雾凇之美，美在壮观，美在奇绝。满山满眼的银装素裹，簇拥着，绽放着，洁白无瑕、盈目而耀眼。它们凇枝一体，经脉相连，随物赋形，浑然天成，在无声之间尽情释放着冬日的绚烂、风情与热烈，让人看一眼便直击心灵，令人无不感慨大自然的神奇魅力。

这里是如此辽阔，又如此静谧，可以听见风的呼吸，可以听见自己的心跳，甚至，可以听见雾凇间的窃窃私语。那一瞬间，所有的想象力和语言都会显得如此贫乏。我们惊叹于它的圣洁，惊叹于它的美丽，惊叹于它的浪漫，惊叹于它的神奇，却无法用任何一个精准的词来形容，甚至不能探究此刻的心情是震撼抑或是惊喜，只能任自己在这样的琉璃世界里心醉神迷。

当呦呦鹿鸣响起，在这个宛如童话世界的四方顶上，梅花鹿轻盈地走进了人们的视野。它们在大雪覆盖的草地上跳跃奔跑，在雾凇林中穿梭嬉戏，时而乖巧可人，时而顽皮不已，为雾凇增添了几分灵动和活力。

四方顶的雾凇，是精雕细琢的琼花，是展翅欲飞的冰羽，白得晶莹单纯，白得闪烁夺目，白得羽翼曼妙，白得风姿绰约，仿佛一个个美丽奇幻的梦。

令人叹惋的是，这朵冬季里最美的花，在各种天气条件下，粲然盛开而又脆弱无常。当一缕缕阳光拨开云雾，照射在大地，那皎洁的雾凇开始尽情释放出生命的光华。不一会儿，整个雾凇的世界渐渐虚幻、缥缈，而万物却越发晶莹起来，甚至流下了不舍的泪滴。

从生到灭不过半天工夫，实在是短暂的昙花一现。"花非花，雾非雾，夜半来，天明去。来如春梦几多时，去似朝云无觅处。"明知道香山居士写的不是雾凇，但那种对生活中存在过，又消逝了的美好事物的留恋、惋惜之情，却觉得用到雾凇身上，实在是贴切至极。"雾、春梦、朝云"几个意象恰如雾凇般朦胧缥缈，似真似幻，这种稍纵即逝的美，徒留怅然和遗憾。而这也恰好和雾凇的别名"梦送"相契合。宋末黄震（479—502）在《黄氏日钞》中说，当时民间称雾凇为"梦送"，意思是说它是在夜间人们做梦时天公送来的祥瑞。我很喜欢这个称呼，充满了中国式的浪漫和幻想。

中国是世界上记载雾凇最早的国家，我国古人很早就对雾凇有了许多称呼和美誉。早在春秋时代成书的《春秋》上就有关于"树稼"的记载，也有的叫"树介"，就是现在所

称的"雾凇"。"雾凇"一词最早出现于南北朝时期宋·吕忱
（420—479）所编的《字林》里，其解释为："寒气结冰如珠见
日光乃消，齐鲁谓之雾凇。"这是 1500 多年前最早见于文献
记载的"雾凇"一词。

宋代曾巩《冬夜即事》诗即有所载："齐寒甚，夜气如
雾，凝于木上，旦起视之如雪，日出飘满阶庭，尤为可爱，
齐人谓之雾凇。"明朝张岱《湖心亭看雪》中也留下了"雾凇
沆砀，天与云与山与水，上下一白"的佳句。

民间还有很多关于雾凇的谚语，比如"雾凇重雾凇，穷
汉置饭甕"。人们认为这是丰年之兆。雾凇的谚语还可以预测
天气，如："数九雾凇连，伏里雨绵绵""三九没雾凇，小河
要干涸""冬季雾凇多，翌年天暖和""雾凇少，秋霜早"。据
此，可以有针对性地采取相应措施，以确保农业丰收，为民
造福。此外，雾凇还是天然清洁剂，能将空气中危害人类健
康的大量微粒吸附沉降到大地，净化空气，保护环境。

此刻，站在北方的天空下，我张开怀抱，尽情感受着雪
原的苍茫和空气的清冽。深呼吸，一种通透由内而生，一缕
悠远的思绪飘然而起，这是雾凇带来的一股极致的清新舒爽，
这是氤氲在四方顶的一抹山水之间的灵性，犹如醍醐灌顶，
甘露洒心，又袅袅飘散在风里。

只为了这一抹雪色中的风情，多少摄影人顶风踏雪而来，
他们三两结伴，或蹲或跪，或仰拍或俯摄，爬冰卧雪，甘之

如饴。他们在这仙境般的世界里忘情地拍摄，深陷雪中而不能自拔。其实，又何止深陷雪中呢？他们早已深陷在美轮美奂的雾凇中，深陷在他们热爱的光影里。还有多少文人雅士沉醉其中，多少情思不舍昼夜，锦心绣口凝成了诗，挥毫泼墨绘成了画。

这就是四方顶的柔婉深情，它在无声的雪落中苏醒，把一季冬色缭绕得让人忘记了时光，忘了这一季寒意的属性，只让人记住了绝美动人的雾凇。

拈一指雾凇，才知冬之丰盈，落一笔墨痕，才让雪色含情。四方顶的冬，带来的不仅仅是寒冷，还有双眸中悄然绽放的雾凇。它让冬立即美得有姿有韵，有情有味，不动声色间就让人爱上了它。

冬天到了，让我们一起去踏雪，一起去寻雾凇，一起去四方顶赴这一季风雅之约，一起置身仙境。

跋 总而言之

赵培光

编罢一本书，意犹未尽，落入"总而言之"的俗套！

枝枝蔓蔓，还是想要说说。

……什么呢？

吉林好，好吉林，生态积极争胜。省作协审时度势，寄托集锦式的闪回与重现——风貌、风情、风华，任务落到散文作家的肩上。在在历历，既是作家的幸运，又是散文的幸运，何乐而不为呢？当然，不简单，不轻省，深深浅浅深与浅，远远近近远与近。给一个支点，撬动吉林。吉林，占一个吉字，绵延福祉。昨天、今天、明天，"飘飘"纵使"何所似"，"天地"未必"一沙鸥"。

随岁月去吧！

现成话叫："我问青山何日老，青山问我几时闲？"

目前的吉林散文阵仗，思接生态，怀抱憧憬，有鹰击鱼翔的进境。实际上，每个人的"眼光"截取着每个人的"生态"，以对应的方式外化为恰到好处的模式，也不过是快活的片刻的一己表达，或此或彼，蜻蜓殷勤点水。实化之界的美，虚化之境的好，文字往往是徒耐其烦的。形而上的美与好，只能剩在灵魂里了。

极妙处，不可语。

所幸，用心了，用力了，变思想者为文字控。从自己出发，勾描出一张张亲爱的吉林面孔。琢磨下来，无论个体的生态，无论整体的生态，生生得益于"体"，亦名，亦动，滋养着无限期盼，很入骨的那种情愫了，很入髓的那种意味了。生态呢，生存的环境、系统，及方向。许许多多的人，包括我在内，毕竟处于初恋的蒙昧期，浪漫而温馨。在这里，我也不揣冒昧，替吉林散文拼接一联，便是：昔我往矣乾坤大，今我来思草木心。

不是吗？匆忙赶场的生态散文，虚张声势，本身已经被动了。何止客观偏颇，连主观也偏狭，下意识地陷入游记。噫吁嚱，游记知山水，缱绻风光缱绻情。古代、近代、现代，一时多少经典！可惜，可惜当代不行，不太行。尤其是当下，一机在手，满眼春秋，游记败给了流水账。本书试图戒免，依旧止不住暗影浮动。新范式，新美学；有志者，事竟成。

生态之上，立散文新功！

人，要么生活在别处，要么生活在脚下，没所谓，但求诗意地栖居。生态的消长，关乎着每一个生命。山野、水域、动植、冰雪……被艺术无止境地请进一本书里，发扬光大，或由此及彼或由彼及此，为忆念，为梦想，哪怕全然是海市蜃楼。我务虚，文昌师务实，运筹于"纲举目张"。对，散文大树好乘凉，风吹一片叶子，遂有一片回响。一片一片叶子，一片一片回响。问脉吉林，问脉生态，问脉吉林生态，问脉生态吉林。

与其说见仁见智写不好，毋宁说见人见性不好写。怕只怕，飞鸿落花，此去杳杳无消息。再自作聪明，一本书也载不动吉林；同样，再自作多情，一本书也承不起生态。偏偏喜欢写，不服输，不辜负。懂了，爱了，异想天开了，云蒸霞蔚了。有道是，文如其人，人如其文。兴许，很多年以后，还见一颗初心，字里行间依旧是至情至义……

总而言之，显然要收口了。收也收不住！

是为跋。

2023 年 3 月